SCRAP METAL

MIS À LA CASSE

W0410823

Ce livre est une fiction. Toute référence à des évènements historiques, des personnages ou des lieux réels serait utilisée de façon fictive. Les autres noms, personnages, lieux et évènements sont issus de l'imagination de l'auteure, et toute ressemblance avec des personnages vivants ou ayant existé serait totalement fortuite.
Tous droits réservés y compris le droit de reproduction de ce livre ou de quelque citation que ce soit, sous n'importe quelle forme.

© Jana Rouze, 2020
Tous droits réservés

Photo de couverture : © Rick Day
Modèle: Stuart Reardon
Couverture : Ariane Galateau

Pour la présente édition,
Collection dirigée par Franck Spengler
© 2021, Hugo Poche, Département de Hugo Publishing
34-36 rue La Pérouse
75116 Paris
www.hugoetcie.fr

Collection New Romance® créée par Hugues de Saint Vincent, dirigée par Arthur de Saint Vincent
Ouvrage dirigé par Sylvie Gand

ISBN : 9782755686876
Dépôt légal : mars 2021
Imprimé en Espagne

JANA ROUZE

SCRAP METAL

MIS À LA CASSE

Hugo Poche

NEW ROMANCE®

Aujourd'hui, il existe des enfants
qui n'ont pas d'acte de naissance.
Selon nos codes, ils n'existent pas !

Ce roman leur est dédié.

Dédicace particulière à
Lorraine Derocher, Ph. D.

Professeure associée
Centre d'études du religieux contemporain
Université de Sherbrooke

Membre régulière
Centre de recherche sur l'enfance et la famille
Université McGill

qui m'a fait l'honneur de m'ouvrir
ses propres recherches
et travaille sans relâche pour ces enfants
« mis à la casse » et pour leurs familles.

« Au départ, est-ce que j'ai la volonté d'intervention pour agir pour ces enfants ? Il y a tellement de raisons de passer à côté, c'est décourageant ! »

Parole d'un DPJ devant le degré de difficulté hors du commun que pose la réussite d'une action en protection de l'enfance en milieu sectaire.

Avertissement de l'auteure

Ce livre est une fiction.

La romance de Hope et Sauvage est une fiction. L'intrigue de *ScrapMetal* est une fiction, le fruit tordu de mon imagination. Comme on le dit : toute ressemblance avec des personnes vivantes ou ayant existé serait purement fortuite. *Totalement.*

Sauf que tout repose sur du vrai.

Le langage que vous lirez dans certains dialogues est vrai, je ne l'ai pas inventé. Il est donc normal que vous ne le compreniez pas. Je vous conseille de vous laisser porter ou d'utiliser les notes de bas de page. Ce ne sont que quelques mots de vocabulaire utilisés par les sectateurs.

Bientôt ils vous seront familiers.

Les événements rapportés par les personnages sont vrais, leurs difficultés d'intégration aussi. On parle souvent de celles des vétérans envoyés au front, vous verrez que ces enfants « fantômes » n'ont rien à leur envier.

Le contexte culturel sensible des sectes totalitaires fondamentalistes que j'ai utilisé est également vrai et très peu romancé. *Attention !* Certains propos ou faits rapportés par les sectateurs peuvent choquer tant nous sommes habitués à les condamner, mais ils sont indispensables à la compréhension de l'ensemble.

En les rapportant tels quels, j'ai voulu que ce roman soit à la fois pertinent et cohérent avec le sujet abordé :

L'intégration des sectateurs dans notre société.

PROLOGUE

Lors de ma première naissance, je n'étais pas là.

Je suis venu au monde le 4 juillet, à Vancouver. Ils disent que je suis canadien. Né d'un grand pilote de Formule 1 et d'une mannequin russe issue d'une famille pauvre, rencontrée pendant le Grand Prix de Silverstone. Le frère de mon père aussi était dans la F1. Mais lui se situait du côté des associations de constructeurs qui produisent les monoplaces du championnat du monde. Ils me l'ont dit, m'ont mis des photos sous les yeux, des articles de magazines, des preuves scientifiques, mon ADN, mes cheveux, mon sang. Je suis bien obligé d'y croire puisque je n'en ai aucun souvenir, aucun acte de naissance prouvant le contraire. Aucun document officiel prouvant que j'ai existé pendant ces dix-sept putains d'années.

J'ai dû être heureux.

Il n'y a que du bonheur autour de Vancouver. Une qualité de vie incomparable. Des forêts dressées devant les plages de l'océan Pacifique, des fjords tentaculaires et des lacs de randonnées turquoise que l'on peut contempler de beaucoup d'endroits sans jamais se lasser. Comment voulez-vous dans ces conditions qu'un petit garçon devienne vaillant ? Il ne peut qu'être normal.

Ma seconde naissance, *elle*, est gravée dans ma mémoire.

Une nuit, j'ai été enlevé par des hommes armés cagoulés de noir qui entouraient notre lit-voiture Batman superposé. J'étais en haut, ma tête près du symbole jaune de la chauve-souris, alors que Zolder[1] avait choisi le volant. Je ne l'ai même pas entendu crier, ni se débattre. C'était bizarre. Tout était étouffé dans un calme étrange, entouré de chaos, comme on imagine être l'œil d'une tornade. Des monstres venaient nous chercher pour nous mettre à mort. J'avais cinq ans.

Mon histoire est née cette nuit-là.

Depuis, mon monde s'est transformé en épopée. Pas d'existence sans preuve. Pas d'affection sans abandon. Pas de lien sans déchirure. En une nuit, j'ai tout perdu : mon pays, ma famille, ma maison, mes jouets. *Mon identité*. Demandez-moi d'où je viens, je répondrai, d'un endroit *différent*. Pourquoi ? Pourquoi cela m'arrivait-il à moi ?

---

1. Le circuit de Zolder, aussi connu sous le nom de circuit Terlaemen, est un circuit automobile belge situé à Heusden-Zolder, en Flandre.

Qu'ai-je fait de mal pour mériter de tout perdre ? Enfant, je croyais dur comme fer que la vie est un merveilleux champ de bataille où les héros meurent en combattant les méchants pour que les gentils vivent. C'est vrai. Connaissez-vous un héros dont l'histoire ne commence pas par une vie pourrie ? Moi pas. Batman, Superman, Iceman, Wolverine, Rogue, Captain America, pour ne citer qu'eux. Ils ont tous perdu leurs parents à la base. Du coup, ça ne me gênait pas d'avoir perdu les miens. Ça me rendait plus balèze, héroïque.

Il me faut juste en comprendre la raison. Pourquoi moi ?

« Chaque enfant a besoin d'un héros
pour se construire.
Chaque adulte a besoin d'un héros
pour se réparer. »

Avec mon frère Zolder, on en partageait un.

Le même qui avait fait inscrire ces deux phrases sur les murs de notre chambre d'enfants et qui n'est pas venu nous sauver. *Notre père.* C'était normal puisqu'on était jumeaux. *Des vrais.* Ceux dont la monstruosité est de ne former qu'un seul être, en occupant deux places différentes dans l'espace. Vous croyez que c'est facile, mignon et romantique ? Essayez donc de les séparer comme on l'a fait de nous cette nuit-là, il ne leur reste que du vide. Un putain de vide capable d'anéantir tout ce qu'on peut avoir de bon en soi, pour ne laisser subsister qu'un sentiment de ruines. Aucun cœur pur ne pousse parmi les ruines. Seule la mauvaise herbe y parvient. Enfant ou adulte, les héros nous apportent la force, l'espoir et le rêve de se dépasser. Retrouver Zold est devenu à la fois mon rêve, ma force, et le seul espoir de mon existence, figé dans une brume cotonneuse de vengeance absolue. Punir en représailles. Infliger une peine immorale contre une offense. La vengeance chez moi est à la fois un cri, un droit, et un dessein.

Sans cette obsession de justice, je serais mort.

CHAPITRE 1

Pas de temps à perdre, putain.

Sur le parking réservé aux véhicules de location de l'aéroport d'affaires d'Opa Locka, où nous venons d'atterrir, j'incline la tête pour signifier au tailleur noir endeuillé qui m'accompagne de monter, pendant que l'employé chargé de la livraison vérifie les papiers du véhicule. Je n'ai pas besoin de plus pour établir ma domination sur une *Wog*[2]. À deux pas.

C'est notre distance de sécurité.

– Tu es vraiment sûr de vouloir y aller ? argumente Caitlin.

Je soupire d'agacement. Elle a agi ainsi durant tout le vol Vancouver-Miami. Je sais qu'elle ne comprend pas pourquoi nous sommes *là*, quelques heures seulement après l'enterrement de son père. Toutefois je n'ai pas l'intention de me justifier.

---

2. Terme utilisé par les adeptes des sectes pour désigner les personnes extérieures.

Se justifier, c'est plaider coupable. Or, je ne suis pas coupable.

Celui qu'on va voir, par contre, si.

– Tu n'étais pas obligée de m'accompagner, lui rappelé-je sans la moindre once de culpabilité pour son chagrin, tout en faisant coulisser le satin funèbre de ma cravate le long de ma chemise noire.

– Ce n'est pas le bon carnet du véhicule, nous annonce l'employé grisonnant. Celui-ci est celui d'un Mercedes en réparation. Ah ces jeunes… Je reviens.

– Dépêchez-vous, réclamé-je, agacé. Nous sommes pressés.

En la glissant dans la poche extérieure de ma veste, je réalise que je n'ai même pas retiré mon costume après l'inhumation. Les funérailles font soi-disant partie des moments les plus respectueux d'une vie, mais j'en ai rien à battre. Les battements désordonnés de mon cœur ne me rappellent *que* la lettre pliée soigneusement contre ma poitrine.

Mon premier espoir, bordel.

– Est-ce que j'avais le choix ? se lamente la blonde en tailleur-pantalon noir signé d'une très chic maison parisienne, refusant d'admettre qu'elle aurait tout aussi bien pu me laisser venir seul.

– Bien sûr que tu l'avais !

– Non. Je ne l'avais pas ! se défend la femme d'affaires avec virulence. Je comprends ton obsession de justice, Sau, je t'assure. Seulement, je ne peux pas te laisser prendre des risques insensés pour l'écurie. Tu es *mon* associé. Ton image et celle de l'écurie, c'est la même chose.

Sans doute. Mais à cet instant précis, l'écurie, j'en ai rien à carrer.

Tout en examinant par réflexe le Cadillac XT5 flambant neuf que la secrétaire de son père nous a réservé, je revois l'exact moment où, quelques heures plus tôt, dans le cimetière de Capilano View, l'homme d'affaires chargé de l'exécution testamentaire de Melvin Roy nous a attirés tous les deux sous la protection de l'Ange ailé. Il avait une mission urgente, selon lui. Nous délivrer à chacun la même missive sans tarder. C'était le vœu du défunt. Une fois son corps en terre, nous devions la lire et apprendre qu'il n'avait pas rédigé de testament avant de tomber malade. Caitlin étant fille unique, Melvin n'en n'avait sans doute pas vu l'utilité. La moitié de l'écurie familiale lui revenait de droit. L'administration de l'autre moitié m'incombant déjà par présomption d'absence[3] de mon frère. Alors c'est ce que nous avons fait. Nous avons lu. Ça été

3. C'est l'hypothèse de la disparition ou de l'absence retenue par les juges pour régler les successions dans certaines situations dramatiques où les corps ne sont pas retrouvés. Accidents aériens, catastrophes naturelles, attentats, enlèvements crapuleux… Le juge a le choix et sa décision dictée par l'analyse des risques est souveraine. Soit il prononce la « disparition » et la personne disparue est déclarée morte. Soit il prononce l'« absence » et déclare qu'il y a impossibilité de savoir si la personne est vivante ou morte.

rapide. La page blanche ne contenait que trois mots de sa main : Samuel Brenner. Miami. Un homme et une ville. Aucune autre explication. Pendant que Caitlin pliait tranquillement la sienne et la glissait dans son sac sans s'en préoccuper, j'ai tapé les trois mots clefs sur mon portable. Ce que j'ai lu m'a décidé. Le gars en question tenait son dernier meeting public ce soir. La rage de comprendre s'est alors transformée en besoin d'explorer la vie d'un autre pour l'abattre.

Comme ça. Dans la seconde.

– Melvin n'aurait jamais dû nous faire un coup pareil, piaille Caitlin, tentant d'extirper sa frustration. En te donnant ce nom, il ne fait ni plus ni moins que te pousser à la vengeance. Quel intérêt, putain ?

– Moi je suis heureux qu'il ait eu ce courage, lui opposé-je sereinement.

La seule chose que je ne capte pas, c'est ce qui a motivé le constructeur automobile de nature paisible et réfléchi à donner à sa fille le double de *ma* lettre ?

– Je dois retrouver Zolder, établis-je en chassant la question de ma tête.

– Et tu crois que ce quidam va t'y conduire ?

– Pas volontairement, conviens-je, amer, tout en jetant un œil au bureau vitré éclairé dans lequel l'employé grisonnant s'active toujours.

– Excuse-moi mais si Zolder a été enlevé pour être vendu, il est sans doute mort aujourd'hui, avance Caitlin.

Je reporte mes yeux sur elle. J'ignore pourquoi elle s'applique à vouloir me faire changer d'avis mais ça ne risque pas d'arriver.

– Ce que tu penses n'a aucune importance.

L'amour entre deux jumeaux est un lien pur où nul autre n'a sa place, à nul autre pareil, aucune enchère n'est possible. Parce qu'on sent l'autre, aussi bien qu'on se sent soi-même. Or tout en moi crie qu'il est vivant.

– Ta mère serait tel…

– Stop !! Je ne te supporterai pas dans ma voiture si tu finis cette phrase.

Elle m'agace à toujours citer des souvenirs que je n'ai pas. Comme elle était de sept ans plus âgée que nous à l'époque, Caitlin se rappelle très bien notre enfance avant le drame : nos cabanes, nos disputes, mes bêtises. *Moi, rien.* La famille, être choyé, être aimé, tout ça n'a aucune *saveur* à mes yeux. Ce ne sont que des mots dont je ne comprends pas les enjeux. Comment les comprendrais-je ? Ma mémoire est un tombeau, un caveau, un sarcophage scellé pour l'éternité, et mon cœur…

Mon cœur est un amas de pierres qui ne s'ouvrira plus jamais.

– C'est pas une mère, affirmé-je d'un ton dur.

– Mais c'était ta maman quand même…

Pourquoi elle insiste avec ça, putain ?

– Faux ! C'est ma génitrice. Je n'ai jamais compté sur elle.

Où était-elle quand c'est arrivé ? Avec son mari. Pas avec nous. Je n'éprouve rien pour cette personne qui a préféré le champagne à ses enfants. Comment les circonstances peuvent-elles nous transformer à ce point ? J'étais un petit garçon affectueux et rieur, selon Melvin, fougueux et malicieux, toujours avide de câlins rapides et de bras de femmes. Mais *ça,* c'était avant que mon existence bascule dans les ténèbres. Aujourd'hui, je ne ris plus. Je crois même n'avoir jamais souri à personne. Les bras de femmes ne m'étreignent plus. Les crimes des autres ont-ils le pouvoir de changer nos âmes ? Je l'ignore. Tout ce que je sais, c'est que j'ai été façonné en un être vindicatoire dépourvu d'humanité, et qu'aujourd'hui, ce monstre-là dépourvu de remords me correspond. *Entièrement*.

Le remords est un sentiment d'honnête homme.

Ce que je ne suis pas.

Agacé, j'entre dans la voiture après avoir congédié son livreur. Le quinquagénaire rondouillard n'osait même pas me regarder en face en me tendant les papiers tellement je suis triste et froid. Plus froid que la mort.

Au moment où je vais pour démarrer le moteur, Caitlin remet ça :

– À quoi ça sert tout ça ? craque-t-elle. Ils sont tous morts à présent… Tous les Roy. Je n'ai plus que *toi*. Et tu n'as plus que *moi*.

Fait chier, merde.

J'en peux plus de son cœur brisé qui ne veut qu'une chose : la fusion des sentiments parce qu'on a le même sang. Je ne vais pas lui tomber dans les bras. Ni la soutenir dans son deuil. Encore moins la baiser pour la débarrasser de toute sa tension d'avoir perdu un être cher. Les jointures serrées sur le volant, je me force à me rappeler qu'elle n'a pas encore accepté la perte de son père.

Elle n'en a pas eu *le temps*.

Vu que l'homme a été foudroyé par une sorte de méningite bizarre contractée pendant le Grand Prix du Mexique, dont personne n'a su dire si elle était virale ou bactérienne. Il y a à peine trois semaines. Putain de choc des adieux !

Si vite, c'est brutal.

– Bon, Caitlin Roy. Tu as deux options. La première, tu remontes dans ton jet et tu attends sagement mon retour en essayant de dormir un peu. La seconde, tu viens avec moi retrouver ce salaud et tu arrêtes *tout de suite* de geindre.

Au lieu de capituler, la chialeuse relève le menton.

– Et je te laisse mettre l'écurie en péril ? insiste-t-elle dans un élan de courage insensé qui me surprend. Ton besoin de vengeance t'aveugle. Comment peux-tu être sûr qu'il s'agit du *bon* salaud ? On n'a même pas la preuve que ce type est impliqué de près ou de loin dans ce qui vous est arrivé. Quel était son mobile ? Quel rapport avait-il avec ta famille ? On. N'en. Sait. RIEN.

Comment peut-elle suggérer que son père s'est trompé, bordel !

Choqué, je la fixe intensément. Un coup, elle le pleure comme si c'était le mec qui la baisait tous les soirs, un coup, elle le traite de menteur. Elle ne voit pas qu'elle l'insulte ? Je regarde l'heure au tableau de bord et je lui hurle dessus :

– ON N'A PAS TOUTE LA NUIT, BORDEL !

Caitlin sursaute sur son siège et ses yeux se remplissent de larmes, comme une enfant apeurée qui appellerait ses parents morts à la rescousse. Je ne sais pas être doux, bordel ! À force de mener ma vie comme un combat permanent, je manque de patience, de tact, de tout. Et je déteste les gens qui se répètent.

– Bon je conduis, tranché-je en faisant un effort colossal pour ne pas la virer.

Le seul crime de Caitlin est le crime d'obéissance. En affaire, c'est une teigne, mais en vérité, elle n'a jamais su dire « non » à son père. Un vrai toutou. Alors que pour moi l'obéissance des enfants n'est qu'un facteur de survie dans un monde inconnu où tout peut devenir mortel. Du moins, c'était le cas des enfants que j'avais autour de moi petit. Moi compris.

On obéissait ou on mourait.

– Comme Melvin ne t'a pas donné l'info de son vivant, je croyais qu'il n'avait rien du tout, argumente Caitlin en bouclant sa ceinture. C'est vrai. Cela fait trois ans que tu lui demandes des comptes et que tu l'accuses de n'avoir rien fait pour vous retrouver. S'il avait quelque chose. Pourquoi le dire *maintenant* ?

C'est logique. Choquant envers son père, insultant, mais logique.

– Ton père n'aurait pas écrit ce nom pour rien, alors qu'il était aveugle et que sa moelle épinière l'abandonnait, objecté-je sûr de moi. Tu imagines l'effort que ça lui a demandé d'écrire ces trois mots dans son état ? Il a *voulu* que je sache.

Plus ça va, plus j'en suis convaincu.

– Pour ça tu as raison, grince Caitlin avec aigreur.

Je fronce les sourcils, me demandant si elle lui en veut de m'avoir donné une réponse, mais après tout je m'en fous. Je démarre le moteur, ce qui allume aussitôt la radio. *Wars of Faith* résonne dans l'habitacle et libère ma poitrine. Je sais que c'est déplacé pendant un deuil mais je ne l'éteins pas. Ce n'est pas la première infraction aux règles de conduite que je ferai de toute façon. Les usages, la politesse, le rythme des repas… Autant de comportements qui pour moi n'ont aucun sens. Qui plus est, la musique est la seule chose qui calme mon cœur de l'acide qui le ronge. Elle me rend libre. Chez nous, Internet était interdit. Pas de films. Pas de livres. Pas de journaux. Pas de jeux. Pas de musique.

Tout ça provenait de l'extérieur pour nous intoxiquer.

– Depuis quand doutes-tu de ton père ? sourcillé-je tout en quittant le parking par la gauche pour rejoindre l'I95. Je te croyais loyale.

La loyauté a beaucoup d'importance pour moi, c'est même la seule chose qui me touche. Quand on a été abandonné, trahi et vendu, c'est la vertu qu'on place au-dessus de tout. Bien au-dessus de la confiance ou de la franchise.

Caitlin prend un moment avant de répondre :

– J'avais juste besoin d'un petit moment d'oubli, je suppose.

– C'est un luxe que je ne peux pas t'offrir. Brenner tient un meeting au Fontainebleau afin de remercier ses électeurs de l'avoir élu maire du Comté de Miami-Dade, c'est le seul moment où je pourrai l'approcher.

Un coup d'œil au GPS m'indique que la proie n'est qu'à trente-quatre minutes. On peut diviser par deux, mais il faut faire vite. Nous avons décollé à treize heures de Vancouver, trois heures de plus pour le fuseau de Miami, cinq heures de vol avec le Gulfstream G650 de la compagnie capable de parcourir la distance à une vitesse proche du mur du son. Ce qui fait du dernier joujou de Melvin le jet le plus rapide du monde. Résultat, il est déjà vingt et une heures ici et je dois absolument arriver avant que le meeting se termine si je veux rester discret. Aucune envie d'avoir à forcer l'entrée de la soirée-gentils-soutiens qui va suivre. Le *Miami Herald* indiquait vingt-deux heures trente pour la flopée d'invités triés sur le volet, et bien entendu je n'ai pas de carton.

Pourquoi en aurais-je, hein ?

Je doute que le gars m'attende.

Le GPS me dirige vers l'est en direction de Miami Beach, l'asphalte déroule à fond la caisse sous mes gommes. Il ne me faut que quelques minutes pour rejoindre le pont *Oversea* reliant l'île à la côte. En attendant que le grand cirque de la F1 fasse étape dans cette ville, comme il en est question, j'en profite pour jeter un œil en bas et je retiens un ricanement amer. Plage de sable blanc, maisons de stars disposant chacune de son propre yacht amarré.

C'est ici que t'habites, Brenner ?

Ça va bien pour toi.

Alors que moi, pour payer mon hébergement, à dix ans, je charriais toute la journée des traverses de chemin de fer avec mon binôme par – 30 °C, et la nuit, avant d'être autorisés à rejoindre nos dortoirs gelés, on allait en cours entendre l'Aîné nous débiter ses fichues prophéties. Après, on avait le droit de manger les restes et de se laver, avec un peu d'eau chaude, quand il en restait.

Seulement après.

Enfin le Cadillac s'engage dans la montée bordée de palmiers du Fontainebleau où sont agglutinés en nombre impressionnant des valets en livrée beigeasse, sans aucun éclat pour ce genre d'endroit. Un d'entre eux me propose de s'occuper du Cadillac contre un ticket. Prudent, je jette d'abord un œil à sa copine juchée sur le toit d'une Ghibli sublime pour faire la maligne, et mes entrailles s'échauffent. Je n'ai aucune envie de perdre ma caution à cause de ce con. Voyant Caitlin sortir de son côté et l'heure tourner, je me résigne à lui confier la clef.

Et à lui adresser la parole :

– Je n'ai rien en commun avec le propriétaire de la Maserati, gamin.

– Ça veut dire quoi au juste ? se fige l'inconscient.

– Ça veut dire que je me bats avec la même cruauté qu'un ours sibérien enragé depuis l'âge de cinq ans et que je suis toujours en vie. Tu es prévenu. On examinera la carrosserie du Cadillac ensemble à mon départ. Compris ?

Le mioche recule, manquant de se ramasser sur son cul flasque.

– C-c-compris, bégaie-t-il d'une voix inaudible.

– Dis à ta copine de descendre.

– Mauddddddd, croasse l'intéressé dans mon dos.

En entrant dans le hall, je me fais violence pour ne plus y penser, mais ce mec mériterait de se faire virer. À la place, je contemple longuement la salle prévue pour le meeting. Un auditorium spacieux dont l'espace a été encore agrandi par les larges baies vitrées ouvertes sur la piscine extérieure de l'hôtel. Évidemment, leur pataugeoire est décorée de palmiers illuminés et d'une belle brochette d'invités déjà repus des boissons de la fête. Le terrain de jeu des millionnaires du coin venus consommer leur drogue en beauté, si je comprends bien. Une meute d'abrutis paresseux. La vanité absolue. Sans le moindre état d'âme, j'entre dans ce gourbi qui tient lieu de fête de la victoire. La chaleur tropicale ambiante imprégnée des derniers parfums féminins à la mode tourbillonne avec les étoffes soyeuses et les décolletés profonds autour de moi, mais je n'y prête pas attention.

En deux secondes, je repère la proie sur la scène.

Une tête de moins que moi, cheveux châtains coupés court, casquette des Miami Dolphins rivée sur le crâne et chemise blanche ouverte au col, gigotant mollement les bras pour saluer la foule de ses admirateurs, comme s'il les connaissait tous. *Menteur.* Je survole l'interprète en langue des signes qui s'agite à côté de lui, ainsi que le milliardaire Stephen Ross, propriétaire de l'équipe de football locale, affublé de la même casquette, pour faire une rapide étude de la situation. C'est chimique, chez moi. Depuis que je me suis mis à pratiquer les courses de rue sans aucune sécurité routière pour assurer mes fesses, je porte attention à tout ce qui m'entoure.

Chaque détail, même le plus inutile, je le vois.

Cette hyper vigilance fait autant partie de moi que les réflexes qui m'ont maintenu en vie jusqu'à maintenant. Qui plus est, ce petit jeu m'amuse quand il s'agit d'évaluer un concurrent. Les *Wogs* sont si faibles, en règle générale, ils sont esclaves de leurs peurs, sans se douter que *l'espoir* est la seule chose plus forte que la peur. L'unique remède.

C'est presque drôle qu'ils passent si facilement à côté alors qu'ils en parlent comme ce qui détermine leur société moderne censée être tournée vers l'avenir. Du coup, une fois qu'on a trouvé ce qui les effraie et qu'on leur supprime l'espoir, ils n'ont plus aucune défense.

Plus aucune direction. Ils sont perdus.

Par exemple. La foule exulte, pas lui. Soit Brenner est particulièrement calme et posé de nature, ce qui indiquerait qu'il est un adversaire dont on doit se méfier, soit il subit. Mais quoi ? Je reporte toute mon attention sur lui. Samuel Brenner a la cinquantaine bien sonnée sans aucune trace d'embonpoint pour un homme de son âge. Il s'entretient. Pas de training épuisant mais quelques heures d'activité physique tous les jours pour garder sa masse musculaire. Un sport de combat ? Je ne crois pas. Il n'y a pas de lutte, pas de montée d'adrénaline dans ses yeux gris plongés dans la foule. Malgré sa victoire, il reste dans les clous. *Allez, vieux ! Quelle est la raison qui fait que le plaisir de ton succès ne semble pas aussi faramineux qu'il devrait l'être ?* J'avise la femelle à ses côtés pour me faire une idée de sa vie sexuelle.

Une hispano moulée dans un élégant fourreau argent.

Plus jeune d'une bonne décennie, pulpeuse, les yeux aussi brillants pour lui que le diam's qu'elle a au doigt. C'est clair qu'il pourra baiser ce soir s'il la veut. Alors quoi ? Brusquement, une bouffée de regrets étranges s'ouvre en moi. J'imagine mon père et ma mère à leur place, et moi me nourrissant à leur table, d'un vrai repas, chaud, fait rien que pour moi. Je ne devrais pas. Je me suis souvent demandé si tuer l'homme responsable de cette affreuse nuit une fois que je l'aurais trouvé me procurerait un surcroît de plaisir, ou bien si cela ferait juste de moi un homme en paix. Que ce soit l'un ou l'autre, chaque fois que j'ai imaginé cette scène, elle suffisait à me plonger dans un état de semi-béatitude.

Au point qu'à certains moments difficiles, j'en ai forcé le souvenir.

Mais alors que je regarde celui dont la vie ne tient plus qu'à un fil, ses yeux, comme alertés par un sens invisible, viennent se perdre dans les miens et s'arrêtent net. Je le laisse faire. Il ne me connaît pas. Je n'ai donc rien à craindre. Je sais aussi que mes iris sombres font toujours cet effet. Si la noirceur des autres me laisse de glace, la mienne est perçue différemment. *La peur.* Voilà ce que je provoque. Pas la peur raisonnée que l'on ressent devant un voyou venu vous voler, en évaluant les risques, non. Je ne suis pas un voleur. Je n'ai jamais rien volé. Pas même une victoire. La peur hypnotique, inconsciente, qui vous prive d'oxygène, fait descendre votre estomac dans vos talons et trempe votre pantalon. Aucun homme n'éjacule assez fort pour faire passer ça ! Rien n'est meilleur que cette vague vengeresse qui m'engloutit au moment où je vois le responsable de mon existence brisée me regarder en face. Je vais enfin te punir. J'en ai le pouvoir.

Avant de se détourner aussitôt pour fixer quelqu'un au premier rang.

L'imbécile, il s'est trahi !

La première chose qu'il fait est de m'indiquer sa faiblesse. À moi, le prédateur. La prédation est courante dans la nature, les prédateurs jouent même un rôle prépondérant dans le maintien des équilibres écologiques. Pourquoi ne serait-ce pas la même chose pour l'homme quand la justice ne fait pas son boulot ? C'est à ça que servent les héros justiciers dans leur lutte contre les ennemis de l'univers.

Votre société dit « La loi première, l'homme second ».

Le héros dit « L'homme premier, la loi seconde ».

À cette pensée, un sang neuf bat dans mes veines, comme renouvelé d'une nouvelle encre. Un sang qui n'est plus celui d'un martyr. Désormais, je sais ce qui compte le plus pour lui : deux bambins jouant avec une jeune fille aux boucles brunes impressionnantes. Pas des boucles normales. Elle n'est pas frisée comme Liya, notre In-G de course. C'est plus un désordre de spirales et de vaguelettes parfaitement assumé qui dit qu'elle n'en a rien à faire. La chevelure soyeuse décomplexée retient mon attention. Longtemps. *Un ange noir.* Rectification, elle n'est ni brune, ni châtain, mais d'un fauve identique à la tombée de la nuit, quand le feu du ciel et les ténèbres se mélangent. L'exacte réplique de ce moment éphémère rendu éternel. Le seul endroit où je puisse vivre. Un papillon de paradoxe.

Boucle nuit.

Sans me trahir moi non plus, je m'adresse à Caitlin :

– Va te prendre une coupe de champagne au bar et renseigne-toi sur sa famille. Il a deux enfants jeunes.

– Sau ! proteste-t-elle. Que vas-tu faire ? Enlever ses enfants ?

– Obéis, Caitlin. Sans faire d'histoires.

À cet instant précis, je n'ai aucune idée de ce que je vais faire à ces enfants. Absolument aucune. Je n'ai jamais touché à la tête d'un gosse. *Jamais.* Au contraire, ils sont les seuls humains que je protège. Peut-être parce que personne ne l'a fait pour moi petit. Toutefois ce serait justice, non ? La loi du talion ne dit-elle pas vie pour vie ? Blessure pour blessure ? Meurtrissure pour meurtrissure ? Si cet homme a commandité notre enlèvement, pourquoi n'en ferais-je pas autant avec les siens ? Qui s'est chargé de le punir, lui ?

Personne.

Outre la vengeance légitime qui ne demande qu'à s'étendre comme une traînée de poudre sous ma peau, s'il a peur pour ses enfants, il parlera, et il me révélera *où* est mon jumeau. Ce qu'il en a *fait*. S'il lui a réservé le même sort qu'à moi, ou un autre, plus rapidement fatal. Je ne sais pas ce qui est le pire. Grandir dans une secte totalitaire entourée d'ours sibériens affamés sans aucune possibilité de s'échapper, sauf à leur servir de nourriture, ou mourir tout de suite. Par ailleurs, je doute que Samuel Brenner, maire de Miami-Dade, se confesse gentiment. C'est un homme politique aujourd'hui. Il a trop à perdre. Il me faut un moyen de pression et ses enfants seront parfaits. À moins que… Je réalise soudain que son regard s'adresse à Elle. *Boucle nuit.* Pas aux enfants. Mais Caitlin est déjà partie vers le bar. Qui est-elle ? La baby-sitter qu'il culbute quand sa femme regarde ailleurs ? On ne regarde pas ainsi une fille que l'on saute. Une baby-sitter en robe du soir volantée dos nu ? La robe rouge est trop féminine, et coûteuse. Elle est importante, c'est sûr, je le lis dans ses yeux. Mais pour *quelle* raison ?

Si c'est sa faiblesse ou sa honte, je dois le savoir.

J'observe la fille plus attentivement, espérant qu'elle se trahisse. La demoiselle semble à bout et se lève du premier rang, au bord de l'implosion. On dirait une princesse Disney avec sa crinière irréaliste. Sans en comprendre la raison, je suis comme hypnotisé par la façon dont les boucles soyeuses tombent en cascade sur son épaule nue, tandis qu'elle tente d'empêcher les deux mioches de monter sur leur chaise. L'encolure à nœud sagement nouée autour de sa gorge fine lui donne l'air d'une prêtresse envoûtante. Elle a le cou d'un cygne. Mon pouls s'emballe inexplicablement. Chaque bambin semble éprouver de plus en plus de difficultés à supporter la station assise. Y compris le petit garçon qu'elle fait redescendre *manu militari* alors que la fillette aux joues de bébé fait tout son possible pour lui échapper pendant ce temps. Quand soudain… *Bravo bonhomme*. Pour la première fois de ma vie, j'ai envie de rire en voyant les mains potelées du garçonnet se faufiler sous le tissu de sa robe en représailles, tandis qu'elle s'occupe de retenir la fillette. L'une d'elles se glisse sur les fesses rebondies de Boucle nuit. Et il rigole.

Petit futé !

Sa facétie lui fait venir deux belles fossettes sur les joues mais il ne rougit pas, le chenapan. Il assume fièrement de lui avoir touché le cul. Comme un grand.

Tu promets, mon gars !

Quant à Disney, une fois les mains potelées maîtrisées, on dirait qu'elle tente de contenir sa vessie sur le point d'exploser. Je pourrais jurer qu'elle a envie de faire pipi. Par réflexe, je cherche les toilettes…

Allez, tu n'as que dix mètres à faire.

Largue les morveux et vas-y !

Puis je réalise qu'au contraire elle fait tout son possible pour les empêcher de se faire mal sans s'occuper d'elle, de ses besoins naturels ou de son allure une seconde. Elle a oublié le monde extérieur. C'est plutôt comique, d'ailleurs. Sa parfaite robe du soir, minimaliste, est désormais coincée entre ses cuisses pour éviter au gamin une nouvelle tentative de pelotage, mais elle lui moule bigrement les fesses au lieu de tomber gracieusement autour d'elle.

De sorte que lorsqu'elle se penche en avant pour imposer au garnement de s'asseoir à sa place, chacun des hommes présents dans cette pièce peut deviner qu'elle ne porte rien dessous. Deux orbes délicieusement bombés. Un sillon étroit au milieu. Pas de culotte. Je me marre. Aucun doute, le petit morveux a palpé du cul nu. J'ai presque envie de voler à son secours pour l'obliger à leur fausser compagnie. Ce que bien entendu je ne ferai pas. D'un, je ne veux pas entrer en scène. De deux, j'apprécie qu'elle ne soit pas comme ma génitrice, du genre à abandonner ses gosses pour briller. De trois, je n'ai jamais porté secours à une femme. *Jamais.* Même en détresse. Là d'où je viens, on dénonce les plus faibles, au contraire. Sauf que lorsque celle qui occupe mon esprit sort du rang pour rattraper *in extremis* la petite fugueuse, tout l'air est expulsé de mes poumons, comme sous l'effet d'un coup de batte inattendu.

Boucle nuit et yeux verts.

Aussi verts que la malachite de l'Oural.

Ce qui est déjà une sacrée composition, mais ces yeux… Ces yeux ont un accès de violence inhabituel chez une femme qui la place d'emblée au-dessus des autres. Un peu comme si elle existait sur un autre plan, plus sombre, plus accidenté, plus dangereux. Des yeux à faire rêver, à se réveiller la nuit. Des yeux qui m'envoûtent dans la seconde. Par prudence, je recule d'un pas. Est-elle droguée ? Une addiction pourrait expliquer la force de son regard, sauf qu'on ne lui confierait pas des enfants, en ce cas. Sans compter que Brenner n'est certainement pas du genre à embaucher une camée. Je la contemple avec avidité. Intrigué. Déjà, sa chevelure de princesse Disney disait qu'elle n'en avait rien à foutre, mais elle fait preuve d'une grande volonté dans ses gestes et d'un sens des initiatives que l'on devine hors du commun. Affirmée. Peu influençable. Libre. Pure. Voilà ce que je vois. Une fille réfléchie et honnête. Fiable quand elle donne sa parole. Des cils recourbés, mais sans mascara. Ça a toujours été facile pour moi de disséquer les gens, mais là, c'est comme si… Je sais pas. C'est bien la première fois que ça m'arrive. C'est comme si je la sentais dans tous les pores de ma peau.

Je la reçois.

Mon corps réagit physiquement à sa présence, lentement mais durement, et rêve d'établir le contact. Ce qui est normal. Je la désire. Nue. Sous moi. À ma merci. Quel homme jeune normalement constitué ne désirerait pas la chaleur d'un corps pareil autour de lui ? Ses bras. Ses jambes. Plus je la regarde et plus l'étreinte devient intime. Sauf qu'il n'y a rien de normal dans mon attirance pour elle. C'est un désir tordu, primitif, indigent, teinté de révolte et de plaisirs incultes, plus sombre que tout ce que j'ai fantasmé jusqu'ici.

À la fois paradisiaque et infernal.

Ange et Diable.

L'Eau et le Feu.

Quelle étreinte ça donnerait ?

Patiemment, elle fait remonter la fillette sur sa hanche pour la bloquer en hauteur, tout en tenant fermement le poignet du garçonnet de l'autre, et elle leur parle avec douceur. Sincère. Maternelle. Bordel, ma peau vibre carrément du besoin de la retirer à cet être malfaisant pour qui elle travaille, avant qu'il la souille. C'est aussi insensé qu'irrationnel. Qu'est-ce que j'en ai à faire d'elle ? À présent, elle me tourne le dos et regarde vers la scène, mais j'ai l'impression de sentir encore la chaleur de ses hanches, comme si je l'avais touchée, alors que…

Merde, t'es cinglé, mec !

– Comme le champagne servi est de qualité, je t'ai pris une coupe.

Caitlin. Dans le plus grand embarras, je fais de mon mieux pour attraper la coupe qu'elle me tend sans effleurer sa main, mais c'est le rayon vert de l'Oural en robe rouge que je sens encore quand je saisis le cristal froid du verre à pied.

– Tu as appris quelque chose ?

– Excuse-moi, je pensais que tu savais à qui tu demandais ! persiffle Caitlin.

Je l'ai vexée. Caitlin Roy n'a pas son pareil pour tirer les vers du nez aux gens, et comme elle a toujours l'air d'une fille à l'excellente éducation, personne ne se doute de son petit penchant pour l'espionnage industriel. Très pratique quand on dirige une écurie familiale engagée dans le championnat du monde face aux plus grandes marques automobiles de la planète. Combien de fois son père l'a-t-il utilisée pour savoir quel moteur adopter au prochain championnat ? Ou quel pilote serait aligné avant même le marché des transferts ?

Du menton, je lui donne le départ.

– Samuel Brenner, cinquante-sept ans, commence-t-elle. Juge fédéral fortement influencé par le débat politique. Marié une première fois avec Anne Le Page, photographe française ayant reçu le prix Pulitzer en 1994. Ils ont une fille ensemble. Puis veuf. Une sombre histoire de viol. Sa femme s'est fait agresser dans un parc en rentrant d'une soirée pendant qu'il assurait sa nomination à Washington. Ce qui s'est traduit par d'importants troubles psychologiques pour la gamine. Mais Samuel a été parfait. Le mec ne s'est remarié que douze ans plus tard avec une actrice mexicaine de telenovelas : Giselle González, dite GG, et *avec* l'accord de sa fille. Ils ont deux enfants. Billy, sept ans, et Tara, cinq ans.

– C'est sa fille ? dis-je avec un signe de tête vers Boucle nuit.

– Hope Brenner. Vingt-cinq ans.

La magie s'évapore. Brusquement un état de colère s'empare de moi à l'idée qu'elle appartient à mon ennemi, et je me demande si de là ne vient pas mon désir sombre pour elle. J'ai dû le sentir. Comme un mâle sent la présence d'un autre mâle sur la peau d'une femme. Elle est à LUI.

– Quel genre de troubles psychologiques ? je demande froidement pour savoir ce que je peux en tirer.

Caitlin éteint son portable avant de répondre :

– À l'âge de cinq ans, ses muscles du langage se sont paralysés, la rendant incapable d'émettre le moindre son articulé. Un médecin présent au bar m'a appris qu'on appelait ça une dysarthrie psychogène.

– Tu veux dire qu'elle est muette ? m'étonné-je, me rappelant que même si elle semblait parler aux enfants, je n'ai absolument pas entendu sa voix.

Peut-être lisent-ils sur ses lèvres ?

– Plus aujourd'hui. Mais elle peut rechuter en cas de stress. En gros, elle ne fera jamais partie d'une équipe de secours d'urgence. Elle serait incapable de crier « au feu » même si les flammes l'entouraient.

D'un coup, je pige.

– Elle a assisté au viol.

– Là tu m'épates !

Le mot dans ma bouche a l'air de la surprendre, ce que je peux admettre. Elle doit penser que je suis comme eux, étant donné que, chez nous, ce que la société moderne appelle « viol » n'existe pas. Dans notre culture, les femmes sont là pour aider les mâles à entendre la parole de Dieu dans l'extase blanche. C'est leur rôle.

Aussi leur consentement n'est plus très clair.

Elles sont consentantes mais n'en ont pas forcément *envie*.

– Père absent, nounou qui annule à la dernière minute, c'est classique, commente Caitlin tout en sirotant son champagne. La mère n'a eu d'autre choix que d'emmener sa fille avec elle pour ne pas annuler à son tour et prendre le risque de froisser leurs amis.

Moi, je l'aurais protégée. Elle. Pas les amis.

– Que sais-tu d'autre sur elle ?

– Pourquoi ? Elle t'intéresse ? me retourne aussi sec la blonde.

Pris de cours, je lui rappelle ce qu'il en est :

– Tu sais bien que non. C'est une *Wog*.

Pour nous les femelles *Wog* sont des étrangères, on n'y touche pas.

– Elle a un doctorat de psychologie sociale, me déballe sournoisement Caitlin.

Comme je fronce les sourcils en cherchant ce que ça veut dire, elle enchaîne :

– Tu sais, les règles de conduite qui régissent nos manières envers les *étrangers*. Ah non, c'est vrai, tu ne sais pas !

Réduisant la distance de sécurité que je lui impose, je me campe devant elle, prêt à en découdre, quand la voix du DJ se fait entendre au micro :

– Mesdames Messieurs, notre nouveau maire dédicace cette chanson de Fleurie à sa première « Siren », Anne. Les invités ayant reçu le carton d'invitation pour l'*after* peuvent à présent nous rejoindre au Blue Bar pour le reste de la soirée.

Ce qui semble émouvoir la salle entière.

– Comme c’est touchant, s’émeut une femme en passant dans mon dos.

– Il ne l’a pas oubliée, vous savez, renchérit une autre.

Indifférent à tout ça, je reviens à la blonde en face de moi.

– Ne recommence *jamais* à me parler ainsi. Que tu sois une femme ne te protégera pas. Je ne fais aucune différence. Compris ?

La menace lui fait baisser les yeux.

– C’était déplacé, reconnaît-elle. C’est l’une des chercheurs les plus titrés de l’université de Miami, en fait. Elle a un doctorat, plusieurs masters de psychologie clinique, du travail et des organisations, et sa thèse a reçu le prix du jury.

Les miens s’écarquillent d’étonnement.

– Chercheur ? Ça gagne pas un clou un chercheur.

– Je pense que ce n’est pas ce qu’elle recherche. Son labo est spécialisé dans l’intégration des immigrants jamaïcains à Miami.

J’examine la robe rouge chatoyante. Une fille nantie comme elle devrait jouir d’un avenir aussi éblouissant de glamour que cette robe parfaite pour elle. À l’image des maisons avec yacht croisées en chemin. Qu’est-ce qui peut bien la motiver à fréquenter des pouilleux pour des clopinettes ? J’essaie de pénétrer dans l’esprit de son père afin de voir comment exploiter ce que je viens d’apprendre contre mon ennemi. Tout compte fait, je comprends mieux la réaction de Samuel à chercher le regard de sa fille aînée, et non celui de ses deux autres enfants.

La culpabilité a façonné sa vie. Je peux l'admettre.

Quand on voit la vie de son enfant exploser en mille morceaux sur un océan de silence qui vous laisse à la fois impuissant et coupable de n'avoir pas pu protéger celui qui aurait dû l'être, c'est un sentiment de trahison ultime que je n'ai aucun mal à imaginer. Mais si la culpabilité le gouverne, *lui*, comment laissera-t-il cet événement la changer, *elle ?* Il ne le pourra pas. Elle est droite et peu influençable, ça se voit. Le jour où elle apprendra quel monstre il est en vérité, elle le reniera. Et il le sait. D'où sa souffrance. D'où sa frustration permanente qui l'empêche de se réjouir pleinement de ses succès.

Et maintenant, moi aussi je le sais.

– Embauche-la !

La coupe de champagne dans laquelle Caitlin s'était réfugiée tombe.

– Quoi ? Mais pourquoi ? s'écrie l'intéressée en s'écartant des bris de verre.

J'arque un sourcil provocant.

– Tu préfères que je la kidnappe ?

Caitlin pâlit, elle sait que j'en suis capable. Rien ne m'arrêtera.

– Ici ? Il doit bien y avoir trois cents personnes, objecte-t-elle.

Comme si cela allait changer quoi que ce soit ! Je balaie les lieux du regard. Il y a bien un service de sécurité mais les caméras de surveillance sont inexistantes.

Je plonge la main dans ma poche et lui tends le ticket du Cadillac.

– Va récupérer la voiture et gare-toi côté plage.

– Pour quoi faire ? me fixe la blonde, abasourdie.

– Je n'ai besoin que de dix minutes pour la sortir de là. L'évacuer par la plage nous évitera le personnel du parking et les caméras de l'entrée.

– Arrête, tu es fou ! panique Caitlin. Comment vas-tu faire sans qu'elle crie à l'aide et qu'on t'arrête ? Tu penses à l'écurie si tu vas en taule ? Tous les sponsors nous lâcheront. Désolée mais je refuse de tout perdre. C'est non.

Elle se trompe.

– Il suffit que je l'étrangle pour qu'elle s'évanouisse.

Ma voix est calme et posée, et c'est pire.

Tout chez Caitlin exprime que ça n'en vaut pas la peine. Depuis ses iris bleus délavés rivés sur moi jusqu'à sa pâleur et son port de tête. Au moins, elle a compris que j'étais sérieux. Si j'ai eu un moment d'égarement inattendu tout à l'heure, je ne l'ai plus à présent. *Plus du tout.* La vengeance est ce qui nous lie. Aucun désir physique ne peut changer ce fait.

Hope Brenner est *mon* ennemi et je suis *le sien*.

– Et elle ? Son existence ? Son histoire ? Tu t'en fous d'elle ? Elle n'a rien à voir avec tout ça… Elle a déjà perdu sa mère, plaide Caitlin.

– Et alors ? Sa mère s'est fait buter. Soit le mec était un assassin et qu'il l'ait violée ne change rien. Soit le mec était un violeur et a paniqué. Tu crois que je vais la plaindre ? On a tous une histoire. Dommage collatéral.

Caitlin se fige, puis hoche la tête d'un air dégoûté.

– Je le savais mais tu es vraiment une ordure.

Je me tais parce que c'est vrai.

– Je vais aller lui parler, concède-t-elle. Laisse-moi faire.

Autour de moi des applaudissements s'élèvent à la fin de la chanson, signalant la fin du meeting. C'est maintenant ou jamais. Des silhouettes quittent la salle pour se diriger vers un opulent bar circulaire bleu dont l'axe éclairé d'un led rose monte jusqu'au plafond, et rien qu'aux pingouins plantés devant les portes chargés de vérifier les invitations, je comprends que c'est là que doit se tenir la soirée privée qui va suivre. Je n'y prête pas attention. C'est une sensation bizarre d'être entouré de la famille unie de mon ravisseur tout en se sentant seul. La noirceur, les dortoirs vides, les réfectoires sans visage, la solitude du cœur, et le manque de présence humaine, sont les seules choses que je connais.

Je range le ticket de parking dans ma poche.

– Fais-le dehors. Que la sécurité ne vienne pas voir ce que tu fabriques. Et n'évoque pas le nom des Roy, ça pourrait alerter son père, ordonné-je tout en me félicitant d'avoir convaincu Melvin de changer celui de l'écurie à mon arrivée.

– Je ne suis pas stupide à ce point, s'indigne-t-elle.

– En revanche, tu peux lui mentionner ce qu'on fait, l'ignoré-je. Si elle est chercheur, cela devrait suffire à la convaincre.

– Et si elle refuse quand même ? bute la blonde, pas ravie du tout.

– Alors ce sera à ma manière.

Caitlin reste interdite, ne sachant trop quoi m'opposer. C'est la réaction d'une personne qui a des scrupules. L'instinct de survie sans entraînement. Mais je la connais. En fait, elle ne *veut* pas que je lui laisse le choix pour ne pas se sentir coupable de l'avoir fait. Ensuite, elle regardera ailleurs. Comme l'égoïste insensible qu'elle est. Pas que je veuille être cruel avec Boucle nuit, mais je ferai ce qu'il faut pour atteindre mon but. *Zolder*. Seul lui compte. Je *fais* ce qu'il faut. S'il ne s'agissait que de vengeance en soi, j'aurais déjà tué son père.

En attendant, je dois me faire une raison.

Préoccupée, Caitlin scrute l'écran de son portable comme si la solution était dedans. Je sais qu'elle évalue les conséquences des deux options pour l'écurie : soit on la dupe pour l'attirer dans un piège, soit on l'enlève de force. C'est idiot car manière douce et manière forte auront le même résultat.

– Oui ou non ? Décide-toi.

– Ça va ! Je vais la convaincre, cède-t-elle.

Je prends acte de sa décision d'un hochement de tête.

– À partir de maintenant, tu es responsable d'elle. Si tu échoues, si elle s'enfuit, ou si quoi que ce soit contrecarre mes plans, je prendrai la main. Je lui donne deux jours pour dire adieu à son père. Pas un de plus. Pas « au revoir ».

Ce qui n'échappe pas à la blonde en face de moi.

– Si je suis complice de *ça*, tu promets qu'il ne lui arrivera rien ? cille-t-elle.

Bizarrement je n'ai aucun mal à faire cette promesse.

– Il ne lui arrivera rien.

La blonde, méfiante, m'étudie, cherchant à évaluer ma sincérité, et plus elle me dévisage, plus la certitude qu'elle a perdu s'inscrit dans son regard.

– Débrouille-toi pour qu'une fois chez nous elle ne croise jamais mon chemin, me sens-je obligé d'ajouter à la dernière minute. C'est tout.

Quelque chose dans ce que j'ai ressenti en la voyant me dit que je dois éviter la collision. Pour son bien *et* le mien. Tout sera bon pour faire souffrir son père quand je la lui retirerai. Mais pas elle. Et pas ce soir. Ce soir, je lui laisse une chance de garder son père dans son cœur.

– Je t'attends près de la plage, lancé-je en m'en allant.

Mieux vaut que je sorte, tant j'éprouve une bouffée de haine à l'égard de tous ces honnêtes gens. Leur univers de privilégiés, fait d'heures perdues à boire des coups, à pérorer et à baiser, me tord les boyaux. Je porte la main gauche à mon cou et laisse mes doigts suivre les glyphes de mon baptême.

Je ne suis pas un ange.

J'ai commis les pires exactions pour une secte dont je me fichais de la cause. J'ai été drogué, battu, affamé, entraîné, mais *jamais* embrigadé.

À présent, c'est *ça* ma nouvelle foi, et je me fous pas mal qu'elle ne serve que mon intérêt personnel, ou que leur foutue morale le réprouve. J'ai appris une chose auprès de l'homme qui m'a acheté. Celui qui hésite à se venger accroît le nombre des méchants. Il leur laisse un territoire où grandir et se développer.

Alors en quoi mon désir de vengeance devrait-il être condamné comme une réaction affective prohibée ? Pour beaucoup la vengeance est un appel à une justice supérieure. On punit pour prévenir. C'est juste. Pour moi, ce n'est rien d'autre qu'une forme de justice sauvage, quand Dieu ou les hommes n'ont pas été foutus de rendre la leur. Ça tombe bien.

Parce que Sauvage est mon nom, putain !

CHAPITRE 2

HOPE

En riant, j'observe mon père, qui en fait de même.

Nous sommes au bord d'une crise majeure, lui indique mon sourire. Au Blue Bar, deux cents personnes l'attendent impatiemment dans un cercle plus privé permettant plus d'échanges, et elles méritent chaque minute que papa voudra bien leur consacrer. Beaucoup n'ont pas compté leur temps et leur argent pour le faire élire. Alors qu'ici deux garnements déchaînés ne le voudraient que pour lui.

On tire sur ma main.

– Hopi, est-ce que papa va dîner avec tous ces gens ?

Je détache mon regard ému de celui de notre nouveau maire, bouleversée qu'il ait tenu à associer maman à son succès avec cette chanson, pour l'abaisser vers la ravissante petite bouille tracassée levée vers moi.

Qui, elle, s'en moque éperdument.

– Apparemment, réponds-je en voyant mon père et ma belle-mère sortir de la salle pour faire face à leurs obligations.

– Ça va être long, se plaint ma petite sœur.

C'est le maître mot : obligations. La première étant de se souvenir que si on est arrivé là, ce n'est pas seul. Chacun de nous préférerait rentrer à la maison mais c'est impossible. Dans ces cas-là, nous rions toujours des blagues débiles que papa et GG ramènent de leurs soirées. Les blagues débiles, c'est un truc que nous partageons avec eux depuis le début de la campagne. Du coup, je nous dirige vers l'endroit que j'ai repéré depuis vingt bonnes minutes en pestant de ne pas avoir été plus rapide. Là aussi, il y a foule. Je ne sais pas pourquoi il existe une « fracture sexuelle » devant les toilettes. Est-ce que l'envie de pisser agit par discrimination ? Ou bien est-ce une contrainte anatomique immuable ? File d'attente chez les femmes. Fluidité chez les hommes. Pourquoi diantre tant d'inégalité ?

Seulement la direction imposée ne plaît pas à tout le monde.

– Et nous, alors ? proteste ma petite sœur en se plantant devant moi.

Je ris car elle pointe le menton bouche pincée et imite sa mère quand elle est furax contre mon père. *Les chiens ne font pas des chats.*

– Papa avait prooomis de manger une glace avec moi s'il gagnait, ajoute-t-elle fièrement. Il dit que Ben & Jerry c'est komerkitable.

Je m'abaisse à sa hauteur pour lui chuchoter à l'oreille :

– Tu n'as pas envie de faire pipi ?

– Non ! t'y restes troooop longtemps, braille-t-elle à qui veut l'entendre.

Gênée qu'elle ait dit ça à voix haute, je lève les yeux au ciel.

– Si j'y reste longtemps, c'est parce que je me lave les mains, en profité-je. Tu te souviens pourquoi il faut se laver les mains, n'est-ce pas ?

– Même pas vrai ! Il te faut une heure pour poser ton sac et encore une autre pour savoir si tu vas t'asseoir, ou pas, réplique-t-elle d'un air buté et tout aussi fort.

Patience... Au bout de la patience, il y a le ciel. Ou les toilettes.

Cinq ans, c'est l'âge où elle copie les gestes des adultes et essaie de changer leurs règles. L'âge du merveilleux et de l'affabulation où elle revit le vécu à sa manière. Billy tente de lui barrer le passage en s'insérant entre elle et moi.

– Commerce *équitable*, banane ! lui hurle-t-il en pleine face, avec un temps de retard indiquant qu'il a encore dû commettre une bêtise.

Je regarde autour de moi pour évaluer les dégâts mais je ne vois rien. Sept ans, c'est tout le contraire. C'est l'âge où mon frère se réfère à l'adulte et commence à perdre son naturel. Il n'a plus besoin de prouver qu'il sait s'habiller ou manger seul, il a besoin de justice et d'indépendance relative.

Et c'est bien ça le drame. La sienne n'a rien de relatif. Il veut TOUT. Tout de suite. Je l'écarte avant qu'il ne lui marche sur les pieds et qu'elle ne se mette à pleurer pour ses sandales neuves.

– Sors de là, Billy, ordonné-je en le tirant en arrière par le bras.

– Au secours, au secours, elle me frappe, s'écrie le petit monstre en simulant la douleur.

– Il a marché sur mes saussures, Hopi, s'écrie sa sœur de son côté.

Billy regarde soudain vers les toilettes et esquisse un sourire. Qu'est-ce…

– Je suis maltraité par mes parents, ils me frappent et me laissent aller *tout nu* dans la maison, en rajoute, haut et fort le petit sacripan pour le groupe de femmes indignées de la file d'attente, et j'éclate de rire.

Quel comédien !

– Parfois j'ai envie de *tout* dire à la police… mais je peux pas parce que mon papa est le maire de la ville et j'ai sept ans…

OK, je dois arrêter l'hémorragie et mettre fin à leur calvaire et au mien le plus rapidement possible. Ces enfants n'en peuvent plus. Moi non plus. Une chose est sûre, ils méritent qu'on les tire de là.

Je me penche vers Tara :

– Tu voudrais rentrer avec moi, pipounette ? Nil peut nous ramener.

L'idée de quitter la fête n'a pas l'air de l'emballer, alors j'ajoute :

– Comme ça on ne serait que trois pour le dernier pot de Cookie Dough' Wich. Quand papa est là, il engloutit tout. Tu veux vraiment partager ?

Cette fois, Tara me lance un regard réfléchi. Je sais, c'est moche, mais la légendaire crème glacée entre deux cookies moelleux aux pépites de chocolat est son dessert préféré. Je sais qu'elle évalue son choix.

Papa ou la crème glacée ?

Pas facile pour elle. Je crois qu'elle aime autant les deux. Alors que son frère, bras croisés sur sa petite poitrine, tape du pied en rythme pour m'indiquer qu'il n'est pas dupe de ma supercherie. Nous nous regardons de nouveau. Il esquisse un sourire et tente de passer devant moi à toute allure.

Je le rattrape par le bras.

– Toi ! Ne bouge plus ! l'avertis-je.

Ses iris gris s'allument sous ses boucles brunes.

– Elle bluffe, Tara, se venge-t-il. J'ai entendu maman et la bonne se demander cet après-midi comment il était possible de mettre encore plus de cookies dans Cookie Dough. Edith a fait les courses.

Un nuage Dior me dépasse et s'agenouille devant Billy. *Guillemine.*

– Ta maman a bien raison, mon lapin, lui affirme la plus proche collaboratrice de mon père. C'est impossible d'en mettre plus.

D'un geste affectueux, elle ramène sa frange en arrière et s'adresse à moi :

– Mon Dieu que ces enfants sont adorables.

En dépit de l'envie pressante que je tente d'ignorer, je ne peux m'empêcher de rire. Elle a raison. Ma sœur, qui est la plus adorable des petites filles de cinq ans aux joues bien rondes que je connaisse, creuse des fossettes depuis une heure au moins en souriant à chaque personne qui la complimente sur sa robe d'été, afin de cacher ses dents de devant perdues récemment. Tandis que mon petit frère au teint mat de pirate et à la frange trop longue grimpe sur les chaises pour la faire rire aux éclats avec ses pitreries en espérant *justement* qu'elle les montre.

– Hopi Hopi veut faire pipi, scande à tue-tête le petit monstre devant la file d'attente, ce qui bien entendu fait retourner toutes les femmes élégantes vers moi, et il recommence : Hopi Hopi veut faire pipi.

Oh non ! Elles croient que c'est fait exprès pour me laisser passer.

– HOPI HOPI VEUT FAIRE PIPI…

Je n'ai pas le temps de m'expliquer qu'une autre voix féminine me parvient :

– Docteur Brenner ? Puis-je vous parler ?

Pitié, Seigneur. Je ne sais pas encore combien de temps ma vessie va tenir. Du coin de l'œil, j'aperçois une femme blonde sculpturale, aux cheveux effilés en carré court stylé arrivant vers moi d'un pas leste. Son carré bouge autour d'elle pendant qu'elle marche, mais c'est son tailleur-pantalon en velours noir qui m'interpelle car peu habituel à Miami, même en cette saison. Qui est-elle ? Une journaliste de Washington à l'affût d'un gossip ? Pourquoi ai-je le sentiment soudain que je dois me méfier ? Je suis encore à me le demander, quand Guillemine me propose gentiment :

– Voulez-vous que je m'occupe des petits quelques minutes ? Vous aurez le temps pour aller vous soulager et répondre à cette personne.

Mon inconfort se voit donc autant que ça ?

Je mords ma lèvre dans une moue contrariée. Toutefois j'hésite, car je n'aime pas confier mes frère et sœur à une étrangère au beau milieu d'une foule. Pas que je n'aie pas confiance en Guillemine – elle travaillait pour mon père avant leur naissance –, mais un instant d'inattention est si vite arrivé.

Comment savoir qui en profitera et pour quoi ?

– Hope, je ne les quitterai pas des yeux, semble comprendre l'intéressée.

Preuve que la paranoïa de mon père a aussi déteint sur elle.

– Je vais les emmener manger un morceau en cuisine, au calme, ça va les détendre, dit-elle. Je pense même qu'ils auront de la glace. Prenez votre temps.

– Merci.

Je vais peut-être pouvoir faire pipi en paix, finalement. Un des inconvénients avec ces deux-là est qu'on n'est plus jamais seule. *Genre jamais.* Or, ma vessie qui n'en peut plus est prête à tout laisser derrière moi pour un petit moment, seule.

Du moins le temps d'expédier l'intruse.

– Est-ce que nous nous connaissons ? je lui demande.

En même temps, j'en doute fort. J'ai beau habiter Miami depuis ma naissance, notre communauté hype de la côte est ne perd plus son temps précieux à venir me parler. Quand on veut approcher mon père, c'est à Giselle qu'on s'adresse où à Peter Black, son attaché de presse redoutablement efficace. Tout est organisé par branches autour de papa et Peter n'hésite pas à utiliser tout l'arsenal de la loi pour contrôler sa communication. Par ailleurs, cette femme n'a pas du tout le look de mes collègues de labo, donc…

Je penche pour un tabloïd.

– Mon nom est Caitlin. J'ai téléphoné à votre université car je ne suis que de passage à Miami et on m'a dit que je pourrais vous rencontrer ici. Je souhaitais vous parler de vos travaux avant de quitter la ville, m'explique-t-elle.

Soulagée, je m'avance pour lui serrer la main.

– Enchantée, Caitlin.

Poigne de fer. Regard droit. Je la laisse me jauger pour en faire autant pendant qu'un serveur nous présente un plateau garni de boissons que nous refusons.

– Je ne vais pas y aller par quatre chemins, assène-t-elle lorsque le serveur disparaît. Je suis ici pour vous proposer un stage en milieu pratique.

Un stage ? Elle a compris que j'étais diplômée ? J'ouvre la bouche pour lui dire que mes stages sont loin derrière moi, quand elle me coupe :

– Attendez avant de refuser !

Surprise par ce ton autoritaire que je maîtrise mal, je laisse le brouhaha des invités nous entourer pendant que son regard agité semble chercher quelqu'un.

Cette femme tranche, ici, et pas seulement par son tailleur d'hiver.

– Vous avez déjà entendu parler de ScrapMetal Racing ?

Et comment ! Brendt me saoule avec ça.

– L'écurie de Formule 1 ?

Un sourire triomphant éclaire son visage.

– L'écurie appartenait à mon père et à mon oncle, qui eux-mêmes la tenaient de leur père. Le fondateur. Je la dirige aujourd'hui.

Je cligne des yeux, intriguée.

– D'accord. Mais quel rapport avec moi ?

Son regard vagabonde encore autour de nous.

– Venez dehors, exige-t-elle.

Pourquoi je la suis ? Et pourquoi se comporte-t-elle comme si elle était un agent du KGB sur le point de me révéler un secret ? Enfin de la CIA. Une fois la baie vitrée franchie, une vague d'humidité lourde, désagréable me saute au visage. *Miami.* Toujours dans ses pas, je m'avance au milieu des clients installés sur les transats et je constate qu'elle nous éloigne de l'eau cristalline de la piscine et des éclairages afin de rejoindre la partie engazonnée du jardin donnant sur la plage.

Avec pour seule clarté celle de la lune.

– Ici, décrète-t-elle en retirant ses chaussures à talons.

De cet endroit, je vois à peine son visage. Une douce brise, encore empreinte de la chaleur tropicale de la journée, agite les feuillages. J'inhale le doux parfum des bougainvilliers mêlé aux embruns salés, et tout de suite l'odeur me rappelle le cimetière où est enterrée ma mère.

Pour ne plus y penser, j'essaie de me concentrer sur le modèle de sandales Gucci en velours noir pendues à sa main gauche en me disant que moi j'aurais choisi une couleur plus pétante au lieu de coller au look de son tailleur-pantalon.

Quand, soudain, les Gucci tombent au sol.

– Oh que ça fait du bien, miaule Caitlin en étalant ses orteils dans le gazon humide, sans se soucier de moi.

– Vous m'avez fait venir jusqu'ici pour vous regarder soulager vos pieds de vos Gucci dernier cri ? sifflé-je un peu énervée par son comportement.

C'est quand même très impoli.

– Ce ne serait pas stupide. Je ne sais pas vous, mais moi, je n'arrive pas à m'exprimer comme il faut quand mes pieds me font souffrir.

Moi, c'est la peur de ne plus parler *du tout* qui m'effraie.

– Je sors d'un enterrement et je porte ces chaussures trop petites depuis ce matin, voyez-vous, explique-t-elle. J'ai dû me tromper de taille italienne quand je les ai commandées. C'est chiant leur conversion de chaussures.

Compatissante, je hoche la tête.

– Que savez-vous de ScrapMetal Racing ?

– Rien, avoué-je. Juste le nom.

– ScrapMetal n'est pas une écurie de course traditionnelle, débite-t-elle. Nos recrutements sont… on va dire quelque peu… originaux.

Ne voulant pas être impolie, je lui demande en quoi.

– Nous recrutons tous nos éléments auprès des sectes, affirme Caitlin en scrutant ma réaction. Ceux qui en sont sortis, bien sûr.

– Vous intégrez des sectateurs[4] !? Wouah. Réellement ?

– Oui, réellement, approuve-t-elle devant mon air émerveillé.

– Mince. Comment est-ce possible ? Ces gens-là ne s'intègrent pas. Les statistiques sont formelles : ils se suicident, se prostituent, ou retournent à la secte.

Une lueur de soulagement traverse ses yeux.

– Je suis heureuse que le sujet vous passionne, opine-t-elle d'un air satisfait. Nous avons connu

4. Terme utilisé pour désigner les membres d'une secte : enfants ou adultes, hommes ou femmes, quel que soit leur sexe. Il n'y a aucune distinction.

quelques suicides et quelques départs. La prostitution, nous fermons les yeux dessus par nécessité.

Je survole l'info pour suivre mon idée :

– C'est étonnant, je croyais qu'ils étaient incapables de garder un emploi. Ce qui rendait leur intégration quasi impossible.

C'est justement cet outil du travail qui permet aux immigrés classiques de s'intégrer aux autres. C'est pourquoi tous les psychologues misent là-dessus. Mais *eux*… Les sectateurs ont leur propre organisation du travail, sans rémunération, guidé par la mission divine et l'intérêt supérieur, et ils ne se mélangent pas. Comment le pourraient-ils ? Ce sont des animaux de caste. Un peu comme les loups entre eux. En dehors de la horde, point de rapport. Même sexuel.

Caitlin secoue la tête lentement.

– Tout notre personnel est composé de sectateurs, et je peux vous assurer qu'ils travaillent avec ardeur. Pilotes, techniciens, administratifs, intendance, tous…

– Vous les payez ?

– Ils ont un salaire et une couverture sociale.

Qu'ils aient réussi ça, je n'en reviens pas !

– C'est incroyable. Comment avez-vous fait pour les convaincre ?

Au lieu de me répondre, Caitlin détourne la tête vers la plage. Son regard flotte un instant dans le lointain, comme si elle hésitait à en dire plus.

Je devrais poser des questions, relever le « nous », mais je ne dis rien.

Trop intéressée, je me contente de boire ses paroles.

– En fait, c'est un choix que nous avons fait en comprenant que la mixité n'était pas possible, argumente Caitlin avec prudence. C'est *ça* le problème. Ils ne veulent pas avoir affaire à nous.

Je cligne des paupières.

– Mais… Vous avez dit que l'écurie existait avant…

Ses muscles se crispent aussitôt et ses yeux se vident en répondant à ma remarque, comme si une foule de souvenirs lui revenait.

– Nous avons licencié les gens de l'extérieur qui étaient là du temps de mon père et de mon grand-père. Ça a été dur, injuste, mais nous n'avons gardé personne.

Je lâche dans un souffle incrédule :

– Et ça marche ?

– Ça marche, confirme-t-elle avec fierté. Bien sûr, nous avons encore trop de déchets récalcitrants et des suicides. C'est pourquoi nous avons besoin de vous.

La question fuse, tellement c'est incroyable.

– Mais comment avez-vous fait pour les convaincre *au départ* ?

Caitlin dégage la question de la main.

– S'il vous plaît. Venez observer ScrapMetal quelques semaines et dites-nous comment nous améliorer. Nous avons *besoin* de vous à ce stade.

À cette pensée, une brusque chaleur a envahi ma poitrine sans que je sache si c'est de fierté ou d'appréhension. Quoi qu'il en soit, je suis prête. Je pourrais sauter sur place tellement l'expérience est unique. Personne n'est jamais entré dans une secte en observateur. Personne n'a jamais plongé dans leur monde avec leur autorisation et les pires informations circulent. Aucun psychologue n'a pu le faire. Et pour cause, la plupart du temps, les médecins, alertés par les juges sur des cas très précis de négligence, de mauvais traitement ou d'abus sexuel, sont incapables de comprendre ces communautés dont le langage est volontairement différent pour brouiller les pistes des autorités. La seule façon serait d'avoir l'aide des sectateurs eux-mêmes, ce qu'ils refusent. Tous. Systématiquement. Or là…

Mon Dieu, l'occasion est unique. Je n'en aurai pas d'autre.

– Il faut que j'en parle à Brendt Rowland. C'est mon chef de département à l'université et mon patron, répliqué-je. Je ne peux pas m'absenter sans son accord.

La blonde stylée tique et sa posture se rigidifie.

– Vous pensez qu'il peut refuser ?

Pendant qu'elle s'inquiète, mon cerveau se met en marche. Nous ne sommes pas *que* des collègues de travail, Brendt et moi. Nous sortons ensemble depuis deux ans, ce qui rend les choses un peu plus compliquées. Il a d'abord été mon professeur. C'était le plus jeune enseignant de l'université et toutes les filles lui couraient après, mais il n'y avait rien entre nous. À peine me voyait-il. Après mon Master, toutefois, les choses ont radicalement changé. J'ai tout naturellement postulé dans son labo et, une chose en entraînant une autre, nous sommes sortis ensemble. De directeur de thèse, il est devenu mon petit ami. Brendt ne va pas aimer me savoir loin de lui. Surtout après sa demande en mariage à laquelle je n'ai toujours pas répondu. Il va penser que je m'éloigne sciemment. Ce qui n'est pas totalement faux. C'est ma faute si je ne me sens pas d'emménager avec un homme qui ne me connaît pas. J'aurais le sentiment de le tromper avant de commencer.

Je m'adresse à la femme blonde :

– Je vais lui parler. Où puis-je vous contacter ?

Caitlin glisse la main dans son sac et me tend un bristol représentant un drapeau à damier avec, en son centre, un bulldog rose.

Je lève les yeux vers elle.

– Un molosse rose ? Vous êtes sérieuse ?

Si c'est leur mascotte, elle craint !

– Celui de mon associé est vert, m'annonce-t-elle comme si c'était évident. Ça permet de distinguer nos numéros de téléphone plus rapidement sans indiquer nos noms. L'adresse de l'écurie est au dos du drapeau à damier.

Je retourne la carte et l'adresse est bien là.

ScrapMetal Racing
50°20'23.40" N -122°28'23.39" W
Vancouver, BC

Puis je me souviens qu'elle a indiqué *diriger* l'écurie familiale.

– Votre associé ?

– Le fils de mon oncle, précise-t-elle d'une voix plus tendue. C'est un sectateur. C'est ce qui a motivé papa à changer notre recrutement à son retour.

Cette fois, je comprends mieux.

– Je me demandais aussi comment vous aviez fait.

– Si vous connaissez l'histoire de Red Bull, vous verrez que nous ne sommes pas les seuls à innover de la sorte, argue-t-elle sans s'étendre davantage. Red Bull recrute ses sportifs dans les quartiers défavorisés. Nous, dans les communautés sectaires. Il y a trop de riches dans la F1. Il faut que ça change !

– D'accord. Accordez-moi quelques jours et je vous téléphone.

Malgré ma réponse favorable, elle n'a pas l'air de vouloir s'en contenter.

– Vous n'allez pas vous défiler ?! me somme-t-elle.

Agacée, je recule d'un pas en arrière pour mieux la regarder.

– Ce n'est pas mon genre.

La blonde hésite un instant, regarde vers le large, mâchoires crispées. Cette fille est un pittbull. Que va-t-elle faire ? M'obliger à la suivre contre mon gré ?

En quoi est-ce une urgence ?

– Nous partons dans quelques jours à Abu Dhabi pour le dernier Grand Prix du championnat. Ce serait bien que vous veniez avant, justifie-t-elle.

L'argument se tient.

– Je vous appelle demain. Ça vous va mieux comme ça ?

– Parfait. À demain.

Satisfaite, elle ramasse ses Gucci et s'éloigne, pieds nus. Pas vers l'hôtel, mais vers le portillon qui donne sur la plage, m'adressant un petit signe joyeux avec ses escarpins. Je la regarde l'ouvrir et disparaître dans la nuit. Malgré son autorité agaçante, elle m'a l'air sympathique. Elle est directe et efficace. Je pense m'entendre avec ce genre de femme. Avant de repartir vers les miens, je hume l'air ambiant, l'océan Atlantique, le ciel constellé d'étoiles.

J'aime cette nuit et ce qu'elle m'apporte.

Alors pourquoi as-tu la sensation d'un coup de tonnerre dans un ciel serein ?

CHAPITRE 3

HOPE

C'est à cette heure-ci que tu rentres, papa !

À une heure du matin, alors que les petits sont endormis depuis des lustres, j'entends avec soulagement la porte d'entrée de la maison claquer au rez-de-chaussée et les rires étouffés de mon père et de GG, suivis tout de suite après de leurs pas bancals sur le sol de marbre. Discrètement, je viens m'accouder à la rambarde de l'escalier central, heureuse de les voir toujours aussi amoureux. Pas que je veuille m'immiscer mais je dois parler à mon père. Si j'attends demain, soit il sera levé et parti bien avant moi, soit il sera branché à son téléphone avec ses conseillers et ne m'accordera pas son attention pleine et entière.

Or j'ai promis une réponse pour demain.

– Vous êtes rentrés ? lançé-je dans le grand vestibule pour me signaler.

L'écho se déploie contre les murs raffinés et mon père lève la tête vers mon perchoir, sans desserrer son étreinte autour de Giselle. C'est bien ma chance, il ne s'agit pas d'une simple danse. Il a beau me fixer de façon naturelle, moi et mon tee-shirt de campagne pour la nuit « Vote Brenner and make Miami strong », on voit très bien la bosse qui déforme son pantalon.

Zut. Désolée, papa.

– Tu es souffrante ? demande-t-il tout de suite inquiet.

– Non, je me sens tout à fait bien, en fait.

Pour le lui prouver, je m'assieds sur le rebord en marbre de la rampe, laissant pendre mes jambes dans le vide, comme je faisais quand j'étais petite après que Nil m'avait ramenée de l'école.

Sa voix tendue respire la nervosité :

– Les petits alors ? s'enquiert-il tout en fixant le balancement de mes pieds.

Son teint vire au gris et son cou gonfle, signe qu'il bloque son plexus sous l'effet du stress. *Pauvre papa.*

– Ils vont bien aussi, papa.

Dans un léger soupir, il ferme les yeux, me maudissant certainement de l'arracher à son moment érotique. Pour tout dire, je l'envie un peu. Il n'y a que six mètres de vide sous mes pieds nus mais je sais qu'il ne le supporte pas.

C'est là-dessus que je compte.

– Tu veux bien descendre de là, Hope Alys Brenner ?

– Papa, il faut que je te parle.

Bras en l'air, je refais ma queue-de-cheval, histoire de l'énerver davantage.

– Maintenant ? renâcle-t-il en me voyant me tortiller.

– Maintenant, papa.

– Il est tard. Descends, s'il te plaît !

Pas avant que tu capitules.

– Non ça va, je me sens tout à fait à l'aise ici.

Il semble sur le point de piquer une crise et j'ai presque envie de rire à le voir se tenir droit devant moi avec sa bosse en avant. Comme s'il avait peur que je ne tombe sous ses yeux. Ce rebord fait au moins trente centimètres et les balustres sont solides, ce qui est bien assez pour assurer la stabilité de mon cul.

– Dans mon bureau, ordonne-t-il de mauvais gré.

Fière de ma petite victoire, je souris jusqu'aux oreilles.

– Bonne nuit, Giselle. Je vous le rends chaste dans moins de dix minutes.

Papa n'a pas l'air de trouver ça drôle et comme GG va pour quitter le vestibule, il prend le temps de l'embrasser à pleine bouche et de lui murmurer quelque chose qui la fait glousser de plaisir, histoire de ne pas céder tout à fait au chantage de sa fille. Avant de me faire à nouveau signe de descendre.

– En bas ! exige-t-il avec le geste catégorique d'un empereur romain.

– Tu lui fais peur, Hope, et accessoirement tu gâches mon Scrabble en froufrous roses, me signale avec espièglerie GG en arrivant à ma hauteur.

– Tu as essayé de le faire attendre avec toi dans cette tenue ? gloussé-je.

– À cinquante-sept ans ? Si je n'étais pas sûre de ton affection pour moi, ma chérie, je pourrais croire que tu en veux à ta belle-mère. Je vais en profiter pour revoir le script du feuilleton de demain. Tu as vingt minutes.

Les feuilletons en question sont essentiellement des romances à l'eau de rose aux faibles budgets qui ne requièrent pas beaucoup de concentration, mais bon… Vingt minutes devraient suffire. Pour me faire pardonner, je dépose un bisou sur la joue de ma belle-mère avant de descendre rejoindre mon père. Non pas dans son bureau, mais confortablement installé avec un verre de son cognac français préféré dans l'un des trois canapés moutarde choisis par GG pour son salon. Moutarde, gris et rose sont les couleurs de ma pétillante belle-mère.

Heureusement qu'on n'a pas de rideaux.

Je m'assieds dans celui d'en face.

– J'ai un souci, annoncé-je sans préambule en m'installant confortablement.

Ce qui suffit à retenir son attention.

– De quel ordre ? Familial ? Professionnel ? Brendt ? Ne me dis pas que c'est Poppy-Sue ! Qu'a encore fait cette vieille cougar ?

Je glousse en tapotant un coussin ethnique assorti au tapis. Quand il fait ça, mon père a tout l'air du parrain. C'est sa façon de procéder : par élimination et par ordre d'importance. En gros, Brendt est le cadet de ses soucis et ma grand-mère maternelle française qui refuse d'enterrer sa sexualité l'enquiquine.

– Je vais devoir quitter la maison pendant quelques jours et me rendre à Vancouver pour mon job. J'imagine que ça englobe les quatre.

– C'est hors de question ! se redresse vivement mon père, sur le pied de guerre.

Mes joues picotent d'irritation. Ou de honte. Quand il s'adresse à moi comme ça, je me demande quel âge j'ai.

– Pas cette fois, papa. C'est important pour moi.

– Pas aussi important que ta vie. C'est non !

Devant le tranchant de son refus, je mets un certain temps à poursuivre :

– Tu veux qu'on parle de ce qu'il y a sous ma fossette sacro-iliaque droite ?

Les couleurs quittent ses joues alors que ses yeux cillent de surprise. Je sens alors que mon « non » répondant au sien a plus de sens qu'il n'y paraît. Pour lui comme pour moi. Jamais je ne suis allée jusque-là.

Ne te dégonfle pas, Hope !

– Moi aussi je peux dire « non », tu sais ? Je suis majeure aujourd'hui. Je peux aller chez n'importe quel médecin le faire enlever.

Son visage se crispe mais il ne cherche pas à m'éviter. Il me fixe.

– Si je ne le fais pas, c'est justement pour éviter ça, papa.

Rien qu'à son mutisme, je sais que je l'ai blessé. Comme je sais qu'il n'en est pas fier. Je l'ai déçu, il n'a pas besoin de le dire. Je le lis dans ses yeux gris argent posés sur moi. Peu importe, je continue à creuser ma tombe et lui raconte l'entrevue avec Caitlin. Je m'adresse à l'homme politique en lui.

Espérant que ça marche.

– ScrapMetal[5], c'est quand même un nom étrange pour une écurie de Formule 1, fait valoir mon père lorsque je m'interromps. On pourrait croire qu'ils conduisent des poubelles !

Je ris, soulagée qu'il retrouve son sens de l'humour.

– Quand tu sais *qui* ils recrutent, le nom est logique, lui réponds-je. Pour beaucoup les sectateurs sont considérés comme des rebuts de la société à cause de leur socialisation qui n'a rien à voir avec la nôtre.

– N'exagère pas, bébé ! La société fait une place à tout le monde.

– Parfois elle est impuissante, papa.

---

5. Littéralement « mis à la casse » ou « ferraille ». En argot américain « ScrapMetal » s'emploie aussi pour désigner les « déchets sans valeur ». Autrement dit, dans un sens plus général, la racaille, la raclure.

Mon père se tait, il sait que c'est vrai.

– Moi je trouve courageux de leur part d'oser se nommer ainsi. Parce que quelque part, c'est vrai qu'on les a « mis à la casse ».

Malgré mon petit chantage très efficace, la peur de me voir embarquée là-dedans n'a pas quitté son visage, je le vois à la façon dont il s'empare de son portable pour aller sur Google. Il a besoin d'agir.

– Ah, tu vois ! Ils n'ont jamais gagné la moindre course, soulève-t-il. Leur premier pilote a fait dixième hier au Grand Prix du Brésil. Le deuxième a abandonné. Je retire ce que j'ai dit. Ils ont *bien* choisi leur nom.

– Papa, oublie ta fille. Je te parle d'*intégration*…

Pour le convaincre, j'évoque avec lui les statistiques d'échec concernant l'intégration des sectateurs à leur sortie et papa se montre sensible en apprenant l'effort de ScrapMetal pour réinsérer ceux qui ont choisi de quitter ce que, en ancien juge fédéral, il refuse d'appeler « secte[6] » au nom de la sacro-sainte « liberté de religion », et préfère nommer les N.M.R. Soit les « nouveaux mouvements religieux ». Mais quand l'homme politique en lui s'emballe…

---

6. Aujourd'hui encore, il n'existe aucune définition juridique du mot « secte ». Pas plus qu'il n'y a de définition juridique du mot « religion ». Respectueux de toutes les croyances et fidèle au principe de laïcité, le législateur se l'est toujours refusé. On est donc en présence d'un vide juridique totalement justifié puisqu'il repose sur nos libertés.

Je sais que c'est gagné.

– Beaucoup de ces N.M.R. sont pacifiques et leurs leaders sont des hommes honnêtes qui ne méritent pas d'être dépréciés, prône vigoureusement l'homme politique. D'autres, en revanche, sont extrêmement dangereux, conduits par des leaders charismatiques malintentionnés qui *abusent* du pouvoir qu'ils détiennent sur les croyants. Je suis pour la liberté de religion, Hope, tu le sais. Je ne fais pas de distinction. Mais que faire ? Quand les choses tournent mal, l'histoire nous a montré que l'on ne pouvait pas agir par la force.

– Tu penses à maman ?

– Bien sûr. Je me souviens encore des larmes de Bill Clinton après le siège de Waco. Ta mère aussi a pleuré, bébé. Si elle n'avait pas été enceinte de toi, je crois qu'elle aurait facilement posé son Lumix par terre et boxé les forces de l'ordre.

Son commentaire m'arrache un sourire. Je la vois bien faire ça. En tant que reporter-photographe, ma mère a couvert le siège de Waco pendant les cinquante et un jours qu'a duré l'attaque, dans une vraie situation de guerre avec chars d'assaut, grenades fumigènes, hélicoptères armés jusqu'aux dents. Elle a même reçu le Prix Pulitzer pour ça. Je suis tellement fière d'elle. *Tellement.*

L'émotion noue ma gorge.

– Les photos qu'elle a prises sont tout simplement extraordinaires, papa.

Ses photos, son art, c'est tout ce qui me reste d'elle.

Papa ferme les yeux et je sais qu'il parle avec elle quand il coupe l'image et le son de la sorte. Mon père n'est pas fou, ni mystique. C'est l'amour. L'impossibilité de lui dire adieu.

– Ta mère aurait voulu que tu les aides, admet-il en les rouvrant. Je suis sûr qu'elle me fait les gros yeux, là où elle est.

– Alors j'ai ton accord ? fais-je pleine d'espoir.

Il me dévisage d'un air pas trop convaincu.

– Tu irais vraiment chez un médecin si je disais non ?

La question qui fâche.

– Quelque part c'est logique, conclut-il comme je ne réponds pas. Je le sais, tu n'as plus cinq ans, mais je… Je n'y survivrais pas, Hope. Ne le fais pas, je t'en prie. Tu sais que je suis inquiet quand il s'agit de toi.

– Papa…

Il n'y a rien à dire. C'est irrationnel. Alors je ne dis rien. Je pose mon menton sur mon bras déjà calé sur l'accoudoir pour l'observer et j'attends. Papa et moi n'avons pas besoin de nous parler. À cause de mon silence après la mort brutale de maman, nous avons appris à communiquer à notre manière.

Par textos enfiévrés, plusieurs fois par jour.

– Je n'y peux rien, ma chérie. J'ai toujours cette peur de te perdre au fond de moi. C'est horrible pour un homme de ne pas avoir pu protéger sa famille. Je ne veux pas que ça recommence. Tu comprends ?

– J'aime ta franchise, papa.

Mon père n'a jamais triché. *Il a peur.* Jamais menti. *Il est bourrelé de remords.* C'est un homme bien et profondément humain. Il fera un homme politique hors pair, proche de ses concitoyens, comme il a été un juge fédéral profondément attaché à notre Constitution. Je n'ignore rien de ce qu'il a dû endurer depuis que le drame nous a frappés. Les jours. Les nuits. Les dates anniversaires. Les échéances sans elle. La responsabilité des choix sur une seule tête. La solitude. Pendant un moment, on ne dit plus rien. Chacun de nous sachant qu'il est inutile de lutter contre le poids du remords. Nous le vivons, c'est tout.

– Tu te rappelles ce que nous avons signé ?

Il me montre son tatouage au creux de son poignet droit.

– *Vivre*, m'ordonne-t-il en français.

Je réponds en montrant le mien. Le même au même endroit.

– *Vivre*, lui ordonné-je à mon tour.

– Quel est ton nom ? me lance-t-il comme chaque fois.

– Hope, papa.

Lentement il avale une gorgée de son fameux Camus offert par maman lors de leur voyage de noces en France et le fait tournoyer contre le verre, les yeux perdus dans le breuvage ambré issu du plus petit et du plus rare de tous les crus de Cognac. La maison Camus.

– C'est elle qui a choisi, souffle-t-il en fixant le fond de son verre. Elle disait que l'espoir est un talent contre l'oubli. Ce qu'elle avait vu à Waco…

– Je croyais que c'était parce que j'avais été espérée, dis-je d'une voix émue.

Ses lèvres frémissent de connivence.

– Aussi.

Ses yeux gris embués accrochent les miens sans me cacher qu'il a envie de pleurer et mes joues se mettent à piquer devant la noblesse de cet homme à montrer ses émotions même si elles l'affaiblissent.

– J'emporterai son Lumix, papa. Je le mettrai dans ma valise.

Papa hoche la tête et s'essuie le coin des yeux.

– Ta mère serait fière de toi, Hope.

Il l'aime toujours. Giselle aussi, mais ma mère… C'est pas pareil. On sent quelque chose d'indestructible entre mes parents. Quelque chose de toujours vivant. Ma gorge se bloque. J'aimerais tellement qu'elle le soit, fière de moi. Sauf que je ne peux même pas l'espérer, et c'est ce qui est le plus frustrant.

– Tu pars combien de temps ? s'enquiert-il d'une voix rauque.

– Quelques semaines, je pense. J'ignore encore ce que je vais trouver.

Un hochement de tête bref.

– Textos. Promis ?

Je ravale les larmes qui menacent bêtement et j'articule :

– Promis, papa.

Mon père et les petits, c'est toute ma vie. Papa serait capable de traverser le continent en pleine tempête pour venir me chercher, comme il l'a fait ce fameux soir alors qu'il était à des milliers de kilomètres à cause des auditions du Comité judiciaire du Sénat. C'est un père. Un vrai. Un protecteur.

Et je l'aime encore plus pour cela.

– Tu as donné sa réponse à Brendt ? questionne-t-il, curieux.

– Pas encore.

Nous nous regardons et je sais qu'il comprend.

– Il va penser que tu fuis.

– Je sais.

– Tu pourrais ne rien lui dire…

Je secoue la tête avec fermeté.

– Ce serait le tromper. Aucun mariage ne doit commencer ainsi.

– Alors qu'est-ce que tu vas faire ? Rester célibataire toute ta vie ?

Je baisse les yeux sans répondre.

– Pourquoi il n'était pas là ce soir, d'ailleurs ?

– Brendt dînait chez ses parents pour parler du rachat de leur crédit. Son père n'a plus la capacité de remboursement, je crois. J'attendais qu'il rentre pour l'avertir que je dois m'absenter. D'ailleurs, si tu permets, dis-je en me levant.

– Bébé ? me rappelle-t-il au moment où je m'apprête à quitter le salon.

Je me retourne sur le seuil.

– Tu vas devoir trouver un homme aussi fort et courageux que moi pour dépasser ça. Un homme-ouragan qui ne te laissera pas à tes souvenirs. Aussi dévastateur que les cyclones qu'on a ici.

Je penche la tête sur le côté, le défiant du regard.

– Je n'aurais jamais pensé entendre ça de toi un jour.

C'est vrai. Aucun de mes petits copains n'a trouvé grâce à ses yeux. Je suis sûre qu'il s'en souvient. Je n'arrivais jamais à rester seule avec eux.

Le seul qui n'a pas eu à subir ça, c'est Brendt. Parce qu'on bossait ensemble.

– J'y suis bien obligé ! argue-t-il avec un sourire amer. Le rêve de tout père est que sa fille soit en sécurité après sa mort. Je donnerai ta main à celui qui saura te protéger quand je ne serai plus là pour le faire, bébé.

– Tu veux que j'épouse un truand ? pouffé-je.

– Non, mais je veux que tu épouses un homme puissant. L'ennui, c'est que je ne suis pas certain que tu trouves mieux que moi, fanfaronne-t-il, d'un air revanchard.

Je courbe la tête et pivote vers l'escalier pour lui cacher ma frustration.

Convaincue de rester célibataire de toute façon.

***

C'est tellement inhabituel !

Affalée sur mon lit, les doigts de pieds en éventail posés sur un gros coussin, j'attends que la sonnerie retentisse en écoutant en boucle le dernier album de SYML que j'ai téléchargé en rentrant. *Body* me fait penser à l'homme parfait décrit par papa, qui se battra un jour contre mes souvenirs pour obtenir ma main.

I want to love like a man
I'll build you a home when I can
Give my new body a chance
I fought the world for your hand[7]...

Mais étrangement pas à Brendt.

Ce que m'a appris mon précédent échange avec mon père, c'est que lui non plus ne le voit pas comme le gendre idéal. Qu'est-ce qu'il fabrique ? Cela fait bien trois fois que je l'appelle et je ne peux même pas laisser un message. Pourtant, en dehors de ses cours à la fac, son portable n'est *jamais* éteint. Je ne vais quand même pas appeler chez ses parents à deux heures du mat' !

Contrairement au mien, le père de Brendt n'est pas très aimable. Pas avec moi. Avec son fils. Il leur arrive parfois d'entrer dans de telles colères que je

---

7. « Je veux aimer comme un homme. Je vais te construire une maison quand je peux. Donner une chance à mon nouveau corps. J'ai combattu le monde pour ta main. »

me sens gênée d'y assister. Je sais que ça le gêne lui aussi.

Quand ça arrive, Brendt m'appelle un taxi au lieu de me raccompagner et passe la semaine suivante sans me voir. C'est sa façon de digérer la honte. J'observe mon portable résolument muet et je prends conscience qu'il pourrait tout aussi bien vouloir me donner une leçon pour ne pas lui avoir répondu. *Ping.*

Wouah ! Un texto ?

Alors là c'est sûr, il s'est passé quelque chose.

Brendt est un intellectuel, beau parleur et fumeur de joint à l'occasion – ce que je n'ai jamais raconté à mon père et lui vaut le soutien de ma grand-mère –, mais il n'est pas *du tout* du genre texto. Ni Twitter. Ni aucun autre réseau social populaire d'ailleurs. C'est vrai. Comment pourrait-il s'exprimer en moins de cent quarante caractères avec son QI au-dessus de la moyenne ? Autant faire disparaître la couleur rouge d'un stylo à quatre couleurs ! Alors que moi qui suis dans la norme du commun des mortels – c'est-à-dire du genre à bosser comme une tarée pour obtenir un diplôme quand lui en validerait trois d'un coup –, les réseaux sociaux m'ont sauvé la vie. C'est grâce à eux que je me suis fait mes premiers amis de lycée et qu'ils ont accepté mon silence dans la vie réelle. À Miami, j'ai dû être la plus jeune à avoir un portable, avant même l'âge légal. La toute première à ouvrir un compte Facebook. Idem pour Instagram. Autant dire que, avec ce premier SMS de toute notre relation, Brendt Rowland a réussi à m'intriguer.

[Si tu as une mauvaise nouvelle, attends demain. Ça fait une semaine que j'attends ta réponse. Je ne suis pas sûr d'en supporter davantage.]

Classe.

Heureusement pour lui qu'il n'y en a pas eu d'autres avant. Les coudes posés sur le matelas, je regarde la photo encadrée sur la commode de notre première sortie en tant que couple. Blond. Élégant. Dix ans de plus que moi. Le regard bleu rivé sur l'horizon avec quelques rides légères au coin des yeux. Brendt a le profil parfait de l'Américain qui regarde dans la bonne direction.

Et dire que j'ai trouvé cette photo romantique.

Je relis son message. D'accord, je n'ai pas répondu et il a le droit d'être vexé, d'autant qu'il a un ego plutôt encombrant et qu'un homme faisant sa demande doit se sentir vulnérable, mais c'est le genre de commentaire qui vous rabaisse un peu, non ? Trop facile pour un mec aussi brillant que Brendt. En principe, il garde ses piques les plus caustiques pour les étudiantes nymphomanes qui s'inscrivent à sa matière mais ne suivent pas un mot de ce qu'il raconte. Or ne pas lui répondre, dans mon cas, est tout sauf nymphomane et stupide.

Je décide de ne pas me démonter.

[Sale soirée ?]

Pendant un moment il ne me répond pas et je suis à deux doigts de l'appeler, trop curieuse de savoir de quoi il retourne. Seulement je suis sûre que si je faisais ça, il ne répondrait pas, et là, pour le coup, je lui en voudrais *sûrement*.

Puis, comme pour me contredire :

[C'est nul. Ce minable est devenu violent.
C'est mon père, je l'aime. Je suis un bon fils.
Sauf que je déteste ce loser.]

Houlà ! S'ensuit un grand silence pendant lequel je ne sais comment réagir. Il n'en a jamais autant dit. À plat ventre sur le matelas, je pose mon visage sur mes mains et fixe mon portable entre mes coudes, pas trop convaincue de ce que je dois faire. *Pas facile comme manœuvre, Brenner !* D'autant que Brendt est l'un des meilleurs professeurs de psycho de l'État de Floride. Son master est l'un des rares à être mixte. C'est-à-dire qu'il permet une double finalité : recherche ou professionnelle. Ce qui en dit long sur lui. À trente-cinq ans, il a déjà écrit deux livres reconnus dans la profession. Tout le monde dit qu'il ira loin. Sans compter qu'il me verra venir. Puis je décide que s'il m'informe, c'est qu'il veut en parler.

Alors j'y vais carrément :

[Comment ça violent ? Physiquement ?]

[On s'est battus, ma chérie, et ma mère n'a pas bougé. Je ne sais pas ce qui ne va pas chez elle.

Elle est juste douée pour tout gâcher avec son fils.]

Mon Dieu, je ne m'attendais pas à une telle horreur. Impossible d'imaginer ce qu'il doit ressentir. Son père est un conducteur de grue du chantier naval « Donzi Marine » qui vit mal la réussite de son fils, ce que je peux comprendre, tant Brendt a parfois de l'arrogance à vouloir systématiquement faire état de sa réussite. Mais il a fait des efforts dernièrement.

Il veut juste aider ses parents à vivre mieux.

[J'arrive.]

[NON.]

[Comment veux-tu qu'on soit un couple si tu me tiens à distance ?]

Je n'aime pas nos conversations sans conclusion. Elles dressent un mur entre nous. Pas qu'il ait tort de rester sur ses gardes. Les secrets de famille sont les plus lourds à partager et pas forcément jolis à regarder. J'en sais quelque chose. Toutefois, comment puis-je considérer sa demande en mariage s'il ne me laisse pas l'aider quand il en a besoin ? On est sans doute des gens aussi négatifs l'un que l'autre car je ne lui ai jamais parlé de mon secret non plus.

Je ne vaux sûrement pas mieux que lui.

[Très bien ! Puisque tu refuses mon aide,
d'autres personnes en ont besoin.
M'autorises-tu à m'absenter
pour mes recherches ?]

[Je signerai ta convention au secrétariat.]

Là, je reste coite.

Il n'a même pas pris le temps d'y réfléchir. De me demander où je vais et combien de temps je m'absente. Pire, je peux presque entendre son soulagement.

Il aurait pu me dire de passer à son bureau pour en discuter. Au lieu de quoi il m'envoie au secrétariat. Ça a le mérite d'être clair. Il ne veut pas me voir.

Prise d'un doute, j'envoie :

[Est-ce que tu mets fin à notre relation ?]

Plus de réponse.

Là, je ne sais pas comment l'interpréter. S'il n'y pensait pas, il aurait nié, non ? La violence de son père et la sienne sont peut-être une vérité trop crue pour lui, et il préfère rompre. J'en ai le cœur tout retourné. Pas que je sois follement amoureuse mais Brendt est une constante dans mon existence. Il est stable et rassurant. Le partenaire parfait pour moi. Quoi qu'en dise papa. Et il veut m'épouser. Pourquoi je n'arrive pas à lui livrer mon secret ? Brendt est psychanalyste et neuropsychologue des perturbations cognitives, rompu aux traumatismes qui nous empêchent d'accepter nos émotions. Il sait réduire la souffrance. Personne n'est mieux placé que lui pour m'entendre. Pourtant je n'y arrive pas. Avant de paniquer et de me précipiter chez lui quitte à me rendre ridicule, je récupère le molosse rose sur le couvre-lit.

[Salut, c'est Hope.
Mon absence sera validée dès réception de votre convention.]

[Checkez vos mails, la convention
et votre eBillet sont dedans.
À demain, je viendrai vous chercher
à l'aéroport. C]

J'écarquille les yeux devant la rapidité de sa réponse. Elle a dû se procurer mon adresse mail par l'université, mais le moins qu'on puisse dire est qu'elle n'a pas perdu de temps. Ça me plaît. Là-dessus, mon humeur remonte en flèche. Je me connecte à ma boîte mail de l'université, trouve ladite convention, appose ma signature électronique, puis je l'envoie directement au secrétariat. Ensuite, j'éteins toutes les lumières qui m'empêcheront d'apprécier le spectacle et je m'allonge face à la baie de l'île artificielle sécurisée de Star Island, où nous habitons depuis le drame.

Est-ce que le ciel est plus clair à Vancouver, maman ?

***

Vivre, c'est juste le premier pas qui coûte. Ensuite ce sera plus facile.

C'est la première phrase qui me vient chaque fois que je me rends sur sa tombe, avant même de lui dire combien elle me manque. Une fois par mois environ. Key West est à trois heures de route mais c'est mon escapade au calme, loin de l'effervescence de Miami. La seule différence est que ma valise est dans le coffre de la limo avec chauffeur que mon père m'a attribuée.

– Je vous attends dans la voiture, Hope, m'annonce mon chauffeur.

Je lève le nez vers l'homme à la peau d'ébène aux impressionnantes cicatrices sur le visage, me rappelant combien elles m'effrayaient, petite. Comme les tatouages racontent leur histoire, les cicatrices aussi. Les siennes proviennent d'un lupus discoïde contracté dans le désert de Libye quand il avait dix ans. Tout comme son nom, inspiré du fleuve qui l'a vu naître. Nonobstant cela, avec son mètre quatre-vingts tout en muscles et son crâne rasé, Nil est un homme séduisant et agréable dans les contacts humains, où il se montre ouvert et compréhensif. Ce que j'ai toujours apprécié.

– Vous pouvez appeler l'aéroport pour confirmer le vol ?

– Je m'en charge, déclare Nil en tournant les talons.

Caitlin m'a réservé le vol de nuit American Airlines via San Francisco, de sorte que je puisse avoir la journée du mardi pour m'organiser. Ce qui me permet de venir dire au revoir à maman et à Poppy-Sue. Du coup, j'arriverai le mercredi matin à Vancouver. Quand j'y pense, ça fait tout drôle de savoir que je ne reviendrai peut-être pas le mois prochain. Un peu comme si c'était la fin de quelque chose.

– Ça va faire long avant la prochaine fois, maman.

J'aime bien ce cimetière. L'endroit accueille un grand nombre d'iguanes et d'oiseaux locaux qui crient au-dessus de nos têtes, mais les allées sont toujours bien entretenues et mon rituel immuable.

Je passe d'abord sur la tombe de Sloppy Joe Russell, un barman particulièrement aimé à Key West. Puis sur celle de Betty Pearl Roberts, une hypocondriaque notoire de la région qui a exigé de ses enfants qu'ils inscrivent sur sa pierre tombale : « Je vous avais bien dit que j'étais malade ». Elle est en effet morte de maladie et personne ne l'a jamais crue.

Et enfin, sur celle de ma mère, entre les gommiers rouges.

Ici repose
Anne Le Page-Brenner.
Amour de ma vie et mère dévouée.
1er janvier 1969 – 2 juillet 1999.

Une tombe blanche peuplée de fées et d'angelots face au golfe du Mexique où elle repose auprès de son père, jazzman du coin, mort avant ma naissance. Patiemment, je change les bougainvillers fanées pour d'autres plus belles et plus colorées. Ce n'est pas très difficile, le cimetière est parsemé de ces fleurs locales sous forme de massifs de toutes les couleurs.

Vivre, c'est juste le premier pas qui coûte.

Ensuite ce sera plus facile.

Pas sûr. Vingt ans que ma mère est morte. Pourtant je ne parviens toujours pas à tourner la page. Je crois que je ne le pourrai jamais. C'est un sentiment étrange de se dire que si on n'avait pas agressé maman, ce soir-là, nous aurions certainement créé des souvenirs qui auraient illuminé nos existences. Je me serais mariée avec Brendt. Elle aurait été grand-mère.

J'aurais pu être heureuse.

Vivre, c'est juste le premier pas qui coûte.

Ensuite ce sera plus facile.

C'était l'exigence de papa quand il m'a demandé s'il pouvait se remarier.

À seize ans, j'avais bien compris que lui brûlait d'autres étreintes, quand je tentais encore de fuir la réalité. Qui étais-je pour le lui refuser ? Alors nous nous sommes fait tatouer le même mot sur notre poignet. Comme un pacte écrit entre nous, mon accord écrit à son bonheur. Je devais *vivre* à nouveau. Il devait *vivre* à nouveau. C'est ce qu'elle aurait voulu.

Seulement ce n'était pas naturel.

Chacun de nous savait que ce serait une lutte contre nous-mêmes, un secret qu'il nous est impossible de partager avec d'autres. D'ailleurs, lui ne l'a jamais dit à Giselle. Ni moi à Poppy-Sue, à qui je dis pourtant tout depuis toujours.

Notre secret à tous les deux.

J'entends encore les voix des curieuses errant avec la foule au milieu des camions de télévision lorsqu'on m'a ramenée au petit matin à la maison, drapée dans une couverture de survie dorée.

– Que va devenir cette pauvre petite ?

– Ça va la détruire à jamais.

Les curieuses avaient raison, même si elles ignoraient tout. Comment pourrait survivre une enfant qui a tué sa mère en croyant bien faire ?

Sa vie est foutue, voilà tout !

CHAPITRE 4

HOPE

Pas pu fermer l'œil de la nuit !

– Mesdames, Messieurs, il est 9 heures 4 minutes, nous commençons notre descente sur Vancouver. Veuillez regagner vos places, ranger votre tablette devant vous et attacher votre ceinture. La température extérieure est de 6 °C, avec un fort risque de pluie, annonce le commandant dans son micro tandis que les hôtesses finissent d'enlever nos petits déjeuners. American Airlines vous remercie d'avoir voyagé en notre compagnie et vous souhaite un agréable séjour en Colombie-Britannique.

– Quelle conne ! m'exclamé-je en me pressant contre le hublot.

– Vous dites, très chère ? hoquette la dame âgée sur le siège à côté de moi en croyant que je m'adresse à elle.

Brusquement je prends conscience du contenu de ma valise.

– Oh excusez-moi, je ne m'adressais pas à vous mais à moi, bien sûr.

– Bien. Bien…

La vieille dame dodeline de la tête et remet ses chaussures. Des boots fermées à talon plat. Je jette un œil aux miennes. Des sandales découpées offertes par Giselle pour l'occasion. Hors de prix bien sûr. Parfois, je me demande si ma belle-mère sait ce que l'argent représente. On est en novembre, ça va pas le faire. Qu'est-ce qui m'a pris de vouloir lui faire plaisir en partant avec ? Qui plus est mes jambes sont nues. Mais quelle abrutie ! Comme il n'y a pas d'hiver à proprement parler à Miami, j'ai complètement zappé que le climat serait différent ailleurs. Je lève les yeux au ciel pour m'insulter en silence.

Où tu croyais aller, hein ?

De plus, en arrivant dans cette tenue, je vais avoir l'air d'une accro du shopping qui ne lit que des magazines de mode, ou pire, d'une fille à papa venue s'encanailler dans l'exotique. Pas d'une scientifique payée une misère, censée écouter des sectateurs cherchant une vie meilleure, à profiter des arbres, du ciel, et tout et tout. Quel manque de professionnalisme !

Je me sens mal, tout à coup.

– C'est votre première fois à Vancouver ? m'interroge gentiment la dame.

Autant en rire.

– Robe d'été et sandales joyaux hors de prix, c'est réussi, non ?

Giselle est tellement occupée sur les plateaux TV à faire la promo de sa série sirupeuse qu'elle ne se rend pas compte que la majorité des femmes en dehors des studios de production ne vit pas comme elle. Tout ce qu'elle raconte est répétitif et décalé, comme les rôles qu'ils lui font jouer : « Je t'aime. Tu me trahis à tire-larigot. Mais la vie est tellement géniale qu'on finit par se marier, quand même. »

Et dire qu'il y a des gens qui regardent ça !

La dame pouffe et déclare :

– Océan pacifique et Rocheuses, très chère, ça donne des nuages, me prévient-elle avec humour. Vous devez bien avoir un jean ou deux dans votre valise ?

Des jeans ? Oui. Mais en dehors de mon pull d'été pour l'avion et d'un vieux sweat sentimental pour mon yoga matinal, je n'ai aucun haut chaud.

– S'il vous plaît, dites-moi qu'il ne pleut pas tous les jours.

– Vancouver est la ville où il pleut le plus au monde, mon petit.

– Pire qu'en Inde ou en Amazonie ? fais-je, avec encore un peu d'espoir.

– Pire, très chère.

C'est bien ma veine.

– Je crois que je n'aurai pas besoin d'ouvrir ma valise, marmonné-je.

Elle glousse de bon cœur, ce qui fait joliment remonter ses rides.

– Vous n'aurez qu'à faire un peu de shopping, suggère-t-elle avec malice en rangeant sa trousse de toilette dans son sac alors que l'avion amorce sa descente. Il y a de belles boutiques dans la ville. *Si j'ai le temps.*

– Je ne crois pas rester à Vancouver même, avoué-je, me souvenant des coordonnées GPS au dos du bristol à damier. On vient me chercher.

Ma voisine hoche la tête vers l'hôtesse chargée de s'assurer que nous sommes bien attachées, puis elle s'adresse à moi :

– Sans indiscrétion, que venez-vous faire à Vancouver ? Vacances ou travail ? Vous avez peut-être un chéri ici ?

Je ris en surprenant son œillade à ma robe mousseline imprimée. Comme la plupart des gens aujourd'hui voyagent en jogging, elle croit que je veux séduire celui qui va venir me chercher. Si elle savait… C'est mon père que je séduis avec. Il aime me voir avec des couleurs fraîches et des tenues féminines parce que je sais que ça le rassure. *Sur nous*. Après le drame.

– Oh non, c'est le travail !

– Un nouveau job ? insiste-t-elle, et je comprends tout de suite ce qu'elle pense : « Comment une fille qui s'installe à demeure dans une nouvelle ville ne prévoit-elle pas mieux sa valise ? »

Du coup, j'en lâche un peu plus :

– Je vais intégrer une écurie de Formule 1 pour quelques jours.

Son front se barre d'un pli disgracieux.

– Vous n'avez rien à voir avec le genre de greluches dénudées qui rôdent dans les stands, me blâme-t-elle. Ou alors, je me trompe carrément sur vous.

Je ris en voyant à quoi elle fait référence. C'est pas moi.

– En fait, je suis chercheur spécialisée dans l'intégration des communautés, lui confié-je fièrement tandis que l'hôtesse disparaît derrière son rideau, sûrement pour s'attacher avant l'atterrissage. ScrapMetal Racing intègre des sectateurs, je viens étudier comment ils s'en sortent.

Et là tout change.

– Vous êtes une *Wog* ou une des leurs ? me balance vertement la mamie.

Son ton est tellement péjoratif que mon sourire s'efface.

– P-pardon ?!

– Vous ne connaissez pas leur langage, donc vous êtes une *Wog*, affirme-t-elle.

Je ne sais pas ce que ce mot veut dire, mais je me sens agressée.

Comme si j'étais une tache.

– Comment connaissez-vous leur langage ? Vous en êtes une vous-même ?

En même temps, j'en doute, vu le ton employé.

– Risque pas ! s'offusque-t-elle. Ces fanatiques…

C'est bien ce que je pensais.

– Pourquoi les détestez-vous ?

– Mon petit-fils, souffle-t-elle en se mettant à trembler des mains. Ils l'ont happé dans une de leurs maudites sectes quand mon fils a divorcé. Pierre est parti avec sa mère les rejoindre alors qu'il n'avait que sept ans. Vous vous rendez compte ! C'est tendre, un enfant, à sept ans.

L'âge de Billy.

– Ma bru avait soi-disant besoin de soutien parce que mon fils l'avait trompée, et de trouver un sens à sa vie, déverse-t-elle, sarcastique. Tu parles ! Pierre doit avoir dix-sept ans à présent, et mon fils et moi n'avons plus aucune nouvelle. Si ça se trouve il est comme eux. Méprisant les gens et ne voulant rien avoir à faire avec notre monde de péchés. C'est un peu gros quand on y regarde. Comme s'ils ne couchaient pas tous ensemble pour trouver Dieu, peut-être.

– Les sectes ne sont pas toutes les mêmes, lui fais-je doucement remarquer.

En vain. La remarque ne l'atteint pas.

– Et s'il était maltraité, comment le saurions-nous ? La maltraitance sur un enfant, c'est déjà grave, mais un enfant maltraité dans notre société bénéficie de signalement. Ils vont à l'école, on les *voit*. Ils ont une chance que quelqu'un les sorte de là. Mais eux ? Qui va voir si on les traite bien ? Pierre n'est scolarisé nulle part. Il n'a plus jamais vu un médecin. J'ai ouï-dire qu'on les mettait au travail dès leur plus jeune âge, qu'on abusait d'eux, rougit-elle.

Émue par son chagrin, je pose doucement ma main sur la sienne.

– Je suis désolée, madame…

– Margaret, corrige-t-elle, levant ses yeux humides vers moi. Je m'appelle Margaret Mendel et j'ai perdu le goût de vivre. Jour et nuit je pense à lui.

Impuissante, je laisse sa détresse m'imprégner.

Comment réagirais-tu si tu perdais Billy ou Tara ?

– Vous savez que ça peut arriver à tout le monde, ça ! reprend Margaret avec colère. Les gens n'y pensent pas. Ils ont peur des accidents, des maladies, de perdre leur emploi ou de perdre la vie dans un attentat parce qu'on ne parle plus que de Daesh, mais pas de *ça*. C'est fou, non ? Les sectes, c'est comme l'inceste, tout le monde sait, mais personne n'en parle. Ça se passe devant nous, sous nos yeux, dans notre société, et on n'intervient pas !

Même si je respecte son chagrin, je me dois de rectifier :

– On n'intervient pas parce que chaque intervention s'est soldée par des pertes humaines importantes, Margaret. Les leaders n'ont aucun mal à nous faire passer pour des agresseurs auprès de leurs fidèles. Et le pire, c'est qu'ils se fondent sur la Bible pour le faire. « Il y aura une bataille. Ils combattront contre l'agneau et l'agneau vaincra. » Apocalypse. Chapitre 17. Verset 14. Quand *nous* intervenons, pour eux, c'est l'agresseur prédit dans les textes sacrés qui s'en prend à eux. Or ils sont *tous* croyants. En agissant ainsi, on les pousse au suicide collectif, vous comprenez ? C'est pourquoi on privilégie la compréhension à l'action, aujourd'hui. Du moins, on essaie.

Comme elle m'écoute, je continue :

– De plus, ScrapMetal Racing est une écurie de course qui, pour la *première fois*, offre une chance d'intégration par le sport et le travail à ceux qui en sortent alors que jusqu'à présent ils n'ont que la prostitution, le suicide, ou le retour à la secte comme options. *C'est une chance énorme.*

Hélas, j'échoue à la convaincre :

– C'est pareil ! m'oppose-t-elle catégorique, en retirant sa main.

Il est clair qu'elle mélange tout. Son âge ou sa peine, sans doute. Combien sont-ils dans son cas ? À avoir vu leur vie de famille basculer sans pouvoir agir ?

– Que veut dire ce mot ? « *Wog* », dis-je d'un ton apaisant.

Elle me crache presque la réponse :

– « Worthy Occidental Gentleman » désigne quelqu'un qui ne fait jamais rien pour améliorer son sort, siffle-t-elle entre ses lèvres pincées.

– Désolée, je ne comprends pas.

– *Wog* était autrefois un terme raciste utilisé en Angleterre pour désigner les personnes de race noire qui ne faisaient aucun effort pour devenir blancs. Le terme a été repris par le Ku Klux Klan, à Gainesville, en 1922. Vous vous rendez compte de ce qu'ils enseignent à mon petit-fils ? Moi j'ai du sang juif. Je connais la haine. Je ne peux pas le supporter. Je ne *peux* tout simplement pas !

Vu l'éclair de dégoût qui me traverse moi-même, je n'ai aucun mal à la croire.

– Et aujourd'hui ?

– Aujourd'hui, ce terme est employé par les sectes pour désigner les personnes extérieures. Autrement dit, pour eux, nous sommes des moins que rien, incapables d'améliorer notre sort. On va tous mourir dans le péché alors qu'eux seront sauvés. Je sais ce que vous pensez. Qu'ils sont croyants. Que ce n'est pas leur faute. Pour moi, ça ne change rien, ils restent des groupes de haine.

Je ne sais plus quoi dire.

Comment peut-on défendre des gens qui auraient un tel esprit au XXIe siècle ? Un instant je me sens ébranlée, je voudrais que ce mot *n'existe* pas.

Et elle s'en aperçoit.

– Faites attention à vous, en profite-t-elle, alors que les roues de l'appareil touchent le sol. En principe, ils ne se mélangent pas à nous. Je suis même étonnée qu'ils vous acceptent parmi eux quelques jours.

– J'ai de la chance, alors…

Du moins je l'espère, parce que je déteste le doute qui s'insinue en moi.

CHAPITRE 5

HOPE

J'aurais dû m'en douter.

À peine ai-je enlevé le mode avion sur mon portable que celui-ci affiche un message de Caitlin. Je pouffe. Cette nana cadre d'emblée son sujet. Ce qui, pour une scientifique comme moi, est très appréciable. Tout en marchant vers la réception des bagages, j'en prends connaissance.

[Je vous attends près des totems.]

Des totems ?

Je me sens bête, tout à coup. La dernière fois que j'ai pu admirer cet art vertical c'était quand le Cirque du Soleil est passé à Miami et cela n'avait rien à voir avec les véritables autochtones, plutôt avec un bon gros spectacle hollywoodien. Prudemment, je place ma valise à roulettes devant l'escalator, quand je les vois. Au nombre de deux, sous le grand atrium de verre dévolu au contrôle de l'immigration. Juste en bas du tapis roulant. Un homme et une femme sculptés dans un bois clair d'au moins quinze mètres de haut. Caitlin avait raison. Ils sont tellement grands qu'ils constituent un point de rencontre parfait.

Sauf qu'il est difficile d'avancer.

D'abord parce que la foule se masse au pied de l'escalator pour faire des selfies avec les géants, ensuite en raison des files qui se forment selon les passeports. J'avise celle des *Citizen US* et le nombre flippant de machines de contrôles biométriques, quand, brusquement, une main me happe le bras.

– Par ici, Hope. J'ai quelqu'un qui va nous faire passer.

Ce qui me vaut des regards noirs, mais en quelques minutes, le tour est joué, nous pouvons nous diriger vers la sortie et nous parler :

– Tu as fait bon voyage ? me demande Caitlin, en adoptant le tutoiement.

– Excellent, merci d'être venue me chercher.

L'aéroport est aussi grand que celui de Miami et totalement inconnu pour moi, aussi je dois presque courir pour la suivre.

– L'écurie est à une heure de route environ, me lance-t-elle par-dessus son épaule. En principe, on vient en hydravion à Vancouver, c'est plus simple…

– Wouah, carrément !

Elle rit de ma réaction.

– Tu es en Colombie-Britannique, mon chou ! Tout le monde fait ça ici. Grâce au grand nombre de lacs et de fjords, on peut atterrir partout. Tu verras pendant le trajet, les fjords qui longent le *highway* sont très jolis.

Sauf que je suis crevée. J'ai eu beau essayer d'anticiper la fatigue, l'excitation de cette mission peu ordinaire m'a tenue éveillée durant tout le vol de nuit.

J'aurai forcément sommeil à un moment ou à un autre.

– J'ai hâte de voir ça, réponds-je néanmoins par politesse.

Passé les portes, je prends une nouvelle fois conscience de ma terrible erreur. Il pleut. Le commandant de bord n'avait pas menti, la température extérieure couvre mes cuisses de chair de poule. Je me sens ridicule en petite jupette légère et sandales estivales. Caitlin ne ralentit pas, feignant de ne pas remarquer ma tenue inappropriée ou décidant de ne pas m'humilier avec ça.

Ce dont je lui sais gré.

– Les parkings sont en face, m'informe-t-elle laconique.

– Où ça ? scruté-je, retirant une mèche mouillée de mon visage.

Elle pointe du doigt un bâtiment en béton de plusieurs étages de l'autre côté de la double-voie. Sauf qu'elle se dirige droit vers celui en plein air.

– Tu n'as pas peur de te mouiller ? je lui demande, et ma question la fait rire.

– Avec une bande de sectateurs virils et sportifs adeptes de l'amour libre autour de moi ? Je ne fais q'ça, blague-t-elle.

– Ha ! Ha !

J'hésite à lui demander comment elle vit sa propre vie sentimentale au milieu d'eux, puis je décide que cela ne me regarde pas.

Tout en tirant ma valise à roulettes, je la regarde arpenter les allées à la recherche de sa voiture. Au moins pour me faire une idée de la tenue à adopter ici. Caitlin n'est vêtue que d'un tailleur-pantalon pro en tweed de laine gris similaire au velours noir qu'elle portait à Miami, et de bottines à talons hauts en daim noir.

Pas de doudoune ou de manteau, ce qui me rassure un peu.

– Tu ne sais plus où tu es garée ? insinué-je en zigzaguant sous la pluie avec elle.

Je vais pouvoir jeter les sandales de Giselle, c'est sûr.

– Je fais tout trop vite, alors ça m'arrive tout le temps, explique-t-elle sans se retourner, le nez furetant partout.

Finalement le *bip* dans sa main déverrouille les portes d'une Dodge blanche flambant neuve. Wouah ! Un SUV musclé féminin. Ce que j'aimerais conduire un engin pareil. Ça change des ennuyeuses limousines avec chauffeur de mon père.

Même si j'aime beaucoup Nil.

– Vas-y le coffre est ouvert, lance Caitlin en s'engouffrant à l'intérieur. Je t'aurais bien aidée avec ta valise mais je dois répondre à un mail.

– Merci, ça ira.

Je soulève le haillon arrière qu'elle a déverrouillé et glisse péniblement mon bagage à l'intérieur. La manœuvre ne me prend pas plus d'une minute mais cela suffit à me tremper complètement le dos et les fesses rien qu'avec la flotte qui en descend. Si avant j'étais mouillée, à présent, l'eau ruisselle le long de mes jambes quand je rejoins Caitlin déjà installée à l'abri derrière le volant. Et je ne parle pas de ma coiffure ou du bruit de poulie en caoutchouc que font mes pieds dans mes sandales, joyeux. C'est ridicule. *Je* suis ridicule. Tout en pestant contre ma bêtise, je me hisse sur le marche-pied, remarquant, abandonné sur le siège arrière, un élégant trench-coat Burberry noir. Pas la Canada Goose à capuche fourrée à laquelle je m'attendais. *Ouf.*

– Ça arrive qu'il neige ici ?

Allez, dis non.

– Il faut remonter dans les stations du Nord, pour ça. Grâce au Pacifique, Vancouver bénéficie d'un micro-climat avantageux pour l'agriculture. On y va ? Caitlin tapote son écran central de ses ongles vernis pour attirer mon attention sur ses mails. J'ai compris, l'ordinateur de bord lui permet de rester connectée à son bureau en permanence.

– Oui pardon, tu es pressée.

– J'ai une visioconférence très importante à midi pile pour le prochain GP d'Abu Dhabi et je préférerais la prendre dans mon bureau tranquille, tu vois. Je suis très en retard. Papa est décédé pendant les essais du Brésil et… c'est triste à dire, mais la F1 ne s'arrête pas pour autant.

Alors c'est son père qu'elle venait d'enterrer lundi soir ? Mais pourquoi était-elle en Floride ? Ils ne l'ont pas enterré aux États-Unis, si ? Décidant que cela ne me regarde pas, je m'installe dans mon siège et déroule ma ceinture.

– À ce sujet, si je veux être efficace, il est temps que je comprenne qui fait quoi dans une écurie de course. Et puisqu'on a une heure de trajet, on commence par toi, si tu veux bien. Quel est ton rôle exactement ?

Caitlin hoche la tête pour signifier son accord.

– D'abord je suis une *Wog*, soutient-elle en me fixant comme pour s'assurer que j'en ai bien compris le terme. Ce qui veut dire qu'avec toi, nous serons deux.

J'acquiesce en silence et lui demande :

– Tu habites parmi eux ?

– Doux Jésus non ! La maison de Melvin est à Whistler. Ne te moque pas, mais j'habitais encore avec mon père à trente-deux ans.

Un élan de honte court immédiatement sur ma peau.

– J'habite toujours avec le mien à vingt-cinq, alors…

Elle rit et une lueur de complicité passe entre nous.

– Ce qui est honteux, c'est de n'être honteux de rien.

J'acquiesce puis je réalise autre chose.

– Et moi ? Je vais loger où ?

– Au QG. Tu es une scientifique. Il m'a semblé que c'était le mieux si tu veux interagir avec eux. J'espère qu'il n'y aura pas de problème, mais si la situation est insupportable ou si cela ne te convient pas…

Nos regards s'accrochent et ce que je lis dans le sien me convainc de refuser. Elle n'a pas envie de moi chez elle.

– Non ça me va. Merci.

– C'est mieux comme ça, opine-t-elle sans s'étendre davantage, en démarrant.

Le malaise s'installe dans l'habitacle. Je serai donc la seule *Wog* parmi eux. Je déglutis pour faire disparaître le nœud dans ma gorge apparu sous l'effet du stress.

Secoue-toi, bon sang.

– Donc, ton rôle ? relancé-je en rompant le silence.

– Depuis le décès de papa, je suis la nouvelle présidente de ScrapMetal Racing. Attention ! Je ne suis pas une bleue, se gausse-t-elle tout en manœuvrant pour sortir de son emplacement. Avant ça, Melvin avait exigé que je le remplace à l'association des constructeurs : la « FOCA ». Donc, tu vois, je suis bien formée pour prendre la relève. En gros, toute l'intendance, les sponsors, les problèmes financiers, les primes, les médias, tout ça, c'est pour moi.

– Et ton associé ?

– C'est un Syrovien.

– Un… *quoi ?*

Elle me glisse un regard de côté.

– Mon associé vient d'une secte fondamentaliste russe vouée au culte de Satan. Leurs disciples se font appeler « Syrovien » en raison du leader : Syrov Obozov, un prophète indépendant.

– Tu sais quelque chose à propos de cette secte ?

– Sa communauté comptait trois mille membres enfermés derrière une immense clôture s'étirant sur plusieurs hectares. Dont quatre cents enfants venus d'un peu partout. C'était ça le plus bizarre, selon eux. Tous ces enfants aux portes de la Sibérie. Il y avait toutes les nationalités, toutes les langues. Des Européens, des Américains, des Arabes, des Asiatiques, des Africains…

– Transnationale extramondaine, en conclus-je.

– Excuse-moi. Transnationale ?

– Les adeptes proviennent de plusieurs pays.

– D'accord, et extramondaine ?

– Les sectes intramondaines vivent parmi nous. Ils veulent changer la société moderne en l'infiltrant. Exemple, les témoins de Jéhovah. Leurs enfants vont dans nos écoles et fréquentent les tiens. Par opposition, les sectes extramondaines sont des organisations dotées de résidences fermées. Clôture. Région inhabitée. Là, les enfants ne vont pas à l'école. Ils ne sortent pas.

Caitlin marque un temps d'hésitation, puis :

– Mais pourquoi installer des enfants sous un climat si dur ?

Sans trop savoir pourquoi, j'hésite à répondre. L'effet Margaret Mendel, sûrement. Si je veux mener ma mission à bien, je dois me tenir en dehors des clichés, des émotions, et raisonner de façon scientifique.

– Les extramondaines les plus riches ont des propriétés un peu partout dans le monde afin de faciliter le déplacement des enfants recherchés. Dès qu'un enfant est recherché dans un pays, il disparaît dans un autre. Ajoute à cela qu'on ne connaît pas leur vraie identité puisqu'ils sont tous débaptisés dès leur arrivée. Ajoute ensuite un climat dur et des conditions difficiles…

– C'est quasiment impossible de les retrouver.

– C'est ça, fais-je avec calme.

– Tu fais tranquillement du trafic d'enfants avec ça, fait-elle valoir.

J'affiche une expression neutre.

– Le marché des êtres humains, qu'il soit sexuel ou économique, n'a pas besoin des sectes pour exister. Toutefois certaines communautés extrêmes ne sont qu'un prétexte pour cacher l'esclavage sexuel.

Tandis qu'elle paye avec sa carte à la borne de sortie du parking, je la regarde se mordiller la lèvre inférieure, hésitant de toute évidence à enfreindre les règles de réserve avec moi. C'est gênant, déplacé, mais je comprends aussi que c'est sans doute la première fois qu'elle peut s'ouvrir secrètement sur son associé.

D'ailleurs la question suivante ne tarde pas :

– Je crois qu'on parle d'« encapsulation totalitaire », dans son cas, c'est ça ?

Le terme technique m'indique qu'elle s'est renseignée.

Et non que son associé *l'a* renseignée. Ce qui en soi m'est très utile, car j'en apprends un peu plus sur leur mode de communication. Il est clair qu'il la tient en dehors. Prudente, je m'enquiers :

– Comment as-tu eu connaissance de toutes ces informations ?

– Je me suis documentée, se défend Caitlin d'un regard appuyé.

Elle ment.

– Rien de tout cela n'est sur Google, objecté-je sèchement. Je préfère encore que tu ne dises rien. Mon travail est fondé sur des évidences. Pas sur des hypothèses, tu comprends ? Ça fausse tout sinon.

Un truc ne tourne pas rond dans cette histoire. Elle en sait trop.

– Sau a disparu quand il avait cinq ans, lâche-t-elle à contre-cœur.

– Tu veux dire qu'il a été happé.

Ce n'est pas une question, je m'attends à ce qu'elle confirme.

– Non.

– Non ? Il n'existe que trois façons pour un mineur de rejoindre une secte. Le « happé », lorsque l'enfant suit un de ses parents ou plus tard y rentre seul. L'« éclaté », dont les deux parents sont dans deux sectes différentes. Ou le « né dans la vérité », quand celui-ci naît dans la secte. Si j'ai bien compris, les deux dernières options peuvent être éliminées.

Caitlin me dévisage abasourdie. Devant ma maîtrise du sujet, je sens sa confiance en elle vaciller, ce qui est bien la première fois tant cette femme paraît sûre d'elle en tout.

– Oh et puis merde, lâche-t-elle en se cramponnant au volant. Que je te le dise ne changera rien. Sau a été kidnappé dans la nuit du 10 juillet 1999 pendant que son père remportait le Grand Prix de Grande-Bretagne à Silverstone.

J'accuse le choc en silence car je ne m'attendais pas à ça.

– Il y a eu une demande de rançon ? embrayé-je avec confusion.

Caitlin me jette un regard de travers.

– Non. Et c'est justement *ça* le problème. Il a été vendu.

Cette fois je ne trouve plus rien à dire.

Un silence inconfortable s'installe entre nous sans que je sache pourquoi elle semble m'en vouloir. Mal à l'aise, je reporte mon attention sur le paysage et elle sur la route. Combien sont-ils à disparaître ainsi dans le monde ?

Un grand vide, c'est ce que je ressens.

– Les agents du CSIS[8] ont bien été obligés de dire à Melvin d'où il venait à son retour, justifie-t-elle une fois calmée. C'est là qu'on a su qu'il avait passé tout ce temps dans une secte russe et qu'ils nous ont appris ce que je t'ai dit. Ils nous ont aussi avisés que Syrov avait fait ses études de médecine à Astrakhan et qu'il avait deux vocations : guérir les gens de toutes nos maladies et tuer. J'étais choquée. Comment un médecin censé soigner peut-il tuer ?

À présent, tout s'éclaire.

– Ce sont eux qui ont parlé à ton père d'« encapsulation totalitaire ».

– Oui, mais ils ne nous ont rien dit de plus. Je veux dire… Je comprends la notion de vie privée en règle générale, c'est *privé*. Mais on ne sait pas ce que Sau a vécu, et lui n'en parle pas. Du coup, tu comprendras que je m'inquiète.

– C'est naturel.

– Tu veux bien m'expliquer ce que ça cache ?

– D'abord, un leader intelligent a plus d'emprise sur ses fidèles. Plus il est charismatique, plus il est dangereux. On parle d'« encapsulation totalitaire » lorsqu'il interdit aux enfants d'aller à l'école et leur refuse les soins médicaux, les vaccins et les médicaments, afin de les maintenir sous son contrôle. Comme Dieu, dont il est le prophète, le leader a pouvoir de vie ou de mort, et chacun des adeptes

8. CSIS, prononcé « sicice ». Service de renseignements du Canada. Équivalent du FBI.

doit le savoir. Il peut aussi les priver d'autre chose : sommeil, nourriture, lumière du jour, douches… etc.

Devant ce tableau, un silence lourd et pesant envahit l'habitacle.

– Tu penses qu'il a subi des sévices sexuels ?

Je sais qu'elle pense à la pédophilie. J'aurais la même inquiétude face à un membre de ma famille qui sortirait d'une secte totalitaire et ne se confierait pas.

En revanche…

– Si c'est le cas, c'est à lui d'en parler.

Quoi de plus complet que le silence pour enfermer une vérité trop dérangeante ? Le nôtre, difficile à ignorer, oblitère tout dans l'habitacle. Tandis que Caitlin manœuvre dans la circulation urbaine du *downtown*, on n'entend plus que le couinement régulier des essuie-glaces sur le pare-brise.

– Si je t'ai posé ces questions, c'est que Sau est mutique, froid, et brutal, se justifie-t-elle. Il n'est plus du tout comme l'enfant qu'il a été.

– Il n'y a pas de mal, je peux comprendre que tu t'inquiètes pour lui.

– C'est ça, tu vois. Parfois, je me dis qu'il aurait besoin de se briser, de pleurer, voire de se mettre en colère, afin de laisser tout ça derrière lui. Une fille ferait ça. Seulement la souffrance ne représente rien pour lui. Depuis qu'il est là, je ne l'ai jamais vu craquer, ni sourire. Je ne l'ai jamais vu avec une femme, non plus. Bon Dieu, je ne sais même pas s'il baise ! Tu crois qu'on peut créer un diable ?

Choquée, je me tourne vers elle.

– Tu… tu y vas fort !

Elle m'arrête d'un geste.

– Tu ne peux pas te laisser enfermer par les tiens, Hope. Tu ne dois pas avoir peur d'en voir la couleur. Sau n'est pas humain. Il ne me parlait même pas avant la mort de Melvin. Pour lui, je reste une *Wog*. Ce qui veut dire qu'il me tolère à peine. Si pour une raison ou une autre il devait me faire du mal, il le ferait sans aucun état d'âme. Que je sois une femme ou de sa famille ne le ferait pas hésiter. Je suis sûre qu'il a déjà tué. De sang-froid, je veux dire. Il le porte sur lui.

Trop hébétée pour réagir, je ne trouve rien à répondre.

– Sau n'a pas qu'une part d'ombre en lui, il rayonne dans le noir, ajoute-t-elle. Aussi, si j'ai un conseil à te donner, évite-le !

Même si je décide plus prudent d'abandonner cette conversation, ces propos choquants flottent un instant dans l'air. C'est étrange l'effet qu'ils ont sur moi. Le simple fait d'imaginer cet homme, son histoire et les épreuves qu'il a dû surmonter, un frisson me remonte le long du dos. Pas de peur. *D'excitation.* Je devrais m'en méfier, l'éviter, or c'est l'inverse qui se produit. *Il m'attire.*

Sentiment déroutant et totalement inapproprié que je chasse en jetant un œil autour de nous. Parc Stanley. La Dodge blanche traverse un gigantesque parc naturel grouillant de vélos et de joggeurs et pourtant je ne m'en étais pas rendu compte. Preuve que l'histoire de cet homme me fascine.

– Il y a passé combien de temps en tout ?

– Dix-sept ans. Il en est sorti il y a trois ans.

Mais avant que je puisse poursuivre le fil de ma pensée et lui demander comment il en est sorti, Caitlin change de sujet.

– Son père était champion du monde, précise-t-elle avec fierté. Un vrai prodige au caractère fougueux que personne dans le milieu de la F1 n'a oublié.

– Comment ton associé a-t-il quitté sa communauté ?

– Tu as entendu parler du siège de Waco ?

Une bouffée d'amertume remonte dans ma gorge.

– Ma mère a couvert le siège de Waco sous les balles croisées des Davidiens[9] et de l'hélicoptère de l'ATF[10] alors qu'elle était enceinte de moi.

– QUOI ? s'écrie Caitlin, en se raidissant.

– Maman était reporter de guerre, expliqué-je devant son incrédulité.

– Je la croyais photographe d'art.

– Elle était reporter-photographe pour CNN. Plus tard, elle a exposé d'autres photos dans des festivals et des institutions, comme le Jeu de Paume, à Paris.

---

9. Du nom du leader, David Koresh.

10. L'ATF, ou Bureau de l'alcool, du tabac, des armes à feu et explosifs, est une agence du département de la Justice des États-Unis chargée de la lutte contre leur trafic.

Caitlin ne dit plus rien, perdue dans ses réflexions, et moi non plus. Je réalise alors qu'elle est sûrement au courant du viol qui lui a coûté la vie. Quoi de plus normal si elle a cherché à me joindre ? Toutefois, je n'aime pas son silence. Il me met mal à l'aise pour une raison que j'ignore. Une fois la Dodge sortie de Vancouver et son temps de réflexion passé, je décide de le briser :

– En plus des adultes, vingt-et-un enfants sont morts à Waco. Maman ne l'a pas supporté et a donné sa démission à CNN pour se consacrer à la photo d'art.

– C'est horrible, en effet.

– Personne ne savait que la secte disposait d'un arsenal d'armes automatiques. Le siège a été tellement meurtrier que Clinton a juré que jamais plus les États-Unis n'interviendraient par la force contre les sectes, et les autres pays ont suivi.

– Eh bien globalement la position est moins nette en Russie, claque Caitlin.

– Comment ça ?

– Alors que Poutine acceptait toutes les sectes au nom de la liberté de religion depuis la constitution de 93, il y a trois ans, la Spetsnaz a mené une opération similaire contre la communauté qui retenait mon associé. Sans cela j'imagine qu'on n'aurait jamais eu de nouvelles de lui.

La stupéfaction fait bondir mes sourcils.

– Un nouveau Waco ? Mince ! Mais pourquoi ?

– Officiellement, Poutine a estimé la masse critique parmi l'opinion publique atteinte après la survenue d'incidents graves avec la secte des « enfouis » qui s'étaient enterrés vivants pour attendre la fin du monde.

– C'était en 2008, soit huit ans plus tôt que ton associé, relevé-je.

Un truc ne colle pas dans son récit.

– En même temps, on le comprend, évacue Caitlin. Le groupe de mon associé possédait un arsenal de trois cents Kalachnikov AK-47 et près de 200 000 munitions. Qu'allaient-ils faire avec ça ?

– Il y a eu beaucoup de victimes ?

– Presque tous les adultes ont été tués.

– Et les enfants ?

– Sains et saufs, bizarrement. Certains ont retrouvé leur famille. Les CSIS ne se sont pas montrés très bavards sur le sujet.

Je suffoque. C'était bien du trafic d'enfants.

– Depuis, les sectes sont interdites en Russie, ajoute Caitlin. La Russie moderne protège les siens de l'extrémisme.

– Ils ont quand même tué près de trois mille personnes, m'exclamé-je, scandalisée. C'est pas extrême, ça ? Bon sang, c'est autant que les victimes du 11 septembre, et *personne* n'en a entendu parler !

En même temps, les autorités russes communiquent rarement sur ce genre d'intervention et les juges en Russie dépendent tous de la sphère politique. Autrement dit, si on se moque des victimes causées *à l'intérieur* par l'intervention pour ne considérer que les victimes possibles *à l'extérieur*, l'efficacité est absolue.

Ils ont réglé le problème.

– Si tous les adultes ont été tués, comment ton associé s'en est-il sorti, lui ?

Caitlin hausse les épaules.

– Bah, j'imagine qu'ils ne l'ont pas tué pour pouvoir l'interroger sur la provenance des armes qu'ils ont trouvées sur place.

– Comment ça ?

– C'était le chef de leur force d'élite.

Ma respiration se bloque. Et moi qui le prenais pour une victime ! Comme je suis trop suffoquée, l'ombre d'un sourire passe sur ses lèvres fardées.

– Je t'ai dit qu'il était dangereux, nargue Caitlin.

Un frisson d'horreur parcourt ma peau.

– Et pas qu'un peu, ajoute-t-elle. Tous leurs disciples mâles étaient entraînés au combat. Des enfants de huit ans s'affrontaient avec des battes de base-ball, selon les témoignages des gosses qu'ils ont sortis de là. Soi-disant pour les sélectionner. Les visites médicales à leur sortie ont révélé qu'ils avaient tous de multiples fractures anciennes sur leur radio. *Filles et garçons.* Alors tu imagines ce que veut dire appartenir à la force d'élite ?

– J'ai du mal, réponds-je avec honnêteté.

En gros, il pouvait faire tout ce qu'il voulait. Laisser ces pauvres gosses s'entretuer en regardant ailleurs, au mieux, ou organiser les combats, les conduire à la mort et jeter leurs corps ensuite. Peut-être même laisser son médecin fou de leader s'en servir d'expériences médicales ?

Soigner et tuer prend alors tout son sens.

– Je suis sûre qu'il a tué de sang-froid, ressasse Caitlin.

Instinctivement, je remonte mes jambes sous moi. J'ai besoin de faire corps avec moi-même pour entendre la suite qu'elle brûle de me livrer.

– Continue, lui dis-je, devinant qu'elle ne s'arrêtera pas là.

Ce que je ne comprends pas encore, ce sont les sentiments qu'elle nourrit envers lui. Il est de sa famille. Elle s'inquiète. Mais elle semble l'avoir en horreur. Or si elle le déteste, pourquoi vouloir en apprendre plus à travers moi ?

Elle me manipule, c'est évident.

– La Spetsnaz l'a fait prisonnier et le CSIS nous l'a livré ensuite. Avant ça ils ont dû le garder en quarantaine à Ottawa, le temps que les drogues qu'on lui avait administrées là-bas disparaissent de son corps. J'ose à peine imaginer l'animal qu'il était avant ça.

Sous le choc des révélations, je n'arrête pas de crisper mes paupières, comme si ma tête essayait de maintenir tout cela à l'écart, coûte que coûte.

– Il n'a jamais été inquiété par la justice pour ce qu'il a fait… *avant* ?

Le regard de Caitlin traîne un instant sur l'imprimé de ma robe.

– C’est ça le plus préoccupant selon moi. Sau n’avait aucune notion de citoyenneté. Rien qui permette de se repérer dans un monde politique et social. Il n’était jamais allé à l’école pour s’y préparer non plus. Il était également clair qu’il avait été drogué *contre* sa volonté. Aussi les autorités n’ont pas enclenché de poursuites contre lui. Tu le crois ? Son casier est vierge, lâche-t-elle avec ironie.

Je baisse les yeux car je sens monter les larmes.

– Il sait lire et écrire ?

– Une femme du CSIS lui a trouvé un sectateur qui avait été professeur avant et Sau l’a accepté, opine-t-elle. Je l’ai vu acheter des livres.

Pendant un moment, je reste muette, comme si l’image que j’avais de lui se défleurissait à chaque respiration que je prends. Pourquoi cela m’affecte-t-il que cet homme puisse être mauvais ? Qu’est-ce que je projette sur lui ? Quoi que ce soit, c’est inapproprié. Il n’est rien pour moi.

Juste un cas d’étude intéressant.

– Comment ont-ils su où le ramener ? je lui demande.

Tout en fixant la route mouillée à travers les balais des essuie-glaces, Caitlin secoue la tête plusieurs fois, comme si elle avait encore du mal à y croire.

– C’est fou. Tout cela est fou. Avant d’arriver chez nous entre deux agents, Sau n’avait aucune notion d’avoir une famille quelque part. À croire qu’il ne s’était jamais posé la question. Est-ce que j'ai un père ? Est-ce que j'ai une mère ? D'où je viens ? Qui fait ça, Hope ?

Est-ce pour cela qu'elle lui en veut ?

– Quelqu'un qui a perdu la mémoire ?

– Même. Il me semble que tu te les poses quand même ces fichues questions. Tu *veux* savoir. C'est humain. Lui non. Il s'en fout. La seule chose qu'il possédait, c'était son empreinte génétique. C'est comme ça qu'on a su *qui* il était.

– Qu'est-il arrivé à ses parents ?

– Tu n'es pas au courant ? Toute la presse en a parlé.

– Comment le serais-je ? Tu ne m'as donné aucune info sur votre famille.

– C'est vrai. Le jet de ses parents s'est crashé au retour de Silverstone, avec le champion du monde en titre à bord. Le monde de la Formule 1 était complètement sonné. Sa mort tragique a encore renforcé la légende et tout le monde s'est mis à aimer Oxton pour sa personnalité hors norme.

– Pourquoi dis-tu qu'elle était hors norme ?

– Oxton était bipolaire. Il en est venu aux mains plusieurs fois avec d'autres pilotes dans le parc privé. Ça lui a valu de nombreuses pénalités mais il n'en avait rien à faire. Malgré sa maladie, les gens l'aimaient. Parce qu'il se battait contre, alors qu'il aurait très bien pu abandonner et la laisser gagner. C'était un message d'espoir pour tous les malades lorsqu'il montait sur le podium…

Et maintenant son fils est sectateur. Il doit se battre pour une autre cause. Quel message d'espoir ce serait si lui aussi montait sur le podium.

– D'ailleurs, chaque année, des pilotes se rendent dans l'île, termine Caitlin.

– Quelle île ?

– L'île Sainte-Hélène. C'est là que leur jet s'est crashé.

– C'est au beau milieu de l'Atlantique Sud. Qu'allaient-ils faire si bas ?

– On n'en sait rien. Selon l'enquête, le pilote du jet était suicidaire. Il a volontairement foncé sur le pic de Diana.

Seigneur Dieu, ça colle le vertige, tant de malheurs.

Parfois le monde n'est pas tendre avec certains de nous. Au moins ai-je gardé mon père, et les malheurs se sont arrêtés après l'agression de maman. Dans le regard bleu qui me jauge dans le rétroviseur alors que je réfléchis à tout ça, je ne détecte pas la moindre trace de compassion ni d'inquiétude. Il faut croire que ce n'est pas la sensibilité qui étouffe cette femme.

– Comment s'en sort-il, aujourd'hui ?

– Sau est coincé entre deux mondes. Il refuse le compromis avec notre société, tout comme il rejette celle dans laquelle il a grandi et dont il ne fait plus partie. En clair, il ne se situe ni en dedans, ni en dehors.

La situation n'est pas inconnue à la psychologue que je suis.

– La même chose se produit avec les soldats envoyés au front quand la paix revient et qu'ils rentrent chez eux. Ils ne sont plus dans leur élément *nulle part*.

– Ils s'en sortent comment ?

– Devant l'impasse, certains repartent au conflit, réponds-je. N'importe lequel. Quitte à devenir mercenaires de mauvaises causes. D'autres sont aidés par leur famille. Ça aide énormément pour reprendre pied dans la réalité.

Caitlin secoue la tête.

– Impossible avec Sau. Il me rejette.

Impossible de savoir si elle est sincère ou si elle se trouve une excuse.

– Tu ne dois pas te décourager. Laisse-lui du temps. Pour ma part, je crois que face au silence d'un être proche, il faut savoir « rester chez soi », quitte à suspendre la relation. Rien ne t'empêche de lui tendre des perches, si tu t'en sens la capacité, mais son silence ne doit pas devenir un enjeu de pouvoir entre vous. Ou bien il sera tenté de s'en servir contre toi.

– Tu as raison, apprécie Caitlin.

Ce que je ne lui dis pas, c'est que ces soldats ont été socialisés comme nous. Ils ont une chance de se réintégrer parmi leur famille, alors que les sectateurs… En dehors des communautés sectaires, eux n'en ont aucune.

Le suicide, voilà ce qui les guette. Et pour les plus faibles, la prostitution. Même si ça me semble compliqué, voire impossible, si on en croit les statistiques, j'essaie d'imaginer comment il pourrait s'intégrer. *LUI*. Parce quelque chose me dit qu'il ne se prostituera pas. Il est trop fort. Trop entier. Il se suicidera.

Après tout tu es là pour ça !

– Tu me parles un peu de son boulot ? Comment ça se passe ? Par exemple, est-ce qu'il respecte des règles de base ? m'enquiers-je maladroitement.

Caitlin bascule sa tête en arrière de découragement.

– Hélas non. Je ne sais pas où il a appris à piloter, mais il est encore meilleur que son père. Tout aussi vif mais plus en alerte. Plus instinctif. Chacun de ses dépassements est à la fois audacieux et techniquement réfléchi. Les dirigeants de la fédération l'ont constaté par eux-mêmes. Sau a le potentiel pour faire de grandes choses. Ce n'est pas tous les jours qu'une monoplace de petite écurie tient la dragée haute à Ferrari et Mercedes aux essais d'hiver. Sau fait indéniablement partie de la classe des futurs champions. Des grands. *Des très grands.*

Je ne sais pas ce qui me prend, là tout d'un coup, mais ma poitrine gonfle d'admiration et je me prends à rêver. Ce serait une si belle revanche…

– De plus, avec le fils d'Oxton comme pilote, les sponsors débouleraient en nombre devant mon bureau, expose la femme d'affaires. C'est ce qui a convaincu Melvin de chambouler toute l'organisation de l'écurie. Rien qu'en sponsoring, son retour nous assurerait des millions de dollars chaque année. Seulement en raison de son absence totale de respect des règles, la FIA lui refuse la Super-Licence. Son comportement pourrait être dangereux pour les autres voitures.

– La FIA ne lui a pas imposé un suivi psychologique ?

– Si. Mais il a refusé.

J'étouffe un rire nerveux.

– Une vraie tête de champion, ce mec !

– C'est pas drôle ! m'admoneste Caitlin. J'ai une écurie à faire tourner, moi. Oxton était bipolaire mais il suivait son traitement et trouvait du soutien auprès de sa psychothérapeute afin d'alléger le quotidien. Il soutenait de nombreuses associations. Il rencontrait des malades. Sau refuse toute aide extérieure. Il se fout du sort des *Wogs*. Comment veux-tu qu'on s'en sorte ?

Je ravale mon rire.

– Ton père n'a pas essayé de le convaincre ?

– On ne discute pas avec Sau, c'est impossible.

Rien que le regard torve qu'elle me décoche est un aveu d'impuissance. Elle n'a aucun contrôle sur lui. En même temps je me demande qui en a.

– C'est dommage. Il fait quoi, alors ?

J'ai déjà compris qu'il était pilote mais je ne vois pas à quoi il sert s'il ne peut pas piloter. Il faut qu'on m'explique.

– Sau est notre pilote essayeur pour la mise au point des voitures et pour la stratégie. C'est un poste extrêmement important car tout le développement repose sur lui.

– Ça veut dire qu'il pilote sur des circuits officiels ?

– Bien sûr. Il ne peut juste pas prendre part au championnat.

Je note mentalement et hoche le menton.

– Excuse ma bêtise mais c'est quoi la différence entre FOCA et FIA ?

En femme d'affaires passionnée, Caitlin réagit au quart de tour.

– Liberty Media est le nouveau propriétaire de la F1 mais tu as deux grandes organisations. La FIA gère le sport automobile. Elle octroie les licences et peut aussi les retirer. En gros, c'est le gouvernement, il ne faut pas plaisanter avec elle.

Je rigole devant sa technique de management et décide d'entrer dans son jeu.

– OK, le gouvernement, je valide.

– Ensuite, tu as l'organisation des constructeurs. La FOCA gère les primes de chaque écurie. Ça fonctionne un peu comme un syndic de copropriétaires. Elle touche l'ensemble des droits pour nous, puis elle nous les redistribue après avoir réglé toutes les factures. En gros, c'est le banquier. Il veut bien te comprendre, mais pas assumer tes risques.

– OK, le banquier, je valide.

– Super, applaudit Caitlin. Je vais prendre un raccourci mais je suis comme ça aussi. Je veux bien comprendre Sau mais pas assumer ses risques. Voilà c'est dit. S'il merde avec toi, je n'y suis pour rien.

– Aucun reproche. Promis.

Le reste du trajet s'effectue dans un silence absolu. Caitlin roule sur le *Highway 99* qui s'enfonce à l'intérieur des terres et ne juge plus la peine de me faire la conversation ; après le vol de nuit coupé par une escale plutôt longue, je n'en éprouve pas non plus le besoin. J'ai suffisamment appris d'infos pour la journée. Bien à l'abri, la tête calée dans le cuir moelleux de l'appuie-tête, je découvre des paysages totalement différents de ceux que je connais. La route longe des fjords entourés de forêts d'un vert profond. C'est magnifique.

Tellement magnifique que je m'endors.

Surtout ne rêve pas de lui, bêtasse !

CHAPITRE 6

HOPE

Dormir en voiture est rarement une promenade tranquille !

On se réveille souvent groggy. Ou pire, nauséeuse. Ce qui est mon cas. Je suis ranimée par l'arrêt du moteur et la vibration d'un portable dans la console centrale. Par réflexe, je serre mes doigts autour du mien, resté dans ma paume. Inutile de vérifier l'heure, j'ai dû dormir pendant tout le trajet, et vu que j'ai refusé tous les plateaux American Airlines à moitié dégelés pendant les deux vols de l'aller, mon estomac crie famine. D'où la nausée.

Au moins il ne pleut plus.

– Caitlin, j'écoute.

En me redressant je réalise que la Dodge est stationnée sur un parking occupé essentiellement de caravanes en aluminium aménagées d'auvents relevables. Sérieux, on se croirait dans le film hypnotique de Sean Penn *Into The Wild*, où cet étudiant épris d'absolu plaque tout du jour au lendemain pour l'inconnu. Voilà un truc qui ne m'arriverait pas ! J'ai bien trop besoin de constance dans ma vie.

Brendt est constant, imbécile.

– Je suis sur le parking, Eve, exprime Caitlin du dehors. Faites patienter la visioconférence le temps que j'arrive et passez-moi l'appel sur mon portable.

Pendant que son interlocutrice l'occupe à l'extérieur, de mon côté, c'est la surprise totale. En contrebas du parking, il y a un lac. Un magnifique lac aux eaux turquoise qui semble me sourire sous le ciel gris. J'en reste abasourdie. Même à Miami, l'eau n'a pas cette couleur. L'explication vient sans doute du fait que le lac est alimenté par un glacier visible au loin depuis une trouée de conifères. La forêt et l'eau turquoise. Le paysage est éblouissant.

– Bon, trêve de plaisanteries, Devon. Où en est-on des nouveaux sièges ?

Je comprends qu'on lui a transféré son appel. Profitant des quelques minutes que ça me laisse, je tente comme je peux de dompter le fléau de mon existence en me servant du rétroviseur. *J'en peux plus de ces cheveux brouillons !*

Ma mère avait les mêmes en plus roux et elle ne pourra jamais me dire comment elle s'en arrangeait. J'abandonne et décide de tout attacher en chignon serré par un élastique. Tant pis si j'ai l'air d'avoir un nid d'oiseau sur le crâne. Si j'en crois les taches bleues qu'affiche le GPS, il doit y avoir deux autres lacs plus haut. Les bois qui m'entourent aussi sont extraordinaires. Denses, majestueux, droits, d'un vert forêt profond inspirant la chaleur d'une couverture.

Je n'ai jamais vu une telle quantité d'arbres.

– Bon sang ! Azzaz vous a envoyé les croquis il y a plus d'un mois et toujours pas moyen d'avoir vos ingénieurs. À quoi vous jouez ?

J'ouvre la portière de mon côté en me servant du marche-pied pour descendre au moment où un énorme SUV noir entre sur le parking. Difficile à manquer comme modèle. Le mastodonte, aussi large que haut, semble conçu pour mener le peloton. Gênée par l'aspect décalé de ma tenue, j'essaie de l'ignorer et me dirige vers le coffre arrière afin de récupérer ma valise.

– NON, je n'ai pas mes règles, Devon ! Si vous voulez tout savoir j'ai un stérilet hormonal ! Ça veut dire *absence* de règles, mais apparemment pas de préjugés. Maintenant que ce mythe machiste est derrière nous, écoutez-moi : l'ergodynamique de vos baquets casse le dos de nos pilotes. Ça suffit pour perdre une course, purée de pois !

Hou là ! Je glousse en imaginant la tête de son interlocuteur mais en rabattant le haillon arrière après avoir posé ma valise à mes pieds, mon sourire s'efface net. Le SUV noir s'est immobilisé face à moi. Moteur en marche. Qu'est-ce qu'il fout ?

Allez, lâche-moi, s'il te plaît.

Déboussolée par le fait qu'il n'a pas l'intention de bouger bien que je le foudroie du regard, je prends aussi conscience que je ne peux pas voir qui est à l'intérieur à cause des vitres teintées. Est-ce pour cette raison que je me sens épiée ? Je ne suis pas idiote, il y a bien quelqu'un qui me reluque là derrière. Quelqu'un qui m'encourage à céder. Là où, pour moi, je devrais résister, comme on résiste à l'invasion d'une armée.

Vulnérable, je bats des cils.

– Si c'est votre discours, je pense que nous nous passerons de vous comme sous-traitant, vitupère toujours Caitlin alors que je m'approche d'elle.

Non sans faire un doigt d'honneur discret dans mon dos au petit malin qui essaie de me faire peur. Ce qui a pour conséquence de faire ronfler son moteur un peu plus fort. Voilà, message reçu. *Apprécie, connard.* La blonde en tailleur de ville avec son Vertu grand luxe collé à l'oreille marque un temps d'arrêt lorsqu'elle l'aperçoit à deux enjambées derrière moi. Parce que l'abruti m'a suivie, bien sûr. C'est vrai que c'est bizarre. On dirait qu'il va me foncer dessus.

Elle lui fait signe de partir, mais le SUV noir ne bouge pas d'un pouce.

Au contraire, il coupe même son moteur.

J'avais raison, c'est un connard.

– On se reparle plus tard, Devon, dit raccroche Caitlin, les lèvres pincées.

Puis elle pivote sur ses bottines et m'invite à la rejoindre de l'index.

– Viens. Je vais te montrer tes quartiers.

Je lui emboîte le pas.

– C'était qui dans le Tahoe ? la questionné-je un peu plus loin tout en tirant ma valise sur le bitume du parking.

– Mon associé, siffle-t-elle de mauvaise humeur, et sa réponse me fait frémir.

Merde. Son attitude m'interpelle d'une façon différente à présent. Avec sa façon de me provoquer, on aurait dit qu'il me chassait. Pourquoi ? Une attitude normale aurait été de descendre pour me saluer. Du coup, mille questions me viennent à l'esprit. Dont une que je me dois de poser.

Tout de suite.

– Attends ! Est-ce qu'il est d'accord avec ma présence ici ?

– Évite-le, répète Caitlin, ce qui, je le sens, va devenir un leitmotiv.

J'accroche son bras.

– Réponds-moi, insisté-je.

Son regard bleu se verrouille au mien.

– Il sait que tu es là, c'est pas le problème.

– Alors c'est *quoi* le problème ?

– Côtoyer ce cas désespéré ne t'apprendra rien ! Il n'a pas d'avenir. Maintenant si tu as des scrupules liés à ton éthique professionnelle, apprends que c'est LUI qui t'a fait venir. Moi, je n'étais déjà pas d'accord avec Melvin quand il a pris cette décision totalement dingue de tout changer pour lui.

Wouah. La sévérité des propos me sèche trop pour réagir.

Je reste une seconde interdite sans la suivre, à battre des cils comme une imbécile. Je n'arrive pas à comprendre ce que je fais ici si elle n'y croit pas. Je regarde autour de moi pour m'éclaircir l'esprit. Plusieurs gros chalets d'habitation collective sont rassemblés là. Au centre, il y a une place agrémentée de jeux extérieurs pour enfants, une supérette décorée de cagettes vertes avec ce qui semble être des fruits et légumes bio. Un kiosque à journaux. Un steakhouse avec terrasse recouverte d'une voile rouge et de jolis meubles en bois. Mince, c'est carrément un village.

Pas du tout ce à quoi je m'attendais.

– Tu viens ? me hèle Caitlin dans mon dos.

Je pars la rejoindre.

– Tu es dans le chalet n° 11, déclare-t-elle en nous dirigeant vers le lac.

Arrivée devant l'entrée dudit chalet, étrangement à l'écart des autres, elle jette un regard empêtré aux places de parking vides, et j'en fais de même.

– Ne t'étonne pas si tu es seule à l'occuper, nous venons juste de finir sa construction, affirme-t-elle d'un ton dégagé.

C'est vrai que l'endroit est désert.

– D'ailleurs, tu auras peut-être du ménage à faire. Les peintres ont fini la semaine dernière, et avec les obsèques, je n'ai pas eu le temps de vérifier l'état de propreté. J'espère que ça ne te dérange pas ?

Je cligne des yeux, car quitte à résider parmi eux, j'aurais préféré me mêler à eux. Là, je vais apparaître d'emblée comme une intruse venue de l'extérieur. *Une Wog.* À moins que ce ne soit fait exprès pour ne pas les déranger, *eux* ?

– Ça ira, conviens-je malgré tout.

Comme elle n'a pas l'air convaincue, je change de sujet :

– Qui est Azzaz ?

– Azzaz est notre designer, grimace-t-elle de dégoût.

Intriguée, j'attends qu'elle développe.

– C'était le binôme de mon associé. Ils sont arrivés en même temps ici et sont aussi inséparables que des frères de sang. En gros, on n'a pas eu le choix. C'était les deux ou rien. Un peu spécial, comme gars…

– Spécial comment ?

– Nous deux, on ne se supporte pas. Je sais pas, c'est… *physique*.

Puis elle ajoute, comme si ça venait de lui traverser l'esprit :

– Tout le monde dit qu'il a la sensibilité d'un artiste, mais pour moi ce type est un véritable psychopathe. Son corps est couvert de tatouages cyrilliques bien noirs. Mon Dieu, je ne pourrais pas avoir ça dans mon lit.

– Il vient d'où ?

– Je me demande si lui-même le sait ! Officiellement, Azzaz a été déclaré chez nous comme « né sans acte de naissance » car il n'existe aucun certificat spécifiant sa date et son lieu de naissance. Pour nous, il est apatride.

– Donc, sans droits fondamentaux ni nationalité.

Elle hausse une épaule.

– Tant qu'il vivait dans sa communauté, ça ne devait pas le gêner, mais à présent… Même s'il travaille ici, il ne peut pas ouvrir de compte bancaire ni traverser une frontière légalement.

– Ni déposer une demande d'asile, complété-je.

– C'est ça. Le Canada ne peut pas l'accueillir.

– En gros, il n'existe pas. On les appelle les « enfants fantômes ». C'est le même cas en Afrique et en Indonésie quand…

– Non, ce n'est pas pareil, me coupe abruptement Caitlin.

– Pardon ?

– Lui vient d'une secte qui a *tout* fait pour le faire disparaître. Pas d'une famille pauvre et démunie de tout qui ne sait pas l'importance d'un acte de naissance parce qu'elle a d'autres soucis urgents à régler.

Elle a raison mais je ne comprends pas pourquoi elle s'énerve.

– Comment as-tu fait pour obtenir son permis de travail ?

– Le Canada autorise les permis de travail liés à un employeur, répond-elle sèchement. S'il nous quitte, Azzaz devra *aussi* quitter le pays.

Comprenant que je l'ai froissée, j'essaie de me rattraper :

– Tu dis que vous ne vous entendez pas, mais, tu sais, la précarité des immigrés les maintient toujours dans un état de méfiance. Ce n'est peut-être pas toi.

– Méfiant, oui. Précaire, non. Azzaz est un colosse aux yeux bleus avec un look de prophète ne pouvant être souillé. Tu ne pourras pas le rater.

Sur ces belles paroles, elle me tend ma clef.

– Tu as le studio du rez-de-chaussée. Il a un balcon sur le lac. C'est vrai que le chalet est isolé mais j'ai pensé que ça te ferait plaisir d'avoir un peu d'intimité. Contacte Eve si tu as besoin de quoi que ce soit.

– Qui est Eve ?

– Ma secrétaire, dit-elle en pointant son index vers un bâtiment industriel de briques rouges près du ponton métallique où sont amarrés deux superbes hydravions ScrapMetal Racing ornés de flammes sacrées.

Comme si le feu était associé aux sectateurs.

– J'aurais besoin de WiFi.

– Tu peux te connecter à celui du hameau. *#NoRoots* est le mot de passe.

Je la regarde s'éloigner sans bouger car le mot me colle un frisson.

No Roots pour déracinés.

On y est.

Effectivement, il n'y a pas un bruit dans le bâtiment lorsque j'y pénètre.

L'entrée est accueillante malgré l'odeur de peinture. Quelques produits ménagers ont été laissés là avec un seau, un balai serpillière et un escabeau. Caitlin avait raison, personne n'y a encore touché. Puisque je suis seule à l'occuper, je délaisse la cage d'escaliers pour me concentrer sur mon logis. La femme d'affaires n'a pas menti, l'appartement du rez-de-chaussée donne carrément sur le lac et possède un balcon en bois orienté à l'est sans aucun vis-à-vis. Il y a même une table et un banc pour manger dehors.

Un vrai bonheur pour mon yoga matinal. Je prends rapidement un selfie de moi avec le lac turquoise dans mon dos et l'envoie à papa pour le rassurer.

La réponse est immédiate :

[Tu m'as menti, bébé.
Ce n'est pas la ville de Vancouver ça !
Préviens le premier qui te propose un bain
qu'il va mourir :)]

[Papa, j'ai pris mes bikinis.]

J'évite de lui préciser qu'il fait 10 °C au thermomètre mural et que l'eau doit être gelée pour m'éviter une moquerie sur ma valise.

[Je confirme : il va mourir.
Tu es où ?]

Je ris en rentrant à l'intérieur en évitant de lui répondre. Pas question qu'il me flique, un peu de liberté ne nous fera pas de mal à tous les deux.

Mon nouveau chez-moi est minuscule. Il y a un coin sommeil avec lit et penderie – sans draps ni couverture. Une kitchenette astucieusement adossée à un faux mur de séparation. La salle d'eau carrelée de blanc est riquiqui mais moderne. L'ennui, c'est que la cabine de douche séparée uniquement par une paroi de verre non dépoli est *pile* placée devant une fenêtre donnant sur le parking.

Bref, on peut me voir à poil sous la douche.

– Je viens de trouver un usage à mes maillots ! raillé-je pour moi-même.

C'est sale, plein de poussière, mais ça aurait pu être pire. En pensant à Edith, notre bonne qui ne me laisse même pas laver mes culottes, je m'interroge : depuis quand n'ai-je pas fait le ménage ? Jamais, je crois. Maman devait le faire dans notre maison de *Coconut Grove*. Tant vivre dans le Grove est un état d'esprit. Puis papa a déménagé pour une de ces résidences huppées hautement sécurisées et a embauché du personnel après sa mort. Comment le lui reprocher ?

Un homme seul avec une fillette…

M'armant de courage, je décide de fendre le plastique poussiéreux du matelas avec mon talon de chaussure à mille dollars – une chance, il est neuf – avant d'y déposer ma valise et de me changer pour un bas de yoga et une brassière de sport. Ensuite, je branche mon ordi sur le comptoir de la cuisine et j'ouvre iTunes.

Autant s'atteler au ménage en musique avec Florrie.

Borderline !
I was right, there's only one of you
You dance through life to your own tune
You're beautiful and complicated too[11].

Deux heures plus tard, mon nouvel espace pourrait ressembler à l'idée que je me fais d'un studio de station de ski où chaque mètre carré compte, mais je meurs littéralement de faim. Finalement, j'ai trouvé les draps et la couette ainsi que du linge de toilette, du gel douche, de la vaisselle et quelques provisions de base rangées dans un carton de bienvenue que je n'avais pas vu de prime abord.

Il y avait même un mot gentil à mon attention.

Bonjour docteur Brenner.
Voici quelques affaires pour votre arrivée.
N'hésitez pas s'il manque quelque chose. Eve.

En arrivant sur la place, je ne sais plus par où commencer.

Les commerces sont séparés du jardin d'enfants par des murets de pierre protecteurs et toutes les voies sont exclusivement piétonnes, conférant

11. J'avais raison, il y a un seul toi entre vous. Tu danses dans la vie sur ton propre air. Tu es beau et compliqué aussi.

ainsi un grand sentiment de sécurité et de paix au hameau. Autre constatation positive, après avoir visité pas mal d'endroits douteux à Miami, ici, on prend soin des plus jeunes. L'aire de jeux est dotée d'un parcours d'accro-branches pour les tout petits confectionné à partir de rondins de bois formant des sculptures d'arbres-champignons. De gros pneus Pirelli colorés suspendus à un portique métallique servent de balançoires. On y retrouve aussi quatre totems destinés sans doute à protéger les enfants. Aucune trace de battes de baseball, ici.

J'ai du mal à imaginer Billy devoir se battre avec un tel engin.

En vérité, je préfère ne pas me demander s'il aurait fait partie de ceux qui ont survécu parce que j'ai peur de ce qu'il aurait dû faire pour y parvenir. Chassant promptement cette idée de ma tête, je décide de calmer mon estomac affamé et pénètre dans le steakhouse au nom prédestiné de « Boucan ».

Comment décrire le boucan qui règne ici ?

Quelques hommes finissant leur repas s'arrêtent de suivre le match de hockey qui défile sur l'un des trois écrans accrochés au-dessus du bar pour me regarder intensément, visages à l'affût, comme s'ils avaient hâte que je m'en aille pour se remettre à respirer. *Merde, ça craint.* J'ai l'impression de me faire repousser par une main invisible. Je retente ma chance, me force à sourire et feins d'admirer le petit train électrique qui circule sous les écrans avec son chargement de bières et de burgers, les peaux de mouton recouvrant chaque banquette, la déco des tables. « Tout refus de communiquer est une tentative de communication. Toute hostilité est un appel déguisé.[12] » Je ne sais pas à quoi je m'attendais en venant ici, parmi des sectateurs à peine sortis de leur communauté, mais une chose est claire : je suis une *Wog*. À quel siècle vivons-nous, nom d'une pipe ! C'est absurde.

Totalement dément, mais je ne vais pas abandonner.

Je vais bosser *plus fort*.

Prenant soin de ne pas croiser leurs regards qui me crient tous que je ne suis pas à ma place parce que d'une *espèce* différente, je m'avance vers le comptoir.

Où la conversation semble plus animée :

– Moi, ma femme peut pas me quitter, je suis jamais là, rigole un géant roux en tee-shirt Malabar jaune devant son *pint* pression fortement entamé.

Malabar et son copain me tournent le dos, bien sûr.

– Et moi, je suis chômeur. Alors, c'est l'occasion, les petites chattes ! jette le second à une tablée de femmes un peu plus loin. Mon pénis est tout à vous !

– Arrête la bière à midi, mec ! lui rétorque l'une d'elles avant de me couler un regard mauvais.

– Pourquoi ça, ma tourterelle ? J'suis pas pilote, je suis électricien.

---

12. Hope fait ici référence à *L'Étranger*, Albert Camus,1942, Éditions Gallimard.

En vain, car elles ne font plus attention à lui, mais à moi.

– Ben justement, Jonas, objecte le tee-shirt jaune éméché. L'eau conduit l'électricité, mais si tu mets de la bière dedans, elle a plus le droit de conduire.

Je réprime un gloussement.

– Comment sait-elle que je conduis au plumard ? oppose très sérieusement l'électricien en fronçant les sourcils de concentration.

Malabar se gratte la tête, tout aussi concentré.

– Bah si tu l'as pas encore sautée, elle peut pas l'savoir.

OK. Ils sont autant imprégnés l'un que l'autre. Indifférente à tout ça, une femme âgée avec d'insolites cheveux rouges vu son âge et torchon jeté sur son épaule s'active à la vaisselle des verres derrière le comptoir.

Dans le chahut ambiant, je m'adresse à elle :

– Bonjour, je sais qu'il est tard et que vos cuisines doivent être fermées, mais est-ce que je pourrais déjeuner ? Je me contenterai d'un plat froid et d'un thé.

Ce qui coupe le sifflet aux deux hommes éméchés, mais pas que. En dehors des écrans TV diffusant hockey et football américain en même temps, plus personne ne parle dans le steakhouse et de nouveau je dois éviter l'hostilité des regards.

– Vous êtes la *Wog* médecin du nouveau chalet ? m'interroge la femme âgée.

Je lui tends la main.

– Hope, ça suffira. Comme je ne pense pas que les réponses viennent d'en haut, je ne discuterai pas avec vous de religion. Le ciel, je m'en préoccuperai quand je serai morte. En revanche, si vous voulez me parler de vos difficultés ou de vos enfants, je suis disponible. Puis-je manger, maintenant ?

Éberluée, elle me désigne une table sur la terrasse abritée d'un vélum rouge, alors qu'il en reste beaucoup d'autres libres au chaud à l'intérieur. Je tique.

Ça va durer longtemps ce manège ?

Néanmoins je décide de ne pas brusquer les choses et m'installe là où elle le souhaite, recouvrant mes épaules du plaid rouge à disposition sur le dossier, me promettant de faire un tour dès que possible sur Net-A-Porter, mon site de vente en ligne préféré, pour mieux m'équiper.

– Puis-je allumer le radiant pour vous ?

Surprise que l'on s'adresse à moi, je lève le nez vers une jeune serveuse de couleur au crâne tressé portant un plateau en équilibre sur le bras. Je jette un œil aux consommations. Deux bières Grizzly Brown destinées sans doute aux deux seuls clients réchauffés installés un peu plus loin.

En tee-shirt, quand même, les clients !

– Je veux bien. Merci.

– Laissez-moi les servir et je reviens, acquiesce-t-elle.

Une fois le radiant allumé, elle s'apprête à partir puis se ravise.

– J'ai entendu votre réponse à Baskin Robbins.

Même si je me doute qu'elle parle de la gérante peu amène, je joue l'étonnée.

– Comme la chaîne américaine de crème glacée ?

– Baskin a travaillé dans leur premier magasin de Glendale, opine poliment l'adolescente, à qui je donne à peine quinze ans. C'est elle qui a créé la *Gorba Chocolate* pour honorer Gorbatchev en 1990. Quant à ses burgers, on en raffole d'avance, même sans y avoir goûté.

Un supplice pour mon estomac affamé.

– Et les calories ? plaisanté-je, ravie de ce petit échange.

– On y pense après, me sourit la jeune fille avec une lueur complice.

Je jette un œil à l'intérieur vers le bar où s'activent les cheveux rouges.

– Sans indiscrétion, elle a quel âge ? demandé-je à voix basse.

– Baskin aura quatre-vingt-dix ans le jour de Noël.

– Et elle travaille encore ?

– Baskin n'a pas eu d'enfants. Je crois que ça lui plaît d'être entourée par des jeunes, déclare poliment mon interlocutrice.

– Parce qu'elle était dans une sorte de secte contemplative ?

– Une secte catholique pour les femmes, opine-t-elle avec grâce. Les sœurs de Saint-Jean. On ne dirait pas comme ça mais Baskin est diplômée de

Sciences Po Paris. C'est pour ça qu'elle vous a demandé pour vos diplômes. Baskin pousse tout le monde à faire des études, ici.

Alors que je me demande ce qui a poussé une jeune fille diplômée de sciences politiques à se laisser séduire par une communauté à la dérive, j'entends :

– Ai-je l'autorisation de vous dire que personne ne vous parlera ici ?

Son ton moyenâgeux m'interpelle mais je ne dis rien.

– Ce n'est pas votre faute, ni la nôtre. Personne n'est fautif. C'est… *écrit*.

– *Où* est-ce écrit ?

Pourquoi je sens poindre un second leitmotiv ?

– Dans la Bible, affirme-t-elle.

– Et où exactement dans la Bible ?

– Dans le livre de la révélation. Le prophète nous a prévenus. Ils savent que vous avez des intentions maléfiques envers eux. Vous rôdez ici, c'est chez eux.

L'accusation me fait grimacer, je suis ici pour les *aider*.

– Je n'ai aucune intention maléfique.

– Cela ne change rien, que vous en ayez ou pas, me sourit-elle.

– Comment ça ?

Étrange cette façon de s'exprimer. D'une politesse hors d'usage, sa voix est douce et charmeuse comme une berceuse, avec quelque chose de naïf, une pureté indéfinissable. *Elle croit.* Et sa croyance ne change rien à ce qu'elle voit. Soit d'une mauvaise vue, soit d'une mauvaise foi. Elle croit et c'est beau.

Beau au point que je l'écoute.

– Voyez-vous, on nous a appris à n'avoir aucun contact avec les personnes extérieures à nos communautés. Pour le salut de nos âmes, nous devons vous éviter, se disculpe-t-elle avec douceur. Si l'un d'entre nous transgresse cette règle, il sera systématiquement sanctionné par les autres, car ils estimeront qu'il les a mis en danger. S'il vous plaît, n'approchez pas des enfants…

C'est tellement dingue que je décide d'en rire.

– OK. Donc pour vous, je suis le diable.

Mais alors que je m'attends à ce qu'elle nie, c'est tout l'inverse.

– C'est ça, acquiesce-t-elle avec soulagement, comme si j'avais compris quelque chose de primordial.

C'est tellement délirant que j'en force le trait.

– Vous trouvez que j'en ai l'air ? lui opposé-je avec humour en formant deux cornes au-dessus de ma tête.

Elle détourne les yeux.

– Le diable se cache en chacun de *vous*, martèle-t-elle de sa voix douce.

C'est dit avec tant de douceur que c'en est encore plus irrationnel. Découragée, je m'appuie contre le dossier de mon fauteuil. Si tout le monde a la même réaction, je ne pourrai pas faire grand-chose.

– Et vous ? Pourquoi me parlez-vous ?

– Mon cas est différent. Vous êtes docteur, c'est ça ?

– Je ne soigne pas, précisé-je, sentant la confusion arriver.

– Vous êtes docteur pour quoi alors ?

– Je suis *chercheur*. Mon rôle à moi est plus *global*. Je m'intéresse aux communautés dans leur ensemble. C'est pourquoi je viens voir comment vous vous en sortez ici. Vous vous êtes regroupés entre vous et vous essayez de bâtir quelque chose par vous-mêmes. Ça m'intéresse beaucoup. Cela pourrait même aider d'autres sectateurs ailleurs ou leurs familles.

Les yeux de mon interlocutrice s'écarquillent.

– Tu es bien la seule à nous voir ainsi ! Chaque fois que je vais en ville, on me regarde comme si j'étais sale à cause de ma foi, et ça m'anéantit.

– La foi n'est pas sale, rétorqué-je aussitôt. C'est *beau* au contraire.

– Pardon, je vous ai tutoyée, se ravise-t-elle subitement en rougissant.

– Ça ne me dérange pas si je peux en faire autant.

Ma proposition a l'air de la surprendre et je me demande combien de docteurs elle a dû rencontrer dans sa vie pour s'étonner qu'on se tutoie.

Mais elle hoche la tête pour dire oui.

– Je m'appelle Chelle, me souffle-t-elle un ton plus bas. Je ne peux pas te parler ici, ils croiraient que je les trahis. Mais plus tard, qui sait, pourquoi pas. Mon cas est différent. Je… j'ai une sœur et… elle ne va pas bien.

Le désespoir qui se lit sur son visage me serre le cœur.

– Elle a tenté de se suicider, déchiffré-je.

– Trois fois, confesse Chelle, et son regard accroche le mien.

Soudain la distance entre nous s'allège, comme si le paysage jouait de nouvelles variations : suicide, prostitution, retour à la secte. On se comprend. Quand on est si loin de toute amitié, si seule, si triste, toute démarche difficile devient impossible. J'admire cette adolescente qui ose demander de l'aide. Elle m'en parle malgré sa foi qui lui dit le contraire, malgré les autres.

Elle m'en parle parce que son désespoir est plus fort que la raison.

– L'idéal serait quand même qu'elle vienne me voir.

– Non ! Non ! panique l'adolescente.

Puis elle se ressaisit aussitôt, me surprenant.

– Par exemple elle n'aime pas changer de sous-vêtements, même quand ils sont déchirés. Ce n'est pas qu'il n'y en a pas de neufs dans ses affaires. Je lui en ai acheté deux neufs, dont un qu'elle a choisi elle-même, mais elle ne les met pas. Elle porte les siens du lundi au dimanche, sans les laver, c'est… *dégoûtant*. Nous avons souvent échangé au calme sur le sujet. J'essaie de l'aider, tu vois.

Discrètement, j'avise sa tenue.

Ses petites nattes afro courtes sont faites sur cheveux propres, mettant en valeur un maquillage léger mais recherché. Jupe crayon noire, baskets et chemisier blancs. Aucune scarification mystique. Aucune cicatrice à ses poignets.

Tout est soigné chez Chelle.

– D'accord. On en parlera dès que j'aurai un bureau pour te recevoir.

Pas question que je le fasse au chalet, ce ne serait pas professionnel.

– Juste une question, si tu permets. Il y a beaucoup d'enfants ici ? m'enquiers-je en désignant le jardin d'enfants vide en face de moi.

– Environ une trentaine.

– Ils sont où ?

– Bah à l'école, réplique-t-elle avec un bref haussement d'épaules.

– Ici ?

– Oh non ! s'exclame-t-elle, semblant comprendre le sens caché de ma question. Sau est contre les ranchs. Les enfants vont à l'école de Whistler, à soixante kilomètres d'ici. Ils prennent le bus scolaire le matin et rentrent le soir.

Bonne réponse.

– Qu'est-ce que vous appelez « ranch » dans vos communautés ?

Est-ce une sorte d'école à eux ?

– Le ranch est l'endroit où on élève les enfants. Ils y dorment, y prennent leurs repas, et étudient aussi. Deux heures par jour.

– Tu veux dire que les enfants ne vivent pas avec leurs parents ?

Chelle secoue la tête.

– Enfants et parents vivent dans des quartiers séparés afin de libérer les adultes pour des tâches plus importantes pour la communauté. Tu sais, vivre dans une secte, ça ne veut pas dire qu'on est obsédé par Dieu et qu'on ne fait que lire la Bible sans rien faire d'autre. Les adultes n'ont plus le temps de s'occuper de l'autorité parentale. Officiellement, c'est le leader qui s'en charge.

Déresponsabilisation des parents, donc.

Je garde mes observations pour moi, mais à mon avis, des enfants séparés de leurs parents sont plus vulnérables aux mauvais traitements. Surtout si les parents sont obéissants. Voilà pourquoi les sectes fermées sont si difficiles à endiguer. Elles isolent à la fois l'enfant *et* ses parents.

– Qui s'en occupe, alors ?

– L'Aîné.

Je l'interroge du regard.

– L'Aîné est le responsable des enfants chargé de les éduquer. C'est un élu de Dieu qui siège au conseil et seconde le leader dans sa tâche, tu vois.

Même si la question me paraît plus orientée, je la pose quand même :

– Les leaders se renseignent-ils sur ce responsable avant de lui confier la garde des enfants sans aucune surveillance ?

– L'Aîné est un terme *affectueux*, rabâche Chelle.

Autrement dit, c'est non.

– Et les parents ne disent rien de confier leurs enfants à un *inconnu* ?

J'ai fait exprès d'insister mais elle n'a pas l'air de comprendre.

– C'est pour leur bien, m'assure-t-elle d'une voix caressante. Chez nous, la loyauté du groupe passe avant la loyauté de la famille. Tous les élus nous protègent, tu sais. C'est comme un camp de vacances. On vit dans une atmosphère d'amour et de gentillesse. Avec ma famille, je ne m'étais jamais sentie autant aimée qu'avec eux.

C'est peut-être vrai pour la plupart des communautés, mais pour d'autres…

– Tu viens d'où ?

– De Hildale, à la frontière de l'Utah, souffle-t-elle avec nervosité.

– Ta sœur aussi ?

– Il faut que j'y aille.

– Une dernière question. Combien y a-t-il d'adultes ici ?

– Ça dépend.

– Ça dépend de quoi ?

– CHELLE !! nous provient la voix de la gérante de l'intérieur.

– Excuse-moi, je crois que ton assiette est prête, blêmit l'intéressée.

Consciente d'avoir abusé, je décide de ne pas insister.

Ce que je retiens pour l'instant est plutôt positif. Les enfants ont une scolarisation légale et vivent avec leur famille. On est loin d'une structure sectaire coupée du monde. Et ce souci des enfants, de leur bien-être, ces jeux en plein air. Pour un diable, c'est plutôt surprenant. En fait, je dirais même que cela ne cadre pas avec le portait dressé par Caitlin. Du coup, maintenant que je sais que c'est lui qui m'a fait venir, il me tarde encore plus de le rencontrer.

Chef de leur force d'élite, Hope ! Ne l'oublie pas.

– Omelette roulée à l'ail, annonce Chelle en revenant déposer une assiette copieuse et un thé fumant devant moi avec une moue pincée qui montre clairement qu'on l'a sermonnée.

– Merci.

Confuse, je me contente de fixer mon attention sur mon repas. J'en ai connu de meilleurs. L'omelette est bien trop froide pour avoir été fraîchement cuisinée. Pour une pro des Burgers, il est clair que je n'aurai pas droit aux talents de Baskin. À la moitié de mon assiette, je vais régler ma note au comptoir à présent déserté par ses précédents occupants, sachant pertinemment que je ne parviendrai pas à dormir cette nuit si je reste enfermée dans le nouveau chalet. C'est la première fois que je quitte la maison seule, sans Brendt. Ça me rend nerveuse. D'autant qu'avec la façon dont nous nous sommes séparés, je ne peux même pas l'appeler.

Ou bien parce qu'il pourrait exiger de moi une réponse ?

Qui es-tu en train de duper là, Brenner ?

– On peut rejoindre le deuxième lac à pied ? je demande lorsque la gérante me ramène ma monnaie et la dépose sur le comptoir.

Baskin se tourne vers les écrans TV.

– Si vous avez de bonnes jambes, lance-t-elle sans me regarder.

Je jette un œil aux actualités qui semblent la passionner. C'est l'annonce par Justin Trudeau, le Premier ministre canadien, d'un programme permettant aux jeunes autochtones de sortir de leur isolement. *Parfait.*

– Il y a quoi au deuxième lac ?

– Le circuit, maugrée-t-elle. La route est en bitume élastique pour les camions de transport des monoplaces, mais ça grimpe pas mal.

– Et le troisième ?

Sa tête pivote aussitôt sur son axe.

– Vous êtes dingue, mon petit.

– Pourquoi ?

– Je ne vous conseille pas de vous rendre au troisième lac.

– Je ne vous ai pas dit que j'allais *y aller*. Je vous demande *ce qu'il y a*.

– La *Winery* des Roy est un domaine privé et son occupant n'aime pas *du tout* avoir de la visite. C'est le diable. Même nous, on n'y va pas.

Tandis que je me repasse ces mots, j'éprouve cette sensation indéfinissable de tenir quelque chose, sans comprendre de quoi il s'agit.

Ce frisson à la base du cou.

– On fait du vin par ici ?

Comment peut-on produire du vin dans un pays où il pleut tout le temps ? Il faudra que je demande à Poppy-Sue.

– Ne vous aventurez pas là, docteur, réitère Baskin d'un ton agité.

Le pire, c'est qu'elle a vraiment l'air inquiet, pour le coup. Elle m'étudie, comme si cela pouvait lui permettre de deviner ce qu'elle doit penser de moi. Une fille privilégiée complètement inintéressante, sûrement, assez pitoyable pour se laisser griser par quelques sectateurs exotiques. Je devrais le lui dire.

Peu de gens me connaissent.

– Merci du renseignement, sifflé-je à la place.

L'irritation se ressent à travers ma réponse mais, en vrai, je m'en moque. Même si je me sens de trop, je n'ai pas envie de partir. C'est trop fascinant. Ici je suis au cœur de tout ce qui me lie à maman. Et puis, rien de grand ne se produit à l'intérieur d'une zone de confort, si confortable soit-elle. À vingt-cinq ans, il est temps d'être consciente de ce qui est *en dehors*. Mon père m'a toujours couvée de peur qu'il ne m'arrive un malheur. Brendt me psychanalyse même dans un lit, m'obligeant à analyser chaque orgasme, alors que, franchement, j'aimerais juste jouir. Nil m'aime en secret comme sa propre enfant.

Giselle m'enferme dans le rôle de la fille à papa en sandales joyaux qu'elle aurait rêvée d'être.

Et puis, il y a LUI. L'exact opposé.

Je ne comprends pas la raison de cette attirance que je ressens pour cet inconnu qualifié de monstre. Ni pourquoi je désire si fort l'approcher alors qu'avec toute la souffrance que j'ai déjà traversée, je devrais fuir ce qu'il représente : la violence, la force, la contrainte, la domination, et le manque total de respect pour les lois. Rien n'est pur chez ce sectateur, je le sens. Sa salive peut aussi bien faire le baiser ou le crachat. Son désir, le viol ou l'amour.

Quelle personne saine d'esprit pourrait aller vers lui ?

CHAPITRE 7

HOPE

Ça me met en colère !

Comme d'avoir envie d'une vie et d'en mener une autre.

Arrivée au deuxième lac, l'air m'enflamme tellement la gorge que je n'arrive plus à sortir un son. Je hais les efforts physiques qui me volent mon souffle alors que ma meilleure amie court tous les jours. Ses cuisses sont en béton. Les miennes aussi tendres que celles d'un bébé. Seulement voilà, pouvoir crier si j'en ai besoin, c'est tout ce qui m'importe. *Calme-toi !*

Si tu t'affoles, ça n'arrangera rien.

L'ennui, c'est que pendant ces quelques minutes de récupération, je ne peux *rien* faire à part râler. Le visage brûlant, je laisse peu à peu le rythme apaisant de *So Cold* me distraire de mon inconfort et je m'accroupis au milieu du chemin, pas sûre de ce que je vois. *Plus tard*. Pour l'instant, je dois immoler ma tête entre mes jambes et fermer les yeux, le temps d'évacuer cette peur qui me donne le vertige.

Bon sang, j'aimerais tellement une autre vie !

Combien de fois ai-je dû adopter cette posture humiliante ? Parfois au beau milieu d'un cours de gym devant une classe d'ados hilares. C'est pour cela que je déteste le sport. La seule chose que je pratique, c'est le yoga. Seule. Sur ma terrasse. Parfois complètement nue. J'enchaîne toutes les postures d'équilibre. Y compris les plus compliquées, requérant des années de souplesse. C'est bon pour la respiration, le yoga ! Laissant ma curiosité l'emporter, je relève le nez, car c'est presque incroyable. Tellement incroyable que ça fait faux. On est en pleine montagne sauvage mais le spectacle étonne. Piste, infrastructures, soufflerie, aérodynamique, le circuit à l'asphalte gris agressif, tracé autour du lac turquoise, a un design unique plutôt surprenant. Offrant un espace incomparable pour des essais privés à l'abri des regards, mais aussi, si j'en crois les kakémonos géants recouverts de flammes sacrées, pour des opérations événementielles.

Merde, ils sont prêts.

Prêts pour gagner, ou prêts pour exister aux yeux des autres ? Avec eux, le spectacle peut prendre les deux formes. Tout ici crie : « Regardez-nous, nous sommes des gens normaux. Nous ne sommes pas comme ça. » Et quelque part, ça colle des frissons. Car même s'ils n'ont remporté aucun titre, ils veulent exister. *Pas mourir.* La psychologue en moi le sait parfaitement : on peut vivre seul, choisir la solitude, le repli, vivre en marge, mais on ne peut pas *exister* seul.

On n'existe que par le regard des autres.

Voir ça, j'en ai la chair de poule.

– HEY !!! Allez pisser ailleurs, me hurle une voix masculine agressive.

Je ne fais pas pipi !

Rouge de honte, je me redresse d'un bond, prête à me disculper. Seulement l'homme est tellement insolite que j'en suis incapable. *Doux Jésus !* C'est Abrielle qui serait contente. Ma meilleure amie ne jure que par les *MBBB*. Comprendre les Man-Bun Blonds et Barbus. Faut dire que ce n'est pas ce qui manque à Miami. Sauf que celui-ci est spécial. Doux, massif, gonflé comme un baba au rhum, on dirait un Nounours-Viking, tout droit sorti de son Grand Nord.

– Je n'urinais pas discrètement dans mon collant, me défends-je en l'admirant.

Il agite la main vers la route.

– C'est une propriété privée, ici. Allez-vous-en !

– Je loge au hameau des No-Roots, j'insiste en lui tendant la main.

Main qu'il regarde fixement une minute, sans s'avancer pour la prendre.

– C'est bien là que vous logez aussi, non ?

Allez bouge, serre-moi la pince !

– Remballez votre main. Mon lit n'accueille pas ce genre de chatte, renâcle le Viking mal luné tout en reluquant ma brassière d'un sale œil.

Ce pervers est aussi subtil que du marbre piétiné ! Autant qu'il le sache, je ne vais pas m'excuser d'avoir des rondeurs là où il faut. D'autant qu'il porte lui aussi une tenue moulante qui n'a rien à voir avec l'âge du fer. Sa combinaison de pilote rabattue sur ses hanches étroites laisse apparaître un col montant blanc barré d'une épaule à l'autre des lettres ScrapMetal Racing qui ne cache rien de son torse sexy.

Je n'avais jamais vu un pilote de course avant ça. Mais l'effet de leur tenue est atrocement aguichant.

– Qui vous a laissée monter ? gronde-t-il en avançant vers moi.

Bouge pas, s'il te plaît ! Perturbée par l'aplat de ses pectoraux qui ondoient sous les lettres lorsqu'il marche, au lieu de clarifier ma situation professionnelle, je bredouille n'importe quoi :

– Vous m'offrez un café pour en discuter ?

Silence total. De son côté, le gars m'étudie comme si j'étais une curiosité maléfique, tandis que j'essaie de ne pas regarder vers le bas, car il se pourrait bien, vu l'état de ses pupilles lorsqu'il mate mes lolos transpirants sur mon petit buste gracile, que je lui fasse de l'effet. Autant dire que le silence devient vite gênant.

– Tentatrice, suffoque-t-il entre ses dents.

Ça ne va pas bien se terminer.

– Un problème ? gueule alors un barbu stylé depuis les bureaux vitrés.

L'homme dévale les quelques marches afin de nous rejoindre, et rien qu'à son look de prophète, je devine de qui il s'agit. Longs cheveux noirs gominés, bague d'argent à chaque doigt, y compris les pouces. Peut-être en a-t-il aussi aux orteils ? L'envisager ne me semble pas ridicule tant ce mec est une expérience mystique à lui tout seul. Une peau mate artistiquement tatouée à l'encre noire. Yeux bleus surnaturels soulignés de khôl. L'homme empeste le tabac chelou et dégage un certain charme exotique, façon cavalier bouzkachi d'Asie centrale qui monte à cru tout ce qui se présente, femmes comprises.

Je m'attends presque à voir arriver le cheval.

– Bonjour. Vous êtes Azzaz, le designer de ScrapMetal, dis-je en lui tendant la main. C'est vous qui dessinez les voitures ? Elles sont canon, dites-moi !

C'est sincère. Les deux monoplaces noires au capot-moteur orné des flammes sacrées jusqu'à l'aileron arrière qui tournent dans un fracas épouvantable sur le circuit sont cool et très intimidantes. À chaque passage elles me font frissonner. Pourtant je ne m'étais jamais intéressée à la F1 avant. Genre, jamais vu un Grand Prix de ma vie. C'est même un sport qui me paraît très ennuyeux.

Seulement là, je suis complètement paumée quand je vois le prophète refuser ma main tendue, exactement comme le Viking avant lui. D'un coup, ma paume me paraît étrangement vide, maudite, ou sale, voire indigne de lui.

Il la regarde et il s'en fout.

– Je sais qui je suis, réplique-t-il.

L'air de rien, je reprends ma main avant d'avoir l'air ridicule.

– Je suis Hope Brenner et je déteste avoir des regrets, meublé-je le plus naturellement possible compte tenu des circonstances qui me nouent l'estomac devant ce genre d'homme peu habituel pour moi.

Sincèrement, mon père me verrait là, il m'ordonnerait de rentrer à la maison.

Tout de suite, Hope !

Pas grave, je persévère.

– Vous savez que chaque rencontre, bonne ou mauvaise, participe à ce que nous sommes ? proclamé-je, raide comme l'affront qui m'est fait. Alors pourquoi les refuser ? Vous me présentez à votre collègue Néoprène ?

Je ne sais pas qui est le plus surpris. Eux ou moi ? Sortis de nulle part, les derniers mots ont déboulé tout seuls, boostés par toute l'amertume accumulée depuis ces dernières quarante-huit heures. C'est vrai, quoi ! Mon copain est à deux doigts de me quitter et je suis là *pour eux,* au lieu de sauver ce qui peut l'être dans mon couple. Alors, tant pis, si je suis à la limite de l'impolitesse, hein !

Ils le sont tout autant à ne pas vouloir me serrer la main.

Les sourcils broussailleux du prophète se lèvent sans redescendre et il se concentre sur moi, mi-amusé mi-intrigué, comme si j'étais un jouet inconnu fourni sans mode d'emploi. Tandis que, comprenant que je parle de lui, le Viking blond l'écarte de son chemin. *Aïe, j'y suis peut-être allée un peu fort.*

– J'ai bien entendu ? siffle ce dernier en franchissant mon espace personnel.

– Quoi donc ? me dégonflé-je en reculant.

Un mètre vingt. Distance sociale, mon gros.

– *Ça,* c'est du Nomex, profère le Viking en tirant son col sous mon nez. Avec du Néoprène, on grillerait, là-dedans, se récrie-t-il en pointant les monoplaces enflammées sur le circuit. C'est du caoutchouc, le Néoprène. Donc, tu me traites de caoutchouc, meuf. J'ai raté quelque chose entre toi et moi, ou quoi ?

À mon tour d'être outragée.

– Et vous alors ! Vous me traitez comme une pécheresse. C'est vrai, je ne suis pas vierge, mais vous non plus. Vous faites quoi de la grâce absolue de Dieu ?

Leurs yeux d'adeptes s'arrondissent mais je m'en tape. Sur ma lancée, je laisse les miens passer par-dessus l'épaule du brun à la recherche de la formule célèbre que ma grand-mère place à toutes les sauces pour justifier de ses actes. *J'ai !!*

– « Que celui qui n'a jamais péché jette la première pierre ! » ânonné-je toute fière. Jean, 8. Un des plus beaux Évangiles, selon moi.

Inutile de leur dire que je n'en connais pas d'autres.

Mes deux interlocuteurs échangent un regard de connivence masculine, et je réalise alors que je parle d'une femme adultère à des sectateurs persuadés que je suis venue les tenter avec mes charmes. Mais qu'est-ce qui ne va pas chez moi ?

On ne peut pas dire que je sois en manque de sexe, je l'ai toujours été.

– Azz, cette pétasse vient d'insulter ma bite, là, frère, se plaint le Viking.

– C'est Azz ou Azzaz ?

Sauf que l'intéressé ne bronche pas. Il m'étudie attentivement tandis que les yeux du Viking reviennent sur moi et montent à mon chignon bouclé mal foutu mais sexy. Impossible de rater le sarcasme dans sa voix :

– Qu'est-ce que tu me veux, petite *Wog* ? Un bisou pour célébrer ton arrivée ? Un câlin parce que maman te manque ? Des mots cochons pour t'aider à mouiller ta culotte toute seule en l'absence de ton mec ? Tu penses avoir droit à quoi chez nous ? T'es une *Wog*. Je ne baise pas les *Wogs*.

Genre jamais. Je le lis dans ses yeux. Déstabilisée par cette attaque frontale peu habituelle pour moi tant mon père m'a toujours protégée des détraqués en me faisant fréquenter le haut du gratin, je tente de rassembler toute la volonté du monde pour ne pas laisser exploser ma colère lorsqu'il parle de ma mère.

Comment ose-t-il ?

Même s'il ne peut s'en douter, les souvenirs se bousculent trop facilement dans ma tête. J'étais petite mais je me souviens de « Main de Mickey », de sa voix, de son odeur. De tout. Chaque détail de cette horrible nuit est gravé dans ma mémoire. C'est d'*Elle* dont je ne me souviens pas. Parce que j'étais trop petite quand je l'ai perdue pour me souvenir de son odeur, sa voix, son amour.

Et ça me rend dingue.

Un instant je me demande comment ces baise-Dieu réagiraient si je leur disais que je l'ai tuée. Je suis une matricide. Mon âme est aussi perdue que la leur. Sûr que ça calmerait leur sarcasme. Mais voilà, il est hors de question que je m'étende sur le sujet. Je me tourne vers le prophète car il est le seul à ne pas être sur ses gardes avec moi, comme s'il n'en avait rien à faire de leurs textes sacrés. Ou alors il n'est pas croyant. Donc le seul espoir d'établir un contact.

Ceux qui croient ne me parleront pas.

– Très bien ! Votre patron sectateur m'a fait venir ici, mais je n'ai plus qu'à rentrer chez moi par le premier vol de demain si personne ne se montre suffisamment *poli* pour me serrer la main. J'ai compris. Tendre la main, c'est pas votre genre. Vous êtes plutôt du genre à jeter des pierres. Quant à ma culotte, le glacier là-bas est plus chaud que vous, les gars !

J'ai toujours été provocante sous le masque de l'adolescente réservée et docile que j'opposais aux autres. Parce que c'est plus facile de se faire oublier quand on est effacée. Il n'y a que ceux qui me connaissent qui savent que je ne suis pas une proie facile. Ni du genre à me laisser marcher sur les pieds.

– Asmund, chuinte finalement le chignon blond.

Ce qui pourrait tout aussi bien être un éternuement involontaire.

– Pardon ?

– Mon nom, c'est Asmund, répète-t-il tout en se penchant pour me renifler le cou. Et lui, c'est Azz. Tu sens quoi, putain ? Tu sens bon. C'est quoi ?

Merde, je l'ai allumé.

– À deux pas, frère ! le somme immédiatement Azz en le tirant en arrière.

Perplexe, je pose la main sur ma joue que le nez d'Asmund a à peine effleurée.

– Il n'a pas voulu faire ça, m'assure Azz. Il te présente ses excuses. Ça va ?

C'est pas un peu exagéré ?

– Euh… oui.

Ce n'est pas comme s'il m'avait mis la main aux fesses.

– Tout va bien alors, termine Azz, non sans fusiller le Viking des yeux.

Je regarde fixement ce sectateur chevaleresque. Peut-être va-t-il m'aider, au bout du compte ? Il s'est peut-être souvenu de ce que c'était d'avoir des manières avec une femme. *À condition qu'il en ait déjà eue une qu'il respecte, Hope !*

– Asmund est notre pilote n° 1, enchaîne-t-il simplement. C'est un homme. Tu dois lui parler avec respect et te tenir à deux pas. Il te répondra.

À deux pas ?

– C'est une blague ?

– Non. Ce sont nos règles. Asmund répond aux journalistes. Il est habitué.

– Il est habitué aux *Wogs*, c'est ça ? dis-je en fronçant les sourcils.

– Oui. Quant au reste, ne nous teste pas. Souviens-toi *où* tu es et souviens-toi *qui* tu es. Sinon, tu finiras par le regretter. C'est ton choix.

Abasourdie par la menace de viol à peine voilée, je contemple ce prophète moderne aux longs cheveux noirs m'avertir, fixer des règles et mes limites, et mon attitude provocante ne me semble plus aussi stable qu'il y paraît. Avec ses yeux bleus de poète exilé qui ne peut plus s'adresser à son peuple, Azz a une aura particulière qui ne tient pas qu'à sa sublime chevelure luisante de force et de vitalité, ou à son odeur d'herbe. Je le lis dans les yeux d'Asmund. C'est plus une forme de respect pour ce qu'il représente.

Et brusquement ça fait tilt !

– Vous aussi vous étiez membre de la force d'élite de Syrov.

Les traits du prophète se crispent.

– Tu souhaites m'énerver ? me jette l'intéressé en pleine face.

Change de sujet, bécasse. Vite !

– Puis-je visiter les lieux, maintenant ? biaisé-je.

– Il n'y a que des frères ici, m'oppose-t-il durement.

– Pfffui… siffle Asmund qu'on avait fini par oublier. Je répéterai ça à Bo et Liya. Ne te plains pas si tu es seul dans la Fosse ce soir, mon frère.

La Fosse ? Dans quel sens l'entendent-ils ? Mitard disciplinaire ? Fosse d'orchestre ? Ou simple fosse de vidange ? C'est le problème avec les sectateurs : les mots, on les connaît, mais ils n'ont pas le même sens. Peu importe, je pourrais l'embrasser pour cette pointe de légèreté qui semble détendre Azz.

Curieuse d'en apprendre plus sur eux, je suis leur échange :

– Tu sais pourquoi tu ne gagnes jamais une course, Asmund ?

– Balance ta merde, connard, le défie l'autre en croisant les bras.

– C'est parce que tu es constamment en chasse d'un cul. Regarde ce que tu fais sur un circuit. Tu ne penses qu'à chasser la voiture qui est devant toi pour atteindre le podium. Tu ne décrocheras jamais le premier temps devant Sau en faisant ça, mec. C'est son sublime cul que tu mates. Pas le podium !

Le sang monte au visage d'Asmund.

– En tout cas, moi je prends part à la course, fait valoir le pilote dans un sarcasme revanchard. Et toi, fais le malin, mais qui sait comment tu finiras ce soir !

– Tant que les bières sont gratuites, proclame le designer avec un rictus, et je me dis que c'est la première fois que je les vois naturels malgré ma présence.

– C'est ça, c'est ça… Ça branle dans le moteur là-bas, déclare le pilote en s'en allant voir ailleurs.

Oh non. Leur provocation mutuelle me fait manquer le principal.

– Eh Asmund, attends ! Tu parles aux *Wogs*, donc tu dois me répondre. Qui sont Bo et Liya ? C'est quoi « la Fosse » ? lancé-je dans le dos du Viking.

Pour toute réplique, j'ai droit à un doigt d'honneur.

– Classe, marmonné-je en dressant le mien à mon tour.

En vain puisqu'il ne me voit pas. En revanche, Azz n'en a pas perdu une miette.

– Quoi ? J'ai demandé « à deux pas », lui signalé-je devant son sourcil levé.

D'un hochement de tête, il valide ma réponse.

– Bo et Liya sont les ingénieurs de course d'Asmund et Matteo, nos deux pilotes titulaires, me sourit-il, narquois. Elles font aussi partie des ingénieurs d'écurie qui bossent avec moi. Satisfaite ?

– Et la Fosse ?

Son sourire s'efface.

– C'est pas pour toi.

– Pourquoi ? C'est quoi ? Un lupanar genre amour libre ? Si c'est ça, je suis déjà allée aux soirées du jeudi des clubs échangistes à Miami. J'aimais bien leurs pêches au sirop avec du Moonshine.

– C'est tout ce que t'as aimé ? chambre Azz.

– Je n'étais pas là pour consommer, riposté-je en rougissant.

– Tu étais là pour quoi alors ?

– Pour mon travail, réponds-je platement.

Sa tête m'indique clairement qu'il ne me croit pas.

– Peu importe. Tu n'iras pas fouiner là-bas, réitère-t-il avec autorité.

Dommage, j'aurais bien voulu savoir ce qu'il en restait de l'amour libre de leurs communautés. Jusqu'où se sont-ils sevrés ? Est-ce qu'ils continuent à perpétuer les mêmes rites ? Est-ce que toutes les femmes sont consentantes ? L'accès est-il interdit aux mineurs ? Autant de questions sans réponses.

Je change de tactique.

– Hé ! Vous avez peur que je fasse quoi là-dedans ?

Poussé à bout, Azz se fâche :

– Tu es une fille imprudente, Floride, me lâche-t-il avec agacement. Ça me plaît bien parce que tu n'as pas peur de nous et que tu ne cherches pas à te faire un des nôtres, comme toutes ces *Wogs* débiles qui veulent s'encanailler dans l'exotique en s'imaginant qu'on va les tringler à plusieurs sur une croix.

– Mais ?

– Mais ça ne change rien pour la Fosse. Tu n'es pas des nôtres.

Je ferme les yeux et lutte contre la colère d'échouer.

– On peut visiter le paddock alors ?

– Je te ferai visiter un autre jour.

– Pourquoi pas aujourd'hui ?

Il pointe ma brassière en guise d'explication.

– Tu ne peux pas venir habillée comme ça chez nous. On voit tes tétons. Tu vas tenter tout le monde avec la poitrine que t'as.

J'abaisse mon nez pour suivre la direction de son regard.

– On ne voit pas mes…

Mais je ne termine pas ma phrase parce qu'il a raison.

– J'habite Miami. Mes seins n'ont pas l'habitude du froid. OK ? Ce n'est pas vous. Vous ne me faites *aucun* effet.

Azz hausse un sourcil comme s'il en doutait.

– C'est vrai, soutiens-je, énervée.

– Excitée ou pas, les frères ont l'habitude de se servir sans poser de questions, alors faut pas trop nous stimuler, développe-t-il à bout de patience. C'est un comportement sexuel humain quand la femme et l'homme sont actifs. Pigé ?

Fatiguée d'avoir à batailler contre lui qui me parle sexualité comme si j'avais deux ans alors que c'est ma spécialité, je détache le sweat noué sur mes hanches que j'avais retiré parce que j'avais trop chaud et l'enfile.

J'ai fait ma thèse sur le cul, connard !

– Et là, c'est mieux ? l'affronté-je, verte de rage.

Sa satisfaction à me voir obéir se transforme en énorme sourire de dingue.

– Tu es adepte de la branlette espagnole ?

– Hein ?!

– Il y a une banane entre tes seins, tu trouves que c'est mieux ?

Effarée par sa connerie, je plaque mes mains sur ma tête.

– C'est la banane qui est sur la pochette du disque.

J'échange un regard entendu avec lui mais Azz n'en démord pas, indiquant clairement par son sourire ce qu'il pense d'une banane entre mes seins.

Ça fait beaucoup d'illusions, je trouve.

– Laissez-moi deviner : vous sentez le tabac chelou à un kilomètre et vous ne connaissez pas *The Velvet Underground & Nico*[13] ? Et c'est là que *moi*, je suis censée avoir honte ? Honte de quoi, s'il vous plaît ?

Autant qu'il le sache, je n'ai honte de rien.

– Je n'ai découvert la musique que très récemment, Floride. L'herbe par contre…

Argument recevable.

---

13. Groupe de rock américain des années 60 produit par Andy Warhol. D'où la banane ;-)

– Leur influence est pourtant incontestable, commenté-je en passionnée. Drogues dures, sadomasochisme et homosexualité étaient leurs thèmes favoris.

La mâchoire du prophète se décroche.

– Tu es branchée sadomasochisme ?

Brusquement j'ai envie de le frapper. Comme si une femme ne pouvait pas être féminine, sexy ET érotique, ou montrer son envie sans subir un jugement à la con. J'aime le sexe. Je suis docteur en psychologie. Or la première raison qui pousse les gens à consulter un psy, c'est la sexualité. Alors non.

Je ne suis ni une madone ni une putain !

– C'est de l'art, crétin ! Cette banane date de 1967 et elle est d'Andy Warhol. C'est un *honneur* de la porter. Ce sweat collector appartenait à ma mère.

Azz prend une seconde pour réfléchir.

– Porte-le à l'envers, m'ordonne-t-il.

Serrant les dents pour ne pas lui dire ce que j'en pense, je m'exécute.

C'est ridicule, bon Dieu !

– Le paddock est le cœur de l'écurie, commence-t-il en marchant vers les bâtiments. Chaque équipe y a sa zone de travail. Les trois voitures que tu vois sur le circuit sont celles engagées dans le championnat. Asmund et Matteo sont les pilotes titulaires. Batiste est le pilote remplaçant. Celle qui est bâchée au stand appartient à Sau, notre pilote essayeur. Personne n'y touche à part lui.

– D’accord, validé-je en pressant le pas derrière lui.

D’un doigt rapide lancé en l’air, il pointe un groupe de mécaniciens attroupés devant l’entrée des trois garages.

– Voici les gars. On est une centaine à bosser au paddock, et même si on est tous frères, pour que tout se passe bien il faut établir une hiérarchie. Pilote. Ingénieur. Mécano. Stagiaire. Le Team principal et le pilote essayeur sont au-dessus. Ces deux-là fonctionnent en couple, comme un seul bouton. Compris ?

– Compris.

Un mécanicien d’une trentaine d’années se détache du groupe et vient lui présenter une tablette numérique, et je dois attendre qu’Azz finisse d’en prendre connaissance. L’homme a un crucifix géant tatoué sur la nuque et plusieurs clous d’oreille mystiques. Comme Azz ne me présente pas et que je veux éviter de le reluquer, je lève le nez à l’étage, vers une immense salle de sport dont les baies vitrées insonorisées font directement face au glacier.

La vue doit être magnifique de là-haut.

– OK, Randi. Je verrai à simplifier les conduits de frein, valide Azz en remettant la tablette entre les mains couvertes d’encre du mécano.

– On fait le test quand tu es prêt, lui lance celui-ci en s’éloignant.

Azz claque des doigts à mon intention.

– Eux, ce sont les stagiaires, reprend-il en désignant des perches équipées de pistolets que s'entraîne à manier un groupe de douze garçons.

Aucun d'eux ne doit passer les quatorze ou quinze ans.

– Mais… Ils sont mineurs ! fais-je remarquer, heurtée.

Le travail des enfants est illégal.

– Ce sont des *Lost Boys*, justifie platement Azz.

– Qu'est-ce que ça veut dire ?

Azz se tourne vers moi et reste à me regarder. Je n'irai pas à dire qu'il hésite à répondre, mais l'irritation court dans ses veines, ça se voit.

– Quand les leaders estiment qu'il y a trop de garçons nés dans une communauté pour le nombre de femelles, ils expulsent les plus subversifs à l'âge de douze ans, affirme-t-il. Histoire de respecter la balance. L'an passé, Chicago a vu arriver plus de deux cents gamins comme ça. Les autorités de la ville étaient dépassées. On en a pris quelques-uns.

La nausée me prend à la gorge.

– Attends, tu dis que ces gosses se retrouvent à la rue à l'âge de *douze ans ?!*

– Exactement.

Des syndromes de Peter Pan[14]. Pourquoi j'entends la chanson de Ruth B dans ma tête ? Sans le vouloir, les paroles franchissent mes lèvres :

---

14. Comme Peter Pan, devant l'horreur de la réalité, ces enfants ne veulent pas grandir.

– « Je suis un enfant perdu du Pays imaginaire. Le Pays imaginaire est une maison pour les garçons perdus comme moi. »

– Pour eux, c'est la prostitution, opine Azz. Donc, tu vois, leur majorité n'a que peu d'importance. Ici, ils ont un toit et de quoi manger.

Qu'ils en aient sortis quelques-uns de là me laisse admirative. Je considère les Pirelli alignés à leurs pieds avec un autre œil à présent. Chaque roue est large, imposante et lourde. Chacun d'eux est casqué et chaudement équipé d'une combinaison complète fermée, et de gants.

– Que font-ils ?

– Ils travaillent l'arrêt au stand.

– Mais pourquoi le font-ils habillés comme ça ?

– Un bon arrêt implique trente-quatre actions qui doivent se passer en l'espace de deux secondes. Si la moindre chose se passe mal, elle peut nous arrêter. Aussi rien ne doit les gêner. Ni le casque, ni les vêtements. Comme tu peux le voir, il y a aussi des filles dans le paddock, déclare Azz, me désignant un autre groupe de mécaniciennes toutes mignonnes, affairées autour du fameux Randi.

Étrange la façon dont elles s'agglutinent autour lui. On dirait des mouches.

– Super ! J'ai hâte de me faire des copines, lui balancé-je avec un clin d'œil.

Après ce que je viens de découvrir, j'ai besoin d'alléger l'ambiance.

– Je doute qu'elles se fassent copines avec toi, persifle Azz. On est assez territorial ici. Et je peux te dire qu'elles tiennent à leur homme.

Les filles en question ne sont pas plus âgées que les garçons. Quinze ans de moyenne. Et elles ont déjà un homme ?

– Un homme de quel âge ? ne puis-je m'empêcher de demander.

Azz se fend d'un soupir.

– Ne pose pas cette question ici, Floride. Tu n'aimerais pas la réponse.

– Arrêtez de m'appeler « Floride » ! Ça me donne l'impression d'être la Miss de mon État avec écharpe, couronne, et tout le tralala.

– Tu pourrais prétendre au titre, blague le prophète.

J'ignore le côté flatteur de son sarcasme et lui désigne un homme d'une cinquantaine d'années de type albinos et deux femmes en haut des gradins munis de Beats argent sur les oreilles. L'homme a une chevelure et une peau blanches improbables, avec des yeux rouges, signe de dépigmentation totale dès la naissance, et une classe digne d'un mannequin senior. Une des femmes est une Africaine avec des cheveux crépus valant le détour. L'autre est une Asiatique aux cheveux longs et bleus affichant une moue boudeuse, assez magnifique.

– Et eux ?

– Flocon de neige, c'est Aga, notre Team principal.

– L'albinos ?

– Ouais. Il est très fier, alors évite de le brancher avec ça. L'hérétique tatoué que tu as vu tout à l'heure, c'est Randi, notre chef mécanicien. Les deux sœurs à côté d'Aga sont Bo et Liya, les In-G dont je t'ai parlé. Chaque pilote communique dans le casque avec son ingénieur. C'est la base.

– Ça ne gêne pas les pilotes qu'on leur parle ?

– Si ça les gêne, ils doivent faire avec. Sur son ordinateur, le Team principal a une trentaine d'écrans qui montrent la moindre portion du circuit, les dégagements et le reste. Rien ne lui échappe. Si tu fais une erreur de pilotage, Aga le voit. C'est lui aussi qui te donne la stratégie.

Comme je n'y comprends rien, je hoche la tête, bêtement.

– De leur côté, les In-G ont toutes les données de ta machine en direct. Elles peuvent même prévoir à ta place quand ta gomme va se fendre, ou quand toi tu vas lâcher. La relation entre pilote et In-G est unique. Elle sait tout de toi. Suis-moi et tais-toi. Je fais un effort, mais moi non plus je ne baise pas les *Wogs*.

– Je ne suis pas intéressée, lui rappelé-je.

– Tant mieux. Moi non plus.

Je ris de bon cœur, plus détendue, et je le suis à l'intérieur des garages où une symphonie de bruits résonne dans mes oreilles.

– Mets ça si c'est pénible, me conseille Azz.

En examinant le casque de protection auditive ultra-bass avec microphone bluetooth incorporé qu'il a décroché du mur pour moi, je me fais la remarque que toute la technologie est à la pointe, ici. Et que ça ne leur pose pas de problème.

– Merci, lui dis-je.

Pourtant je ne le porte pas.

Trop fascinée, je préfère m'imprégner de ce que je découvre. Le brusque écho du métal frappé contre un autre, le sifflement strident des visseuses électriques qui dépècent chaque monstre mécanique avant de les remonter, l'odeur de l'huile, les murs recouverts d'outils raffinés, des boîtes entières de matériel en tout genre, allant des sièges baquets à des ailerons entier de rechange. Ce chaos inhabituel fait taire toute appréhension en moi, tant il est clair que cet endroit est un vrai paradis et, étrangement, moi qui n'y comprends rien, qui n'ai jamais goûté à la joie de la conduite, je me prends à aimer ça.

– On se croirait dans un foyer, dis-je sans m'en rendre compte.

– J'ai besoin d'un truc au bureau, dit Azz, avant de m'abandonner pour entrer dans une pièce séparée du foyer par une cloison de verre.

Pendant qu'il cherche dans ses plans, j'en profite pour les observer au travail et soudain je regrette de ne pas avoir sur moi le vieux Lumix de ma mère pour prendre discrètement quelques clichés. C'est ici que commence l'intégration.

Mais elle ne suffit pas.

– Monter le halo sur le châssis a été difficile, me fait tressaillir la voix du designer et je m'aperçois que ma main caressait sensuellement l'arceau d'un bolide.

Je considère la monoplace endormie pendant que le designer m'observe.

– On dirait une grosse tong avec ça.

Ma remarque le fait sourire.

– Bien vu ! Quand je dessine une voiture, j'imagine toujours une femme nue. Un soulier réussi est un soulier qui laisse la femme nue.

Je lui souris en retour et retire ma main.

– À quoi sert-il ce halo ?

– Le halo protège les pilotes des projections de carbone qu'il peut y avoir en cas d'accrochage. Le halo a sauvé la vie de Leclerc à Spa. Sans lui, l'aileron avant de la McLaren d'Alonso aurait percuté sa visière de plein fouet.

– Il n'y a pas de pare-brise ? m'étonné-je.

– Non, et les pilotes en sont très heureux. Tu imagines un pare-brise quand il pleut et que la température du cockpit grimpe à 40 °C ?

– Ils n'auraient plus de visibilité.

– Voilà. Mais avec le halo nous étions deux secondes moins rapides que la saison précédente. Il a fallu combler l'écart.

– Et c'est ton rôle de trouver ça.

– Ouais.

Comme il ne tique pas au tutoiement, je pointe le rouleau de papier millimétré qu'il est allé chercher dans son bureau :

– Il y a quoi sur ce plan ?

– Le raccourcissement de l'aileron arrière. Cet appendice provoque une remontée du centre de gravité. Je pense leur faire gagner du temps. Faut voir.

– Ce que tu fais est très intéressant.

Plus tard, la visite du paddock prend fin sans qu'un mot de l'équipe avec moi ait été prononcé, ni qu'il m'ait été donné d'apercevoir l'associé de Caitlin.

– Cet endroit est un vrai paradis, dis-je lorsque Azz me rejoint à l'extérieur.

C'est sincère, le lieu me plaît énormément.

– Le coin est sympa, m'accorde-t-il.

– C'est une idée de qui l'implantation en pleine montagne ? De vous ?

Peut-être ont-ils voulu s'isoler ? Ce serait logique.

– L'écurie était déjà là quand on est arrivés, réfute Azz tout en me raccompagnant. Le terrain n'est pas cher, ici. Le choix des associés précédents était de créer un vaste pôle d'excellence implanté dans une zone pouvant accueillir tous les sous-traitants sans que ça coûte une fortune.

Je regarde la piste derrière moi.

– C'est eux qui ont créé ce circuit hyper moderne ?

– Melvin était un constructeur très en avance sur son temps. De plus, ne le cachons pas, les Roy avaient l'argent et la notoriété nécessaires grâce aux victoires d'Oxton pour attirer jusqu'ici les sous-traitants les plus prestigieux. Pirelli. Cosworth. Honeywell. Dassault Systèmes… Ils y étaient tous.

– Oxton était un grand pilote, opiné-je, imaginant l'homme bipolaire.

Ce devait être une force de la nature.

– Plus que ça encore. Oxton Roy était une *star*. À vingt ans, il avait déjà tout raflé, et comme il était beau mec, tous les projecteurs étaient tournés vers lui. Les sponsors accouraient aussi. Oxton est devenu le mannequin vedette de Rolex et Louis Vuitton. Emirates en a fait son égérie. On lui a prêté quantité de liaisons avec des actrices de cinéma, des princesses du gotha, et quand il est devenu père en pleine gloire, les journaux se sont déchaînés. Être le fils d'Oxton, c'était être lié à la légende de la F1 par le sang dès la maternité.

– À ce point ?

– Oh oui. Si Oxton n'était pas mort prématurément, l'écurie serait aux côtés de Ferrari et Mercedes, aujourd'hui. Sans déconner. Ils avaient tout pour ça. Les gens et la presse spécialisée adoraient Oxton.

– Et aujourd'hui ? Son fils est aussi sous les projecteurs ?

Le regard d'Azz bleu souligné de khôl m'étudie avant de répondre, mais il y a quelque chose dans ses yeux de poète exilé que je ne parviens pas à saisir.

De la tristesse ? Ce n'est pourtant pas son genre.

– Aujourd'hui l'argent manque, admet-il, et cette expression s'évanouit.

Si rapidement que je suis sûre de l'avoir imaginée.

– Parce que le fils d'Oxton ne prend pas part au championnat.

Ce n'est pas une question. Il a compris que Caitlin m'a briefée.

– Sau est un *avion de chasse*, réagit le sectateur. Pour moi, il est le pilote le plus talentueux de toute l'histoire de la F1.

– C'est pas un peu prétentieux ?

Ma question lui arrache un rire.

– Quand des voitures tournent à près de trois cents kilomètres/heure en se frôlant sans cesse, il faut un instinct d'avion de chasse pour éviter la catastrophe. Sau a un instinct de tueur. Quand il pilote, ça relève de la magie. Il caresse les murs sans toucher. Pareil pour les bagnoles. Il te caresse et puis d'un coup il est plus là. C'est magique et ça fout une frousse bleue à ses adversaires. Finalement ça arrange tout le monde qu'il n'obtienne pas sa Super-Licence.

Comprenant que le sujet est délicat, je passe à autre chose :

– Pourquoi ne vois-je pas de sous-traitants aujourd'hui ? l'interrogé-je en pointant les ateliers vides qu'ils ne cherchent pas à cacher.

– Nous sommes différents.

– Autrement dit, aucun *Wog* n'entre ici, c'est ça ?

– C'est la condition des sectateurs. Tout ici est fait selon les règles de notre foi. On travaille avec eux à distance via Caitlin, mais, ici, c'est notre « terre natale ».

– C'est aussi la sienne, fais-je remarquer.

C'est quand même son entreprise. Tout dans son silence indique que l'hostilité de la femme d'affaires envers le designer est réciproque. Bien que je ne sois pas là pour prendre parti, selon moi, Caitlin a du mérite à les accueillir. Sans compter qu'elle a mis son entreprise familiale en danger en virant tout le personnel précédent. C'est vrai. Qui a dit qu'ils étaient compétents ?

– Vos ingénieurs sont réellement diplômés ou c'est juste pour faire bien, les titres ? le questionné-je, histoire de rétablir l'équilibre entre eux.

Ma remarque lui arrache un sourire, jaune.

– Les sectateurs sont bons en mathématiques, Floride. C'est l'histoire et la littérature qui nous sont interdits. Merci de nous prendre pour des analphabètes !

– J'essaie juste de comprendre comment vous avez pu obtenir autant de compétences sans scolarisation chez nous, Azz. C'est tout.

Je veux lui prouver qu'à un moment donné, ils *nous* ont fait confiance.

– Ce n'est pas parce que nous ne fréquentons pas vos écoles que nous ne passons pas vos examens à distance, m'éclaire-t-il. Certains d'entre nous ont suivi des programmes par correspondance, tel l'American School.

Je ne suis pas sûre de le croire mais bon.

– Tous les ingénieurs que j'ai vus ont obtenu leurs crédits ?

– Bo vient de Barrytown, le siège théologique des adeptes de Moon. Liya vient de l'Église de Scientologie. Moon et l'Église disposent d'une organisation qui encourage leurs disciples à faire des études.

– Et toi ?

– Moi j'ai du talent, me décoche-t-il avec un clin d'œil.

– Juste du talent et c'est tout ?

Son expression amusée disparaît.

– Tu étais dans la même communauté que l'associé de Caitlin, reprends-je. Or celle-ci m'a indiqué qu'il n'est jamais allé à l'école. Comment as-tu fait ?

Son regard se fait plus acéré, comme s'il hésitait à en dire plus, puis :

– Ma mère était ingénieur atomique en Iran.

– Alors tu es iranien…

Le prophète secoue la tête.

– Je suis né dans la secte. Personne ne m'a déclaré nulle part. Je suis apatride.

Stupéfaite qu'il m'en apprenne autant sur lui, j'observe ses traits, mais ses yeux restent vides de toute émotion. J'hésite.

– Comment ta mère s'est-elle retrouvée en Russie ?

– Zarrin a été enlevée et vendue comme esclave à Syrov.

– C'est elle qui t'a appris les mathématiques et la physique ?

Un oui bref de la tête.

– Zarrin était une chiite très cultivée. Elle s'est assurée que je ne finisse pas analphabète et stupide avant de mourir en esclave, me confie-t-il, amer.

– Pourquoi a-t-elle été vendue comme esclave ? Avec une valeur ajoutée d'ingénieur, son prix aurait été beaucoup plus élevé.

Azz m'adresse un sourire forcé.

– Justement. En Iran, elle bossait sur la production de l'uranium hautement enrichi *contre* l'accord nucléaire. J'imagine que ça ne plaisait pas à tout le monde. Quand tu es esclave, tu es *humble*. Tout ce qu'on veut de toi, c'est ton corps.

– Alors ils l'ont vendue pour corriger son orgueil…

Elle a été punie parce qu'elle était intelligente. Quelle horreur !

– C'est ça. Quant à ceux d'entre nous qui n'ont pas eu la chance de recevoir une formation dans leur communauté, ils peuvent s'inscrire à un cursus en ligne en arrivant ici. On a Internet ici. On peut *tous* s'améliorer. Satisfaite ?

Autrement dit, ils leur offrent un avenir sans nous côtoyer. *Bon.*

– Comment dois-je faire pour rencontrer l'autre associé ?

– Tu es têtue, dit-il, un petit rire moqueur aux lèvres. Tu as raison, il faut l'être dans cette triste vie. Si on écoutait tout le monde, on ne ferait rien. Pas même des sottises. Je t'aime bien, mais ça va pas être simple.

– Allez, je veux lui parler, lui dis-je en riant.

– C'est ce que je dis. Ça va pas être simple.

– Pour quelle raison ?

– Sau est ce que vous appelez un anachorète.

Je le dévisage d'un air stupide. Ça fait bien quatre ans que je n'avais pas entendu ce mot. Les anachorètes sont des personnes retirées dans la solitude, menant une vie austère et vertueuse, sans famille, sans patrie, et sans attachement.

Cette sorte de vie est qualifiée de suicide dans la littérature.

– Quand Sau est arrivé à *Belaya Gora*, notre leader savait déjà ce qu'il allait faire de lui, explique Azz. Il avait acheté le fils d'un champion de Formule 1 pour en faire un de ses champions à lui. Syrov l'a emmené au monastère de Belogorsky pour baptiser l'alliance et effacer ses péchés. L'endroit est très beau, tu sais. Chez nous on appelle ça « les ailes d'anges » à cause de la couleur rose de la glace. C'est là que Syrov l'a marqué au stylo à cautériser sur la face latérale du cou et lui a ordonné le silence du corps. Sau a grandi ainsi. En *anachorète*.

Je suis tellement choquée que je recule d'un pas pour mieux le dévisager.

– Quand tu dis « silence du corps », ça veut dire…

– Qu'il a fait vœu de silence et de chasteté.

Je secoue la tête, n'arrivant pas à y croire.

– C'est super glauque, articulé-je, la nausée aux lèvres.

– C'est *votre* terme, m'oppose tranquillement Azz.

– Je sais, mais pourquoi imposer une telle torture à un enfant ?

Azz soupire, comme si me voir qualifier ça de « torture » l'agaçait.

– L'isolement total des autres permet de rester « pur » de toute distraction.

– À cinq ans ?! Bon Dieu ! Je ne *comprends* pas pourquoi on ne veut pas qu'un enfant soit distrait à cinq ans. Désolée.

En fait non, je ne le suis pas. Après toutes ces révélations, je commence sérieusement à avoir le tournis. Bon sang, mais dans quoi j'ai atterri ?

– S'il avait été distrait, Sau serait mort, répond Azz avec logique. Cinq ans plus tard, Sau était derrière un volant à disputer les plus grandes courses de rue. Ce vœu, ce n'est pas *nous* qui l'avons inventé, petite *Wog*. C'est vous !

Je manque tomber à la renverse.

– Bordel ! Dix ans ? C'est comme ça qu'il a appris à piloter ? Dans les rues sans aucune protection ? Autant l'envoyer à la mort !

Je suis tellement révoltée que je me fous de jurer.

– L'instinct, les pulsions, la logique, quel enfant de dix ans maîtrise ça, Azz ? Ton leader était médecin. Il *savait* qu'il ne disposait rien de tout ça.

C'est plus fort que moi, la psychologue voit tout. Toutes les conséquences. Même s'il s'en est sorti, comment a-t-il fait pour gérer sa peur d'enfant sans se fermer ? Sans se réfugier derrière des mécanismes de défense destructeurs ? Sans avoir une conscience atrophiée de ses actes ? Au moins pour se protéger.

– Il n'y a pas d'enfance quand on se bat pour survivre, m'oppose durement Azz. L'enfant qui doit survivre perd sa capacité à s'indigner face à la violence humaine. Il devient violent lui-même. C'est le seul moyen de s'en sortir.

– C'est ce qu'il est aujourd'hui ? Un être violent ?

– Il a survécu, admet Azz.

Autrement dit, oui.

– Caitlin l'ignore. Pourquoi me le dire *à moi* ?

L'Iranien se contente de me fixer et je comprends :

– Je ne tricherai pas pour qu'il puisse obtenir sa Super-Licence, Azz.

– Pourquoi pas ? rétorque-t-il d'un ton agressif.

– Lui a survécu. Très bien. Mais il avait quel âge quand il a écrasé son premier piéton ? Qu'a-t-il ressenti quand c'est arrivé ? Est-ce qu'il a eu des remords ? Comment sa conscience a vécu cela ? Le plus grave c'est qu'on lui a INTERDIT d'en parler. Donc, nous ne le savons pas. C'est sûrement regrettable, mais les interrogations de la FIA sont légitimes.

L'Iranien serre les mâchoires.

– Cela n'a rien de nouveau, les vœux de silence et de chasteté, riposte le sectateur. C'est même une pratique répandue dans la quasi-totalité de vos traditions religieuses : bénédictins, trappistes, cisterciens. Et vous ne dites *rien*.

Ça ne veut pas dire que c'est bien, connard.

– Je désire le rencontrer, répété-je pour mettre fin à cette conversation.

– Pour quelle raison ? Sau communique uniquement quand il y est obligé, mais il vit toujours en reclus. Il ne s'approche jamais des femmes. C'est son vœu.

Tout ça me dépasse. Je n'arrive plus à suivre.

– Il est comme moi, soufflé-je avec honnêteté.

C'est la seule chose que je sais. Nous ne sommes pas innocents. Ni l'un. Ni l'autre. Sa violence est peut-être plus physique et la mienne moins visible, mais elles nous détruisent tous les deux.

L'Iranien m'observe avec incrédulité et ses épaules s'affaissent.

– Redescends, m'ordonne-t-il. J'ai du travail qui m'attend.

Autrement dit, c'est un refus.

Où d'autre puis-je aller ?

CHAPITRE 8

SAUVAGE

Un félin tenu en captivité depuis trop longtemps.

Voilà ce que je suis depuis cette foutue lettre. Alors que cet état d'agitation m'avait laissé tranquille depuis que les drogues ont quitté mon corps, à présent que je sais ma vengeance à portée de main, je ne suis plus bon à rien.

Seule ma vengeance compte.

Et elle paraît si réelle, si proche, qu'elle me rappelle avec violence chaque minute passée enfermé comme un rat dans ma cellule monastique au sol humide et froid, où j'ai souhaité la mort de celui qui m'y avait condamné.

C'est quoi le prix pour dix-sept ans d'une vie ?

La perte de chance. De liberté. L'amour des miens.

Qui va réparer tout ça ?

Qu'importe si je ne vaux rien, si je suis un putain de criminel, un pauvre inconscient, ou juste un petit merdeux, cueillir ma vengeance après toutes ces années passées à l'attendre, c'est *ça* ma force.

Je dois retrouver mon jumeau et un semblant de normalité avec lui, et ensuite me venger. Puisque à preuve du contraire, s'il est en vie, il est tout ce qui me reste. Même sans lumière. Même sans amour si lui m'a oublié. Puisque je ne retrouverai jamais mon âme. Et qu'on ne me dise pas que je suis faible à ne pas pouvoir pardonner. Il y a tant d'abus dans l'oubli.

Tu devrais être au paddock avec les gars, bordel !

On est à douze jours du dernier Grand Prix de la saison, même si on n'a aucune chance de grimper sur le podium vu nos piètres résultats et la qualité de nos adversaires. Au lieu de quoi, je renonce à la Blue Buck bien fraîche que je m'apprêtais à prendre dans le frigo, je me débarrasse de ma combinaison de chantier jetable, et je sors de la maison en m'époussetant les cheveux.

C'est que du plâtre, mec !

C'est le moment de consulter ce que j'ai tenté d'ignorer pendant quatre heures. Depuis que je l'ai croisée sur le parking, pour être exact, toute froissée comme si elle sortait du lit, avec toujours ces robes légères émoustillantes de prêtresse de mode qui donnent envie de voir ce qu'il y a dessous et ses boucles déjantées de princesse Disney. Des kilomètres de jambes nues recouvertes de chair de poule.

Putain. Je n'avais jamais rien vu d'aussi excitant.

Vire ça de ta tête, sale porc.

Je tire mon iPhone de ma poche arrière. Cinq appels manqués. Une tonne de mails financiers en copie, auxquels je ne pige rien. La rupture anticipée de contrat d'un sous-traitant ouvrant droit à des indemnités. Un sponsor qui menace de partir la saison prochaine faute de résultats. Qu'est-ce qu'elle veut que je réponde à ça ?

Il y a une minute où cette *Wog* ne pense pas à moi ?

Fais chier, Caitlin, merde !

L'ennui, c'est qu'elle n'a pas tort. Ça rime à quoi de rester à glander chez moi alors que tout le monde bosse ? Raison de plus pour expédier cette vengeance qui me tenaille l'esprit une fois pour toutes, et me concentrer sur les miens. Si l'écurie est le seul moyen pour eux de survivre à l'extérieur, encore faut-il qu'elle survive, *elle*. Et ça, ce n'est pas gagné ! J'ignore les SMS vindicatifs de Caitlin à cause de mon attitude complètement barrée sur le parking.

Pour me concentrer sur « rappel ».

– Dis-moi que tu arrives ! tonne la voix d'Azz en préambule.

Interloqué, je vérifie le fixe que j'ai appelé : « Team principal ».

– Pourquoi c'est toi qui réponds ?

– Officiellement, le Singe blanc te fait la gueule.

Aga est deux fois plus âgé que nous. Un caractère solide, parfois rude, qui ne lâche jamais prise, mais un tempérament de cochon ou de femmelette hystérique dès qu'on l'ignore un tant soit peu. Il n'y a que quand il est saoul dans la Fosse qu'il est potable. En revanche, c'est un excellent directeur de course.

– Tu peux me parler, il est sorti fumer, ajoute mon binôme.

– Dis-lui que j'arrive. Je dois prendre une douche avant.

– Encore dans tes travaux ? demande-t-il.

– Hum…

– T'as prévu de finir quand ? Ça fait trois ans que tu démolis cette baraque, comme si elle t'avait personnellement fait quelque chose.

Aucune envie d'en parler.

– Balance-moi plutôt les résultats de l'entraînement, grogné-je. Ce rancunier ne m'a pas envoyé les vidéos sur mon ordinateur. *Exprès*, sûrement.

Sauf qu'au lieu des résultats, j'ai droit à autre chose :

– Qu'est-ce qui ne va pas ?

– Comment ça ? Je te demande les résultats des set-up parce que j'étais en train de poncer les murs de mon salon. Il y a quelque chose qui cloche ?

– Tu pourrais vivre, soupire lourdement mon binôme. Qu'est-ce qui t'en empêche ? Tu parles davantage aux gars, à présent, et ça compte pour eux, mais tu vis encore reclus comme un taré dans ta putain de baraque vide. On est libres, à présent. Il n'y a plus de cellule. Tu peux parler, baiser, dormir et manger avec les autres, prendre enfin du bon temps. Pourquoi t'en profites pas ?

Comme si c'était possible !

– Arrête, mec.

J'ai besoin de me cloîtrer. J'ai besoin de cette intimité d'ascète pour repousser l'orage qui me hante. Azz revit depuis trois ans, c'est un homme repu, et j'en suis heureux pour lui. Mais comment lui expliquer que l'apprentissage de la liberté n'en va pas de même pour moi que pour lui ?

– Comment pourrais-je m'accorder de vivre libre si Zolder ne l'est pas ?

– C'est pas comme ça que ça marche, proteste Azz avec compassion.

Bien sûr que si. C'est mon jumeau. Le jour où on nous a séparés, j'ai perdu l'autre moitié de moi-même. Cette moitié qui me permettait de fonctionner comme un être humain. Depuis, je suis dépourvu d'empathie, de douceur, d'indulgence, de pitié, et peut-être que je serai toujours ainsi.

– Je le sens, tel un membre fantôme, Azz.

Entre nous existe un lien quasi paranormal.

– Tu sens qu'il est vivant ? me lance-t-il sans y croire.

– Il *est* vivant. Prisonnier quelque part comme moi je l'ai été, et quoi qu'il lui arrive depuis que je suis libre, ce sera *ma* faute.

– Et si tu te trompes ? S'il est mort ?

– Eh bien je ne mériterai pas de vivre moi non plus.

Je l'entends jurer dans le combiné.

– Putain, tu me saoules ! Continue à broyer du noir, je suis pas jaloux, capitule-t-il de mauvais poil. Bon. Les In-G veulent que tu refasses le set-up n° 2 sur la gestion moteur. Batiste ne surveille pas sa conso carburant sous prétexte d'assurer le spectacle en piste, et Matteo continue à zapper la température des pneumatiques qu'il juge pas assez tendres sur le set-up n° 1. Il se plaint du manque d'adhérence sur les bandes de roulement. Voilà pour l'essentiel.

Tout en notant mentalement chacun des points à traiter, je m'arrête pour contempler la lumière se coucher sur le lac supérieur. Pas besoin de montre, il est dix-huit heures. Je le sais, car à cette heure de la soirée, l'eau perd sa couleur turquoise pour devenir argentée et reflète encore mieux l'énorme glacier éperon en face de la Winery que je me suis mis dans la tête de démonter entièrement quand le juge a prononcé l'annulation de ma disparition.

Franchement, je préfère la nature aux gens.

– Déjà, est-il bon ? posé-je, agacé d'avoir à le formuler.

C'est débile mais pas idiot, n'empêche. La nature n'avilit l'homme que lorsqu'il la contrarie, sinon elle est paisible et repliée sur elle-même. Pourquoi Brenner s'en est-il pris à nous ? Quel rapport entre un tout jeune juge fédéral de Floride et un champion du monde de F1 canadien ? J'ai eu beau analyser à la loupe leurs deux biographies sur Google et les articles de presse de l'époque, à aucun moment les deux hommes ne se sont croisés. Alors quoi ?

– Tu parles du petiot ou de ton set-up ? exprime Azz.

Avec ses dix-huit ans, Batiste est le benjamin de l'équipe. Arrivé de Miami l'an dernier après avoir été éjecté de l'Église de Scientologie de Floride pour avoir entretenu une relation sexuelle non autorisée avec la fille d'un cadre de leur puissant vaisseau amiral. L'Église ne pardonne pas ce genre de comportement, y remédiant par l'enfermement du sujet à protéger. En l'occurrence, *elle*. Et par l'exclusion de l'autre partenaire, qui doit s'éloigner pour se repentir. Résultat, cet idiot s'est retrouvé expulsé sans nulle part où aller et assez fou d'amour pour couvrir son corps de tatouages, criant sa passion pour une autre à tous ceux qui sont passés dans son lit depuis pour lui rapporter de quoi bouffer et crécher.

Je me rappelle son arrivée chez nous :

– Je n'ai aucune envie de vivre à l'extérieur.

– Je sais.

– Sau, si je vis à l'extérieur, je vais mourir, m'a-t-il supplié en revendiquant le poste de pilote remplaçant après avoir signé quelques temps honorables au Kart durant son exil. Ces gens… ils ne nous ressemblent pas.

– Ça fait combien de temps que tu es dehors ?

– Trois ans.

– Tu te prostitues ?

– Ben ouais. J'avais quinze ans quand ils m'ont excommunié et aucun refuge où aller puisque mes vieux sont des nôtres, alors j'ai sucé des bites et me suis fait des vieilles. Qu'Esther soit la nièce du prophète ne m'a pas aidé, tu vois. Ma famille a interdiction de m'adresser la parole. Je suis subversif, soi-disant. Depuis c'est l'enfer, je ne sais plus *qui* je suis, ni si je peux être un autre.

– On est tous pareils, mec.

– Si tu refuses, autant que je me pende tout de suite.

En gros, le même discours qu'ils ont tous en arrivant. Ils réalisent qu'ils ne sont plus protégés par l'isolement qu'on leur avait procuré, sans pour autant vouloir s'intégrer à la société qu'on leur a présentée comme extrêmement dangereuse pour leur salut. Sans en avoir les moyens non plus. L'inadaptation sociale étant la meilleure garantie pour les leaders que leurs fidèles ne quitteront jamais la secte.

Ma réponse est toujours la même :

– Installe-toi et respecte les règles.

– Ho ho, attends ! Quel genre de règles ?

– Pas d'ennuis avec les *Wogs*. Vu nos passés, on serait perdants. La prostitution, tu arrêtes. Je ne veux pas d'ennui avec les autorités. Polygame ou monogame, hétéro ou homo, je m'en tape, mais les gosses, tous sans exception, vont à l'école publique. Il n'y a aucune prophétie pour justifier nos actes sexuels, ici. Pour ça, on a la Fosse. Si tu veux communier en te servant d'une chatte, c'est là qu'il faut aller. Je ne veux pas de *Wog* à l'intérieur. *Aucune.* Si tu t'en fais une, tu ne la ramènes pas chez nous. On est un groupe. OK ?

– Compris. Je ne vais pas gâcher ma chance de faire revenir Esther. Je serai prêt à lui offrir un foyer quand l'Église la laissera partir. Je l'épouserai, on aura des enfants, et tu seras le parrain de mon premier fils.

Inutile de le dégoûter. Pour moi, il ne la reverra pas.

– Sau ? relance mon binôme. Tu parles du petiot ou du set-up ?

– Le set-up m'a fait gagner 0.4 par rapport au réglage que Vettel avait à Bahreïn, argumenté-je. Avec ce temps-là, j'aurais gagné le Grand Prix.

– Alors prends le départ, mon ami, réplique Azz du tac au tac.

Son sarcasme préféré.

– Dois-je te rappeler que le toubib de la FIA m'a déclaré anomique[15] ?

Mes yeux suivent la chasse d'un grand héron bleu en bordure du lac. La tête à l'affût et le corps immobile, les poissons n'ont aucune chance avec

15. L'anomie est la perte totale de référence et de signification de l'univers social chez un être déraciné. Le plus grand danger pour ces individus est alors de sombrer dans un univers de désordre, d'absurdité, et de folie. On parle de « suicide anomique de Durkheim » pour les ex-sectateurs incapables de s'adapter.

ce grand solitaire à la longue plume dressée pile dans l'allongement du bec. J'aime bien cette plume éperon, même si elle le trahit. Il va attaquer.

– T'es pas plus suicidaire que moi ! proteste Azz à l'autre bout. L'écurie de ton vieux représente une chance de vivre comme on l'entend. Tu tiens à ces gens. Tu tiens à *moi.* Pourquoi te suiciderais-tu ? C'est absurde.

– C'est justement ce qu'on me reproche, raillé-je. Selon eux, je suis fou, absurde, et en désordre.

– Arrête ! Pourquoi tu renonces ? Bats-toi au moins pour nous !

J'en ai marre qu'il me casse les pieds tous les jours avec ça, comme si ça dépendait de moi. Si je le lui dis, peut-être qu'il me foutra la paix…

– Tu te souviens des dossiers médicaux que Syrov avait sur nous ?

– Oui et alors ? grogne Azz tandis que le héron, d'un mouvement vif et gracieux, empale sa première proie de la soirée.

– Le toubib de la FIA a bloqué sur le mien. Je l'ai vu sur son visage quand il en a pris connaissance. Le gars n'arrivait pas à croire ce qu'il lisait.

– Il y avait quoi dans ce dossier ? sourcille Azz.

– L'explication de ce que Syrov m'a fait. Ce salaud avait tout noté. L'heure, la date des expériences, les protocoles *et* les résultats. Jour après jour.

– Tu attends quoi pour m'en dire plus ?

– Il s'agit d'une sorte de dopage génétique totalement intraçable. Dans le dopage classique, on introduit des substances illicites pour stimuler et ça s'arrête là. Syrov a fait l'inverse. Il a *éliminé* un gène capable de me retenir.

– J'ai compris. Continue.

– Selon le toubib, ce salaud m'a grillé une partie du cerveau qu'ils appellent le « circuit de la peur » dans leur jargon. Ce qui me rend insensible aux stimuli des grandes frayeurs, mais aussi au dégoût susceptible de me filer des remords. On appelle ça un Klüver-Bucy.

– C'est irréversible ?

– Ouais.

– Et les drogues que tu prenais ?

– Les drogues étaient là pour améliorer ma force musculaire et mon endurance. Je n'avais aucun seuil de fatigue quand j'en prenais. Aujourd'hui, au bout de trois nuits sans dormir, je tombe. En revanche, je n'ai aucun remords après avoir commis un acte qui conduirait un autre à être honteux.

– Ce salopard a donc joué sur les deux tableaux, admet Azz d'un ton amer.

J'attends un instant avant de conclure.

– À la fin de la consultation, le toubib de la FIA s'est levé en s'excusant de ne pas avoir de recul suffisant pour me rendre éligible à la Super-Licence.

– Il t'a déclaré anomique pour ne pas révéler le reste, c'est ça ?

Je secoue la tête. Puis je réalise qu'il ne peut pas me voir.

– Pour lui l'anomie suivra. Je finirai par me suicider.

Le silence entre nous vaut une réponse.

– Frère, je suis désolé, déclare Azz, faute de mieux.

Il ne peut rien pour moi et je sais que ça le tord.

– Ce n'est pas ta faute.

C'est LUI le responsable. *Samuel Brenner.*

– Oh bordel, j'y suis ! s'exclame Azz. C'est pour ça que tu as menti à Caitlin en lui faisant croire que tu refusais d'être examiné.

– Imagine sa réaction si elle savait la vérité.

Le seul espoir de Caitlin pour sortir l'écurie familiale de l'ornière financière est que je coure pour elle. Rien que mon nom ferait revenir les sponsors.

Avant même d'avoir pris le départ, putain !

– Tu te rappelles ce que tu disais après ta première course dans Ekaterinbourg ? me lance Azz. « Je suis censé avoir peur mais je n'ai pas vraiment peur. » Ça m'avait frappé parce que tu n'avais que dix ans. Tu aurais *dû* avoir peur.

Mon ventre se noue à ce rappel. C'était la première fois que je franchissais la clôture et que je montais dans l'hélicoptère de Syrov. Un Mil 17 ayant appartenu à l'armée soviétique, avec mitraillettes externes disposées sous les points d'emport. Une vraie ville, avec des gens libres, et des familles.

J'étais surpris et curieux aussi.

– Tu crois qu'on pourra voter un jour ? réclame Azz.

– Voter ? répété-je.

Azz n'a aucune nationalité. Moi oui. Soudain, je réalise que je ne me suis jamais demandé comment il vit cet écart entre nous. Ni comment il supporte le fait de ne pas pouvoir nous suivre sur les circuits durant le championnat.

Sans papiers, c'est impossible.

– Je veux dire agir raisonnablement, définit-il. Être père, avoir la garde d'un enfant si ça tourne mal avec la mère. Ce genre de responsabilité d'homme, tu vois.

Furieux de l'entendre formaliser ses craintes les plus intimes, je laisse mon visage redevenir de marbre.

– Je sais pas, mon pote. En revanche, je sais que *Brenner* va payer.

– Tu as raison, abat l'Iranien aussi acerbe que moi. Si je pouvais coincer le salaud qui a vendu ma mère à Syrov et m'a privé d'elle, je ferais comme toi.

Je ferme mes paupières, l'esprit secoué par tous mes souvenirs.

Syrov était un neurologue avide de paris illégaux et d'argent facile, convaincu que le dopage du futur révélé à lui par Satan serait génétique. Il adorait ça, l'argent. Officiellement nos victoires lui permettaient d'acheter des armes au marché noir pour qu'on puisse, le moment venu, combattre l'attaque du monde extérieur prédite par l'Apocalypse. En vrai, elles l'enrichissaient et lui donnaient un excellent prétexte pour nous modifier à sa guise, sans faire état de ses penchants sordides à « améliorer » les gens. Passionné de sport automobile, Syrov dépensait des millions de roubles pour avoir les voitures les plus puissantes du pays. Azz comme préparateur auto, moi et trois autres frères *street racers* génétiquement modifiés étions sa force d'élite.

Rien qu'à nous cinq on lui payait ses armes.

– Ma prisonnière est passée ?

– Elle a demandé à rencontrer les gars.

– Comment ont-ils réagi ?

– Eve les avait prévenus de la présence d'une *Wog*.

Je hoche la tête sans dire un mot.

– En revanche, elle ne leur a pas expliqué combien de temps elle allait rester, fait valoir Azz. Peut-être que tu devrais y remédier ?

Ce qui veut dire que lui aussi se pose la question.

– Elle restera le temps que je veux, dis-je tout en sentant le reproche arriver.

– Tu sais ce qu'ils pensent, mon ami, poursuit Azz avec malice.

– Que je les mets en danger en les exposant au Malin et que notre ennemi de toujours va en profiter pour nous attaquer alors qu'on n'est plus armés.

– En plein dans le mille ! rigole Azz.

D'un geste de la main, je dégage l'argument.

– Je n'ai pas de temps à perdre avec tout ça.

– Ne t'étonne pas si certains fichent le camp.

– S'ils veulent partir qu'ils s'en aillent !

– Tu les trahis, espèce de salopard ! s'énerve brutalement mon binôme. Tu veux te venger ? Je suis POUR. Un homme doit avoir des valeurs viriles. Pourquoi tu n'as pas tué ce fils de pute directement à Miami ? T'as perdu la main ?

Même si j'en suis un, y a pas à chier, mes mâchoires se crispent sous l'insulte.

– À cause de mon jumeau. Tu piges ça ?

Mort, Brenner ne parlera plus.

– Parfaitement. Tu n'as que Zolder en tête. La question est de savoir ce qui arrivera à toutes ces familles qui t'ont fait confiance pour reconstruire leur vie à l'extérieur si elles te quittent. *Où* iront-elles ?

Ping.

Par réflexe, j'abaisse mon portable pour lire le texto qui vient d'arriver.

[La vengeance ne fait pas partie de mon vocabulaire, tu le sais. Ton petit enfant de chœur est dans le chalet no 11. Seule, bien sûr, puisque c'est une *Wog*... Bon, comme tu ne réponds pas, on m'attend pour visiter la maison, je dois y aller. On a perdu un nouveau sponsor aujourd'hui... C]

– OH ! Tu m'écoutes ? m'interpelle Azz avant que je finisse de lire ce putain de message divisé en deux écrans tellement il est long.

Tout ça me donne mal au crâne.

– Je sais bien que leur imposer une *Wog*, c'est…

– Tu as toujours dit que tu n'en voulais pas, face de cul ! me coupe un Azz furibard. Qu'est-ce qu'ils vont penser si tu ne suis pas tes *propres* règles ? On a déjà du mal à leur faire comprendre qu'il faut des règles, putain !

Furieux qu'il m'en veuille encore, je hausse le ton :

– Fais pas chier. Merde ! J'ai PAS le choix. Je dois suivre mon plan. Sans mauvais jeu de mots, Hope Brenner est mon seul espoir.

Un incendie de colère se répand en moi lorsque j'établis les faits :

– Ce sont les conséquences juridiques d'une disparition. Lorsqu'il y a incertitude du décès des héritiers, il existe un délai *légal* pour clore une succession. En attendant, la gestion des biens est confiée à un tiers, membre de la famille.

Silence sur la ligne. Au moins je l'ai mouché.

– Melvin a rempli ce rôle jusqu'à sa mort, poursuis-je. Caitlin le remplit à présent. Le juge a été formel. Ou je retrouve Zolder Roy vivant et on hérite tous les deux. Ou bien j'apporte la preuve qu'il est mort et j'hérite seul.

– C'est pour ça que tu t'es résolu à parler à Caitlin depuis la maladie du vieux ?

– Bien obligé ! C'est elle qui décide de tout. Du jour au lendemain, Caitlin peut tous vous virer en décidant arbitrairement que l'écurie n'est pas viable avec vous. Et vu les résultats financiers et sportifs, personne ne le lui reprochera.

– Tu ne pourrais pas t'y opposer ? demande Azz.

Impuissant, je secoue la tête.

– Non.

– De combien de temps est ce délai ?

– Vingt ans à compter de la disparition.

– Tu es revenu avant, fait-il valoir tout en réfléchissant.

– Je sais. Mais pas Zolder !

– Si tu es en vie, il peut l'être aussi, pige-t-il.

– Tout est reparti de zéro à mon retour. Pour ne pas bloquer l'écurie, le juge a décidé de raccourcir le nouveau délai à dix ans avant de déclarer Zolder mort.

– Donc, Caitlin a tout pouvoir pendant encore sept ans.

– L'écurie ne tiendra pas sept ans, grommelé-je.

Il nous manque un pilote expérimenté mais pas que. Il nous manque des sponsors et un bon moteur. Azz peut faire les miracles qu'il veut, sans partenariat moteur digne de ce nom, on est morts.

– J'ai besoin de Hope Brenner dans ma manche, Azz. C'est l'évidence même. Son père ne parlera pas sans moyen de pression rapide et apparemment ce salaud est possessif envers elle seulement. Allez, dis-moi que tu comprends, mec ! Caitlin m'en veut.

Aga m'en veut. Et probablement tous ceux qui bossent ici. Sans compter les risques que je lui fais prendre à elle. J'ai besoin qu'au moins une personne me soutienne.

Les frères se servent ici. Ce n'est pas leur faute. « Fais ce qu'il te plaît » est le précepte sataniste de base avec lequel on a lavé leur cerveau. Je n'ose même pas imaginer comment elle réagirait après le viol de sa mère si l'un d'eux la coinçait.

Ce qui rend la chose encore plus difficile à admettre.

– Je suis vraiment fou.

– Je ne crois pas, avance Azz avec calme.

– Tu ne crois pas quoi ? Que je suis fou ou qu'elle est en danger ?

Un petit rire bref se fait entendre sur la ligne.

– Que ça aille jusque-là.

Je renverse ma tête en arrière pour exprimer ma frustration.

– Tu peux préciser ?

– Asmund l'a un peu asticotée mais ça va, il est resté soft. Son kif à lui c'est plutôt la femme de couleur. Il tourne autour de son In-G de piste en fait.

– La petite Liya ? Merde, j'ai rien vu.

Azz hennit de rire comme lui seul en est capable.

– Elle non plus, rassure-toi. Nounours est timide. Il ne se décide pas.

– Et les autres ?

– Aga l'a ignorée. Randi lui a un peu maté le cul qu'elle lui mettait sous le nez avec son legging moulant, mais tu le connais. Elle est trop vieille pour lui. Il était plutôt concentré sur un autre type de châssis.

Soulagé, je hoche la tête même s'il ne peut pas me voir.

Randi est notre chef mécano pour le châssis. Le mec est passionné de mécanique. La coque, il s'en fout. Lui, il est *en dessous*. La résistance aux chocs latéraux, les organes de liaison au sol, le système de freinage… Il appelle ça « travailler au plancher ». Randi est un ancien témoin de Jéhovah reconnu coupable de pédophilie par les siens. Prétendument contraire aux valeurs morales de la secte mais néanmoins tolérée si on se repent.

Ce qu'il s'est toujours refusé à faire. Prétextant que la gestion de ce problème par les siens n'était pas parfaite. À tort ou à raison, le résultat ne s'est pas fait attendre, il a été expulsé. Si mes comptes sont bons il en manque deux.

– Et les autres pilotes ?

– Matteo et Bat tournaient sur le circuit.

– Ils ne l'ont pas vue ?

– Nan. Je l'ai fait redescendre au hameau.

Un silence s'installe sur la ligne sans que mon cerveau m'accorde un moment de répit. Je dois tout maîtriser si je ne veux pas que ça capote. Est-ce que je la laisserais se tirer chez les flics et rentrer chez elle si cela arrivait ? Est-ce que je la laisserais avertir son père ? La réponse est claire dans ma tête. NON. Je serais obligé de lui dévoiler qu'elle est ma prisonnière. Comment le prendrait-elle ? J'ai été prisonnier moi-même, je sais ce que ça fait. Comme l'enfant martyr le prisonnier *faible* s'habitue à son placard, jusqu'à le regretter lorsqu'il le quitte. En revanche, sans espoir d'en échapper, le prisonnier *fort* se tue ou tue son geôlier. Je ne la connais pas assez pour dire à quelle catégorie Hope Brenner appartient.

Aurait-elle la force de se tuer ou de me tuer ?

– Ton opinion sur elle ?

– Elle est jolie.

Je ferme les paupières. – J'ai des yeux, connard. Je parle du reste.

– Une lueur et un vide.

Là j'ai les yeux grand ouverts. La lueur, je savais qu'il la verrait et c'est probablement pourquoi j'ai posé la question. Cette fille m'intrigue. Il y a quelque chose dans son regard qui dit l'inverse de sa jolie vulnérabilité.

Je bute dessus.

– De quel vide parles-tu ? J'ai vu ses titres. Sa thèse sur les sexualités déviées des adolescents migrants a été publiée avec les félicitations du jury. Ne me dis pas qu'elle a réussi à te faire croire qu'elle était bête, si ?

Azz réagit par un grognement agacé.

– Merde. Elle a une thèse sur le cul.

Il semble déstabilisé.

– Pourquoi ? Ça te surprend ?

– Laisse tomber, tu peux pas comprendre.

Je fronce les sourcils.

– Azz. Qu'est-ce que tu ne dis pas ?

– Rien. Je me suis gouré. C'est son cœur qui est vide, me lâche-t-il à la place.

– Tu veux dire qu'elle n'en a pas ? fais-je avec stupéfaction.

Elle s'occupait des enfants avec tant d'amour que tout à coup je suis déçu. J'ai *envié* ces petits morveux. J'aurais dû être aimé comme ça moi aussi.

– Je veux dire que son cœur est aussi fermé que le nôtre. Elle le garde fermé comme une forteresse imprenable. C'est hyper bandant, putain !

Je manque m'étouffer avec ma salive.

– Putain, Azz… Ne me dis pas que….

Ce serait le comble !

Ravalant ma salive et la crampe dans mon bide contracté par un sentiment de possessivité inhabituel, je ne bouge pas. Je n'aime pas l'idée que quelqu'un d'autre que moi s'intéresse à elle. Pourquoi ?

– Elle a demandé à te rencontrer.

Mes poumons se figent en l'apprenant.

– Qu'as-tu répondu ?

– Je lui ai demandé ses raisons.

– Et elle a répondu quoi ?

– « Il est comme moi ».

Comment est-ce possible ? Elle ne m'a jamais vu. Séché par son aveu de dingue, je m'écroule sur le vieux rondin de bois qui me sert à couper mes bûches, offrant mon visage à la brise du soir et à l'odeur des pins qu'elle charrie.

J'ai besoin de cette réalité pour y voir clair.

– Elle te fascine.

Ce n'est pas une question, je l'ai compris.

– Elle est fascinante, confirme Azz d'un ton rêveur.

Ça ne me plaît pas.

– N'y touche pas. Premier et dernier avertissement.

Merde, on n'est même pas censés la toucher.

– D'accord. Mais si un jour tu veux la tuer pour te venger et que tu peux pas, je lui tirerai une balle entre les deux yeux. Elle ne souffrira pas.

Je relâche mon souffle tant j'aurais détesté me battre contre lui.

– Non. La tuer ne me semble pas être la vengeance appropriée.

– Je dois quand même t'avertir que Caitlin l'a briefée à ton sujet.

– On a un accord sur Zolder. Personne ici ne doit savoir que j'ai un jumeau. Syrov avait trop de clients cinglés qui pourraient vouloir se venger sur mon frère parce que j'ai tué cette ordure pendant l'assaut et interrompu leur business.

– C'est plutôt toi qui m'inquiètes dans cette histoire.

– Qu'est-ce qui t'inquiète ?

– Excepté un cœur vide, vous n'avez rien en commun tous les deux.

– Et alors ?

– Alors quand on réunit l'eau et le feu, on perd l'un des deux. Ne la sous-estime pas. Hope Brenner n'a rien de faible.

Rassuré sur ses intentions, je change de sujet :

– À propos de Caitlin, l'ingénieur de Carnival a un souci avec la superposition des feuilles de carbone que tu as demandées pour les nouveaux sièges baquets.

– Ça ne m'étonne pas, renâcle Azz. Je voulais Sauber en Suisse pour les faire fabriquer, mais non, c'est trop coûteux. Caitlin préfère sous-traiter en Floride.

Je me tais car l'argument financier prévaut en ce moment.

– Mouler un siège à l'usine et ensuite utiliser le baquet en pilotant sont deux situations très différentes, peste le designer. Quand un pilote transpire, il ne fait pas semblant, putain ! J'ai passé des heures à découper la mousse absorbante de *chaque* siège avec *chaque* pilote en fonction du volant et des pédales. Ça a servi à quoi si ces gens ne font que reproduire une surface mathématique ?

– Caitlin n'a pas trop le choix, mec.

– Salope de *Wog !* s'énerve Azz que je n'aurais pas dû lancer sur le sujet. Je ne peux pas la blairer celle-là avec son cul coincé et ses tailleurs business à mille dollars. Elle n'a qu'à vous regarder sortir de la voiture après une course et elle comprendra que l'eau qu'on vous file pendant la course, c'est du thé !

Lui et Caitlin, ça n'a jamais été l'amour fou. Dès le premier jour de notre arrivée ici, elle voulait qu'il se tire, ne supportant pas ses poils et son odeur d'herbe. Toutefois, même s'il a raison, c'est mon associée qu'il insulte.

– Je raccroche, Azz.

– Attends ! Pour une fois, viens à la Fosse ce soir.

– Je ne fréquente pas ce genre d'endroit, tu le sais.

Je raccroche et glisse mon iPhone dans ma poche, ordonnant à Siri de jouer avec mon flow, les câbles pendouillant dans mon dos pour ne pas être gêné dans mes mouvements, et je récupère la hache posée sur le billot.

Sur quoi ça va tomber ? Unstoppable.

Aaah, bon choix ! Rien ne m'arrêtera.

CHAPITRE 9

HOPE

Personne ne t'aidera si tu ne le fais pas.

Rien n'a aidé ma mère dans Crandon Park. Pas même moi. Pourtant l'endroit était réputé pour être tranquille. Une des plus belles plages de Key Biscayne, avec ses iguanes en liberté, ses bois flottés, et ses faisans des Galapagos. Mes parents s'étaient rencontrés et mariés sur cette plage du Grove. Deux étudiants bobos issus de deux universités différentes : la prestigieuse Gables pour papa, la religieuse Barry aux engagements fondamentaux de sœur Linda pour maman.

Alors logiquement ils y avaient aussi bâti leur maison.

– Quand on trouve le bonheur dans un endroit, il ne faut pas en changer, affirmait maman, et papa était d'accord.

Pensez ! Un parc public pour terrain de jeu, vivre chacun de nos après-midis famille en Robinson Crusoe, moi aussi j'étais aux anges. Le soir, papa venait dans mon lit et me racontait qu'autrefois

Crandon était la plus grande plantation de noix de coco des États-Unis.

– Des hectares et des hectares de noix de coco pour jouer au foot avec les singes, plaisantait-il, s'amusant de voir jaillir des étoiles dans mes yeux d'enfant.

C'était mon histoire du soir préférée. Un cirque ayant cessé ses activités avait abandonné tous ses animaux en quittant les lieux l'année de ma naissance. Des singes, mais aussi des lions, des girafes, et des éléphanteaux, enfermés à vie avaient retrouvé leur liberté. Je n'ai jamais su si c'était vrai. Ce que j'ai pu aimer ces moments-là. L'eau claire sur mes petits pieds potelés, la brise marine délicieuse dans mes boucles cuivrées toutes emmêlées par le sel, le sable brûlant sous mes orteils qui obligeait mon père à me faire grimper sur ses épaules robustes. J'adorais ça. Une fois installée là-haut, on partait à l'aventure en duo, construire notre cabane-rien-que-pour-nous dans la mangrove, pendant que maman rentrait à la maison préparer le repas.

– Comment vas-tu appeler ta nouvelle maison, Hopi ?

– Paradis. Mais il faut une glacière, papa, sinon c'est pas un paradis.

C'était deux jours avant le drame.

– On demandera à maman d'en préparer une pour le barbecue du 4 juillet quand je reviendrai des auditions préalables.

– Tu crois qu'ils vont te nommer juge, papa ?

Ses yeux argent brillaient dans la lumière comme il m'expliquait :

– Une fois auditionnés par la Commission, les candidats sont soumis au vote du Sénat, mais c'est en bonne voie, ma puce. Tu aimerais avoir un papa juge ?

– Oh ouiiiiii et on invitera maman pour fêter ça.

– Ooh, alors ça ! Il faudra que je la porte aussi, rigola-t-il en bombant le torse façon papa singe et je gloussai avec lui. Viens, on rentre, le repas doit être prêt.

La plage, c'était génial pour jouer.

Mais la partie réserve sauvage et ses trésors cachés, située derrière les dunes, nous n'aurions jamais dû nous y aventurer avec maman. Même les baigneurs ne savent pas que c'est là. Des petits lacs, une végétation luxuriante fournissant un habitat riche pour la faune, en particulier les oiseaux. Aujourd'hui encore, l'endroit est un paradis pour les colibris, les perroquets et les pélicans. Des sentiers naturels s'enfonçant dans des mangroves mortes depuis longtemps. Des rigoles, des creux, des ravines. Il y a des moments dans la vie où tout bascule.

Cours, Hopi ! Ne t'arrête pas !

J'entends encore sa voix apeurée quand « Main de Mickey » nous est tombé dessus. J'étais perdue car maman n'avait jamais eu peur de rien avant. À cinq ans déjà je savais que c'était une reporter de guerre de CNN. Je ne savais pas ce qu'était

Waco, mais le mot m'était connu comme celui de son plus grand exploit. Tous les invités de la soirée l'avaient félicitée pour ses photos et j'avais clairement entendu : « scènes invraisemblables » et « dignes des films d'action ». Non. Maman avait le monde dans les yeux, elle n'avait peur de rien. Mais quand elle a vu ce que « Main de Mickey » portait dans sa main droite…

Tout son courage s'est échappé.

Cours, Hopi ! Je te l'ordonne !

J'ai bien essayé de lui obéir. Seulement mes petites jambes ne voulaient pas bouger. Je fixais l'engin, horrifiée. Je n'en avais jamais vu de pareil. À quoi cela pouvait-il servir ? Et puis, où donc aurais-je pu aller ? Vers qui aurais-je pu me tourner ? Papa était à l'autre bout du pays, je n'avais pas les clefs de chez nous, et la nuit, la mangrove devenait impénétrable, emplie de magie effrayante et de légendes. Est-ce que l'engin en faisait partie ? J'aurais pu tomber dans un trou et me faire mal. De mon point de vue d'enfant, c'était idiot. Personne ne serait venu me chercher et je serais morte de faim et de soif dans mon trou. Alors je me suis recroquevillée sur moi-même, la tête entre mes jambes, et j'ai pleuré de colère, afin de repousser le sentiment de vulnérabilité qui m'étreignait soudain.

J'ai attendu que ça passe.

– Il s'est passé quoi au juste entre le moment où t'étais normale et celui où tu t'es mise à devenir néfaste ? Je vais te faire changer d'avis, moi.

– Pas ça, pitié. Fais-la partir, c'est une enf….

– Elle est libre. Elle peut partir, gronda « Main de Mickey ».

– Sauve-toi, Hope ! VITE !!!

– Regarde-la pleurer, Salope ! Ta gosse ne fera rien pour toi.

Clic.

Je ne pouvais pas. J'étais faible. Je savais que papa allait me gronder parce que j'étais faible à avoir peur du noir ou parce qu'au lieu de défendre maman, comme le soulignait « Main de Mickey », je ne pensais qu'à mon estomac. Alors que j'avais des parents aussi forts qu'Anne Le Page et Samuel Brenner, je suis restée. Sans pouvoir rien faire. *Égoïstement.* Parce que ce n'était pas à moi que ça arrivait. Maman était forte, elle allait s'en sortir. Étrangement, c'est ce jour-là que j'ai su ce qu'était l'égoïsme. À cinq ans. Le véritable supplice pour un égoïste est de laisser partir loin de lui les êtres dont il a le plus besoin.

Est-ce que j'aurais pu faire autrement ?

Est-ce que maman m'a pardonnée, là où elle est ?

Est-ce que l'issue aurait été différente si j'avais été plus adulte ?

Autant de questions sans réponses.

Pour une fois, je laisse couler et je regarde droit devant moi. Si j'ai croisé quelques pick-up durant ma montée vers le deuxième lac, cette section-ci du bois est vide. Le cœur lourd, je quitte la voie privée entièrement pavée pour couper à travers bois. Dieu merci, les sapins géants de ScrapMetal n'ont rien à voir avec les palétuviers ligneux de la mangrove de Biscayne. Ici, ça sent la sève.

Une forte odeur de frais, de sucs et de racines.

Afin de me diriger, je lève régulièrement les yeux vers le ciel crayeux au-dessus de ma tête en prévision de la montée finale qui m'attend pour atteindre le palier du dernier lac. Je le devine proche à cause de la percée plus large dans la canopée de résineux. On dirait qu'il y a un plateau vide d'arbres au sommet.

La Winery des Roy.

Totalement absorbée par ce qui m'entoure, j'ôte mes écouteurs afin d'écouter les colibris, jaillissant très bas comme des flèches, avec leurs courbes identiques à des poignards, en songeant à maman dont c'était l'unique tatouage. J'ai souvent admiré ce dernier sur les photos d'elle adolescente que conserve Poppy-Sue. À dix ans, j'ai voulu le faire sur moi, mais papa a refusé. Pas parce que j'étais trop jeune, parce que ce tatouage était à *elle*. Pas à moi. Des dizaines d'oiseaux minuscules au plumage iridescent volettent d'un sapin à l'autre et je me rappelle alors ce que j'ai lu dans l'avion : le Colibri d'Anna est l'emblème de Vancouver. C'est drôle de retrouver cet oiseau ici. Quand, soudain, je suis percutée violemment à la tête et fauchée aux jambes, et me retrouve sur le cul à regarder le ciel.

Merde. C'était quoi, ça ?

– Hé ! protesté-je, portant tout de suite ma main droite à mon crâne, là où la brûlure m'indique avec certitude une blessure de mon cuir chevelu.

Lorsque je ramène mes doigts devant moi, ils sont tachés de sang.

– Eh voilà ! Je saigne.

Je perçois la suite par fragments décousus. La douleur à mon coccyx m'empêche de bouger, paralysée par le chalumeau qui a envahi mon postérieur. C'est quoi ces fils blancs qui pendouillent ? Où est parti mon portable s'il n'est plus au bout de mes écouteurs ? J'avoue être un peu perdue.

– Grrrrrr…

C'est assez compliqué d'isoler une seule cause mais je pense que la raison principale de mon vol plané arrière vient de la boule de muscles en colère et courte sur pattes, plantée au pied d'un sapin à aboyer contre l'aigle majestueux qui, lui, m'a blessée à la tête avec ses serres, et qui le nargue depuis une branche basse, l'air de lui dire : « Hors d'atteinte pour toi, pépère. »

Un aigle et un bulldog français.

Tous les deux se fichant parfaitement de moi, bien sûr.

– Wrrrfff… wrrrfff, aboie le mini-molosse caille énervé.

– Huihuihuihui… huihui, glatit l'aigle en réponse.

Et moi je bêle comme une brebis au coccyx enflammé :

– Vous allez arrêter, tous les deux ? grondé-je en me relevant tant bien que mal.

Aïïïïe. Tout ce que j'arrive à faire, c'est me mettre à quatre pattes afin de coucher quelques fougères dans l'espoir de retrouver mon portable. J'ignore ce que mon père ferait si je restais sans, et je ne tiens pas à le savoir. En me voyant ramper vers lui, la boule de muscles abandonne l'objet de sa chasse et tourne son museau écrasé vers moi afin de me reluquer, façon marlou qui m'attend au virage. Sa tête s'inclinant à 45° à droite, puis à 45° à gauche, avant de recommencer.

OK, j'ai l'air suspecte.

– Eh ho, pépère, ne compte pas sur moi pour tomber dans le délit de sale gueule parce que ta figure est tout aplatie, d'accord ? C'est *toi* l'agresseur dans l'histoire, pas moi. Qu'est-ce que c'est que ces manières de panzer ? On ne t'a pas appris à éviter les gens ?

Quand je songe à Abrielle qui voulait nous inscrire sur *Twindog* après sa dernière rupture, simplement parce qu'elle avait lu quelque part que les propriétaires de chiens ont moins de peur à vous aborder, je me dis que le Pet-Dating espéré ne risque pas de m'arriver ici. Surtout vu la façon dont on m'évite.

C'est là que je l'entends :

– Ffffuiiiiit, siffle un spécimen masculin, bien dix mètres au-dessus de moi.

Décontenancée d'être surprise dans ma position grotesque avec ma douleur à l'arrière-train qui me raidit tout le bas du corps, je ne peux que lever les yeux vers celui qui vient de rappeler son chien. Pour découvrir un corps d'athlète en jogging à capuche au regard noir, aussi profond que dérangeant. Le genre de regard pas humain qu'on ne saurait décrire. Mesuré. Calme. Sans aucune émotion visible sur son visage. Un frisson me parcourt. Ce mec est tellement *obscur* que sa beauté virile fait mal. Quand on le voit, il est déjà trop tard, il vous a écorché vif. Comme la beauté envoûtante d'une plante vénéneuse au milieu d'un jardin inoffensif vous attire et vous répugne à la fois.

Trop dangereux pour séduire.

Trop obscur pour qu'on succombe.

Il dégage quelque chose de troublant, enflammant aussitôt mon imagination. Une sorte de sauvagerie maléfique, pas humaine. J'essaie de comprendre l'impression mêlée à la fois d'alerte et d'impasse qui me gagne en sa présence. De là où il se tient, avec sa capuche relevée, je ne vois que deux iris noirs, immenses et attentifs, plongeant non pas dans mon décolleté défait – ce qu'aurait fait n'importe quel mec par pure fascination masculine – mais directement dans le mien. Ces yeux, couleur café brûlant, semblent me mettre au défi.

Il ne tient qu'à toi d'aller voir...

Soudain je comprends ce que Caitlin a voulu dire. L'homme ne se cache derrière aucun ornement social, aucune excuse. Animé du plus beau sang-froid du monde, il ne se montre pas, il *rayonne dans le noir*. Me laissant voir de lui exactement ce qu'il est. *Le Mal.* J'en ai les jambes en coton, me demandant s'il est prudent de rester seule avec lui. Non, ce n'est pas prudent. D'autant qu'il a tout fait pour m'éviter et qu'il ne doit pas apprécier que je me sois aventurée sur son territoire. Ce qui me rassure un peu, c'est que lui aussi a des écouteurs qui pendouillent. Un homme qui écoute de la musique ne peut pas être foncièrement inhumain. Aussi, je me demande ce que peut bien écouter le SUV noir qui a failli me foncer dessus ce matin. Parce qu'évidement *je sais* que c'est lui.

L'homme qui a fait vœu de silence depuis son enfance.

Quoi qu'en dise Azz, dans la vie religieuse, le moine qui fait ce vœu ne le vit pas comme une contrainte pénible imposée par un leader abusif, mais comme l'expression d'un « amour vrai ». Un défi similaire à celui d'un mariage profane, liant amour et engagement. C'est de l'amour. Ou de la recherche d'amour.

Enlevé à cinq ans, Hope !

Isolé. Déplacé. Déraciné.

Quand son cœur a-t-il parlé pour la dernière fois ?

Prenant mon courage à deux mains, je fais un effort monumental pour me mettre debout toute seule. Étant donné qu'il ne me propose pas son aide pour le faire, n'est-ce pas ? Est-ce qu'il me répondra seulement si je lui parle ?

Aucune réaction en me voyant souffrir.

Ses yeux ont beau être attentifs, son expression reste immuable. Le venin de la destruction. La perte de confiance. *Connard.* Pourquoi se comporte-t-il ainsi ? Du coup, puisqu'il s'en moque, je rajuste ma brassière en repositionnant mes seins dedans, sans aucune gêne. Puis j'époussette mon cul de la terre et des brindilles qui s'y sont collées, et je m'autorise à l'épier plus en détail moi aussi. Grand. Mince. Du genre un mètre quatre-vingt-dix pour quatre-vingts kilos de muscles secs, une mâchoire volontaire ombrée par une courte barbe noire laissant apparaître une bouche fine et dure. Rien que cette bouche dénote l'homme implacable. Des arcades sourcilières proéminentes cachant la profondeur de ses yeux, ou de son âme. Autant que je sois à l'aise pour le faire, hein ? D'ailleurs mes gestes provocateurs ne lui arrachent aucun soupir. Il les suit, c'est tout.

J'ai compris, je ne suis pas ton genre.

– Votre chien m'a fait tomber, marmonné-je pour moi-même, un peu vexée.

Pas même un hochement de tête pour compatir. Ce mec est aussi avenant qu'une décoction de clous rouillés. Quel choix nous laisse-t-il en agissant ainsi ? Je ne veux pas le fuir, ni le craindre. Enfreignant de toute évidence les règles de sécurité que m'a apprises mon père, j'avale ma salive, car, en termes d'effort, ce mâle alpha asocial équivaut, pour moi qui ne cours pas, à un marathon dans l'espace. Brendt est tellement conventionnel à côté qu'il n'existe pas.

Soudain, j'espère que mon petit cœur tiendra le coup. Parce qu'en considérant cette posture menaçante qui refuse de s'inquiéter de mon état, ou tout simplement de porter secours à une femme, et la flamme de tout connaître de lui qui danse dans ma tête, je sais que je n'en ressortirai pas indemne. Est-ce pour cela que le silence devient oppressant entre nous ? Ou parce qu'il en a fait le vœu et que j'hésite à le lui faire briser. C'est lui qui le rompt :

– N'aie pas peur de me parler.

Je devrais être irritée par sa domination naturelle, mais je suis juste fascinée par cette voix grave mélodieuse aux consonnes sèches, sortie du silence, dont la rareté aguiche encore plus mes sens. Il n'a pas l'accent canadien, mais russe.

– Je n'ai pas peur de vous.

Surpris, il me retourne un regard noir empli d'incrédulité. Et *peut-être,* je dis bien, peut-être, d'un soupçon de respect. Mon pouls accélère d'excitation car je suis presque sûre d'être la première femme à oser le rembarrer.

Et que ça ne l'a pas dérangé.

– Mon chien fait son boulot, affirme-t-il de sa position.

Je regarde le mini-molosse qui m'a renversée.

– Son boulot, c'est d'attaquer les visiteurs ?

– Les aigles.

– Ça vous arrive de faire des phrases complètes ou il faut que je devine ?

De nouveau, son regard se charge d'incrédulité.

– Les hérons ne peuvent pas se défendre contre les aigles.

Alors l'animal défendait un héron…

– C'est pas grand un héron pour un aigle ? remarqué-je.

Un non bref de la tête puis il se ravise :

– Ils semblent assez grands comme ça.

– Mais ? l'encouragé-je, devinant qu'il y a une suite.

À mon grand désarroi, il incline la tête afin de m'évaluer de la tête aux pieds.

– Pas assez *robustes*, décrète-il pour finir.

Pourquoi ai-je le sentiment qu'il ne parle pas des hérons ?

Même là, il sort du lot. Dans un environnement banal, on le rangerait dans le genre qui ne parle pas beaucoup. Sauf que sa personnalité est écrasante lorsqu'il ouvre la bouche. Tout chez lui indique l'homme tranchant fait pour dévorer à pleines dents, prendre sans aucune subtilité, sans douceur et égoïstement.

Ce type doit avoir un ego de dingue, Hope !

– Fffuiiiiiit, siffle-t-il à nouveau.

Tandis qu'il s'avance vers son chien assis à mes pieds, je me tends malgré moi. Sa moue imperceptible m'indique qu'il a conscience de ma peur. Ce qui m'agace. Parce que je suis certaine qu'il n'est pas un homme à qui il faut montrer sa faiblesse. Qui sait ce qu'il pourrait en faire ? C'est un prédateur. Intelligent. Réactif. Perspicace. Pas n'importe lequel. Un sectateur aux conceptions déviantes sans aucune réalité objective pour le réguler. Ce qui le rend *imprévisible*.

À deux mètres de moi, il s'arrête et l'appelle :

– Viens là, imprudente !

– C'est une chienne ?

Il s'accroupit pour la caresser.

– *Fellatio* est une fille, établit-il en la flattant.

– Pauvre bête ! Vous n'avez pas trouvé plus humiliant que l'appeler fellation ?

Aussitôt le mot prononcé, je me maudis de lui donner une indication sur mes goûts sexuels. Sauf que c'est trop tard. Le sectateur me fixe, soutient mon regard, ses yeux immenses et attentifs oscillant de droite à gauche.

– En quoi est-ce humiliant de sucer un homme ? relève-t-il. Confier sa bite à une femme qui la vénère, il me semble qu'il ne doit rien y avoir de meilleur.

Inutile d'entrer dans les détails, je ne lui donnerai pas d'explication.

– Excuse-la, *Fellatio*, la flatte-t-il à nouveau. Elle ne voulait pas t'insulter.

Après quoi il se remet debout en soupirant :

– *Vendetta, fellatio, e vino, sono cose che non sono rimaste incompiute*[16].

– Je ne parle pas l'italien, lui précisé-je, escomptant qu'il traduise.

Sauf qu'il n'en fait rien.

– Enfin, vous avez un animal de compagnie, c'est déjà bien, pivoté-je, vexée, en me remettant à chercher mon téléphone perdu.

Seulement je ne m'attends pas à ce qu'il poursuive :

– Je ne veux pas de compagnie. *Fellatio* m'a été offerte par Caitlin.

Je m'immobilise, une fougère à la main. Décidément je ne comprends rien à leurs rapports. Quelle femme offre un chiot à un homme sans être intime avec lui ? Et quel homme appelle ce cadeau « Fellation » sans arrière-pensées ?

C'est quoi ce bazar ?

– Vous avez rompu votre vœu ?

Ma bouche tombe sous l'effet du choc de ce que je viens de dire. Mais qu'est-ce qu'il m'arrive ? Je ne fonctionne pas comme ça avec un homme d'habitude. Je suis plutôt du genre calme et réservée. Alors que lui m'irrite et me fascine. Du coup, toutes mes barrières sociales s'envolent. Soit par colère, soit par curiosité.

– Et toi ? riposte-t-il avec arrogance.

---

16. Vengeance, fellation et vin sont des choses qu'on ne laisse pas inachevées.

– Quoi ?!

Ma question est pure rhétorique. J'ai parfaitement compris ce qu'il veut savoir et je suis résolue à le remettre à sa place s'il persiste. *Non mais !*

– Attends. Tu veux savoir si je suis « pur » mais tu refuses de me répondre sur ta virginité ? Au fond, savoir quand tu as rompu ton hymen et avec qui ne me regarde pas plus que toi, reformule-t-il d'un ton âcre.

Un instant je me sens déstabilisée parce qu'il a raison.

– Je vais me marier, mens-je sans trop savoir pourquoi je le fais.

Ses yeux noirs deviennent sinistres.

– Plus maintenant, abat-il avec autorité.

Je m'apprête à pouffer et à lui rétorquer qu'il est ridicule de penser avoir un quelconque pouvoir sur moi, mais tout chez cet homme me dit qu'il est sérieux.

Dans chaque mot qu'il prononce.

– Laissez-moi deviner, m'exclamé-je nerveusement. C'est maintenant que je dois avertir mon fiancé qu'il y a un autre homme ? Encore faudrait-il que nous ayons eu une relation !

Lui me regarde, l'air parfaitement serein.

– Je serai le dernier, dit-il froidement.

Comment répondre à ça ?

Il n'est pas comme les autres, c'est sûr. Il est PLUS. Plus intense. Plus dérangeant. Plus envoûtant. Plus irritant. Plus coriace. Plus dangereux.

Et moi, comme une conne, je veux en savoir plus sur lui. J'en ai *besoin*. Cet homme est fascinant. Tout en lui n'est qu'évolution, potentiel, et mystère. Il ne m'a pas proposé son aide parce qu'il n'est pas civilisé. Il est égoïste parce qu'on l'a isolé des autres. Je ne lui fais aucun effet, là où d'autres lorgneraient mes courbes avec des pensées salaces, parce qu'il a renoncé à ses plaisirs. Bref, il est en manque de tout ce qu'il ne connaît pas. Ce qui le rend aussi touchant qu'un enfant.

Je lui tends la main pour désamorcer la situation.

– Bon. On recommence ! Je suis Hope Brenner.

Il y jette un œil, sans grand intérêt, et secoue la tête en signe de dénégation. Ça m'énerve qu'il fasse comme les autres avec ma main tendue, je le voyais différent.

Tout à coup, je suis déçue.

– Ne tends pas ta main aux hommes ici, Boucle nuit.

Son expression s'est radoucie imperceptiblement. La mienne est sceptique. Il m'a peut-être remballée mais sa façon de prononcer ce sobriquet tendre plutôt que mon nom, avec une infinie douceur qui lui est toute étrangère, me donne envie qu'il n'ait plus que ce mot-là à la bouche. Comme s'il en atténuait son rejet.

– Pourquoi ? insisté-je en la lui proposant à nouveau.

Par pudeur, il détourne le regard.

– Un sectateur touche une femme uniquement quand il veut la baiser, affirme-t-il. C'est notre façon de communiquer. Les autres femmes se tiennent à deux pas, de façon qu'il ne soit pas tenté. Tu devrais soigner cette plaie que tu as au crâne. Les serres des aigles sont pleines de charognes, ici.

Brusquement tout s'explique. C'est même limpide.

– Donc, chaque fois que je tends la main à l'un d'entre vous, il croit…

– Que tu veux te faire sauter. Oui.

Le feu aux joues, je retire ma main et recule de deux pas. *Voilà.*

– Comment vous appelez-vous ?

Un soupir de frustration mêlée de violence s'échappe de ses lèvres.

– Pourquoi veux-tu le savoir ? se hérisse-t-il.

J'ouvre la bouche puis je la referme. Ses revirements sont impossibles à anticiper. Il ne suit aucune logique sociale, aucun fondement.

– Je voulais juste faire connaissance, soupiré-je.

– Pourquoi ?

– Pourquoi je veux faire connaissance ?

– Oui.

Que dire ? C'est débile. Il m'a évitée sur le parking et je suis venue sur son territoire, persuadée qu'il ne me repousserait pas parce qu'on est pareils. Voilà qui en dit long sur moi, non ?

– Je crois que je suis comme vous.

Ma réponse ne doit pas suffire, car il avance vers moi.

– J'ai vu mourir ma mère quand j'avais cinq ans, lui confié-je, me mettant à nu pour la première fois de toute ma vie. Après ça, moi aussi, j'ai choisi le silence.

Un autre aurait déclaré être désolé. Pas lui. Bizarrement j'apprécie qu'il ne le fasse pas. Il ne s'y sent pas *obligé*. Il s'en fout, et ne triche pas en essayant de me faire croire autre chose. Étrangement, comme il ne se sent obligé à rien, je me sens bien avec lui. Détendue. Pas sur mes gardes. Pourtant je ne parle jamais de ma mère à personne. Ça m'évite l'incompréhension.

– Je ne te crois pas. Tu n'as pas pu choisir *ça* à cinq ans.

Une émotion inhabituelle m'envahit en réalisant l'intimité de notre échange. Même papa ne peut pas comprendre ce qui s'est passé dans ma tête.

– Au début mes cordes vocales étaient paralysées, ce qui m'a permis de faire connaissance avec le silence, expliqué-je. C'est quand tout est rentré dans l'ordre que j'ai fait ce choix. Je me suis abstenue.

– Pourquoi ?

– En gardant le silence, je voulais me retirer du monde extérieur.

Pour la première fois, j'ai l'impression que l'échange s'établit entre nous.

– Seul le silence est grand, prêche-t-il. Tout le reste est faiblesse.

J'acquiesce mais j'ai la tête qui tourne.

– Que s'est-il passé ensuite ? demande-t-il avec curiosité.

– Petit à petit, j'ai compris que mon silence ne pourrait pas me protéger. Je ne faisais que disparaître dans un silence indéfini, tenant lieu de rupture relationnelle. Y compris avec mon père. C'est un homme fort. Il était assez solide pour supporter mon silence, mais c'était douloureux pour lui. Et puis un jour, il y a eu une autre femme dans sa vie et j'ai eu peur de disparaître de sa vie pour de bon.

– Tu voulais expier quoi par ton silence ?

Je n'ai pas envie de lui répondre alors je ne le fais pas.

– Tu ne pouvais pas aider ta mère, tu le sais ça.

– En l'occurrence, si.

Sans chercher à en savoir plus, ce que je sais d'instinct qu'il ne fera pas, il me regarde droit dans les yeux, et je me sens toute petite. Je n'ai jamais vu des yeux pareils. Ils sont terribles et merveilleux, immenses et attentifs, sans aucune autre couleur que le noir, ce qui les rend plus profonds encore. C'est étrange l'effet qu'ils font. On a le sentiment de s'y perdre et de ne pas pouvoir entrer à la fois.

Dans ce visage dur, ce sont ses yeux qui séduisent.

– C'est pour ça que tu es ici ?

Son regard me dit qu'il ne parle pas de l'écurie, mais d'*ici*. Chez lui.

– Peut-être…

Il garde son air froid, immunisé contre ma séduction.

– Qu'attends-tu de moi ? Je suis un salaud. Beaucoup te diront que je suis une épave. C'est même un avis médical. Tu ne devrais pas attendre quoi que ce soit.

C'est sans doute la réponse la plus honnête qu'il m'ait faite jusqu'ici. C'est un salaud *et* une épave. Pas plus que moi, il ne peut changer son passé.

– Ça, c'est moi que ça regarde, soufflé-je fébrilement.

– Tu perds ton temps. On m'a déclaré anomique. Tu sais ce que c'est ?

Merde, je l'ignorais.

– Vous souffrez d'une perte de sens et vous allez vous suicider.

Il ne manifeste aucune réaction, aucune émotion.

– Je ne te conseille pas de rapporter ça à Caitlin, se ravise-t-il, et je me rends compte que ça lui a échappé.

Il n'avait pas prévu de me le dire.

– J'ai un doctorat universitaire. Je suis soumise au secret confié de mes sources. Toutes mes études sont conduites de façon anonyme.

Avant qu'il me refuse sa confiance, je reprends la parole :

– Cependant je ne suis pas d'accord avec le confrère qui a posé cet avis.

Il me lance un regard interrogateur.

– Vous avez vécu reclus derrière une clôture et avez consenti à des sacrifices inimaginables. Or on ne consent à des sacrifices que lorsqu'on a de l'espoir. *Quand* avez-vous renoncé au sens de votre vie ? Moi, je dirais jamais.

Son regard sinistre signe sa révolte.

– Tu te fous de moi, putain ! On m'a *volé* ma vie ! Quel sens veux-tu que je lui trouve ? Je ne sais même plus quelle est la mienne.

– Et alors ? Vivre c'est inventer. Inventez la vôtre ! C'est exactement ce que vous faites ici. *Vous mutez.* Sinon vous ne seriez pas là à accueillir les vôtres, mais dans une autre communauté… ou pire.

Je sais que je le provoque et que nous sommes au beau milieu d'un baril de poudre, mais je n'ai pas le choix. Ses yeux sont durs comme de la pierre, prêts à exploser, avec toute la haine, la violence et la frustration que je sens bouillonner en lui, comme un torrent d'épines et de barbelés.

– Je pourrais faire ça pour une autre raison, suggère-t-il froidement.

– Laquelle ?

Furieux, il me fixe sans ciller et je comprends qu'il n'en dira pas plus. J'opine du chef pour lui signifier que j'accepte sa non-réponse. De sorte que sans l'établir nous convenions d'un deal. Je ne réponds pas quand ça me gêne. Lui non plus. Ainsi, chacun de nous montre à l'autre qu'il n'a pas envie de lui faire mal.

C'est alors qu'il aperçoit mon tatouage et son expression s'adoucit.

– Vivre, c'est *zhit'* en russe.

Ce qui m'apprend qu'il parle le russe, l'anglais, l'italien *et* le français.

– Combien de langues parlez-vous ?

Il lève les yeux et me regarde fixement avant de décider s'il va répondre.

– Cinq. J'ai des notions d'arabe aussi.

– Vous les avez apprises en écoutant les autres ?

Pas dans les livres puisqu'il ne savait pas lire.

– Je devais comprendre ce qu'ils disaient pour obéir.

Comme je le dévisage avec trop d'émotion, il relance :

– Et toi ?

– Seulement deux. Plus quelques mots d'espagnol comme tout le monde à Miami. Ma mère vient d'une vieille famille de viticulteurs français. Sa mère vit dans les Keys aujourd'hui. C'est une personne très passionnée. Elle dit que le vin est la botte secrète des Le Page. Le Bar*O*jazz est le nom du vignoble qu'elle a créé quand elle a épousé un jazzman du coin. Chaque cuvée porte le titre d'une chanson. On y déguste aussi de très bons fromages français en buvant du vin. On l'appelle Poppy-Sue parce qu'elle cultive des fleurs de pavot[17] dans son jardin, mais son vrai prénom est Suzie.

17. Poppy flower en anglais.

Je suis subitement honteuse d'en avoir autant dit en captant son malaise. Qu'est-ce qui m'a pris de lui jeter ma famille à la figure alors qu'il a perdu la sienne ? La rage brille dans ses yeux braqués sur la branche où était posé l'aigle, il y a peu, mais il reste immobile. Au point que, pendant un instant, j'ai peur qu'il ne me parle plus. Gênée d'attendre devant lui plantée comme un piquet, je reprends la recherche de mon portable en pénétrant dans un massif de fougères.

Il faut que je le trouve.

– Tu as perdu quelque chose ? entends-je dans mon dos.

– Mon téléphone. SMS. Mails. Internet. Réseaux sociaux. J'ai des instructions très claires de mon père. Tout doit rester ouvert en permanence. C'est ça, ou alors il active la puce GPS à l'intérieur de ma peau.

D'un coup, il s'arrête de marcher.

– Sur ma bite !! T'es sérieuse, là ?

Je ris devant la décontraction du ton employé, je ne m'y attendais pas.

– Je ne veux pas le décevoir, blagué-je à mon tour.

– Ce qui est décevant, c'est que ça ne te déçoive pas, rétorque-t-il.

Je secoue la tête en signe de refus.

– On m'a placé la puce quand j'avais cinq ans. À l'époque, j'ai juste pleuré. Mais je comprends. Mon père a échoué à protéger sa famille. Il ne veut pas que ça se reproduise. Sans compter qu'avec ses moyens depuis son élection, mon père serait capable de débarquer avec la Gendarmerie royale au grand complet. Une armée de manteaux rouges[18] chez les sectateurs, osé-je en riant. On va éviter.

Lui ne rit pas à ma blague.

Le bruit de ses pas m'indique qu'il se charge de l'autre côté du sentier pendant que je couche les fougères du mien. Devant ce changement, je m'interroge : oserai-je le tutoyer moi aussi ? Ce serait logique puisque lui a fait ce choix.

À deux pas, Brenner.

– Je l'ai, déclare-t-il au bout d'un instant.

– Il fonctionne encore ?

La réponse doit être « oui » car lorsque je le rejoins, je le découvre en train de dérouler mes messages de son pouce sans la moindre gêne pour l'indiscrétion qu'il est en train de commettre. J'attends. À la fin de sa lecture, il me le tend.

Portable vers moi afin que je ne touche pas ses doigts.

– C'est quoi votre prénom ? dis-je, en ignorant sa main tendue.

Comme lui précédemment.

– Je suis Sauvage.

À ces mots je me fige et mon irritation à son égard revient au galop. J'ai respecté ses règles en

18. La Gendarmerie royale est aussi appelée Red Coats, en raison de leur uniforme.

ne le touchant pas. Je suis à deux pas afin de ne pas le tenter. Je me suis livrée à cœur ouvert. Alors pourquoi me refuse-t-il son prénom ?

– C'est quoi cette phrase de mec facile ?!!

– Quoi ?

C'est fou, le seul moment où ce type cille, c'est quand je le maltraite.

– Vous voulez savoir ce qui me déçoit ? claqué-je en lui arrachant mon portable d'énervement. *Ça*, ça me déçoit ! En définitive, vous êtes comme tout le monde. Un mec arrogant qui se croit cent fois trop sexe.

À ce moment-là, il rabat sa capuche d'exaspération, découvrant une coupe courte terriblement masculine d'un noir corbeau intense – pleine de santé – dont le cou dégagé me permet d'apercevoir la marque reçue lors de son baptême. Enfin c'est plutôt un chiffre à la verticale sur sa mastoïde gauche. Et pas n'importe lequel. 666. Le chiffre de la Bête, jusqu'à preuve du contraire.

Est-ce que tu crois qu'on peut créer un diable ?

Son regard de démon perce le mien.

– Qu'est-ce que ça peut te foutre comment je m'appelle, d'abord ?

Maintenant que j'ai vu ce tatouage écœurant, j'ai hâte qu'il s'en aille, ce qui ne lui échappe pas. Or il ne semble pas pressé de partir. Au contraire, il s'avance vers moi, chacun de ses pas résonnant bizarrement avec les battements de mon cœur.

Moins de deux pas.

– C'est une question de respect ! Vous avez mon prénom et des tas d'infos sur moi que j'ai été assez bête de vous donner. Pourquoi vous me refusez le vôtre ?

L'argument du respect semble le toucher. Une seconde. Pas plus.

– Je suis le diable. Peut-être que tu n'aurais pas dû ?

L'ennui, c'est qu'il n'a pas tort. Je le regrette déjà.

– Caitlin vous appelle So, m'entêté-je, butée comme une mule.

– Sau comme Sauvage, persiste-t-il lui aussi en continuant d'avancer.

Un pas.

Ne recule pas, Hope ! Il saura que tu as peur.

– J'ai cru que c'était le diminutif de Sony ou de Socrate.

Il fait mine de réfléchir.

– Socrate. Pour un mec anomique. Tu es sûre d'être psychologue, Brenner ?

Première fois qu'il prononce mon nom de famille et c'est une insulte.

– Justement ! Ne comptez pas sur un psychologue pour vous appeler « Sauvage » ! C'est comme si vous demandiez à un psychiatre d'appeler son patient « Hystérique ». C'est déontologiquement IMPOSSIBLE.

Il s'arrête et me regarde comme s'il pensait avoir affaire à une folle.

– Tu devrais écouter Caitlin et me bannir, dit-il d'un ton détaché.

– Pourquoi je vous bannirais ?

– Parce que tout ce qu'on dit sur moi est vrai. Je suis un salaud malfaisant. J'ai toujours été un salaud et je serai toujours un salaud.

– Je m'en fiche.

– Alors tu en payeras le prix. Parce que je vais faire tomber ton château de cartes, Brenner ! Tout ce à quoi tu tiens, je vais le détruire. C'est le rôle du diable de détruire les liens pacifiques entre les personnes. Je n'hésiterai pas.

Il n'y a pas de mots pour décrire ce que je ressens quand il me menace.

– La menace ne sert d'arme qu'aux menacés, mon pote !

Chaque fois que je lui tiens tête, je me surprends moi-même. Parce qu'au fond, il me terrifie autant qu'il m'attire. Je le crois capable de tout.

– Pareil pour la haine, approuve-t-il avec une lueur inquiétante dans l'œil.

– Quel rapport ?

– Ne te sers pas de la mienne. Sinon tu le regretteras.

Sans savoir pourquoi, j'ai envie de le cogner.

– Le monde est fatigué de la haine, bon sang ! La haine n'a jamais rien créé.

– Faux. La haine donne une raison de vivre, prêche-t-il en convaincu.

Plus il est haineux, plus je m'énerve :

– N'importe quoi ! Si la haine répond à la haine, comment finira le monde ? Vous n'avez pas envie de finir comme ça ! La haine cessera avec l'amour.

– La haine paie mieux que l'amour, allègue-t-il sans en démordre.

– Ça reste à prouver ! La haine est borgne.

– Et l'amour est aveugle.

Je décide d'arrêter pour le dévisager. Est-il en train de jouer ?

– Ce n'est pas digne de vous, soufflé-je avec sincérité.

Il regarde droit devant lui, indifférent à mon compliment.

– Regarde-toi avant de me parler de ce qui est digne ! Comment peux-tu supporter un père qui te flique et un fiancé qui refuse que tu le suces ?

Je le fusille des yeux, la colère montant en moi.

– Vous n'êtes pas un salaud. Vous êtes un connard ! Haïssez-moi pour ce que je suis si ça vous chante, mais au moins respectez la souffrance de mon père. Il a aimé ma mère, *lui*. Alors que vous… Vous en avez rien à cirer de la vôtre.

C'est moche, je sais, et je n'en suis pas fière. Mais je tiens à ce qu'il comprenne que je ne me laisserai pas faire. Je peux être aussi pourrie que lui.

– Tu veux une réponse honnête à ce que je suis, Brenner ?

Je relève le menton.

– Bah. Ouais ?

– Je suis ta nouvelle camisole de force. Quand je terminerai ce que j'ai commencé. Je te laisserai en vie. C'est la seule pitié que tu auras de moi.

Cette révélation me fait l'effet d'être frappée par la foudre. Plus que la menace qu'elle revêt, c'est de la haine ou je ne m'y connais pas. Pas de la haine de luxe. Ni de la haine vigilante. De la haine intelligente, engendrée par une raison que je ne connais pas. Sinon comment expliquer qu'on puisse haïr une inconnue ?

C'est tellement incroyable que je suis obligée de poser la question :

– Pourquoi me haïssez-vous ? dis-je d'une voix faible.

Au lieu de répondre, il tend le cou et ses narines se dilatent pour aspirer mon odeur à lui. Je recule en trébuchant en sentant sa chaleur approcher. C'est la première fois que quelqu'un se délecte de mon odeur de la sorte.

Un animal éventuellement, mais un homme ?

– Ne joue pas avec le feu, me prévient-il, un ton plus doux.

Son parfum flotte jusqu'à mes narines et tout se met à tourner autour de moi. Il sent la puissance de l'orage confronté à la terre. Il sent la nature lorsqu'elle est déchaînée, magique et effrayante. Et là il se passe un truc que je ne comprends pas. Totalement déplacé. J'attrape ses joues mal rasées et je lui vole un baiser.

Il me repousse aussitôt.

Merde, c'est vexant.

– Dommage, je ne joue *qu'avec* le feu ! le préviens-je à mon tour.

Un instant la confusion assombrit son visage. Comme s'il se demandait ce qu'il vient de se passer, mais je ne m'attarde pas. Je lui fausse compagnie.

Afin de retrouver un peu de réconfort sur le chemin du retour, j'enfile le sweat de ma mère qui me donne l'impression qu'elle est toujours avec moi, et je remonte ma capuche sur mes boucles nuit. Les yeux de Sauvage ont étincelé lorsqu'il m'a appelée ainsi, comme s'il n'avait pas réfléchi avant de le dire, et j'ai aimé ça. Je glisse mes écouteurs dans mes oreilles. *When I Look at You.* Ensuite je remonte le feed des messages qu'il a lus pour trouver le dernier.

[Papa, il y a une araignée ÉNORME
dans la salle d'eau !]

[Papa est mort. Tu es la prochaine
sur ma liste. L'araignée ;-)]

Tant pis pour lui, je l'ai touché.

CHAPITRE 10
SAUVAGE

Parfois on va droit à la collision, putain.

Que ce soit par accident, par dessein, douleur ou jouissance. On a beau vouloir l'empêcher, on ne peut absolument rien y faire.

Elle ne porte pas de parfum. Ce qui m'a permis de sentir son odeur naturelle : une note de lait de figue divine, enfantine, tendre et désarmante, combinée au velours de sa peau de femme. J'adorerais avoir ce parfum sur mes draps. Elle est fière, combative, et drôle aussi quand elle s'énerve contre moi. C'est mignon.

Personne ne pourra humilier cette fille-là.

Pas même moi et ça me déséquilibre.

Plus elle me combat et plus j'ai envie d'elle. Je fais tout pour ne pas la mater dans sa fuite mais c'est dur, vu que ses courbes féminines, d'en haut jusqu'en bas, me donnent l'impression d'avoir été profilées pour les miennes. Je suis certain qu'on s'emboîterait à la perfection. Je le sens. Comme j'ai senti sa respiration saccadée sous ma peau quand elle me parlait d'elle. C'était bandant, subtil et sexy. C'est simple. Si je devais commander une femelle à Satan pour me tenter, c'est ce modèle-là que je choisirais. Je n'arrive pas à la quitter des yeux.

– Wfff…

Ignorant le molosse qui s'impatiente à mes pieds, je garde les yeux sur la route le temps d'évacuer le trouble qu'elle a fait naître dans ma poitrine avec son baiser. Jamais vu un truc pareil. Ses yeux changent de couleur. Mais vraiment. Passant du vert émeraude profond rappelant la malachite de l'Oural, quand elle est contente, au vert vipère presque jaune, quand elle est furax. Totalement dingue comme effet.

Du coup, je me demande quel vert ils prennent quand elle jouit.

– WOUAF !!

J'abaisse mon regard car cette fois le rappel est plus fort.

Il dit : « Ça suffit, prends-moi en considération. »

– Quoi, chérie ! T'es jalouse ?

– Pfff…

Généralement les bulldogs ont un caractère doux et malléable. Pas celle-ci. *Fellatio* sait qu'elle est petite, mais elle a tout d'une grande. Il n'y a qu'à la regarder chasser les aigles au quotidien. Une tête plate, prolongée par une bouille aplatie peu esthétique, mais portée haut comme le drapeau noir du commissaire de course prêt à te disqualifier séance tenante.

OK, fiche-toi de ma gueule.

– Tu as entendu ? Elle ne joue qu'avec le feu, Fell.

– Ouaf ! bondit-elle sur ses pattes, pas contente du tout.

Elle n'aime pas que je l'appelle Fell.

– Pardon. *Fellatio.*

Dans ses billes noires toujours sincères, je lis de la compassion, et je déteste ça. Moi non plus je n'ai aucun doute sur ce qui vient de se passer. On ne peut pas échapper à la vérité. Ni elle. Ni moi. Un jour, elle *saura*, et la vérité détruira l'existence confortable et privilégiée qu'elle mène aujourd'hui, ses espoirs, ses convictions, ses rêves, sa famille, et tout ce qui fait qu'elle tient debout.

Après la perte de sa mère, *ça va la démolir.*

– Cette histoire est morte avant de commencer, *Fellatio.* Habitue-toi, parce que quelque chose me dit que je vais me plaindre pendant un certain temps.

Ma confidente est une chienne, c'est la lose.

– Pfff…

Elle est jalouse, ça saute aux yeux. Tout ronds, les siens roulent de moi à l'endroit où Hope a disparu. Son museau plissé est plein de brindilles séchées à force d'avoir traîné partout. Ce qui m'oblige à m'accroupir pour les lui ôter.

– Tu en penses quoi, sinon ? Je lui plais ou elle peut pas m'encadrer ?

Vu la façon dont on s'est quittés, je pencherai plutôt pour la seconde option. J'ai peut-être un peu brusqué les choses en refusant de lui révéler mon vrai prénom. Le lui lâcher ne coûtait rien. En vérité, je ne savais pas quoi répondre.

Mon seul prénom est Sauvage.

Slurp…

– T'es vexée parce qu'elle m'a embrassé, conclus-je tout en essuyant sa bave d'affection de ma bouche. Elle bave pas, elle. C'est une reine.

– Pfff…

– Arrête de faire ta jalouse. Notre relation à nous, c'est du solide. Hope Brenner ne fera que passer. Je suis une menace pour elle. Pas le prince charmant.

C'est vrai que je ne voulais pas de compagnie lorsque Caitlin est revenue du tribunal avec cette boule dans les bras. C'était le jour où le juge m'a autorisé à vivre dans la maison de mes parents. Un prétendu cadeau de bienvenue.

Je me souviens de notre échange sur le perron.

– Regarde ce que j'ai trouvé au refuge pendant que tu attendais que le greffier te remette les scellés de la Winery. On pourrait en faire notre nouvelle mascotte. Red Bull a bien un taureau. Qu'en dis-tu ?

Tout en respectant mon vœu, je lui ai fait signe de partir.

– Bon, OK, c'est pas un mâle, objecta-t-elle déçue.

Et alors ?

– Tu parles à Melvin. Pourquoi moi tu m'ignores ? Je ne te vois avec aucune femme ici. Tu es un athlète bourré de testostérone. Comment fais-tu ?

Évidemment elle ne pouvait pas supporter le silence. Il la met mal à l'aise, alors que je peux continuer comme ça pendant des heures. Souvent mal accueilli car mal cerné, le silence est pourtant une réponse, un simple signe de bien-être, ou un refus. Bref, une forme de communication comme une autre.

– Je suis une Roy moi aussi, soupira-t-elle, froissée.

Et alors ?

– Tu ne veux pas me laisser entrer ?

Le silence en guise de refus.

– Ma présence pourrait raviver les souvenirs qui te font défaut, tu sais ? Tu as *vécu* dans cette maison. On jouait *ensemble* Zolder, toi, et moi. Je suis sûre qu'il y a encore vos vélos dans le garage et le skateboard Ninja Force offert par Melvin dans ta chambre. Cela peut éveiller des choses en toi.

Sa proposition resta longtemps à planer entre nous. Une part enfantine de moi était soulagée à l'idée que quelqu'un puisse combler mes failles. J'étais tenté. Un peu effrayé aussi. Une autre, plus sombre, se mettait à cogiter : j'en ai vu combien de sectateurs faiblir à cause de leur passé perdu et finir par se pendre ?

Pour ma sécurité, je devais rester dans l'oubli.

Ce petit garçon heureux, ce n'est pas moi.

Sauvage, c'est MOI.

J'ai tout rasé. À l'exception de notre chambre commune dans laquelle je refuse d'entrer sans Zolder, j'ai vidé les pièces et les placards de leurs affaires, et comme grâce aux travaux pénibles qu'on nous imposait dès notre plus jeune âge, j'étais doué de mes mains, j'ai abattu les cloisons et percé tous les murs jusqu'au toit pour faire entrer un maximum de lumière. Jusque-là, j'avais toujours vécu dans le noir de ma cellule monastique, ce temps-là est révolu. Le juge a été formel. Que l'on retrouve mon jumeau ou pas, à présent, je suis chez moi. C'est juste prendre des décisions susceptibles de mettre en péril l'écurie familiale que je ne peux pas.

En attendant, j'avais besoin de respirer. *Seul.*

Quand elle le comprit, Caitlin devint hystérique :

– T'es vraiment qu'un pauvre con ! Je te la laisse. On va bien voir si tu as un cœur, ou si c'est juste moi qui te file la gerbe. Un bon conseil. Fais-toi sucer par n'importe quelle meuf ici, ça t'aidera à faire passer. La fellation, c'est bon contre la gerbe ! Très appétissant. Quand vous êtes propres et que vous ne sentez pas le goût de la capote, c'est même le pied *total*.

Mes sourcils se sont dressés tellement haut qu'ils ont failli sortir de ma figure.

Il y a vraiment des mecs qui demandent ça la bite sale ?

Une fois l'intruse partie, je n'arrivais pas à choisir entre laisser la boule de muscles par terre ou la prendre dans mes bras. La petite chose tremblait d'avoir quitté la chaleur de l'autre harpie, et moi, comme un con, je fantasmais sur du bonheur à l'état pur. Quelque part, Caitlin avait réussi à me la refiler, en insérant cette image torturante dans ma tête. Un tel fantasme, c'est la boutique du diable.

J'ai craqué et l'ai appelée « Fellatio ».

– Allez, on rentre, *Fellatio*. Je te nourris et je file au paddock.

Alors que je me dirige vers chez moi, ma nuque se raidit. Et si Caitlin décidait de revenir sur les choix de son père et les chassaient tous ? Elle n'a jamais blairé les sectateurs. Pour elle, nous sommes tous des baise-Dieu dégoûtants incapables de pousser l'entreprise familiale là où elle la voudrait.

C'est-à-dire au sommet.

Caitlin Roy est une femme ambitieuse, élitiste, qui définit ses priorités avec une volonté accrue de faire la différence. Classe, soignée, bien habillée en permanence, diplômée de la *Sauder School of Business,* elle agit toujours comme si elle était sa propre chargée de relations publiques. Qui plus est, auprès de Melvin, elle s'est fait un réseau important dans le milieu de la F1. Tous la connaissent. Je l'ai déjà entendue en réunion : pour elle, tout succès est d'abord question de décision. Il faut seulement faire un choix et s'y tenir jusqu'à sa réalisation. Quelque chose me souffle qu'elle a fait le sien. Un truc dans son dernier texto que j'ai lu trop vite à cause d'Azz qui m'a arrêté et que je n'ai pas voulu ignorer. Pris d'un doute, j'affiche à nouveau son dernier SMS.

Une phrase me saute tout de suite au visage.

[On m'attend pour visiter la maison,
je dois y aller.]

Elle est en train de vendre l'écurie. Sinon, pourquoi faire visiter la maison de Melvin ? Quand elle aura un repreneur avec un joli plan de liquidation bien ficelé, elle me le mettra sous le nez avec les piètres résultats de l'écurie, et le tour sera joué. Qu'est-ce que je pourrai faire alors pour l'empêcher de foutre les miens dehors ? RIEN. Absolument rien.

Je dois agir. Plus vite. Avant qu'il soit trop tard.

Comment est-ce que tout peut partir en couilles si vite ? D'abord la mort brutale de Melvin. Ensuite, cette foutue lettre, avec *enfin* une piste pour parvenir à mon jumeau. Pour au bout du compte tout perdre ?

Je n'y survivrai pas.

Hors de moi, je décroche mon portable.

– Reviens plus tard, branleur de gnous ! répond Aga dès la première sonnerie.

Compris, mec ! J'ai droit à la version chochotte outragée.

– J'arrive, Flocon de neige. Prépare ma caisse.

– Côté confiture !

– Quoi ?

– T'es constipé du cerveau ou quoi ? Ta tartine vient de tomber côté confiture, mon mignon. Nouvelle règle : tu me snobes, je ferme le circuit.

– Attends ! Je dois améliorer le Set-up.

– T'es programmé pour demain. Bonne nuit.

Quelle vieille pute !

– J'peux pas ! m'écrié-je avant qu'il raccroche.

– T'as piscine ou poney ?

– Hein ?

– C'est quoi ton mot d'excuse ? réclame-t-il.

C'est pas possible d'être aussi con.

– Je me tire en Floride demain matin, obtempéré-je.

Je vais péter une durite, sinon, pendant qu'elle vend.

– Tu *viens* de Floride, espèce de branleur hypocrite !

Pas besoin que je les affole avec ça, je mens :

– Et quoi alors ? J'ai envie d'un joli spot pour sortir ma planche.

Je connais Aga. Avec toutes les insultes qu'il peut débiter quand on a heurté sa sensibilité d'albinos, j'ai le temps d'envoyer un texto à Roland, le pilote du jet de Melvin, afin de l'aviser de se tenir prêt à décoller demain matin.

– C'est ça. Prends-moi pour un abruti ! vitupère le singe blanc dans mes écouteurs pendant que je texte de mes pouces sur l'écran. Les spots les plus pittoresques sont ICI et tu le sais *très bien*. Inutile d'aller en Floride pour ça.

Je termine mon message sans lui répondre.

– Pourquoi mens-tu à un frère ? se lamente-t-il au moment où j'envoie.

Autre chose alors.

– T'es vraiment trop nul à chier, hein ? Azz ne décolère pas contre Caitlin pour les sièges baquets. Si j'évite pas le drame, elle va le virer, manche de pioche.

Une chose est sûre, il ne laissera pas Azz s'en aller. Depuis qu'ils se sont trouvés, ces deux-là sont inséparables. Même piaule. Mêmes copines.

– Et tu vas faire quoi ? demande-t-il d'un ton radouci.

– Me pointer dans les bureaux de Carnival dès demain.

– Tu te fous de moi ? rebondit le vieux singe. C'est le job de Caitlin, ça !

C'est vrai. Mais j'en ai un peu rien à foutre.

– Caitlin n'y comprend rien. La seule ligne qu'elle regarde, c'est celle en bas à droite sur la facture. Elle se fixe une ligne d'arrivée financière et elle met un plan sur pied pour y parvenir. Elle ne changera pas ce sous-traitant.

– C'est une crotte d'homme, cette femme, rumine Aga.

Personne ne l'aime, ici, c'est sûr.

– Melvin était un ingénieur. Caitlin est une commerciale qui a besoin d'avoir la mainmise sur les finances. Ça change tout. Il faut que quelqu'un aille voir Carnival pour leur expliquer ce qu'on attend d'eux. Et tu sais comme moi que ça ne peut pas être Azz puisqu'il n'a pas de papiers.

– Depuis quand tu te sens capable de négocier ? soulève Aga, suspicieux.

Vivre, c'est inventer. Vous mutez.

– Je mute, décidé-je.

– T'as été programmé par Microsoft ou quoi ? Les serpents mutent. Pas toi.

– Cette fois, si.

Est-ce que j'ai le choix ? Des relents de bile me viennent sur ce que je m'apprête à faire pour retrouver Zolder plus vite, mais je continue d'avancer vers chez moi. Je *dois* le faire. Je fais *ce qu'il faut*. Point final.

– Alors les rumeurs sont vraies, se lamente le singe blanc.

– Quelles rumeurs ?

– Celles qui disent que maintenant tu parles aux *Wogs*. D'abord Caitlin. Ensuite cette meuf aujourd'hui, puis Carnival. T'as calé une date pour ton suicide ?

Mes poils se hérissent en entendant ce mot qui m'attend.

– Le docteur Brenner est là pour une bonne raison, prétends-je en franchissant l'entrée extérieure de la Winery. C'est une spécialiste.

Je ramasse un bâton et le jette à *Fellatio,* pour qu'elle évite de trotter dans mes pieds quand j'aurais les mains chargées, et je me dirige vers la Chevy.

Ma première bagnole à moi.

– Les secrétaires racontent que c'est le toubib envoyé par la FIA que tu as refusé d'aller consulter. Elle est là pour leur faire un rapport, c'est ça ?

Pas con, ça.

– Ouais, confirmé-je pour avoir la paix, même si c'est bidon.

Je referme le haillon arrière que j'étais en train de décharger quand j'entends Fell s'en prendre une fois de plus à un aigle plus puissant qu'elle, et je transporte les quatre pots de peinture XXL achetés en promo ce matin vers l'entrée. Un jour elle va tomber sur un ours ou se faire emporter dans les serres de ces rapaces.

– Ah d'accord. Je suis content que tu aies décidé de réagir. C'est mieux que renoncer, tu sais. Ton père aussi avait une psychothérapeute, tu devrais envisager de lui…

Sans l'écouter, je file un grand coup de pied dans la porte et… *Badaboum.*

– Fiston, ça va ? me lance mon interlocuteur, alerté par le fracas.

– Bordel !!! Je viens de me faire écrabouiller le pied par ma girafe.

– T'as une girafe en caoutchouc à ton âge ?

– Mais non ! Ma ponceuse-girafe, grimacé-je en claudiquant.

– Tu es distrait, me réprimande notre Team principal d'un ton grave.

Je ne dis rien parce qu'il a raison. Ce genre d'accident bête peut arriver à des ouvriers inattentifs sur un chantier mais ne devrait pas arriver à un pilote. Notre ange gardien se nomme « Vigilance ». C'est elle qui nous place au-dessus de tous les périls.

En regardant autour de moi, je me retiens de lâcher un torrent de grossièretés. Cale à poncer, aspirateur de chantier. Tonne de poussière. Ma piaule est une vraie porcherie. Aucune envie de vivre dans un bordel pareil. Moi j'aime l'ordre. C'est décidé, je vais passer la nuit à peindre et je dormirai dans l'avion.

Enfin, si je dors...

Encore une chance que *Fellatio* soit restée en arrière. En attendant qu'elle se ramène dans mon taudis, je m'assieds sur le parquet pour ôter ma chaussure.

Et j'agite mes orteils.

– C'est bon, je m'en tire bien, annoncé-je dans le combiné.

– Je prépare ta caisse, s'incline Aga avant de raccrocher.

***

C'est quoi ton habileté dans une course contre la montre, Caitlin Roy ?

Le prochain round me donnera l'occasion de participer.

Et *ça*, ça va changer la donne.

J'ai eu beau prendre une douche brûlante et revêtir ma tenue de pilote dans laquelle je me sens bien, maintenant que j'ai pigé ce que Caitlin manigance, cette fichue pression que je sens m'écraser de toutes parts me consume encore en arrivant au paddock.

Depuis ces dernières minutes, tout s'éclaire ! Voilà pourquoi ça ne lui faisait pas plaisir que l'on se rende à Miami séance tenante après les obsèques de son père. Je pourrais retrouver Zolder et contrer ses plans.

Elle a dû maudire Melvin d'avoir laissé cette fichue lettre.

Comment ai-je pu croire qu'une *Wog* accepterait de passer sa vie entière en compagnie des sectateurs ? Je suis taré. Un idiot de première. Personne ne veut de nous. D'une impulsion sur la commande fichée dans ma main, je verrouille les portières de la Chevy et le clic de la condamnation retentit dans le parking plongé dans l'obscurité. *Tu vas devoir cracher le morceau, Brenner. Vite !*

Pas un pli que tu le craches.

Tu ne sacrifieras pas ce que moi je suis prêt à sacrifier.

Soudain je me demande comment je réagirai face à mon jumeau. Et si le revoir n'éveillait rien ? Selon le toubib de la FIA, l'anomie est une situation caractérisée par la perte de sens, d'attachement, et des valeurs sociales. En cela elle condamne au suicide. C'est vrai que les valeurs sociales et moi, ça fait deux.

Mais suis-je encore capable d'attachement ?

Ou suis-je tout juste bon à me suicider ?

Mes plus vieux souvenirs de Zolder sont ceux qui remontent à notre enlèvement. Rien avant. J'entends encore leurs voix étouffées sous les cagoules :

– Attachez-les avec les cordes. Un dans chaque van.

Un coup d'œil alentour dans la nuit me permit de voir que deux gros fourgons étaient garés tout feux éteints devant la maison.

– NON ! bondis-je entre les deux hommes qui s'étaient emparés de moi dans mon lit, me débattant de toutes mes forces.

L'un des deux, gros et puant, s'agenouilla devant moi pendant que l'autre me tenait serré contre lui. Sans me demander l'autorisation, il fit courir sa grosse main sur mon corps, soulevant mon pyjama pour toucher ma peau, avant de répéter l'opération avec mon pantalon. Je fixai ses yeux à travers sa cagoule.

Qu'il ne s'avise pas de me toucher !

– NON ! protesté-je sans flancher.

– Reste tranquille, m'ordonna-t-il de sa grosse voix.

– Laisse-le, Ivan ! C'est un gosse, gronda celui qui me sembla être le chef.

Je fus soudain soulevé de terre et ligoté à l'arrière du premier van. Une fois cela fait, l'homme puant enfonça son genou dans mes reins et me plaqua la tête contre le plancher. Il était lourd, je ne pouvais plus bouger. Le second s'assit sur une banquette face à moi et commença à jouer à Donkey Kong avec ma Gameboy en silence. Je sentais l'odeur de ses pieds dans ses bottes.

Elle me donnait envie de rendre tout mon estomac.

– Emmène le personnel dans la cave, ordonna la voix du chef à l'extérieur.

– NON ! rugis-je encore, parvenant à tourner la tête vers Zolder allongé à l'arrière du second van placé tête-bêche avec le mien.

Lui ne se débattait pas. Il me fixait, saisi par la peur. De grosses larmes roulaient sur ses joues et ses lèvres bougeaient mais je n'arrivais pas à entendre. Pourquoi papa et maman n'étaient-ils pas à la maison ? Je voulais être auprès de ma famille. Ils auraient dû être là pour nous défendre.

Le visage de Zold, tordu par l'effroi, me faisait peur. Est-ce qu'il allait mourir ? Un homme cagoulé le retenait contre le plancher si facilement que l'homme se mit à fumer au-dessus de lui. Un truc marron foncé comme les cigares de papa mais qui sentait beaucoup plus fort. Avec mon estomac fragile, j'allais vomir, c'est sûr.

– Fais passer ton blunt[19], mon gars, lui demanda celui au-dessus de moi.

– Vas-y mollo, c'est de la mango, mec.

Ils parlaient tous en anglais mais leurs accents étaient différents.

– On fait quoi maintenant qu'on a les gosses ? souffla le premier en expirant la fumée acre dans les ténèbres.

19. Le blunt est le poids lourd du joint. Souvent roulé dans des feuilles de cigare. Plus fort. Plus pur. Peu de gens le supportent. Vous êtes prévenus, n'essayez pas.

Retiens-toi. Maman n'aime pas quand tu vomis partout.

Ça l'inquiète. Pourtant je mange de bon appétit, puis d'un coup, je pleure et je vomis. On a vraiment l'impression que j'ai mal, et c'est ça qui inquiète maman. Puis plus rien ne se passe. Je repars jouer et dors très bien.

– Celui-ci est pour Syrov, tonna leur chef en revenant entre les deux vans et en me désignant. C'est le plus costaud des deux.

– Tu charries. Ils sont exactement identiques, lui opposa un autre arrivant, au torse barré d'un fusil d'assaut, tandis que deux autres cagoules s'installaient aux volants et je compris qu'il s'agissait des chauffeurs, et que c'était bientôt fini.

On allait partir. Quitter la maison.

– NON ! hurlé-je à nouveau, me débattant de toutes mes forces.

Le torse barré d'un fusil apparut devant moi et l'homme me regarda de ses petits yeux noirs. wIl empestait la brillantine que notre maître de chai mettait sur ses cheveux. J'aime pas notre maître de chai, je le trouve sournois.

– Tu te trompes, affirma le chef à son comparse. Regarde celui-ci. Tu crois qu'il appellerait sa mère comme son jumeau pleurnichard ? Il ne fait que crier « NON ». Un vrai sauvage. Syrov sera content de l'avoir.

– Moi je maintiens qu'ils sont identiques, insista Brillantine. Ce sont des monozygotes. Si tu veux les départager, alors on tire au sort.

Un autre chef, vu la façon dont ils rivalisaient tout en se respectant l'un l'autre.

J'avais suffisamment joué à la guerre avec mes bonhommes pour savoir comment se comportaient des chefs entre eux. Ils étaient deux chefs.

– Tu veux dire qu'ils ont les mêmes cerveaux ?

– Patrimoine génétique et développement utérin identiques, acquiesça Brillantine. Si on les sépare, alors je sais pas. Faut voir.

Un ricanement général suivit son commentaire et comme du haut de mes cinq ans je comprenais rien à ce qu'ils racontaient, ma joue écrasée contre le plancher, je fixai la croix en or sur la poitrine du chef qui m'avait traité de sauvage, car il me semblait que c'était une bonne chose qu'il ait une croix. Elle était énorme et très belle. Mon souffle était lent et l'air pénétrait à peine dans mes poumons, mais je m'efforçais de garder les yeux ouverts. Un truc clochait avec cette croix.

Elle était inversée[20].

– Bah dommage qu'on se revoie pas pour la réponse, rigola celui à la croix. Il est déjà dans mon van. Je garde le petit sauvage.

---

20. À l'origine croix de saint Pierre puisque ce dernier aurait été crucifié la tête en bas, la croix inversée a été récupérée par tous ceux qui rejettent les valeurs chrétiennes pour l'antre de Satan. Elle est aussi utilisée comme symbole sexuel.

Brusquement je fus saisi par la peur. Ils allaient nous séparer.

– Attends ! l'arrêta Brillantine. Je veux tirer un truc au clair. Tu permets que je leur pose une question ? Si je me trompe, je garde l'autre.

Ils ne *pouvaient* pas nous séparer. On était *toujours* ensemble Zold et moi.

– Vas-y mais fais vite. Syrov ne me pardonnera pas si son précieux colis n'est pas à l'arrivée. Il me mettra à genoux et me logera une balle dans le crâne.

Zolder devait penser la même chose que moi parce qu'il se mit à vomir.

– Eh, petit ? Ne crains rien. T'es gaucher ou droitier ? demanda Brillantine à mon jumeau en soulevant son menton du canon de son fusil.

– Je suis droitier, pleurnicha mon frère.

Le canon froid du fusil vint ensuite se ficher sous *mon* menton.

– Et toi, petit sauvage ? T'es droitier aussi ?

Plus que par l'arme sur ma gorge, je me sentais tout engourdi par la portée de sa question. Mon cœur battait fort, car il me semblait que de ma réponse dépendait le sort de mon jumeau. Je ne pouvais pas décider un truc si grave à mon âge.

– NON ! criai-je à nouveau, ce qui provoqua un éclat de rire général.

C'est alors que je l'ai vu. Il était le seul qui ne riait pas. Habillé d'une veste en cuir marron et d'un pantalon large multi-poche, il restait en retrait des autres et ne portait aucune cagoule sur son crâne rasé. Deux cicatrices dégoûtantes traversaient son visage, une sous chaque œil. Puis les portes des vans se sont refermées sur le regard déçu de Zolder après mon mensonge.

C'est tout ce dont je me souviens. Rien avant.

En fait, si on considère que je ne l'ai plus revu depuis, et que je n'ai aucun souvenir précédent, je n'ai qu'une seule image de mon jumeau. Celle d'un enfant figé de terreur qui réclamait mon aide et que j'ai laissé tomber en répondant à une question à laquelle je ne suis même pas sûr d'avoir voulu répondre.

– Alors !! C'est pour aujourd'hui ou pour demain, chiens de talus ?

Quand je me retourne, le singe blanc qui rêvait tout petit de courir la fameuse course du Nürburgring avec la vieille Ford modifiée de son père, mormon fondamentaliste, est bras tendus au ciel en train de prêcher :

– Soyez-en sûr, mes frères ! La bête perdue, je la chercherai. Celle qui se sera égarée, je la ferai revenir. De même qu'un berger prend soin de ses bêtes le jour où il se trouve au milieu d'un *putain de troupeau débandé.* Amen.

– Amen, Flocon de neige ! pouffent à l'unisson des voix dans la pénombre.

Plissant des yeux pour scruter l'obscurité, je pivote vers le stand où m'attendent Asmund, Matteo et Batiste, appuyés contre leurs monoplaces. Puis, comme dans un foutu anniversaire-surprise, le rideau métallique des garages se lève derrière eux, révélant la lumière de l'intérieur et les stagiaires.

Je fixe notre Team principal.

– C'est quoi ça ? je lui demande en les pointant du doigt.

– La Bible.

– Non, *eux*. Pourquoi tu les as fait revenir ?

Ces gamins ont bossé dur toute la journée. Vu leur tenue et leurs mines défaites, il ne leur a même pas laissé le temps de se doucher ou de manger.

– Ici, c'est moi qui tiens la porte, petit. Voilà pourquoi.

– Hein ? Quelle porte ?

Ses yeux rouges surnaturels se braquent sur moi.

– La porte de la bergerie. C'est pas le moment de te terrer dans ton trou à boire ta vodka quand Jésus est à la porte de la bergerie.

– Jésus ?

– La docteur *Wog*, traduit-il. C'est Dieu qui nous l'envoie.

Je lève les yeux au ciel.

– Qu'est-ce que ça change ?

– Au Diable, on vend son âme, fils. À Jésus, on la donne.

Mes sourcils se soulèvent.

– Tu veux que je donne mon âme à cette fille ?

– Tu n'en as pas. Elle va pas te manquer. Non, mets les bouteilles sous clef et montre-lui que ta place est sur la grille. Je m'occupe du reste.

Comme si c'était aussi simple !

– Ça te va bien de dire ça. Si je ne me trompe pas tu as été mis à la porte de ton Église des Saints des derniers jours, le contré-je, pris d'un relent d'amertume.

– Parce que j'ai été suspecté d'homosexualité ! s'insurge-t-il avec force.

Nos yeux s'arrondissent, il ne l'avait jamais dit. Dans son violent accès d'émotivité, la pâleur habituelle de son visage d'albinos vire au rouge et ses yeux deviennent vert pâle. *Putain, il est flippant.*

– Tu couches avec les copines d'Azz, le reprend Matteo, abasourdi.

– Ouais et j'avais trois femmes à honorer à la maison, chéri !

– Je comprends pas pourquoi ils t'ont banni, réagit Batiste. Tu suces des bites avec trois chattes à la maison. Ça veut juste dire que tu es bisexuel. Pas homo. Des tas de gens sont bisexuels avec une famille. Où est le problème ?

Rouge jusqu'à la racine des cheveux, Aga se tourne vers lui.

– Va savoir ! Comme le grand conseil du Temple n'est soi-disant pas homophobe, ils ont sans doute eu peur que mes épouses-sœurs se battent si je ramenais un mari à la maison, ironise-t-il dans un sarcasme revanchard.

Les yeux d'Asmund s'écarquillent.

– Faut pas pousser, boss ! T'allais installer un mari avec tes épouses ?

– Là, c'est suicidaire, commente Matteo, d'accord avec lui.

Nous le regardons tous partir en direction des gradins.

– La vraie polygamie, c'est la polygynie *et* la polyandrie réunies, bande de Gentils[21] ! prêche Aga en marchant. Je suis un bon mormon. Quatre à honorer, homme ou femme, ça m'fait pas peur.

Nos regards s'accrochent sans savoir quoi penser. En règle générale, la pudeur se cache derrière nos sexualités déglinguées. C'est évident, chacun ici a ses secrets, ses hontes et ses méfiances maladives, pas faciles à partager.

– Tu savais qu'il avait trois épouses, toi ? m'interroge Asmund.

– C'est un mormon fondamentaliste. Je m'en doutais.

– Tu crois qu'il a des enfants ? demande Matteo.

Cinquante ans. Trois femmes.

– Sûr que oui, opine Asmund qui a dû faire le même calcul que moi.

– Qui les élève aujourd'hui ? poursuit l'Italien étrangement soucieux.

– La loi de la réaffectation le prévoit, dis-je. Les mormons ne séparent pas les familles. Au contraire,

21. Les mormons fondamentalistes utilisent le terme « Gentils » pour désigner ceux qui n'adhèrent pas à la polygamie.

elles s'unissent. Si ça se trouve, c'est un pote à lui qui couche avec ses femmes et a l'autorité parentale sur ses gosses aujourd'hui.

Matteo fait la grimace.

– J'ai été père, moi aussi. Je viens d'une secte de hippies avec un gourou fortement inspiré par les Beatles et la fumette. Qu'est-ce qu'il y avait de dangereux là-dedans, hein ? C'est mignon les hippies. Ça ne fait de mal à personne. Pour le fils d'un libraire antique de Venise qui n'admirait les femmes que sur des gravures anciennes, c'était *cool.* Le pied *total !* Jusqu'à ce qu'ils décident de tous rejoindre Dieu dans un grand feu de joie.

Asmund est le premier à réagir :

– T'es sorti comment de l'incendie ? lui demande-t-il, soupçonneux.

Matteo ferme les yeux et je me demande ce qu'il va nous sortir. Du peu que j'ai appris sur lui lors de son arrivée, Matteo est un escroc informatique qui a piraté les comptes de plusieurs sectes suisses. Ce qui l'a contraint à immigrer au Canada et non en Europe, où il courait déjà pour le kart de Toro Rosso.

– J'étais sur le circuit de Lonato avec la team quand ils ont décidé ça.

– T'étais en retard ?

L'Italien opine du chef et passe une main dans sa queue-de-cheval blonde.

– Ces enculés ont brûlé mon gosse, blêmit-il.

– Merde, Matteo, lâchons-nous tous les trois en même temps.

– Je… j'écris un livre[22], bafouille-t-il, d'un pied sur l'autre.

– C'est vrai ?

– Ouais, le soir, quand je suis seul dans ma piaule, s'esclaffe-t-il comme un dément. Quelle ironie ! Si mon père savait ça, il se foutrait de ma gueule. C'est le seul moyen que j'ai trouvé pour ne pas en vouloir à sa mère.

Devant le malaise général, Batiste décide de changer de sujet :

– Qu'est-ce qui plaisait à ton gourou chez les Beatles ?

– Il pensait que le *White Album* était une Bible comportant des messages secrets. La chanson *Helter Skelter*, notamment, évoquait la guerre raciale entre les Noirs et les Blancs qui allait bientôt éclater. Dire que j'y ai cru…

– T'as un problème avec les Noirs, pedzouille ? bondit immédiatement Asmund, et je peux sentir les ennuis arriver.

L'Italien le repousse brusquement pour se protéger.

– Fais pas chier, Asmund ! Tout le monde sait que ton père est le grand Wizard du Klan d'Indianapolis

---

22. Il existe un très beau livre *Le 54*e, de Thierry Huguenin, aux éditions Pocket, qui raconte le massacre de la secte du temple solaire, en hommage aux 53 templiers sacrifiés. En retard, l'auteur était le 54e.

et que c'est grâce à lui que tu as couru l'IndyCar sans passer par les formules de promotion, lui retourne Matteo d'un ton dur.

Asmund le pousse à son tour.

– Ce genre de putasseries pour gagner, c'est pas mon genre, baveux !

En quelques secondes la situation pourrait dégénérer.

Batiste me jette un regard signifiant qu'on devrait intervenir, et je fais non de la tête. La baston ne me dérange pas. Par contre, ces deux-là forment notre équipe sur la grille. Je préfère qu'ils règlent ça en dehors de la piste.

– Alors affranchis-nous ! J'aimerais bien savoir avec qui je cours.

– Pas de problème. Mon père a rossé un concurrent black pour que je passe le premier tour, lui jette Asmund en pleine face. J'avais du respect pour ce type mais j'en ai encore plus pour moi. C'est comme ça que j'ai quitté le Klan.

L'Italien me jette un regard.

– Qu'il s'avise pas de toucher à Liya où je le bute, éructe-t-il. Pourquoi elle est avec *lui* d'abord ? Elle est noire et il déteste les Noirs.

Toutes veines gonflées, Asmund me grille la réponse :

– Liya est *mon* In-G de course. Pas la tienne. Alors occupe-toi de Bo et fais pas chier. Je ne ferai aucun mal à Liya sauf si elle me le demande. Je ne la toucherai *que* si elle me le demande. Justement à cause de ça. OK ?

Bordel mais qu'est-ce qu'il leur prend à tous, ce soir ? Trois ans sans échanger la moindre info personnelle et en une soirée tout le monde déballe sa merde. Je n'arrive pas encore à décider si c'est une bonne ou une mauvaise chose.

– Le confessionnal est terminé, fais-je le plus posément possible.

Ensuite je rejoins les six stagiaires de la promo qui nous attendent dans le hangar. Une fois à l'intérieur, je ne me préoccupe plus d'eux. J'avise les pneumatiques roses et je pige tout de suite l'objectif d'Aga. *Bon choix*.

Je lance derrière moi pour les ramener :

– Matteo ! Tes pneus ont une durée de vie plus courte que cet après-midi mais tu auras aussi plus d'adhérence. Les bandes de roulement par contre sont les mêmes. Je me fous que vous vous plaigniez du *graining* ou que la piste soit glissante. En tirer le meilleur parti sera la clé de l'arbitrage, ce soir. On fait trente tours. Aucun arrêt. Celui qui ne finit pas à cause de ses pneus est *out*.

Et là tout change, tout est oublié.

Tout le monde rapplique, comprenant qu'on va tourner plus vite et plus fort et qu'il n'est plus question d'avoir l'esprit ailleurs.

– On va travailler les dépassements, fixé-je en enfilant ma cagoule. Je pars en dernier pour vous montrer. Ensuite, je défends, et c'est à votre tour d'attaquer.

Au moins j'ai leur attention. Leur chambrage, leur passé, leur frustration, tout s'arrête lorsque les fermetures Éclair remontent et que nos écouteurs moulés sur mesure regagnent nos oreilles afin de rester en contact avec Aga grâce au micro intégré dans nos mentonnières. Concentrés, nous chaussons nos casques, sans nous regarder, laissant les stagiaires relier le tout.

Une main me tape sur l'épaule.

– C'est bon, monsieur, vous pouvez monter dans votre caisse.

Je ne regarde pas celui qui me parle. Je connais déjà le regard plein d'envie qu'il affecte, et je ne veux pas qu'il m'envie. J'enjambe la monoplace sur laquelle sont posés mon volant et mes gants afin de me glisser dedans. J'étale mes jambes jusqu'à trouver mes repères. Par bien des côtés, le volant détachable d'une F1 ressemble à celui d'un jeu vidéo. Ce qui est assez drôle quand on pense que la première chose qu'on interdit à un gosse dans une secte, c'est le jeu. Les leaders n'aiment pas que l'on connaisse d'autres règles que les leurs. Ça pourrait nous donner des idées. Tout en fixant le volant en place devant moi avec les palettes où vont se caler mes doigts, je laisse un stagiaire me sangler dans le baquet, me contentant d'enfiler mes gants quand il a terminé. J'attends que tous les juniors autour de nous aient remonté leur protection d'oreilles pour lancer le moteur.

Wroooooooo Wroooooooommmm

Le starter devant moi lève le pouce.

– Push, Push, Push, lancé-je aux trois autres en m'engageant sur la piste.

– Go, go, go, me répond Aga dans le micro au moment où j'entre sur le circuit.

C'est parti ! Le ciel est d'un noir d'encre ce soir, avec très peu d'étoiles. Je me gèle dès que le museau de ma caisse entre sur le circuit, sans rien d'autre pour me réchauffer que l'attraction de l'asphalte et ma connaissance du terrain.

Courir, c'est ma chapelle à moi.

Lancé à pleine vitesse, le monde extérieur se déforme jusqu'à disparaître totalement. Tout s'efface. Il n'y a pas d'urgence, pas de mouvements hâtifs, plus de passé, plus de Zold et plus d'enlèvement, ou de monde marginal oppressant. Seulement la vitesse féroce qui me donne l'impression d'être tout nu.

La voix d'Aga crachote dans la radio dès le tour n° 2 :

– Team radio ouvert. Asmund, tu perds deux secondes à la sortie du 5.

– Incroyable ! C'est n'importe quoi ! On a été à deux doigts de s'accrocher !

– Matteo, surveille ta trajectoire. Tu as frôlé la glissière du 9.

– C'est une blague ?! Sérieux. On lui a dit de s'écarter ?!

– Batiste, Sau va te larguer d'un tour entier au prochain. T'es dernier, mec.

– Boss, regarde ce qu'il fait ! La manœuvre est litigieuse. Il doit être puni.

Des règles. Toujours des règles.

Je ferme la radio. En suivant les règles, on arpente sa vie comme on arpente un couloir. Aucun intérêt. Je sais que les miens attendent avec impatience que cette période atroce où je craque complètement de ne pas prendre part au championnat cesse. Décemment, je ne devrais pas mentir à ces hommes persuadés que la fin du tunnel est proche. Mais je leur mens quand même. Pour la FIA, je suis trop taré pour piloter. C'est une pilule déjà mauvaise à avaler quand on se croit le meilleur. Si en plus je n'arrive pas à retrouver Zolder, alors leurs pires craintes pourraient se réaliser. La vérité, c'est que je n'en peux plus de dissimuler mon mal-être. Je suis fatigué. J'en ai ma claque de moi à moitié vide. Combien de fois je me suis imaginé rouler compteur bloqué et mourir ?

Des millions de fois.

Sans Zolder, je ne manquerai à personne.

CHAPITRE 11

HOPE

Il me faut du sucre.

Cinq jours se sont écoulés depuis mon arrivée et rien n'a changé. J'ai eu beau me balader un peu partout et tenter de lier connaissance, j'ai dû me rabattre sur mon appareil photo pour tuer le temps. Résultat, je termine mes journées avachie sur mon lit, l'esprit encombré d'une foule de photographies à mémoriser, mais sans avoir créé *aucun lien*. Même Chelle semble vouloir me fuir. Et si j'en crois les regards craintifs qu'ils me lancent, je terrorise les enfants. C'est dire. Caitlin a peut-être fait le nécessaire pour que je puisse aller et venir à ma guise dans leur communauté, c'est une *Wog,* elle ne peut pas m'aider à me faire accepter.

Elle s'en remet à moi pour exécuter cette part du job.

Lui aurait pu.

C'est un sectateur. Mais il reste invisible depuis notre rencontre.

Mon moral est au plus bas. Si j'échoue ce sera d'autant plus difficile pour moi de rentrer au bercail et d'avouer à Brendt que j'ai fait chou blanc sans lui donner la réponse qu'il attend. Mandarin comme il est, il risque de me virer à la fois du labo et de sa vie. « Tout dépend où on place la barre » répète souvent papa à chacun de ses enfants quand ils échouent. C'est sa façon de nous dire que l'échec n'est pas grave, qu'il faut réévaluer. Peut-être ai-je placé la barre trop haut ?

De dépit, je me dirige vers la cuisine dans mon pyjama court, les pieds bien au chaud dans les chaussettes de laine trouvées par miracle à la supérette. Je sors une barre Hershey's cookies and cream du placard dédié aux gourmandises d'urgence et la fourre dans ma bouche.

– J'ai décidé d'arrêter de fêter Noël, me lance Abrielle dans mon téléphone.

– Quoi ?

– Le sapin. Les cadeaux. Le folklore familial qui tourne au pugilat. Tout ça, c'est trop cher, affirme-t-elle. C'est un choix simple, mais réfléchi.

Depuis que je suis ici, ma meilleure amie a décidé que nous boirions notre café ensemble et m'appelle tous les jours à la même heure. Le matin à dix heures pétantes pour elle, quand elle lit ses mails après avoir ouvert sa galerie sur 5th Street. Un endroit délaissé de Miami Beach qui selon elle est clairement à l'orée d'un renouveau. J'espère que l'avenir lui donnera raison. Sept heures pour moi. C'est *tôt* mais elle s'en fout. Sa spécialité ? La photographie d'art dans une ville où le public américain n'achète *pas* ou *peu* de photographies. C'est dire comme elle est prise au sérieux. Abrielle appelle ça avoir une approche *pédagogique*. Pour faire court, elle mange de l'argent en attendant qu'un jour la galerie vive par elle-même et passe sa vie fauchée. Je l'admire d'être aussi solide.

– Tu as une photo de ton papa Noël ? s'enquiert-elle tout à trac.

Tout en récupérant mon mug sous la buse de la machine à café avant de sortir sur la terrasse, je cherche le cliché d'Asmund que je suis arrivée à voler en remontant au paddock hier matin et le lui envoie. C'était dimanche. Même si les pilotes s'entraînent dans leur salle de sport tous les jours, le dimanche ici est voué à la préparation physique en extérieur. Bref. Je ne sais pas comment l'expliquer mais dès l'instant où j'ai aperçu le Viking blond, torse nu en short de sport rouge et bonnet de Noël en train de suer, j'ai pensé à Abrielle.

Du coup, c'était logique, je devais lui en parler.

– Hou là, c'est un sacré gabarit, concède-t-elle pendant que je sors avec ma tasse sur le balcon. On dirait un bébé de deux mètres. Bourru, sensible, et tellement appétissant. Je veux bien fêter Noël avec lui et sucer tous les sucres d'orge qu'il me tendra, moi.

Je glousse. Elle n'a pas vu le reste de l'équipe.

– Je croyais que les pilotes étaient du genre sec, fait-elle remarquer.

C'est vrai. Les autres le chambrent avec ça. Il faut qu'il maigrisse.

– Pourquoi la Colombie-Britannique est-elle si loin ?

– Chepa, dis-je en sentant le froid du plancher remonter dans mes chaussettes.

– Attends, tu manges encore des cochonneries ?

Merde, elle m'a eue.

Les Hersheys, je ne me nourris que de ça.

– *Naaaan.*

– Pense à tes dents, bichette. Le sucre, c'est mauvais pour les dents.

– Chebon…

– Non, Hope. Tu n'as plus besoin de sucre pour calmer ton stress, tu te souviens ? Pense aussi à tes fesses. Les hommes disent tous qu'ils aiment les gros culs à vingt ans, mais quand tu vieillis, c'est moche. Même si tu maigris ensuite.

Je lève les yeux au ciel en continuant à mâcher.

– Ta photo est très bonne, poursuit-elle tandis que j'avale le reste de ma barre chocolatée le plus discrètement possible. Je vais la mettre en fond d'écran.

– Abbie, tu as un copain ! Ça va le blesser s'il voit ça.

Enfin, si elle l'a toujours.

– C'est nouveau, ça. Tu te prends pour ma mère maintenant ?

Abbie adore jouer à la psy avec moi. Ce qui m'autorise à donner mon avis sur les photographes qu'elle expose et avec qui elle sort. Donnant-donnant. Le dernier est un photographe de nu féminin qui se prend pour Christian Grey. Le pauvre, il est mal tombé s'il s'attend à une obéissance aveugle de sa part.

– Le chevelu aux tatouages derrière, c'est qui ? dit-elle d'un ton innocent.

Je n'aime pas quand elle prend son petit ton innocent, ça sent l'arnaque.

– C'est le binôme de Sauvage. Il s'appelle Azz.

– J'aime beaucoup ses tatouages cyrilliques. C'est très artistique. Il est russe ?

– C'est un apatride, sans acte de naissance, mais sa mère était iranienne.

– Je devrais te rendre visite…

Je m'étouffe à moitié.

– Deux *Wogs* d'un coup, ça frôlerait l'invasion, Abbie.

Je doute que les sectateurs apprécient.

– Ces bigots ne t'adressent toujours pas la parole, pas vrai ?

Je souffle sur mon café et la vapeur exhalée par le liquide chaud se disperse dans l'air frais matinal. Si ça pouvait être aussi simple pour tout.

– Pour eux je suis le Mal venu les tenter, réponds-je. Ils résistent, tu vois.

– Tu es sûre qu'ils t'ont bien regardée ? pouffe-t-elle.

– Ça n'a rien à voir avec moi. C'est plus une *mission* qu'ils ont de le faire. Ce qui est encore plus décourageant car je ne peux rien y changer.

– Tu vas trouver, bichette, m'encourage mon amie.

Comment lui dire que j'en doute sans avoir l'air de baisser les bras ? Ils croient. Et quelque part c'est beau. Je ne veux pas leur enlever ça. Il faudrait que je trouve un moyen, sans toucher à leur foi. Mais pour l'instant je ne vois pas. J'hésite à ajouter qu'Asmund semble épris de son In-G de course et qu'Azz a une cour de jolies stagiaires enamourées derrière lui prêtes à le léchouiller partout.

Ce n'est pas ça qui fera la différence pour Abrielle.

– Tu ne m'as pas dit qu'il y avait un pilote vénitien ?

– Matteo Fabi. Lui aussi porte un man-bun blond. Vingt-neuf ans. Yeux bleus. Créoles d'oreille en or et petites lunettes d'intello. Il est assez superbe.

– Photo ! réclame Abrielle.

Je fouille dans ma galerie et lui envoie le cliché demandé.

– Je préfère Azz, affirme-t-elle avec conviction.

– Ah bon ?

Alors là, j'aurais pas parié un kopeck sur le prophète tatoué.

– Tu en as une de ton Sauvage ?

Ma parole, elle va les faire tous ?

– Je ne l'ai plus revu depuis notre rencontre.

En même temps, si je l'avais croisé, pas sûr que je l'aurais pris en photo. Cet homme m'intimide, me calme, m'effarouche et m'attire en même temps. *C'est un gros n'importe quoi l'effet qu'il me fait !*

– Je n'en reviens pas qu'un mec ose se faire appeler « Sauvage », dit ma copine en frappant les touches de son clavier. Ça fait publicité mensongère de te faire croire qu'on va te monter sans mors et sans douceur. Alors qu'à la place du *rodéo* annoncé tu as plus de chance de t'endormir sur ton orgasme.

– Je suis d'accord. Les vrais sauvages ne s'en vantent pas !

– C'est ça, acquiesce-t-elle. Ils consomment.

Je glousse en m'asseyant à la table d'appoint du balcon, face au lac inférieur, où j'ai pris l'habitude de petit-déjeuner. C'est exactement ce que j'ai pensé quand il m'a balancé son nom. Pour ensuite constater que tout le monde l'appelle ainsi ici. Y compris Caitlin. Ce qui est encore plus étrange vu que c'est sa cousine et qu'elle doit, de ce fait, connaître son *véritable* prénom. J'aimerais bien savoir lequel c'est, du reste. Toutes les nuits j'établis une liste, mais aucun ne lui va.

– J'en ai marre de me demander « quand ça va finir », se plaint Abbie. C'est toujours pareil. Perso, je suis prête à essayer un autre genre de bestiaux. Pas toi ?

Par respect pour Brendt, je biaise :

– Si tu espères du sexe avec un anachorète, c'est sûr que la publicité est mensongère.

– Écoute, j'y crois pas au vœu de chasteté, affirme-t-elle. Les hommes sont trop égoïstes pour se priver de quoi que ce soit. Il doit avoir une déviance sexuelle cachée. Si ça se trouve, c'est un gros pervers.

Je la corrige gentiment :

– Les anachorètes ne se privent pas, Abbie. Ils ne ressentent pas le besoin ou l'envie d'avoir des relations sexuelles avec d'autres. Ils n'en souffrent pas. Ce qui ne les empêche pas de tomber amoureux, ni d'être en couple.

– N'importe quoi ! Comment veux-tu tomber amoureux si tu baises pas ?

J'ai précisé qu'Abrielle était bavarde pour dix ? À l'école primaire, elle parlait déjà pour deux afin de faire oublier mon silence aux autres. Elle meublait, quoi.

– Ne pas baiser est un choix, Abbie. Les sentiments, non. On ne choisit pas les sentiments qu'on a envers une personne. On vit avec, c'est tout.

– L'asexualité n'est pas un choix, bichette ! C'est une débilité contre nature, proteste mon amie d'enfance. Sans déconner, et la sexualité des personnages de dessins animés ? Tu ne t'es jamais posé de questions là-dessus ?

Je ris.

– Je suggérerai à Brendt une étude sur la sexualité de Bob l'éponge. Promis.

– De toi à moi, tu te demandes « quand ça va finir » avec Brendt ?

Mon rire s'arrête net.

– Je ne répondrai pas à cette question, Abbie.

– Ce n'est quand même pas normal qu'il refuse que tu le suces, insiste-t-elle.

Et voilà, je n'aurais jamais dû me confier.

– Il n'aime pas ça, me défends-je, blessée dans mon orgueil.

– Tu es sûre ?

– Tous les hommes n'aiment pas la fellation, Abbie. C'est passif. Ça réveille en eux l'angoisse de la castration. Ce qui les empêche de se laisser aller.

– C'est ce qu'il te dit ?

– Brendt est professeur de psychanalyse. Il se connaît parfaitement.

– C'est pas l'homme qu'il te faut, chérie !

– Ça, c'est à moi d'en décider.

– Hé ! Moi aussi je suis têtue ! Ce mec est un menteur, persiste Abrielle. Je ne connais aucun homme capable de résister quand toute l'attention de la femme qu'il aime est portée sur son pénis. Si j'en crois ta thèse : dans une fellation, l'homme n'est pas *passif*, mais *nourricier*. La femme le tète et ça le renvoie direct au fantasme du petit garçon émerveillé tétant le sein tout-puissant de sa mère.

J'écarquille les yeux.

– Tu as lu ma thèse ?

– Bien sûr. Qu'est-ce que tu crois ? Tu es comme une sœur pour moi. Je m'intéresse à tout ce que tu fais. Alors, si tu veux un conseil, si Brendt te refuse ton plaisir, ne l'épouse pas !

– J'aime pas quand tu joues à la psy, Abbie, sifflé-je entre mes dents.

– Parce que tu refuses d'entendre la vérité.

En général, quand Abrielle est désagréable, c'est qu'elle est persuadée d'agir pour mon bien. Ça m'énerve. Parce qu'elle n'est jamais méchante pour rien. Mal à l'aise, j'ouvre mon ordi posé là un peu plus tôt en vue de travailler sur les dossiers que j'ai laissés en plan au labo, et j'avale une première gorgée de café brûlant dans l'air vif du matin.

– Peut-être qu'il m'en veut…

– Brendt ? Pourquoi t'en voudrait-il ? Tu es canon, assez intelligente et diplômée pour ses critères, indépendante financièrement, et tu lui es absurdement fidèle, déclare Abrielle après quelques bruits de touche rapides.

– Je parle du diable. Tu ne te rends pas compte. Je l'ai embrassé.

Elle éclate de rire.

– Je ne veux pas te vexer, bichette, mais il va s'en remettre. Toi par contre…

Elle a raison. Je ne m'explique pas pourquoi, mais je pense plus à lui qu'au silence assourdissant de Brendt depuis que je suis ici. Pourquoi l'a-t-on affublé de ce tatouage démoniaque ? Pourquoi ce nom de Sauvage ? Que dois-je prendre au sérieux dans sa menace ? Pourquoi me fascine-t-il autant ?

– J'aurais voulu m'excuser mais je ne l'ai croisé nulle part. Quand j'ai demandé à Caitlin, elle m'a informée qu'il était absent et m'a répété fermement de me tenir éloignée. Ça sonnait bizarre, d'ailleurs. Elle avait l'air énervée. Tu penses qu'il s'est plaint à elle de mon comportement ?

– Tu ne crois pas que tu exagères, s'exclame Abrielle avec agacement. Bon Dieu, on ne peut pas parler d'incursion ennemie, tu ne lui as même pas mis la langue ! Des bisous comme ça, on en faisait au jardin d'enfants.

Pas lui. Je ne comprends toujours pas ce qui m'a pris.

– C'est un manque de respect total à l'égard de *son vœu*.

– Combien on parie qu'il en redemande ? pouffe ma meilleure amie.

– Abbie, c'est un sectateur. Je n'aurais *jamais* dû le touch…

Un sifflement strident manque me percer les tympans.

– Bordel de chiotte, je me suis brûlée !

– Avec quoi ?

– J'en ai marre du connard du *Starbuck* qui me fait mon latte trop chaud parce que j'ai refusé de sortir avec ce plouc, s'emporte-t-elle. Il faut attendre une plombe pour le boire. Je te jure, je vais mener une guérilla et piétiner son rayon !

Je déteste quand elle jure comme un mec. Surtout que ça ne va pas du tout avec son physique de « blonde hitchcockienne mystérieuse regardant vers la droite » ni avec le métier de galeriste en vogue qu'elle veut exercer.

– Arrête la grossièreté, Abbie, et j'arrêterai le sucre.

C'est notre deal. Sauf que ça ne marche pas. Ni pour elle. Ni pour moi.

– Je ne suis pas grossière, se défend-elle. Un être grossier reste *toujours* grossier, comme un imbécile reste *toujours* imbécile. Je suis au-dessus de tout ça. D'ailleurs, j'ai trouvé des infos sur Google. Tu savais que l'abstinence est pratiquée dans le milieu sportif de haut niveau ?

Je hoche la tête face au lac en sirotant mon café.

– La frustration sexuelle permet aux athlètes d'être plus agressifs. Surtout si on augmente en même temps leur taux de testostérone.

– C'est ce qui a motivé son leader, déduit Abbie.

– On ne peut pas savoir.

Abrielle reste silencieuse.

– Papa est passionné de course automobile, hésite-t-elle.

Prise d'un mauvais pressentiment, je ne réagis pas. En vingt ans d'amitié, je n'ai vu que trois fois les parents d'Abrielle. Comme ils habitent Aventura, en banlieue nord, c'est plutôt elle qui vient chez moi.

– Ça reste entre nous mais mon père parie sur les courses clandestines.

Je garde le silence, ne sachant pas trop où cela va nous mener.

– Tu te souviens de cette course dans Northwest, il y a six ans ?

– Euh non.

– Si. Rappelle-toi. Ton père ne décolérait pas parce que tu voulais à tout prix apprendre à conduire alors qu'il y avait mille voitures lancées à 250 km/h.

– Ah oui ! Papa disait qu'au regard de la loi ces pilotes sont des criminels.

– En Russie, ces rodéos urbains sont d'une rare violence. Les Russes sont fous de vitesse et les sommes pariées atteignent des sommets incroyables. On parle de cent millions de dollars pour une seule course. Les rues deviennent un véritable parc à milliardaires. La grille est alignée si dix clients sont présents. Chacun d'eux apportant dix millions à la « Cave » pour garantir les paris, auxquels tu dois ajouter ceux des petits parieurs. Du coup, les managers poussent leurs champions à fournir le plus beau spectacle.

Entendre ces chiffres me donne le frisson.

– Figure-toi que j'ai évoqué un pilote tatoué du chiffre 666 avec papa…

– Abbie… Pourquoi t'as fait ça ?

Elle éclate de rire.

– Parce que ça me mine autant que toi cette histoire de virginité, bichette. J'ai passé la nuit à essayer de comprendre quand tu m'en as parlé.

– Je n'aurais jamais dû. C'est *confidentiel.*

– Attends avant de m'en vouloir. Le tatouage a tout de suite fait tilt. Papa était tout excité à l'idée qu'il soit en vie. La rumeur parle d'un diable russe tatoué au cou qui était imbattable. Sauf qu'il a tué des gens. Plein de gens, Hope.

Elle n'a pas besoin d'en dire plus.

– Notamment un gamin de sept ans à Leningrad, précise Abrielle avec dégoût. La scène a été filmée au portable par un spectateur et diffusée sur YouTube, et ça a décuplé son prix. Sais-tu pourquoi ?

– Dis-moi, fais-je, parcourue d'un frisson.

– Parce qu'il ne s'est pas arrêté pour lui porter secours. Il a continué et a remporté la course. Merde. Même pour un chien, tu t'arrêterais !

Au comble du dégoût, je ferme les paupières. Là voilà la conscience atrophiée. La FIA a raison de lui refuser sa Super-Licence. Il ne doit pas piloter.

Il ne faut pas qu'il pilote.

– C'était il y a trois ans. À la suite de ça, il devait courir pour un industriel d'Okinawa. Le type avait aligné cent millions sur lui et, tiens-toi bien, la course n'a jamais eu lieu. Le Japonais était fou furieux d'avoir perdu la face. Pourquoi ne s'est-il pas présenté, d'après toi ?

En un éclair je comprends où elle veut en venir.

– Sa secte a été dissoute il y a trois ans. Ensuite, Sauvage est rentré au Canada.

– C'est lui, Hope. Son fumier de leader devait savoir qu'il était le fils d'une légende quand il l'a acheté. Il a fabriqué un champion agressif et muet qui ne bavasserait pas sur lui et son petit trafic lors de ses sorties. Mais pourquoi est-il resté abstinent après sa libération ? C'est ça que je ne pige pas.

Je prends le temps d'y réfléchir.

– Tu as raison mais je ne sais pas.

– Ton diable est dangereux, Hope. Surtout s'il est toujours frustré sexuellement. Je n'aime pas trop te savoir près de lui et je suis sûre que Samuel serait d'accord.

– S'il te plaît, ne vas pas parler de ça à papa ! Je peux gérer.

– Hope.

– Non ! La privation est une négligence horrible, Abbie, exposé-je pour la convaincre. Tu n'as pas idée de ce qu'il a traversé émotionnellement.

– Et quoi ? Tu veux coucher avec lui pour le guérir ?

Mon cœur rate un battement. C'est vrai que pour une psychologue, un homme comme Sauvage irradie le parfum de l'angoisse sans antidote, mais aussi une aura de mystère terriblement excitante. Je ne dois pas tomber dans le piège.

– Il est *seul,* balbutié-je, me rendant compte qu'il exerce déjà cette fascination sur moi.

– Ce n'est peut-être pas pour rien, objecte Abrielle.

Sans l'écouter, je revois sa silhouette large d'épaules et sa façon de me regarder intensément après que je l'ai embrassé. Il haletait. Il me sentait en lui. Il sentait la douceur envers soi. La douceur sereine d'une paix inébranlable. Celle qui fait ouvrir les yeux. Celui qui ne ressent que la haine ne ressent *que* la douleur.

Pas la douceur.

– C'est un être singulier, Abbie. Il est cruel mais il donne tous les signes de quelqu'un qui souffre. Cet homme est un incendie. Un incendie de colère et de furie prêt à exploser, mais à l'intérieur… il y a un *cœur*.

– D'un point de vue anatomique, Trump aussi a un cœur, bichette. Cela ne veut pas dire qu'il s'en sert.

– Tu ne peux pas me demander d'ignorer mon métier, Abbie ! aboyé-je, excédée. Ou alors j'ai bossé pendant sept ans pour rien ! On peut vivre seul, c'est un choix. Il y a même des gens à qui ça convient *très bien*. En revanche, on ne peut pas *exister* seul. Et *ça*, c'est mon rôle.

Il va se tuer si on ne le sort pas de là.

CHAPITRE 12

HOPE

Heureusement, je ne suis pas de celles que ça décourage !

Après avoir raccroché avec Abbie, je ramasse tout mon barda pour retourner à l'intérieur avec la ferme intention de me rendre dans leurs bureaux réclamer un espace travail à Eve, au moment où mon portable vibre dans ma main.

Ils ne me parleront pas sinon.

[Coucou mon bébé ! Tu es levée ?
J'ai une super nouvelle à t'annoncer.]

Je souris, comme si mon père pouvait me voir.

[Salut papa !]

[Billy a décidé de vivre seul à présent.
Il veut jouer au soccer à l'Inter Miami de David Beckham.
Rappelle-moi de ne plus le laisser assister aux affaires sportives.]

J'éclate de rire. J'adore ce gamin. À sept ans, papa et maman ne sont plus ses références, il est totalement tourné vers le monde et met toute son énergie dans sa découverte. Il évolue, grandit, enfonce les portes. Je l'admire.

Mon petit éclaireur.

[Moi aussi !! On va habiter ensemble.]

[Je ne crois pas, bébé. Tu es l'aînée.
Tu n'es pas censée encourager ses actes.]

[Mais papa. Tu vas bien devoir nous laisser partir un jour.]

[Pas tant qu'il n'aura pas l'âge légal de boire de l'alcool.]

[Mais j'en aurai 39 !!!]

[Désolé, bébé. Je dois protéger le monde de toi.]

Je dois relire à deux fois.

[C'est pas plutôt l'inverse ?]

[J'ai trop hâte de te voir foutre le bordel dans ce monde-là, Hope.
Seulement tu attendras que je ne sois plus élu de Floride ;)]

Moi, foutre le bordel ? Je ne veux pas contredire mon père mais c'est mal parti. Une fois à l'intérieur, je sens une nouvelle vibration dans ma main :

[Réfléchis quand même pour Brendt, bichette.
C'est long une vie sans sexe !]

Brendt est constant.

J'ai besoin de constance.

J'ai besoin de Brendt.

Refusant de me mettre davantage la pression, j'entreprends de faire mon lit et de prendre une douche. Quelle que soit ma réponse à Brendt, je veux la prendre en me sentant en sécurité. Je me dois d'être honnête avec lui. Je le respecte. Je ne peux pas mentir à un homme que je respecte. Quand il posait des questions sur le drame afin de soigner ma mémoire traumatique, ça ne lui plaisait pas que je ne réponde pas, mais j'avais le droit de garder ça pour moi. C'est mon histoire, pas la sienne. Mais depuis sa demande, ce n'est plus possible, et il le sait.

Si je veux continuer avec lui je vais devoir lui parler.

Une heure plus tard, je me tiens à la lisière du lac inférieur.

Avant d'entrer dans le bâtiment de briques rouges, je prends le temps d'admirer les deux hydravions ScrapMetal Racing amarrés au ponton, et je remonte le zip de mon nouveau Perfecto en cuir noir acheté en urgence sur mon site de vente en ligne préféré, que je porte avec une de mes jupes flottantes et des collants noirs dans mes nouveaux mocassins. La bise qui souffle sur l'eau ramène toutes les vaguelettes vers moi, accentuant mon appréhension.

Si je suis honnête, je n'ai aucune idée de ce qui m'attend derrière cette porte.

Je compte jusqu'à dix avant de tourner la poignée.

L'intérieur est immense, clair, et tout en rez-de-chaussée. Avant de m'annoncer, j'étudie l'endroit où je me trouve. Murs de briques et suspensions industrielles, parquet ciré rouge vif. Il y règne une odeur de forêt, très agréable. L'espace est organisé en zones uniquement séparées par des cloisons de verre : bureaux, salles de réunion, avec un pool de six secrétaires au centre. Ça ne va pas m'aider.

Une rouquine avec une coupe à la garçonne relève la tête.

– Vous avez besoin de quelque chose ?

Bien que mon attention soit attirée par le seul bureau obturé d'un store à lattes, je pousse un petit soupir en découvrant le nom sur son chemisier.

– Bonjour Eve. Je suis Hope.

Ce qui me semble superflu car tout m'indique qu'elles le savent déjà.

– Vous avez besoin de quelque chose ? répète Eve sur le même ton.

– Un bureau avec un store occultant.

– Pardon ?

– J'ai besoin d'un bureau discret, dis-je, pile au moment où la porte de celui équipé de lattes s'ouvre sur le tailleur-pantalon pro de Caitlin.

Toute son attention tournée vers l'intérieur :

– Tu veux que je sorte ? Je sors, crie-t-elle vers l'intérieur. Tu es peut-être le fils d'Oxton mais tu ne vaux pas un pet de mouche pour cette entreprise sans Super-Licence. Ne me fais plus JAMAIS de coup en traître ! Ton rôle d'associé est de m'aider. Pas de me poignarder dans le dos auprès d'un prestataire.

Médusée par cet aspect de sa personnalité, je ne peux pas regarder ailleurs.

– Crois-moi, tu ne me veux pas comme ennemie. Je ne plaisante pas. Par amour pour son jumeau, Melvin était faible avec toi. Moi je ne le suis pas. Je peux me passer de toi. S'il faut, j'irai voir le juge.

Le chantage est si peu voilé que j'en reste coite. J'ai beau ne pas être une lumière dans la gestion des entreprises, je ne comprends pas ce qu'un juge vient faire entre eux ? Sauvage est vivant. Il est l'unique héritier de son père.

Comment peut-elle menacer de l'exclure ?

– Établir une stratégie, apprécier ce qui fait la valeur d'une entreprise, c'est mon job. Je suis qualifiée pour ça. Cette écurie ne vaut pas un clou avec les tiens !

C'est hyper dur.

Par la porte entrouverte, j'aperçois Sauvage assis derrière un bureau en chêne qui ne lui ressemble pas. Le visage impassible, il ne la regarde même pas.

C'est moi qu'il fixe de ses yeux immenses et attentifs.

– Quel accord dois-je conclure avec toi ? Tu me considères comme une étrangère dans ma propre entreprise. Ai-je droit à ton aide ? Dois-je me méfier ? Je ne peux pas travailler ainsi, décrète la femme d'affaires.

C'est cohérent et affligeant mais Sauvage ne trahit aucun trouble sous l'attaque. Il me dévisage avec intensité sans nier quoi que ce soit. Il ne fera pas d'efforts. Il n'ira pas vers elle. Il ne reconsidérera pas sa position. Gênée de me trouver là, je lève les yeux vers l'affiche derrière lui. C'est une publicité pour Rolex. Oxton est debout devant la monoplace avec laquelle il a remporté le titre. Ses deux mains charnelles bien en évidence pour qu'on voie sa montre. Yeux et cheveux d'un noir liquide, il est sombre, tourmenté, turbulent, aussi inapaisé qu'un ouragan.

La ressemblance avec son fils est ahurissante.

Ce bureau était le sien.

– Je ne peux pas gérer la période de transition ainsi, abat Caitlin.

Quelle transition ?

À chaque diatribe qu'elle lui lance, je suis un peu plus larguée. Histoire de ne pas trop focaliser sur eux deux, j'examine discrètement les réactions des autres sectateurs dans la place. Elles affichent toutes des moues allergiques.

C'est clair qu'elles ne sont pas du côté de la *Wog*.

– Je vais te soumettre un protocole d'accord pour qu'ils dégagent.

Comme la femme d'affaires n'obtient pas de réponse et que son interlocuteur persiste à me fixer, elle se retourne et m'aperçoit. Sauf qu'au lieu d'être gênée de s'être montrée hostile en ma présence, tout dans son regard assume ses choix.

Elle ne veut plus de sectateurs dans son écurie.

– Vous avez un mois pour chercher du boulot, annonce-t-elle aux secrétaires.

– Les sectateurs restent ici, tonne sévèrement Sauvage depuis son bureau.

En quatre mots drastiques, il la réduit au silence. Elle ne fait pas le poids face à lui, mais elle a apparemment le pouvoir. Pas lui. Cette situation me fait toujours tilter. Je la refoule. Je ne dois pas m'impliquer entre eux.

Je ne suis pas là pour ça.

– Pendant un mois ! siffle la femme d'affaires.

Sur le mur opposé, Caitlin touche un interrupteur mural et deux battants de verre s'écartent pour la laisser passer dans ce qui semble être son bureau.

– Docteur Brenner, appelle-t-elle en me faisant signe d'entrer.

Je ne bouge pas. Si je m'enferme là-dedans avec elle, je vais avoir l'air d'une *Wog.* Plus encore, après leur différend, de choisir un camp.

Je ne peux pas faire ça.

– Qu'y a-t-il ? grommelle-t-elle en se retournant.

Je souris à Eve, heureuse de la voir suivre notre discussion.

– Il me faudrait un endroit pour m'installer, réclamé-je afin que chaque personne présente ici puisse m'entendre.

Dont LUI. Qui a toujours la porte de son bureau ouverte. Même si je lui tourne le dos, je sais qu'il m'écoute, et j'espère bien qu'il va m'aider.

– Tu veux travailler ici avec *elles* ? énonce Caitlin avec incrédulité.

– Oui.

Elle regarde le pool des secrétaires.

– Eve ?

– Madame Roy, répond courtoisement celle-ci.

– Pensez-vous trouver un bureau au docteur Brenner dans le bâtiment ?

Comme un seul homme, les cinq autres secrétaires fixent Eve des yeux, attendant manifestement de voir quelle réponse elle fera à la demande de Caitlin. Chacune d'elles porte un polo de l'écurie très ajusté sur un pantalon à coupe étroite, chaussée d'escarpins très féminins, et je me demande un instant si Caitlin, en spécialiste du marketing, les a sélectionnées. Ou si c'est lui.

– Non, répond Eve tout en se levant pour appuyer son refus.

Je ne sais pas trop à quoi je m'attendais mais je suis déçue.

– Tu veux toujours les aider ? me provoque alors Caitlin avec ironie.

– Je suis là pour ça.

– D'accord. Alors on va t'aménager un endroit au rez-de-chaussée de ton chalet. Puisqu'il est vide, ça ne devrait pas poser de problèmes.

Subitement embarrassée, Eve lève les yeux vers la femme d'affaires.

– C'est-à-dire, madame Roy... J'ai logé temporairement deux arrivants pendant l'absence de monsieur Roy, lui apprend-elle. Ils occupent le T3 du premier.

La silhouette imposante de Sauvage dans l'encadrement de la porte du bureau me fait tourner la tête. Vêtu uniquement d'un tee-shirt et d'un jean noirs, il est encore plus intimidant dans cet encadrement de porte.

– Sans m'en parler ? se raidit Caitlin d'un ton âpre.

– Ce n'est pas tous les jours qu'il s'absente, répond la secrétaire.

– Moi, j'étais là !

Eve regarde Sauvage à la recherche d'un soutien évident.

– Eve a fait son travail, tranche ce dernier d'un ton sans appel.

Caitlin le fixe mais s'adresse à moi, sciemment.

– Désolée, Hope. Tu vas devoir te passer de bureau.

C'est un défi. Elle le défie d'en faire autant pour moi.

Allez interviens !

À mon tour, je lève des yeux pleins d'attente vers lui, mais l'animal retourne dans son bureau et en referme la porte. J'en frémis d'irritation. La jalousie déferle alors en moi comme un boulet de canon, m'empêchant de voir les choses comme elles sont : ces femmes sont son chez-soi. Moi non.

Qu'il m'abandonne ainsi me fait mal.

– Tu voulais autre chose ?

– Non, soufflé-je, trop décontenancée.

Pourquoi suis-je jalouse de ces femmes sectateurs ?

CHAPITRE 13

HOPE

La fatigue, ça commence dans la tête.

Je suis claquée, épuisée, lessivée, crevée. Ce n'est pas parce que je bosse trop. Ce n'est pas la faute de l'hiver ou du manque de lumière. Ce n'est même pas l'absence de Brendt ou son silence qui me pèse. C'est parce que Sauvage ne m'a pas soutenue. C'est infantile et sans modestie, mais je lui en veux.

Je me sentais importante pour lui.

Pourquoi a-t-il tout gâché ?

Il n'est que vingt heures, cependant derrière les carreaux de mon logis, la nuit englobe tout. Aucune lumière n'étant allumée de ce côté-ci, le lac et la forêt sont telle une ombre effrayante barrant le clair de lune. Rien ne brille. Du coup, impossible de les distinguer l'un de l'autre. C'est juste le genre de nuit pluvieuse qui fait penser à l'éternité. J'ouvre la porte-fenêtre qui donne sur le balcon afin d'humer l'odeur huileuse de la pluie rejetée par la terre. Après m'être fait grossièrement congédier et avoir passé la journée à aller vers eux, en vain, j'en arrive à la conclusion que je perds mon temps. Je n'y arriverai pas.

Dommage, j'aimais bien la beauté de cet endroit.

Dehors l'orage s'est calmé. Ce n'est plus qu'une bruine régulière. Comme le chauffage n'a pas encore été installé, dès qu'il pleut on se gèle dans ce studio. Le froid humide envahit tout. Je regarde vers le lit défait où je m'étais réfugiée. J'en ai marre de passer mon temps sur mon ordinateur à mater des séries Netflix pour importer un semblant de normalité dans mes journées. Je ne sers à rien ici. Je ne sers à rien *tout court*. Tout ce que je fais est sans profit.

Je ferais tout aussi bien de rentrer chez moi et de m'armer de courage pour donner à Brendt ce qu'il veut savoir sur le drame en le laissant décider s'il veut d'une matricide comme mère de ses futurs enfants. Un Uber. Un vol. C'est fait.

Je sursaute lorsqu'on frappe à la porte.

Mon cœur s'emballe à espérer que ce soit lui puis l'ironie de mon optimisme m'afflige. Cet homme n'est pas du genre à s'excuser, ni à s'expliquer, ou à demander la permission. Il fait ce qu'il veut. Son muscle vital de champion, c'est son mental. Pas son cœur. C'est sûrement Caitlin qui a décidé de me renvoyer. Ce serait bien son genre avec sa logique mathématique. Elle serait du genre à répondre « non » quand on lui demande si elle a dix dollars en poche alors qu'elle en a quinze. Je me dirige vers la porte, allumant le coin cuisine au passage pour détourner l'attention de mon lit défait quand on frappe à nouveau.

Ce qui a le don de m'énerver.

– J'arrive, crié-je sans me presser.

Virée parce que j'ai échoué, je veux bien. Bousculée non. Je prends le temps de mettre mon portable en charge sur le bar et de sortir un plat surgelé du congélateur en prévision de mon dîner. Ça a intérêt à être Caitlin en personne pour m'annoncer la nouvelle, je ne suis pas d'humeur à me contenter d'explications bidon. D'une main assurée, j'ouvre la porte et je me fige.

Deux hommes se tiennent dans le couloir.

– Désolés de vous déranger si tard, docteur Brenner, me salue l'un d'eux.

Cheveux gominés, peau olivâtre et pantalons multi-poches, j'ai beau chercher où j'aurais pu les croiser, leur silhouette ne m'est pas familière.

– Vous connaissez mon nom, relevé-je en fronçant les sourcils.

Mon interlocuteur esquisse un sourire. Du menton, il pointe ma tenue pyjama constituée du tee-shirt de campagne de mon père « Vote Brenner and Make Miami Strong » et d'un short duveteux rose confortable de chez Victoria's Secret, tandis que l'autre se tient en retrait et regarde vers l'entrée du chalet.

– Eve vous a mentionnée, ajoute-t-il poliment.

Ses yeux descendent le long de mes cuisses nues jusqu'à mes chaussettes de laine remontées aux genoux. Ce qui me rappelle que je ne porte pas une tenue correcte pour recevoir de la visite. À ma décharge, je m'attendais à Caitlin.

Sinon je n'aurais pas ouvert.

– Nous sommes passés plus tôt mais vous ne répondiez pas, m'informe-t-il.

– J'étais sous la douche.

– C'est ce qu'on s'est dit.

À la façon dont il marque un ton à la fin du dernier mot de chaque phrase, je devine l'accent mélodieux et séduisant qu'il essaie de cacher derrière son anglais parfait. Les accents cubain, jamaïcain, colombien ou mexicain, c'est pas ce qui manque à Miami ! Du coup, je les reconnais.

– Vous êtes mexicains ?

– Nous sommes arrivés ce matin, et on nous a attribué l'appartement au-dessus du vôtre, élude-t-il. Nous avons entendu la musique. Aussi nous avons voulu vous saluer avant que vous soyez effrayée par notre présence. C'est vide ici.

Soudain, je percute. Ce sont les sectateurs qu'Eve a logés là pendant l'absence de Sauvage. Comme c'est gentil de leur part de se signaler !

– Vous avez bien fait. J'aurais certainement paniqué en entendant du bruit.

Ravi, il me tend la main.

– Moi, c'est Pablo, et lui, Adolfo.

En regardant sa main, tous mes sens entrent en alerte.

– Nous venons de faire quelques courses à la supérette, poursuit-il, indiquant le pack de bière et le saucisson emballé dans du papier Craft que tient son acolyte. Vous nous laissez entrer ? *En voisins.*

Quelque chose cloche. Aucun sectateur n'agirait de la sorte avec une *Wog*. Aucun ne m'a jamais tendu la main non plus. Qui sont-ils ? Je n'aurais jamais cru que je serais contente un jour de leur ostracisme, mais c'est le cas.

Nerveuse, je m'apprête à refermer la porte.

– Écoutez, Pablo. Pénétrer chez une femme seule le soir n'est pas la meilleure façon de commencer une discussion, lui expliqué-je poliment. Sauf si on veut l'effrayer.

– Ce n'est pas notre intention, m'assure-t-il.

Attirée par le mouvement de sa main tendue qu'il abaisse vers sa poche latérale, je distingue le contour d'un couteau à cran d'arrêt qu'il empoigne fermement, sans le sortir encore. Ce qui m'angoisse davantage.

– Je vous suggère de foutre le camp, couiné-je, paralysée au sol.

– Tu n'auras pas cette chance, vu qu'on est là pour toi.

Mon sang se fige et tout se passe au ralenti. L'homme retire la main de sa poche et presse le poussoir servant à libérer la lame. J'entends le déclic quand elle se déploie et se verrouille en place. Ce n'est pas n'importe quel couteau de poche qu'on porte avec soi pour dîner. Celui-ci possède une lame d'acier tranchante des deux bords et une croix latine noire pattée décorant la garde. Lorsque je lève les yeux vers lui, éberluée, l'homme se contente d'un sourire très doux pour me faire comprendre qu'il n'hésitera pas à s'en servir.

Merde, qu'est-ce qui se passe ?

– Alors voilà, commence-t-il. Je pourrais t'obliger à me sucer dans le couloir pour faire connaissance, mais je ne suis pas là pour ça. Enfin, ça ne veut pas dire que c'est incompatible si tu n'es pas gentille.

Sous le choc, je recule. Ce qui est une erreur qui leur permet d'entrer et de verrouiller la porte à clef derrière eux.

– Éteins les lumières, ordonne le second qu'il a appelé Adolfo.

C'est en train d'arriver. Je vais me faire violer. Je ne sais pas pourquoi ça me paraît logique. Je le mérite. Le karma sans doute. Ma mère s'est fait violer et je m'en suis sortie, alors ça doit m'arriver. Figée sur place, je regarde le premier éteindre la lampe près du lit ainsi que la lumière faiblarde du coin cuisine.

Je ne vois plus que des silhouettes.

– C'est stupide ce qu'il t'arrive, provoque Adolfo depuis le coin cuisine.

Une arme à feu dans sa main droite, mon téléphone est cloué contre le mur de la gauche et reçoit un choc violent irréparable de la crosse. Je suffoque en voyant les morceaux atterrir sur le carrelage. Je jette un œil apeuré à la porte verrouillée.

Je n'aurais même pas le temps d'atteindre le couloir. *Pas d'effraction.*

Je me sens vraiment nulle de leur avoir ouvert. Ils pourront dire que je les ai invités et c'est moi qu'on accusera. C'est stupide en pareille circonstance mais je songe à toutes ces femmes qui n'ont pas eu le choix, qu'on a prises sous la contrainte ou par surprise. Autant que je m'y prépare, je vais me faire violer.

Comment se prépare-t-on à un viol ?

Le plus sage serait sans doute de m'enfuir par le balcon mais je n'irais pas loin. Le temps d'arriver au lac, ils me rattraperaient. Et puis même, je ferais quoi, en admettant que j'y parvienne ? Je plonge ? L'eau ne doit pas faire plus de dix degrés. Je les examine dans la pénombre. Ils ne sont pas laids. Ils sont plus vieux que moi. Ils sont costauds, adroits, propres. Ils ont l'air en bonne santé. Ils ne sont pas sous l'emprise de la drogue ou de l'alcool. Ils savent ce qu'ils font.

Je ne veux pas, putain !

Celui qui a explosé mon portable contourne le comptoir et s'y adosse.

– Voilà, on est tranquilles, déclare-t-il face à nous, bras et jambes croisés.

– Mettons-nous dans l'ambiance avant, lui retourne Pablo.

Avant quoi ? Je suis perdue.

– Tiens-la ! ordonne son comparse.

Je bondis en avant mais Pablo m'immobilise et me porte un violent coup de poing au visage. La pièce tournoie autour de moi. L'espace d'un instant je ne vois plus qu'une lumière blanche, puis je m'effondre à genoux et pose les mains sur le sol, m'efforçant d'inspirer profondément, tandis que la douleur suit sa progression dans mon crâne. *La vache.* Du sang gicle de mon nez. J'ai vécu ma vie sans jamais être frappée. Il n'y a pas de mots pour décrire ce que je ressens. Je suis terrifiée. D'instinct, je cherche à voir s'il m'a pété des dents avec ma langue, quand un autre coup m'atteint à l'estomac, me faisant rebondir plus loin sur le sol.

Je crache du sang en toussant sous l'effort pour parler :

– Arrêtez !

Je pensais être plus forte. Se faire battre ainsi, j'ai l'impression qu'on me vole quelque chose, mais avant que j'aie le temps de découvrir où j'ai atterri, il a coincé mon dos sous sa botte. Je ne peux plus bouger.

– Que fais-tu ici ? m'enjoint mon assaillant.

Une boule inopportune se forme alors dans ma gorge et m'empêche de déglutir. Respiration. Déglutition. Langage. *C'est pas le moment, bon Dieu !* Devant mon manque de réaction, l'homme s'agenouille sur moi et me tire les cheveux pour m'obliger à relever la tête contre son torse.

– Regarde-moi !

La douleur est si intenable qu'au lieu de lever les yeux vers lui je les ferme.

– Tu vas me dire ce que tu fais ici, exige-t-il d'un ton menaçant.

Affolée, je tourne mon visage vers la fenêtre ouverte pour appeler à l'aide. Seulement, j'en suis incapable. Mon muscle vocal gauche enfle, empêchant l'air de circuler dans ma trachée. J'en pleurerais. Ça commence toujours par la gauche. La corde vocale gauche est plus vite paralysée que la droite à cause du nerf récurrent droit qui prend un chemin plus long pour aller du tronc cérébral au larynx.

Ce n'est plus qu'une question de secondes.

– Qu'est-ce que tu fiches ici ? s'impatiente mon tortionnaire.

Les larmes troublent ma vue. Mes deux cordes vocales sont paralysées. C'est tout bête, en fait, le son de la parole émis lorsque l'air expiré fait vibrer les cordes vocales devient impossible lorsqu'elles restent immobiles. Seul mon nez me permet de ne pas mourir asphyxiée, et il est dans un sale état après son coup de poing. Combien de temps avant que je manque d'air si l'œdème augmente ?

– RÉPONDS ! me hurle mon assaillant.

La colère me donne envie de lui crier « Comment veux-tu que je fasse, débile profond ! Tu vois pas que j'ai un problème ? » Prenant mon silence pour un refus, il me retourne sur le dos, me toise une seconde de ses petits yeux porcins, et une série de coups de pied m'atteignent au ventre. Jusqu'à ce que le sofa rencontre mon dos. Je me recroqueville contre lui et garde les yeux fermés. Des larmes, de la morve et du sang baignent à présent mon visage douloureux, des cheveux se sont collés sur l'arête de mon nez, mais je ne veux pas lâcher mon ventre pour les ôter.

Je le vois à peine.

– Dernière fois avant que je te tranche la gorge. Que fais-tu ici, *pétasse* ?

Une vague de terreur pure se répand dans mon estomac. Je secoue la tête. Je ne veux pas qu'on me tranche la gorge. Je ne veux pas sentir la lame fendre la chair délicate de mon cou. Tout le monde dit que j'ai un joli cou. De la bile me remonte dans la bouche et je fais tout mon possible pour ne pas vomir.

Alors que je parviens à peine à respirer.

– Putain, j'ai jamais vu ça ! s'esclaffe mon bourreau, admiratif. Elle a plus de mental qu'un homme de deux fois son poids.

– Pourquoi tu ne la déshabilles pas ? lui lance son comparse.

– Pour la faire céder, tu veux dire ?

– Elle se sentira plus vulnérable.

– Pas sûr, elle a un sacré mental.

Pourquoi ils font ça ? Qu'est-ce qu'ils me veulent ? Ils croient que je suis brave mais c'est tout le contraire. À ce stade, je voudrais disparaître dans le sol pour m'échapper. Alors que je m'attends à ce qu'ils me désapent, j'entends :

– OK, alors finis-la proprement, décide Adolfo en lui lançant une forme plastique bleue lestée par des rivets.

C'est une bâche de chantier servant à protéger l'arrière d'un fourgon, résistante aux déchirures, imperméable et imputrescible. Voir Pablo l'étaler sur le sol en prévision me met en pièces. Il me force à me mettre à genoux dessus devant lui et bascule ma tête contre son sexe afin d'exposer ma gorge. La pointe froide fichée sous mon oreille gauche. *Pitié non !* Il va me saigner comme une vulgaire offrande biblique. Un courant d'air froid s'engouffre par la fenêtre, me fouettant agréablement le visage, mais je suis trop épuisée à lutter contre ma terreur pour m'en soucier. J'arrête de lutter pour respirer et laisse le noir m'envahir.

Je préfère encore mourir asphyxiée qu'égorgée.

– Que fait-on du corps ? demande mon bourreau tandis que je m'étouffe.

– C'est un crime de le décider ensuite ? lui répond une autre voix. Parler de ça devant elle, c'est comme si tu demandais à ta victime « avec ou sans douleur ? »

Ah bah tiens, ils sont trois.

CHAPITRE 14

SAUVAGE

Je ne comprends ni la bonté ni l'honneur.

Mon instinct n'est régi que par les besoins élémentaires de ma propre survie. Il ignore celle des autres. C'est moche mais c'est la vie. Je n'ai pas de famille donc je ne dois rien à personne. Sauf qu'assister à son exécution m'a fait l'effet d'un coup de Taser. Je n'ai pas réfléchi. J'ai levé les bras, profitant du poids de la batte de base-ball que j'avais emportée avec moi en sortant du SUV.

Je ne me suis pas laissé le temps d'approfondir mon geste.

Attaque en cercle.

J'allais leur briser les poignets qu'ils n'allaient pas manquer de me présenter pour éviter le choc. Parfois les réflexes sont nos pires ennemis, et ces abrutis n'ont pas fait exception. La puissance de la batte portée dans le bon sens les a fauchés direct. *Attaque du haut pour la seconde frappe.* Ils ont bien essayé de dégainer leurs armes, mais avec des poignets brisés, ce n'est pas facile. En pleine face.

J'ai frappé pour tuer.

Un coup de genou sur la poignée me confirme que la porte est fermée à clef. *Idiote.* Qu'est-ce qui lui a pris de les laisser entrer ? Un creux se forme dans ma poitrine devant la facilité avec laquelle elle accorde sa confiance. Quand elle se réveillera, j'aurai deux mots à lui dire, putain ! Quant à Caitlin, elle a lamentablement merdé. Je l'avais prévenue que je prendrais les commandes s'il se passait quoi que ce soit susceptible de mettre mon plan à mal. Je serre son corps fiévreux contre moi sans analyser ce que je ressens. Elle est légère dans mes bras, douce comme une plume, ses bras pendant sur les côtés. En prenant soin de ne pas la lâcher, je tourne la clef dans la serrure et déverrouille la porte.

Arrivé au bout du couloir, je plonge dans la nuit.

– *Blya ! Menya eto zaebalo* cette flotte *dibil*, braille une voix en russe.

C'est Azz qui s'énerve contre la pluie. *Parfait.*

– Ouvre la portière arrière de la Chevy ! crié-je tout en courant.

– Sauvage ?

Pas la peine de chercher ce qu'il fabrique là, je me rappelle lui avoir dit que j'allais m'occuper des deux arrivants quand j'aurais fini de tester les nouveaux disques de freins avec Aga, et que je lui expliquerais l'entretien avec Carnival ensuite. Je lance dans sa direction :

– Le SUV n'est pas verrouillé. VITE.

Je traverse le parking sous les trombes d'eau pour rejoindre mon véhicule, en faisant tout mon possible pour l'abriter. Quand je l'ai récupérée sur la bâche, elle avait un pouls, mais elle est en nage et en petite tenue, si elle prend la pluie en plus, elle ne va pas s'en remettre. Je me sens mal.

Qu'est-ce que je vais faire d'elle, maintenant ?

– Bordel ! Qui a fait ça ? s'indigne Azz en m'ouvrant la portière.

Je le laisse récupérer la batte ensanglantée sous mon bras qui me gêne pour la déposer sur la banquette arrière avant de lui répondre :

– Les deux sectateurs qu'Eve a logés dans son chalet.

– Merde, s'exclame-t-il stupéfait.

Je me penche en avant.

– File-moi une couverture. Il y en a une dans le coffre.

L'ouverture du haillon allume le plafonnier arrière pile au-dessus de son visage œdématié. C'est à peine si je la reconnais. Sa jolie frimousse dorée au soleil de Miami est maintenant aussi blafarde que celle d'un cadavre. D'une main tremblante, j'écarte ses boucles de princesse Disney collées sur son nez.

Un creux se forme dans mon bide.

– Elle doit avoir le nez pété, sifflé-je avec colère.

Je tâte l'arête entre mon pouce et mon index pour en être sûr.

– Non, c’est bon, mais elle respire à peine.

– Bande de *Svoloch’*, jure Azz à l’abri du haillon en me lançant le plaid.

Je m’agenouille sur le plancher du SUV pour le déployer sur elle.

– Sa lèvre est fendue, dis-je en le remontant sous son menton.

J’introduis deux doigts dans sa bouche pour vérifier l’état de ses dents et éviter qu’elle ne s’étouffe avec un corps étranger, elle me tète par réflexe. Ce qui me rassure car ça veut dire qu’elle n’est pas partie trop loin. Seulement c’est chaud et tout doux à l’intérieur. Sa langue m’excite à mort, bon sang.

Je retire mes doigts.

– Regarde si elle a d’autres blessures, suggère mon binôme.

Je rabats la couverture et soulève son tee-shirt, évitant d’en lire l’inscription, et la vue m’emplit de colère.

– Putain. Ce porc l’a frappée au ventre.

– Le dos, ordonne Azz.

Je lève les yeux vers lui.

– Je ne comprends pas. Ils étaient censés faire quoi avec elle ?

– Arrête de chicaner et regarde les reins.

Avec précaution, je la retourne et ma fureur est multipliée par dix.

– Elle a l’empreinte de sa semelle sur le dos.

– Elle peut avoir des blessures internes, grimace Azz depuis son abri sous le haillon arrière. Tu décides quoi ? Tu l'emmènes à l'hôpital ?

Je le considère une seconde.

– Je ne peux pas faire ça.

– Je comprends tes raisons, mon ami, mais tu devrais. Si sa rate est touchée ou qu'elle te fait une rupture sèche du rein, elle va crever. Que feras-tu de son cadavre après ? Tu la rends à son père ?

C'est moche à dire mais ça passe ou ça casse.

– Ils l'ont violée ? demande-t-il.

Je sursaute. Je n'en ai aucune idée. Je la découvre un peu plus, tout en la cachant à Azz au moyen du plaid, et je dirige mes yeux vers son os pubien engoncé dans un truc duveteux rose bébé. Je me fige. Ce bidule ressemble plus à un autruchon hirsute venant de naître qu'à une culotte.

– Qu'est-ce qu'il y a ? demande Azz à l'affût.

– Rien.

Ses cuisses nues exposées à ma vue sont légèrement écartées et souples comme celles d'un bébé, mais joliment fuselées. J'ai envie de sentir ces jambes douces s'enrouler autour de moi. Je jette un œil à ses paupières closes. Est-ce que je mets les doigts là aussi ? Ma main me brûle d'entrer en elle, d'en sentir la chaleur, la taille, la texture, la profondeur de son fourreau. Je voudrais tout savoir sur cet organe de copulation mystérieux qui met les enfants au monde.

– Elle a encore sa culotte, donc je ne crois pas.

Je remonte la couverture sous son menton.

– Bizarre qu'ils ne l'aient pas violée, réfléchit Azz. Ils venaient d'où ?

– Pas eu le temps de les interroger, figure-toi. Le plus costaud des deux allait lui trancher la gorge avec son Crusader[23] quand je suis arrivé.

– C'est quoi ce délire ? La fille ne leur a *rien* fait. Ils ne la violent pas. Y a rien à voler. Ils la cognent direct. Sans raison ?

Nos yeux s'accrochent et ça fait tilt.

– Sauf s'ils étaient là pour la tuer d'emblée, établis-je dans un murmure rageur.

L'Iranien hoche la tête pour me signifier son accord.

– Tu es sûr que ces deux types sont des sectateurs ?

– Ils se sont présentés ainsi à Eve.

– Mais pas à toi, souligne-t-il.

– Je suis rentré ce matin, réfléchis-je à voix haute.

Je venais à peine d'arriver quand Hope s'est pointée dans nos bureaux et a surpris Caitlin en train de me passer un savon.

– Pourquoi, d'après toi ?

– Parce qu'ils n'en sont pas.

23. Littéralement, « Chevalier croisé » Le Crusader est un couteau de combat utilisé à l'origine par les Templiers. De ce fait, il est souvent décoré d'une croix.

Ils ne m'auraient pas berné. Trois ans que je collecte les données sur mon ordinateur afin de retrouver mon jumeau. Adeptes. Leaders. Profils Facebook de chaque communauté. Dark web pour suivre les ventes. J'analyse les photographies de chaque garçon en âge d'être Zolder avec le logiciel de vieillissement que Matteo m'a procuré. Je ne sais peut-être pas bien lire et écrire, mais grâce à lui, je maîtrise les technologies. Je regarde à nouveau le visage amoché de Hope, la fine écorchure rouge sur sa gorge, et la conclusion s'impose d'elle-même.

Ils étaient là pour la tuer.

– Qui peut vouloir sa mort ? gronde Azz, reflétant la même pensée qui tourne dans ma tête depuis que l'évidence m'est apparue.

– Son père est maire de Miami. Il doit avoir des ennemis.

– Tu ne crois pas à ce que tu racontes, objecte Azz.

– Nos frères l'auraient violée, maintiens-je.

Les sectateurs violent, commettent des actes barbares et pervers, mais aucun d'entre eux ne tuera gratuitement, à moins qu'une prophétie ne l'y contraigne. La vie se respecte, chez nous. C'est un don de Dieu. Dieu seul décide de la vie ou de la mort d'un être humain. Or, il n'y a aucun leader ici.

Donc aucune prophétie.

– Et le couteau des Croisés ? fait valoir Azz.

– Ça n'a pas de sens.

– Non, mais il y en a forcément un.

Un silence de mort plane dans l'habitacle pendant lequel on entend plus que le bruit de la pluie ruisseler sur le capot du Chevrolet.

– Ils sont encore en vie ? s'enquiert l'Iranien.

– Non.

– Dommage.

– À ce propos, il faut nettoyer, dis-je en indiquant le chalet. On ne peut pas se permettre deux cadavres dans l'écurie. S'il y a une enquête de police, Caitlin se servira de ça pour vous mettre dehors. Elle a admis vouloir revenir à l'ancien mode de recrutement ce matin. Tu t'en charges ou je reviens ?

– Je m'en charge, mon ami. Toi, file t'occuper d'elle.

Faisant fi de la pluie qui continue à tomber dru, Azz contourne le véhicule dans la nuit et me rejoint côté conducteur pendant que je m'installe au volant en enjambant la colonne centrale entre les deux sièges avant. Je sors ma clef et la tend devant moi pour mettre le contact mais avant…

Je baisse la vitre pour lui parler :

– Le Nissan est à eux.

– Caitlin ne trouvera rien, siffle-t-il avec un œil inquiet à Hope.

– Récupère ses affaires et apporte-les à la *Winery*. Demain j'annoncerai à Caitlin que le docteur Brenner quitte le chalet.

Je l'avais prévenue qu'elle était responsable d'elle.

– Elle va emménager chez toi ?

Les mains tendues sur le volant, je le laisse me dévisager à sa guise, alors que la pluie continue à tomber sur lui. Je comprends que ça le stupéfie. Je ne vis avec personne. Je ne partage mes repas avec personne. Même avec lui, il m'a été impossible de partager une cellule ou un repas.

– Elle va vouloir rentrer chez elle, après ça, m'avertit-il.

– Rentrer chez elle n'est pas une option.

J'ai soudain de la peine pour elle. La famille, c'est fait pour grandir, pour s'amuser et découvrir qui on est. Pas pour découvrir qui sont les autres. Elle va être privée de tout ça, *à cause de lui*, et je trouve ça inadmissible.

– Que vas-tu lui dire quand elle va se réveiller ?

– La vérité.

– Zolder aussi ?

– Non.

Je ne peux pas prendre ce risque. Rien que l'idée de livrer mon jumeau aux associés revanchards de Syrov sans pouvoir le prévenir est inimaginable.

– Tu devrais, mon frère. Elle te comprendrait mieux.

Je secoue la tête.

– Je ne lui fais pas confiance.

Sans un mot de plus, Azz recule pour s'éloigner du Chevrolet et je démarre le moteur. J'incline le rétroviseur intérieur afin de surveiller la silhouette endormie sur la banquette arrière et je dirige le SUV vers la maison. Les phares éclairent la piste à la perfection mais mon pouls tambourine violemment.

Qui a voulu la tuer ce soir ?

Une chose est sûre, elle est en danger.

Les graviers de mon entrée crissent sous mes bottes quand je contourne le SUV, signe que l'orage s'est enfin calmé. La maison est allumée à l'intérieur comme chaque nuit, par sécurité, mais tout est si sombre. Toute ma vie est sombre. J'ouvre lentement sa portière en posant un pied à l'intérieur. Puis je place mon pouce sur la veine qui palpite sous la peau fine de son cou. Son pouls est régulier à présent. Je la contemple une seconde, comme ça, pour moi.

Pourquoi ce qui est beau est-il si difficile à décrire ?

Comment ça va se passer entre nous ?

Comment veux-tu que ça se passe, gros débile ?

Tu vas la détruire. Elle va te détester. Voilà comment ça va se passer.

Frustré, je la soulève contre moi et l'espace d'un instant je ne peux plus bouger. C'est la première fois que je touche un corps autre que le mien. Elle a un corps souple et très féminin, c'est plaisant. J'apprécie son esprit combatif aussi. Sous les coups de ces salauds, elle a montré davantage de dignité que beaucoup d'hommes plus forts qu'elle qui se seraient pissés dessus au moment de mourir. Hope Brenner force le respect.

Et ce n'est pas facile de gagner le mien.

Je récupère la batte posée par Azz sur le plancher afin de la laver et quand je tourne la poignée de ma porte d'entrée, je prends la peine d'éteindre le vestibule avant de pénétrer à l'intérieur, afin que les spots encastrés dans la charpente ne la réveillent pas trop violemment. J'ignore quelle sera sa réaction à son réveil, mais autant faire ça proprement. *Fell* fait du bruit avec sa gamelle vide dans la cuisine.

Merde, elle fait un de ces boucans.

Je pose rapidement mon chargement sur la malle de livres d'occasion que j'ai laissée là en attendant de les ranger et je pivote vers la cuisine, bien décidé à retirer son jouet préféré au molosse, mais je n'ai pas le temps de l'atteindre.

Un coup de batte fulgurant m'atteint par derrière. *En traître.*

Trop bas pour m'assommer.

Alertée par le bruit, *Fellatio* se met à grogner comme une folle contre l'intrus, sautant partout pour lui mordre les jambes. Je comprends de qui il s'agit que lorsque j'entends la batte choir avec fracas sur le parquet, et des bruits de pieds nus marteler le plancher en direction de la lumière au sous-sol. Après avoir eu le courage de porter son attaque – ce dont peu de gens seraient capables tant frapper pour tuer n'est pas naturel –, elle détale. Sans émettre le moindre cri. Sans se rendre compte qu'elle a lâché la seule arme dont elle dispose dans cette maison, en laissant son ennemi en vie. *Absurde.* Totalement débile. Décidément cette fille intelligente n'a rien dans la tête. Elle me déstabilise, cette nana !

C'est ça, bougre d'idiote. Sauve-toi !

En bas c'est ma chambre !

CHAPITRE 15

HOPE

Mon moral est en flaques.

Mon attaque ne lui a rien fait. Pas même un tout petit peu. Pourtant j'ai frappé comme une malade, sans hésiter. Je me sentais le nerf de l'éliminer. Combien de coups de batte a-t-il pris enfant pour devenir insensible au mien ?

Merde ! Maintenant il va être en colère.

Pas question de me laisser désarmer par l'échec. Je dois tenter de trouver du secours avant qu'il me rattrape. Caitlin m'avait prévenue qu'il était dangereux, cependant je n'aurais jamais cru qu'il me fasse du mal. Pourquoi font-ils ça ?

Je détale sans réfléchir.

Je ne sais même pas où je suis. Enfin, si. Je suis chez lui. Un endroit isolé ou personne ne viendra me chercher. Mes chaussettes glissent sur le parquet ciré. C'est immense, ici. Ça sent la peinture et les éthers de colle, ce qui est encore plus effrayant. J'avise le haut d'un escalier éclairé qui descend à l'étage inférieur et décide de m'y réfugier. Il doit forcément y avoir une porte de sortie sur l'arrière et un dénivelé de terrain qui me permettra de m'échapper sans repasser devant lui.

Mes jambes tremblantes dévalent les marches.

Arrivée en bas, je prends le temps de me plier en deux et de bloquer mes genoux. Je tremble trop. Il faut que je respire ou je n'irai pas loin. Il flotte un parfum de pin et d'épices agréable à cet étage. La boule de muscles assise sur son derrière me lorgne, tête penchée sur le côté, comme si j'étais un steak saignant qu'on dissèque sous ses yeux. Ce qui est certainement ce qui va m'arriver si je continue à lambiner. Je perçois le pas de mon agresseur à l'étage.

– *Fellatio !!* Ici ma belle. Laisse-la, elle est blessée !

Qu'est-ce qu'il fiche ?

Il devrait déjà être dans l'escalier puisque je ne l'ai même pas blessé. J'aurais dû viser les jambes, plutôt. Est-ce qu'il attend que les autres le rejoignent ? En ce cas, inutile de perdre mon avance, je me jette en avant dans le couloir. Il n'y a aucun interrupteur sur les murs, pourtant j'y vois, et que des portes fermées. L'une d'elles attire mon attention à cause des empreintes de peinture en guise de décor.

Ce sont des mains d'enfants, doigts écartés, comme on en faisait à l'école.

J'essaie d'en tourner la poignée mais elle est fermée à clef.

Je craque. Avec un sanglot, j'avise un torrent à travers une paroi de verre fixe qui ferme le couloir et je comprends que ce qui me permet d'y voir, c'est le sol lumineux chaud sous mes pieds. C'est quoi ce sol ? On dirait un aquarium géant. Je rêve ou bien il y a des carpes Koï qui nagent sous le plancher de verre ? *Des vraies.* Je réalise alors que si j'entends très clairement le torrent qui gronde au dehors, il doit forcément y avoir une porte de sortie. J'entre par celle ouverte au bout du couloir en espérant que cela mène quelque part et je la verrouille derrière moi. C'est une salle de bains. Je fixe la monumentale douche à l'italienne encore trempée et mes cils papillonnent. Il y a une serviette mouillée et des vêtements sales abandonnés sur le sol. L'abattant des toilettes est relevé. L'endroit sent son odeur mêlée à celle de savon. Un mélange de citron vert et de basilic raffiné associé à la force de l'orage. Être entrée là me paraît si intime.

Concentre-toi sur la sortie.

En la voyant, je me fige. C'est un couloir de nage qui va de l'intérieur à l'extérieur. Une sorte de jacuzzi de luxe qui rejoint le lit du torrent glacé. *Merde*. Si j'entre là-dedans, je vais mourir de froid. C'est quoi cette baraque ? Tout est totalement démesuré. Il y a des poissons japonais *vivants*, un torrent *féroce*, et un bassin de nage *glacé*. Je me sens mal, tout à coup. C'est la seule sortie.

Ses pas résonnent dans le couloir. Sauvage marche lentement et a pris le soin de se déchausser, mais au moins il est seul. *Bien sûr qu'il marche lentement, grosse crétine !* Il sait que je ne peux pas m'enfuir. J'ai envie de vomir à l'idée de tout recommencer. Je sais pas si j'en serai capable.

– Je sais que tu es là, déclare-t-il avec calme.

Il essaie d'ouvrir et lâche la poignée.

– Sincèrement, tu essaies de m'échapper en te cachant dans ma propre salle de bains ? Je te pensais plus maligne.

Et voilà ! C'est reparti pour le jeu des questions. J'ai envie de hurler de colère et de frustration. Pourquoi PERSONNE ne peut-il COMPRENDRE que si je ne réponds pas c'est que je ne PEUX PAS ! Je hais ma peur, mon larynx, moi.

En ce moment je hais tout ce que je suis.

– Tu sais que ce n'est pas cette foutue porte qui va m'arrêter, pas vrai ?

Non, mais tu seras obligé de la réparer quand tu m'auras tuée, connard !

– Dépêche-toi ! s'impatiente-t-il. Si c'est moi qui ouvre cette porte tu vas le regretter. Je suis méchant quand je suis en colère.

Un rire hystérique s'étrangle dans ma gorge. Parce que là il ne l'est pas ?! Il veut me tuer. Plus méchant que ça, c'est quoi pour lui ?

– Tu as besoin de soins. J'ai une trousse de secours.

Que veut-il que je fasse avec deux Advil ? J'ai le ressenti d'un ballon de foot après un match. Il faut que j'aille à l'hôpital. On doit me faire un examen complet. Et je dois déposer plainte par la même occasion. Il ne va pas y couper. La rage en moi me rappelle que je ne suis qu'une femme tabassée de plus.

Bonté ! C'est révoltant.

– Tu veux vraiment dormir dans ma salle de bains ?

Non, faire un shampooing à la banquise, crétin !

J'entends ses pieds qui trépignent derrière la porte et son impatience. Il va entrer. À la façon dont il souffle, je comprends que personne ne doit lui désobéir d'habitude, mais je m'en fiche. À moi non plus, on n'a pas demandé mon avis.

– Si tu es derrière la porte, je te suggère de bouger, me lance-t-il, agacé. N'entre pas dans le jacuzzi pour te sauver. Je n'ai pas chauffé l'eau depuis trois jours. De plus, ça ne servirait à rien que tu te gèles. Tu ne peux pas fuir par là.

Rien de ce qu'il raconte ne me semble logique.

Par acquit de conscience, je jette un œil au torrent tumultueux éclairé par les spots extérieurs. Quatre-vingt-dix mètres de chenal au moins rendent son réservoir aussi fumeux qu'un brumisateur géant. Il dit vrai.

Tout ce que je ferai, c'est me rompre les os.

– J'entre. Tu m'as frappé une fois avec ma batte. Je passe. Mais ne m'attaque plus, je serai *obligé* de me défendre. Pigé ? Pour ton info, je ne suis pas du genre gentleman quand je me bats contre une femme.

Agacé de l'entendre me débiter ses menaces, je me dirige vers la porte et la déverrouille de l'intérieur. Puis je vais rejoindre le mur le plus éloigné et je me recroqueville sur le sol. Mon nez pisse le sang. Mon corps est peut-être en train de pisser de l'intérieur. Je n'ai aucune issue. Ça ne sert à rien de retarder l'échéance. Je tressaille en écoutant la porte s'ouvrir, lentement, suivie de son odeur d'orage. Ses pieds nus aux ongles bien coupés apparaissent devant moi.

– Lève la tête, commande-t-il en s'agenouillant. Si tu as peur maintenant, tu n'es pas au bout de tes peines.

Bizarrement, je le crois. C'est débile mais le besoin d'espérer un dernier miracle me fait lever les yeux. Ce que je vois alors me paralyse. Ses prunelles sombres dont je connais si bien la dureté ne triomphent pas. Au contraire. Les plus beaux yeux noirs du monde me regardent avec douceur.

Immenses et attentifs.

– J'ai été tabassé moi aussi. J'ai encaissé de la douleur jusqu'à épuisement, mais je n'avais jamais reçu un baiser avant le tien.

Cet aveu me laisse coite.

– Je ne sais pas ce qui fait le plus mal, admet-il en me fixant.

Quel bourreau peut s'émouvoir d'un baiser ? Assis sur ses talons, ses épaules d'athlète faisant écran au reste de la pièce, il a passé un tee-shirt et un jean secs.

Ses mains à plat sur ses cuisses, il dit :

– Je m'appelle Sauvage Roy. C'est irrationnel mais je veux que tu m'appelles comme ça. J'ai eu un autre prénom autrefois, mais je n'en veux plus.

Je renifle pour lui signifier mon accord.

– Pourquoi tu ne dis rien ? dit-il, contrarié que je ne réagisse pas mieux.

Je porte la main droite à ma gorge et un déclic se forme sur son visage.

– Tes cordes vocales sont paralysées, percute-t-il en la fixant.

J'acquiesce, soulagée qu'il l'ait compris.

– Une seule ou les deux ?

Je dresse deux doigts timidement car l'atteinte est bilatérale. C'est pour cela que je n'arrive pas bien à respirer. L'atteinte unilatérale gêne juste la voix.

– Combien de temps ça dure quand ça arrive ?

Comme je n'en sais rien, je hausse une épaule.

– D'accord. On verra après une bonne nuit.

Alors il ne va pas me tuer ? J'ai parfaitement entendu quand ils discutaient de ce qu'ils allaient faire de mon cadavre. C'était lui le troisième.

Je fronce les sourcils et le dévisage avec méfiance.

– Est-ce qu'il y a quelque chose que je peux faire ?

Toujours aussi perdue, je secoue la tête. Il me faudrait une injection d'acide hyaluronique mais je doute qu'il en ait, ni qu'il sache piquer entre les deux cordes vocales. Étrange, sa façon de faire, il a l'air sincère.

J'ai peur qu'il ne s'agisse d'une nouvelle ruse.

– Certaines femmes sont faites pour être apprivoisées, soupire-t-il, comme s'il le comprenait. Ça les rend heureuses. C'est le cas de beaucoup de nos sœurs ici. Leur règle intérieure est celle de l'amour. C'est une façon *apaisée* de vivre. D'autres non. Ton courage est dangereux face à certains hommes et ton intellect ne te protégera pas.

Il me dévisage comme si la conversation continuait en silence.

– Je ne te ferais jamais de mal, à moins d'y être vraiment obligé.

En deux secondes chrono, la boule d'anxiété dans mon estomac se dissout. Je le fixe dans les yeux pour qu'il lise dans les miens.

Pourquoi m'avoir fait du mal, alors ?

– Je n'avais jamais vus tes agresseurs avant. Normalement, quand des sectateurs arrivent ici, ils viennent se présenter à moi et on leur octroie un logement ensuite. Ça me laisse le temps de me renseigner sur eux et d'éliminer les extrémistes. J'étais absent à leur arrivée. Ce qui explique que je n'ai rien sur ces deux-là.

Mais alors, il m'a sauvée ?

– Attends ! Tu croyais que j'allais te tuer ? saisit-il en s'emparant de ma main.

C'est un geste de réconfort mais je suis tellement choquée qu'il me touche que je la retire comme si la sienne m'avait brûlée. Et là tout change.

Irrité de se voir repoussé, il se remet debout.

– Je vais prendre soin de toi à partir de maintenant.

Cette phrase n'a aucun sens logique. Pourquoi voudrait-il prendre soin de moi ? C'est le rôle de mon père, ça. Il me tourne le dos et se penche pour ouvrir des tiroirs. Je le regarde se saisir d'un gant de toilette, d'un flacon d'antiseptique et d'un kit de pansements qu'il dépose dans un haricot en métal. Sous ses vêtements, je devine les lignes qui définissent sa musculature sèche et la manchette de flèches indiennes autour de son biceps gauche dépassant de son tee-shirt.

Il a une seule épaule tatouée mais je ne vois pas le motif.

– Il faut que je place ces tampons dans tes narines, me prévient-il en revenant s'agenouiller devant moi. Là, c'est petit, mais ça va gonfler quand j'ajouterai le sérum physiologique. Ils arrêteront les saignements.

Inquiète à l'idée d'avoir mal, j'examine les deux tampons en question. On dirait les joints de shit de Poppy-Sue mais en blanc. Je me mets à trembler.

– Avant, je dois nettoyer.

Sans me laisser le temps, il pose le gant mouillé sur ma joue figée de sang et de morve. Je recule contre la cloison, mais ses yeux me dissuadent de le repousser à nouveau.

– Il faut du froid.

Inutile de discuter, j'ai en face de moi un roc. Je ferme les yeux pendant qu'il me nettoie. Une fois la sensation de froid désagréable passée, je les rouvre. Sauvage a placé son avant-bras gauche en appui contre le mur et sa main gauche joue à présent avec mes boucles tandis que la droite applique l'antiseptique sur mes plaies au moyen d'une gaze stérile. Je me demande s'il se rend compte de ce qu'il fait. Une fois terminé, il me regarde en face.

– Je vais enfoncer les tampons dans tes narines, maint…

Stop ! J'ai besoin de temps.

Par réflexe, j'enroule ma paume autour de son poignet, dur comme l'acier. Il baisse les yeux sur ma main qui le touche, mais ne bronche pas. Il me laisse le toucher. Songeant sûrement comme moi à la signification de mon geste.

Je libère son bras pour lui donner le départ.

– Renverse la tête en arrière.

J'obéis et il s'emploie à faire entrer chaque tampon dans chaque narine au moyen d'une pince stérile. Je grimace de douleur et d'inconfort et dois faire appel à toute ma volonté pour ne pas le repousser.

– C'est bon. Ils y sont, proclame-t-il, satisfait.

Il élève la pipette transparente et immédiatement je sens le coton gonfler dans mon nez. Je ne peux plus respirer. Je m'affole. Il faut que j'enlève ces trucs.

Sauvage me saisit les poignets.

– Calme-toi. Respire par la bouche, c'est la même chose.

Pas quand on a des cordes vocales paralysées, crétin !

Prise de panique, je tente de me relever pour atteindre les lavabos mais il plaque son corps lourd contre moi, bloquant à la fois mon corps avec le sien et ma figure dans ses deux mains. Il m'adresse un regard triomphal.

– Tu n'as aucune chance contre moi parce que je n'hésiterai pas à te frapper si tu m'y obliges, je te l'ai dit. Tant qu'il y a de l'air dans tes poumons, tu es *vivante !* Alors fais pas chier, martèle-t-il, à quelques centimètres de mon visage.

Lorsque la menace produit son effet, il recule sur ses genoux pour remettre de la distance entre nous, mais son visage exprime encore l'intimidation.

– Il va falloir que je te déshabille.

Mes nerfs se croisent sur mon estomac. Pour bien lui faire comprendre qu'il peut aller se faire voir, je dresse énergiquement mon majeur entre mes deux yeux. Ses lèvres frémissent en lorgnant mon majeur plaqué devant mon nez bouffi.

Malheureusement, il ne me dit rien d'aussi vide de sens que :

– Si je voulais baiser, Hope Brenner, ce ne serait pas avec une femme qui le regrettera dès l'affaire terminée. Je suis orgueilleux. J'en prendrais une superbe qui apprécierait de vénérer ma bite et l'homme que je suis. Pigé ?

L'humiliation s'insinue en moi.

– Enlève tes vêtements ou je le fais, m'ordonne-t-il froidement.

Comme je refuse, il passe à l'action et je me débats de toutes mes forces, le repoussant avec mes jambes, ce qui l'incite à me chevaucher. J'essaie de le renverser à coups de hanches mais il s'appuie lourdement sur mon bassin et remonte mes poignets au-dessus de ma tête. Je n'arrive plus qu'à me tortiller.

Des larmes de rage me montent aux yeux.

– Tu ne peux pas me battre au poids, alors arrête d'essayer. Tout ce que tu feras à gigoter comme ça sous moi, c'est m'exciter. Je bande déjà. Je doute que ce soit ce que tu recherches, si ?

Il a raison. Je sens très distinctement sa queue dure et chaude engoncée dans son jean contre mon sexe, et je ne peux absolument pas le lui reprocher.

Au bout du compte, je finis par m'abandonner à lui.

– Bien. Maintenant regarde ce que je fais.

Sans me lâcher des yeux, il ferme mes cuisses avec ses genoux afin de bien me faire comprendre que je ne suis pas en position de subir des violences sexuelles de sa part. Il a le dessus, le pouvoir, et il me montre qu'il ne va pas en abuser.

Ses yeux me scrutent, oscillant de droite à gauche.

– C'est déroutant quand le diable berce tes craintes, pas vrai ? Tu te demandes si je ne vais pas utiliser tes faiblesses contre toi. Je ne suis pas pressé de passer à l'acte. Je ne suis pas pressé de jouir. Il faudra me mériter, Brenner.

Quand ses paroles atteignent mon cerveau, ma chatte se met à palpiter.

– Prête ? dit-il en me lâchant les poignets.

Je n'ai pas le temps d'y réfléchir qu'il attrape le tee-shirt de campagne de mon père par le col à deux mains et le déchire en deux sur l'avant. Mes seins jaillissent littéralement et mon dos se cambre malgré moi au-dessous de son torse large, lui offrant une vue imprenable de ce qu'on pourrait faire dans un lit. Nos souffles se bloquent, ses narines se dilatent, et soudain quelque chose que je n'ai jamais vu brille dans ses yeux noirs. *L'inconnu.*

Il n'a jamais vu une femme nue.

Son regard balaye avec soin chaque courbe de ma poitrine, mes tétons, durs comme des petits cailloux pointés vers lui. Il les regarde avec insistance. Puis il ferme les yeux en passant sa langue sur ses lèvres, trahissant son envie de les téter.

Merde, ce geste est incroyablement sexy.

– Tu es belle, chuchote-t-il les yeux clos.

Ce n'est qu'à ce moment-là que je me rends compte que mes mains sont libres de me couvrir, et qu'elles ne le font pas. Parce que c'est trop fascinant d'assister à ça. Lorsqu'il rouvre les yeux, son désir est visible, mais il y a autre chose au fond d'eux. Son désir est ouvert à la peur. Parce qu'il n'y a pas de désir sexuel sans désir de l'autre, et qu'il ne peut pas se le permettre sans accepter de changer radicalement. C'est son vœu. Une lueur à laquelle mon âme ne peut pas rester insensible. Peut-être le sexe est-il la clef de sa liberté ? Désir, conquête, satisfaction. Tout cela précède l'homme adulte et l'aiguise dans son rôle. J'ai beau tout essayer, je sens monter en moi une émotion aussi violente qu'un tsunami.

J'ai envie de cet homme même si c'est une erreur.

– De toute façon, je n'aimais pas ce tee-shirt, conclut-il.

Finalement, non. Cette remarque acerbe pour mon père suffit à redonner de l'énergie à mon cerveau engourdi. Je tente de me retourner sur le ventre pour chercher de quoi me couvrir, mais il me retient.

– Elle est où ? siffle-t-il entre ses dents.

Avant que je puisse comprendre de quoi il parle, ses deux paumes s'abattent sur mes épaules et commencent à me palper sans douceur. Il écarte mes bras qu'il presse à deux mains jusqu'au poignet, puis c'est au tour de mon nombril de se faire palper. Comme s'il avait soudain décidé de me peloter tout en évitant scrupuleusement toutes les zones érogènes. *Absurde.* Il est déterminé, seulement je ne sais pas pourquoi. Il me retourne sur le ventre et recommence sa fouille au corps le long de ma colonne vertébrale. Je me tords le cou pour le regarder.

Ho ! Ça rime à quoi tout ça ?

– Écarte les jambes, je ne vais pas t'agresser, commande-t-il.

J'obéis, me demandant où ça va nous conduire.

Tout aussi concentré, Sauvage se met alors à pétrir l'intérieur de mes cuisses à deux mains, remontant ses doigts à quelques centimètres de mon sexe. Qu'il me touche là fait tout exploser dans ma tête. Il doit bien se douter que ça m'excite, non ? Je me tortille, empaillée dans mon calvaire pour ne pas imaginer des scènes plus scabreuses, quand soudain, à la lisière de mon shorty, il ne bouge plus.

Il se gratte la tête et réfléchit.

– Elle est sous l'autruchon ?

L'autruchon ? Impossible de piger ce qu'il raconte.

– Je dois t'enlever ce truc, cogite-t-il, ramenant le haricot vers lui.

En avisant la lame stérile prête à l'emploi qui s'y trouve, je comprends enfin ce qu'il cherche. La puce GPS. Je tente de ramper à plat ventre pour échapper à ce qu'il a prévu, mais il me plaque au sol de tout son long. Tout mon corps se fige lorsque je sens son sexe cyclopéen pile contre la raie de mes fesses. Je ne sais pas si c'est ma résistance qui l'excite ou mon corps, mais là, il bande carrément.

Je l'entends jurer :

– Putain de fièvre rose. Tu ne devrais pas agiter ton cul comme ça dans ce truc qui te sert de culotte. Je perds pied.

C'est con, mais j'ai les fesses qui grelottent quand il me parle cul.

– Réfléchis. Si tes agresseurs sont des sectateurs, c'est ma faute. S'ils ne sont pas des sectateurs, alors, comment savaient-ils où te trouver ?

Soudain tout fait sens dans ma tête.

– Je dois t'enlever ça. Tu comprends pourquoi, pas vrai ?

J'opine du chef avec calme mais je me sens de plus en plus hystérique au fur et à mesure qu'avance cette soirée. C'est quand même le comble. Papa m'a obligée à me trimballer avec une puce GPS pour ma sécurité et c'est cette *même* puce GPS qui pourrait conduire à ma mort ? Je ne comprends pas comment.

– Je te promets de ne pas regarder si tu dois enlever ton short. Montre-moi.

Je passe mon bras dans mon dos et abaisse un peu mon shorty pour lui indiquer la fossette au départ de ma raie des fesses. *Là.* Son pouce prend le relais tandis que sa main gauche écarte mes fesses pour dégager l'accès à son doigt.

J'essaie de ne pas penser à ce qu'il voit.

– Elle est enfouie, dit-il en palpant la zone à quelques centimètres de mon cul. Mais c'est plutôt malin de l'avoir placée là. Serre les dents, je vais faire vite.

Lorsque la lame pénètre, tout mon corps se tend. Dieu soit loué, il est habile de ses mains, et précis. En quelques secondes le traceur de la taille d'un grain de riz rejoint le haricot. Je le découvre pour la première fois tandis qu'il applique un pansement sur la plaie. Ensuite il se relève et déclare :

– Tu peux prendre une douche, j'ai recouvert la suture adhésive d'une protection étanche. Je te laisse deux Advil pour la douleur. Quand tu as fini, rejoins-moi. Ma chambre est juste en face.

Pendant que je me rassieds et ramasse mon tee-shirt déchiré sur le sol, Sauvage quitte la salle de bains, emportant le haricot avec lui. Je grimace pour me remettre debout. J'ai l'impression d'être cassée de partout, humiliée et sale, mais aussi toute tourneboulée d'avoir senti ses doigts sur moi. J'ignore comment il compte procéder pour la nuit mais je suis incapable de m'en inquiéter tout de suite. Pour l'instant, je pénètre dans la douche, réalisant seulement maintenant qu'avec son sol aquarium, son bassin de roches et la proximité du torrent, je me trouve dans l'endroit le plus stupéfiant que j'ai jamais vu.

Le diable a bâti son enfer.

CHAPITRE 16
SAUVAGE

J'entends des pas légers dans le couloir.

Ma prisonnière stoppe sur le seuil, sans doute réticente à l'idée d'entrer dans ma chambre. Comme de là où elle est, elle ne peut pas voir ce que je fabrique, je reste concentré sur l'écran de mon ordi, le temps de finir ce que j'ai commencé.

J'observe les différentes formes de puces implantables à l'être humain vendues sur le marché, puis je tourne la tête vers la boîte de Petri posée sur le sofa. Aucun doute, ce modèle ne ressemble en rien aux balises du commerce.

Ça ne me plaît pas.

Frustré, je rabats le capot de mon MacBook Pro sur mes cuisses et lève la tête du côté de la porte. Sa posture est faible, signe qu'elle ne me considère plus comme une menace. C'est déjà ça. Sa chevelure humide domptée par la douche m'indique qu'elle s'est servie de mon peigne. Ce qui m'agace, tant j'ai appris à préserver mon intimité de l'intrusion des autres. Elle a *aussi* pioché dans mes tee-shirts et mes boxers. Là encore, je n'aime pas ce que cette femme me fait ressentir.

Parce qu'elle me fait me sentir proche d'elle, alors que je ne le suis pas.

– Tu n'as toujours pas de voix ?

Un sourire triste étire ses lèvres en guise de réponse. Elle a été sacrément secouée pour arriver à paralyser ses cordes vocales de la sorte. L'attaque n'était pas improvisée. Essayer de m'en convaincre serait d'un utopisme délirant. Qui étaient ces trous du cul ? Pourquoi s'en prendre à elle si le viol n'était pas le motif ? Elle a l'air si frêle dans mes fringues. Plus je la vois, plus je me dis qu'elle n'a pas besoin de tonnes d'artifices pour être jolie. Ses jambes nues m'indiquent qu'elle ne fait pas de sport. C'est le seul défaut que je lui trouve. Une haine farouche envers moi-même me glace les entrailles en songeant à ce que je vais lui faire. Seulement qu'est-ce que j'y peux ?

Ses yeux verts se déportent vers le lit sculpté de mes vieux, qu'elle fixe avec curiosité un long moment. Un lit plateforme, de taille impressionnante, installé face au torrent. Puisqu'elle va dormir là, je la laisse le découvrir. La tête est un entrelacs de chêne imposant, suggérant les colibris d'Anna se nourrissant du nectar des fleurs, au moyen de leur longue langue extensible. Un lit érotique, comme une pollution nocturne, témoignant de la passion qu'il a jadis accueillie. La libido d'Oxton. C'est le seul meuble que j'ai gardé.

Sans bouger de ma place, je l'avertis :

– Il n'y a pas d'autres lits ici.

Je ne mens pas. En dehors de notre chambre d'enfants où il est hors de question qu'elle mette les pieds, toutes les autres chambres sont vides.

Aucune réaction de panique.

Soit elle dort debout. Soit l'idée de dormir avec moi ne lui déplaît pas. Moi, oui, par contre. Chaque fois que je songe à mon plan, c'est tellement irrationnel que j'éprouve une peur débile que tout cela ne soit pas réel. Je me suis fabriqué aveugle à tout plaisir et à ma propre euphorie. Difficile d'abandonner tout ça. L'amour de Dieu est fanatique. L'amour de la chair est passionnel. Mais *ça.* Ce que je veux. Ce dont j'ai *besoin*. C'est… *obsessionnel.*

Je ne sais pas comment le nommer.

– Tu vas dormir là et moi je prendrai le canapé, sifflé-je.

Elle ne réagit pas. Ses yeux verts préfèrent explorer la baie vitrée donnant sur le torrent. Je saisis tout de suite à quoi elle pense. *Idiote.*

– L'interrupteur pour l'ouvrir est sur la droite.

Prise en flag, elle dirige son regard vers moi.

– Tu n'es en sécurité nulle part dehors. Aussi je ne te conseille pas de te sauver. Sauf si tu veux qu'une autre équipe finisse le travail…

Elle a vraiment du fromage blanc dans la tête !

– On parlera demain. Couche-toi.

Au même moment, un texto d'Azz s'affiche sur mon portable.

[Arrête ce que tu fais et viens m'ouvrir.]

[Je monte.]

Je remets la boîte contenant le traceur dans ma poche et je quitte la pièce avec mon ordinateur sous le bras. Parvenu à l'étage, je manque me prendre les pieds dans *Fellatio,* endormie à m'attendre. Sa morphologie particulière la rend sensible aux efforts intenses, et peu résistante. Sa chasse à l'aigle a dû l'épuiser.

Je lui tapote la tête et l'encourage à se lever.

– Va surveiller notre prisonnière, Fell. Si elle ouvre la baie, préviens-moi.

Docilement, elle m'obéit et se dirige vers l'escalier.

Elle est vraiment crevée, là !

– Comment va-t-elle ? m'interroge Azz, lorsque je lui ouvre la porte.

Je reste en surface :

– Elle s'en tire bien, affirmé-je, refusant d'évoquer la perte de sa voix.

Les tréfonds de Hope ne le regardent pas.

– Pas d'hosto alors, approuve-t-il. Tant mieux.

Je récupère sa valise à roulettes et son sac à dos Gucci en toile, étonné qu'elle n'ait pas emporté plus d'affaires que ça, et je pivote vers l'escalier.

Laissant Azz envahir mon chez-moi pour la première fois.

– Pfffuiii, ça fait un sacré volume de vitrages, siffle le designer admiratif dans mon dos. Je comprends mieux la durée des travaux, maintenant.

– Tout est là-dedans ? l'ignoré-je, abandonnant le tout en haut des marches.

Je descendrai ses affaires plus tard.

– Tout y est. J'ai placé son MacBook rose de minette et son appareil photo d'antiquité à l'intérieur, répond Azz tout en me suivant dans la cuisine. Par contre, pour son iPhone, à part récupérer sa carte SIM, je n'ai rien pu faire.

Parfait.

– Tu as aussi refait le parquet ? s'exclame-t-il en contournant l'îlot central pour rejoindre la large baie vitrée obscurcie par la nuit.

Je jette un œil aux larges lattes de chêne noir.

– Je n'aimais pas le marbre.

– Et la sécurité ? s'étonne-t-il en regardant autour de lui. Je ne vois aucune grille.

– Toutes les fenêtres sont munies de volets blindés déclenchés par le système d'alarme. En cas d'urgence, tout se verrouille.

– Blindés ?!! Waouh, mon ami. C'est pas un peu excessif ?

– Zolder et moi avons été enlevés dans *cette* maison, lui rappelé-je.

Son bavardage s'arrête net. Une certitude profondément ancrée pèse sur moi : je dois protéger ce qui est *à moi.* Mon père a commis cette erreur. Je ne ferai pas la même. Azz tire un tabouret et nous nous installons tous les deux au comptoir avec une bouteille de vodka fraîche et un bol de cornichons.

Les yeux bleus de l'Iranien s'arrondissent.

– Bordel, c'est celle de Syrov ! hallucine-t-il en reconnaissant l'empereur.

– La Tsarskaya d'or. Je me la fais livrer.

– Merde ! Ces trois dernières années, j'aurais donné n'importe quoi pour une vraie vodka russe, pure, et surtout *bonne*, s'écrie Azz tout heureux en remplissant nos verres. Ici, ils n'ont que la vodka de touriste. C'est de la merde !

Tout à son plaisir, Azz prend son verre et se met debout.

– Aux cœurs blessés, aux bites dressées, et à sainte Vodka qui les console ! Que la terre soit plume avec toi, mon ami.

Je me lève car les hommes, les vrais, boivent ce verre debout, et cul sec.

– Que la terre soit plume avec toi, mon ami, trinqué-je en levant le mien.

C'est vrai que les Russes boivent, mais ils boivent pour *partager* leur cœur et leur courage. Je ne comprendrai jamais l'expression « boire pour oublier ». Quand je bois, j'ai au contraire l'impression que la lucidité coule en moi. En me rasseyant avec lui, je ne lui demande pas ce qu'il a fait des corps.

Je le laisse à son plaisir.

– Elle sent le miel et le tilleul de Ladoga, putain !

Je croque dans un cornichon afin d'éveiller mon palais après l'alcool sec.

– C'est sympa chez toi, commente le designer.

C'est vrai que la pièce est confortable avec son îlot central et ses équipements intégrés assortis. Sans compter que la baie vitrée d'angle révèle, de jour, une vue à couper le souffle sur la vallée et le lac.

Affamé, je demande :

– Ça te dérange si on mange un morceau ?

Une lueur de surprise passe sur le visage de mon binôme.

– Quand as-tu pris un repas avec quelqu'un ? dit-il, éberlué.

– Quand ai-je reçu quelqu'un chez moi ? riposté-je.

Appréciant la priorité que je lui donne, Azz jette un œil aux tables de cuisson intégrées dans le plan de travail, au double évier avec sa douchette chromée. Au volumineux frigo américain. Aux deux fours dernier cri. À la cave à vin vide…

– Comment as-tu acheté ces équipements ?

– Commandés sur Internet.

– Tu cuisines ?

– Non.

– Alors à quoi ça sert, tout ça ? demande-t-il avec perplexité.

Je réfléchis une seconde.

– Je sais pas. Ça fait maison.

Azz m'étudie en silence une seconde puis revient à sa vodka, pendant que j'ôte la garniture et le pain des deux hamburgers que Baskin m'a préparés à emporter. Un Rossini au bœuf. Un Montgomery au poulet et cheddar vieilli. Sans cette femme miraculeuse, je crois que je me nourrirais exclusivement de vodka et de sachets de protéines. Je glisse le poulet et le bœuf dans le four à micro-ondes avec leur emballage et j'attends.

– Où est ton chien ? demande Azz pendant que ça réchauffe.

– En bas.

Ting ! Je remets la salade et les tomates en place et je m'assieds sur le tabouret de bar, attendant qu'Azz récupère le sien. *Bœuf merde.* Je déteste le poulet.

– Elle dort ? dit-il avec un signe vers la valise de Hope.

– J'espère, réponds-je en croquant dans mon burger.

À cause du poulet pané, le mien est très difficile à manipuler.

– Comment ça s'est passé avec elle ?

– Elle a essayé de me tuer.

Azz arrête de mâcher, ses yeux roulant dans leurs orbites.

– Elle a plus de cran que je ne le croyais.

– Ouais. Je redoute sa réaction quand elle apprendra pourquoi elle est là.

– Tu ne lui as rien dit ?

Je plonge les yeux dans mon verre de vodka et fais tourner le liquide avant de le porter à mes lèvres.

– Je ferai ça demain.

Azz secoue la tête.

– Mauvaise idée, mon ami.

Je hausse un sourcil en reposant mon verre.

– Quelle partie de mon plan te semble mauvaise ?

– Es-tu sûr de supporter une femme qui te déteste au quotidien ? Elle a déjà essayé de te tuer. Elle pourrait recommencer.

Je n'ai pas vraiment réfléchi à ça, faut dire. Aussi je ne réponds rien.

– Elle doit avoir un sacré cul. Tu l'as vu ?

Je manque m'étouffer avec ma salade.

– Quoi ?

– Je ne t'ai jamais vu mettre ta queue au secours de quelqu'un. L'idée même d'aimer ton prochain te passe au-dessus de la tête, mon ami.

– Ce n'est pas pareil.

– C'est *exactement* pareil.

Prétendre le contraire ne servirait à rien. Je sors la boîte de Petri de ma poche.

– Je lui ai ôté ça avant que tu arrives, dis-je en la posant sur le comptoir.

Intrigué, Azz s'en empare et émet un son étranglé.

– Qui lui a placé ça ?

– Son père.

Résistant à l'envie de commenter, j'attends sa réaction.

– Et alors ? Ce n'est pas le premier riche à protéger ainsi sa famille. Aujourd'hui, les balises humaines reliées à un satellite sont devenues si banales que nous n'y prêtons même plus attention.

– Quelqu'un a pu hacker la puce pour la suivre jusqu'ici.

– Il faudrait pour ça que ses agresseurs en aient eu connaissance, soulève Azz.

– C'est vrai.

J'ouvre le capot de mon ordi et le pousse vers lui.

– Pourquoi tu te renseignes sur les transpondeurs russes ? réagit-il.

Je ne prends pas la peine de répondre.

– Partons du principe que son père veuille la protéger avec une balise GPS commercialisée sur le marché. À qui tu t'adresses pour l'acheter ?

Azz se gratte la tête et me livre son choix :

– *Applied Digital Solutions.*

– Pourquoi ?

– C'est le leader sur le marché américain.

– Qui plus est, leur boîte est en Floride, confirmé-je, en accord avec lui.

– Le spécimen que tu lui as retiré ne vient pas de chez eux, devine Azz.

J'ouvre une nouvelle fenêtre sur mon ordi et le laisse examiner les agrandissements que j'ai obtenus à la camera oculaire.

– Ce n'est pas un transpondeur RFID[24] utilisé par les unités d'élite russes.

– Tu es formel ?

– Absolument.

En lui parlant de ça, je sais à qui je m'adresse.

C'est Azz qui était chargé des mouvements des enfants pour les faire disparaître via les autres groupuscules fondamentalistes. Méfiant, Syrov exigeait qu'ils soient tous traçables. Comment aurait-il pu accepter d'en perdre un seul quand un enfant se vend entre quatre mille et soixante mille euros selon l'âge, le sexe et le pays d'origine ? Sans compter les fois où les unités d'élite ont voulu entrer chez nous pour nous espionner. Azz ne s'est jamais laissé berner. C'était facile de les voir approcher grâce aux satellites. *Ils brillaient.*

– Qu'y a-t-il ? je lui demande en le voyant froncer les sourcils.

– Ce truc n'est pas relié à un satellite, affirme-t-il en blêmissant.

Les miens se froncent à la suite.

– Comment ça ? Il trace comment alors ?

Ses yeux bleus se fichent dans les miens.

– Ce spécimen possède un code-barres sujet implanté.

– Comme dans les supermarchés ?

– Ou les loueurs de voitures, pour voir où est leur flotte en temps réel.

---

24. RFID pour Radio Frequency IDentification.

Il place l'ordinateur entre nous.

– Regarde… Son tag fonctionne sur Internet avec un nombre infini de partenaires. Il doit être indétectable par les satellites. Sauf qu'en principe ces puces ne se retrouvent pas chez les humains.

Perplexe, il lève la tête de l'écran.

– Je ne connais pas ce modèle, mon ami, conclut-il d'un air pincé.

– Qui aurait intérêt à utiliser Internet au lieu des satellites ?

Le déclic se forme sur son visage.

– Le dark web, pointe Azz avec gravité. En fonctionnant sur la partie obscure d'Internet, les réseaux de trafic des êtres humains noient leur activité parmi les puces adaptées aux produits alimentaires. Ni vu ni connu, pas de satellite, mais tu bipes à chaque borne : passage en caisse, aéroport, gare, péage…

– Sans possibilité de te dissimuler nulle part, en déduis-je.

– C'est ça. Tu bipes comme un putain de produit alimentaire.

Pris d'un sentiment de rage, je pousse un grognement.

– Rien que ça me prouve la culpabilité de Brenner. Hope et moi avons le même âge. Cette puce lui a été implantée l'année de ma disparition. Preuve que ce juge fédéral avait les *moyens logistiques* de nous faire disparaître.

– Tu penses qu'il fait ça pour le fric ?

– Je m'en contre-fous de ses raisons. Esclavage sexuel. Travail forcé. Mouvements apocalyptiques. Trafic d'organes. Mendicité. Peu m'importe dans quoi il trempe. Je veux juste savoir à qui il a vendu mon frère, avant de l'exécuter et de jeter son corps dans un dépotoir, comme la pourriture qu'il est.

Azz nous ressert en vodka et nous la dégustons lentement.

– Ça va la tuer, marmonne-t-il en sirotant la sienne.

– C'est *sa* faute, riposté-je.

C'est dingue, mais que Brenner soit le pourri que je subodorais me donne l'impression de la posséder encore plus. Je ne laisse jamais personne m'humaniser. Je m'empêche de m'attacher aux autres et de les prendre en pitié. Surtout quand je dois tuer l'un des leurs. Mais elle…

Je veux la posséder.

– Elle te plaît, c'est ça ?

– Hope Brenner est *ma réparation*.

– Mauvaise idée, mon ami. Tu ne dois surtout pas créer un lien avec elle. Si tu touches à son père, elle va te haïr. Tu devrais la tuer et en finir.

– Non. Elle peut me haïr si elle veut. J'en paierai le prix.

Plus tard dans la soirée, après le départ d'Azz, je descends ses affaires dans ma chambre, dont la lampe de chevet est toujours allumée. Je vais m'asseoir au bord du lit avec l'intention de l'éteindre. Après les événements de la soirée, je ne peux m'empêcher de sourire en la trouvant allongée sur le ventre dans mon grand lit avec *Fellatio* endormie à côté d'elle. J'ai une vue splendide sur son cul moulé dans mon boxer qui rentre presque entre ses fesses, et ma bite en souffre plus que mon égoïsme primaire à ne rien vouloir partager cette fois.

Ça risque d'être compliqué.

CHAPITRE 17

HOPE

Le diable est un incompris.

C'est l'impression que j'ai en découvrant son antre au réveil. Tout est doux et paisible ici. L'opposé de l'homme sauvage et tourmenté qui m'attend dans sa cuisine, en tee-shirt noir et bas de survêtement. Debout face à la baie vitrée à siroter son énième café de la journée, il semble perdu dans ses pensées.

Sa peau hâlée montre qu'il préfère l'activité en plein air.

Mais il est là à attendre que je me réveille.

Je suis sur le point de lui demander si tout va bien quand il fait volte-face, et j'ai ma réponse. Il a une mine lugubre et les traits tirés de celui qui n'a pas dormi. Tant mieux ! S'il se montre désagréable ça réduira cette stupide attirance que j'ai pour lui. Même s'il m'a sauvé la vie, il ne doit pas avoir cet effet-là sur moi.

– Vous avez une sale tête.

Ses lèvres s'incurvent.

– Tu as une jolie voix.

On parlera demain.

Faisant fi du mauvais pressentiment qui m'assaille, je contourne l'îlot central pour m'asseoir face à la vallée. Ses yeux immenses et attentifs suivent chacun de mes mouvements. Je sais qu'il note que j'ai enlevé les mèches de mon nez, qu'il examine la chemise que je lui ai empruntée sur moi, et mes cheveux lâchés pour cacher mes hématomes disgracieux.

– Où est *Fellatio* ? m'enquiers-je en regardant autour de moi.

J'étais tellement perdue hier soir que je l'ai enlacée comme un doudou, surprise qu'elle se laisse faire. Comme si elle avait compris que j'avais besoin de ma mère, elle l'a remplacée.

– Elle avait besoin de sortir, dit-il le regard froid.

– Merci de l'avoir envoyée me tenir compagnie hier soir. Elle m'a aidée à me détendre et j'ai pu m'endormir.

Il opine et demande comme si rien d'autre ne comptait :

– Est-ce qu'ils avaient l'intention de te violer ?

Il n'y a aucune pitié dans son regard. Je secoue la tête.

– Ils t'ont dit ce qu'ils voulaient ? insiste-t-il en serrant les dents.

Rien que d'en parler, l'émotion serre ma gorge.

– Ils n'ont pas compris que j'avais un problème de voix alors ils se sont vite énervés, ce qui rendait leurs propos incohérents, admets-je d'une voix nouée.

– D'accord, déclare Sauvage insatisfait en pivotant vers le réfrigérateur.

Pendant ce temps, je contemple les paysages qu'il admirait par la fenêtre. Ce côté-ci de la propriété est sur l'adret, bénéficiant d'une plus longue exposition au soleil et de pentes plus douces. La vallée plonge en paliers géométriques recouverts d'herbe, endroit idéal pour un pique-nique. D'anciens ceps qui n'ont pas été arrachés m'apprennent que c'est là qu'était l'ancienne vigne. Soleil. Sol gras et humide. Fraîcheur et drainage naturel. Je comprends mieux comment on a pu y faire du vin. Sauvage revient avec une brique de jus d'orange, un mug de café, et un paquet de pain de mie qu'il dépose devant moi.

– Je n'ai rien d'autre, grince-t-il.

À son air bourru, je comprends qu'il n'avait pas prévu de me nourrir.

– Ça ira, merci.

Il s'assied sur le tabouret d'en face, son attention entièrement concentrée sur moi.

– Je ne mange pas le lard ni les omelettes, de toute façon, dis-je mal à l'aise.

Arrête de me dévisager !

– Je suis plutôt sucre, meublé-je par politesse.

Sauvage se lève et revient avec un flacon de sirop d'érable flambant neuf qu'il dépose devant moi. Pour moi, tout le bonheur d'une journée commence par mes tartines grillées au Nutella préparées avec amour par Edith. Pas par un homme qui serre les dents comme si ma présence chez lui l'indisposait à chaque instant.

C'est gênant de s'imposer comme ça.

Cependant mon estomac gronde de plaisir dès la première gorgée de café. Avoir quelque chose de chaud dans le ventre me donne l'impression de recevoir le soleil que j'ai failli ne plus revoir, directement dans mon estomac. Je croque dans le pain fade comme si c'était une hostie, m'obligeant à penser qu'il n'est pas là.

Mais c'est impossible.

– Vous allez me reluquer comme ça longtemps ?

Pas de réaction.

– Recevoir quelqu'un sous votre toit n'a pas l'air de vous emballer, grincé-je.

Il ne dément pas. Mieux encore, le regard critique, il ne prend même pas la peine de cacher ce qu'il pense de mon alimentation. *Mauvais.*

Calme-toi, Brenner.

– Je mange sucré, et alors ? Je ne suis pas grosse, j'ai le droit !

– Ce sont des calories vides, oppose-t-il. Elles n'apportent rien du tout.

Je le fixe méchamment. Pense-t-il vraiment disposer d'une forme d'autorité sur moi ? Résistant à l'envie de rouvrir les hostilités, j'examine la pièce. De ce que j'ai pu apercevoir, à part de la vodka dorée à l'or fin et de la bière bleue bizarre, son frigo est vide, et si j'en crois ce qu'il dit à propos de ses placards, cet homme n'a rien à manger chez lui. Je considère la rôtissoire, les fours vapeur, le piano cuisson de pro et la hotte aspirante géante au-dessus de nos têtes.

Que du haut de gamme dernier cri. Sauf qu'aucun d'eux n'a servi.

– Vous avez gagné la cuisine d'un magazine déco ?

– Tu te nourris toujours aussi mal ? riposte-t-il d'un ton aigre.

Calme-toi. Zen. Respire, Hope.

– Vous avez du beurre ?

– Non.

– Des œufs ?

– Non.

– Un toasteur ?

– C'est quoi ?

OK, c'est triste. Mais je n'ai pas la force de m'attendrir.

Ni de lui demander comment il a fait pour rater un toasteur avec une cuisine digne d'un restaurant cinq étoiles. J'ai juste faim de sucre, bon sang ! Me remplir. Me sentir en sécurité et éloigner le stress. J'ai eu trop peur hier soir. Faute de mieux, j'étale d'épaisses bandes de sirop d'érable sur mon pain de mie.

– Vous savez ce que dit ma grand-mère à propos du petit déjeuner ?

Il manque tellement de réaction que je ne sais même pas s'il m'écoute.

– Poppy-Sue dit toujours la vérité toute nue, continué-je.

– Elle dit quoi sur le sucre que tu avales ? demande-t-il, sarcastique.

Je lui souris, machiavélique.

– Un célibataire qui se réveille seul pensera à une femme. Aussi sûrement qu'un homme marié crie à la sienne « Montre-moi mon petit déjeuner ». J'en déduis que vous avez de sacrés fantasmes matinaux.

Ignorant son sourcil levé dubitatif, je plante mes dents dans le toast sucré à mort et j'en gémis de bonheur. Je l'entends prendre une brusque inspiration.

– Fais pas ça, Boucle nuit…

Sa voix rauque engluée de désir me fait ouvrir les yeux.

– Ne joue pas avec le feu, me prévient-il. Je ne veux pas te duper et te laisser croire que je suis ton ami. Je ne le suis pas.

Je le dévisage, avalant ma bouchée.

– Vous êtes quoi alors ? Mon ennemi ?

– Je t'ai sauvé la vie. Un ennemi ne t'aurait pas fait ce cadeau.

C'est on ne peut plus direct. Logique et glaçant. Comme il sait l'être. C'est même naturel chez lui. C'est l'inverse qui ne l'est pas.

Subitement, je n'ai plus d'appétit.

– Il est quelle heure ? je demande en reposant le reste du pain sur mon assiette.

– Bientôt midi.

– Oh non, je vais me faire écorcher vive ! Vous avez du WiFi ici ?

Sauvage me regarde d'un air narquois.

– Change de plan. Tu vas devoir t'en passer.

– Pourquoi ?

– Tu es ma prisonnière.

Le mot me révulse. Mon sang se contracte, se dérobe, pour mieux le rejeter sous l'effet de la répulsion qu'il m'inspire. Je le dévisage pour voir s'il est sérieux mais il semble manquer une pièce au puzzle qu'est devenue ma situation. Comment en suis-je arrivée là ? Le soir où j'ai rencontré Caitlin, je ressentais une quasi-béatitude de savoir que je faisais un travail important. Et maintenant, je suis ici, sur le point de devenir la prisonnière de quelqu'un ? Je songe à la mère d'Azz qui a été vendue comme esclave sexuelle pour être humiliée et ça m'effraie.

La seule chose que je comprends, c'est que je ne suis pas consentante.

– Mon amie Abrielle m'appelle tous les matins à la même heure. Je sais que mon portable est cassé mais si elle n'arrive pas à me joindre de la journée, elle va s'inquiéter et alerter mon père qui ne manquera pas d'activer ma puce. Alors c'est vous qui allez devoir changer de plan ! J'ai besoin d'un téléphone *maintenant* !

Un ricanement accompagne la fin de ma phrase.

– Ta puce n'est plus traçable sur Internet. Je m'en suis occupé.

Pleine de confusion, je braque mes yeux ronds sur lui.

– Quoi ? Ça t'étonne de savoir qu'elle était active ?

La déception me tombe dessus.

– Un peu, oui, accusé-je, sans chercher à la dissimuler.

J'ai toujours cru que c'était une simple précaution en cas d'enlèvement. En aucun cas une façon de me pister au quotidien.

Pourquoi papa ne m'a-t-il rien dit ?

– C'est plutôt ton fiancé qui devrait t'appeler, persiffle Sauvage. Tu n'es pas en train de m'entourlouper pour l'appeler au secours ?

À mon tour de ricaner :

– Brendt n'a pas cherché à me joindre une seule fois depuis que je suis ici. On s'est disputés avant mon départ. Par son silence, il me met au pied du mur. C'est fait *exprès*, figurez-vous.

– Ce type est un idiot, déclare Sauvage.

Je me tais parce que, après hier soir, je ne suis pas loin de le penser aussi.

J'aurais pu mourir égorgée. Comment Brendt aurait-il réagi ? Aurait-il été inconsolable ? Ou bien se serait-il contenté d'un joli discours sur mes mérites à mon enterrement pour mieux se glorifier lui-même et attirer l'attention sur lui ?

Y a pas à dire, la mort replace les choses en perspective.

– Allez, soyez sympa. C'est ma meilleure amie de toute ma vie, insisté-je. Un peu comme vous et Azz. Que ferait Azz s'il n'avait pas de vos nouvelles ?

Toujours le même mutisme impénétrable. Il ne secoue même pas la tête pour répondre « non ». Il n'émane de lui aucune chaleur. Aucune empathie.

La bile me monte à la gorge :

– M'avoir sauvé la vie ne vous autorise pas à faire de moi votre prisonnière, explosé-je devant l'effroi de ce qui m'attend. Mais si tel est le cas, sachez que je ne serai *jamais* consentante. Je me battrai de toutes mes forces pour m'enfuir et je n'obéirai pas à vos ordres. Je suis une femme libre. Plutôt me tuer moi-même que me comporter comme une esclave. Pigé ?

Ce mec est le diable incarné, avec ses yeux sinistres rivés sur moi.

– Tu promets de ne pas parler de l'agression d'hier soir à quiconque ?

– Vous me demandez de renoncer à porter plainte ?

Un hochement sec pour confirmer.

– Par curiosité, pourquoi ?

J'ai l'impression de vendre mon âme au diable.

– Les sectateurs sont déjà mal vus, dit-il. S'il y a une enquête de police, ça donnera une raison supplémentaire à Caitlin de virer les miens. Je t'ai sauvé la vie. À ton tour de faire quelque chose pour nous.

Il a raison. Je ne peux pas leur faire ça.

– Très bien. Je n'en parlerai pas, obtempéré-je.

C'est mieux que d'être coupée de tout. Sauvage glisse sa main dans sa poche et pose son iPhone XS sur le plan travail en le faisant glisser vers moi.

– Azz a récupéré ta carte SIM et, par bonheur, j'ai une double SIM dans ce modèle. Ce qui m'autorise deux lignes différentes. Cette nuit, j'ai fait transférer ton numéro chez mon opérateur. Glisse-la dedans et appelle ton amie.

Toute cette histoire, c'est trop d'informations à gérer.

Aussi je fais ce qu'il dit, sans lui demander comment il a pu s'y prendre pour me faire changer d'opérateur, ni réfléchir à ce qui est arrivé à mes agresseurs dont il n'a pas l'air de redouter qu'ils parlent. Je verrai ça plus tard. Pour l'instant je ne ressens que du soulagement. Partager ma ligne avec lui est mille fois mieux qu'être complètement prisonnière sans pouvoir donner de nouvelles aux miens. J'accepte le diapason qu'il me propose et glisse ma carte au côté de la sienne. J'entre mon code et la connexion s'établit. Ensuite, j'en profite pour répondre au dernier SMS de mon père, arrivé à onze heures ce matin.

Sauvage se penche pour lire.

[Hey ! Comment va ma psychologue préférée ce matin ?]

[Terrible ! Je veux poignarder tout le monde.]

Tu m'as fliquée sans mon consentement, papa.

[Évite de tacher tes jolies mains avec du sang.
N'oublie pas que je suis juge fédéral.]

[Je ne te dis pas comment tu dois vivre ta vie.]

[Haha, t'es géniale !
J'entre en réunion. À+ bébé.]

L'incrédulité perce dans la voix de Sauvage :

– Bébé ?! Ton père t'appelle « bébé » ? C'est pas réservé au mec avec qui tu baises, ça ? Ton *Berk* est vraiment un sans-couilles.

Je lève les yeux au ciel.

– Brendt, rectifié-je stoïquement.

Je lance mon appel mais Sauvage se penche et appuie sur « haut-parleur ».

– Je ne suis pas d'un naturel confiant, me livre-t-il en guise d'explication.

Je plisse des yeux pour l'avertir.

– Et moi je ne suis pas votre prisonnière, martelé-je afin de clarifier les choses.

– Tu *es* ce que je veux, réplique-t-il du tac au tac.

Je lui dirais bien qu'il se comporte comme un connard alors qu'il traite les autres d'idiots pour moins que ça, mais Abrielle répond dès la première sonnerie.

– Vous avez fait ça où ? lance-t-elle, sans même me dire bonjour.

– Quoi ?

– Ça fait CINQ HEURES que je t'appelle, bichette !

– Si tu évitais de m'appeler à l'aube, aussi…

– Vas-y ! J'en parlerai pas à Brendt. Juré.

Le nom de Brendt me met sur la défensive. D'autant que je suis sûre d'entendre en face : « Un tour de circuit dans ma bagnole que *Berk* en a rien à foutre ».

Ça me déconcentre.

– Je ne vois pas de quoi tu…

– Ne mens pas ! Si tu as couché avec le mystère de l'homme anachorète on ne peut pas en rester là. Ce gars a forcément un problème qu'il faut identifier au plus tôt pour savoir si cette relation doit être entretenue ou avortée. Il y va de ton intérêt.

Sauvage plisse des yeux, comme s'il cherchait à comprendre quelque chose de ce fouillis. Tandis que de mon côté je rougis comme un steak en début de cuisson.

Hélas, mon cerveau ne réagit pas assez vite.

– Alors ? C'est un mauvais coup ? Il bande mou ? Quand il jouit il pousse des cris bizarres ? Il t'a foutue dehors juste après le coït ? Oh attends ! Je sais. Il a pleuré et s'est mis en position fœtale pour sa première fois !

Cette fois, j'ai l'impression d'avoir avalé un champ entier de coquelicots. Je détourne mon visage pour ne pas devoir le regarder.

– Ben… à vrai dire…

– À vrai dire il est bon, c'est ça ? déprime subitement Abrielle.

On dirait qu'elle est déçue.

Je vais pour lui dire qu'on n'a pas couché ensemble mais, contre toute attente, Sauvage agite son index sous mon nez pour me faire comprendre que je ne dois pas la dissuader.

– Non ? fais-je sans trop savoir à qui je dis non.

– Non quoi ? insiste Abrielle, confirmant que je ne m'en sortirai pas comme ça. Non, il n'a rien fait de tout ça ? Ou non, il n'est pas si bon que ça ?

Les sourcils relevés de l'autre diable me défient de la dissuader.

– Non il… n'a rien fait de tout ça, mens-je.

Enfin c'est aussi la vérité, hein ?

– Ah bon ? C'était bien alors. Merde. S'il baise bien nous devons rayer de la liste la cause la plus probable de rejet du sexe.

Super Abbie ! Maintenant il sait qu'on a fouillé dans sa vie.

– Écoute Abrielle, je peux pas… avoir… cette conversation, *maintenant*.

– Oh, semble comprendre Abbie. Tu es encore chez lui.

Et il écoute toute notre conversation. Alors pitié, STOP.

– Mince. D'accord. T'as fouillé ?

Super idée ! Dis-lui que je vole aussi.

– C'est comment ? persiste-t-elle.

– Comment quoi ?

– Dans quoi il vit ? Un appart de célibataire crade avec des slips partout ? Une tanière en sous-sol avec lit à barreau et crucifix, genre monastique ?

Honteuse de l'entendre sortir un tel cliché, je rougis.

– Rien de tout ça. C'est un beau chalet, archi-propre, pour un mec.

C'est la conversation la plus gênante de ma vie.

– Il doit vraiment cacher un truc horrible, s'angoisse Abrielle de son côté.

– Tu devrais arrêter Netflix, Abbie.

– Tu te souviens de Norman Bates dans *Psychose* ?

– Abbie…

– Arrête, c'est sérieux, me coupe-t-elle. Norman est perturbé mais personne ne le sait parce qu'il s'occupe super bien de sa mère qui le tient éloigné des femmes. Le gourou de ton Sauvage, c'est la mère Bates. Si tu te souviens bien, dans le film, Norman devient haineux envers les femmes. Il les tue et les enterre dans le jardin de son motel parce qu'il ne peut pas les baiser sans se montrer indigne envers sa mère. Tu as repéré des traces de présence féminine ? Un frigo plein avec des étiquettes partout et des plats congelés pour chaque jour ?

Je lève les yeux au ciel.

– Abbie…

– Regarde bien. Norman avait un côté maniaque.

Je me cache derrière ma main même si ça ne sert à rien.

– Abbie, il semble… équilibré, chuchoté-je.

Enfin, si on oublie qu'il veut faire de moi sa prisonnière.

– Alors provoque-le !

– Et comment je fais ça ? ricané-je en me disant qu'elle n'a pas vu le gabarit.

– Facile. Couche avec son meilleur pote et vois comment il réagit. Voilà. Tu couches avec Azz et après tu lui dis. S'il n'est pas jaloux et qu'il te pardonne, ça veut dire qu'il est aussi taré que Norman Bates !

J'éclate de rire. J'étais déjà une tentatrice. Maintenant je suis une pute. Elle est vraiment très forte. Et là, il se passe un truc complètement improbable. Alors que je suis penchée au-dessus, le portable disparaît. Le diable s'en est emparé.

– Abrielle, c'est ça ?… Ici Sauvage Roy. Enchanté.

Abasourdie, je le regarde faire les cent pas dans la cuisine en parlant à ma copine *Wog*, et je me trouve pathétique d'être tellement contente.

Mais c'est un tel avancement.

– En principe, je ne parle pas aux *Wogs* mais je vais faire une exception puisque que tu fouilles dans mes affaires.

Peu importe, tu lui parles.

– Tu me trouves pervers parce que je ne baise pas ? Moi, j'ai une pensée émue pour ces pauvres gars qui se réjouissent de visiter ton lit en ignorant totalement qu'ils ne sont qu'au stade du test-produit avant de se faire renvoyer chez eux.

Seulement ma joie est de courte durée.

– Rends-moi un service, veux-tu. Informe *Berk* de ma part que sa fiancée s'est trouvé un nouveau mec et que celui-ci a des couilles. Il peut m'appeler au numéro de Hope pour en discuter. On a le même téléphone à présent.

Ensuite il raccroche, se rassied en face de moi et me regarde droit dans les yeux. Pile au moment où je comprends pourquoi il m'a obligée à mentir à mon amie en lui faisant croire que j'avais couché avec lui. *L'enfoiré.*

– Quelque chose à objecter ? me jette-t-il, fraîchement.

– Comment osez-vous briser mon couple de la sorte ?

– Tu es à moi, pas à lui, rétorque-t-il d'un air supérieur.

– J'y crois pas !! Je ne voulais pas croire que vous étiez le diable[25] mais vous êtes aussi trompeur que lui, m'écrié-je en pointant son chiffre.

Il soulève mon menton et me force à le regarder.

– C'est ça que tu veux comme mec ? Un test-produit ?

Encore désarçonnée, je secoue la tête dans sa paume.

---

25. Hope fait référence à son latin. « Diabolus » signifie « celui qui désunit » ;-)

– Tant mieux. Parce qu'autant que tu le saches tout de suite, le jour où je serai en toi, je ne serai pas un test-produit. Tu me prendras et tu me garderas.

Il me lâche le menton et je réalise qu'il m'a touchée selon ses règles.

Pour se déclarer.

– Qui vous dit que nous allons coucher ensemble ?

– Je ne parle jamais à tort et à travers. Je vais te prendre.

Je bats des cils pour encaisser le choc.

– Bon. Vous allez me dire *maintenant* pourquoi vous me retenez ici.

– Parler est ennuyeux, déclare-t-il en sortant un feuillet plié de sa poche arrière. Je préfère te montrer.

J'ai les mains qui tremblent en saisissant le bout de papier.

– Qu'est-ce que c'est ?

– L'unique raison de ta présence ici.

– Mais encore ? je demande avec méfiance.

Étrangement je me rends compte qu'il n'est pas plus à l'aise que moi.

– J'ai été enlevé dans cette maison à l'âge de cinq ans, commence-t-il d'une voix sourde. Il n'y a eu aucune demande de rançon. Oxton et Saskia étaient en Angleterre pour le Grand Prix de Silverstone lorsque cela s'est produit. Je sais que Caitlin t'a briefée, aussi je te passe les détails. Mes ravisseurs m'ont vendu à Syrov. C'était donc un enlèvement lié au réseau des trafiquants d'êtres humains. J'étais le fils du champion du monde en titre et Syrov était fan de course automobile. Pendant très longtemps, j'ai pensé qu'il n'y avait pas plus que ça.

Il s'interrompt et je devine l'émotion qui le submerge.

– J'étais un *black flashing,* confesse-t-il. Tu sais ce que c'est ?

– Non.

– Je faisais preuve d'insolence inappropriée quand on me donnait un ordre.

– Sauvage vient de là ?

Brusquement je l'imagine en petit garçon rebelle qui cherchait les ennuis, avec ses mèches brunes épaisses et son regard noir immense et attentif.

– J'étais systématiquement et sévèrement sanctionné, acquiesce-t-il. Les punitions infligées devant le groupe, les vexations, les humiliations, le sens de la discipline, tout ça, j'en avais rien à faire. Je voulais… retrouver ma famille.

Alors que les autres rentraient sûrement dans le rang.

– Qu'en était-il des autres enfants ?

– Caitlin t'a raconté pour les battes de baseball ?

Je fais oui de la tête.

– Je suis devenu le meilleur.

Un frisson me parcourt en comprenant ce que ça signifie.

– Dans la vie de tous les jours, si nous commencions à avoir l'air troublé par tel ou tel événement qui nous rendait faibles, on nous disait « Sers-toi de ta batte ». C'était notre dynamique. Il était stupéfiant de voir la vitesse à laquelle les enfants se retrouvaient prisonniers de ce système. Mais pour nous, c'était logique.

– Ça l'était sûrement.

Ses yeux noirs oscillent de gauche à droite, avant de poursuivre :

– Quand l'assaut a été donné contre la secte, par loyauté envers les miens, j'ai défendu cette communauté. Mais quand j'ai compris que l'issue serait en notre défaveur, malgré les armes et malgré la foi des nôtres, j'ai isolé Syrov dans le ranch des enfants. Je crois qu'il avait de mauvaises intentions envers eux.

– Il allait les tuer, murmuré-je la gorge nouée.

– Certainement. La règle quand une secte est prise, c'est le suicide collectif.

J'opine du chef.

– L'Apocalypse de Jim Jones[26]. En présence de l'enfer, il n'y a qu'une solution pour sauver les fidèles : le triomphe de la mort.

– Je vois que tu connais bien le sujet, remarque-t-il, surpris.

– Qu'avez-vous fait ? déblayé-je sans lui en donner la raison.

---

26. Il y a quarante ans, Jim Jones entraîna les 900 fidèles de sa secte installée au Guyana dans l'un des plus grands suicides collectifs de l'Histoire. Il a hélas été suivi par d'autres sectes comme Waco, l'Ordre du temple solaire, la Porte du Paradis… Le terme est resté.

– Je l'ai tué.

– Vous avez sauvé les enfants, je conclus avec émotion.

– Je ne l'ai pas fait pour ça.

– Vous les auriez laissés mourir ? lui opposé-je, choquée par sa réponse.

Je n'arrive pas à croire qu'il admette s'en désintéresser, mais il ne répond pas.

– Pourquoi l'avez-vous fait, alors ?

– J'avais une question à lui poser.

– Laquelle ?

– Je voulais savoir *qui* avait décidé de mon enlèvement.

– Vous l'avez su ?

Le silence se fait à ma question.

– Vous l'avez torturé.

– Devant les enfants, confirme-t-il froidement. Tu vois ? Tu ne dois pas m'admirer. Je ne suis pas un héros. Je suis un salaud. Souviens-t'en.

J'avoue qu'il me faut un moment. J'ai beau être psychologue aguerrie à toutes sortes de personnalités déviantes, je sais reconnaître quand un individu est dangereux, et celui que j'ai en face de moi est déroutant.

Parce qu'il est aussi dangereux que touchant.

– Il a parlé ?

– Rares sont les hommes qui n'avouent pas devant la mort, affirme Sauvage en me scrutant bizarrement. Syrov ne savait rien, je peux le jurer.

– Vous vous êtes fait une raison ? lui demande la professionnelle que je suis.

Ses lèvres esquissent un rictus amer.

– Il *fallait* que je me fasse une raison. Je ne pouvais même pas lui en vouloir, vu que personne n'était venu me chercher. Aussi lorsqu'ils m'ont appris que mon ADN avait été comparé à celui d'une poterie au Canada, j'ai repris espoir. Quelqu'un allait pouvoir répondre à ma question. J'ai tout accepté. J'ai été docile. Je me suis laissé transférer en désintoxication à Ottawa. J'ai renoncé aux drogues.

– La poterie, c'était un travail fait à l'école ?

– C'est ce qu'ils m'ont dit. La pièce avait été mise sous scellés.

La conclusion me vient tout naturellement :

– C'est à ce moment-là que vous avez appris pour vos parents.

Un bref hochement de tête. Pas plus.

– Vous avez posé la question à Melvin ?

– Il ne savait rien. Du moins, c'est ce que j'ai cru jusqu'à sa mort.

– Je ne comprends pas. Vous vous trompiez ?

Du menton, il désigne le papier que j'ai dans mes mains.

– Melvin était aveugle quand il est mort, mais il m'a laissé ça.

– C'est quoi ?

– Le nom de celui qui a commandité mon enlèvement.

Subitement mon cœur bat plus vite sans que je fasse le moindre mouvement.

– Vous avez dit que c'était l'unique raison de ma présence ici.

– Ouvre et tu comprendras.

Mon cœur se ferme. Souvent nos déceptions sont notre œuvre. On s'est juste trompé en plaçant sa confiance au mauvais endroit. Les faits, par contre, viennent du dehors. On n'y peut rien. Si on est croyant, on peut y voir la punition ou la récompense divine. En tant que chercheuse, je ne m'appuie pas sur la foi.

Et à cet instant, je le regrette. J'aurais aimé avoir quelque chose sur quoi m'appuyer. Lorsque j'ouvre la feuille blanche, j'ai l'impression que mes yeux ont été cousus avant ça. Il me faut plusieurs clignements de paupières pour retrouver la vue. L'écriture est celle, torturée, d'un malvoyant.

Mais elle est parfaitement lisible.

SAMUEL BRENNER. MIAMI.

Papa.

Brusquement je suis entourée de noir et une fraction de seconde les mots n'atteignent pas mon esprit. Une image fugace me traverse à la place. Quelque chose d'inconnu et de très perturbant qui disparaît aussitôt.

C'est une ineptie.

– Ce n'est pas possible. Il y a une erreur.

– Je savais que tu dirais ça. Tu es loyale envers lui, c'est normal.

– Je ne suis pas loyale. JE L'AIME !! Vous comprenez la différence ?

– J'avais raison, dit-il. L'amour rend aveugle.

L'expression me revient mais j'en ai rien à faire.

– Mon père ne peut pas avoir commis un acte pareil. Il est juge fédéral des États-Unis. Il a *juré* sur la Constitution. C'est un père *aimant.* Il est soucieux des enfants défavorisés et fait un travail formidable. Vous ne le connaissez pas. Jamais je n'admettrai qu'il a pu commettre quelque chose d'aussi *abject.*

Sauvage ouvre son ordinateur et le tourne vers moi.

– Tu es loyale. C'est tout à ton honneur. Mais tu devrais commencer à envisager que *lui* ne le soit pas envers toi.

C'est puéril mais je refuse de regarder ce qu'il me montre.

– Si j'ai bien compris, Caitlin m'a menti sur les raisons de ma venue ici.

– Cela n'a rien de personnel, Hope. Tu es juste un pion dans la partie qui se joue entre ton père et moi. Il me doit des réponses.

– Bien sûr que si c'est personnel ! C'est *très* personnel, même.

La façon dont il me regarde me démener avec pitié résume toute notre situation. Je suis le moyen qu'il a trouvé pour atteindre mon père.

Pas la psychologue méritante dont on attend de l'aide.

Comment ai-je pu être aussi conne ?

– Allez vous faire foutre ! Papa est innocent.

Sauvage croise les bras et me fixe, comme s'il me méprisait d'aimer mon père.

– La puce que je t'ai enlevée hier soir n'est pas un modèle courant, m'informe-t-il froidement. Par précaution je l'ai montrée à Azz pendant que tu dormais. Je ne voulais pas me tromper. Nous sommes formels tous les deux.

– Super ! Vous êtes deux dingues, protesté-je, butée.

J'ai peur de raisonner. Tout refuser en bloc me paraît bien plus facile.

– La puce qui t'a été implantée lors de tes cinq ans est un transpondeur utilisé par le réseau des trafiquants d'êtres humains, abat-il sèchement.

J'éclate d'un rire sinistre.

– Alors ça, c'est une surprise ! Des tas de gens protègent leurs enfants avec des puces, objecté-je. Mon père est protecteur, c'est tout.

Cette fois, Sauvage me regarde, l'air parfaitement serein.

– C'est vrai. Mais ces puces de VIP utilisent les satellites.

– Et pas la mienne ?

– Internet, réfute-t-il.

– Et alors ? Où est le problème ?

– Internet permet aux trafiquants de dissimuler le déplacement de leurs marchandises parmi les produits alimentaires. J'ai été enlevé et vendu la même année. Tu en déduis quoi ?

L'onde de choc se répercute dans tout mon corps. C'est comme une lame puissante que l'on voit venir se briser sur les rochers dans la tempête. Je suis le rocher. Immobile et spectateur. Je ne sais pas quoi dire, quoi faire. Je me contente de regarder l'homme qui vient de flinguer mon père dans mon cœur, hébétée, choquée. Et je ne ressens rien. Je suis en surcharge mentale.

– Maintenant dis-moi si tu lui restes loyale ? m'intime Sauvage. Si c'est le cas je comprendrais. Tu choisis l'option la moins dangereuse. Celle de l'amour. Moi, je pense que tu ne le feras pas. Je me trompe ?

Comment puis-je répondre à une telle question ?

Si j'envisage sa culpabilité, je vois mon monde se fissurer sous mes pieds. Pas seulement mon monde, d'ailleurs. Celui de Tara et de Billy, de Giselle, dont il est le dieu. Brusquement je me sens sonnée. Samuel Brenner a toujours été mon père tout court. Bien sûr, il n'est pas sans défauts, mais pour moi, pour mon cœur, il l'est. La lucidité me manque pour tenter de sauver quelque chose de tout ça. Les larmes me brûlent les yeux mais je les ravale. J'essaie de rester calme. Ce matin, j'avais une vie, un passé, je croyais dur comme fer tout ce qu'il m'avait raconté.

Toute ma vie, j'ai regardé mon père avec respect.

Et maintenant ?

CHAPITRE 18

SAUVAGE

Je ne lâche jamais mon adversaire des yeux.

Sa loyauté marque ses traits. J'aime ça chez elle. Je ne veux pas qu'elle se sacrifie pour lui, mais sa loyauté me touche. Les larmes lui brûlent les yeux mais elle refuse de pleurer devant moi. Elle a juste l'air d'une femme qui a vacillé au bord d'un gouffre et qu'on a rattrapée à la dernière seconde. Elle sait qu'elle est sauve. Cependant elle reste submergée par toutes les émotions violentes qui la traversent. Peinant à croire qu'elle n'a pas encore tout perdu. Qu'elle est toujours là. Il faut qu'elle se raccroche. À n'importe quoi. *Accroche-toi à moi.*

– Ça va aller. Je suis là, murmuré-je, ce qui est ridicule.

C'est toi la menace, gros débile.

J'ai fait ça le plus délicatement possible. Ce qui pour un homme brutal comme moi est un exploit. J'attends. Je ne sais pas quoi. Qu'elle m'insulte ? Qu'elle se mette à courir vers la porte pour m'échapper ? Ce qui, disons-le tout net, serait stupide. Elle ne peut plus échapper à son destin.

Ses yeux se plissent en une expression menaçante.

– Qu'allez-vous faire de moi ? J'ai le droit de savoir.

– Tu es la dernière personne que j'ai envie d'affronter.

– Vous allez lui demander une rançon ? me sort-elle, manquant de salive.

Grotesque.

– L'argent ne me rendra pas ce qu'on m'a pris. Je suis incorruptible.

J'apprécie qu'elle cherche une solution au lieu de laisser la peur s'emparer d'elle. Elle a bien plus de courage que la plupart des femmes. Pendant qu'elle réfléchit, mon regard se perd dans sa chevelure de princesse Disney qui tombe en cascade sur la chemise qu'elle m'a empruntée, et encore une fois je ne sais pas trop ce que je ressens de la voir dans mes fringues. Elle a sa valise.

Pourquoi n'a-t-elle pas mis des fringues à elle ?

– Je ne comprends pas, rumine-t-elle, concentrée sur son problème. Si vous ne voulez pas d'argent ni me tuer. Comment comptez-vous vous venger ?

Qui a dit que je voulais me venger, mon ange ?

– J'ai soif de justice.

Soudain, elle blêmit.

– Vous allez me vendre comme esclave ! Après tout, vous avez été vendu.

Ça m'agace qu'elle ne se sente pas en sécurité avec moi. Si je veux obtenir ce que je veux d'elle, elle ne doit pas avoir peur de moi.

– Je me contrefous de te vendre. Il est temps de faire un marché.

– Lequel ?

– Tu n'as rien à craindre de moi. C'est mon engagement envers toi. Même si j'obtiens la preuve que ton père est coupable, je ne m'en prendrai pas à *toi*.

Toi. Ça s'arrête là.

– Mais à lui oui !

Je maintiens mes yeux dans les siens sans répondre.

– Je vous interdis de lui faire du mal ! hurle-t-elle, hystérique, en pointant son doigt vers sa poitrine pour amplifier sa menace quand elle comprend ce que mon silence signifie. C'est moi qui vais vous torturer ! Croyez-moi, vous n'allez pas aimer.

La menace est si inattendue que j'éclate de rire.

– Oh mon ange…

– Allez-y ! Maintenant ! Tuez-moi maintenant, espèce de lâche !

Mon rire s'étrangle sous l'insulte.

– Personne ne me dicte ce que j'ai à faire ! Pas même toi. Je ne t'écouterai pas.

Ça m'énerve qu'elle offre sa vie pour ce salaud.

– Je me contrefous de ce que tu veux, connard. Fais-lui mal et je te tuerai !

Putain de merde.

Peu d'hommes, même costauds, oseraient me menacer en face. Je fais peur. Je le sais. Les femmes qui s'approchent de moi lors des Grands Prix ne sont que des soumises qui kiffent l'idée de jouer à se faire peur et veulent qu'on les batte. Ou, ici même, des soumises par la foi qui ne rêvent que d'ordres et de passion dans laquelle leur personnalité disparaît afin de tenir le rôle auquel elles ont été destinées. Elle non. Je devine que ce n'est pas la peur qui la met dans cet état, mais qu'il s'agit bien de colère. Elle me menace *vraiment*. Pas par dépit. Par *combativité*. Et elle me tutoie pour ça.

Pourquoi ne suis-je pas surpris ?

Cette fille ne ressemble à aucune autre.

– Essaie. Et je te jure que tu seras morte avant moi.

Elle me toise de son regard vert vipère.

– Ça ne me semble pas si mal. Vous serez vengé et j'aurai quand même gagné.

Le coin de ma bouche se retrousse. *Elle est drôle.*

– Tu dis que tu l'aimes ?

– Un père, c'est plus que de l'amour, c'est une alchimie. Il est tout pour moi.

– Et toi ? Es-tu « tout » pour lui ?

– Bien sûr.

– Donc ce « tout » durera toute votre vie.

Son expression n'a pas changé mais je sais qu'elle a compris. Qu'elle le veuille ou non, lentement tout se mettra en place, même si elle n'aime pas le tableau qui se dessine sous ses yeux, elle le verra tel qu'il est. Je ne peux rien faire contre cet amour aveugle qu'elle a pour lui. Devant l'amour, je ne peux que m'éclipser.

Pour le moment.

– De la part d'un anachorète, c'est plutôt comique, dit-elle faute de mieux.

– J'ai un cœur.

– N'essayez pas de m'amadouer ! Ça ira.

D'un geste rageur elle essuie ses yeux, ne voulant pas pleurer devant moi. Est-ce qu'elle a conscience qu'elle ne s'accorde pas le droit à l'impuissance ? Alors qu'elle n'y est pour rien. Pourquoi est-elle si dure avec elle-même ?

Je ne l'en respecte que plus.

– Quand as-tu pleuré la dernière fois ? lui dis-je.

Deux yeux vert militaire se braquent sur moi. Ils ont une forme parfaite mais ils ne m'apprennent rien. Elle tient bon et j'ai ma réponse.

– Tu as pleuré de colère parce que tu étais impuissante à sauver Anne.

Le prénom de sa mère lui coupe la respiration. Ce qui coupe la mienne, ce sont ses ongles qui s'enfoncent dans sa peau. J'ai vu juste. Il s'est passé quelque chose lors de cette terrible nuit où Anne a perdu la vie. Quelque chose qu'elle tient à garder caché. Qui peut la briser. Là voilà sa faiblesse.

Ce secret, je vais le trouver, mon ange.

– Quand avez-vous pleuré pour la dernière fois ? attaque-t-elle.

Jolie fuite, mon ange.

– J'avais dix ans. Mais j'ai un peu honte de dire pour quoi.

– Vous croyez que je vais me moquer de vous et vous traiter de mauviette ?

Je sais qu'elle cherche à me rappeler mes bons sentiments pour m'infléchir, ce qui est inutile, mais j'accepte de jouer le jeu, au moins pour la détendre, elle. J'oublie la lettre de Melvin et tout ce qui nous entoure. C'est la conversation la plus profonde que j'ai jamais eue avec un autre être humain.

– Si je te le dis, tu promets de ne pas rire ?

Comme si elle pouvait rire maintenant, espèce de débile.

– Promis.

– J'ai pleuré par gourmandise.

Ses yeux humides s'écarquillent d'incrédulité enfantine et c'est beau.

– La gourmandise. Waouh ! Alors c'est ça votre point faible ? En effet, ça ne fait pas de vous un dur, s'esclaffe-t-elle.

Merde, elle rit. Je grogne d'une voix bourrue :

– Oui ! J'ai pleuré pour un gâteau. Ça te va ?

Elle me décoche un clin d'œil complice.

– Quel hypocrite vous faites. Je croyais que le sucre était mal.

– J'avais dix ans. Aujourd'hui, je suis adulte. Je ne consomme ni sucres, ni mauvaises graisses, en dehors de l'alcool de temps en temps.

– C'était quel gâteau ? élude-t-elle, curieuse.

Je veux qu'elle recharge ses batteries, qu'elle soit distraite par notre conversation débile, avant d'aborder la suite de mon plan. Mais j'ai l'impression que mon cœur est un bloc de ciment lorsqu'il s'ouvre un tant soit peu à un autre être humain. Elle est la seule personne de ma connaissance à ne pas être intimidée par moi, par ma noirceur, et à me traiter comme si j'étais un homme ordinaire.

C'est déroutant.

– En Russie, on appelle ça un Napoléon. C'est un millefeuille aux amandes de Crimée que les autres-dames font à Noël. Aussi longtemps que je m'en souvienne j'ai voulu manger ce gâteau.

– Les autres-dames ?

– Dans les sectes où les enfants sont gérés à plusieurs, les autres-dames sont les épouses-sœurs d'une mère biologique. C'est un titre d'affection.

– Votre communauté était polygame ?

– Tous les fondamentalistes le sont.

– Qui préparait le vôtre ?

– Les anachorètes n'ont aucun contact. Ça inclut la nourriture.

Elle s'adosse au dossier pour se remettre.

– Vous étiez plusieurs à être isolés de la sorte ?

– On dirait bien que j'étais le seul.

Elle oublie la situation pendant quelques secondes, ça me va.

– C'était comment là-bas ?

– C'est l'Oural. Le climat est dur. Sans aller jusqu'à la famine, il n'y avait pas grand-chose à manger parce que tout se vendait au marché noir. Les enfants étaient nourris de pâtés de viande. On n'avait pas de légumes et pas de laitages. La première fois que j'ai vu des haricots verts à Ottawa, je ne savais pas ce que c'était. Ceux d'entre nous qui étaient destinés à la course recevaient des sachets de protéines et des piqûres, mais rien de plus que les autres.

– Si je vous fais un Napoléon, vous me rendez ma liberté ? blague-t-elle.

Je secoue lentement la tête et son rire s'arrête net.

– Je ne suis *pas* votre prisonnière. Je ne suis la prisonnière de personne ! s'enflamme-t-elle et ça semble secouer tout son corps. Pas question de me faire accepter ça ! Si je ne l'accepte pas, alors je ne le suis pas ! Être prisonnier est un état d'esprit et vous n'aurez jamais le mien. Je n'arrêterai pas d'essayer de m'enfuir, et si j'échoue, je me tuerai.

L'ironie de la situation ne m'échappe pas. C'est exactement ce que je craignais, et d'une certaine façon mon respect pour elle s'accroît encore. Je sais que c'est comme cela que je l'ai appelée, mais subitement ce mot me dérange.

Il ne lui va pas.

– Je te retiens par nécessité. Mais je n'ai pas dit que j'allais t'enfermer et me payer sur ton corps. Qu'est-ce que j'y gagnerais ? Ça ne m'apporterait rien.

Le feu brûle encore dans ses yeux verts, mais elle paraît soulagée d'apprendre que je ne vais pas la violer.

– Qu'allez-vous faire de moi, alors ?

Je détourne les yeux, accablé par le poids de ma décision pour elle.

– Quand j'ai reçu cette lettre, je me suis posé la question : comment construire la paix intérieure d'un homme sans justice ni réparation ?

Le sarcasme dégouline dans sa voix :

– C'est ça que vous voulez ? La justice ? Waouh ! Vous avez une drôle de façon de vous y prendre.

Bizarre qu'elle zappe la réparation, mais bon…

– J'ai *soif* de justice ! martelé-je. Il n'y a pas de paix sans justice. C'est le seul moyen que je connais pour qu'un homme qui a subi un outrage soit *apaisé*. Ton père doit payer et il paiera. Je ne reviendrai pas là-dessus.

– La justice ne se négocie pas, ignorant ! Ce n'est pas à vous de la rendre.

– C'est pourquoi je vais d'abord m'assurer de connaître la vérité.

On ne peut pas construire la paix sans vérité, et je veux être en paix.

– Et moi dans tout ça ? hallucine-t-elle. Je suis censée faire quoi ? Attendre que ça arrive ?

Mon pouls s'emballe car tout se joue là.

– Je te l'ai dit. Tu peux choisir de lui rester *loyale*. C'est l'option la moins dangereuse pour toi. Il suffit d'accepter d'être aveugle. Ou tu peux décider que tu veux connaître la vérité avec moi. La vérité, c'est toujours plus intéressant, mais c'est aussi l'option la plus dangereuse. Parce que tu peux le perdre tout à fait.

Allez, dis-le. Que vas-tu choisir ?

– Je choisirai toujours la vérité, admet Hope, validant le choix que j'avais espéré d'elle dès Miami. Je n'y crois pas. Mais si mon père est coupable, il y a une justice dans nos deux pays. Pourquoi vouloir vous en charger vous-même ?

Preuve qu'elle n'a pas encore assez réfléchi à tout.

– Si le public connaît la vérité sur ton père, il le détruira. *Lui.* Sa carrière. Mais aussi toi, Tara et Billy. Tout sera exhumé. Le viol de ta mère et son assassinat. Tes années de silence, comme si tu avais quelque chose à te reprocher.

Son regard vert implacable vole en éclats, mais je termine :

– Si le public connaît la vérité sur moi, il me détruira. *Moi.* Ma carrière. Mais aussi les miens qui me font confiance pour se reconstruire ici. Le public est ainsi. C'est pourquoi je considère que c'est une affaire privée.

Ma démonstration doit lui suffire, car elle approuve d'elle-même :

– Il vaut mieux régler ça en privé.

Et voilà. Elle veut protéger les siens. Je veux protéger les miens. Or si cette affaire est révélée au grand jour, il y aura des victimes innocentes, *des deux côtés*.

Satisfait, j'abats ma dernière carte :

– Je t'ai dit que j'étais anomique. Je vais me suicider. Dans quelques mois, années, ça ne fera pas une grande différence. J'ai un besoin insatiable, vois-tu. Je ne veux pas mourir sans avoir connu certaines choses dont j'ai été privé. C'est là qui tu interviens. Tu es ma *réparation*. Je veux que tu me répares jusqu'à mon dernier souffle. Avec ton âme. Avec ton corps. Avec ton cœur. Je ne te forcerai jamais. Cette réparation ne serait pas réelle si je la prenais de force. Je veux que tu me rendes ce qu'on m'a pris de ton *plein gré*. C'est ça que je veux obtenir de toi. Tous les êtres vivants se battent pour leur liberté. Moi je me bats pour *ça*.

Pour ça et pour Zold.

Pendant une minute, tous ses traits semblent être figés.

– Vous voulez mourir avec moi ?

C'est vrai que c'est dément, troublant, excitant.

– Je veux *partir* avec toi, opiné-je. De *toutes* les manières.

– Mais alors je ne pourrai jamais m'en aller ?

Je me tais car je ne sais rien de ce qu'il me reste à vivre.

– Même si je vous déteste ? avance-t-elle.

Ça ne devrait pas mais sa question me fait mal.

– Personne n'aime le diable. Même par compassion.

Automatiquement ses yeux se fixent sur le chiffre de la bête dans mon cou. Je l'ai déjà surprise à l'observer, plusieurs fois, à la fois fascinée et écœurée.

Tranquillement les miens descendent sur le tatouage de son poignet. *Vivre.*

– Tu crois aux signes ?

– Non.

– Moi non plus.

– Alors pourquoi cette question ?

– Quand j'ai découvert ton métier, je me suis dit que c'était un signe du destin. Quelqu'un, quelque part, t'envoie à moi pour me réparer. Je serais capable de tuer pour ça, de détruire ta famille à tout jamais. Je veux la justice et je l'aurai. Je veux la réparation et je l'aurai. Ensuite… je trouverai la paix. Tu peux continuer à aimer ton père, je ne t'en empêcherai pas, mais tu ne lui appartiens plus.

Je sais que dit comme ça, je passe pour le diable à ses yeux, mais elle est le seul espoir qui me reste d'être un jour en paix. L'animal poursuit sa proie pour survivre. L'être humain court après son salut. Moi je cours après elle en espérant qu'elle m'apportera tout ça. Il faut être fou pour faire ce que l'on veut d'une femme tout en la respectant. Je suis un fou qui se noie.

– Eh bien… Je n'avais encore jamais rencontré un homme qui haïsse mon père au point de vouloir coucher avec moi, brocarde-t-elle dans un sarcasme.

C'est une question déguisée.

– Je suis un anachorète. Le sexe fait partie de la réparation, confirmé-je.

Un grand silence s'abat dans mon cœur. Je suis honnête en disant que la forcer n'est pas ce que je veux, mais je ne sais pas si j'accepterais un refus de sa part.

– Vous ne me connaissez même pas !

– Et ça te fait peur ?

Elle tressaille, comme si ma question n'avait pas de réponse.

– Si on en est là. Vous êtes au courant que les deux partenaires doivent être attirés *physiquement* l'un par l'autre ? Sinon ça ne fonctionne pas.

Elle est d'accord ? J'essaye de ne pas être trop soulagé en l'apprenant, mais j'ai envie d'escalader la montagne et de lui dire à quel point elle est courageuse.

Je laisse mes yeux noirs se promener sur sa silhouette.

– Je te désire de bien des manières, Hope Brenner. Et toi aussi.

L'attention la flatte et elle rosit, mais elle ne sait comment réagir.

– Tu ne me détrompes pas, c'est mignon.

Même si elle me déteste, tout n'est pas perdu.

– Je veux me sentir en sécurité avec mon partenaire, corrige-t-elle.

– Tu seras en sécurité avec moi, tout le temps.

Il n'y a pas meilleure façon de le dire. Je ne laisserai plus personne s'en prendre à elle. Un instant, j'oublie que je ne suis plus entier depuis que mon jumeau m'a été arraché. La seule chose qui compte, c'est cette femme qui m'appartient pour ce que je suis. Je n'ai jamais rien eu avant.

– Vous me supportez à peine. Il faut qu'on puisse s'entendre aussi *après l'acte*.

Au lieu de me fâcher, j'opine du chef.

– Sois patiente avec moi. Ça deviendra plus facile. Je te le promets.

– Je n'aime pas sentir qu'on profite de moi.

– Moi non plus. Donc ça devrait aller.

– Non mais vous vous entendez ? s'insurge-t-elle en se calant contre son dossier les bras croisés. Vous êtes *justement* en train de profiter de moi, là.

– C'est vrai mais ça me semble logique.

Elle a vraiment l'air perplexe. Pourtant je croyais avoir été plutôt clair.

– Vous êtes malade ! explose-t-elle soudain. C'est dangereux ce que vous demandez. Vous êtes animé d'un sentiment de vengeance, ça ne marchera jamais.

– Si ça marchera ! Parce que j'ai besoin de *plus* que ça.

– Genre quoi ?

– Genre être heureux, putain ! En quoi est-ce que ça fait de moi un *malade* de vouloir être heureux ? Même le diable a besoin d'une compagne.

Elle ne refuserait ça à personne, mais à moi oui ? Je me passe les mains sur la tête dans une tentative de me calmer, mais j'ai plutôt envie de m'arracher les cheveux. Quand je suis devenu un homme, j'ai cru que ce vide atroce passerait, mais je me rends compte que je ne suis plus entier depuis toutes ces années. *Quelque chose me manque.*

Je pose mes yeux sur elle.

– Tu m'opposes ma vengeance, mais d'autres que nous y sont arrivés, si j'en crois les bouquins que j'ai achetés. César et Cléopâtre. Tristan et Yseult. Roméo et Juliette. C'est le *comment* ils s'affranchissent de la haine qui est intéressant.

– Vous les avez lus ?

– Non.

Un petit rire s'échappe de sa gorge.

– Toutes les trois se sont suicidées, m'envoie-t-elle fielleusement.

Merde.

– Je ne mens pas quand je dis que c'est dangereux, vous savez, dit-elle. Et si l'un de nous s'attache à l'autre ? La situation sera encore plus compliquée.

À l'instant où je prononce ces mots, ma voix sonne dure comme du diamant :

– Il faut que tu comprennes pourquoi je ne veux pas d'attachement. Je vais me suicider. Je ne veux pas laisser d'orphelins derrière moi que je ne pourrai pas protéger. La famille forgée dans l'acier et l'amour indestructible, ce n'est pas pour moi. Si tu veux des enfants, il te faudra attendre que je sois mort.

Son visage perd de la couleur.

– Ne tournons pas autour du pot. Vous détruisez ma vie, me reproche-t-elle.

J'en ai conscience, mais je ne bronche pas.

– Un jour tu vas comprendre que je ne suis pas celui qui la détruit le plus.

En disant cela je pousse mon portable vers elle.

– Appelle ton père et dis-lui que tu vas faire retirer ta puce à Vancouver.

Surprise que je lui donne cette possibilité, elle cherche le piège.

– Vous me laisseriez l'appeler ?

– Aussi souvent que tu en auras besoin.

Comme aujourd'hui.

– Pourquoi lui mentirais-je à propos de la puce ?

– L'utilisation des balises GPS est encadrée par la loi, même si la personne est majeure, consentante, et de sa famille. Ton père ne prendra pas le risque qu'un médecin signale ce dispositif à la police. Il essaiera de te dissuader ou de te faire rentrer à Miami pour la faire enlever par quelqu'un à lui.

Hope blêmit et repousse le portable vers moi.

– C'est inutile. Je l'ai déjà menacé de la faire enlever pour venir ici.

– Et ?

– Il m'a laissée partir.

Sentant qu'elle a besoin d'un soutien, je tends la main par-dessus le comptoir et passe mes doigts entre les siens. Ses yeux s'abaissent sur nos mains entrelacées.

– Tout porte à croire qu'il est coupable, Hope.

Elle secoue légèrement la tête.

– Pour l'instant il est innocent. Vous ne lui ferez aucun mal pendant que je reste avec vous, pose-t-elle comme ultimatum.

Cette fille a plus de courage que n'importe qui. Son assurance rivalise avec la mienne. Elle sait ce qu'elle vaut et n'accepte rien de moins.

Je fais un pas vers elle.

– D'accord.

– Moi aussi mais j'ai des conditions, renifle-t-elle.

Je retire ma main avant de m'affaiblir un peu plus.

– Je t'écoute.

– Je ne suis pas prisonnière. À la seconde où vous vous apercevrez de son innocence, vous m'en informerez, et je m'en irai. Mes obligations de réparation s'arrêteront là. S'il est coupable et que vous le tuez, je vous frapperai où ça fait mal. Je vous dénoncerai à la police, aux journaux, à la FIA… Je n'arrêterai jamais. Tant pis pour ce qu'il arrivera aux vôtres. Ce sera *votre* responsabilité.

Je ne réfléchis même pas.

– Tu ne chercheras pas à t'enfuir ?

– Sauf si vous ne me respectez pas.

Je me contente de la regarder fixement, admiratif de son cran. Son intellect est dangereux. Son courage est dangereux. Sa loyauté envers son père encore plus.

– Tu as ma parole, fais-je avec respect.

– Vous avez la mienne.

Au même moment, la sonnerie de mon portable se fait entendre entre nous. Nous jetons tous les deux un œil à l'écran pour voir la ligne. C'est la mienne.

Je décroche :

– Aga.

– On a besoin de toi ici, fils. On a les chiffres des simulations. Il faudrait qu'on les confronte avec la réalité des voitures.

Je jette un regard à Hope en face de moi et je prends la décision.

– J'arrive.

Ce sera un excellent test pour savoir ce qu'elle va faire quand j'aurai le dos tourné. Je ne dis pas un mot en me levant et en récupérant mes clefs.

En revanche, je ne suis pas préparé à sa requête :

– Je peux boire votre vodka ?

Oh mon ange…

– Tu en as déjà bu ? demandé-je avec un sourire lascif.

Son regard reste déterminé.

– Non, mais j'en ai besoin.

Vu ce qu'elle vient d'encaisser, ce ne sera pas du luxe.

Seulement une drôle de culpabilité m'empêche de quitter la pièce. Azz a raison, je ne sais pas quoi faire d'une femme à la maison. Je n'ai pas la manière, ni l'exemple non plus. Honnêtement, je ne m'attendais pas à ce qu'elle mette autant de temps pour coopérer. Je m'attendais à ce qu'elle soit terrifiée et privée d'énergie une fois le choc initial passé. Mais cette fille est trop intelligente pour céder à la peur. Et maintenant elle veut boire mon poison.

Idiote.

– Je t'envoie quelqu'un avec des courses. Il faut que tu manges.

Si elle boit, je ne veux pas qu'elle reste seule.

– Si tu as fini de me materner, tu peux t'en aller !

Elle me congédie, là ?

Je hoche la tête avec raideur pour lui dissimuler mon sourire et je pivote vers l'entrée. J'ai peut-être des idées de sauvage mais ne pas la respecter est la dernière chose qui me viendrait à l'idée.

Je la respecte et plus encore.

CHAPITRE 19

HOPE

C'est normal d'aimer son père et d'avoir envie de l'étrangler ?

C'est marrant, malgré toutes les évidences qui pourraient l'accuser, je lui fais toujours confiance. Parce que c'est mon père, justement. Quand Sauvage a fermé la porte, j'ai enfin pu me mettre à pleurer. C'était des larmes de soulagement autant que de frustration de voir mon père dans une situation aussi malheureuse. Debout derrière la baie vitrée du salon, je regarde le SUV noir quitter l'entrée gravillonnée de la *Winery* avec Sauvage au volant, et le feu de la culpabilité court sous ma peau. Maintenant je suis piégée ici. À sa merci.

Sans pouvoir avertir mon père de ce qui se trame.

Mais j'ai au moins pu gagner du temps.

À défaut de sa clémence.

S'il est coupable, il l'exécutera.

Comme les traîtres en temps de guerre.

Au nom de la justice mais sans la loi.

Comment la seule évocation de ce monstre peut-elle me remplir à la fois de dégoût et de désir ? De fascination et d'impasse ? De craintes et de sécurité ? Je ne me sens même pas en danger. Je sais qu'il respectera sa parole. Pour l'instant mon père ne craint rien. Pour l'instant je peux essayer de réparer cet être abîmé. J'ai beau être une spécialiste, c'est le contrat moral le plus profond que j'ai jamais eu avec un autre être humain. Complètement déphasée, je traverse la pièce vide baignée de lumière au cœur du chalet et je retourne me verser un shot de vodka dans la cuisine pour tâcher de contenir toute la colère sourde qui gronde en moi. Comment mon père, juge fédéral des États-Unis et père de famille, aurait-il pu commettre un acte aussi abject que vendre un enfant ? Pourquoi m'a-t-il menti ?

Se saouler ne demande pas de talent particulier, si ?

Il suffit de savoir ce qu'on veut oublier.

Hélas, je ne suis pas douée pour l'alcool.

La première goulée de vodka suffit à faire remonter mon estomac dans ma gorge, m'obligeant à me précipiter vers les toilettes de l'étage. Après les larmes, je tombe à genoux, et je vomis mes dernières heures. Je vomis tout. Déception. Agression. Tout. Pour une psychologue, j'ai un énorme handicap : je ne peux supporter la vérité si elle fait de lui un homme abominable et néfaste.

Je la refuse.

Quand je relève la tête de la lunette des chiottes, je me sens mieux. Suffisamment pour entendre qu'on sonne à la porte du chalet. Mon pouls s'emballe aussitôt en songeant à celle que j'ai ouverte hier soir. Je presse une serviette mouillée sur mon visage pour me calmer et j'examine mon reflet dans la glace. Mon nez est encore gonflé mais la brûlure est partie. À présent, j'ai un joli coquard bleu au-dessus de ma lèvre. J'ignore qui Sauvage m'aura envoyé, mais tant pis, je vais ouvrir. À partir d'aujourd'hui, j'ai le choix entre deux cauchemars bien distincts : voir où nous mènent les accusations contre mon père *ou* mon amour inconditionnel pour lui. La professionnelle en moi préfère encore l'honneur du premier au mensonge du second. Seulement je ferai quoi ensuite ? Sur la corde raide, j'ouvre la porte, repoussant comme je peux l'appréhension de ce que je vais trouver derrière, mais je ne m'attends pas à devoir baisser les yeux.

Si bas.

– Salut, dis-je au petit garçon qui se tient devant moi.

Si petit qu'il disparaît presque derrière son carton.

– Sauvage dit de vous apporter ça, couine-t-il d'une voix timide qui montre à quel point il est mal à l'aise d'avoir à s'exprimer.

Allons bon ! Toi aussi tu as peur d'une Wog.

– Entre. Comment t'appelles-tu ? dis-je en m'emparant du carton et en pivotant en direction de la cuisine.

S'il découvre le coquard sur mon visage, il va encore plus se méfier.

– Pool, répond-il poliment en m'emboîtant le pas.

Maintenant que je l'ai débarrassé du carton, je peux enfin le voir déambuler. Sweat trop court, jeans trop longs. Des cheveux roux coupés n'importe comment qui lui donnent l'air encore plus en désordre, maigre, le teint pâle couvert de taches de rousseur, avec de vilains cernes noirs sous les yeux.

Et des iris d'un bleu magnifique rivés sur mes blessures.

– Comme Deadpool ? fais-je une fois dans la cuisine.

Il acquiesce et pique du nez vers ses baskets.

– C'est ton héros ?

Sans la relever, il secoue sa tête.

– Alors pourquoi on t'a donné son nom ?

– Ils pariaient que j'étais le prochain à mourir[27], marmonne-t-il en piétinant.

Mes bras manquent lâcher le carton.

– Qui ça ? dis-je en le déposant par précaution sur l'îlot.

Mal à l'aise, le gosse danse d'un pied sur l'autre et, brusquement, j'ai un pressentiment atroce. Merde, non ! Pas la prostitution à cet âge ! Putain, mais les gens ont quoi dans leur tête ? Bande de dégénérés ! Monstres ! Pédophiles !

---

27. Littéralement « Deadpool » se traduit « cagnotte du mort », en référence au jeu pratiqué par les gardiens du Département K qui misaient sur le prochain patient à mourir, dans le film éponyme créé par Fabian Nicieza.

C'est plus fort que moi je les insulte.

– Tu es un *Lost Boy* ?

Un bref signe de tête pour dire « oui » et il ne bouge plus. Azz a parlé d'une balance entre garçons et filles qui se faisait à douze ans dans certaines communautés, mais ceux du paddock avaient tous l'air d'adolescents.

Ce garçon-ci est *un enfant.*

– Quel âge as-tu ?

– Dix ans, couine-t-il en direction du parquet.

Je dois m'accrocher au comptoir pour ne pas tomber.

– Ils t'ont lâché dans la rue comme ça ? Sans moyen de transport. Sans logement. Sans nourriture, vêtements, ou argent pour en acheter !

Étourdi par ma colère, le petit rouquin relève la tête.

– Ils m'avaient donné des herbes pour m'aider, les disculpe-t-il.

Mes yeux stupéfaits plongent dans les siens.

– Tu veux dire de la drogue ?

– Oui parce que j'allais en enfer…

Bon Dieu. Je dois m'asseoir. Est-ce que je suis la seule à avoir les jambes coupées ? Aucun de ces enfants issus d'une communauté très protectrice n'a reçu l'éducation ou les connaissances suffisantes pour leur donner les moyens de vivre seuls, et ils se retrouvent expulsés ? Du jour au lendemain ?

– Tu as des parents ?

– Père, mère, une épouse-sœur et deux sœurs plus petites, énumère-t-il.

– Ton père est polygame, alors.

Ses yeux bleus s'affolent à chercher partout autour de lui.

– Tu sais, c'est quand un homme a plusieurs épouses.

– Ahhh, nous on appelle ça le « Principe »[28].

De suite il est soulagé, comme s'il avait eu peur que je ne dise du mal de son père.

– Où sont tes sœurs ?

Les yeux du petit rouquin s'arrondissent, comme si ma question était idiote.

– Bah, dans notre maison, voyons.

– Est-ce que tu sais pourquoi on t'a fait partir ?

– Parce que je suis un garçon, confesse-t-il en baissant les yeux.

– Quel rapport ?

Il relève la tête et me toise avec importance.

– Je ne dois pas faire concurrence aux hommes plus âgés dans l'attribution des épouses, me récite-t-il. Il y en a déjà pas beaucoup.

Des mots très durs me viennent, mais devant lui, je les ravale.

– C'est vrai que plus tard il t'en aurait fallu une, concédé-je doucement.

Il rougit et pique du nez vers le sol. Je lui demanderais bien comment il fait pour conserver à son

28. Le « Principe » est le terme employé par les fondamentalistes pour désigner le mariage plural, condition indispensable pour accéder au Royaume céleste, selon les fondateurs de l'Église mormone, en 1852.

père tout son amour de petit garçon après ça, mais je ne veux pas lui renvoyer l'image de son calvaire, la séparation et le reste. Subitement tous mes déboires précédents disparaissent. Comme ça. Avec ce petit garçon.

Comme quoi le courage d'un enfant peut briser tous les chagrins.

– Dis-moi, on est mercredi. Pourquoi tu n'es pas à l'école ?

L'espace d'une seconde les iris bleus du rouquin craintif se mettent à paniquer et je crois avoir posé la mauvaise question. Puis je repère l'horloge du four et me rappelle qu'il est déjà l'après-midi. Le bus scolaire l'aura ramené au moment où Sauvage est descendu au hameau faire les courses.

– Comment es-tu arrivé ici ? m'enquiers-je avec curiosité.

Il est si jeune par rapport aux autres. Et si maigre…

– C'est un ami de Baskin qui travaille au centre de soins familial de Chicago South Side. Il m'a emmené ici en venant la voir.

– Tu as été soigné dans ce centre ?

Pool secoue la tête pour dire non.

– Mon acte de naissance est incomplet. J'avais pas droit à Medicaid, il a dit. « Trouve du travail et reviens », c'est ce qu'on dit aux garçons là-bas.

Un acte incomplet entraîne « pas de sécurité sociale », évidemment, et les centres de soins familiaux, contrairement à ce que l'on croit, ne sont pas gratuits.

Il faut payer un peu.

– Tu loges chez elle ?

– Oh non elle est troooop vieiiiille, grimace Pool.

C'est tellement innocent que j'ai envie de rire, rassurée qu'il n'ait pas perdu ça.

– Où dors-tu alors ?

– Dans le chalet des stagiaires.

Autrement dit, des plus grands à qui il voudra à tout prix ressembler.

– Ils sont gentils avec toi ?

– Ça va. Sauvage leur a dit qu'ils n'avaient pas le droit de m'admonester parce qu'ils étaient pas ma tête, et à moi il a dit que j'étais pas leurs jambes.

La réponse m'arrache un sourire.

– Tu m'aides à ranger et je t'offre le dîner. D'accord ?

Une lueur de joie passe dans ses grands yeux bleus.

– Je meuuuuurs de faim, fait-il en frottant son estomac.

– Ouais ben, je dois te prévenir. C'est la première fois que je fais la cuisine.

Il ouvre de grands yeux éberlués.

– T'es bien une fille ? s'inquiète-t-il en matant ma poitrine.

Forçant le trait, je pouffe :

– 90 C et rien en bas. Je t'assure que oui.

Amusée par la fraîcheur de ce gamin qui revient de bien plus loin que moi, je me dis que jamais je n'aurais pu parler sexe avec Billy.

– Allez, tu m'aides. Première chose : établir un menu !

Je le laisse grimper sur l'un des six tabourets de bar flambants neufs et décide de vider le carton de victuailles en le posant entre nous.

– Bon alors qu'est-ce qu'on a là ? claironné-je en plongeant ma main dedans.

Des pâtes. Des pâtes. Des pâââââtes et…encore des pâtes. OK.

– Tu sais qui a fait les courses ? je lui demande.

– Sauvage. Mais il a pas mis plus de cinq minutes.

– Ah.

Le regard coquin du petit en dit long.

– Mère mettait toujours deux heures, ajoute-t-il avec candeur.

– Ben oui, dis-je en atteignant des tranches de jambon cuit Great Value basiques vendues chez Walmart et un beurre salé canadien dans le fond.

C'est tout. Aucun légume. Pas de viande. Le poisson, faut pas rêver. Même pas de quoi faire des pâtes au fromage. Même moi je sais ça. Et bien sûr, aucune de mes barres chocolatées habituelles. En contemplant le fond du carton vide, je ne sais pas trop ce que je dois en penser. Ou bien Sauvage est aussi nul que moi côté bouffe – ce qui, disons-le tout net, va poser un sacré problème, parce que j'ai quand même un solide appétit –, ou bien il m'a parfaitement jugée sur mes qualités de femme de maison.

Est-ce que je dois me vexer ?

– Tu es son épouse-céleste ?

– Hein ?

– C'est quand tu habites avec un homme mais que t'es pas légalement mariée.

Je le regarde, abasourdie.

– Tu habites bien ici ? affirme-t-il d'un air pénétré.

Je hoche la tête.

– Oui, mais tu vois c'est… *compliqué*, bafouillé-je.

– Chez nous, c'est simple, m'oppose le petit mec avec fierté.

– Ah oui ?

C'est tout ce que j'arrive à dire.

– Oui. Les hommes épousent la première légalement et cohabitent avec les autres épouses-sœurs dès que les femmes s'entendent entre elles. C'est les femmes qui compliquent tout en étant jalouses.

J'ouvre grand la bouche.

– Ah… Tu ne penses pas qu'elles ont le droit d'être blessées ?

Je ne suis pas d'un naturel jaloux mais quand même.

– Ben non. Chaque nouvelle épouse doit rejoindre la famille officielle. C'est ça qui permet à l'homme de passer plus de temps avec ses enfants et de participer à leur éducation. Tu imagines si l'homme avait trois maisons ?

Complètement larguée, je m'affaisse dans mon tabouret pendant qu'il me démontre la justesse de son système :

– Père m'a expliqué que ça marche mieux lorsqu'un mari implique les épouses dans le processus de sélection des futures épouses-sœurs et quand il veille à entretenir une relation amoureuse *avec chacune*. J'ai bien appris la leçon.

Les bras m'en tombent.

– Tu fais quoi des sentiments ? Pour une jeune femme amoureuse, c'est blessant de voir son époux avoir une intimité physique avec une autre.

Pool secoue vivement la tête.

– C'est de l'orgueil ! Et puis les épouses ont chacune leur chambre, réfute-t-il avec une simplicité déconcertante.

J'ouvre de grands yeux. Et il a dix ans. Chez un garçon, c'est vers dix ans qu'apparaît ce que les psychologues appellent le « fanatisme », la personne à laquelle l'enfant voudra à tout prix ressembler plus tard.

Son modèle me colle des frissons.

– La morale est primordiale, alors, fais-je complètement abêtie.

Mais qu'est-ce que je raconte ? En quoi la polygamie est-elle morale ? Je n'ai rien contre les familles recomposées avec plein d'enfants, c'est même souvent génial d'apprendre à se supporter ainsi, mais depuis quand l'aspiration d'une femme est-elle de partager son mec et ses gosses ? Je n'en reviens pas. En deux minutes ce gamin de dix ans, qui devrait penser à tout sauf à ça, vient de flinguer le sexe hors mariage, les touches pipi de l'éveil sexuel, et l'union libre.

Mais ce n'est pas grave.

J'explore les placards à la recherche d'ingrédients plus excitants pour le dîner, comme du pesto, de l'huile d'olive ou du parmesan. En fouillant, je remarque de nombreux ustensiles de cuisine flambant neufs dont Sauvage n'a jamais dû se servir puisqu'ils ont encore leurs étiquettes, mais aucune autre denrée.

– Sauvage n'est pas marié, énonce Pool dans mon dos.

– Oui et alors ?

– C'est très inapproprié pour un homme de vivre avec une femme en dehors du mariage. *Trèèès* mal vu. Sauvage ne ferait pas ça.

Mon bras se fige sur la poignée du placard.

– Que veux-tu dire par « il ne ferait pas ça » ?

Prise d'un mauvais pressentiment, je me retourne.

– Que Sauvage t'a choisie pour être son épouse-céleste. Tu devrais être fière de former sa famille éternelle, tu sais ?

– Comment ça… éternelle ?

– La « libération » n'existe pas chez nous, admet l'enfant.

– Tu veux dire le divorce ?

– C’est ça ! Quand on s’unit, c’est pour toute l’éternité.

C’est long, l’éternité.

– Ah. Et que fais-tu des époux malheureux ? Ils restent dans une relation défaillante et prennent un abonnement chez le psy ?

Bien joué, Hope !

À présent, Pool me fixe avec méfiance.

– Si j’étais toi, je m’inquiéterais pas, me reproche-t-il. Sauvage est un bon gars. Grâce à lui, tu vas atteindre le plus haut degré de gloire du royaume céleste.

Pourquoi je pense à un méga-orgasme d’enfer, là ?

– Bon et si on préparait le repas ? m’exclamé-je, épuisée.

Accepter de vivre ici et de coucher avec lui en attendant de connaître la vérité n’est sûrement pas la méthode la plus avisée d’envisager tout ça sans perdre l’esprit, mais c’est l’unique façon pour moi de m’assurer qu’il respecte sa part du marché et de trouver une solution pour sortir de cette situation. Je ne peux pas me permettre de lui faire confiance. S’il le faut j’agirai pour l’arrêter avant qu’il agisse. En revanche, le rôle d’épouse-céleste ne faisait pas partie du marché.

Il va falloir que je parle à l’autre sauvage. Ça urge !!

CHAPITRE 20

SAUVAGE

Je ne bouge plus.

En entrant dans le chalet ce soir-là, je perçois quelque chose. Un changement dans l'air. Une brume de beurre tiède s'insinue partout, comme décrivant des cercles autour de moi, des voix résonnent depuis la cuisine. Elle a convaincu Pool de rester avec elle. Comment y est-elle parvenue ? Mon ventre se noue. Voir un enfant ici… Qu'ai-je fait ?

Calme-toi, bordel !

Demain, je retrouverai mon jumeau et tout dans cette maison reprendra comme avant. Ensemble, nous passerons à autre chose. Hope Brenner est une *réparation.* Un acte stupide et vaniteux où je pense à moi. Rien de plus. Je la trouve en train de dresser la table sur l'îlot central et les images s'alignent clairement sur le premier dîner de ma vie. Ma respiration se brise. J'ai attendu ce moment si longtemps qu'il m'est impossible de dire s'il est réel. Reniflant ma présence, *Fellatio* quitte les genoux de Pool et bondit au sol pour m'accueillir.

Deux paires d'yeux se braquent sur moi.

– J'ai convié Pool à dîner avec nous, m'informe Hope.

Je souris maladroitement au gamin craintif qui attend ma réponse et, sans même le réaliser, je me dirige vers l'évier pour me laver les mains. Comme si je faisais ça chaque soir en rentrant du boulot. Comme si ma vie avait un sens normal.

– Je le raccompagnerai après manger, validé-je en ouvrant le mitigeur.

Lorsque je me retourne pour m'installer avec eux, la nervosité paralyse encore la figure du garçonnet. Aucun enfant ici ne m'a jamais vu attentionné, généreux ou romantique. Pas que j'aie quelque chose contre les enfants, c'est tout simplement la vie qui ne l'est pas. Les yeux de Hope passent de l'un à l'autre.

Elle est gênée.

– Coquillettes-jambon, annonce-t-elle d'une voix maternelle en servant Pool. Je n'avais jamais fait la cuisine avant, alors je ne garantis rien, mais j'ai respecté le temps de cuisson des pâtes indiqué sur l'emballage.

Sans le vouloir mon estomac se met à gronder et Pool émet un petit rire.

– C'est parfait.

Hope nous sert et dépose le plat au centre, l'air d'attendre quelque chose.

– Qu'y a-t-il ?

– Vous ne bénissez pas le repas ? répond-elle, mal à l'aise.

Je m'apprête à répondre « non » mais Pool me devance :

– Seigneur, bénis ce repas et celle qui l'a préparé. Seigneur, procure une famille à ceux qui n'en ont pas. Merci, Seigneur.

Pendant une seconde il ne se passe rien. Comme si tout était flou ou comme si chacun de nous regardait la scène à travers sa propre nappe de brouillard. Puis je réagis et m'empare de mes couverts pour découper un morceau de jambon.

Seulement il n'a pas le temps d'atteindre ma bouche.

– Si on pouvait avoir du fromage la prochaine fois, se plaint Hope à ma droite.

Du calme, mec. C'est une demande et elle a fait le repas. Je repose ma fourchette dans mon assiette et sors les clefs de la Chevy de mon jean.

Je les dépose près de son assiette.

– Tu pourras faire les courses avec ça. Fais-toi ouvrir un compte à la supérette. Je passerai payer.

À la façon dont ses paupières battent en fixant mes clefs, elle ne s'attendait sûrement pas à ce que je lui donne un moyen de fuir. Je devrais peut-être lui dire que la Chevy dispose d'un traceur relié au bureau d'Eve, comme toutes nos voitures, mais je jette discrètement un œil à Pool qui se dandine devant son assiette en attendant qu'on mange, et je baisse d'un ton :

– Ce n’est pas un piège.

– Ce n’est pas ça, je…

– C’est une boîte automatique, il n’y a rien de plus simple à conduire.

Ses yeux vert malachite chagrinés accrochent les miens.

– Je n’ai pas le permis de conduire, confesse-t-elle au comble de la honte.

La chose me paraît tellement impossible que je plisse les yeux.

– Comment fais-tu pour aller à ton travail ? Tu prends le bus ?

Si elle me dit oui, je ne suis pas certain de la croire.

– Nil m’accompagne partout où je vais, déclare-t-elle avec embarras.

– Qui est Nil ?

– C’est mon chauffeur.

Je soutiens son regard empêtré aux joues rosies par la honte.

– Comme si la puce GPS ne suffisait pas ! grondé-je scandalisé.

Ses yeux vert vipère me foudroient.

– Sinon je fais pipi la porte ouverte, aussi ! riposte-t-elle d’un ton furibard.

Alerté par notre échange, les yeux angoissés de Pool roulent d’elle à moi. Idem pour *Fellatio* assise devant sa gamelle à attendre que je la nourrisse.

– C’est tout ce que je dois savoir ? sifflé-je.

Je n'arrive pas à décider comment je la préfère. Quand elle se sent aussi misérable, elle est encore plus touchante. Quand elle est fâchée, elle est encore plus sûre d'elle. Ce qui la rend imprévisible. Elle est parfaite.

– Non, j'ai aussi des courbatures aux bras si je me frotte trop fort les dents !

J'entends Pool se marrer sous cape. Bordel, elle le fait rire ! Personne ici n'a jamais entendu ce gosse s'exprimer. C'est dingue l'effet qu'elle a sur les gens.

– Bon, ça suffit, dis-je, bien décidé à savourer mon moment.

– Quoi ? Faut garder une certaine distance lors du premier rencard avec son épouse-céleste ? me provoque-t-elle, alors que je reprends ma fourchette.

Je lance un regard sévère à Pool qui l'a briefée sur nos coutumes et je me sens piégé. Si je nie, l'enfant ne comprendra pas ce qu'elle fiche là.

Putain, mais dans quelle merde je me suis fourré ?

– Au moins je sais ce que je fais ici ! s'acharne l'autre peste en me voyant opiner du chef pour l'enfant. Autant que mon mari-céleste le sache, je n'aime pas les sportifs polygames ! Mon truc à moi, c'est les intellectuels monogames. Voilà !

Je ne la laisse même pas discuter.

– Demain je t'apprendrai à conduire sur le circuit.

– Pas question !

Je lève un sourcil de mari menaçant.

– Pourquoi ? Tu as aussi de la cellulite sur les bras ?

Elle pique un fard et secoue la tête.

– Parfait ! Alors tu peux conduire.

– Pas avec toi ! Je suis sûre que tu es du genre macho au volant.

Deuxième fois qu'elle me tutoie de colère. Je ne veux même pas songer à ce qu'elle fera quand je lui ferai crier mon nom. Celui qu'elle a juré ne jamais utiliser car indigne d'elle. *Oh mon ange, tu vas le crier.*

– Je serai ton superviseur pour le *Leaner*[29], un point c'est tout.

– J'ai dit non !

– Et moi j'ai dit oui. Rassure-toi, conduire ne demande aucune intelligence particulière. Il suffit de grandir. Ce que tu as de toute évidence oublié de faire.

– Salaud, me souffle-t-elle à voix basse.

Je lui décoche un sourire machiavélique.

– Je t'avais prévenue, mon ange.

– Je n'ai rien d'un ange.

Incapable de m'excuser, je saisis rageusement le bocal de cornichons russes devant moi pour relever ma tranche de jambon cuit fadasse.

– Ferme-la ! Je veux profiter de mon repas.

---

29. Le Leaner ou permis L correspond à notre permis accompagné en France.

Elle serre fort les paupières comme si elle avait avalé un citron, en levant un majeur rageur sur ses cuisses cachées de Pool. Je fais comme si je n'avais rien vu. D'aussi loin que je me souvienne je n'ai jamais été assis à table avec d'autres personnes. Syrov y a toujours veillé afin que je ne nourrisse aucune affection. Quand il arrivait que je songe à ma famille, c'est à ça que je pensais.

Je voulais prendre un repas avec mon frère.

– Comment ça se passe l'école ? entends-je à ma droite.

Tout en mangeant, j'écoute d'une oreille discrète sa conversation avec Pool.

– Tu as de bonnes notes ? lui susurre-t-elle comme si je n'étais plus là.

C'est ça ! Ignore-moi dans ma propre maison.

– Hum, acquiesce Pool en se goinfrant de pâtes au beurre.

– Les autres enfants sont gentils avec vous tous ?

Les Wogs. Appelle-les par leur nom, mon ange.

– Tu sais, il faut aller vers eux aussi…

Pool m'appelle au secours du regard mais je fais comme si j'avais rien vu.

– Est-ce qu'on vous propose de travailler en équipe ?

Tu vois pas que ça le fait chier tes questions ?

– Tu as beaucoup de devoirs ? rempile-t-elle.

Elle se prend pour sa mère ou quoi ?

– On nous les donne longtemps à l'avance, soupire Pool, comprenant qu'il ne va pas s'en débarrasser, puis une lueur d'intérêt passe sur sa frimousse. Je pourrais t'aider à faire le ménage, lui propose-t-il avec enthousiasme.

Plein d'espoir, le petit s'adresse à moi :

– Sauvage, quand je suis arrivé ici, tu as dit que tout le monde doit produire quelque chose. J'ai pas de travail, moi, se plaint-il.

C'est là que l'autre maligne se croit bon d'intervenir :

– C'est pas grave, Pool. Moi non plus je n'ai pas de travail ici. Je devais en avoir un, mais c'était un mensonge. Je n'ai pas l'intention de passer l'aspirateur.

J'y crois pas ! Elle est féministe, maintenant ? Une féministe et un sauvage, on va aller où comme ça ? Combien de temps avant que j'aie envie de la tuer ?

– Pas de brossage des dents et pas d'aspirateur, c'est noté, sifflé-je.

– Pardon ?

– Ça te donne des courbatures, ricané-je. On supportera ton haleine.

Elle me snobe et s'adresse à Pool :

– Pool, tu es américain. Eh bien les États-Unis reconnaissent le droit de l'enfant d'être protégé contre l'exploitation économique. C'est très important. Aucun travail ne doit compromettre ton éducation. Ton travail à toi, c'est l'école !

Fais-lui un cours, tant que tu y es.

Elle se croit où, putain ? Devant un étudiant en psycho de son amphi ? À présent, le pauvre gosse me fixe avec l'air de nager en plein désert.

– Sauvage, dis oui ! Tous les autres stagiaires en ont un.

Ma première réaction est de refuser tant l'idée de me laisser envahir est douloureuse. La seconde est de lui rappeler que je ne suis pas son père, ce qui disons-le tout net serait cruel, mais aussi salvateur tant je ne suis pas fait pour le rôle. Seulement, j'y vois un intérêt.

Celui de damer le pion à la féministe.

– Rejoins la *Winery* après l'école si Hope est d'accord pour t'employer. Mais tu dors chez toi ! Il n'y a pas de place ici pour un enfant. Compris ?

Le gamin affiche un sourire béat. Si béat que l'autre pimbêche n'a pas le cœur de le décevoir. Quelque chose me dit qu'elle ne lui laissera pas passer l'aspirateur.

Que dis-tu de ça docteur Brenner ?

À la fin du repas, j'abandonne Hope avec la notice du lave-vaisselle et *Fellatio* à sa gamelle, et je raccompagne Pool jusqu'au chalet des stagiaires. L'enfant se montre timide en ma présence, mais aussi curieux.

– C'est une Gentil, murmure-t-il en regardant dehors.

– Hope est monogame, confirmé-je.

– Mais elle va vivre avec toi, réplique Pool avec perplexité.

– Oui.

– Comment tu fais ça ?

Je lui jette un regard en biais.

– Comment je fais quoi ?

– C'est de la désobéissance.

Le reproche ne me vexe pas. Il fait référence à l'Église qui désapprouve les mariages mixtes. Sa réaction d'enfant est même normale. Lorsque plusieurs épouses élèvent ensemble les enfants, ceux-ci ont des relations très étroites avec leurs frères et sœurs et avec leurs autres-mères, et tout le monde est heureux. L'arrivée d'une *Wog* monogame, peu préparée à partager ça, les amènerait à entretenir une méfiance dissuasive au sein même de leur famille.

Aussi je garde le silence.

– Tu risques la damnation éternelle, panique Pool.

Je souris en coin.

– Je suis déjà en enfer, bonhomme.

Cette remarque-là semble le faire réfléchir. *Longtemps.*

– Descends, lui dis-je en stoppant devant leur entrée.

Je ne coupe pas le moteur pour lui faire comprendre que je ne vais pas m'attarder. J'ai encore des choses à faire et une épouse-céleste à surveiller. Bien que sans WiFi et sans permis, je ne vois pas trop ce qu'elle peut tenter.

– Je viens demain ? se retourne Pool, la main sur la portière.

– Sauf si le fait de travailler avec une *Wog* te pose problème.

– À demain, dit-il en se laissant glisser à l'extérieur.

Au moment où je fais demi-tour, les phares d'une Dodge blanche viennent balayer mon pare-brise, pour s'arrêter à la hauteur de ma portière. *On y est.*

Sanglée derrière le volant, Caitlin abaisse sa vitre :

– Où est Hope ? exige-t-elle sans préambule.

– Bonsoir à toi aussi.

– Arrête d'être civilisé quand ça t'arrange ! Eve m'a dit que les deux sectateurs de son chalet avaient levé l'ancre sans explication. J'y suis allée. Son studio est vide comme si elle n'y avait jamais mis les pieds. Elle est partie ?

Azz, mon pote, je te revaudrai ça.

– Tu as merdé. J'ai repris la main.

La colère brille dans ses yeux.

– Comment ça j'ai merdé ? De quoi tu parles ? Merder, c'est plutôt ta spécialité. Moi je bosse comme une malade pour trouver comment on va payer les frais d'inscription de l'an prochain. La note de Mercedes sera salée mais ils ont le fric. Comment crois-tu que sera la nôtre alors qu'on n'a rien gagné ?

Je ne cherchais pas à la blesser, seulement à finir le plus vite possible cette conversation que j'ai attendue toute la journée.

– Je t'aurais expliqué ce matin si je t'avais trouvée. Tu étais où ?

Si elle me dit qu'elle est allée voir le juge, je suis pas sûr de me tenir. Nous nous dévisageons en silence et je comprends qu'elle ne le dira pas. Entre nous, c'est une guerre ouverte à présent. Je sais qu'elle prépare un mauvais coup. Tout comme elle sait que je ne resterai pas sans rien faire.

– Tu ne peux rien contre moi, dit-elle en attrapant son paquet de clopes.

Je la regarde allumer sa tige mentholée et souffler la fumée entre nos voitures.

– Dis-moi qu'elle est rentrée chez elle, réclame-t-elle après sa taffe.

Le ciel relativement vif porte son parfum mêlé à celui de la cigarette jusqu'à moi. Elle sent Dior, une note très féminine qui aurait pu me plaire sur une autre qu'elle. Je détourne mon regard vers la route qui mène à la Winery.

Dis-en le moins possible.

– Les deux gars qui logeaient dans son chalet s'en sont pris à elle hier soir.

– Quoi ? Dis-moi que son père n'a pas porté plainte !

C'est donc tout ce qui te préoccupe ?

– Ça va, c'était pas grand-chose.

– Je veux la voir pour m'assurer qu'elle ne portera pas plainte. Où est-elle ?

Agacé, je reporte mon regard noir sur elle.

– C’est bon, je te dis. Ni son père ni elle ne porteront plainte. J’ai réglé ça.

Peu convaincue, Caitlin fronce les sourcils.

– Est-ce qu’ils l’ont violée ?

– Non.

– C’était des sectateurs. Pourquoi ne l’ont-ils pas violée ?

Je serre les dents pour retenir la pique méchante que j’ai sur le bout de la langue. Même si sa crainte n’est pas totalement infondée, j’en ai marre de son dégoût pour les miens. Pour elle, nous ne sommes pas plus que des animaux.

– Comment se fait-il que tu sois au courant et pas moi ? braille-t-elle.

– Un hasard. Je me rendais à son chalet pour voir ces gars, justement.

D’instinct mes yeux se déportent sur ledit chalet en lisière du lac.

– Une chance pour elle, l’entends-je soupirer.

Je ne dirais pas ça.

– Je vais l’appeler, décrète subitement la femme d’affaires.

En ramenant mes yeux sur elle, je m’aperçois trop tard qu’elle a déjà composé le numéro de Hope sur son portable. Ce qui bien entendu a déclenché une sonnerie sur le mien. Mais quel con ! Pourquoi ne l’ai-je pas mis sur silencieux ?

À la façon dont Caitlin blêmit et raccroche, je sais qu’elle a compris.

– Tu l'as assassinée, hoquette-t-elle avec horreur. J'appelle la police !

Mon pouls s'emballe.

– Arrête ! m'écrié-je. Elle est chez moi !

Nous nous mesurons du regard. Elle avec son doigt sur la touche « appel » de son Vertu grand luxe, moi avec la main sur la portière, prêt à descendre pour l'en empêcher, et je vois parfaitement qu'elle ne me croit pas.

J'ignore ce que je pourrais lui dire.

– Nous venons de dîner avec le benjamin des stagiaires, dis-je avec un signe de tête vers leur chalet. Tu sais ? Le gosse qui est arrivé le mois dernier.

– Le rouquin avec un nom de film ?

– Ouais. Tu n'as qu'à lui demander, si tu ne me crois pas. Qu'est-ce que tu crois que je fais à dix heures du soir devant leur piaule, sinon ?

Son regard torve me retourne l'estomac.

– Tu crois sincèrement que je suis du genre à me faire des mineurs ?

Je veux bien être détraqué, mais si elle dit oui je vais péter un câble.

– Je ne t'ai jamais vu avec une femme non plus !

J'imagine chacune de ses pensées à cet instant. Comment lui dire que je ne baise personne ? Jamais elle me croira. C'est si… *tordu.*

– Elle va vivre chez moi, c'est tout ce que tu as à savoir.

– Tu lui as dit ?

– Oui.

– Là tu m'épates ! Je ne pensais pas que tu le ferais.

– La seule chose qu'elle ignore, c'est Zolder, et je tiens à ce que cela reste comme ça, tant qu'on ne l'a pas retrouvé. Syrov avait des amis. Je ne tiens pas à transformer mon jumeau en arme contre moi.

– Tu n'as pas besoin de me le dire, nous avons un accord, me rappelle-t-elle.

Soulagé qu'elle s'en souvienne, c'est à peine si je la regarde.

– Comment l'a-t-elle pris ?

– Comment veux-tu qu'elle le prenne ?

Caitlin observe son ordinateur de bord et hausse les épaules.

– J'ai essayé de la prévenir qu'elle ne devait pas se laisser enfermer par les siens, ni avoir peur d'en voir la couleur. Dis-lui que je passerai la voir demain. C'est une chic fille, je suis contente qu'il ne lui soit rien arrivé de mal.

Je me redresse brusquement dans mon siège.

– Je ne reçois pas, tu le sais.

– Il va falloir que ça change, alors.

Sans un mot pour elle, je dirige la Chevy vers la *Winery* en me demandant pourquoi Caitlin tient tant à rentrer chez moi, mais je ne suis pas préparé au spectacle que je trouve en pénétrant dans mon salon. Hope a allumé un feu dans la cheminée centrale et a déroulé son tapis de yoga devant le foyer dont les étincelles crépitent doucement dans l'obscurité. En la voyant s'étirer pieds nus, habillée seulement d'un body noir et de jambières assorties qui lui remontent à mi-cuisses, je comprends ce qu'elle fait. L'agression d'hier soir a raidi son corps, elle l'oblige à relâcher. Mais il y a plus surprenant encore. *Fellatio* fait la même chose, en beaucoup moins gracieux évidemment. Je souris en coin.

Elles se sont trouvées.

Sauf que tout se brisera bientôt.

CHAPITRE 21

SAUVAGE

Rien ne se passe comme prévu.

Quelque chose dans l'intensité de mon cœur d'ermite me dit que je devrais avoir peur du fracas qu'elle va y mettre en me réparant. C'est le cas. Je ne suis pas naïf, c'était même prévu. Seulement, cette peur se meut peu à peu en attirance. Pour ce corps qui s'étire avec grâce. Pour ce caractère digne qui lutte alors que tout le terrasse. Pour le respect qu'elle éveille en moi. Combien de femmes seraient restées après ce que je lui ai révélé ? Combien se seraient écroulées ?

Le yoga en musique comme désintox émotionnelle. C'est malin.

– Ça, c'est le chien tête en bas, explique-t-elle à *Fellatio*.

La sensation de les regarder faire sans qu'elles me voient est grisante.

– Wffff… bondit le bulldog court sur pattes qui n'a pas l'air d'apprécier.

Hope obéit et se remet debout, paumes ouvertes le long du corps.

– D'accord. Alors ça, c'est la montagne, annonce-t-elle tout en levant ses bras au-dessus de sa tête afin d'étirer sa colonne vertébrale.

Fellatio incline la tête de côté, lorsque son sujet d'étude gémit le temps d'une pointe douloureuse. Hope descend ensuite dos droit et pose ses paumes de main dans le tapis ; elle ne bouge plus. Je sais qu'elle doit réveiller ses blessures en forçant son corps à s'étirer ainsi, mais chaque souffle douloureux la rend encore plus sensuelle. Elle ouvre ses épaules, passe ses bras derrière ses mollets en les massant afin de les étirer, et glisse sa tête entre ses jambes, afin de verrouiller sa position. Le temps de cinq respirations. Bordel ! Tout devient sombre autour d'elle. Piégé par sa lumière mon corps entre en fusion. Elle n'est pas sportive et ses jambes manquent de muscles, mais sa souplesse me donne l'impression d'entrer en elle, comme on entre dans les roseaux courbés entre les hautes herbes.

Je ne peux plus en sortir.

Sans réfléchir à ce que je fais, je m'avance et pose mes mains à plat sur ses deux fesses en me penchant au-dessus d'elle pour la regarder dans les yeux. Gênée par mes jambes solides, elle ne peut plus défaire sa clé et remonter. Ce qui la fait sursauter et pourrait bien la faire chuter tête la première, mais je la rattrape par les genoux et la bascule en arrière, hissant son visage devant le mien.

– Tu viens de ruiner ma pince debout, glousse-t-elle toute échevelée.

Sa chevelure de sauvageonne est comme une couronne, tandis que son premier tutoiement sans colère vient à bout de ma retenue. J'étale mes paumes sous ses fesses tendues à présent vers le bas afin de la maintenir, et le désir m'ébranle.

J'ai les mains sur son cul.

Et le cœur d'un coq matinal qui chante la victoire.

– Est-ce que ça va ? je lui demande, soucieux de ne pas aller trop vite.

– Ça m'aide à soulager les douleurs.

Elle n'y est pas du tout. Moi je l'interrogeais sur notre position avec ses cuisses autour de mon cou et son sexe chaud collé à mon torse. J'ai l'impression de la trousser. J'ai envie de la plaquer au mur. Je veux prendre cette femme comme le sauvage que je suis. Lorsqu'elle déverrouille sa posture, c'est pire. Ses jambes basculent tout naturellement par-dessus mes épaules pour s'accrocher à mon dos et je perds le contrôle. Je ne ressens plus que cette chaleur sombre et provocante dans mon membre qui précède la charge de mon gland et l'orgasme.

Calme-toi putain !

– Quels sont les préliminaires selon un homme normal ? haleté-je.

– Mendier pendant une demi-heure ? propose Hope avec malice.

L'étincelle dans ses yeux verts montre qu'elle joue, mais les effluves musqués de sa chatte me remontent aux narines. Je ne joue pas, moi. C'est de la torture.

– Je ne sais pas mendier, grondé-je comme un supplicié.

Elle éclate de rire, et ce rire me frotte, pique mon âme noire.

– Ton rire agit comme du désinfectant, bordel, croassé-je.

– Ravie d'être utile, blague Hope.

– Accroche-toi.

– Où m'emmènes-tu ?

Je ne réponds pas. Jonglant comme je peux avec le bulldog jaloux qui trottine autour de nous, je contourne le foyer, pour redescendre de l'autre côté dans ce qui était le salon télévision d'Oxton, face à la baie vitrée donnant sur le lac, où j'ai étalé une peau de vache et un pouf Fatboy à même le sol.

– Ne me laisse pas tomber, se crispe Hope autour de mon cou.

– Toi non plus, lancé-je avec ironie.

Quand elle est dans mes bras, j'ai l'impression que nous avons une chance, aussi minime soit-elle. Elle de me réparer et *peut-être* de m'éviter le pire. Moi de l'aider à avancer dans son pétrin pour qu'au moment venu elle soit capable de ne pas s'effondrer. Alors qu'en clair, je ne veux aucun lien avec elle.

Je l'assieds sur le pouf et elle rajuste son body.

– Attends-moi là. Je reviens.

Une minute plus tard, je suis de retour avec mon ordinateur mais elle s'en fiche et pointe du doigt la grosse malle de l'entrée que j'ai déplacée après son attaque.

– Tu gardes des armes dans cette maison ? demande-t-elle de but en blanc.

À sa question empreinte de méfiance, elle pense que je les cache là-dedans.

– Ouvre-la.

D'abord hésitante, elle manipule la clenche de fer et pousse à deux mains pour en soulever l'épais couvercle, tandis que je m'installe par terre, dos contre la bibliothèque murale en vieux chêne que j'ai laissée intacte.

– Ce sont des livres, s'étonne-t-elle, déconfite.

– Ta demande est légitime alors je vais répondre. Il y a des battes de baseball planquées un peu partout dans la maison, mais pas d'armes à feu. Je suis en règle.

– Je pensais…

– Je sais ce que tu pensais, la coupé-je.

Je ne dis rien de plus. Inutile qu'elle se pose des questions sur ce qui est arrivé à ses agresseurs. Je ne lui fais pas confiance. Ses yeux vert malachite abandonnent et se lèvent vers les rayonnages vides au-dessus de ma tête.

– Tu te fais une bibliothèque ?

– Il y avait un rayon livres d'occasion chez MacLeod's.

Elle revient au contenu du carton.

– Les livres classiques sont très difficiles, allègue-t-elle avec perplexité.

Je serre les dents en maudissant Caitlin qui l'a briefée.

– Je mets plus de temps mais je lis des livres *d'adultes*.

Elle vire au cramoisi.

– Il n'y a aucune honte à apprendre à lire, pondère-t-elle avec détermination. Des milliers de gens sont dans ton cas. Je suis sûre que ce serait un très beau message pour eux de savoir qu'un pilote de F1 a connu cette épreuve et l'a surmontée. Ce serait aussi la preuve que la F1 n'est pas réservée qu'aux fils de riches sans difficultés. Tu devrais y réfléchir.

C'est pas faux, mais je secoue fermement la tête.

– Je ne suis pas un exemple.

Hope se relève pour en ranger quelques-uns en les énumérant :

– *La Promesse de l'aube*, *J'irai cracher sur vos tombes*, *Crime et Châtiment*. Tous ces ouvrages ont pour thème la vengeance, affirme-t-elle une fois le dernier posé. Tu ne mens pas quand tu dis que tu as soif de vengeance.

Je sais qu'elle s'inquiète que je ne tienne pas ma part du marché, et je ne peux pas lui en vouloir, puisque moi-même je ne lui fais pas confiance. Je peux juste l'aider à comprendre en ouvrant une autre conversation profonde :

– J'ai toujours eu un estomac fragile. Quand je mangeais, je vomissais. Alors Syrov me privait de nourriture. J'ai essayé plusieurs fois de m'enfuir. Ce qui était complètement idiot car derrière la clôture, il y avait des ours affamés, et que je ne serais sûrement pas allé loin. À chaque tentative ratée, on m'attachait pendant une nuit entière à un poteau et Syrov me faisait garder par ses *Medvebaka*.

– Qu'est-ce que c'est ?

Sa voix est douce, pleine de compassion, mais dessous c'est du béton. Elle m'évalue. Enfin, elle évalue plutôt ma capacité à la tromper.

Aussi je ne mens pas :

– Une race qu'il avait créée par le biais du croisement d'un chow-chow et d'une ourse brune de Sibérie. Syrov n'était pas trop scrupuleux côté génétique. En proie au stress en présence de l'homme, l'animal n'hésitait pas à mordre. À la troisième nuit, je n'ai plus essayé de m'enfuir.

D'horreur, Hope porte sa main à sa bouche.

– Je ne me suis pas pendu parce que je pensais que mes parents étaient à ma recherche. Je continuais à respirer. Je luttais. Mais personne n'est venu.

– Je suis désolée, murmure Hope avec émotion.

Qu'est-ce que ça change qu'elle le soit ?

– Je ne te dis pas tout ça pour t'attendrir.

– Pourquoi me le dire, alors ?

– L'abandon des miens m'a détruit. N'espère pas trouver une part d'humanité en moi et t'y accrocher. Savoir qu'il n'y avait plus personne était terrible, mais pas impossible. Aujourd'hui, je veux savoir *qui* a juré notre perte et *pourquoi*. Renoncer à ça *est impossible*. Je ne renoncerai pas à ma vengeance.

Elle laisse passer un moment. C'est tout ce que je peux faire pour elle, être honnête sur *ça*. Je ne m'arrêterai pas. Je ne renoncerai pas. Même si elle me répare. Je suis incorruptible pour elle aussi. L'odeur boisée du feu embaume tout l'étage tandis qu'elle reluque l'endroit, perdue dans ses pensées.

– Ça manque de meubles ici, élude-t-elle avec morosité.

Elle commence à comprendre qu'elle ne pourra pas m'infléchir.

– Tu lis dans mes pensées. Viens ici, ordonné-je en ouvrant mon MacBook Pro sur mes cuisses allongées devant moi. J'aimerais connaître ton avis.

– Sur quoi ? dit-elle, mais elle vient tout de suite s'installer près de moi.

Elle a besoin de souffler.

– Quand j'ai eu fini de peindre l'étage, j'ai fait une sélection sur un site en ligne de décoration intérieure pointue. Essentiellement des canapés.

Moqueuse, elle me file un coup de coude.

– L'anachorète compte recevoir ?

– Non, mais j'en ai marre du vide. Ça fait trois ans que je vis dans un chantier et dix-sept dans une cellule monastique. J'aimerais connaître une maison.

À peine ai-je fini ma phrase qu'elle fait un bond en l'air.

– Je suis celle qu'il te faut ! s'emballe-t-elle avec enthousiasme. J'adore la déco. Si tu voyais ma chambre, c'est la pièce la plus réussie de la maison.

Sans me demander l'autorisation, elle s'empare de mon ordinateur afin d'examiner ma sélection avec le plus grand sérieux, et j'ai brusquement l'impression de me faire sortir de mon territoire.

– Il n'y a que du cuir noir, proteste-t-elle comme si c'était grave.

– Le cuir est masculin.

Elle me décoche un regard condescendant.

– Et pas le tissu ?

– Quand je suis arrivé ici, il y avait trop de tissu. Il y en avait partout. Les rideaux, les murs, les canapés. J'ai passé des mois à ôter les agrafes dans les murs.

– Tu fais tout par toi-même ?

Qu'est-ce qu'elle s'imaginait, que j'avais pris une entreprise *Wog* ?

– C'est moins cher mais ça demande… plus de temps.

Pendant quelques secondes, je la laisse détailler l'immense espace vide de cette baraque surdimensionnée en l'admirant elle, et ses boucles nuit soyeuses.

– Qu'est-ce qui ne t'a pas plu encore dans la décoration précédente ?

– Les photos.

– Quel genre de photos ?

De l'index, je lui fais signe de revenir à l'ordi.

– Pourquoi ne pas marier ces deux canapés habillés de cuir havane avec…

Elle clique sur un autre article.

– Ces deux fauteuils modernes en peau de vache ? Ça apporterait un peu de couleur aux murs blancs et c'est masculin. Et cette table basse ? Et aussi… ce tapis en agneau de Mongolie blanc pour mettre dessous. Oh regarde, ce canapé en L gris pour le coin lecture où nous sommes. Les dimensions ont l'air bonnes.

– Il est en tissu, grogné-je d'une voix bourrue.

– Tu le trouves féminin ?

– Non.

– Tu es limité en budget ?

– Non, j'ai des économies.

– Bien alors ce serait hyper joli ! Tu ne voudrais pas acheter un écran plat et quelques luminaires ? Je pense à des lampadaires blancs qu'on placerait contre les murs pour les réchauffer un peu.

Une heure de shopping virtuel plus tard pendant lequel elle m'a fait ajouter beaucoup de choses dont je ne suis pas sûr d'avoir besoin, je la laisse remplir le bon de livraison pour le lendemain avec mon Amex noire sans lui dire que c'est la première fois que je m'en sers, et que je suis un peu nerveux.

– Voilà. Je la réceptionnerai demain, dit-elle en me rendant ma carte.

– Une chance qu'ils puissent livrer avant Abu Dhabi, lâché-je, satisfait.

– C'est vrai que tu t'en vas, se souvient-elle.

– Tu viens avec moi.

– Aux Émirats arabes unis ? Sûrement pas ! Je me suis renseignée. La F1 c'est vingt-deux Grands Prix à travers le monde. Il n'a jamais été question de te suivre partout comme un toutou. J'ai un métier, un patron, et des comptes à rendre. Si je ne suis plus en sécurité ici, je rentre chez moi !

Je fais de mon mieux pour me dominer.

– Pour ça, mon ange, il te faudrait ton passeport.

– Mon passeport est dans ma valise.

– Non, c'est moi qui l'ai.

Elle en reste bouche bée quand elle pige qu'elle ne peut plus embarquer nulle part. Ni avion. Ni train. Ni bus. *Et comme t'as pas de permis, chérie...*

– Tu m'as menti ! Tu avais promis de ne pas me retenir prisonnière, lance-t-elle avec colère en s'apprêtant à partir, mais je la retiens par le poignet.

– Faux ! Regarde autour de toi. Tu n'es pas enfermée.

Même si elle ne me fait pas confiance, elle doit rester logique.

– Et mon boulot ?

– Quoi ton boulot ?

– Qu'est-ce que je dis à mon boss ? Brendt suit la F1. Il ne rate aucune transmission télévisée des Grands Prix. Je doute qu'il apprécie que je fasse le tour du monde avec toi après ton petit message, et je n'ai aucune envie d'avoir la ligne « virée pour faute professionnelle » sur mon CV.

– Dans ce cas démissionne. Si tu n'es pas avec moi, notre accord est caduc.

Le regard indigné qu'elle me fait vaut le détour mais je m'en moque.

– Autre chose ? grince-t-elle.

– Non. Ça résume assez bien mon sentiment sur le sujet « voyages ».

Je suis un salaud, de toute manière.

– Demain tu auras la visite de Caitlin, la préviens-je dans la foulée. Elle exige de te voir sinon elle appellera la police pour signaler ta disparition. Dis-lui que tu ne porteras pas plainte. C'est tout ce qu'elle veut savoir.

Réprimant l'agacement que cette mise au point a déclenché, je me dirige vers le foyer pour attiser le feu en train de mourir. Un frisson me parcourt. Une gifle n'aurait pas été plus cuisante que son allusion à l'autre con. Au fond de moi j'espère qu'elle va démissionner et s'écarter de ce type.

Je ne sais pas pourquoi, mais je ne le sens pas.

– Je pense qu'on devrait arrêter ça, soupire-t-elle.

Ma main se fige sur le tisonnier.

– Quoi donc ?

– L'attirance entre nous. Le flirt. On joue un jeu dangereux.

Elle la ressent aussi.

– Ça tombe bien. J'aime le danger.

– Pas moi, siffle-t-elle avec dépit.

Pas mon problème, mon ange ! Tu perdras, c'est tout.

– Tu savais que Pool avait un acte de naissance incomplet ? enchaîne-t-elle.

– Ne juge pas.

– Tu te fous complètement de mon travail, en fait ! s'écrie-t-elle, exaspérée.

Je veux bien m'excuser, mais putain, c'est abuser !

– Pas du tout ! Mais en règle générale les *Wogs* ne nous comprennent pas.

– Alors aide-moi à comprendre, me défie-t-elle. Pourquoi une famille plurale américaine qui aime profondément ses enfants ne prend-elle pas la peine de déclarer leur naissance ?

Je reviens au salon et m'assieds sur la malle en manguier qu'elle a suspectée contenir des armes tout à l'heure. Je peux lui accorder ça.

– D'accord. Continue.

Le soulagement enfièvre ses joues.

– Je comprends cette réalité en Afrique ou en Amérique du Sud où les parents ont d'autres chats à fouetter que d'aller perdre une journée pour déclarer leur bébé. Ils ont d'autres bouches à nourrir. Mais comment peut-on oublier de déclarer son enfant aux États-Unis, en France, ou au Canada aujourd'hui ?

– Les parents sont trop honnêtes, affirmé-je.

– Comment ça ?

Je la regarde en silence.

– Que sais-tu de l'histoire des sectes ?

Elle se mordille la lèvre d'embarras puis :

– Je ne suis pas diplômée en religions contemporaines, si c'est ça que tu demandes. Je m'y suis intéressée par rapport à maman qui a couvert Waco alors qu'elle était enceinte de moi. Elle était étudiante à Barry, l'université catholique conservatrice de Floride fondée par des sœurs dominicaines. Sais-tu qu'ils assurent la gratuité des études universitaires pour les immigrés illégaux ? Leurs engagements fondamentaux incluent aussi *vos* communautés, et l'action sociale.

– C'est là que tu es allée ?

Elle secoue la tête d'un air triste.

– J'ai été admise dans la plus réputée de toutes, alors…

Quelque chose dans ce qu'elle me dit fait courir un frisson dans mon dos comme si on m'avait plongé dans un seau d'eau glacée.

Mais l'impression se dissipe.

– Dans l'antiquité, le terme « secte » était déjà utilisé mais ça ne voulait pas dire grand-chose, commencé-je. Au Moyen Âge, on parlait d'hérésie. Les premiers enseignements mormons se fondent sur la loi d'Abraham de 1830. Cette loi permet de prendre plusieurs épouses supplémentaires, comme Abraham l'a fait.

– D'accord, opine-t-elle.

– Par la suite, la pratique de la polygamie est devenue un crime dans tous les États. Les dirigeants de l'Église de Jésus-Christ des saints des derniers jours ont alors annoncé publiquement que la Constitution protégeait les relations polygames en tant que « liberté religieuse », et la polygamie a continué.

Ma remarque la fait réagir :

– Tout le monde se réfugie derrière la liberté de religion, mais il ne s'agit pas de faire n'importe quoi ! La Constitution ne protège pas les pratiques immorales. Traiter mal un enfant, c'est immoral. Lui ôter ses droits fondamentaux aussi.

J'ai presque envie de rire tellement son raisonnement est naïf.

– Le souci, c'est que les autorités ne se sont pas arrêtées là et en ont fait un problème politique, sinon les choses ne seraient peut-être pas allées aussi loin.

Perplexe, elle recule pour m'observer.

– Que veux-tu dire ? Que c'est la faute des autorités ?

J'acquiesce sans hésiter.

– Quelque part de leur maladresse. Le gouvernement américain a ordonné la saisie des biens de l'Église et a transformé tout ça en persécution. Les familles ont été contraintes de se séparer. Des arrestations massives ont été faites. Plus de cent policiers ont fait une descente à *Short Creek*. Les maris ont été arrêtés. Les femmes ont été menées en autobus dans le Sud. Les images des enfants en pleurs arrachés aux bras de leur mère ont créé un schisme dans l'Église avec, d'un côté, les fondamentalistes, de l'autre, l'Église mormone moderne, bien décidée à excommunier les praticiens de la polygamie pour avoir la paix.

La compréhension se forme sur son visage.

– Ça a poussé les fondamentalistes au secret, déduit Hope.

Bonne réponse.

– Les fondamentalistes se sont adaptés à un style de vie clandestin pour éviter les poursuites et ce qu'ils percevaient comme une persécution du « monde ». Sauf qu'en faisant cela, tous les fondamentalistes du monde entier se sont emparés de cette histoire de persécution. Les religieux *et* les autres. De nombreux leaders malintentionnés ont vu là une aubaine pour créer leur propre secte, relativement isolée, afin de se protéger de l'influence extérieure hostile.

– Tu es en train de me dire que tout est parti de la polygamie ?

– Oui.

– Foutu Abraham, jure Hope, et je souris de découvrir cette facette grossière.

– Ne t'en prends pas à lui. Les hommes les plus importants de l'Ancien Testament étaient tous polygames : Jacob, David, Salomon, et bien d'autres.

Tout en méditant, Hope détache l'élastique qui rassemblait ses cheveux ensemble pour se masser le crâne afin de mieux réfléchir, mais c'est surtout ses boucles sauvages cuivrées caressant ses épaules nues que je regarde.

Je me demande de qui elle tient ces cheveux.

– Mais pourquoi ne déclarent-ils pas leurs enfants ? peste-t-elle.

Je m'extrais de ma contemplation.

– Comme tu l'as compris, les fondamentalistes préfèrent éviter les contacts avec les agences gouvernementales, en qui ils n'ont pas confiance. Y compris celles offrant une assistance médicale, comme l'hôpital, ou financière, comme les allocations familiales. Cela peut être motivé par des craintes de discrimination ou de poursuites, si leur mode de vie était rendu public.

Elle me fait signe qu'elle a compris mais continue à râler :

– Mais aujourd'hui plus personne ne persécute les familles plurales.

– C'est ça le plus comique. Les autorités ont rendu toute aide publique extérieure impossible et ont isolé les familles. Ce qui, si je peux me permettre, est exactement ce que vous nous reprochez.

– Les autorités ne sont quand même pas responsables de l'isolement social, géographique et émotionnel de ces gens !

– De ça et de bien plus encore.

– Non ça, c'est pas possible !

– Si ! Réfléchis. Étant donné que tout mariage plural est considéré comme juridiquement nul par vos gouvernements, les épouses-sœurs, bien que mariées dans leur esprit, sont techniquement célibataires et doivent revendiquer le statut de mère célibataire sur les formulaires de demande de prestations. Résultat, elles préfèrent ne pas déclarer l'enfant plutôt que de violer les règles de protection sociale et d'être ostracisées par leurs voisins qui auront découvert leur mode de vie ou leurs croyances, qu'elles se déclarent mariées ou célibataires.

– Elles sont trop honnêtes, admet-elle, reprenant mon terme initial.

– Ces gens sont croyants. Voler n'est pas bien. C'est *mal*.

Ses yeux verts s'allument de colère.

– Mais des enfants sans acte de naissance n'ont aucun droit.

– Aucun droit. Aucune existence. Aucun contrôle. Ça fait le bonheur des leaders, qui peuvent en disposer comme ils veulent.

Elle manque s'arracher les cheveux.

– C'est complètement dingue ! Cette situation est insensée.

– On n'y peut rien. Prends l'exemple de ScrapMetal. La plupart des petits sont nés à la maison avec une sage-femme issue de la communauté. Les mères plurales ont renoncé aux technologies modernes de l'hôpital, alors qu'elles ne sont plus dépendantes d'un leader. C'est juste… leurs croyances, tu vois.

– Que se passe-t-il en cas de problème à l'accouchement ?

– Ça dépend de ton leader. Si le leader est un homme bon, la sage-femme n'hésite généralement pas à diriger la future mère vers des professionnels de santé, même avec une couverture d'assurance insuffisante. En revanche…

– Syrov n’a jamais envoyé une future mère à l’hôpital.

– Non.

Elle tripote ses boucles en silence et je réalise que c’est un tic extrêmement sensuel car elle y prend du plaisir. *Un vrai plaisir.*

– Il y a des femmes enceintes ici ?

– Quelques-unes, fais-je, absorbé par le mouvement de son doigt.

Pendant un moment, son doigt ne bouge plus.

– Est-ce que tu as tué mes agresseurs ?

Je fronce les sourcils, la mettant au défi de poursuivre sur cette voie.

– Je suis sûre que oui et qu’Azz s’est occupé des corps pendant que tu t’occupais de moi. Si je te couvre auprès de Caitlin, me donneras-tu les moyens d’être acceptée par ces femmes et de faire mon travail ?

Je suis à deux doigts d’exploser dc rire.

– Tu me fais chanter, Brenner ? fais-je, stupéfait par son audace.

– Moi aussi je t’ai prévenu, Roy. Je ne suis pas un ange.

Ça me coûte de l’admettre mais devant sa détermination à aider les miens, je ne sais pas quoi penser d’elle. Le chantage, c’est laid, mais ce qu’elle tente est beau.

Mais pas suffisant pour que je me renie.

– Ces femmes veulent seulement la paix. Ne les touche pas !

Elle m'étudie comme s'il était étrange que j'aie de l'affection pour elles.

– Elles sont chez toi. Tu es responsable d'elles, m'objecte-t-elle vertement.

– Absolument pas ! Elles ont un mec qui les a mises dans cet état et je t'assure que c'est pas moi !

Hope plisse les yeux méchamment pour me faire peur.

Si seulement, chérie.

– Tu dois les envoyer à l'hôpital, Sauvage Roy !

Première fois qu'elle utilise mon prénom et c'est pour me menacer de me dénoncer à la police. Putain, je suis con ! Qu'est-ce qui m'a pris d'ouvrir ma gueule avec une *Wog*, aussi ? Comme si elle allait accepter nos différences.

Mon ton se fait menaçant :

– Tu vas laisser ces femmes accoucher comme elle veulent, Boucle nuit.

– J'ai besoin d'être une des leurs, insiste l'autre butée.

Mon estomac fait un raptus.

– Être quoi ? Enceinte ?

Elle lève les yeux au ciel comme si j'étais complètement crétin.

– Mais non ! Mon père m'a imposé un implant quand j'ai eu mes règles.

Là je n'ai plus de pouls.

– Qu'est-ce que tu as dit ?

Agacée, elle dégage la question de la main, mais j'ai parfaitement compris.

– Tant que je serai une *Wog*, elles ne me parleront pas et refuseront tout ce que je peux leur proposer. Je ne veux pas être responsable d'un seul enfant de plus qui naîtra sans acte de naissance.

Les sourcils manquent me sortir de la figure.

– T'es une *Wog,* mon ange ! Ça et le reste, ça va pas changer.

– Faux ! Je suis ton épouse-céleste.

Je suis trop surpris pour m'esclaffer.

– C'est pas sérieux ?

– Si. C'est ma condition.

Même moi j'ai du mal à y croire. Ce n'est pas réel. Elle ne peut pas vouloir de moi comme ça. Je suis le diable. Celui qui divise père et fille, qui trompe, qui ment, qui manipule et sème la discorde avec sa queue. Personne n'aime le diable.

Même par compassion, putain !

– On a déjà un accord, Hope Brenner, et il n'inclut pas l'éternité, que je sache.

L'éternité avec moi. Elle est folle.

– À toi de voir. Si tu veux que j'oublie ces deux cadavres alors donne-moi les moyens d'aider ces femmes. Les morts, je m'en fous – il est trop tard pour faire quelque chose –, ce qui compte pour moi, c'est les vivants. Femmes et bébés.

Quelle petite scélérate !

– Tu es féministe, c'est pas joli, grondé-je en plissant les yeux.

– Je suis chercheuse dans le vaste brouillard des médiations désespérées. Autrement dit, je ne vais pas capituler si facilement alors que je suis devant une situation inacceptable. Laisse-moi faire mon travail, mari-céleste, et demain on passera une belle journée.

Comment s'y est-elle prise pour renverser la situation à ce point ?

– Je n'apprécie pas la menace, Brenner.

– Moi non plus, Roy ! Pourtant je fais avec.

Pas faux. L'ennui, c'est que je suis certain qu'elle tiendra parole.

– Et comment je suis censé m'y prendre ?

– Ça, c'est ton problème.

Je me masse les tempes, luttant contre la migraine qu'elle est en train de déclencher, quand brusquement la solution m'apparaît.

Je pointe son body.

– Tu portes quoi là-dessous ?

– Tu essaies de me taquiner, mais en principe je fais mon yoga nue, minaude l'inconsciente.

Tous mes muscles se bandent dans mon dos en l'apprenant.

– Sur certains sujets je ne plaisante pas, crois-moi. Réponds.

– Rien, obtempère-t-elle.

– Tu as deux minutes pour t'habiller en fille et mettre une culotte.

– On va quelque part ? fait-elle pleine d'espoir.

– Je t'emmène à la Fosse.

Elle en reste bouche bée. Eh oui…

Pas sûr que ton féminisme y résiste, mon ange !

CHAPITRE 22

HOPE

Ça fait bizarre d'être assise sur son siège passager.

Ça fait couple. Mon côté raisonnable cherche à analyser mes émotions depuis notre petit flirt qui m'a amenée à le tutoyer, et le sort de ces femmes qui m'a conduite au chantage, alors que Sauvage, absorbé dans ses pensées, roule tous phares allumés le long du lac inférieur. Je ne prête aucune attention au scintillement de l'eau sous la lune, ni à la facilité déconcertante avec laquelle il négocie les virages, ou à ses adducteurs sexy en plein travail. Je tente encore et encore de disséquer mon attirance pour lui.

De manière rationnelle.

Il aurait pu s'agir de ce type d'attrait complexe décrit dans les syndromes de Stockholm, mais je n'y crois pas. D'abord parce que j'étais déjà fascinée par lui *avant*. Ensuite, bien que je reste vigilante, l'idée même que Sauvage soit mon ravisseur me paraît saugrenue. Enfin, comme il l'a admis lui-même, je ne suis pas enfermée. Je ne suis pas en danger.

Il m'a sauvé la vie. Bref. Nous sommes juste deux personnes prises au piège qui veulent connaître la vérité. Aussi laide, injuste et immorale soit-elle. Mais l'attirance physique… je ne comprends pas.

Rien chez cet homme ne me correspond.

– Si j'avais les idées claires, je te ramènerais immédiatement à la maison.

– Mais ?

Ses yeux noirs immenses et attentifs me jaugent avec méfiance. C'est clair que nous ne nous faisons pas confiance.

– Mais je suis tenté de croire que tu respecteras ta parole.

– Je la respecterai parce que je sais ce qu'elle te coûte, établis-je.

L'air d'apprécier, il hoche la tête.

– Azz a refusé de me parler de la Fosse lorsque je l'ai interrogé, lancé-je.

Sauvage me jette un regard tendu.

– Azz a bien fait. La Fosse est un lieu de rencontre réservé aux sectateurs, énonce-t-il platement. Ce n'est pas un lieu pour toi.

– Plutôt comme une boîte de nuit ou comme un club échangiste mystique ?

Il tourne les yeux vers moi, agacé.

– Je m'attendais à mieux de ta part !

– Je fais mon travail, et tu es censé m'aider, lui rappelé-je.

– Contrairement aux rumeurs qui nous font passer pour des bêtes, les fondamentalistes croient fermement au mariage, corrige-t-il alors avec raideur. Même si notre manière d'arriver au mariage diffère de la vôtre. C'est le leader qui choisit quelle union sceller. C'est pourquoi toute activité sexuelle en dehors de l'« Exaltation » autorisée est vigoureusement découragée.

– Pas de sexe avant le mariage, alors.

Même moi j'entends mon défrisement.

– Tu as l'air déçu, ricane-t-il plus détendu.

J'aime le sexe et alors ?

– Je dis juste que je trouve important de se « tester » avant le mariage. À moins qu'on ne se foute des échecs matrimoniaux.

– Ah mais les leaders ne s'en foutent pas du tout, objecte-t-il.

Je lui décoche un regard de travers.

– Sans blague ! Tu viens de dire que ce sont eux qui décident des unions.

– Justement. Tu pars du principe qu'ils imposent tout mais tu te trompes. Les leaders organisent des soirées pour aider les adeptes à faire le bon choix dans un environnement claustral ouvert et sain. Le mariage chez nous est beaucoup plus que l'harmonie sexuelle. L'homme y trouve Dieu et la femme sa grâce, qui leur permet à tous les deux d'hériter de la vie éternelle. Personne ne triche dans ces soirées. Le but est de montrer qui on est et ce qu'on aime, parce que la vérité du mariage céleste est d'être le signe d'un amour définitif.

– Mais non exclusif, grincé-je de toutes mes dents.

Sauvage me jette un regard polisson.

– Depuis quand vos clubs sont-ils interdits aux hommes mariés ?

– Touché, suis-je forcée de reconnaître.

Mais je ne m'attends pas à ce qu'il poursuive :

– Ce genre de rapprochement est considéré par les fondamentalistes comme particulièrement approprié lorsqu'un homme est déjà marié, au contraire.

– En quoi est-ce approprié ? soulevé-je en triturant une mèche rétive.

– Eh bien… Le mari peut nouer un nouveau sentiment amoureux sous l'œil de ses épouses, tout en évitant le contact physique blessant pour elles, commente Sauvage. Ou simplement attendre qu'elles l'autorisent. Tu n'es pas obligé de baiser dans ces soirées. Il y a plein d'autres tentations qui peuvent amener une épouse à participer. Nous avons gardé le principe en créant la Fosse.

Mes doigts se figent.

– J'arrive pas à croire que tu valides la polygamie, m'offusqué-je, blessée.

Pourquoi ça me blesse, d'ailleurs, qu'il la valide ?

Sauvage émet un long soupir :

– Ce qui se passe entre adultes consentants ne me regarde pas. Quand une famille ou un célibataire arrive ici, j'impose mes règles, mais je ne peux pas *tout* changer. Ils seraient perdus si je faisais ça.

Sauf que ça ne règle rien du sort des femmes et des enfants.

– C'est ici, dit-il en engageant la Chevy sur un petit parking en bordure du lac.

Pendant qu'il se gare, je tente d'y voir clair. Sauvage dit la vérité, cela ne fait aucun doute. Il ne peut pas réformer des années de mentalité et il a le mérite d'imposer des limites. Seulement il y a quelque chose dans son acceptation de la polygamie qui me dérange et me donne l'impression d'être impuissante.

Alors que je ne le suis pas.

– Cet endroit n'est pas digne de toi, répète-t-il en coupant le moteur. Mais si tu veux être une des leurs, c'est par ici que tu dois commencer.

Je jette un œil à la nuit froide et humide à l'extérieur et soudain l'atmosphère change. Dans la pénombre de l'habitacle, tout plafonnier et chauffage éteints, je le sens me dévorer des yeux tandis qu'il détaille mes cuisses nues.

– Jolie robe, mais tu dois avoir froid.

Bêtement, je rabats les pans de mon Perfecto sur mon décolleté.

– Tu m'as dit de m'habiller en fille.

Il hoche la tête, ne cachant rien de sa désapprobation.

– Es-tu bien sûre de toi ? Les sectateurs sont plutôt crus et primitifs quand ils cherchent du sexe…

Je ne peux pas m'empêcher de grimacer.

– Ils ne vont pas me violer ?

– J'ai pris l'engagement qu'il ne t'arriverait rien.

Même si je ne lui fais pas du tout confiance, je sais que sa parole a un sens. Au pire, qu'est-ce que je risque s'ils ne me touchent pas ? Que ma dignité soit choquée ? De voir quelques scènes graveleuses qui me hanteront plus tard ?

Sur un coup de tête, je décide de courir le risque.

– Je veux aider ces femmes à déclarer leurs bébés, martelé-je.

Je ne suis pas impuissante. Personne ne l'est. Sauf celui qui est indifférent. Qu'est-ce que ma dignité à côté de ça ? Je préfère être heureuse que digne.

Sauvage ouvre sa portière et fait le tour du véhicule.

– N'oublie pas que c'est *ton* idée, me lance-t-il en ouvrant la mienne.

Je me baisse automatiquement pour éviter son bras mais ensuite, je ne sais plus où aller. Je scrute l'obscurité. Seulement je ne vois rien d'autre qu'un ponton de bois où est amarré un bateau à moteur. Étrange. Il y a un parking rempli de bagnoles et de motos, mais aucun bâtiment. Dans mon dos, Sauvage claque la portière et son bras s'enroule automatiquement autour de ma taille pour me guider vers un vieil homme assis dans un pliant près de la berge.

L'homme semble suivre un match sur sa tablette.

– Gus ? lui lance Sauvage.

– Ah monsieur Roy, vous m'avez fait peur, sursaute l'intéressé.

Monsieur Roy ?

– Qui mène ? lui réclame mon cavalier en jean noir. Les Canucks ou les Jets ?

– Winnipeg a le dessus, monsieur. Je crains qu'il ne faille envisager l'échec.

Le regard du vieil homme se déporte sur moi.

– Hope, je te présente Gustave, chargé de filtrer les entrées. Gus, le docteur Brenner va entrer avec moi.

– Bonsoir Gustave, le salué-je, la main tendue par réflexe.

Gustave fait un pas en arrière et mon cavalier se raidit.

– C'est une *Wog,* monsieur Roy ?

Confuse, je retire ma main.

– Désolée, c'était un réflexe, m'excusé-je.

– Elle va entrer avec moi, réitère patiemment Sauvage en me fixant.

Gus nous examine l'un après l'autre d'un air constipé.

– Monsieur, vous-même n'allez jamais là-dedans. Vous souhaitez vraiment que je vous fasse passer avec *elle* ?

Sauvage me tend la main pour m'aider à monter à bord.

– Oh, se signe le vieil homme.

– Allez grimpe ! m'ordonne le sectateur à bout de patience.

Dans mon dos, je l'entends s'adresser à Gus :

– Vous avez une couverture pour elle ? demande-t-il pendant que je m'installe sur la banquette arrière à ciel ouvert.

Seul le poste de pilotage dispose d'une protection sur ce type de bateau.

– Je ne veux pas d'ennuis, couine Gus d'un ton ennuyé.

Sauvage jure, jetant un œil mauvais à ma robe légère, et me serre tout contre lui pour affronter l'humidité glaçante qui règne au-dessus de l'eau. Dès que le moteur vrombit et que le bateau s'élance, j'ai le souffle coupé par le froid. Je serre les dents et les volants aériens sur mes cuisses, tandis que mes boucles me giflent la figure. L'eau noire est haute comme une ombre qui s'approche et nous avale.

– La vvvvv-va-vache on se cccc-croirait en A-a-laska.

– Je te pelote ? propose mon cavalier d'un air polisson.

– Tu cherches à savoir si j'ai une arme sur moi ? m'esclaffé-je.

Le bateau bondit par-dessus les eaux noires. Avec la vitesse, mes boucles partent dans tous les sens. Je vais pour les rassembler en pensant à l'immanquable nid de poule que je vais avoir à l'arrivée, mais Sauvage m'en empêche.

– Laisse. C'est beau, me souffle-t-il à l'oreille.

– Dans le genre Gorgone marine aux serpents, alors.

Partout des montagnes couvertes de géants centenaires plongent dans le lac. On dirait des fantômes venus nous hanter. Ça me distrait de les imaginer ainsi. Ça m'aide à lutter contre le froid et le poids de son bras musclé autour de mes épaules. Il a une telle force, je ne ferais pas un pli entre ses bras. Rien que sa main pourrait me tuer. Enfin le bateau contourne un versant abrupt et c'est là, sur une petite île sauvage encore intacte, que nous accostons. Sauvage bondit hors du bateau et me tend la main en remerciant Gus d'un mouvement de tête.

Ce dernier fait demi-tour dans la nuit.

Mon cavalier nous dirige alors vers un autre sectateur figé devant les portes d'un ascenseur industriel fiché dans la roche, et rien qu'à ses biceps débordant de son tee-shirt et à son oreillette, je devine sa fonction.

– Elle repart, décrète le videur en me pointant du doigt.

– Non. Toi, tu dégages ! lui répond Sauvage, pas impressionné. Je suis chez moi ici. Je fais ce que je veux. Tu es libre de t'en aller si ça ne te convient pas.

Après quelques secondes d'hésitation où tout semble pouvoir survenir, le videur s'écarte pour nous laisser passer. Les portes s'effacent sur une cage de métal robuste et je comprends tout de suite qu'on va descendre dans la roche elle-même. Ma peau se couvre de sueurs.

– C'est idiot mais je suis claustrophobe.

– Prends ma main, me propose Sauvage.

Je m'exécute mais je ne m'attends pas à ce qu'il entrecroise nos doigts, ni à ce que son pouce dessine sur ma peau pour me détendre. Ce geste tendre et câlin me paralyse et me renvoie directement à Brendt. Que suis-je en train de faire ? Je joue à l'épouse-céleste avec Sauvage pour atteindre un objectif louable, mais, en ne répondant pas à Brendt, je projette sur lui la responsabilité que je refuse. Caitlin a raison. Parfois préserver les autres mène à la lâcheté. Je suis lâche.

Je dois absolument trouver le courage de lui répondre.

Dès la descente, la musique me paraît trop forte. Aussi débauchée, lancinante que sensuelle, montant en puissance, crescendo, jusqu'à l'acmé. Avec une voix masculine sombre et fataliste, à coller des frissons. *Ocean.* Dave Gahan.

Cette musique est une armure.

I lost the will too.
I lost my way.
I lost this ocean.
It poisoned me[30].

Facile d'en percevoir le sens pour eux. Ils sont en enfer. *Empoisonnés*. L'antre des anges déchus. Tous les démons viennent du ciel au départ. Eux ont été

30. J'ai perdu la volonté. J'ai perdu mon chemin. J'ai perdu cet océan. Ça m'a empoisonné.

bannis. Mon cœur cogne fort devant la folie de ce que je tente. J'en fais abstraction. Je pense aux *Lost Boys,* aux enfants sans acte de naissance, victimes oubliées de la polygamie, aux épouses-sœurs dont le crime est d'aimer au pluriel, et je me moque de tout le reste. Y compris de ma propre répulsion.

C'est quoi la morale si elle sacrifie les nôtres ?

I see the dark.
I hear their hooves.
I'm in[31].

Lorsque la cage s'immobilise enfin, jamais mon pas n'a été aussi assuré. *L'antre des sectateurs.* Je suis dedans. Mais alors que je m'attends à des croix de saint André, des chaînes, et autres décorations mystiques, apanages des sadomasochistes exaltés de Dieu, je ne vois rien de tout ça.

La Fosse mérite bien son nom.

Des voûtes de pierre traversées de gros tuyaux peints. Une salle immense composée d'une scène centrale entourée d'alcôves confortables recouvertes de cuir rouge sang. Un bar clandestin en bois sombre. L'odeur du cigare. Et toujours ce rythme hypnotique qui creuse le ciel. Mon cœur pulse avec lui. Laissant la fièvre du sexe sale m'envahir alors que l'émotion noue ma gorge. Ici. En ce lieu anonyme domaine du démon. Cette musique fait danser les consciences.

---

31. Je vois les ténèbres. J'entends leurs sabots. Je suis dedans.

Malgré sa situation souterraine, une douce chaleur règne à ce niveau. Alors que si on y réfléchit ça devrait être l'inverse : humide et glaçant.

– Il fait bon ici, m'écrié-je en ôtant mon Perfecto.

Sauvage le suspend dans l'entrée tout en m'expliquant :

– On a… une pompe à chaleur géothermique… énergie… Terre.

– Quoi ?

– Il y a des capteurs enfouis profondément dans le sol, double-t-il avec des gestes pour que je comprenne. La température est constante là-dessous.

Je crie pour qu'il m'entende :

– Tu veux dire qu'il y a des nappes phréatiques sous les lacs ?

Il hoche la tête et se penche sur mon épaule pour me montrer les tuyaux.

– L'eau chaude maintient la Fosse à vingt-trois degrés. La Winery aussi est chauffée de la sorte afin d'alléger la facture du chauffage. Mais au lieu des tuyaux j'ai fait ça par le sol.

Brusquement tout s'éclaire.

– Les poissons, mimé-je pour lui indiquer que j'ai compris.

– Ils sont là pour m'indiquer la défaillance du système.

Son regard se déporte derrière moi.

– Viens ! On va s'asseoir avant qu'ils s'abîment les yeux sur toi.

Moi je dirais que tous les yeux sont plutôt tournés vers lui. Si les mâles sont attentifs, les filles le matent ouvertement, sans aucune gêne qu'il lise ce qu'elles lui proposent. Elles sont jolies, séduisantes et insupportablement sûres d'elles. Impériales comme des déesses. Sauvage attrape ma main pour nous faire traverser la salle, nos doigts entremêlés, et de nouveau un frisson se répand en moi.

De fierté cette fois-ci. *Il est avec moi.*

– On dirait qu'elles ne t'ont jamais vu avant ça.

– Elles ne m'ont jamais vu *ici*. C'est sûr.

Son visage ne révèle rien de ce qu'il pense de tout ça, alors j'insiste :

– Ça ne te gêne pas qu'elles te dévorent des yeux ?

C'est quand même un anachorète.

– Leur regard est normal, dit-il en nous dirigeant vers une alcôve libre.

– Tu trouves ?

– En venant ici, je leur indique que je suis sur le marché. Il est donc normal que ça les intéresse, et qu'elles me le fassent savoir. C'est le jeu.

J'ai brusquement conscience qu'il est ici par *ma faute*. Mais aussi de la sensation électrique qu'il dégage en marchant au milieu d'eux, de la puissance de ses reins en mouvement, de sa haute taille aux muscles secs forgés à l'effort, de son cou portant le chiffre de la bête brûlé à même la chair, de son regard noir immense et attentif aussi ensorcelant qu'une nappe de pétrole. Bestialité. Détachement.

Obscurité. Mystère. Je fixe chaque détail dans ma mémoire.

Dans le genre vénéneux, il est magnifique.

Et moi, comme une conne, je l'ai poussé dans la fosse aux lionnes.

Rappelle-toi, Brenner. Tu n'es pas censée être impliquée.

C'est un énorme mensonge.

Je tente de me concentrer sur mon travail en étudiant la clientèle et son comportement social afin de mieux oublier l'autre diable impur de la quatrième dimension et sa liste de prétendantes qui s'allonge, et mon attention s'attarde sur le bar où servent deux sectateurs en chemise blanche aux manches retroussées.

Puis sur le groupe des stagiaires.

Non mais je rêve.

– L'entrée est autorisée aux mineurs ! fais-je avec stupéfaction, prête à y aller.

Sauvage tire sur mon poignet.

– Et alors ? Tu vas faire quoi ? Jouer à la maman ? L'âge de la maturité légale chez vous et chez nous n'a rien à voir, argue-t-il tranquillement en m'invitant à me glisser dans l'alcôve vide qu'il nous a choisie.

– Comme c'est facile…

Nous nous installons l'un à côté de l'autre sur la banquette en demi-lune qui entoure la table face à la scène, puis d'un geste de la main, il appelle une serveuse noire aux bras encombrés par un énorme plateau de bières et je reconnais Chelle.

Je grince des dents. Elle non plus n'a pas l'âge requis.

– On peut pas en dire autant de vous, réplique mon voisin avec ironie. Chez vous, aujourd'hui, le mariage est autorisé dès l'âge de seize ans. Avant il était fixé à quatorze ans. Vous n'arrêtez pas de changer d'avis.

Je lui décoche un regard de travers.

– Je ne te parle pas de mariage. Ni même du fait que ces adolescents boivent de l'alcool. Je te parle de *relations sexuelles*. Ils sont bien là pour ça non ?

Un hochement de tête pour confirmer.

– Pour nous, un adolescent peut avoir des relations sexuelles s'il décide qu'il est prêt. Le mariage étant éternel, il n'y a pas d'âge pour son partenaire, puisque de toute façon on est ensemble pour l'éternité.

– Ça s'appelle de la pédophilie !

– Non. Chacun de ces gosses connaît la différence, crois-moi. Un homme peut choisir une fille jeune ou une femme plus âgée, ça n'a aucune importance.

Je le regarde abasourdie.

– Je te fiche mon billet que lui la voit l'importance dans son lit.

Sauvage renverse la tête en arrière d'exaspération.

– L'an passé ces gosses étaient encore dans les rues à se prostituer. Comment veux-tu les faire revenir en arrière ? Ce ne sont plus des enfants.

C'est dit avec une telle logique que mon cerveau ne s'y retrouve plus. Il baigne dans une sorte de gelée de coing sucrée fanatique qui annihile toutes mes certitudes. J'ai l'impression de flotter dans un rêve moyenâgeux, imprécis et flou.

Pourtant bien réel.

– Est-ce que tous les gens qui sont là sont consentants ?

– Il n'y a aucune relation forcée ici, affirme mon voisin au moment où Chelle s'immobilise devant nous.

Sauf que ma vitesse est au point mort lorsque je découvre sa tenue de face. Un combi-short de cuir moulant dont le décolleté plongeant ne cache quasi rien de sa poitrine adolescente, et des stilettos de douze aguicheurs. *C'est une femme.*

Rien à voir avec son uniforme-basket du Boucan.

– C'est pour boire ou pour dîner ? s'enquiert-elle par automatisme.

– Nous avons déjà dîné, lui souris-je maladroitement.

– Pas moi !

Ma tête pivote toute seule.

– Quoi ?

Sauvage m'ignore et s'adresse à elle :

– S'il te reste un steak burger et une Blue Buck, je suis preneur.

Mais quel mufle !

– Et pour toi ? me demande Chelle.

– Un Mojito, s'il te plaît.

À son départ, je décide de régler ça tout de suite :

– J'ai fait à dîner pour qui alors ?

– Coquillettes-jambon ! Je suis un sportif de haut niveau, chérie.

Sa remarque sur ma cuisine m'emporte dans un élan de rage :

– Ta cuisine est vide, connard.

C'était la première fois que je cuisinais et c'était pour lui, merde !

Au lieu de se fâcher, il esquisse un sourire en coin.

– Salaud, corrige-t-il avec arrogance. Pas connard. Il y a mille façons de distinguer les deux, et j'avoue que je tiens à « salaud ».

Je sourcille :

– C'est quoi la différence, pour toi ?

Il sourit toujours mais ses yeux noirs brûlent d'une autre intention.

– Le connard t'appelle *bébé* comme… tous les autres. Il trouve que ça fait chic que tu te croies unique et choyée, mais fait semblant de t'écouter quand tu parles. C'est plus un toutou qu'un mec, en fait !

Je passe outre le fait qu'il insulte mon père :

– Et le salaud ?

– Le salaud te donne envie de fuir.

Chacune de mes cellules grises crépite sous la promesse de son regard dénué de remords. Comme si les remords n'étaient pour lui qu'une hésitation inutile ou comme si son absence de remords était la seule liberté que lui concède la vie.

Il me prévient que c'est ce qu'il fera.

– Tu es tombé sur la tête ? hèle quelqu'un, et la musique cesse immédiatement.

Azz est planté devant notre table, cigare et verre de vodka à la main.

– Tu voulais que je vienne. Je suis là, lui répond mon cavalier avec flegme.

Les yeux bleus de l'Iranien se posent sur moi comme s'il allait me frapper.

– Qu'est-ce que tu fiches ici, toi ? Sau, fais-la sortir ! C'est chez nous, ici.

Une lame de honte m'envahit l'estomac devant son air dégoûté.

– Ça suffit ! Nous sommes ensemble, annonce avec autorité Sauvage.

Sa voix grave porte sous les voûtes silencieuses, de sorte que chacun a pu entendre son assurance, mais au cercle de badauds qui se forme devant notre alcôve, j'ai l'impression qu'on vient de lâcher une bombe. Azz lance un regard plein de fureur à Sauvage et abandonne son cigare à moitié fumé dans notre cendrier, mâchoires serrées.

– Qu'est-ce que tu fous, putain ?! demande-t-il à Sauvage. Si tu es trop faible pour la garder prisonnière. Je peux m'en charger.

Je tressaille en voyant qu'il est sérieux.

– Tu ne peux pas.

– Qu'est-ce qu'on s'en fout, Sauvage ? Je peux la garder prisonnière pour toi.

– Elle n'est pas prisonnière. C'est une relation engagée[32], cingle haut et fort mon voisin afin que chacun l'entende. Aucun de vous ne peut la toucher.

Azz termine son verre et le jette d'énervement sur notre table.

– C'est ridicule ! Quel que soit l'accord tordu que vous avez conclu, cet arrangement n'est bon ni pour toi ni pour elle. Je ne te crois pas !

– Tu ne me crois pas ?

– Non, le défie l'Iranien.

Sauvage s'incline vers moi et dessine ma lèvre de son pouce. C'est un flirt taquin, visant à convaincre. Mais lorsqu'il baisse la voix pour que personne ne l'entende, ce qu'il me confesse me fait oublier Azz :

– T'ai-je dit que la première fois que je t'ai vue, j'ai pensé que je n'avais jamais rien vu de plus envoûtant ? Tu portais une robe dos nu rouge.

– Tu étais là…

Je n'ai porté cette robe qu'à la cérémonie de clôture de mon père.

– Oui.

---

32. Afin de ne pas enfreindre les lois sur la polygamie, le terme « relation engagée » désigne le lien entre un homme et son épouse-céleste. L'engagement scellé pour la vie n'en reste pas moins sacré pour les deux partenaires et leur entourage.

Je devrais être furieuse, comme toute personne normalement constituée après s'être fait berner. Je le devrais. Seulement plus rien n'est normal depuis hier soir. *Même moi.* Je suis toujours capable de ne pas laisser mes désirs aveugler mon jugement. Je sépare l'homme du diable malfaisant qu'il est devenu. Mais…

Quand le diable se pare d'un cœur, le mal devient séduisant.

– Quand je t'ai vue dans cette robe, j'ai aussitôt eu envie d'être proche de toi. Je voulais t'entendre, te connaître, parler avec toi, alors que je ne parle à personne, et ce désir a bien failli me rendre fou.

– Pourquoi m'avouer cela maintenant ?

Sa main droite se lève pour arranger ma coiffure en désordre.

– Je ne veux pas te mentir mais je ne te fais pas confiance.

– Je ne te fais pas confiance non plus.

– Bien. Alors il n'y a plus qu'un baiser qui nous sépare.

Il empoigne ma nuque et me rapproche de lui.

– Il me semble que ce baiser va nous faire du mal, souffle-t-il, hésitant.

– Genre nous auto-détruire ?

– Est-ce que tu en as envie ?

En guise de réponse, je pose les mains sur sa poitrine, sentant ses pectoraux musclés à travers sa chemise. Tout est si différent de Brendt. Avec lui je me sens comme un corps chaud. Comme une vraie personne. Je ferme les yeux et ses lèvres effleurent les miennes. Puis il prend ma lèvre inférieure entre ses dents et la pince. Je lâche un sifflement d'agonie en éprouvant une légère douleur. Le plaisir et la dépravation qu'il exprime font battre mon cœur. Je n'ai jamais rien senti de tel. Mais lorsqu'il me lèche la lèvre, je serre ses biceps, car je veux m'agripper à quelque chose. Étonnamment, son baiser me rend libre et forte comme une reine. C'est un baiser nourriture, un baiser qui mord sans mettre les dents. Alors que chaque fois que je couche avec Brendt, je me sens inconsistante.

– Je vais m'arrêter là, grogne Sauvage en reculant. Mais c'est loin d'être terminé. Tu me plais et j'ai très envie de toi, Hope Brenner.

Sauvage se tourne ensuite vers Azz.

– Maintenant, tu me crois ?

Livide, celui-ci, qui a tout suivi, hoche la tête. Alors que plus loin une jeune femme éclate d'un rire enfantin qui pourtant a quelque chose de glaçant. C'est Bo, l'ingénieur de course chinoise de Matteo.

– T'es venue te remplir les poches, chérie ? me lance-t-elle avec aigreur.

– Quoi ?

Ses longs cheveux bleu manga sont relevés en chignon sexy par deux baguettes chinoises. Elle n'est pas maquillée, à l'exception d'un rose pêche qui attire l'attention sur ses lèvres sensuelles et d'imposants pendants d'oreilles anciens.

Aussi fine qu'une porcelaine, elle est magnifique.

– Tu veux posséder un des nôtres. Et nous alors ?

– Tu connais mal nos mâles, chérie. *Wog* et sectateur, ça ne marche pas.

Je reconnais Liya, l'In-G noire d'Asmund.

– Vous êtes infernales, les filles ! ricane Asmund devant son whisky sour. Si Sau l'a choisie comme épouse-céleste, elle est des nôtres.

– C'est vrai. Pourquoi interférer, Bo ? lui décoche Matteo d'un sourire qui dit qu'il l'a déjà baisée. Si c'est ce que Sau veut, moi ça me va.

Sauf que la Chinoise n'en démord pas :

– Sau n'a pas besoin de greluches dans son genre.

– Tiens, comment tu le sais ? se moque le chef mécanicien au crucifix qui s'appelle Randy entouré par toute une ribambelle de stagiaires. Sau, pour moi, c'est bon aussi. Félicitations, mec !

– Sau sera un jour champion du monde. Comme son père avant lui. Il n'a pas besoin d'une roulure comme elle dans son lit ! réitère Bo.

Brusquement j'ai envie de la frapper.

Pour deux raisons : un, elle m'insulte en temps que femme, deux, elle l'envoie dans un mur et m'insulte en tant que professionnelle. Que fera-t-il s'il n'obtient jamais sa Super-Licence ? Sans autre avenir possible, il se suicidera.

– Besoin, non. Mais envie, certainement, ricane celui qu'ils surnomment Bat.

La Chinoise lui décoche un regard mauvais.

– Qu'est-ce que tu es bête, toi ! Dès qu'elle lui aura obtenu sa Super-Licence, Sauvage n'aura qu'une hâte : la mettre à la porte. C'est évident qu'elle n'est là que pour ça. Que veux-tu qu'il lui trouve ?

Batiste se crispe sous l'insulte, comme moi.

– C'est quoi qui te rend si méchante, Bo ? Ça fait trois ans que t'es là et il ne s'est rien passé entre toi et Sau. Même Matteo ne t'a pas choisie comme épouse.

C'est à peine si Sau les regarde. Il remercie poliment Chelle qui vient déposer notre commande sur notre table et déroule sa serviette en papier.

Gênée, je fixe mon Mojito quand j'entends :

– Tout ce qu'elle veut, c'est sa célébrité !

– Et son fric !

Leur insulte me fait oublier la prudence. Je me lève.

– Je ne voudrais pas paraître condescendante, Bo et Liya, mais ne croyez pas tout ce que racontent les voix dans votre tête, leur lancé-je une fois debout. C'est votre vagin qui parle, dans le cas présent. Pas Dieu !

Des rires masculins étouffés me parviennent.

– Assieds-toi, commande Sauvage derrière moi.

Satisfaite, je reprends ma place.

– Je ne veux plus t'entendre parler de leur vagin, me sermonne le sectateur. Si tu veux que je te respecte, alors respecte-les.

Comment peut-il prendre leur défense après ça ?

– Quoi ? Tu ne me crois pas ? Tout dépend du vagin. Une femme peut mentir à l'homme qui la baise, mais elle ne peut pas mentir à son vagin. Quand elle rompt, c'est son vagin qui meurt. Pas son cœur.

– Selon toi le cœur est superficiel ? intervient Azz en s'asseyant avec nous.

– Tiens, tu ne veux plus m'enfermer, maintenant ? lui retourné-je.

Un rictus dégoûté déforme ses traits.

– Tu es sa femme, je ne peux pas, mais tu peux répondre à ma question.

Étrange, sa curiosité sur les sentiments.

– Je ne me fie pas au cœur quand il s'agit de choisir un partenaire. On veut tous être aimés. Résultat le cœur siffle son besoin d'amour, comme une locomotive imprime en nous la vision de toute une gare. C'est un leurre.

Sauvage hausse un sourcil.

– C'est ça que tu appelles croire en l'amour ?

– Je n'ai pas dit que j'y croyais.

Si je m'engage un jour, je ne veux pas mentir.

Je veux que ce soit vrai.

Avant que Sauvage réagisse, Azz le pointe du pouce.

– Et ton vagin est d'accord pour vivre avec ce mec-là ? demande-t-il.

– Disons que mon vagin est… *inventif.*

Azz éclate de rire.

– J'aime trop ta femme, mon ami. Je vais garder cette vision.

Mes joues s'empourprent car Sauvage me scrute toujours avec intensité, comme s'il n'avait qu'une envie, me donner la fessée de ma vie.

C'est trop sexy de le foutre en rogne.

– Je t'interdis d'interférer avec les miens, grogne-t-il, bourru.

– Alors renvoie-moi chez moi, parce que clairement je suis là pour interférer !

Une par une, je pointe du doigt les femmes enceintes que j'ai remarquées à mon arrivée. Je les ai comptées, il y en a dix, dont deux positivement à terme et au moins trois qui doivent être encore mineures.

– Moi ici, aucun autre enfant ne naîtra sans acte de naissance. Je vais aussi m'assurer avec l'hôpital du coin qu'elles n'accouchent pas à la maison, et mettre en place un planning familial pour délivrer une contraception aux plus jeunes.

Visiblement ma décision lui déplaît :

– Non.

– Alors renvoie-moi chez moi !

– Ça ne résoudra pas ton problème, mon ange.

– Ni le tien si tu veux que je reste.

La menace de revenir sur notre accord brille dans ses yeux noirs mais je n'en démords pas et croise les bras en attendant qu'il admette qu'il ne le fera pas. Azz lève son verre pour appeler l'attention de Chelle et lui demander de le resservir.

– Vous vous entendez toujours aussi bien ? ironise l'Iranien.

– Oui ! clamons-nous tous les deux de concert.

– Que je comprenne bien. Tu menaces sa famille mais elle s'unit à toi pour aider nos femmes. Je suis le seul qui trouve ça dingue ?

J'ouvre de grands yeux et m'adresse à Sauvage.

– Il est au courant pour la lettre ?

Sauvage décide de m'ignorer et d'avaler son repas. Je sais qu'il réfléchit, avec toute l'intensité et la noirceur dont il est capable à ce qu'il va devoir sacrifier. Moi aussi je réfléchis. Je ne suis plus la même depuis qu'il m'a montré cette lettre. Je suis de nouveau impuissante à sauver l'un des miens. Certes, je ne suis pas enfermée, mais je suis en prison quand même. Une prison sans barreaux. Je déteste qu'il ait raison mais la seule chose qui me délivrera de cette prison est de connaître la vérité. La musique repart à fond dans la Fosse. *Love & Hate.*

– C'est pour nous ! décrète Sauvage en se mettant debout.

– Où vois-tu de l'amour entre nous ? Je n'ai aucune valeur à tes yeux.

Il reprend comme s'il n'avait rien entendu :

– Tu es mon épouse-céleste aux yeux des miens, à présent, et c'est ce qu'on va leur montrer en respectant *leurs règles*. C'est la seule valeur que je t'accorde.

Le ton est si impersonnel et froid que j'en frémis.

Cet homme va gâcher ma vie.

CHAPITRE 23

HOPE

Je suis incapable d'être raisonnable.

En regardant ma main rejoindre la sienne, je me dis que, dans le cas présent, il est raisonnable d'être déraisonnable. Cette histoire d'union céleste est totalement dingue. La chose la plus irrationnelle que j'ai tentée de toute ma vie.

Mais la motivation est bonne et ça m'occupe l'esprit en attendant.

– Au fait, c'est quoi ton plan pour connaître la vérité ?

– Et si tu ne t'en faisais pas avec ça ?

– Je reste de mon plein gré. J'ai le droit de savoir.

– Le fait que tu croies avoir des droits sur ma vengeance me rend perplexe. J'ai passé une annonce avec ton code-barres sur le dark web, dit-il vaguement.

Je préfère ne pas lui demander ce qu'il fait sur l'enfer en ligne.

– Tu as gardé des contacts dans ce milieu ?

– J'espère entrer en contact avec un client de Syrov.

Pressée d'en finir, je me faufile avec lui entre les couples de sectateurs sous les gros tuyaux peints où sont accrochés des leds mobiles multicolores qui balayent la piste de lumière et leur machine à fumée qui crache au ralenti.

– Ça danse, un anachorète ? me moqué-je pour faire passer ma nervosité.

– Danser, c'est comme se parler en silence, non ? Je sais faire ça.

Ses yeux noirs me disent qu'il veut jouer à ça. Nous faire danser sans connaître les pas. Parce que c'est exactement ce qui nous attend. Lui comme moi.

Standing now
Calling all the people here to see the show
Calling for my demons now to let me go
Give me something wonderful[33].

Je pousse un petit cri quand Sauvage m'attire à lui d'un coup sec. Le simple fait d'être collée à son corps chaud et musclé sous les leds lumineux me donne la sensation d'affronter une tempête solaire magmatique. Il sent l'orage. Je noue mes mains autour de son cou, effleurant du bout des doigts

---

33. Debout maintenant. J'appelle tout le monde pour voir le spectacle. Je demande à mes démons de me laisser. Donne-moi quelque chose de beau.

ses épais cheveux d'un noir corbeau, et son front se pose sur le mien. Nous dansons ainsi quelques minutes, à l'unisson, si proches l'un de l'autre que je sens son haleine tiède tomber sur mes lèvres et sa queue frotter contre mon bassin. Après deux semaines d'abstinence, sentir cette arête de chair dressée contre mes zones érogènes me rend folle.

D'autant que le diable semble avoir la queue parfaite pour baiser.

– Je sens ton érection, lui signalé-je, espérant qu'il se décale.

Il ne bouge pas.

– Érection se dit pour les monuments. Je suis bien. C'est tout.

Ma gorge s'assèche.

– Et moi, je ne suis pas victime d'un pénis.

– Tant mieux. Je n'apprécie pas beaucoup les victimes.

Je sais qu'il en pense chaque mot.

– Reste la menace que tu représentes pour mon père, admets-je devant lui.

Je ne sais pas ce que j'espère à chercher à ce qu'il me rassure vu qu'il me regarde chaque fois comme si rien n'avait d'importance à ses yeux. Si d'aventure mon père est coupable, je ne pourrai pas l'arrêter. Il y a plus en lui qu'une simple soif de vengeance. Plus qu'un besoin de justice. Plus que la haine.

Je ne sais pas ce qu'il y a.

– J'ai déjà survécu à ma mère, Sau. Si mon père meurt et que je survis, je ne pourrai pas me le pardonner une deuxième fois. Je me tuerai.

Autant que tu me tues avec lui.

– J'aime quand tu utilises mon surnom, élude-t-il, insensible.

C'était bien la peine que je m'épanche.

– C'est bon à savoir, l'aguiché-je en ondulant contre lui.

Je ferais n'importe quoi pour sauver mon père.

– Si j'étais à ta place, peut-être que j'essaierais *ça* aussi, se raidit-il.

Je hausse les épaules de dépit.

– Bah j'ai essayé, reconnais-je sans aucune honte.

– Je comprends mais je ne veux pas de toi *comme ça*. Si je voulais une pute pour rompre mon vœu, ce serait déjà fait. Je suis *très* orgueilleux.

J'enfouis mon visage dans son cou.

– Cette version de moi est pathétique, de toute façon.

– Tu me détestes de t'avoir mise dans cette situation ?

Sans le moindre flottement, je secoue la tête de gauche à droite.

– Je peux me mettre à ta place. Je me sens impuissante à la mienne, c'est tout.

C'est sincère et ça rend mon attitude envers lui encore plus complexe à gérer. Je ne peux pas le condamner. Je n'arrive toujours pas à y croire, mais si mon père est lié de près ou de loin à son enlèvement, c'est une situation désespérée.

J'ose espérer qu'il ne l'est pas.

– Si c'est trop dur, trouve le moyen d'en sortir, me lance-t-il froidement.

Je lève les yeux vers lui.

– Comment ? demandé-je piteusement.

– Tu pourrais me tuer pendant mon sommeil, propose-t-il. Je ne te conseille pas de le faire éveillé, mais quand je dors tu as tes chances.

Je lui lance un regard dégoûté.

– Ça va pas la tête !

Ma réaction le fait rire. Un rire rouillé, incroyablement sexy. *Le tout premier.*

– Je me demandais si tu étais capable de recommencer, mais je crois que non. Je peux dormir tranquille, rigole-t-il.

Je vais pour le frapper, tant ce qu'il fait remonter à son insu me bousille.

– Ton arrogance n'a rien de sexy, sifflé-je à la place.

– J'ai confiance en moi, rectifie-t-il.

Pour le prouver, il m'embrasse avec plus d'assurance et la crampe amère au fond de moi se détend, exactement comme si je sortais d'un sèche-linge avec adoucissant. Ses lèvres capturent la douleur, l'angoisse et révèlent une autre émotion. Chaque instant de ce baiser meurt à l'instant et chaque instant est toute une vie. C'est dingue mais, entre ses bras, on a le sentiment surfait que passé et futur n'existent plus, de vivre au jour le jour. Je n'ai plus peur de rien. Alors que j'ai peur du monstre en lui. Jamais je n'ai connu relation si émotionnellement perturbante avec un homme. Où tout peut changer dans la seconde.

– As-tu déjà passé une cérémonie de bizutage ? dit-il en y mettant fin.

Me demandant où il veut en venir, je marque un temps d'arrêt.

– Si tu parles des week-ends d'intégration ancrés dans nos universités, j'ai effectivement participé à ces rites, confessé-je.

– Était-ce obligatoire ?

– Quand tu fais partie d'une sororité, oui. Le lien de ces clubs est justement de montrer la solidarité féminine.

– C'est de là que vient ton féminisme ?

Je dodeline de la tête, penchant pour le oui et le non en même temps.

– Je suppose, me défaussé-je.

D'où vient ce que l'on est ? La réponse n'est pas simple.

– Combien de fois ?

– Deux. Après la deuxième année, tu n'es plus considéré comme bizut.

– Si tu as recommencé, c'est que tu ne l'as pas mal vécu.

Sincèrement je ne vois pas en quoi ça l'intéresse.

– Sans doute parce que je ne me suis pas sentie en danger. En réalité, le problème vient du fait que tout le monde n'a pas la même définition du bizutage. Obliger un étudiant à se frotter vigoureusement des orties sur le pénis ou à montrer ses couilles au public, c'est du bizutage. Le pousser au coma éthylique ou à l'abus sexuel, c'est un crime[34].

– Comment as-tu géré l'humiliation ? sonde-t-il.

J'ôte mes bras de ses épaules et me plante devant lui avec méfiance.

– Ça signifie quoi cet interrogatoire ?

– J'essaie de te dire qu'il y a un rite d'intégration ici aussi.

– Oh.

– Si tu veux qu'ils te reconnaissent comme une des leurs pour aider ces femmes, tu dois y passer. Je suis désolé. Je ne peux rien faire contre ça.

Attendant ma réaction, il me reluque en silence.

– Avant d'entrer ici, tu m'as assurée que personne ne me violerait.

Le viol, c'est ce que je redoute le plus.

– Personne ne te touchera, m'assure Sauvage. Ne t'inquiète pas de ça.

– Je ne boirai pas, craché-je, sentant mon pouls s'emballer.

– Personne ne te fera boire. Tu es consentante ou on s'en va.

---

34. Pour rappel : en France, le bizutage – même consenti – est illégal. Aux États-Unis, il existe la loi REACH qui oblige les campus à déclarer les incidents afin de responsabiliser les fraternités et les sororités. Dans les deux pays, très peu de gens vont en prison.

– Alors qu'est-ce que je vais subir ?

Aux muscles de sa gorge, je le sens se crisper.

– On appelle ça un « bukkake ».

Je dois avoir la tête d'une bactérie psychotique au lieu de celle d'une thésarde censée tout connaître de la sexualité borderline après sa thèse, mais ce n'est pas grave. Rien que le mot ferait le bonheur d'un sniffeur de colle.

– C'est un mot étrange…

– *Bukkakeru* signifie éclabousser, en japonais. C'est un rituel très ancien qui remonte à l'histoire des samouraïs, m'explique-t-il patiemment. Eux s'en servaient pour humilier une femme infidèle. Les sectateurs s'en servent pour laver les péchés antérieurs d'une future épouse.

J'ai comme un haut-le-cœur par prémonition.

– Ça consiste en quoi ?

En réalité, je me suis arrêtée d'écouter au verbe « éclabousser. » Sérieusement j'ai l'impression d'avoir dérapé dans mes pantoufles depuis quelques minutes. Ce n'est pas réel. Même la musique pourtant forte n'est plus qu'un bourdonnement ténu comparé au martèlement d'alerte rouge que je ressens dans mes tempes.

Alors que lui se montre étonnamment ouvert, pour une fois :

– Quand une *Wog* est choisie par l'un d'entre nous, le futur mari convoque ses meilleurs frères dans une pièce. Chacun se masturbe sur cette femme qui se retrouve inondée de sperme. Tout cela n'a pour but que de l'intégrer.

J'ouvre de grands yeux dégoûtés. *Quel sale type !*

– Tu es en train de me dire que tes potes vont se masturber sur moi devant toi et que tu t'en fous ? T'es aussi taré que Norman Bates ou quoi ?

Peut-être Abrielle avait-elle raison avec ses théories à la con.

– Très bien, acte-t-il froidement. Je te ramène à la maison. Mais au lieu de chialer d'être traitée comme une *Wog* et de passer ton temps à te plaindre du sort de ces femmes, ferme-la et apprécie que le monde soit comme il est.

Renoncer. Voilà ce qu'il espère me voir faire.

En un clin d'œil, je pose une main sur son torse pour l'arrêter.

– Je ne veux pas ! crié-je tout en m'en voulant de le faire.

C'est dingue ce que cet homme me fait ressentir. C'est le diable. Il est démoniaque, trompeur, machiavélique, incorruptible et droit comme un « i ».

Aucun aspect de moi ne me laisse satisfaction avec lui.

– Tu ne veux pas quoi ?

À partir de là, la situation n'a plus que deux issues possibles. Soit je fais machine arrière et je pars en trombe vers la sortie, outrée qu'il ait pu imaginer me noyer sous un flot de sperme, soit j'assume mes idées tordues, comme une vraie femme, afin d'en aider d'autres. Abrielle m'a avoué s'être fait pisser dessus par un de ces artistes chéris qui trouvait ça créatif, là il s'agit de sperme. C'est plus dégueu ou moins dégueu ? Non mais à quoi je pense, là ?!

Je devrais sortir d'ici.

– C'est bon, je reste !

Sauvage semble à peine étonné.

– Alors t'es une casse-cou, finalement, dit-il en me reluquant avec respect.

Je sais qu'il vient de me faire un compliment rare chez lui mais je refuse de me laisser flatter. Se mas turber en public n'est sûrement pas son truc non plus.

– Au contraire. Il n'y a pas plus plan-plan que moi. Tu ne sais pas à quel point c'est important pour moi d'être en sécurité. C'est pour ça que je ne dis rien à mon père. Ça me semble être la meilleure chose à faire. J'ai peur de tout.

– La vie n'est pas de se protéger, dit-il. Pas de permis. Pas de sport. Résidence fermée ultra chic avec chauffeur. Demande en mariage en attente. La tienne m'a l'air plutôt barbante. Quand accepteras-tu que tu as le droit d'être impuissante ?

Jamais. Sauf que je n'ai pas les couilles de le lui dire.

– Cela ne te regarde pas.

– Je t'accorde cette réponse, Boucle nuit. *Pour l'instant.*

Sur quoi il sort son portable et lance un appel.

– Azz, Asmund, Matteo, Bat, Randi, toi et moi, ça fait sept. La perfection[35]. Elle n'est pas à genoux et elle n'est pas attachée. Je ne veux rien d'humiliant.

En cherchant avec qui il échange dans la salle, j'avise les cheveux blancs d'Aga, portable à l'oreille, dont le regard rouge d'albinos erre vers nous.

Ce dernier doit objecter quelque chose.

– Elle n'a rien contre la polygamie en soi, Aga. Elle ne va pas changer notre façon de vivre. Ce qu'elle veut, c'est que les enfants naissent avec un acte de naissance. Tu vas le lui reprocher ?

Je hoche vivement la tête pour Aga. Je ne suis pas là pour juger la façon dont il faut s'aimer. En revanche, le sort inéluctable des enfants sans acte de naissance doit être combattu. Je ne devrais pas être reconnaissante envers Sauvage. Pourtant c'est la première fois que je ressens une telle joie d'être utile. Dans un élan de solidarité, je me réfugie contre lui, mes bras entourant sa taille fine.

Sauvage écoute ce que lui dit Aga et pousse un soupir :

– OK, j'y veillerai. Envoie la chanson.

Dès la conversation terminée, le tempo change sur la piste, pour des accords beaucoup plus percutants,

---

35. Dans la Bible, le chiffre 7 a une signification symbolique. Il représente la perfection. Il existe ainsi 7 sacrements, dont le baptême (sacrement d'initiation) et le mariage (sacrement de service). Comprendre ici 7 témoins.

et mon cœur se met à battre follement en reconnaissant le titre, ô combien symbolique de *No Roots*. Leur chanson.

I've got no roots
I travel like gypsy in the night[36].

Tout se passe en même temps. La scène se vide des autres sectateurs tandis qu'au-dessus de nous la machine à fumée émet une vapeur dense et chaude qui ressemble à un brouillard salin réduisant la visibilité dans la Fosse. En deux minutes, l'endroit s'est transformé en confessionnal. Des voix d'hommes et de femmes s'élèvent autour de nous, jusqu'au bar, chantant presque aussi fort que la musique, en rythme hypnotique, tels les chœurs d'une chapelle.

Le diable a sa chapelle.

Et moi, j'ai la sensation d'être ivre.

I've got no
ROOTS !

Au moment où la nappe entre en contact avec nous, je m'agrippe aux épaules de Sauvage et cherche à renifler son odeur dans son cou afin de me rassurer. Quelques secondes encore et l'épaisse vapeur a embrumé toute la surface de la Fosse, de sorte que je ne puisse pas voir notre public. Mais

36. Je n'ai pas de racines. Je voyage comme un Gitan dans la nuit.

aussi qu'eux-mêmes n'aient pas une vue directe. Une banquette en cuir rouge a été apportée sur laquelle on peut s'allonger. Ma respiration s'emballe en m'imaginant dessus.

Je m'agrippe plus fort.

– Touche-moi avant, l'imploré-je de peur qu'il ne me lâche avant que je sois prête. J'en ai besoin de toi avant.

– Boucle nuit, gémit-il.

Tout en dansant, il fait glisser plus haut l'ourlet de ma robe, passant l'ongle de ses pouces sur l'arrière de mes cuisses nues, de mes genoux à mes fesses. Ces deux ongles qui courent sur ma peau et m'électrisent servent de trait d'union à nos deux corps. Je me tortille contre lui, jupe troussée, comme une fille de mauvaise vie. Ses doigts s'enfoncent dans la chair de mes hanches en réaction.

I've got no roots
Ask me where I come from.
I'll say a different land[37].

En le sentant me déplacer, je m'inquiète à nouveau :

– N'importe qui peut faire irruption sur la scène.

– Il n'y a que nous sept.

Je m'aperçois alors qu'ils sont déjà là, placés en cercle autour du divan aux pieds en acier chromé.

---

37. Je n'ai pas de racines. Demandez-moi d'où je viens. Je vous dirai d'un endroit différent.

Ils ont l'air un peu étrange, et calme, avec leurs jeans ouverts à la taille. Le contour de leurs abdos mis en relief par les leds multicolores et la fumée leur conférant une allure très sexy. On pourrait presque se croire à un spectacle de Chippendales. Même Aga qui a le double de leur âge est bien foutu. Instantanément mes tétons durcissent sous mon soutien-gorge en réalisant que je vais être encerclée de sept valeureux pénis.

Mais je n'ai pas le temps d'être effrayée.

En quelques secondes, ma robe tombe en corolle sur mes chaussures, me laissant en petite tenue, flatteuse mais minimaliste : un soutien-gorge et une culotte seconde peau en stretch noir tout doux. Je comprends à présent pourquoi Sauvage a voulu que je me change. Un courant d'air frais effleure mes ecchymoses violacées, me couvrant de frissons de peur délicieux. Je pourrais palabrer des heures sur ce que je m'apprête à faire. Les gens sont ce qu'ils sont. Ils vont là où les poussent des causes inconnues. J'ai beau me dire que sans la fumée j'aurais été bien plus exposée, je meurs d'envie de me cacher.

Une fois arrivés devant le sofa, Sauvage me soulève dans ses bras.

I've got no roots
I've got no... roots uhuhuh...uhuh.

Cette musique emporte tout sur son passage et j'ai soudain très chaud.

– Sau, je sais pas si j'accepterai la nudité.

– Tu gardes ta lingerie, commande-t-il, tendu lui aussi.

C'est étrange ce que je ressens. Il y a de la peur, de l'excitation sexuelle, c'est clair, mais aussi de la fierté, de la dépravation, et du dégoût. J'enfouis ma tête dans son cou et je lèche les trois 6 cautérisés en léger relief du bout de ma langue.

– Putain, jure Sauvage en frissonnant sous mes lèvres.

– On n'a jamais partagé ça toi et moi, mon ami ! scande alors une autre voix.

Azz s'est approché de nous. Il fait une drôle de tête.

– Pose ta main sur elle et je la coupe, l'agresse Sauvage.

Loin d'être impressionné, l'Iranien sourit d'un air entendu.

– Ça fait mal de partager, pas vrai ?

Sauvage se tait et contemple son ami avec fureur, mâchoires serrées. Je pose la main sur son cœur comme si ça pouvait changer quelque chose.

– Ouais, admet l'intéressé.

– C'est aussi très excitant, mon ami.

J'entends le grondement dans sa poitrine sous ma main avant que les mots sortent :

– J'ai l'air excité, tu trouves ?

– Tu vas l'être, lui assure l'Iranien.

– Comment tu le sais ?

– On est des mecs. Tous les mecs sont pareils, mon ami. Les jeux cochons sont dans nos gènes. L'essentiel est de savoir se tenir si on n'est pas invité, et je sais me tenir. Tu aimes la brûlure que ça fait dans le bide ?

Sauvage prend un moment, comme s'il se posait la question.

– Ouais, reconnaît-il.

– Alors je suis content. Ça fait bien trop longtemps que tu refoules tout ça.

Même si la question qui me vient me semble exagérée étant donné que nous venons à peine de nous rencontrer, je ferme les yeux, laissant le plaisir d'être ainsi protégée s'insinuer dans tous mes muscles, sans me juger pour ce que je fais. Je dois rester légère dans ma tête, rendre tout plus léger.

Après tout, c'est comme un bizutage.

– Elle va se sentir à l'aise avec nous ? interroge une dernière fois Azz.

– Dis-leur de ne pas viser le visage.

– Oh mon ami, ils vont le faire, lui décoche Azz en retournant à sa place.

Pas un mot de plus. Sauvage m'allonge sur la banquette en cuir rouge, ma tête calée contre le boudin de cuir sanglé sur un seul côté, avant de reculer pour prendre sa place dans le cercle entre Azz et Aga. En le regardant s'éloigner, j'ai l'impression que mon cœur va exploser. J'espère franchement avoir le courage d'aller au bout.

Dans le cas contraire… ce sera la fin de mes prétentions.

I've got no roots uh uh uh uh
I've got no
ROOTS !

Les sept valeureux sectateurs baissent leurs pantalons et commencent à se masturber en rythme. Très rapidement leurs pénis se hissent sous leurs caresses. Toutes sortes de morceaux de chair : tatoués, percés, dépigmenté pour Aga, blanchi au laser pour Randi, épais, courts, longs, tassés, fins, tordus… Je cligne des yeux, fébrile, devant cette forêt hautement érotique. Moi qui n'ai connu qu'un seul petit ami jusqu'ici, j'éprouve une drôle de frustration à voir autant de sexes dressés vers moi. *Pour moi.* Ce sont des hommes, pourtant leur excitation à faire ça ensemble comme des adolescents est au fondement de l'érotisme. C'est quand même dingue que les mecs montrent plus facilement leur sexe que leur cœur.

L'irritation suit et j'ai envie de hurler de rage tant ça m'excite.

I've got no
ROOTS !

Sur un coup de tête, je décide d'arrêter de réfléchir. Jamais plus on ne m'offrira une telle extravagance, une telle hallucination. Je m'imagine dans un champ de fleurs avec un couple qui copule. Je suis la fleur, voyeuse, et ça m'excite. Tout naturellement mes yeux cherchent celui de Sauvage sous sa chemise à moitié ouverte et mon estomac se dérobe. Si je devinais qu'il était bien monté, je ne m'attendais pas à ce que le voir se masturber me fasse autant d'effet. Son poing fermé masse virilement sa longue barre d'acier solide, flanquée d'un gland large parfaitement ourlé et tout doux. Force et douceur. Tout à fait lui. Je dois être perverse à le mater comme ça, mais je m'en fiche. Je m'allonge un peu mieux, un bras au-dessus du boudin de cuir et l'autre entre mes jambes, et je laisse le plaisir inonder mes veines. À un moment, on réalise que Dieu nous a donné un cerveau et un sexe, mais pas assez de sang pour faire fonctionner les deux en même temps.

Tant pis pour ma tête !

– Bordel, jure Sauvage avant d'accélérer la cadence entre ses jambes.

Ivre de désir, ma main droite descend dans ma culotte et je cesse de repousser la morale. Mes gémissements semblent beaucoup plaire aux autres mâles excités qui regardent à présent tous dans ma direction, comme s'ils avaient senti l'odeur du sexe. De *mon* sexe. Leurs yeux avides me goûtent, me sucent, alors que leurs mains pleines reviennent sans cesse à la charge.

I've got no roots uh uh uh uh
I've got no roots uh uh uh uh

À cause de la fumée, je ne vois rien au-delà d'eux. Les leds colorés et la musique tourbillonnent sur nous, j'ai l'impression d'être dans un rêve.

Pourtant c'est bien en train de se produire.

I've got no
ROOTS !

Capturant son propre plaisir, le regard noir de Sauvage libéré de son expression immuable me dévore tel un affamé, m'aspire et me fait gémir de plus belle, attirant celui des autres sectateurs mâles excités. Sans le moindre doute, ce qu'ils entendent leur plaît. *Beaucoup.* Cette idée devrait me terroriser, tant participer à une orgie ne m'a jamais effleuré l'esprit, mais la réaction de mon corps n'a rien à voir avec la peur. Au comble de l'excitation, mon corps chauffé à blanc réclame l'acte sexuel avec un instinct bestial et primitif, et je me moque que ma volonté s'y dérobe ou que mon esprit refuse d'y trouver quelque chose de digne. À ce moment précis, le fantasme d'être prise est de loin mon plus violent appétit.

– Écarte les cuisses, gronde Sau, et je comprends ce qu'il regarde.

Mon cœur tressaute dans ma gorge mais j'obéis, exposant ma culotte mouillée de mon désir sans la moindre honte. Ses narines frétillent. Je n'ai plus aucun contrôle de la situation. Lui seul l'a encore. Lui seul pourrait tout arrêter s'il décidait que je cours un danger. Pourtant, ni lui ni moi ne faisons confiance à l'autre, ce qui rend la chose encore plus folle. La pulsation de sa main s'est faite plus puissante sur son membre, au point qu'il semble grimacer de douleur.

C'est brutal, rogue, et terriblement viril.

Les meilleurs préliminaires de ma vie.

I've got no roots uh uh uh uh
I've got no roots uh uh uh uh

– Dépêche, tonne Azz. Il faut que j'éjacule. C'est trop bon.

– C'est tellement hot, putain ! crie Batiste derrière moi.

– Aie pitié, mec ! rouspète Matteo qui a l'air de souffrir sur ma droite.

– Dis-lui de jouir, Sau, halète Asmund.

Pas besoin. L'orgasme se déverse en moi avec violence inouïe, m'inondant d'un plaisir incomparable, comme si j'ouvrais une autre porte. Je monte haut dans le ciel, plus claire que la lumière, plus sombre que l'obscurité. Et soudain dans ce jeu d'ombre orgasmique, je sais. Seuls les désirs scandaleux nous apprennent qui nous sommes. Peut-être que le seul péché est de ne pas oser s'y risquer ?

I've got no
ROOTS !

Le cercle de pénis se referme sur moi.

– Putain de merde, Sau, magne-toi, mec !

Je ferme les yeux pour les protéger de ce qui va arriver et le sperme commence à se répandre sur moi. Certains visent le visage, mes cheveux, d'autres se concentrent plutôt sur les seins, le ventre. C'est terrifiant et déconcertant à la fois. En sentant le sperme couler sur mes lèvres, l'hystérie me gagne. Je crie. Je hurle de rage. J'ai beau me raisonner, mon dégoût devient insurmontable. Je tente de me rappeler que j'ai *accepté* ce qui vient de se passer, que je suis *consentante*, que personne ne m'a pénétrée, mais la logique ne m'est d'aucun secours.

Je ne veux plus être là. J'ai un hoquet de dégoût.

Je vais vomir, putain !

– Couverture ! crie alors la voix de Sauvage.

Une couverture de survie métallisée m'atterrit dessus et son ombre surgit au-dessus du canapé pour m'enrouler dedans. Ça n'aide en rien. Ma peau est collante dessous, j'en ai partout sur la bouche, même dans l'œil.

En état de choc, je lui hurle dessus :

– Lâche-moi ! Je vais vomir.

– Arrête de parler ! Tu en as partout, putain !

Fiers d'eux, ces crétins rigolent autant que possible.

Je voudrais ne pas leur montrer que je pète un câble mais c'est impossible, mon estomac se révulse pour rendre, encore et encore. Sauvage me soulève contre lui et marche vers la sortie comme s'il était possédé. La sensation de la fine feuille de métal sur ma peau réveille un autre souvenir, et je me mets à trembler.

Azz nous attend devant l'ascenseur.

– Eve a prévenu Gus, dit-il en ouvrant la porte. Il vous attend dehors.

Sauvage pénètre avec moi dans la cabine et le foudroie du regard.

– T'as visé la figure, connard.

Un ricanement sombre échappe à l'Iranien.

– Tu es optimiste si tu crois ne rien ressentir pour elle, mon ami.

Au moment où la porte de l'élévateur se referme sur Azz, aucun de nous deux ne parle. Sauvage contemple la paroi de verre comme si elle allait lui répondre, tandis que je fais tout mon possible pour ignorer les propos d'Azz.

C'est un échec.

– Ça ne peut pas fonctionner, décrété-je.

Sauvage soupire profondément.

– J'espère que t'aimes les défis, alors, parce qu'on vient de s'unir.

Son ton sarcastique me noue l'estomac. Je ne nie pas, l'esprit trop occupé à comprendre l'ampleur de sa révélation. Si cette union ne représente rien pour moi en tant que *Wog*, pour lui, élevé en sectateur, il en va tout autrement.

Il s'est marié.

Oh merde, j'ai commis une énorme connerie !

CHAPITRE 24

SAUVAGE

Je sens battre mon cœur à m'en éclater les côtes.

Comme au départ de Baku. Ce circuit en ville le plus rapide du monde où les vitesses de pointe atteignent les trois cent quarante kilomètres/heure en pleine rue. De l'adrénaline pure, la grande pompe, le sang qui circule, le cerveau qui fuse deux fois plus vite que la voiture, le corps qui suit naturellement ses impulsions.

L'état d'émerveillement.

Quelque part je voudrais que cette sensation n'arrête jamais.

Ce soir, je vais rompre mon vœu avec une femme qui ne m'abandonnera pas le lendemain, puisque c'est la mienne, et je vais le faire sans la moindre culpabilité, puisque je vais bientôt retrouver Zold. Azz a complètement tort. Je la trouve magnifique, courageuse, intelligente et distrayante – elle a mon respect –, mais c'est tout ce que je ressens pour elle. Je ne la laisserai pas devenir plus que ça. Elle a juste été assez idiote pour penser qu'elle pouvait jouer au plus fin avec moi en me faisant chanter. C'est ma femme, maintenant. Elle n'ira plus nulle part. Ma marge de manœuvre, qui était quasi inexistante sur elle, devient bien plus grande.

Maintenant j'ai des *droits* sur elle.

Maintenant elle est ma famille.

Nous rentrons chez moi à trois heures du matin, alors que le vert foncé de la végétation commence à peine à se découper sur le fond du ciel. Je me gare sur le gravier près des garages et contourne la Chevy pour l'aider à descendre.

Puis je me rappelle qu'elle est pieds nus.

– Laisse-moi faire, commandé-je en la soulevant dans sa couverture de survie métallisée bien serrée autour d'elle.

Perdue dans ses pensées, elle ne répond pas, et soudain, en songeant que je vais lui faire passer ma porte en épouse, l'immensité du ciel au-dessus de nos têtes me semble trop petite.

Tout en marchant vers le chalet, mes narines frétillent aux émanations matinales de la nature, à la légère brume tiède qui recouvre encore le lac supérieur dont je dispose pour moi tout seul. Je l'imagine s'y baigner au réveil dans quelques mois et moi la regardant depuis la cuisine. Nous sommes loin de toute habitation, ici. Si nous étions en été, personne ne risquerait de nous voir y prendre un bain de minuit. Ce qui me rappelle avoir mis le couloir de nage à chauffer.

– Tu veux nager ? Plonger ? La piscine du chalet est à 28°.

Moi je veux plonger en toi.

– Dis-moi que ce mariage n'est pas légal, couine-t-elle nerveusement.

Elle commence enfin à voir sa connerie.

– C'est la polygamie qui ne l'est pas. Je n'ai pas d'autre épouse et nous avons sept témoins qui confirmeront que tu as dit « oui ».

– C'est un arrangement illégal. Il n'y avait pas d'officier pour le célébrer.

– Aga est pasteur.

– Mais… Nous n'avons rien en commun, polémique-t-elle inutilement.

Même si je la comprends, sa réaction m'offense.

– Nous sommes tous les deux soucieux de connaître la vérité, répliqué-je. C'est une base aussi solide qu'une autre pour entamer une relation de couple.

Peut-être n'ai-je pas été franc avec elle quand elle a voulu me faire chanter en employant nos doctrines religieuses. J'aurais dû refuser. Je voulais le faire. Seulement la force de mes émotions m'a pris par surprise et m'a aveuglé, sur tout.

Je n'ai pas su comment réagir.

– Mais… Je suis une *Wog* et…

– Plus maintenant, coupé-je agacé par sa mauvaise foi. Quel est le problème, Hope ? C'est bien ce que tu voulais ?

– Oui. Pour aider les tiens.

– Alors tout va bien. Tu vas pouvoir le faire.

Elle blêmit sous son visage collé de sperme séché.

– Oui mais une véritable union, c'est… autre chose.

Stoïque, je me dirige vers l'entrée, vers ma maison. Je suis fatigué.

– Tu ne me connais même pas ! rabâche-t-elle en clignant des yeux.

– Et ça te fait peur ?

C'est la deuxième fois qu'elle m'objecte cet argument comme si c'était grave, comme si j'allais faire sauter un verrou sacré ou un ennemi invisible installé chez elle de façon définitive. De quoi a-t-elle peur ? Devant ma porte, je tente d'attraper les clefs dans ma poche et je me souviens qu'elle n'a pas répondu à la demande de l'autre tocard. Certainement pour une bonne raison.

Allez, dis-moi laquelle !

– Juste par curiosité. Ton Berk te connaissait ?

Elle me regarde les introduire dans la serrure en disant « Non ».

– Pourquoi ? T'avais des doutes sur lui ou sur toi ?

Elle soupire :

– Un psychologue canadien[38] affirme que l'optimiste est celui qui croit que le mariage est un pari. Je ne suis pas joueuse, reconnaît-elle. Je ne

38. Laurence Johnson Peter, *Le Principe de Peter*.

parie que lorsque je suis sûre de moi. Sinon je m'abstiens.

Je pourrais presque faire le coq avec les plumes d'un paon.

– Eh bien, j'espère que tu paries sur moi, fanfaronné-je en nous ouvrant ma porte. Ç'aurait été dommage qu'une fille aussi canon que toi reste célibataire.

Mais alors que je viens de lui faire un compliment, elle se fâche :

– Je ne veux pas d'un mari arrogant !

– Tous les pilotes le sont, mon ange, admets-je en lui faisant franchir le seuil.

– Reconnais au moins que tu ne sais pas ce qui va se passer entre nous.

Je comprends son allusion.

– Je le sais parce que je n'accepte que la victoire. Au pire, ton père est coupable, et si tu dois accuser quelqu'un de sa perte, c'est lui. Au mieux, il est innocent, je finirai par me suicider et tu seras libre, tranché-je dans un sarcasme.

Elle me toise avec indignation, incapable de croire ce que je viens de dire.

– Très bien. Je serai veuve, alors !

Le fou rire me prend. Son obstination à ne pas me faire confiance une seule seconde m'amuse. Même si je préfère ça qu'une cruche facile à berner. Pour une fille de la haute, Hope Brenner a les réflexes d'un assassin des rues en embuscade.

Que cache-t-elle pour se méfier ainsi ?

– Si j'avais voulu me marier avec un homme qui ne me connaît pas, j'aurais dit oui à Brendt ! clame l'autre, butée.

Je ne prends même pas la peine d'allumer les lumières du rez-de-chaussée, vu qu'on va gagner l'étage inférieur, la laver, et aller baiser comme un couple normal dans mon lit. Sans la lâcher, je me déchausse d'un pied sur l'autre devant l'escalier, ignorant *Fellatio* qui vient me saluer mollement avant de retourner se coucher dans son panier. Pas que je m'attendais à ce qu'une sale gamine comme elle adopte nos pratiques religieuses. Mais son attitude défaitiste me déçoit.

– Je n'ai jamais prétendu que ton idée était bonne.

Elle hausse les épaules.

– M'en fous ! Pour moi, cette union ne représente *rien*.

– C'est là qu'on est différents, chérie ! Pour moi, cette union représente *tout*.

Je n'ai jamais été chanceux. De toute ma vie, les moments heureux je peux les compter sur les doigts d'une main. Alors je me battrai pour cette union. C'est le premier foyer que j'ai à moi. Ma seule chance de m'en sortir si je ne retrouve pas Zolder vivant. Tout en la portant dans l'escalier, je sens son corps se ramollir sous mes doigts, signe qu'elle abandonne la lutte, non sa volonté.

Je l'entends ronchonner :

– Merde, je me fais l'effet d'être allée me marier à Vegas…

– Sauf que t'es pas saoule mais consentante. Alors n'espère pas annuler.

Elle peut faire ce qu'elle veut, mais pas le nier.

– Ma robe de mariée est une couverture de survie enduite de sperme. C'est quand même un Very Bad Trip ! proteste-t-elle en frissonnant de dégoût.

Je ris, mes pieds nus frappant le sol de verre sous nos poids conjugués.

– Le seul tigre que tu verras demain dans la salle de bains, madame Roy, c'est moi. Nu. Raide. Et au garde-à-vous.

En m'entendant l'appeler par mon nom, ses lèvres roses s'ouvrent, mais aucun mot n'en sort. Impossible de comprendre cette fille. Son hésitation provient de son entêtement à ne pas plier devant moi, et non de sa volonté à remettre en cause ce qu'*elle* a décidé. C'est une putain de tête de mule.

– Écoute. J'ai dû encaisser pas mal de conneries ce soir à cause de toi. Alors tu vas me récompenser, la boucler, et respecter ta promesse. Point final.

Je ne mentais pas tout à l'heure.

Tous les pilotes de Formule 1 sont orgueilleux. Aucun de nous ne se laissera fermer une porte pendant la course. Il faut passer, s'imposer, quitte à provoquer la collision qui peut coûter la vie ou la victoire. Devant l'adversité, le refus, on ne lâche rien. C'est ce qui fait de nous des champions. Une race à part, dont les performances seules rattrapent nos ego. Peu importe que notre union ne représente rien à ses yeux, je me battrai pour ma propre résilience. Résolu, je traverse la salle de bains sans m'arrêter et la porte vers le centre de spa. De ce côté-ci, le torrent éclairé toute la nuit fait ressortir les nuances rosées de la roche calcaire. Les murs extérieurs sont en verre, si bien qu'on a l'impression d'être dehors, mais l'intérieur est en béton armé monobloc, bassin compris. Je déniche deux serviettes propres et la lâche devant le brumisateur pour piscine. La colonne captant l'énergie du soleil, le réservoir d'eau peut aller jusqu'à 60 °C en été.

J'actionne la valve du mitigeur.

– Commence par te rincer ici.

Curieuse, Hope découvre d'abord le spa d'Oxton : le salon de détente avec ses tables de massage et son lit rond bain de soleil, l'immense fresque sculptée dans le mur de pierre latéral au bassin, le sauna vitré. Elle tripote les bords de sa couverture mais ne l'ôte pas. Consciente de l'allure qu'elle doit avoir dessous après avoir macéré dedans, elle essaie de trouver une issue à sa situation.

Malheureusement pour elle, il n'y en a pas.

– T'as entendu ? Fourre ton cul sous la douche.

Elle porte le sperme des autres connards sur elle depuis trop longtemps.

– Je préférerais une douche avec une porte, me lance-t-elle indignée.

– Tu es *ma femme,* sifflé-je, jugeant inutile de discuter.

Comble d'humiliation pour elle, elle se met à éternuer de toutes ses forces sur moi, foutre et salive m'arrivant en pleine figure. Pas de problème, putain !

En plus, ce sperme-là n'est pas du quartier, chérie.

Vu que moi j'ai visé les seins.

– Oh je suis désolée, pouffe Hope soudain plus détendue. Je ne voulais pas t'éternuer dessus comme ça. T'as du lait sur toi maintenant.

Un instant je me demande si j'ai bien entendu.

– C'est comme ça que tu appelles la semence d'un homme ?

Elle glousse de mon air choqué.

– Ben quoi, c'est de la laitance mâle au lieu d'être femelle. C'est liquide, blanc, comestible, et ça durcit sous forme de pellicule blanchâtre.

Alors qu'elle m'a traumatisé des *latte* à vie, elle est au bord du fou rire.

– Hé ! Tu sais comment on sait que Dieu est un homme ? me lance-t-elle.

Elle se croit où ? Au bistrot ?

– Si Dieu était une femme, le sperme aurait le goût d'un chocolat chaud onctueux bien épais, et le clitoris celui de la bière, glousse-t-elle.

Mes sourcils manquent me sortir de la figure.

– Pour une sale gamine de riche, tu es plutôt vulgaire !

Elle m'adresse un regard triomphal.

– Parler de cul ne me fait pas peur, fronde-t-elle.

Consterné, je fais moi-même tomber la couverture à ses pieds. Je la saisis par l'épaule et la pousse sans ménagement sous le brumisateur d'eau brûlante, puis je recule m'adosser contre le mur, au sec, en croisant les bras sur ma poitrine.

Elle aspire une bouffée d'eau par le nez, sous la surprise.

– Gl… Gloup… kof… kof…

Je ne m'en préoccupe pas. Je mate sa petite culotte noire en train de se mouiller, et ma queue s'épaissit contre les boutons de mon jean. Elle a de longues jambes fines, du genre à porter ces sandales couture qu'elle avait aux pieds à Miami. Musclée, elle serait superbe.

J'ai déjà vu des Grid Girls à la poitrine refaite et au corps ciselé à la presse dans les paddocks, mais voir une femme naturelle en culotte et soutien-gorge noirs détrempés sous ma douche a quelque chose d'infiniment plus excitant. Son ventre est très légèrement bombé. Ses bras sont minces. Ses seins lourds sont sublimes.

Même sans maquillage, elle en jette.

– Pourquoi, t'as fait une thèse sur la sexualité ?

– Pourquoi pas ?

– T'es une cochonne en réalité, c'est ça ?

– Ouais, j'aime le sexe, claironne-t-elle alors que ses tétons stimulés par l'eau chaude pointent de façon indécente sous son sous-vêtement mouillé.

Je ris de cette version d'elle.

J'aime cette féminité forte, libre et sensuelle qu'elle dégage alors qu'elle est couverte de sperme de la tête aux pieds. C'est de la résilience pure. Le malheur n'est jamais pur avec elle. Pas plus que le bonheur. Comme si elle s'autorisait une manière différente de les comprendre. De quoi s'est-elle sortie pour en être capable ? Pourquoi fait-elle davantage confiance à son vagin qu'à son cœur ? Combien de femmes auraient été capables de s'exposer comme elle l'a fait ce soir après une agression ? Plus ça va, plus je me dis qu'elle cache un truc énorme. Intrigué, je contemple avec fascination l'eau dégager son beau visage de ses cheveux de princesse Disney collés au foutre, son nez gonflé par les coups, ses lèvres pleines bleuies, les ecchymoses visibles sur son ventre et son dos.

Ça la rend encore plus… surréaliste.

– Tu ressembles à une amazone revenant d'une bataille, comme ça.

– Ce qui est effectivement mon cas, ironise Hope avec humour.

Je lui tourne le dos et me dirige vers le couloir de nage afin qu'elle ne voie pas le trouble dans mes yeux. Accroupi sur le rebord, j'enclenche la nage à contre-courant qui sert à ma remise en forme après un entraînement intensif. Pour en couvrir le bruit, je connecte mon portable aux enceintes murales et demande à Siri de lancer le Flow, comme je fais d'habitude. Le fredonnement suave et entraînant de *Simply Falling* emplit alors la pièce. Merde.

Cette chanson est un poème à l'amour, mec.

– Tu peux me prêter du shampooing pour mes cheveux ?

Je lui jette un regard tendu par-dessus mon épaule, tant prêter mes affaires me rend chatouilleux. Seulement une fois rincés ses cheveux longs se sont collés à son dos, la saleté encore accumulée dedans, qu'elle tient éloignée de son visage, en gardant sa tête penchée en arrière et les yeux fermés.

Ta dammmm
There goes my heart again
You show me love, you show me love
You show me everything my heart is capable of
You reshape me like a butterfly origami[39].

– S'il te plaît. J'ai mal à la nuque comme ça.

Et merde…

– Je vais te chercher le mien dans la salle de bains.

Lorsque je reviens, je constate que son soutien-gorge et sa culotte gisent essorés près des serviettes propres et qu'elle s'est tournée vers le mur pour que je ne puisse pas voir ses seins, me laissant contempler son cul comme moindre mal. Je comprends alors qu'elle s'est dépêchée de les retirer en mon

39. Voilà où va mon cœur. Tu me montres l'amour. Tu me montres ce que ton cœur est capable de faire. Tu me répares tel un papillon en origami.

absence afin que je ne puisse pas mater chaque centimètre caché de son anatomie.

Peine perdue, mon ange, je vais te voir.

Je laisse mon regard errer sur la ligne de clivage entre ses fesses rebondies et je suis à deux doigts de lui demander de se retourner pour voir sa chatte. Avec ou sans poils pubiens ? Sans réfléchir à mon geste, je tape « Répéter » sur la file d'attente de mon iPhone et le pose à l'écart de l'eau.

– C'est un gel douche intégral corps et cheveux, annoncé-je.

– Je doute que ça suffise pour mes cheveux, mais merci.

You.
Have.
Broken.
Into my heart…[40]

J'avance vers elle, porté par la voix soul de la poétesse nigérian-américaine et je pénètre encore tout habillé sous le brumisateur. La moiteur chaude m'enveloppe, comme une mousson d'hiver réchauffe la Terre, mais c'est surtout la douceur alléchante de sa peau nue d'amazone qui m'émoustille. Je n'ai jamais senti le corps souple d'une femme nue contre moi. J'ai envie. Envie d'effluves féminins sur moi, de chaleur dans mon cœur. Je donnerais

40. Tu as déferlé dans mon cœur.

n'importe quoi pour un moment de faiblesse avec elle. Quelle amazone peut comprendre que, pour moi, la faiblesse est une forme de violence ? J'ai vendu mon âme. J'ai fait un vœu. Je suis ce vœu. Je ne suis pas libre. Ma faiblesse pour elle est un crime mais je m'en fous. Une fois contre son dos, uniquement séparé d'elle par mes fringues, je lui tends le flacon par-dessus son épaule afin de l'inciter à se retourner. Elle l'attrape et le presse immédiatement contre elle pour me cacher ses seins. Mais elle n'est pas assez rapide pour m'empêcher, avec ma grande taille, de jeter un œil au mont rose tout en courbe entre ses jambes. Putain. Glabre. Proéminent. Protégé de sillons latéraux, formés par ses aines. Fendu sur le dessus.

Maintenant je bande vraiment.

– Tu vas rester là ? râle-t-elle, en tapotant d'impatience sur le flacon.

– Dorénavant, tu te doucheras toujours devant moi. J'ai du temps et des images à rattraper. Je ne veux plus perdre une seconde.

Elle regarde le mitigeur et je saisis qu'elle hésite à quitter la douche, par défi. *Encore.* Difficile d'introduire un peu de réalité dans notre univers confus et chaotique. Si un homme ne désire pas une femme, c'est un moine. S'il la désire comme je la désire, c'est une bête. Je ne connais pas l'homme du milieu.

– Qu'est-ce que tu attends de moi ?

– C'est notre nuit de noces. Je ne veux pas faire le voyage tout seul.

Elle frémit, réalisant sûrement ce que cette nuit va représenter pour moi.

– Tu es prêt pour ça ? demande la psychologue en elle.

Est-ce que je suis prêt à muter ? Oui je le suis.

– Tout va changer quand je serai dans ton corps, opiné-je.

Hope baisse la tête pendant une fraction de seconde.

– Moi je culpabilise pour Brendt, évoque-t-elle mal à l'aise.

– Ta culpabilité est en trop. Tu ne peux mener qu'un combat intérieur à la fois.

Elle sait que je fais référence à sa loyauté envers son père. S'il est coupable, ça la détruira, parce qu'elle ne l'admettra pas. Elle n'a pas besoin de multiplier les aiguillons. Celui que représente son père est déjà suffisamment puissant.

– D'accord, mais il faudra que je l'appelle…

Je serre les dents tant l'idée qu'elle parle à un homme qui l'a baisée me déplaît.

– Demain, acquiescé-je avant de changer d'avis.

Et là, tout change. Abandonnant l'idée de me cacher sa poitrine, elle verse une rasade de gel dans sa paume et me tend la bouteille afin que je la lui tienne pendant qu'elle relève ses cheveux à deux mains. Ce qui fait joliment remonter et pointer ses seins. Tête penchée sous les buses, elle masse son cuir chevelu et laisse la mousse les débarrasser de leur saleté, puis elle les peigne avec ses doigts.

Tout en ondulant en rythme.

You show me love.
You show me love...

C'est de la séduction pure. Qui signifie avant tout maîtriser l'art de l'écoute de son corps, au point de l'élever en ordre de rituel. *Bordel de Dieu.* Elle se met en condition. Elle n'a pas menti : elle aime le sexe. C'est une jouisseuse. Consciente des besoins qu'elle a à satisfaire, elle se prépare. Tel un petit animal repu que j'ai envie d'honorer pour relever le défi. Rien que ce petit jeu m'indique qu'aucune amitié n'est possible avec elle. Le désir, la haine, l'amour éventuellement si j'en arrive à la vénérer comme une déesse pour le plaisir incommensurable qu'elle va apporter dans ma vie. Mais pas l'amitié. À cause de cette fichue lettre nous ne pourrons jamais être des amis. À présent que ses boucles de princesse Disney sont couvertes de mousse, ses seins ronds remontés et naturellement soutenus me fascinent. Toniques, pleins, lourds. Je brûle de la toucher là.

– Tu les palpes de temps en temps ? dis-je, pris d'une étrange responsabilité.

Elle ouvre les yeux et les reporte vers moi, incrédule.

– Pour voir si je sens quelque chose d'inhabituel ?

– Oui.

– Comme si je me souciais de l'auto-palpation après ta menace ! raille-t-elle.

Ton père est un fumier, tu dois pas mourir pour ça !

– Désolé, mais moi je m'en soucie. Je les palperai si tu veux.

– C'est bon ! siffle-t-elle. Je passe une mammographie tous les deux ans.

Est-ce que c'est suffisant ?

– Si tu ne le fais pas, tu ne me laisseras pas vraiment le choix, grondé-je, bien décidé à me faire entendre dans mon rôle de mari.

– Ma mère est morte assassinée en pleine santé à trente ans et ma grand-mère de soixante-dix balais bronze seins nus à son âge. On ne peut pas dire que j'ai un terrain génétique. Si ça doit arriver, ça arrivera. C'est la vie.

J'ai envie de la secouer.

Au lieu de quoi, je regarde l'eau couler sur sa chute de reins où était la puce GPS et je me dis que notre union disparate part avec un sentiment plus fort encore que l'amour. À cause de l'aspect possessif qui lie deux êtres réunis par la tragédie. Son destin est lié au mien et le mien au sien. Sans réaliser ce que je fais, je trace mon prénom sur son dos couvert de mousse.

Mon vrai prénom.

– Qu'est-ce que tu fais ? frémit-elle sous mon doigt.

– Je trace un circuit.

Comme mon jumeau, je porte le nom d'un circuit.

– Un circuit du championnat du monde ?

– Oui, réponds-je en continuant mon tracé.

Dix virages. Deux chicanes. De longues courbes rapides.

– Tu as l'air de le connaître par cœur, frissonne Hope.

C'était ça Oxton. Un pilote à l'esprit instable et irascible qui donnait des noms de circuit à ses fils au lieu de les cacher au public menaçant. Comme tous les sujets atteints de trouble bipolaire, il risquait le suicide. C'est presque drôle que je n'en sois pas porteur, mais que nos démons soient les mêmes.

– Jusqu'au bac à gravier, mon ange.

Disant cela, j'appuie doucement l'avant de mon jean mouillé contre ses fesses nues tant le désir de la prendre me fait physiquement mal. J'ai du mal à contenir l'afflux sanguin dans mon pénis comme je le fais d'habitude. La stimulation est trop grande. Il n'y a pas besoin de mots pour dire comment je veux la baiser. C'est l'étreinte charnelle qui alimente mes rêves depuis que je l'ai vue à Miami. Ce n'est pas de l'amour. Ce n'est pas de la passion. C'est de la sorcellerie. Sous chacune de mes pulsions pour elle, il y a la permanence d'un danger. Quelle qu'en soit la raison, Hope Brenner touche mes instincts les plus obscurs, les plus primitifs, les plus enfouis. Même si je ne sais pas pourquoi.

– Alors, comme ça, tu as un vagin inventif ? lui chuchoté-je à l'oreille.

J'en profite pour m'étourdir de son parfum naturel.

– Déshabille-toi, souffle-t-elle. Tu vas tomber malade, comme ça.

Incapable de croire l'ordre qu'elle vient de me donner, j'enlève mes vêtements ruisselants et mon caleçon, révélant fièrement ma machinerie, et c'est ce moment qu'elle choisit pour me faire face. Elle se tient debout face à moi, les bras le long du corps, et elle ne me quitte pas des yeux. Son regard vert malachite empli de curiosité balayant mon corps nu, comme je le fais avec elle.

You.
Have.
Broken.
Into my heart...

Son corps ne se tasse pas et accueille ouvertement mon regard. Je fixe son buste, ses seins qui pointent et me narguent, à quelques centimètres de moi, et j'ai juste mal au ventre tellement je voudrais la toucher. La peau de son décolleté est fine et fragile, sujette aux petites rides à cause du poids de ses seins quand elle dort. La courbe douce de ses hanches, son ventre bombé de femme non musclée, son pelvis étroit et soyeux. Son nombril est fermé, peu profond, et pas rond et ouvert. Ces petits défauts la rendent encore plus sexy à mes yeux.

Je ferme les yeux et inspire profondément.

– Tu es la première femme nue que je vois, soufflé-je, remué.

– Je sais…

Pendant un instant, le désir de la prendre sur-le-champ, debout, dans la moiteur du brumisateur, me submerge avec une telle intensité que je pense qu'il va me renverser. Je ne devrais pas profiter d'elle et prendre sur moi, mais j'en suis incapable. Je la veux. Je la veux comme je n'ai jamais rien voulu avant. Je la veux autant que je veux Zolder. Je sais que je joue avec le feu à vouloir les deux, mais je m'en moque. Je suis le diable. Personne ne prie le diable d'être logique.

Étonnamment, ce n'est pas ma verge en érection qu'elle regarde.

C'est la branche du V de mon aine à ma hanche gauche.

– Cinq étoiles, dit-elle. Il y a une signification ?

J'opine du chef.

– Oxton a été cinq fois champion du monde.

– Il y a de la place au-dessus, commente Hope.

– J'ai un rêve brisé à réparer, réponds-je d'un ton plus sec que je ne le voudrais.

Comprenant sa bêtise, elle fixe l'encre sur mon épaule et mon bras gauches.

– Un faucon et une manchette de flèches indiennes.

J'écarte mon bras pour lui montrer la manchette de flèches, toutes différentes.

– C'est beau. Pourquoi des flèches ?

– Une fois lancées, elles ne reviennent pas en arrière. Comme moi…

– Et le faucon ?

– Trois cent soixante kilomètres/heure. On vole à la même vitesse.

L'oiseau le plus rapide en vol dans le monde. Le symbole absolu de la vitesse. Les yeux de Hope se déportent vers la fresque d'Oxton représentant l'envol du faucon Horus au-dessus d'un lac de feu, et elle fronce les sourcils.

Comme si celui-ci lui avait déplu d'une manière ou d'une autre.

– C'était là avant, la préviens-je sans trop savoir pourquoi.

Peut-être à cause de la disproportion de la fresque.

– Et ton tatouage ? questionne Hope, revenant à moi.

– Azz me l'a fait pour mes vingt ans. C'était son cadeau.

Hope plisse les yeux.

– C'est une sacrée coïncidence.

Même moi j'ai été surpris à mon arrivée ici d'avoir sur la peau le même oiseau que la fresque d'Oxton. Étant donné que je n'ai aucun souvenir de cette maison, je me suis dit que c'était sûrement en raison de la vitesse commune à deux pilotes.

Hope pose son doigt sur le chiffre derrière mon oreille.

– Il n'a pas fait celui-ci, dit-elle avec douceur.

J'exhale et ferme les paupières pour savourer sa caresse.

– 666 n'est pas un tatouage.

– C'est quoi alors ?

– 666 était mon nom de code pour les paris sur le dark web.

Elle hoche la tête pour en prendre acte.

– Pourquoi Syrov a-t-il choisi ce chiffre horrible pour toi ?

Je la regarde froidement.

– La plus belle ruse du diable est de te faire croire qu'il n'est pas humain. Tu penses qu'il est loin de toi, pas vraiment réel, mais il est là.

C'est ton semblable. Moi.

Elle se tait pendant une seconde, puis :

– Tu n'es pas aussi mauvais que tu le crois. Tu me vois toute nue mais tu n'as aucune intention de faire usage de la force. Tu m'as sauvé la vie mais tu restes extrêmement dangereux envers mon père. Tu es difficile à cerner. Je n'ai pas la moindre idée de la manière de me protéger de toi.

– Alors ne le fais pas !

Avant qu'on y réfléchisse davantage, j'attrape fermement sa main dans la mienne et je cours droit vers le bassin avec elle. Elle crie derrière moi. Ploufffffff... Quand nos deux corps plongent dans l'eau, toute réalité disparaît. Plus puissant, je remonte à l'air libre quelques secondes avant elle et m'adosse contre la margelle pour surveiller qu'elle perce bien la surface au beau milieu de la turbine conçue spécifiquement pour créer le courant le plus fort possible.

Je ne plaisantais pas en disant qu'elle pouvait se noyer.

– Oh punaise ! Oh punaise !

Son cri, poussé tête en arrière, résonne jusqu'au plafond en béton.

– Nage ou sors de la turbine sportive. Elle va t'entraîner au fond.

– Je suis née sur une plage, crétin !! riposte-t-elle, piquée au vif.

Je ris de la voir battre des jambes et tirer sur ses bras comme une folle.

– C'est un vrai tambour de machine à laver ce truc !

Éclairé par les leds bleus intégrés à la turbine, le béton gris du bassin semble plus vif avec elle au milieu, créant un spectacle de sa nudité laiteuse d'une intensité insoutenable. Je la contemple, conquis.

– Tu es la plus belle fille que j'ai jamais rencontrée, madame Roy.

D'étonnement, elle manque boire la tasse.

– Sors-moi de là, idiot, avant que je me noie, rigole-t-elle, fatiguée.

Ce qui va forcément arriver si elle arrête de lutter. Je lui tends la main et la tire vers le bord moins rude, l'appuyant contre la paroi du bassin afin de lui faire écran de mon corps, le temps qu'elle se remette. En revanche, je ne m'attends pas à ce que ses cuisses grandes ouvertes s'enroulent autour de ma taille pour se tenir. Ni que son vagin inventif s'approche de ma verge nue. J'en perds le souffle. Il faudrait être moine ou gentleman pour repousser un tel trésor. Je ne suis ni l'un ni l'autre. J'agrippe ses fesses pour la soutenir, sentant sa peau douce et chaude se coller à la mienne. Il suffirait d'un coup de reins pour la pénétrer.

Une partie de mon cerveau se demande s'il s'agit d'un rêve.

L'imminence de la chose rend mes pulsions bridées depuis si longtemps incontrôlables et souffle à mon esprit des aiguilles empoisonnées. Je la plaque au béton avec force et l'embrasse d'un baiser si possessif qu'elle a du mal à respirer. Ma langue explore sa bouche, puissante, passionnée. Je ne devrais pas. Mais mon cœur est si plein de chiens que je cherche la paix ailleurs. Mon sexe rampe vers le sien comme un coursier sauvage et, sans plus de manières, je la pénètre en un gémissement rauque. Je m'enfonce en elle de tout ma longueur et je m'immobilise pour savourer la sensation. Je fais voler mon vœu en éclats.

Sauf qu'en interceptant le choc sur sa figure, je m'en veux.

– Tu voulais que je porte un préservatif ?

Aussitôt ses doigts glissent dans mes cheveux et elle resserre ses cuisses autour de ma taille. Puis elle arque son dos pour que je sente son accord.

– Ça va, je suis clean et toi aussi.

– Je n'ai jamais pénétré personne.

Même moi j'entends mon embarras dans ma voix.

– Ça va aller, m'assure-t-elle.

– Non. Je ne suis pas sûr de te faire du bien. Pas les premières fois, en tout cas.

Ma queue tremble d'extase dans sa moiteur. Je devrais m'occuper d'elle, ne pas la baiser tout de suite. Seulement je ne sais pas quoi faire. Elle dépose des baisers mouillés sur ma peau remontant jusqu'à mon oreille, où elle souffle :

– Fais comme tu le sens. Ça va aller.

Reconnaissant, je la presse contre moi.

You.
Have.
Broken.
Into my heart...

– Ça fait si longtemps que je repousse *ça* que je brûle de désir, lui chuchoté-je. Je vais sans doute être offensant mais… tu as bien un implant, pas vrai ?

– C'est normal, tu ne me fais pas confiance.

Elle me montre son aisselle où l'implant est visible sous la peau fine.

– Je le change tous les trois ans par sécurité.

– Ton test date de quand ?

– Je n'ai jamais laissé un homme jouir en moi, déclare-t-elle avec sérénité.

Possessif, je ne la quitte pas des yeux et le feu court sous ma peau.

– Je serai le premier à avoir cet honneur, alors.

– Si tu es rassuré, je veux que tu fasses quelque chose pour moi d'abord.

Méfiant, j'étudie son visage.

– Quoi ?

– Je veux te sucer. Moi aussi je repousse ça depuis trop longtemps.

Bordel, elle est sérieuse ?

Soudain je perçois ce qu'a vu Azz en elle. Elle a l'assurance d'une femme expérimentée et la vulnérabilité d'une vierge. C'est absolument sexy, putain.

– Suce-moi, mon ange.

Je fixe ses lèvres, anticipant la poussée d'adrénaline qu'elle va me donner, et je me retire, nous décalant vers la partie du bassin la moins profonde. Je ferme les yeux pour m'y préparer, sentant une vague de désir me traverser au moment où ses lèvres descendent tout le long de mon corps, embrassent mes étoiles, jusqu'à ce que sa bouche frôle mon gland dressé, en dessous de la surface. Ses paumes s'accrochent à mes fesses et je contracte mes fessiers. C'est si inhabituel de sentir des mains là. Elle dirige le bout vers elle et je ressens une excitation énorme à la sentir me prendre dans sa bouche, ma queue se contractant en même temps.

Merde ! Elle a envie de ça depuis combien de temps ?

You.
Have.
Broken.
Into my heart…

Tandis qu'elle va et vient lentement autour de moi, je bascule la tête en arrière, une expression proche de la souffrance sur mon visage. C'est divin, putain ! La chair est un ennemi infiniment plus dangereux que le Diable en personne. Je ne me souviens pas de la dernière fois où j'ai perdu complètement pied en utilisant ma main. Je ne crois jamais. Je halète de plaisir. Me sentant comme un roi grâce à cette bouche pressée contre ma queue, s'ajustant à la taille de mon sexe. Je la remonte à la surface afin qu'elle puisse respirer et la fais pivoter vers les marches, de sorte à pouvoir m'asseoir, mon sexe affleurant la ligne de flottaison.

Puis j'écarte les jambes pour l'inviter à me rejoindre.

– Seulement si tu as envie de me finir.

Elle s'abaisse lentement dans l'eau entre mes cuisses.

Je l'épie. Avec sa position à genoux et son cul en l'air affleurant à la surface, au début, je me sens dominant, diabolique, pervers, dominé par mes ténèbres les plus viles. Un vrai diable rôtisseur. Mais je suis léché, aspiré, caressé, de la base au frein, avec tellement de tendresse qu'elle peut faire de moi ce qu'elle veut.

Le sexe est certainement une invention du Diable pour mieux damner les âmes. La partie salace en moi mate encore quelques secondes ses sublimes seins blancs flottant entre deux eaux. Puis c'est trop. Trop doux. Trop bon. Trop fort. Trop d'amour d'un coup à supporter. Je craque et m'abandonne à mes pulsions d'homme. Je pose une main derrière sa tête et mes hanches se mettent en mouvement. J'oublie mon courage et ma parole de la respecter. Je baise sa bouche en solitaire. La remerciant pour l'orgasme qu'elle me donne. Le tout premier.

– Ah bordel… Ahh !

Seulement mon cri de plaisir sonne triste et lugubre, comme si tout seul j'avais du mal à chasser le chagrin. Une fois l'extase passée, je n'éprouve bizarrement aucune détente. Je bouillonne à l'intérieur. Je transpire à l'extérieur. Brusquement, jouir ne me suffit pas. C'était une jouissance dégénérée, primitive, sans elle. Une jouissance de chat de gouttière. Je suis un chat sauvage. J'ai besoin des cris de ma femelle. D'ailleurs, l'idée de la voir jouir m'excite encore plus. Je la soulève dans les airs et la porte sur l'immense lit bain de soleil d'Oxton.

Mais avant, mon orgueil met les choses au point :

– Ne regrette jamais ce qui va se passer. Je te tuerais, grondé-je.

Plus personne ne m'abandonnera, il faut que tu le saches.

– Sauvage… me supplie-t-elle, ivre de désir.

Là je suis vraiment perdu. Rien n'est plus sexy qu'entendre cette femme supplier mon prénom. Celui-là même qu'elle refusait de m'accorder. Je m'allonge sur elle au milieu des coussins, un engin impressionnant entre nous, à peine après avoir joui. *Putain.* Impossible d'ignorer l'effet qu'elle me fait. Au physique comme au mental. Elle m'a ensorcelé. Je lui écarte les jambes et dirige ma queue entre ses plis tendres, anticipant la poussée d'adrénaline à rompre mon vœu. Nos corps mouillés et nos cheveux trempés nous laissent nus. Le mien est rigide et lourd, tout en muscles secs issus de l'effort.

Le sien est souple et doux, épargné, avec peu de muscles. On ne pourrait pas être plus différents.

À la dernière minute, elle s'empare de mon visage.

– Tu es beau, murmure-t-elle, me dévisageant avec passion.

Ses doigts passent lentement sur ma barbe. Je la laisse faire. J'attends patiemment qu'elle soit prête. J'ai envie que ce moment où elle s'occupe de moi ne s'arrête jamais. J'ai envie qu'elle accepte ma semence. J'ai envie qu'elle m'accepte, moi, comme son homme et son protecteur.

J'ai envie qu'elle ne m'oublie jamais.

– C'est très beau d'aller vers un grand solitaire comme toi…

– Mais ? dis-je, devinant qu'il y en a un.

Si elle me dit qu'elle a changé d'avis, je ne suis pas sûr de bien réagir.

– Mais j'ai peur de te perdre si tu n'es plus seul.

Entendre cet aveu me fait frissonner. Cette femme déforme toutes mes réalités quand j'y pense. Je ne sais pas quoi dire. Après une grande haine, il restera toujours une petite haine entre nous. Nous n'avons pas d'avenir.

Alors je sors ce qui vient :

– C'est très beau d'aller vers toi aussi. Ça donne des frissons.

Disant cela, je fais courir ma main libre sur sa cuisse lisse remontée contre mon flanc, et je ferme les yeux. Je grave cet instant dans ma mémoire.

Je me prépare à la pénétrer.

– Comment as-tu envie de moi ? demande-elle à brûle-pourpoint.

Je plisse mes yeux assombris, avec intérêt.

– De toutes les manières possibles, si tu tiens le coup.

– Alors fais-moi tout. Je veux oublier.

Rien que ces mots pourraient relancer mon moteur si j'en avais besoin.

– Oh mon ange…

Elle ne sait pas dans quoi elle s'engage. Je suis puissant, inépuisable, et gourmand d'un trop grand vide. Je passe mon bras autour de ses hanches et je tire d'un coup sec. *Putain.* C'est chaud, étroit, tout doux. Lorsque je sens son corps s'étirer pour moi, je me sens roi. C'est mon œuvre. Je contracte ma mâchoire et j'imprime de longs mouvements à mon bassin. Je n'ai pas menti.

C'est très beau d'aller vers elle.

– Tu as le plus beau corps que j'aie jamais vu, halète-t-elle.

Ses compliments me font mal mais ils sont aussi agréables. Je gémis, enfoncé de tout mon long dans sa chaleur. Ses ongles griffent mon dos et m'allument. Je bouge de plus en plus vite, de plus en plus fort, lui donnant de puissants coups de queue quand je l'entends émettre des petits bruits sexy. C'est sincère, elle aime la sensation de ma queue autant que j'aime celle de sa chatte. Je glisse dans ses sucs. La joie de satisfaire l'instinct resté sauvage incomparablement plus intense que celle d'assouvir n'importe quel instinct dompté. Je ne savais pas que j'étais capable de me libérer comme ça, de m'envoler, loin de mes ténèbres.

J'en frissonne tellement c'est bon.

– Je vais jouir, Sau, s'extasie-t-elle. Je n'ai jamais joui si vite.

Comme possédée, elle m'agrippe par la nuque, ses yeux brûlants de désir prenant un vert jade laiteux déroutant. Clairs. Conscients. Consentants. Son corps s'arcboute sous moi, comme si cet acte la connectait à moi.

Les expressions de son visage sont inouïes.

– Tu ne comprends pas. Je dois me toucher pour ça, lâche-t-elle complètement partie, et je comprends qu'elle me compare à lui.

Ma réponse est immédiate, je redouble d'efforts. L'osier robuste couine contre le sol alors que je la pilonne, sentant chaque once de son corps m'envelopper d'amour. Elle me veut en elle. Elle se donne complètement. Et moi… Moi, je serre les dents. Ça n'a pas de sens d'appréhender autant cet instant où je vais rompre mon vœu. Je halète. J'en veux plus. J'ai peur. Je m'enivre d'elle.

Je n'ai jamais été dans un état pareil.

– Ah mon Dieu, oui, oui, ouiiiiiiii, aahhhhh !

Sa jouissance résonne dans tout mon corps et me fait tout oublier. Je presse ma bouche sur la sienne pour m'enivrer de son plaisir. Elle a le goût de la délivrance et de la rédemption. C'est envoûtant, excitant, unique. La vague libératrice monte en moi et noie tous mes principes. Mon gland se charge, sauvage et viril. J'ai beau résister, m'accrocher, je n'en peux plus.

– Ah, Ah, AHHHH… Je vais éjaculer ! AAAAH !!!

Ces mots ne devraient pas me faire éclater d'orgueil mais ils le font. Ma colonne s'arque de bonheur. Je renverse ma tête en arrière, possédé par le plaisir, et je lâche tout. Cette fois mon cri est un cri de guerre. Un cri qui nourrit et qui dévaste mon âme noire. Je sens ma queue battre et décharger en elle, mais ma gorge est plus sèche qu'un désert. Je l'ai fait. J'ai renoncé à mon vœu.

Je la serre contre moi. Jamais je n'ai connu une telle paix.

You have broken into my heart
This time I feel the blues have departed
I know I am simply falling for you[41].

J'ai beau tricher et fermer les yeux de toutes mes forces, mon corps détendu contre le sien, chaud et alangui, la réalité des paroles me frappe en pleine face. La prudence et l'amour ne sont pas faits l'un pour l'autre. À mesure que l'amour croît, la prudence diminue. Je ne dois pas tomber dans le piège.

Je ne peux pas t'aimer, Hope Brenner.

---

41. Tu as déferlé dans mon cœur. Cette fois, le cafard s'en est allé. Je sais que je tombe simplement amoureux de toi.

CHAPITRE 25

HOPE

La main de ma mère se pose sur la mienne.

Je l'observe. Elle est longue avec de jolis ongles rouges et quelques veines délicates sur le dessus. Elle la recouvre entièrement. Mes doigts à moi sont courts et potelés, sans aucune veine dessus. Elle tire sur ma main, mais mes petits doigts restent accrochés à mon joli panier rempli de grappes de raisins. De beaux raisins vert glacé tout rebondis, avec des tiges bien fixées aux fruits. Ça donne envie de croquer dedans pour les entendre craquer. Seulement Poppy veut pas. Elle dit que ça donne mal au ventre. Je ne veux pas avoir mal au ventre.

Je sens pas bon quand j'ai des coliques.

– Pose ça, Hopi ! Il est temps de partir.

J'admire mes raisins encore un peu avant de les abandonner, fâchée, attristée. Le ton de maman n'est pas aussi doux que d'habitude. Quelque chose la contrarie aujourd'hui. Elle n'a pas souri une seule fois. Je ne suis vraiment pas bien.

– J'ai fait quelque chose de mal, maman ?

Oh hush my dear.
Trust me, trust me darlin'[42].

– Maman ? C'est toi ?

Je me réveille en sursaut et m'assieds dans le lit. Désorientée. Je tente d'entendre maman mais je n'entends que la chanson qui m'a réveillée. Zut, j'ai rêvé. Qu'est-ce qui m'arrive ? J'avais oublié sa voix. Alors que, là, elle était… nette. Est-ce que je perds l'esprit ? Ébranlée, je regarde autour de moi. Sauvage a réglé la fonction réveil de son iPhone sur *Bad Liar*. Avant que son « Mauvais Menteur » le réveille, je récupère son téléphone posé sur son chevet, prenant bien soin de ne pas le toucher. Alors que je coupe l'alarme, une notification me rappelle la livraison de ses meubles avant midi. Super. Je ne suis pas prête. Et lui alors ?

Après avoir reposé son iPhone de mon côté, je lui coule un regard.

Allongé sur le dos, à moitié nu, il dort du sommeil du juste. Des lignes de muscles raccordées à d'autres lignes de muscles, une cuisse virile hors du drap, une peau mate masculine vantant l'activité en plein air, des pectoraux lisses et des hanches… Bon Dieu, ses hanches étoilées en mouvement ! Il a

42. Oh chut, ma chérie. Fais-moi confiance. Fais-moi confiance, chérie.

les hanches les plus rapides du monde. Comble de malchance, il ne ronfle pas.

J'aurais préféré qu'il ait des défauts au lit.

J'ignore combien d'heures on a dormi, vu que j'ai sûrement passé plus de temps à m'envoyer en l'air qu'à roupiller. Je devrais avoir honte. Six orgasmes dès le premier soir. Brendt m'aurait rangée dans la case « un seul soir » si j'avais fait ça avec lui. Seulement voilà, faire l'amour avec un anachorète était si… sauvage, anarchique et débridé que j'ai oublié la morale. Je me suis laissée porter par le moment. Par LUI. Est-ce que je le regrette ? Non.

C'est mal envers Brendt, mais ça m'est égal.

À présent que tout est calme dans ma tête, je noue mes cheveux avec le chouchou resté sur mon chevet et je cale mon oreiller contre les colibris de la tête de lit pour admirer le spectacle des chutes d'eau. J'aime cette chambre. Elle est spacieuse, sobre et intense, comme lui, et la vue depuis son lit est magnifique.

– Tu ne dors pas ? demande-t-il d'une voix pâteuse, sans ouvrir les yeux.

– J'ai fait un cauchemar.

Est-ce que c'en était un ?

Sauvage ouvre les paupières et m'adresse un regard encore plus sexy que lorsqu'il est complètement réveillé. Il se redresse pour pouvoir m'étudier, mais très vite ses yeux dévient vers mes cheveux.

Ou plutôt vers le nid d'oiseau qui me sert de chignon. Il tend la main et tire sur une boucle.

– C'est mignon. On dirait une…

Ça m'agace. Les blagues qu'on a pu me faire sur mes cheveux sont lourdes. Voulant qu'il me laisse tranquille avec ça, je dis :

– Tu ne rêves pas, toi ?

Ma question a touché quelque chose apparemment car Sauvage change d'appui dans le lit et me rejoint contre la tête de lit.

– Tu veux commencer à me réparer ?

– Oui.

– Alors je ne rêve jamais, admet-il, l'air d'attendre mon commentaire.

Je secoue la tête, catégorique.

– L'absence de rêves n'est pas normale. Il y en a en chacun de nous.

Ces mots ne sortent pas de moi, mais de Freud. Dans le sommeil, notre inconscient exprime ce que nous ne savons pas, ou ce que nous n'osons pas dire.

Bref. Ce que, d'une manière ou d'une autre, nous refoulons.

– Pas chez moi.

– Si, affirmé-je. Tu ne t'en souviens pas, c'est tout. C'est comme ça que le cerveau nous protège de ce que nous refusons, mais on rêve tous.

– Non, soutient-il lui aussi. On m'a expliqué que parfois des altérations neurologiques peuvent entraîner la disparition des rêves.

Intriguée, je me déplace pour le regarder.

– Quel genre d'altérations ?

– Syrov s'est chargé de faire disparaître la peur chez moi.

– Comment ?

– Avec une aiguille stéréotaxique, ricane Sauvage dans un sarcasme.

– Quoi ?! fais-je en serrant le drap devant moi.

J'ai besoin de trouver un appui quelque part.

– Syrov m'a grillé une partie du cerveau que vous appelez le « circuit de la peur », poursuit Sauvage. Au scanner je présentais des lésions bilatérales de l'amygdale temporale. Les toubibs d'Ottawa m'ont diagnostiqué un Klüver-Bucy.

Je le regarde, choquée.

– Nom de Dieu ! Ce type était un cauchemar. Je suis contente que tu l'aies tué.

Ça le fait rigoler.

– Merci du soutien, apprécie-t-il.

Soudain la situation me tombe lourdement dessus.

– Est-ce que tu le sais ? Le Klüver-Bucy t'empêche d'avoir des réponses comportementales normales.

En gros, il n'aura ni peurs, ni remords, ni dégoût de ses actes. Sur le papier, un tel homme est un monstre. Peut-être l'individu le plus dangereux. J'ai dû mal à croire cela de lui pourtant. Il m'a quand même sauvé la vie.

– J'en suis conscient. On m'a prévenu que j'avais aussi une hyper sexualité et une tendance orale compulsive à tout reconnaître par la bouche car le souvenir visuel me fait défaut, reconnaît-il, montrant qu'il est bien informé.

Je rougis en songeant à la façon dont il a « tété » mon corps hier soir.

Sauf que ça ne change rien.

– Tu ne peux pas piloter en championnat, Sau.

Ses yeux noirs aussi froids que des glaçons se fixent sur moi.

– J'adorerais te voir m'en empêcher, mon ange.

C'est une litote, il m'avertit des conséquences.

– Je ne plaisante pas.

Étrangement calme, il se contente de secouer la tête.

– Moi non plus. Dis seulement un mot de mon état à Caitlin et tu es morte.

C'est la limite. L'homme protecteur de la nuit dernière a complètement disparu pour laisser place au démon contre lequel tout le monde m'a mise en garde. Si étrangement calme et immobile qu'il en devient terrifiant.

– Ça ne te poserait pas de problème maintenant qu'on a couché ensemble ?

Son expression reste la même.

– Si tu fais du mal aux miens, je te ferai… la même chose.

Il peut coucher avec toi et te tuer, Hope ! Il faut que tu l'admettes.

Comment croire que notre union représente tout pour lui, en ce cas ? Je ne sais pas pourquoi, je devrais être soulagée, mais tout à coup je suis déçue.

Comme si rien ne s'était passé, il demande :

– Tu te souviens de quoi tu rêvais ?

– Ce n'était pas vraiment un cauchemar. Je revoyais ma mère.

– Ça t'arrive souvent de rêver d'elle ?

– Jamais.

En fait, c'est bien la première fois que je suis capable de la revoir.

C'est le moment que choisit son téléphone pour sonner là où je l'ai abandonné, mais avant que je puisse l'attraper et le lui passer, Sauvage me chevauche pour s'en saisir, faisant ainsi retomber le drap derrière ses cuisses, sa virilité oscillant sans complexe devant mon visage, avec son odeur masculine. Déroutée par cette proximité que je n'ai jamais eue avec Brendt, je ferme les yeux.

Pendant qu'il répond :

– C'est ma nuit de noces, Azz, j'ai droit à une grasse mat !… Ils sont où ?… Tu montes avec eux. Je reste avec elle dans la chambre. Quand ils ont terminé, tu les raccompagnes. Je ne veux pas qu'ils la voient.

Comme le silence s'éternise, j'ouvre les yeux. Pour le découvrir en train de fixer son téléphone dans son poing, comme s'il ne savait comment réagir.

– C'est la livraison ?

– Azz va s'en charger, opine-t-il sans quitter l'écran des yeux.

– Qu'est-ce qu'il y a ?

– Tu as des appels manqués de ton père et de ta copine.

Abrielle c'est normal. Mon père, par contre, ne m'appelle jamais sans raison sérieuse nécessitant une explication. Il m'envoie des SMS. Je me sens nerveuse.

– Il a peut-être découvert que je ne portais plus ma puce ?

Sauvage me tend son portable.

– Appelle-le pendant que je prends ma douche, dit-il, me regardant le prendre. Quand je reviendrai dans la chambre, je récupère mon téléphone.

Je ne lis rien en lui. Ni confiance. Ni menace. Rien du tout.

– Tu me fais confiance ? cillé-je, ne sachant quoi penser.

– Non, mais je refuse de te traiter en ennemie.

Sur quoi, il quitte le lit et se dirige vers la salle de bains, entièrement nu, comme s'il s'en remettait au destin. Jamais je n'ai vu un homme pareil. Avec autant d'assurance. Je mate son fessier d'acier et le faucon sur son épaule. Je ne devrais pas lui être reconnaissante. Pourtant je le suis. Son geste a énormément de valeur pour moi. Quel ravisseur laisserait sa prisonnière seule avec son téléphone ?

– Merci, lui dis-je avant qu'il franchisse la porte.

J'attends qu'il sorte pour me lever. J'enfile un tee-shirt noir à lui, abandonné sur le canapé. C'est idiot mais je ne veux pas appeler mon père depuis son lit. Autant j'ai admis que rompre avec

Brendt réglerait mon problème de culpabilité, autant j'en ai honte pour lui. Je ne veux pas qu'il sache comment mon corps réagit quand je suis avec Sau, ni comment mon esprit s'arrange du danger qu'il représente pour nous deux. Papa ne l'accepterait pas. Il ne supporterait pas que je sois sa réparation pour quelque chose qu'il a *peut-être* commis. Plutôt, il tuerait Sauvage de ses mains, pour m'avoir imposé ça. Ou bien Sauvage le tuerait.

Je préfère ne rien lui dire.

– *Mon bébé*, enfin ! répond papa à la première sonnerie.

– Hé papa ! Je te dérange ?

– Bébé, tu ne me déranges jamais. Mais je ne n'ai pas beaucoup de temps.

– Tu fais quoi ?

– Je rencontre le recteur d'Embry-Riddle Aeronautical pour notre nouveau campus dans deux minutes. Heureusement ton frère est en classe. Tant qu'à faire, je préfère qu'il reste au foot qu'à se passionner pour l'aéronautique.

Je glousse et regarde l'heure.

– Tu voulais me parler de quelque chose d'important ?

Pas la puce, s'il te plaît.

Je ne veux pas ouvrir cette conversation avec toi par téléphone.

– Oui. Brendt est passé à la maison ce matin demander de tes nouvelles. Apparemment tu ne lui en a pas donné.

– Oh.

Maintenant j'échange mon inquiétude pour une autre.

– Bébé, un homme qui fait sa demande ne mérite pas qu'on le laisse lanterner. Sans compter qu'il est aussi ton employeur et que tu ne l'informes pas non plus de ton travail.

– C'est ce qu'il t'a dit ?

– Ce qu'il a dit a peu d'importance. Je ne suis pas un messager. Ni neutre en l'occurrence. Brendt ne me ressemble pas et ne te ressemble pas. Il est ennuyeux, ambitieux et mal élevé avec son air de monsieur-je-sais-tout. Je te dis cela uniquement parce que je pense que tu tiens à ton emploi.

Mes paupières battent frénétiquement.

– Lui non plus ne m'a pas appelée, protesté-je.

– Ce n'est pas à lui de le faire, bébé. Il est ton supérieur.

– Eh bien mon supérieur n'a même pas réagi à mon départ.

J'entends son sourire sur la ligne.

– Tu es orgueilleuse, Hope Alys Brenner. Ne laisse pas l'orgueil devenir ta faiblesse, bébé. C'est un orgueilleux qui te parle.

– Ne t'inquiète pas pour moi, papa.

– Tu es ma fille. Je suis toujours inquiet pour ma fille. Sur mon lit de mort, je serai encore inquiet pour toi. C'est mon boulot.

– J'allais rompre de toute façon.

– Tu as pris ta décision ? s'étonne mon père.

– Oui. Être éloignée de lui m'a fait comprendre certaines choses.

– Lesquelles ? Si je ne suis pas indiscret.

– Brendt est confortable mais il n'est pas l'homme qui m'appréciera le plus. Il se moque que je sois forte et énergique comme tu me l'as appris. Il veut que je sois honorable, et je ne le suis pas. C'est la raison pour laquelle je ne peux pas lui répondre. Je me sentirais sale à côté de lui. Il est trop parfait.

Voilà c'est dit. Quand on a trop craint que quelque chose arrive, on finit par être soulagée quand ça arrive. C'est idiot mais je suis soulagée. Et c'est à Sauvage que je le dois. Sans lui, je n'aurais sûrement jamais rompu.

Au mieux j'aurais été larguée.

– Quand comptes-tu le lui dire ? demande mon père.

– Je veux rompre en face et seule avec lui.

Je sais ce que j'ai dit à Sauvage mais je ne le ferai pas par téléphone.

– Tu as plus de couilles que lui, bébé.

– Je prends ça pour un compliment.

– C'en est un. Quand j'ai rencontré ta mère, elle était comme ça elle aussi. Tout n'était pas rose au départ avec elle, mais elle n'a jamais laissé à personne d'autre le droit d'intervenir dans notre couple, et je l'ai respectée pour ça. J'aurais voulu qu'elle soit là pour toi, dit-il l'air peiné.

– Tu es là, papa.

Une seconde le silence se fait.

– Ne lui donne pas de quoi te virer, bébé.

– Promis. Je vais lui envoyer un premier rapport de mission avant mon départ.

– Ton départ ? relève-t-il tout de suite.

Aïe, merde. Il va mourir.

– La team décolle pour le Grand Prix d'Abu Dhabi ce soir.

– Tu les accompagnes ?

– Oui.

Silence sur la ligne. Je sais qu'il s'empêche de prononcer des paroles qui nous conduiraient inévitablement à nous affronter. C'est si facile de reconnaître sa souffrance d'aimer. Comme c'est pénible de ne pas pouvoir y apporter le soulagement que je voudrais. Il n'y peut rien. Je n'y peux rien. On ne peut pas s'aider.

– Vas-tu conduire une voiture ? demande-t-il après un moment.

– Euh… non ?

C'est lâche comme un paillasson à roulettes, mais j'omets de lui dire que je vais bientôt prendre une leçon de conduite. Il serait capable d'envoyer Nil.

– Vas-tu te convertir à l'islam ?

– Quoi ? Non voyons !

– Vas-tu bivouaquer dans le sable pour retourner à la nature ?

Étrange, cette conversation.

– Non, fais-je, en me demandant où il veut en venir.

– Vas-tu boire de l'alcool dans les lieux publics ?

– Je crois que c'est interdit, papa.

– As-tu l'intention d'épouser un sheik riche et sexy à la place de l'ennuyeux Brendt ? Attention avant de répondre. Chez eux, tromper son mec est un crime. Même moi, je ne pourrai rien pour toi.

– Papa ! Non, bon sang ! Je ne vais épouser personne.

Inutile de lui dire qu'un sectateur pense qu'on est mariés. Je ne vois pas ce que je pourrais lui dire pour m'en sortir.

– Alors qu'est-ce que tu vas faire là-bas ? proclame mon père.

– Papa, c'est mon boulot.

– Bébé, fais au moins semblant de travailler dans un joli bureau de Miami que je sois fier de mon travail sur moi. Ou mieux, rentre à la maison. Ta baignoire s'ennuie.

Je ne vais pas céder sur mon boulot.

– Quand tu fais ça, je me demande si les réducteurs de têtes prétendent soulager la migraine, papa.

– On est deux à avoir mal à la tête, riposte-t-il.

Je soupire de découragement.

– Je suis fière de toi, papa. Tu fais un effort et c'est important pour moi que tu essaies. Je t'aime, mais je vais raccrocher.

– Je t'aime aussi, mon bébé.

Profitant que l'eau coule encore dans la salle de bains lorsque je raccroche, je demande un FaceTime à Abrielle. Elle me manque et j'ai besoin de la voir.

À la seconde, son visage apparaît sur l'écran.

– Salut, bichette ! Tu ne trouves pas que Ronaldo est un sacré beau gosse ?

Je plisse des yeux devant son ton trop sucré.

– Tu t'intéresses au foot, maintenant ? fais-je, suspectant l'arnaque.

Euphorique, elle fait la toupie dans son fauteuil à roulettes, puis elle s'immobilise à deux mains devant son ordi. Pour me glisser, les yeux dans les yeux :

– Non, mais il sort d'ici et je te le dis carrément, il est canon !

Je bondis sur place, tout excitée.

– Hou là Abbie ! Il est venu à la galerie. Je suis trop contente. Raconte !

Elle lève les yeux en l'air et me fait languir :

– Eh bien… Il était à Miami pour visiter le nouveau club de David Beckham.

– Oh mon Dieu ! Papa m'en a parlé.

– Je suis sur une autre planète, bichette. Tu imagines s'il joue un jour à l'Inter Miami et qu'il a une maison ici ?

Brusquement j'ai le mal de la maison. Tout est ensoleillé autour d'elle. C'est l'après-midi pour elle, mais la lumière me brûle presque les yeux. *Miami.*

– Il t'a acheté une photo ?

Une star dans sa clientèle suffirait à la lancer. C'est comme ça Miami. Si on a une célébrité, on les a toutes. L'exubérance irrationnelle. L'affolement. La création spéculative. Le mimétisme. Une bulle de bien-être où tout manque de réalisme.

C’est si différent ici.

– Pas encore, mais je crois que ça lui a plu, répond Abbie.

Tout naturellement, je marche vers la baie vitrée, le cœur gonflé de joie pour elle, et je m’arrête pour contempler le torrent. Abbie en bave tellement financièrement. Je voudrais trop qu’elle réussisse.

– À ton tour ! me lance-t-elle. Tu es seule ?

Par réflexe, je jette un coup d’œil vers le couloir.

– Oui. Il est sous la douche.

– Bien. Alors je t’écoute ! C’est quand tu veux.

– Qu’est-ce qui te fait croire que j’ai quelque chose à dire ?

– Je vois quand tu es dans les patates, Hope Alys Brenner.

Elle me connaît si bien. Abbie peut lire mes humeurs comme un thermomètre détecte les moindres changements de température. Je n’ai jamais eu de secret pour mon amie et l’idée de commencer maintenant me comble de honte.

– La situation ici est compliquée. J’ai passé un accord avec Sauvage.

– Quel genre de complication ?

– Sauvage m’a montré une lettre que lui a laissée son oncle à sa mort. Dans cette lettre il répondait à sa demande d’en savoir plus sur son enlèvement.

– Et qu’y avait-il dans cette lettre ?

– Le nom de mon père.

– Tu es vraiment surprise ?

– Pardon ?

Elle en tout cas ne semble pas étonnée.

– Rien ne dit que ton père est coupable, bichette. Mais des sectateurs qui font venir une *Wog* pour les aider alors que ces bigots refusent toute aide de notre part, c'était louche dès le départ. C'est quoi votre accord ?

– C'est tout ce que tu trouves à dire ?

Elle glisse une main sous son menton et son regard s'attendrit.

– Je me fiche de ce que ton père a fait à Sauvage.

– Comment ça tu t'en fiches ?

– Il n'y a que deux attitudes quand on découvre un secret familial. Se résigner ou se révolter. Les deux exigent la même lucidité. C'est du passé. Point.

Abrielle a raison. Mais comment le faire entendre à Sauvage ?

– Ton père le sait ?

– Non.

Elle me fixe un long moment, le regard perçant.

– C'est ça votre accord. Tu ne dois rien lui dire.

Je hoche la tête.

– Si papa est coupable, je ne pourrai pas empêcher Sauvage de se venger.

– Ça ne justifie pas la manière dont tu te sens. Si ton père a commis une faute envers ce garçon, c'est eux que ça concerne. Tu ne dois pas t'en vouloir pour ça.

Sauf que je déteste laisser quelqu'un avoir autant de pouvoir sur moi.

– Mentir à papa est frustrant.

– Tu recommences à te sentir coupable. Je n'aime pas ça.

Je détourne le regard et instinctivement mes yeux se déportent vers le lit où nous avons dormi après avoir couché ensemble.

– Tu es où, là ? C'est sa chambre ?

– Oui.

– Montre-moi.

Je fais tourner son iPhone avec moi, regardant l'endroit d'un œil neuf. Sauvage est démoniaque mais il n'est pas un tricheur. S'il dit vouloir chercher la vérité, c'est qu'il ne l'a pas encore.

– C'est quoi ce plumard, bordel ?

– C'était le lit de ses parents.

– Zoome un peu sur la tête de lit que je vois les détails.

Je grossis de 50 sur les colibris en vol stationnaire récupérant le nectar des fleurs en utilisant leur langue fourchue pour piéger le liquide. Avec leurs ailes qui normalement battent jusqu'à quatre-vingt-dix fois par seconde, on peut presque sentir leurs pulsations cardiaques dans le bois. Certains sont d'ailleurs complètement immergés dans le nectar, comme s'ils étaient drogués.

– Quel chef-d'œuvre ! s'exclame avec enthousiasme la galeriste. L'artiste qui a sculpté ça a dû se servir d'une caméra à haute vitesse.

On peut faire confiance à Abbie pour ça. Elle connaît tous les processus de création. À tel point que je me demande parfois pourquoi elle ne crée pas elle-même.

Elle a vraiment une âme d'artiste.

– Son père devait être un sacré baiseur pour avoir un lit pareil.

– C'est la réputation qu'il avait, confirmé-je.

– Et tu as dormi là-dedans ? Moi je pourrais pas dormir avec toutes ces langues. C'est une allégorie du cunnilingus, ce plumard !

Je ris de bon cœur.

– Fais-moi une photo. Je vais chercher.

– Chercher quoi ?

– Je sais pas. J'aimerais connaître l'artiste qui l'a fait.

Je capture la photo demandée que je lui envoie, mais un autre spectacle me détourne de la conversation. Sorti de sa douche avec à peine une serviette autour des hanches, Sauvage entre dans la chambre en se séchant les cheveux. Il se dirige vers son dressing d'exposition occupant tout le mur du fond. Derrière des vitres lui permettant de connaître le contenu sans même l'ouvrir, ou de garder ses vêtements de la poussière, se trouve toute sa garde-robe privée.

Intégralement composée de noir.

– Abbie je dois te laisser, dis-je en le regardant les faire coulisser.

– J'ai reçu ta photo. À plus, bichette.

Sa serviette tombe, exhibant ses fessiers durs comme le fer, et j'en profite pour le contempler dans sa nudité, appréciant ses tatouages placés uniquement sur la partie gauche de son corps, et chaque muscle au travail, pendant qu'il s'habille.

– Tu es proche d'elle, dit-il sans se retourner.

Sa réponse me fait comprendre qu'il a entendu notre conversation, mais qu'il ne compte pas poser de questions.

– J'ai appelé mon père, essayé-je.

– OK.

Sans un mot de plus il attrape un pull noir très seyant et l'enfile à même la peau, comme si je n'avais rien dit du tout. Ne pas savoir ce qu'il pense est très perturbant. On peut utiliser son silence comme on veut, pour avancer ou paniquer.

Il tend la main devant moi pour récupérer son portable.

– Ne m'attends pas pour déjeuner, prévient-il. On va embarquer les voitures pour Abu Dhabi dans les Flying Cases de la FOCA. J'en ai pour la journée.

Avant qu'il disparaisse dans le couloir, je lance :

– Hé ! Comment veux-tu placer tes meubles ?

– Fais comme tu le sens. Tu es chez toi.

Déphasée, je le regarde quitter la pièce. Si on considère que notre union est valable, alors, je suis mariée sans avoir parlé de mon secret à mon mari. C'est-à-dire exactement ce que je n'arrivais pas à concevoir avec Brendt. Pourquoi ai-je l'impression que je pourrais lui parler de la mort de ma mère, alors que la seule idée d'aborder ce sujet avec un autre me fait vomir ?

Parce qu'il est aussi indigne que toi, Hope !

CHAPITRE 26

SAUVAGE

Maintenant je me déteste vraiment.

J'ai l'impression d'avoir laissé tomber Zolder en couchant avec elle, mais aussi d'être devenu plus fort, plus complet, d'être bien. C'est justement ça le problème. Je suis bien, lui non, et ça me taille en pièces. Je suis trop impatient.

Mon plan est en marche, que je couche avec elle n'y changera rien. J'ai pris quelques renseignements sur son père quand je suis retourné à Miami. De l'avis de ses collaborateurs, Brenner est têtu, inébranlable, et peu intimidable. Hope doit tenir ça de lui. Ce qui m'a conforté dans l'idée qu'il ne parlerait pas facilement.

Dans le cas contraire, tout aurait été plus simple.

Je relis le SMS qui vient d'arriver.

[Regatta. Berth 233. Terminal Island.]

Je mémorise l'info et supprime le message sans y répondre. Je ne suis pas d'humeur à me réfugier dans la vodka, pourtant, quand je me déteste, c'est le seul remède qui fonctionne. À la place, je descends ma bouteille d'eau avant de quitter le paddock, revoyant sa tête sur l'oreiller à côté de la mienne quand je l'ai couchée dans mon lit au petit jour. J'étais étonné que notre conflit n'ait pas engourdi notre désir, comme si rien ne pouvait masquer cette foutue attirance que l'on ressent l'un pour l'autre. Pas même la haine. Ça ne va pas durer.

– Fils, tu dois y aller, maintenant !

J'ignore Aga qui passe devant moi afin de rejoindre son bureau pour regarder le dernier camion de la FOCA emporter notre matériel sous les bâches ScrapMetal.

Peut-être, pour la dernière fois.

– Encore une saison qui se termine…

– Ouais, fils. C'est fini. Chilton sera encore champion du monde cette année.

Chilton Cole.

Mon ennemi juré sur la grille.

– Honnêtement, Flocon de neige. J'essaie de ne pas être trop jaloux de ce gars parce qu'il a du talent, mais la FIA fout tout en l'air. C'est en Formule 1 qu'on trouve les voitures les plus rapides du monde, et je suis le plus rapide de tous ! Pourquoi ne puis-je pas me mesurer à lui ?

C'est ça le comble. Je suis pilote, fils de pilote, et petit-fils de motoriste. Je suis né avec l'esprit de compétition. C'est tout ce qu'on nous demande. D'avoir ce putain d'ego qui nous pousse à jouer notre vie à tout moment pour dépasser toutes les performances technologiques. Mais je ne peux pas me battre, m'incliner ou devenir meilleur. On me le refuse.

– Va te reposer un peu, me conseille Aga. On se retrouve dans le jet.

Ce n'est pas tant ma souffrance d'avoir été dépossédé de ma vie en elle-même qui est révoltante, mais le fait que ma souffrance actuelle n'est pas justifiée. Si j'avais été le fils d'un salaud, j'aurais eu moins de mal à accepter mon sort, mais je suis le fils d'une putain de légende de la F1 sacrée cinq fois. Je ne peux pas renoncer si facilement à le battre. Le battre est la seule façon que j'ai trouvée de tuer mon père. C'est ce que je veux. Qu'il disparaisse. Il est dix-huit heures à ma montre lorsque je pénètre dans le chalet, crevé et de mauvaise humeur.

Comme si la fatalité seule me ramenait à la maison.

– On est dans le salon !

Je ne réponds pas. Mon profond sentiment de frustration me pompe toute mon énergie. Je prends à peine le temps de regarder ce qu'elle a fait des meubles et les changements qu'elle a apportés à ma piaule. Pas plus qu'à ses courbes sensuelles dans sa tenue de yoga. Les mains dans les poches, je fixe *Fellatio* qui apparemment a décidé de se mêler à chaque posture pour la faire chier.

Visiblement, la bulldog a oublié sa jalousie.

– Bienvenue à la maison, me lance-t-elle joyeusement en se remettant debout.

Machinalement je détourne le regard vers Pool assis avec un verre de Coca dans un canapé. Je n'arrive pas à savoir si « maison » veut dire qu'elle se sent chez elle, ou si elle joue son rôle d'épouse-céleste devant lui.

– Ça te plaît ? dit-elle, tourbillonnant en body au milieu des canapés.

Mon hochement de tête est si imperceptible que je me demande si elle le voit. Pourtant ce qu'elle a fait est joli. La maison est vivante pour la première fois depuis vingt ans. Tout est doux, moderne, sobre et authentique.

– Pool m'a aidé à accrocher l'écran plat avec tes outils. Il est doué avec une perceuse ! le complimente Hope, l'air d'en attendre autant de moi.

Elle doit être déçue de voir mes yeux descendre sur ses jambes nues en chaussettes de laine remontées à mi-cuisses, car elle pousse un soupir. J'ai toujours envie d'elle chez moi, mais je ne suis pas d'humeur à baiser. Ni à aller me coucher. Ni à commenter la déco. Ni à féliciter le mioche.

Je ne suis d'humeur à rien.

– Je m'en vais, dit Pool, me voyant garder le silence.

Lui au moins a compris que je n'étais pas d'humeur.

– Attends ! Je ne t'ai pas fait à dîner, réagit immédiatement Hope.

Comme s'il attendait tes coquillettes-jambon, mon ange.

Une chose qu'apprécient les stagiaires ici, c'est que Baskin les régale.

– T'inquiète, salive Pool en se levant. Je viendrai m'occuper de *Fellatio* en votre absence. Sauvage m'a laissé une clef.

Je checke avec lui lorsqu'il passe devant moi.

– Merci pour ton aide, p'tit gars.

Hope se campe devant moi, l'air de vouloir en découdre.

– Quoi ? fais-je, prêt à m'imposer.

– On ne pourrait pas appeler ton chien autrement ? siffle-t-elle indignée.

– Pourquoi ?

– Pool est un enfant. Il ne connaît pas le latin.

J'échange un regard avec Pool qui hésite à sortir.

– Et quoi ? Tu as l'intention de le lui apprendre ?

– Non. Mais ça me choque d'entendre ce mot dans sa bouche.

– Tu ne semblais pas choquée quand tu avais ma…

Affolée, Hope me plaque énergiquement ses deux mains sur la bouche.

– Chuuuut ! me réprimande-t-elle avec autorité.

J'ai beau la foudroyer des yeux pour la liberté qu'elle prend avec moi, elle soutient mon regard noir de bête infernale sans faiblir. Nous attendons tous les deux que la porte d'entrée se referme sur le gamin. *Clac.*

Je retire ses mains.

– Caitlin est passée te voir ?

– Non, élude-t-elle comme si elle n'y avait plus pensé.

Étonné que la femme d'affaires n'ait pas bondi sur ce prétexte pour rappliquer chez moi, je reste silencieux. Songeant aussi que je ne l'ai pas vue de la journée.

Ça ne me dit rien de bon.

– Va t'habiller. On sort d'ici.

Sauf que Hope secoue la tête.

– Pas avant d'aborder la question du chien, se bute-t-elle.

Sérieux. Elle espère quoi ? Que je vais débaptiser le chien ?

– Va t'habiller ou tu prendras ta première leçon de conduite en chaussettes. Personnellement, ça m'est égal si tu trouves les pédales dures.

Et là, il se passe un truc totalement improbable. Alors qu'il est évident qu'elle m'en veut encore à propos du chien, Hope disparaît à toutes jambes vers l'escalier et revient à peine deux minutes plus tard avec un pull à moi qu'elle porte sur une mini-jupe en soie lisse et des baskets blanches.

Jamais elle n'a obéi si vite.

– Bon. On commence par quoi ? s'exclame-t-elle d'un ton énergique.

– Par la voiture, dis-je en lui ouvrant la porte.

– Il ne faut pas faire une demande officielle avant ?

Je détaille son visage naturel éclatant d'enthousiasme et son allure féminine malgré mon pull trop grand pour elle pendant qu'elle passe devant moi.

– Tu pourras connecter ton ordi au WiFi du jet pour remplir le DATA[43] et télécharger ton manuel d'apprentissage du code, dis-je en refermant la porte.

– Cool ! J'aurai aussi un rapport de mission à envoyer à Brendt.

Je me fige, la main encore sur la poignée.

– J'exige de jeter un œil à ce rapport, lancé-je dans son dos.

Elle hausse les épaules, l'air de s'en fiche éperdument.

– OK. Mais je mentionnerai la paranoïa du sujet d'étude.

Rien à foutre, bordel !

Une fois dehors, je lui tends la main, appréciant la fraîcheur de sa paume délicate dans la chaleur de la mienne. Je nous dirige vers les garages, marchant à côté d'elle, mon autre main fourrée dans ma poche autour de la télécommande.

Hope pointe du doigt le bâtiment en contrebas.

– On dirait un petit château. Qu'est-ce que c'est ?

Je pose un regard sur le chai bucolique recouvert de roses de Noël.

– C'était la *Winery* de Saskia.

– L'endroit où ta mère faisait son vin ?

– Oui.

43. Drug, Alcohol and Traffic Awareness Course.

– Il y a toujours les barils ?

– Oui.

– Je pourrais le visiter ?

Sa demande me prend par surprise. Sur le coup je ne sais pas quoi en penser. J'ai entassé là tout ce que je n'ai pas jeté de la maison.

– C'est plein de poussière, prétexté-je.

– S'il te plaît ! Ça me rappellera ma grand-mère, insiste poliment Hope.

– Je te donnerai la clef à notre retour, opiné-je pour gagner du temps.

J'appuie sur la télécommande qui actionne l'auvent des garages. Les trois rideaux métalliques s'élèvent alors en même temps.

– Oh mon Dieu ! Qu'est-ce que c'est que ça ? s'exclame Hope.

– Tu as un peu de tout. De ce côté, ce sont toutes les monoplaces avec lesquelles Oxton Roy a couru, depuis son premier Kart. De celui-ci, c'est plus une collection de modèles rares : Pagani Zonda. Ford Mustang. Mercedes AMG. Lamborghini. Maserati. Aston Martin. Et bien sûr LA Ferrari. Choisis-en une.

Hope me jette un regard stupéfait.

– Pour quoi faire ?

– Il te faudra aller à l'examen avec ta propre voiture.

Je peux presque sentir son cœur se décrocher.

– Ne me dis pas que je vais apprendre à conduire là-dessus ?

– Si.

Elle en perd ses couleurs.

– T'es taré ou quoi ? Je veux une petite automatique sur laquelle m'entraîner, comme tout le monde ! Ces bolides valent une fortune. En plus, elles ont des boîtes manuelles. Personne ne conduit ça aux États-Unis ! Il se chuchote même que si tu passes ton permis avec une boîte manuelle, on te le donne *direct*.

Je ne lève pas les yeux des voitures. Pas la peine, j'ai compris.

– C'est tout ce que j'ai à te proposer.

– Et la Chevy ? C'est bien une automatique, non ?

– Tu ne touches pas à la Chevy, la fixé-je méchamment. Elle est à moi.

– Pourtant tu me l'avais proposée ?

– C'était avant de savoir que tu n'avais pas le permis.

Elle pointe du doigt l'impressionnante collection d'Oxton.

– Mais ça ne te gêne pas que je bousille celles-ci ?

– Non.

Hope m'adresse un regard sévère qui indique à quel point elle a pitié du pauvre garçon que j'ai été, mais de l'homme devant elle, pas du tout.

– Est-ce que tu sais que tu es fou ? Ou bien est-ce que tu te crois normal ?

J'arque un sourcil.

– C'est une question sérieuse ?

J'espère que non, parce que je ne saurais pas quoi répondre.

– Oui. J'ai vraiment envie de savoir.

Je ne peux m'empêcher d'admirer la façon dont elle s'y prend avec moi. Elle est totalement calme. Elle n'a ni peur ni timidité. Elle n'est ni soumise ni réfractaire. Sa capacité à me juger par elle-même, sans se laisser attendrir par mon passé, et à m'accepter, tranquillement, comme si la diversité des êtres humains avait forcément quelque chose de merveilleux, moi compris, c'est sa force.

Comme je reste silencieux, elle revient aux voitures et les contemple en silence. Dégoûtée d'avoir à choisir, elle finit par décréter :

– La rouge.

– La Ferrari ?

– Non. L'autre rouge.

– Bon choix. La Lamborghini Diablo est ma préférée.

C'est une vraie brute mais je me garde bien de le lui dire.

– Pour quelle raison ?

Je tapote mon cou.

– Disons qu'elle et moi avons les mêmes griffes.

– Et le diable au corps, minaude-t-elle, coquine.

– Tu essaies encore de me draguer ? fais-je, un léger sourire aux lèvres.

Elle hausse les épaules.

– Cette voiture, c'est ton ADN. Agressive. Dangereuse. Narcissique. Tout toi. Rien qu'en la regardant, on a envie de la toucher, alors qu'il vaudrait mieux pas.

– C'est pour ça que tu l'as choisie ?

– Oui.

Je cherche à comprendre ce qui me touche dans son propos pendant qu'elle se dirige vers la Diablo pour l'admirer. Comme elle ne semble plus faire attention à moi, je décroche sa clef au tableau de l'entrée.

– Qui les entretient ? demande Hope.

– Randi les a remises en état et vient régulièrement les faire tourner.

– La Diablo peut atteindre quelle vitesse ?

– En quoi ça t'intéresse ?

– Je demande ça comme ça. Elle a l'air puissante.

– Elle l'est. Quand Oxton est mort, c'était la supercar la plus rapide du monde. Devant la F40. Trois cent quarante kilomètres/heure aux 24 Heures du Mans ne lui a posé aucun problème. Elle ne se fabrique plus aujourd'hui. C'est une voiture pour les puristes.

Avant qu'elle détale en courant devant son palmarès, je déverrouille la portière passager s'ouvrant vers le ciel, et le diable se transforme en papillon.

Les yeux verts ébahis, Hope suit leur mouvement.

– Wouah. Elle est vraiment magnifique…

– Monte. Je vais la conduire jusqu'au circuit. Ensuite tu la prendras.

J'attends qu'elle boucle sa ceinture dans le siège de course fait sur mesure avant de démarrer le moteur. Sachant l'expérience unique, je veux la lui offrir.

Rien qu'avec le son, le conducteur de la Diablo est gâté.

Vrooom, Vrooom, Vroum ...

– Oh mon Dieu, c'est fort ! s'écrie Hope en se bouchant les oreilles.

Je ris de sa réaction.

– La bête est vivante, dis-je, titillant l'accélérateur.

En roulant vers le paddock, sans trop savoir pourquoi, je lance :

– Petit, j'entendais les voitures pour m'endormir. C'était comme un cri.

– Je croyais que tu ne rêvais pas, relève Hope.

– Non, mais je permettais à mes pensées de suivre leur cours.

Sinon la solitude de mon vœu aurait été trop insupportable.

– Et elles te ramenaient aux voitures ?

– Toujours.

Elle sourit en me reluquant.

– Qu'est-ce qui tu aimes le plus dans ce job ?

Je sais qu'elle me jauge pour mieux me connaître, aussi je réponds la vérité :

– À chaque course, tu dois être au sommet de ton art. Il n'y a pas de place pour les périodes difficiles, ou les doutes. Ça m'a aidé. Je ne doute pas.

Hope baisse les yeux sur ses mains.

– Je peux poser une question délicate ? avance-t-elle avec prudence.

– Tu peux toujours essayer…

– Comment gères-tu l'impact ? sort-elle sans détour.

Ce jour-là devait arriver.

Je savais qu'elle me poserait un jour ce genre de questions débiles qui font son métier pour en arriver à la conclusion que je ne dois pas piloter, mais ça m'irrite quand même. Aussi, je réponds par un sarcasme :

– Mal, si je suis fautif. Bien, si je n'ai commis aucune faute de conduite.

– Tu es d'une logique implacable, soupire-t-elle d'un air déçu.

Son regard dévie vers la fenêtre et le silence se fait.

– Mon grand-père a été tué par un ivrogne au volant alors qu'il sortait d'un dîner en amoureux dans les Keys, reprend-elle en contemplant le paysage au crépuscule. Il a percuté un arbre pour l'éviter et cela l'a tué. Ma grand-mère a eu la chance de s'en sortir, sinon ma mère aurait été orpheline.

– Je ne conduis jamais saoul.

– Je n'ai pas dit que tu le faisais.

Elle pense me dissimuler son inquiétude mais il n'en est rien.

– Pourquoi tu ne poses pas ta *vraie* question ?

– Ça t'arrive de penser à ce gamin que tu as tué à Leningrad ?

C'est mieux ainsi.

– Non, je n'y pense pas. Je ne pense à aucun de mes fantômes.

Elle se tourne vers moi, muette, alors je continue :

– L'objectif est d'être le meilleur. J'essaie d'être le meilleur dans tout ce que je fais : bricolage, bagarre, communauté, pilotage. Ce qu'un pilote peut perdre de plus précieux, c'est sa confiance en lui. Si tu commences à douter, à songer aux fantômes, autant arrêter. Parce qu'à l'instant où tu doutes, tu es mort. Est-ce qu'un chirurgien s'arrêtera d'opérer après avoir plié un patient sur la table ? Non. Il essaiera de devenir meilleur. Tout comme moi.

Ensuite, je regarde droit devant moi.

– C'est une réponse honnête, dit-elle.

– Je ne le suis pas toujours.

J'entre sur le circuit et coupe le moteur sur la ligne de course.

– Prends ma place, dis-je en sortant de la voiture.

Les deux portières de la sportive racée relevées, j'effleure sa main en la croisant au milieu du colossal aileron arrière. C'est vrai que l'aérodynamisme particulier de la Diablo lui donne un air agressif ramassé terrifiant, mais je ne veux pas qu'elle ait peur d'elle. Je m'installe sur le siège passager et laisse Hope effectuer les réglages pour ses jambes et s'habituer aux formes minimalistes de l'intérieur. Tout est sobre dans la Diablo, réduit au strict essentiel. Hope boucle sa ceinture, pose ses mains sur le volant sportif de petit diamètre, touche le levier de vitesse, le système de ventilation et jette un œil dans le rétroviseur intérieur.

Je le règle pour elle.

– Tu es confortable ?

Émoustillée, elle pivote sur son siège.

– C'est bien pensé, quand même. Si je me retourne complètement, je vois la même chose que dans mon rétroviseur, s'extasie-t-elle comme une cruche.

J'essaie de garder mon sérieux et commence la leçon :

– Bien, alors. Pied gauche, c'est le frein. Pied droit, l'accélérateur. C'est une propulsion. Tu as 575 chevaux de technologie à l'arrière.

– Pourquoi parle-t-on de chevaux dans une voiture à moteur ?

Mes sourcils se relèvent, d'atterrement.

– Attends, la question n'est pas con ! se défend la bimbo. On n'est plus au temps des locomotives tirées par un pauvre cheval. C'est dégradant, je trouve. Le cheval est un animal noble. Aujourd'hui on change des noms pour moins que ça.

– Tu es *aussi* membre de la société protectrice des animaux ?

– Absolument !

Je passe et pointe du doigt le levier de vitesse entre nous.

– Combien de rapports as-tu ?

Hope m'adresse un regard indigné.

– Je dirais deux par semaine environ.

Une boîte à deux rapports, donc.

– Ouf ! Moins de deux aurait été critique. Vu qu'il faut *aussi* pouvoir reculer.

– Quoi ?

– Tu as cinq *vitesses*, enchaîné-je, consterné. La boîte est dure et l'embrayage encore plus. Tu auras peut-être l'impression d'un calvaire au départ, mais plus la vitesse s'élève, plus c'est un plaisir. Comme pour le sexe.

La Diablo est une machine à sensations. Avoir l'impression de la dompter est un sentiment jouissif, mais la tête qu'elle fait quand elle se rend compte de son embarrassante méprise est tout aussi jouissive.

– C'est pas… Ce que j'ai dit, bredouille-t-elle, rouge de honte.

– J'imagine aussi que ça se résumait aux week-ends ?

La honte la submerge au point qu'elle s'apprête à quitter le véhicule.

– Mets le contact et débloque la direction ! la retiens-je *in extremis*.

Comment ce tocard n'a-t-il pu la baiser que deux fois par semaine ? Alors qu'elle aime le sexe, qu'elle est jeune et en pleine santé. J'imagine à peine les problèmes de confiance que cela a dû induire chez elle. J'en veux à ce type. Sérieusement.

Hope tourne la clef dans le Neiman et le tableau de bord s'allume.

– Bien. Maintenant, débraye en appuyant à fond sur la pédale de gauche.

Je vérifie que sa cuisse gauche se contracte sous sa jupe.

– Ton véhicule recule, lui fais-je remarquer.

– Oui, je vois bien, mais qu'est-ce que je dois faire ? panique-t-elle.

Putain, elle commence à paniquer alors qu'on a même pas démarré.

– Tu peux freiner, par exemple.

– Ah bon ? Ça freine aussi en marche arrière ?

Cool, mec, cool. Elle est nerveuse, c'est tout.

– Ça freine dans les deux sens, mon ange. Maintenant démarre.

Soudain elle a l'air troublé.

– Comment on fait ça ? Avec ou sans la clef ?

– Ça dépend. Tu es un repris de justice ?

– Oh ! Arrête ! peste-t-elle avec un geste de la main dans ma direction.

– Chérie, il faut que tu tournes la clef plus à fond.

Vexée de se sentir aussi cruche alors qu'elle est intelligente, elle pince les lèvres et obéit. Et bien sûr, elle cale. Un rire m'échappe.

– Je suis une femme ! Cesse de te moquer ou je finis ma nuit avec Uber !

Je la fixe froidement.

– Comme c'est pratique.

– Quoi donc ?

– Ton féminisme, pardi ! Ne t'attends pas à ce que j'arrête de me moquer juste parce que tu es une femme. Adapte-toi ! Tes ovaires ne te condamnent pas à vivre éternellement avec un chauffeur. Si tu ne veux pas caler, tu dois maintenir l'embrayage, passer la première, accélérer légèrement, et relever le pied dès que la voiture commence à avancer. Ou sortir de ma voiture. À toi de voir.

Elle secoue la tête, comme si elle n'en croyait pas ses oreilles.

Ensuite, elle recommence.

– Comme ça ? dit-elle, une petite veine adorable gonflant entre ses sourcils.

À un détail près mais j'attends qu'elle roule sur la piste avant de la reprendre :

– Pourquoi as-tu engagé la deuxième à la place de la première ?

– Pour gagner du temps.

J'avoue qu'il me faut une seconde. *Oh ma petite Overbookée*.

– Alors pourquoi tu roules à 40 en deuxième ?

– Parce que c'est limité à 60, répond-elle avec une logique qui m'échappe.

Confus, j'observe la piste devant moi.

– Sur un circuit de course ?

– Nil dit que la vitesse est limitée partout, s'entête-t-elle, la tête haute.

OK. Elle est en mode Super Mario.

Ce qui m'en apprend beaucoup sur son stress hors de son élément. Elle n'a pas menti quand elle disait avoir besoin de sécurité. Ce qui implique aussi un environnement familial et professionnel stable et prévisible. Son père et son boss n'ont aucun mal à l'envahir, tant son besoin fondamental est grand.

Mais où se retrouve-t-elle dans tout ça ?

– Regarde dans ton rétro, je lui rappelle en bon professeur.

– Pour quoi faire ? Il n'y a personne d'autre de toute façon ! objecte-t-elle.

Elle est mignonne quand elle s'énerve au volant.

– Pourquoi crois-tu que je t'ai amenée ici ?

– Parce que tu avais peur que je tue quelqu'un ? riposte-t-elle, d'un air fourbe.

Overbookée et plus butée qu'une mule.

– Non. Pour que tu sois détendue et que tu prennes du plaisir.

Elle m'adresse un regard soupçonneux.

– C'est bizarre comme façon de procéder.

Sinon y a aussi une arme sur la tempe, mais je doute que tu apprécies.

– On se traîne là, l'asticoté-je. Monte-moi ces vitesses !

L'Overbookée en question secoue la tête.

– Non ! Je ne veux pas caler, s'énerve-t-elle. Si je cale, tu vas te moquer, *encore*, et je vais te détester, *encore*. J'en ai marre. Tout le monde est si tordu ici que je ne sais même plus ce que je ressens.

Mon attirance envers elle double dans la seconde.

– Peut-être est-ce toi qui es tordue, mon ange. Et nous qui sommes normaux. Fais-moi confiance au moins sur ce point, si tu accélères, tu ne caleras pas.

Elle me prend au pied de la lettre et enclenche la troisième.

– Tu as besoin d'un café pour passer la quatrième ?

– Ne t'inquiète pas, j'ai pris mes amphétamines, blague-t-elle.

Puis par fierté, elle enclenche la quatrième, avec un grand sourire de reine.

– Pas mal, la complimenté-je, heureux de la voir s'éclater.

Dès que la Diablo prend son élan, Hope en prend plein la vue et les oreilles. Sauf qu'au lieu de regarder la piste, ses yeux se posent un peu partout dans la voiture, comme si l'intérieur allait lâcher à tout instant.

Je pose les mains devant moi, peu rassuré.

– Regarde la piste ou bien tu vas nous tuer !

– J'peux pas. Y a trop de boutons à gérer dedans.

Je cligne des yeux, à la recherche de ce qui a pu m'échapper.

– Comme quoi ?

– Ne t'inquiète pas, j'ai un œil sur tout.

Super. Nous voilà sauvés.

– La piste, putain ! commandé-je maintenant agacé.

– Ôte-moi d'un doute. Dans les virages, quand je tourne le volant, ce sont bien les quatre roues qui tournent ? s'angoisse-t-elle à l'approche du premier.

– Prends ton temps…

Sauf qu'elle se met à paniquer de plus belle :

– Vite ! Pour freiner, je suis obligée d'arrêter d'accélérer. C'est ça ?

Je n'ai pas le temps de répondre que la Diablo enquille déjà le virage le plus serré du lac, dont Hope ne voit pas la sortie, et mon cœur bondit en avant.

Putain, elle a accéléré au lieu de freiner.

– Zut, je me suis emmêlé les pieds ! dit-elle, s'apercevant de son erreur.

Oh putain le mur !

– BORDURE ! hurlé-je, l'estomac noué.

Hope donne un coup de volant et passe sur les vibreurs.

– Oh mon Dieu, c'est moi qui ai fait ça ?

J'en ai des sueurs froides mais j'essaie de garder mon sens de l'humour :

– Non, non, c'est la bordure qui a bougé.

Elle me jette un regard noir, en mode « c'est pas moi, c'est elle ».

– Tu es sûr que ce virage était là avant ? dit-elle de mauvaise foi.

– Tu es paranoïaque d'habitude ?

– Arrête de te fiche de moi, s'irrite-t-elle. J'ai le droit de réfléchir.

C'est même fortement conseillé.

– Chérie, il va falloir gérer ton allure, établis-je en professionnel.

Elle rosit de plaisir.

– Tu trouves que je vais trop vite ? me lance-t-elle avec fierté.

Elle est tellement mignonne que je m'en veux presque de la contredire :

– L'allure, ce n'est pas la vitesse. C'est le rapport de boîte engagé et l'utilisation des freins. On n'entre jamais dans un virage à fond comme tu viens de le faire. Sinon tu te fais larguer à partir du milieu.

– C'est trop compliqué, note Hope démotivée.

– Fais gaffe, la chicane qui arrive est à l'envers.

– Pourquoi les freins sont-ils aussi durs ? se plaint-elle en arrivant dessus. Qui a inventé les freins de la Diablo ?

– C'est Dieu.

Elle pouffe et m'envoie une tape dans le bras. En plein virage. *Elle est folle.*

– LÂCHE PAS LE VOLANT, PUTAIN ! hurlé-je en posant ma main dessus pour récupérer le monstre rouge. Les murs de bordure sont en béton armé.

Putain, le pire est évité.

– Tu te prends pour un passe-muraille ? la grondé-je, le cœur battant.

Mais alors que je m'attends à sa colère, elle exulte :

– TU AS PEUR ! réagit Hope au quart de tour. Tu as vu ? Tu as PEUR.

Ce n'est pas une question. Elle l'a vue dans mes yeux et mon sang se retourne. J'ignore comment, mais la peur s'est infiltrée en moi, jusqu'aux os. C'est vrai.

Mais impossible.

– C'est pour toi que j'ai peur, idiote !

– Alors ne me parle pas ! vitupère-t-elle, vexée. Tu me distrais.

Abasourdi par sa mauvaise foi, je la fixe, malgré l'émotion qui m'envahit.

– Arrête de faire l'idiote !

Comment je fais pour lui donner une leçon sans parler ?

– Si je veux ! rétorque-t-elle aussi butée qu'une patience sans avenir.

Je pivote sur mon siège, mains à plat sur mes cuisses agitées, et je me force à me calmer pour ne pas la perturber davantage. Elle s'en sort vraiment bien. Pour une première leçon, c'est plutôt de bon augure. Mes yeux courent sur son corps tendu par l'exercice de la conduite. Je l'ai déjà vue à poil et elle m'a fait bander.

Mais la voir derrière un volant me fait bander plus encore.

– Pour le prochain, je tourne tout droit ?

Je mate l'espace libre entre ses cuisses et ma voix faiblit :

– Uniquement si le virage est rectiligne.

– Touchée ! grimace-t-elle. D'habitude, je ne suis pas si bête. C'est juste…

La comprenant de mieux en mieux, je finis pour elle :

– Que tu as l'impression d'enfreindre un interdit majeur.

Et ça la rend nerveuse.

– Ouais. C'est idiot, s'en veut-elle.

Je n'arrive pas à détacher mes yeux de Hope. Elle ne m'impressionne pas particulièrement au volant ;

il en faut bien plus pour m'époustoufler. Mais sa volonté à briser ses chaînes fait naître une empathie inhabituelle en moi. Je tends la main vers le système audio embarqué, tandis qu'elle roule sur la longue ligne droite, et je sélectionne mon morceau. *Fight like the Devil.*

You can knock me down, down
I'll fight like the Devil
Round after round after round[44].

– Qu'est-ce que tu fais ?

– La musique va t'aider à gérer le stress. Laisse-toi porter, mon ange. Piloter le Diable, c'est comme une danse. Danse avec moi.

Danse avec moi, sinon nous sommes perdus.

Un danseur danse parce que son sang danse dans ses veines. Un pilote pilote parce que c'est comme parler en silence à sa vie. C'est s'interroger, aller au plus profond de soi, se connaître, sans dire un mot. C'est noble, mortel, éphémère, libre comme un jeu d'enfant. Je veux qu'elle se concentre sur son plaisir.

Pas sur les freins qu'on lui a mis.

– Facile à dire pour toi, râle-t-elle. Comment tu te sentirais si je te retenais prisonnier pour assouvir mes besoins les plus sombres ?

Je souris à cette idée.

---

44. Tu peux me renverser, me renverser. Je me battrai comme le Diable. Manche après manche.

– Avec toi en leader, ce serait assez amusant, à vrai dire.

Elle soupire d'écœurement.

– Arrête de penser au sexe, je parle de ton plan.

Je mate son entrejambe qui ne m'est plus inconnu.

– Quand je suis avec toi, je pense au sexe.

Une partie de moi veut lui dire la vérité, une autre préfère lui taire toute information et la laisser faire sa vie avec moi. Ce ne serait pas aussi difficile qu'elle l'imagine si elle voulait. Son corps aime déjà le mien et elle ne déteste pas les miens. Elle pourrait s'adapter rapidement.

– Tu as dit qu'il n'y avait pas plus plan-plan que toi, lui rappelé-je.

– C'est vrai.

– Non, c'est faux. Sinon tu ne serais pas ici.

Elle sait qu'elle n'a pas de contre-argument logique à ça. Je lui ai peut-être tendu un piège, mais je ne l'ai jamais forcée à quoi que ce soit. La vérité, c'est qu'on est fascinés l'un par l'autre, et qu'il n'y a aucune foutue logique là-dedans.

Elle me toise, cherchant quelque chose à répliquer.

Vexée de ne rien trouver, elle enclenche enfin la cinquième.

– OK, tu l'auras voulu.

Tout de suite, la Diablo bondit en vraie brute, respectant son patrimoine génétique. Le mien, tout aussi sauvage, me pousse à satisfaire mes instincts les plus bas. Je décroche ma ceinture et j'ouvre mon pantalon. Puis je soulève mon bassin juste ce qu'il faut pour m'en débarrasser et je retire mon pull.

You can knock me down, down
I'll fight like the Devil
Round after round after round

– Oh bon sang, j'ai l'impression de piloter un avion de chasse.

Rassure-toi, on en est loin.

– Plus vite !

– Seigneur, pourquoi ? Je suis déjà à cent quarante.

– Pour éviter les caméras.

Interloquée par ma réponse, Hope tourne la tête et s'aperçoit de ma nudité. Ses yeux malachite capturent l'image de ma queue dressée à l'air libre, de mon torse nu bien en évidence, et reviennent à la piste devant elle, l'air de réfléchir.

– Je suis nu, vulnérable et sans ceinture.

J'ai besoin de savoir.

– Je sais, dit-elle d'une voix sourde, et je sais avec certitude qu'elle y a pensé.

Elle pourrait me tuer et régler la menace que je représente.

– Il te suffit d'un coup de volant.

Ses mains tremblent sur le volant quand elle plisse les yeux.

– Ce sera un accident. Tu n'auras pas d'ennui. Au prochain virage, accélère et mange le mur à droite. Le béton prendra la Diablo au piège. Tu t'en sortiras.

Elle n'a toujours pas réagi.

Allez, fais-le !

Des hommes à l'intelligence supérieure ont parfois une mentalité sentimentale qui avoisine l'état sauvage avec les femmes, mais ils ne sont que des animaux apprivoisés par la civilisation. Aucun d'eux ne lui permettrait de savoir ce qu'elle veut vraiment en risquant sa vie. Je ne suis rien de tout cela. Si je veux d'elle pour femme, alors elle doit me mériter et m'accepter. Je vis en moi-même. Tout en me masturbant, c'est elle que je regarde. Pas la piste.

You can knock me down, down
I'll fight like the Devil
Round after round after round.

– Et si je te disais que j'ai déjà tué quelqu'un ? sort-elle d'une voix blanche.

Un rire s'échappe de ma gorge.

– Ouais bien sûr…

– C'est vrai.

– Si c'est vrai, recommence, alors ! la défié-je, joueur.

Ses mains cramponnées au volant tremblent en abordant le virage, et je continue de me masturber, faisant comme si elle n'était pas là. Je ne devrais pas ressentir autant de loyauté envers elle. Je devrais me contenter du sexe et me foutre du reste. Quand les choses se compliqueront, elle me trahira pour retourner avec lui sans s'occuper de ce que ça me fait. J'en suis conscient.

Pourtant j'en ressens.

Elle n'a toujours pas donné de coup de volant.

Une fois sortie du virage, la Diablo pique du nez sur plusieurs centaines de mètres dans un crissement de gomme et de fumée pour caler en plein milieu de la piste, dégageant une odeur âcre de pneumatiques brûlés. Bordel. Mon pouls explose tant la manœuvre est dangereuse pour nous deux sans aucun mur de sécurité. Ma poitrine arrive à peine à m'apporter l'air dont j'ai besoin.

La fumée n'est pas encore retombée que Hope détache sa ceinture et passe de mon côté. Elle me repousse contre le dossier des deux mains et monte sur moi à genoux. Ses lèvres crispées comme si quelque chose la contrariait.

– Je ne peux pas te tuer ! hurle-elle au comble du désespoir. C'est quand même dingue d'être conne à ce point ! Même si tu lui pointais une arme sur la tempe et que j'en avais une, je crois que je ne pourrais pas te tirer dessus.

Elle en bave, c'est clair.

– Alors accepte-le. Accepte-moi comme ça. Accepte que cette situation ne doive pas nous séparer, *nous*. Prouve-moi que tu tiens à moi !

Elle est à deux doigts de s'évanouir.

– C'est mon père, mugit-elle, refusant de trembler ou de pleurer.

– Je m'en fiche.

Excité par l'adrénaline qui pompe dans mes veines, je tire sur le pull qu'elle m'a chipé et le lui enlève, révélant ses jolis nichons ronds dans son soutien-gorge en dentelle noire. J'aime le noir sur elle. Il fait scintiller sa peau dorée.

– Que vas-tu faire de moi après ? Quand je te haïrai pour l'avoir tué ?

– Te baiser ma vie durant. Je n'arrêterai jamais de te baiser.

Elle halète mais le désespoir est toujours dans sa voix :

– Je n'essaie pas de te contrôler, moi, me reproche-t-elle.

– Essaie, je te détruirai.

Elle essaye de me repousser d'une ruade, l'air furieusement sexy avec son soutien-gorge balconnet et son chignon ébouriffé.

– Je n'ai pas peur de toi !

Je l'attrape par la taille et la plaque contre moi dans un rire sombre.

– Tu ne me connais pas très bien, je crois.

Plus elle me défie, plus je la désire.

– Si ! Tu n'es pas aussi diabolique que tu le prétends. Tu as une âme quelque part là-dedans, affirme-t-elle en posant sa main sur mon cœur comme si ça allait changer quelque chose.

Je secoue la tête.

– Crois-moi, je suis diabolique.

– Non. Tu as tes raisons, c'est tout.

C'est facile de dire cela maintenant. Que dira-t-elle quand elle sera confrontée à la réalité ? Quand plus aucun espoir ne lui sera permis ?

– Je n'essaie pas de t'emprisonner. Alors ne le fais pas non plus. Ne m'enferme pas dans une situation où je ne peux *rien* faire.

Elle a raison, elle ne peut rien faire. Ses mots m'énervent et m'apaisent en même temps. Je voudrais lui prouver que ce n'est pas moi qui l'enferme. C'est LUI qui en a fait une cible le jour où il a décidé de l'exposer à n'importe quelle vengeance. C'est tombé sur moi mais ça aurait pu être pire. Certains clients de Syrov auraient exterminé chaque membre de sa famille en paiement d'une telle dette. Elle ne se rend pas compte. Mais elle ne voudra pas l'entendre.

– Essaie et je te rendrai esclave, dis-je à la place.

Ses joues prennent une splendide teinte rosée, exprimant sa gêne, en comprenant ce que j'entends par là. Parce que même si notre relation est récente, la nuit dernière, je l'ai fait jouir. Je l'ai rendue heureuse comme une femme doit l'être, et libre comme une enfant. Même maintenant, si j'enfonce un doigt dans sa chatte, je serai accueilli par sa moiteur. Elle me désire. Autant que je la désire.

En définitive, la nature de notre relation ne sera sauvée que par le sexe.

Vu que tout amour entre elle et moi est impossible.

Et qu'on ne veut pas se haïr.

– J'essaie de comprendre ce que je te trouve.

– Essaie et je te laisserai perdue et confuse.

J'accorde un regard à son visage ému. Elle ne peut plus lutter. Alors je la soulève sur ma queue toujours bandée au-dessus de mon jean déboutonné. Elle ne me lance pas de regard jubilatoire pour le pouvoir qu'elle a sur moi. Elle ne semble pas soulagée pour autant. Elle m'embrasse à pleine bouche. Ce qu'elle ressent pour moi, en dehors du sexe, est un mystère.

– J'ai envie de toi, mais c'est mal, gémit-elle.

J'ai des choses à répliquer, mais je me tais.

Dans un élan de folie, elle presse sa langue sur mon chiffre, assez fort pour me faire tressaillir jusqu'aux orteils. *Putain.* J'ignore comment, mais qu'elle m'embrasse là, à pleine bouche, sans aucun dégoût, me donne l'impression d'avoir affaire à un chat sauvage. C'est ce qu'elle est. Elle m'embrasse comme si elle se réfugiait dans la forêt, ou comme si elle me choisissait. Impatient, le ventre gonflé d'adrénaline pure, j'agrippe les bords de sa culotte.

– Je vais la déchirer lentement, parce que je veux que tu l'entendes.

Nos respirations s'accélèrent. Son excitation et la mienne amplifiées par le bruit de la dentelle qui rend lentement l'âme entre mes doigts. Sans pitié. Inexorablement. Ce bruit est source de beauté, parce que ni elle ni moi ne pouvons le rattraper une fois lâché. À l'image de notre relation. Une fois débarrassé, je la soulève et j'entre ma queue à l'intérieur, parce que c'est trop bon.

– Pourquoi es-tu aussi mouillée, mon ange ?

Je veux savoir si c'est moi ou la peur d'avoir frôlé l'accident.

– Je suis aussi attirée par toi que toi par moi.

La folie se déchaîne dans ma tête et nos corps se mettent en mouvement, pris de la même frénésie de sexe, comme deux serpents insidieux, hypocrites et vénéneux. Il n'y a aucun amour là-dedans. C'est charnel, sauvage, et vrai comme une évidence qui nous ôte toute liberté de choisir. Nos corps s'attirent. Nos corps s'estiment. Il ne leur suffit pas de se prendre. Il leur faut encore se posséder.

Même si elle comme moi refusons d'être possédés. Je sue.

De trouille évidemment.

Nous nous mentons. Sur tout. Sauf sur ça. Elle grogne et gémit tour à tour sous mes coups de boutoir qui la soulèvent. Mes pieds en appui contre la boîte à gants, je rue. Je la pilonne à en faire craquer le tableau de bord, la portière. Nos bruits de queue et de chatte qui s'accouplent résonnent comme un tambour dans la Diablo mais je m'en moque. Ma queue en feu passe quand tout se ferme. Hope s'arcboute, possédée, acharnée, libre enfin, ses mains à plat s'agrippant désespérément au ciel de toit, me donnant une extase à faire flageoler mes genoux.

– Ohhh tu me fais jouir, gémit-elle en me tombant dans les bras.

Je l'emprisonne et frissonne à l'intérieur, une langue de feu lèche mes bourses et tous mes muscles se bandent dans mon dos. Je sens l'explosion naître dans mes couilles, puis tout mon membre se tend.

– Bon Dieu, c'est pas possible…

Mon cri de plaisir rebondit sur mes dents, mais je n'entends plus rien. Je me vide dans ses profondeurs, mes fesses contactées, tandis que mon corps est parcouru de frissons. Tout se ferme en moi. Je ne suis plus qu'au théâtre de mon plaisir. Ma queue, souveraine sur tout le reste, crache sa semence, et savoir qu'elle la reçoit a quelque chose de parfait. Elle l'accepte, alors qu'elle ne peut pas m'accepter. L'angoisse ne s'apprend pas et c'est tant mieux. Parce qu'elle devrait avoir peur de ce qu'elle est en train de me faire. Je ne la laisserai plus partir.

Je ne peux même pas essayer.

Comment le prendrai-je quand elle me haïra ?

CHAPITRE 27

HOPE

Ça ne doit pas se passer ainsi.

À force de baiser avec lui comme je n'ai jamais baisé une queue, je pourrais perdre la tête. Il est si sauvage quand il baise qu'il n'a presque pas à faire d'efforts pour me faire grimper aux rideaux. On est dans l'insolent, l'incomparable. Même son gabarit comble toutes mes zones érogènes. Comment puis-je lutter contre ça ? Il est minuit lorsque nous arrivons sur le tarmac de l'aéroport de Vancouver où nous attend l'impressionnant jet privé blanc de ScrapMetal Racing, et je ressens la même sensation que ma vie s'arrête que lorsque j'ai perdu ma mère.

Mon vagin est en train de se faire avoir.

– Ne ronge pas ton frein, mon ange.

Je sursaute. Sauvage a saisi la poignée de ma valise à roulettes.

– Allez, dis-moi ce que tu as sur le cœur.

Je déteste avoir été à deux doigts de lui dire mon secret. C'est comme si j'avais l'impression d'être la femme la plus chanceuse du monde d'être avec lui et que mes murs tombaient. Comme ça. Sans que je puisse rien y faire. Je n'ai même plus besoin de me toucher pour finir le travail. Cet homme sans expérience est si viril dans un plumard que c'en est douloureux. Un vrai cadeau de la vie. Si ça continue je vais finir par vénérer ses talents pour m'emmener au septième ciel.

Et si je n'y prends pas garde, mon cœur aussi va se faire avoir.

– Je n'ai jamais voyagé si loin. Je suis nerveuse.

C'est faux, mais je préfère lui cacher la vraie raison.

– Tu t'y feras. Avance ! ordonne-t-il d'un ton impatient.

Tourneboulée, je tanque mes deux pieds dans le sol.

– Et si je ne veux pas m'y faire, hein ?

Ça va trop vite.

Si je tombe amoureuse de lui, personne ne pourra me secourir. Si je tombe, ce sera profondément, comme une pierre dans la mer. Je ne pourrai pas remonter. Il est trop unique pour être remplacé, trop intense pour être oublié. Sauvage se fige avec nos deux valises à ses pieds et son sac de sport en bandoulière.

– Ton secret te pèse. Qui protèges-tu avec ?

Ma réponse immédiate est de nier qu'il existe un quelconque secret, mais apparemment nous savons tous les deux que c'est un mensonge.

Je pourrais tricher, mais non.

– Je ne suis pas prête à le partager, admets-je.

Au moins, c'est honnête. C'est complètement barré d'ailleurs. Je suis honnête avec lui, à qui je ne dois rien, et je mens à mon père, à qui je dois tout. C'est du grand n'importe quoi ! En plus, je déteste mentir. Pourtant, je n'arrête pas de le faire, ces derniers temps. Seulement, comment suis-je supposée amener la conversation ? *Et sinon papa, as-tu déjà vendu un être humain ?* Impossible !

Mon père serait profondément blessé et refuserait de répondre.

– Je suis un peu déçu, déclare Sauvage.

– Je ne peux pas prendre ce risque.

– Tu te fous de moi ? Tu as pris *des tas* de risques. Tu es venue ici. Chez des sectateurs qui ne veulent pas de toi. Tu es descendue dans la Fosse après ton agression. Tu t'es unie à moi, l'homme qui te menace. Tu as du cran, Hope. Je n'ai jamais vu une fille avec autant de cran. Mais *ça*, tu ne peux pas ?

Je n'y peux rien, c'est comme un lion qui rugit en moi.

– Je ne sais pas ce qui se passerait si j'en parlais. C'est l'inconnu.

Le sarcasme perce dans sa voix :

– Comment fais-tu pour vivre sans inconnu devant toi, putain ?

C'est vrai que c'est stupide. Seulement j'ai besoin de sécurité. C'est une chose étrange de voir comme la sécurité d'esprit procure la sécurité physique, quand j'y pense. Si j'étais comme Abrielle, je laisserais mon père et Sauvage régler leur problème entre eux, mais j'ai trop besoin que mon monde reste *intact*.

– Chez toi, le viol est inconnu, riposté-je, mauvaise.

– Le bonheur aussi, réplique-t-il froidement.

J'ignore son allusion à la vie qui lui a été volée car je ne sais pas quoi faire d'autre. Je déteste considérer l'hypothèse, mais si mon père est coupable, il m'en privera aussi. Est-ce que c'est légal ? Non, ça ne l'est pas. Est-ce que c'est juste ? Pour lui, ça l'est. À moins que je ne trouve un moyen de l'en dissuader. Mais comment ? Je ne peux pas jouer la carte de l'amour, il s'en fout ! Tout comme il se fiche de l'argent qu'il pourrait se faire. Il n'a même pas essayé de me vendre. Tout ce qu'il veut de moi, c'est que je le répare, et que je reste avec lui jusqu'à sa mort.

C'est à se prendre la tête.

Il a tous les pouvoirs. Je n'en ai aucun.

– Sau…

– Attends, j'ai un message, m'arrête-t-il, portant la main à sa poche.

– C'est peut-être pour moi ?

– Non, c'est pour moi.

Pour lui laisser un peu d'intimité pendant qu'il consulte son téléphone, je lorgne vers les pilotes et les ingénieurs de course, occupés à faire charger par deux employés en gilet de sécurité leur Rimowa customisée au logo de l'écurie dans la soute béante. Deux *Wogs* auxquels ils ne parlent pas, bien sûr.

– Hope, c'est ça ? m'interrompt une voix masculine rocailleuse.

Surprise, je pivote vers le sectateur qui vient de m'adresser la parole.

– Bonsoir Randi, dis-je en retenant ma main *in extremis*.

Le chef mécanicien au crucifix tatoué dans la nuque profite d'une dernière cigarette avant le vol avec un autre fumeur.

– Lui, c'est Doc, le toubib de ScrapMetal, me présente-t-il.

Je ne pourrais dire ma satisfaction à les voir m'intégrer enfin. C'est la première fois depuis la Fosse que je me trouve en leur présence, et je vois la différence.

Je suis la compagne officielle de Sau.

– On m'a rapporté votre agression, docteur Brenner, déclare le médecin. Je sais que ce n'est pas votre spécialité, donc si vous avez besoin de moi pendant le vol…

– Merci. Pensez-vous que je risque de saigner du nez durant le vol ?

– Je doute que ce soit le cas avec ce petit bijou, m'assure-t-il. Le G650 est doté de l'altitude de cabine la plus basse de tous les jets privés.

– Attendons-nous encore du monde ? lancé-je d'un ton décontracté.

– Nous sommes au complet, affirme Randi en tirant une dernière taffe avant d'écraser son mégot. Les mécaniciens et les stagiaires voyagent avec le matériel dans l'avion de la FOCA afin de le réceptionner à l'arrivée.

Doc écrase le sien et lui tapote l'épaule.

– On se retrouve à bord, me salue le médecin.

Les deux hommes allant confier leur valise aux employés de sécurité, je rejoins Sauvage au milieu des nôtres et le trouve avec une expression distraite, dévisageant la nuit d'un air bizarre. Comme si une pensée l'amenait ailleurs.

C'est tellement inhabituel que je me permets une question :

– Tu as un souci ?

Il remet son portable dans sa poche et ne répond pas. Je suis trop en rogne contre lui pour être polie quand il ne l'est pas. Aussi, je récupère ma valise et rejoins le groupe, en le laissant à ce qui le préoccupe. Bien entendu, Liya et Bo ne sont pas ravies de me voir. Alors que je reçois des saluts polis de chacun des trois pilotes, les deux femmes en jogging de l'écurie et claquettes aux pieds me snobent royalement. Ce qui fait qu'avec ma jupette, mon Perfecto et mes mocassins fleuris, je me sens encore une fois décalée. La Chinoise boudeuse aux longs cheveux bleus attachés en queue-de-cheval passe un bras possessif autour de la taille de Matteo pour écouter sa musique à deux, me confirmant qu'ils sont bien ensemble. Tandis que Liya me tourne carrément le dos pour flirter avec Batiste, sous les yeux dépités d'Asmund qui en pince visiblement pour elle.

Il va bien falloir que j'entre en contact avec elles.

– On n'attendait plus que vous deux, me lance Aga, apercevant Sauvage revenir.

– Bonsoir Aga, le salué-je.

Focalisé sur Sauvage, le Team principal albinos m'ignore et contemple son poulain saluer tout le monde de la tête comme s'il cherchait quelqu'un.

– Caitlin ? le questionne le pilote.

Le Team principal pointe le jet du doigt.

– Elle est enfermée dans sa chambre depuis une heure.

Pendant que les deux hommes semblent se parler en silence, je lève moi aussi le nez afin d'admirer le long corps blanc fuselé et ses seize hublots panoramiques.

J'ignore comment est l'intérieur, mais ça sent le *must have*.

– Hope, m'appelle Sauvage. Je veux te présenter à Roland.

– Roland ?

Suivant son regard, je comprends qu'il s'agit de l'homme à la barbe rousse en veste marine ornée de quatre galons qui attend au pied de la passerelle.

– Roland est notre commandant de bord. Tu pourras lui serrer la main.

– Tu veux dire que c'est un *Wog ?* m'étonné-je.

– Aucun sectateur n'était capable de piloter ce joujou, explique Sauvage.

Je ne devrais pas me sentir soulagée de savoir qu'un homme *Wog* fait partie de ce voyage, mais étrangement, je le suis. À ma grande surprise, Sauvage accepte la franche poignée de main que le pilote roux lui tend.

– Bonsoir, monsieur Roy.

– Roland, voici ma femme, Hope. Je suis sûr qu'elle sera ravie de vous parler.

Le pilote décode et me tend la main, avec respect et courtoisie.

– Enchanté, Hope. Vous pourrez aussi converser avec notre hôtesse, Maisie, et ma copilote, Sophie, allonge-t-il avec une œillade caressante à Sau.

Étrange la façon dont il regarde le sectateur.

– Ce sont des femmes sectateurs ?

– Ah non, rigole-t-il, et je comprends ma bourde.

Le personnel de bord a besoin d'échanger et d'être à l'aise, c'est une équipe, mais Roland n'y fait plus attention et s'adresse à Sauvage :

– J'ai recueilli les informations pour le vol. La météo, et aussi les avis de l'armée iranienne. Ils nous ont avisés qu'ils procédaient à des essais de missiles. On n'ira pas trop se coller vers là-bas. Mais rassurez-vous, je vous ai prévu un petit trajet sympatoche !

– Je reviens, déclare Sauvage en remettant sa main dans sa poche.

Je le regarde s'éloigner avec son téléphone à l'oreille, ses épaules larges tendant le tissu de sa veste, et sa main libre fourrageant dans sa chevelure épaisse, comme s'il cherchait l'inspiration. Quand je le regarde, je sors de mon esprit.

Je ne peux rien voir d'autre et ça m'énerve.

– C'est un bon gars, vous savez, me confie le commandant avec émotion.

Sa voix soudain brisée me ramène vers lui.

– Ce qui est frappant, ce sont ses yeux immenses et attentifs. Il n'est pas aussi inhumain qu'on le croit, ajoute-t-il avec conviction.

Il y a tellement de choses problématiques dans ces deux phrases.

– Ça fait longtemps que vous pilotez ? je lui demande avec curiosité.

– J'ai commencé avec Air Canada, il y a vingt-trois ans.

– Et chez ScrapMetal Racing ?

Le barbu tourne son visage vers le ciel comme s'il y cherchait l'inspiration.

– J'étais chez Roy Engineering du temps de son père, laisse-t-il échapper.

Brusquement tout fait sens.

– Vous avez connu Sau petit, alors…

Pendant un moment, il ne se passe rien.

– Est-ce que Sau le sait ?

– Non. Ne dites à personne que je vous l'ai dit.

Il devrait le savoir.

– Pourquoi ça ?

– J'ai un accord de confidentialité dans mon contrat. Je dois taire les affaires familiales aux sectateurs et aux journalistes. Vous n'avez pas idée des théories du complot qui ont couru après le drame. C'était insultant pour cette famille.

Ma tête acquiesce à son explication. C'est logique.

– Je croyais que le pilote du jet était mort dans le crash, soulevé-je malgré tout.

Je le sens un peu nerveux tout à coup.

– C'est ma faute ce qui est arrivé.

Je hausse les sourcils.

– Comment ça, votre faute ?

– J'ai perdu mon père le matin même, explique-t-il, visiblement affecté. J'ai demandé à ce qu'on me remplace. Sans ça…

Nous nous taisons tous les deux et j'imagine la culpabilité que Roland doit ressentir, surtout si le pilote qui l'a remplacé était vraiment suicidaire. Sans ce crash, peut-être que Sau aurait pu être sauvé ? Ou du moins aurait-il retrouvé ses parents aujourd'hui. Quel concours de circonstances tragiques ! Je suis tellement émue que je jure que des choses bougent dans ma poitrine.

– Vous aimez bosser avec eux ?

À ces mots son visage rayonne de nouveau.

– C'est génial ! Bon, parfois, il y a des contraintes, mais quand on met en marche le moteur du Gulfstream G650, c'est… wouah ! Ça prend dans les tripes.

– Ce jet est le nec plus ultra des avions privés, alors ?

– Et votre nouveau carrosse, à ce que j'ai compris.

Alors que je m'apprête à lui faire remarquer que c'est plutôt celui de Caitlin, Roland porte un œil bienveillant sur Sauvage qui revient vers nous, et soudain je me demande quels sont les rapports du commandant avec la femme d'affaires.

Après tout, c'est un membre de la famille, elle aussi.

– Quand allons-nous partir, Roland ?

– On vous attendait. Tout le monde est à bord, lui répond commandant.

Sauvage fait glisser sa main sur son front fatigué et m'entraîne vers la passerelle. Un changement s'est opéré en lui pendant son appel. Arrivé en haut des marches, j'ai brusquement besoin de savoir.

– À quoi tu penses, à la fin ?

Sauvage jette un bref regard à l'hôtesse blonde d'une quarantaine d'années debout devant le cockpit et me toise de son regard noir liquide des grands jours.

Sa réponse est clairement provocante :

– Caitlin m'a fait savoir qu'elle voulait te parler seule à seule avant le décollage. J'espère que tu vas tenir ta parole, Boucle nuit. Sinon il y a une grande chance que je ne tienne pas la mienne.

Mon irritation revient, outrée qu'il ose me menacer en public. C'est tellement grossier et gratuit que j'ai envie de le gifler. N'a-t-il donc aucune limite ?

Seulement la solitude de son regard m'en empêche.

– C'est ça ton souci au téléphone ? Caitlin ?

– Quoi d'autre ? maintient le sectateur, imperturbable.

J'explore l'expression de solitude sur son visage, espérant trouver chez lui des remords, mais c'est de la souffrance où je n'y connais rien. Je ne comprends pas ce qui le fait souffrir dans une simple vengeance. Pour celui qui la revendique, la vengeance est un plaisir égoïste vécu comme une sorte de volupté douce à riposter. Pas quelque chose qui fait mal. *Au contraire.*

Alors qu'est-ce qui motive la souffrance, dans son cas ?

– Dis-moi où elle est, je vais aller la voir, cédé-je.

Sauvage se tourne vers l'hôtesse.

– Maisie, pouvez-vous conduire Hope dans le salon du fond ?

Plus âgée que nous, l'hôtesse l'ignore et me sourit avec pitié.

– Venez avec moi, Hope. Je suis enchantée de vous connaître, allègue-t-elle. Ne vous inquiétez pas, je vais m'occuper de vous pendant le vol.

– Merci, Maisie.

Tout en la suivant vers l'arrière, je prends le temps d'admirer la cabine.

Malgré la nuit dehors, tout est clair à l'intérieur, avec une sensation d'espace et de fraîcheur parfumée. Je traverse l'open bar en ronce de noyer faisant face à une kitchenette blanche où sont déposés quelques amuse-bouche, l'ensemble séparant en douceur le cockpit de la cabine passager. Deux salons de quatre sièges profonds en cuir blanc sont affectés aux pilotes et aux In-G, suivis d'un autre salon plus confidentiel séparé par une demi-cloison du même bois rare. Ce dernier salon est composé d'un canapé trois places faisant face à un espace salle à manger élégant intégré dans un non moins élégant meuble high-tech. Le reste de la cabine étant caché à la vue derrière une cloison pleine, je m'arrête là.

– Laisse tes affaires ici, déclare Sauvage dans mon dos.

– OK, dis-je, en comprenant que ce sera nos sièges.

Je dépose mon sac à dos et mon Perfecto à côté de son sac de sport et lui tend mon ordinateur avec son câble d'alimentation afin que Sauvage le branche au meuble high-tech. Tandis que Maisie toque doucement à la porte et l'ouvre.

– Allez-y, Hope, et attachez votre ceinture. Nous allons décoller.

Le dernier salon est plus une chambre à coucher, avec un coin salle d'eau attenant et un grand lit double tout blanc. Je considère le bouquet d'hellébores posé sur le chevet de bois rare en me demandant si c'est elle qui les a cueillies, puis mon regard rencontre les yeux bleus luisant de reproches de Caitlin, assise dans le canapé, ordinateur et dossiers ouverts sur la table basse devant elle.

– Je suis ravie de constater que tu es saine et sauve, m'apostrophe-t-elle.

Elle ne prend même pas la peine de déguiser son grief.

– Sau m'a dit qu'il t'avait rassurée…

– Je ne crois pas Sau, me coupe-t-elle abruptement.

La conversation débute de façon si insupportable que je m'oblige à me rappeler que Caitlin m'était sympathique. Dure, directe, sans bienveillance feinte, mais sympathique. Qu'est-ce qui a changé depuis ?

– Est-ce que tu m'en veux ?

Au lieu de répondre, elle m'invite à m'asseoir :

– Attache ta ceinture. On va décoller.

Elle a l'air redoutable, pieds nus dans son peignoir de soie, avec son ordinateur de femme d'affaires ouvert devant elle. Un regard au hublot m'apprend que l'avion roule déjà sur le taxiway. Je prends place à l'autre bout du canapé.

– J'ai entendu Eve commenter ton union avec Sau, abat alors froidement Caitlin, et franchement je ne l'ai pas crue. Jusqu'à ce que je voie les images.

– Les images ?

Elle m'envoie une mini-bouteille d'Evian que je saisis au vol.

– Comment crois-tu que je gère tous ces sectateurs aux mœurs dépravées ? J'ai besoin de me couvrir auprès des autorités en cas de pépin, figure-toi. Il y a des caméras partout où je ne peux pas entrer.

Le sang quitte mon visage, comprenant qu'elle parle de la Fosse.

– Franchement, tu vaux mieux que ça, Hope. Tu es docteur, cultivée, de bonne famille. Tu es la fille d'une personnalité politique en vue. Et tu vas t'encanailler avec un sectateur incapable de t'offrir un vrai mariage. Comment crois-tu que ton père réagira quand il apprendra la nouvelle ? Tu as pensé à la façon dont la presse se servira de ça contre lui ?

J'ouvre ma bouteille d'eau pour ne pas lui monter mon trouble mais je n'ai jamais été aussi humiliée de ma vie par une femme, déshabillée et moralisée.

J'essaie de la remettre à sa place mais elle pare le coup :

– Ce que tu fais de ta vie ne me regarde pas.

– En effet, ça ne te regarde pas.

– En revanche, j'ai le droit d'être déçue. Pendant le trajet, je t'ai *avertie* sur lui. Et toi, tu conclus un pacte avec le diable. Alors dis-moi : comment crois-tu pouvoir négocier avec le diable ?

Si je ne vois en lui que le chiffre de la bête, alors autant lâcher prise tout de suite. C'est facile de critiquer. Et elle ? Que ferait-elle, elle, dans ma situation ?

Elle lâcherait prise ?

– Tu ne m'as pas avertie que tu me tendais un piège ! riposté-je, agacée.

Caitlin remonte ses jambes nues sur le canapé mais ne lâche rien :

– Parce que je t'ai menti ? La belle affaire ! Sau t'aurait enlevée le soir même si je n'avais pas réussi à te faire venir. Et si les choses avaient mal tourné au Fontainebleau ? Jusqu'où serait-il allé ? Tu le sais ? Moi pas !

Alors il voulait m'enlever. Je ne sais pas pourquoi mais ça me déçoit de savoir qu'il m'a menti. Je croyais qu'il avait été attiré et avait ressenti le besoin de me connaître. Pourquoi ça m'étonne ? Le monde marche ainsi. Les méchants exploitent chacune de nos faiblesses, et Sau ne fait pas partie des gentils.

J'aurais mieux fait de ne pas le croire.

– À t'entendre, je devrais te remercier, claqué-je avec amertume.

Une longue pause silencieuse se fait alors que, tous moteurs lancés à pleine puissance, le jet prend de la vitesse sur la piste. Je n'ai jamais été fan des décollages, mais là, il y a tellement de bruit dans ma tête que je n'y prête pas cas.

Quelques secondes et le Gulfstream s'arrache dans les airs.

– Je t'ai dit tout ce que je pouvais, se défend Caitlin.

Je fais non de la tête.

– Tu aurais dû me parler de la lettre, lui reproché-je, même si c'est immature.

Visiblement, elle non plus n'a pas eu le choix. Placée devant le mur que représente Sauvage, elle a juste choisi de limiter la casse. *Comme moi.*

– Rien n'arrive dans la vie comme on l'espère, ou comme on le craint, Hope. C'est quelque chose que Melvin m'a appris au fil des années. Il nous en a encore donné la preuve à sa mort avec sa foutue lettre.

– Tu veux dire que tu n'en savais rien ?

– Rien du tout, confirme-t-elle amèrement.

– J'ai du mal à te croire.

– Eh bien tu as tort. Je l'en aurais dissuadé si Melvin m'en avait avisée. Ou bien je me serais arrangée pour la faire disparaître.

Mes yeux s'écarquillent, choquée.

– Tu aurais fait disparaître ses dernières volontés ?

– Sans aucun scrupule ! Tant cette lettre met en péril l'écurie familiale.

Sa franchise me couple le sifflet.

– Je n'en reviens pas de dire ça, mais tu aurais dû la brûler.

Pourtant je ne peux pas vouloir me cacher la vérité à ce point.

– Sau agit comme si cette lettre n'était pas si imprévisible.

– Ça fait trois ans qu'il interrogeait Melvin.

Pourquoi Melvin n'a-t-il rien dit pendant trois ans ?

– Sau est persuadé que Melvin lui a donné le nom du coupable, tu es d'accord ?

Caitlin acquiesce.

– Melvin était quelqu'un de responsable. Il n'aurait pas accusé sans preuve.

– Alors pourquoi, une fois qu'il a eu un nom, n'est-il pas venu à Miami pour tuer ? Il a différé sa vengeance et se comporte comme si ça lui avait ouvert de nouveaux horizons. C'est ça que je ne comprends pas.

On dirait qu'il veut autre chose.

Impassible, Caitlin prend le temps de ranger ses dossiers.

– Tout ce que cherche Sau, c'est… le malheur, établit-elle laconiquement.

Elle a raison. Mais ce qu'elle ignore, c'est l'état de désordre mental et affectif dans lequel il est. Pour lui, l'avenir est une ombre derrière une vitre opaque. Il ne sait pas ce qu'il perd. Donc il n'a rien à perdre. Si seulement il pouvait avoir quelque chose à perdre. S'il ne trouve rien, alors, sa vengeance restera son exil.

Mais pourquoi la différer ?

– Tu penses qu'il ira au bout s'il s'avère que mon père est coupable ?

Caitlin acquiesce à nouveau.

– Quel que soit l'accord que tu as passé avec lui, Hope. Tu t'es fait avoir.

En parler avec elle me montre à quel point je me sens seule dans ma galère.

– Que pouvais-je faire ? J'ai passé un accord car je ne savais pas quoi faire d'autre. Si je refusais sa proposition, il mettait sa menace à exécution. Si j'acceptais sa proposition, il acceptait au moins de respecter la présomption d'innocence. J'avais quoi comme solution ? J'ai refusé de baisser les bras et de laisser cet homme effondré s'en prendre à celui que j'aime le plus au monde. La seule chance que j'ai, c'est que mon père soit innocent.

Ou que Sau renonce, même si elle n'y croit pas.

– Que t'a-t-il demandé en échange ?

– Il veut que je le répare.

Le visage de Caitlin se teinte d'une expression de stupeur.

– Tu pourrais ?

– Psychologiquement, je ne sais pas. De toute façon, ce n'est pas ce qu'il demande. Il veut juste être heureux.

– J'avoue que je ne m'attendais pas à ça, reconnaît Caitlin, éberluée. Sau est une telle force sauvage que je l'ai toujours cru indressable. Alors apprendre qu'il est prêt à faire des efforts pour profiter de la vie, c'est… Je ne sais pas quoi en penser. Ça ne lui ressemble tellement pas.

La réponse n'est pas univoque mais fondamentale.

– Il le doit peut-être à l'enfant qu'il a été.

Ses mains se figent sur son peignoir.

– Tu crois qu'il se souvient de l'enfant qu'il a été ?

– Non, mais cet enfant est là quelque part.

– Nom de Dieu ! Tu penses pouvoir trouver cet enfant, pige-t-elle subitement.

Je hoche la tête.

– C'est le seul espoir qui me reste pour le faire changer d'avis.

Elle se fâche :

– C'est un monstre. Et toi, tu veux trouver un enfant dans un monstre ?

Ma poitrine s'affaisse devant le cliché.

– Tous les monstres ont été des enfants au départ, Caitlin. Même le Diable, au départ, était un ange. Nous les appelons « monstres » parce que nous les voulons *loin de nous*. Nous ne voulons pas qu'ils puissent ressentir autre chose que la haine ou avoir eu une existence similaire à la nôtre, afin d'éviter de les humaniser. C est plus facile ainsi de les rejeter.

C'est un constat dur à avaler, mais si mon père est coupable – ce que je refuse d'admettre –, alors il ne me restera plus que cet enfant pour le sauver. C'est pourquoi cet enfant est au centre de mes préoccupations.

– Tu es dingue.

– Non. Sau a été un enfant.

J'aurai recours à tous les subterfuges pour lui révéler cet enfant. Je sais qu'on lui a grillé le circuit de la peur, et que c'est irréversible, mais sa mémoire, elle, peut revenir. Après un traumatisme, un coma, ou un accident vasculaire cérébral, le cortex humain est capable de se réorganiser pour contourner les difficultés. C'est ce qu'on appelle la « plasticité cérébrale ». De nouveaux réseaux de neurones peuvent s'activer dans les régions du cerveau qui ont été préservées.

On l'a déjà vu. Tout n'est pas figé.

– Quel était son prénom avant son enlèvement ?

Caitlin garde le silence.

– Sa mémoire est en miettes, Caitlin, insisté-je. J'ai besoin d'accéder à sa mémoire autobiographique. Son prénom peut m'aider.

– Qu'est-ce qui te fait croire qu'il veut se souvenir ? m'oppose-t-elle en reluquant son ordinateur, perdue dans ses pensées, et je me demande si elle pourrait avoir des photos de lui enfant dedans.

– Sau a admis son handicap. C'est déjà une étape énorme chez les « égarés ». Je dois déverrouiller le reste. Son prénom ou des photos de lui avec ses parents pourraient m'aider à ramener l'enfant en lui.

Elle ne m'a toujours pas dit son prénom.

– Je ne suis pas psychologue. Je suis une femme d'affaires. Alors je vais te faire une réponse de femme d'affaires. Quelle est ta stratégie ? Optimiser tes gains ou limiter tes pertes ? Tu te rends compte à quel point ton plan est faible ? Tu n'as aucune chance d'y parvenir à temps et très gros à perdre. Il pourrait s'en prendre à toi si tu fouines un peu trop près…

Je ne la crois pas. Ou peut-être que je préfère ne pas la croire.

– Sau m'a sauvé la vie, rétorqué-je. Il ne me fera aucun mal.

Il y a de la compassion et de la sympathie en lui, je l'ai vu. D'ailleurs…

– J'ai besoin que tu répondes à une question de femmes d'affaires.

Elle referme son ordi sur la table basse et se concentre uniquement sur moi.

– Tu as répondu aux miennes alors vas-y, accepte-t-elle.

– J'ai entendu ta conversation avec Sau dans le bureau. Pourquoi veux-tu provoquer un clash avec lui en changeant le mode de recrutement ? Les sectateurs sont importants pour lui, et cette écurie familiale est aussi à lui.

– Parce que j'ai un repreneur et qu'il ne veut pas d'eux.

– Oh.

Je ne m'attendais pas du tout à ça.

– Tu es en train de me dire que tu vends ?

– J'ai reçu une offre, opine-t-elle.

– Mais… tu peux vendre sans son accord ?

– Je peux et je *dois* vendre.

– Je ne comprends pas comment tu peux faire ça.

Ma protestation silencieuse n'a aucun effet sur elle :

– Alors je vais te l'expliquer. L'économie de la Formule 1 repose sur différentes ressources financières : les ventes de billets par les circuits organisateurs de Grands Prix, les droits de retransmission télévisée, et les sponsors. La F1 produit plus de quatre milliards de dollars par année. Les fonds sont ensuite alloués aux écuries en fonction des résultats. Cette année, à cause de la baisse des audiences, les fonds redistribués atteindront à peine un milliard de dollars. Ferrari a fait le show, ils toucheront deux cent cinq millions. Mercedes a fait le show, cent dix-sept millions. Devine qui connaîtra la plus grande réduction ?

– ScrapMetal Racing.

Un battement de cils pour confirmer.

– ScrapMetal n'encaissera que vingt et un millions l'an prochain. Cela ne couvre même pas le développement des monoplaces. Comment je fais pour les salaires ? On ne peut pas continuer comme ça. Ni nous. Ni Liberty Media. La construction d'un circuit permanent coûte très cher. Miami veut le sien. Si on veut que ce sport reste attractif, chaque écurie doit l'être aussi. C'est le jeu.

– Tu veux dire que Liberty Media te contraint à vendre ?

– C'est ça ou ils nous sortent.

– Parce que les sectateurs ne font pas le show, intégré-je.

Caitlin opine du chef.

– Je ne parle même pas des résultats sportifs. Comment veux-tu retenir des sponsors quand tu refuses de t'intégrer aux *Wogs* ? Les contrats de sponsoring sportif sont des contrats d'*image,* obéissant à une même logique : tu dois te montrer, accorder des interviews, faire envie…

– Ce qu'ils ne font pas.

– Non. J'avais expliqué à Melvin que c'était une connerie monumentale de prendre des sectateurs dans un milieu aussi show biz que la Formule 1, mais il a voulu donner sa chance à Sau.

C'est logique. Tout ça est logique. On ne peut pas en vouloir à Caitlin. Elle ne fait que sauver son entreprise de la faillite. Je regarde par le hublot, la nuit noire sans aucune étoile, puis à nouveau la beauté luxueuse et claire de la cabine.

J'admire longtemps le contraste entre ces deux mondes.

Avant d'admettre l'évidence :

– J'aurais tant voulu les aider.

Les yeux bleus ne cillent pas quand elle dit :

– Je tiens quand même à te faire savoir que je ne valide pas la vengeance de Sau. Si ton père est coupable, il y a une justice qui mettra sûrement fin à sa carrière d'homme public. Nous devrons alors tous aller de l'avant. Pour moi, cette histoire ne *te* concerne pas et ne *me* concerne pas. C'est à *eux* de la régler.

Découragée, je détache ma ceinture. Abrielle m'a dit la même chose.

– Je vais le rejoindre, décrété-je en me levant.

Caitlin sourit parce qu'elle a entendu le désespoir dans ma voix.

– Bonne chance, Hope. *Pour tout.*

Je lui rends son sourire et quitte la chambre en refermant la porte derrière moi. Que vais-je dire à Sau ? Dans quelques semaines ces familles se retrouveront à la rue et encore une fois je suis impuissante. Où iront-ils ? Combien retourneront à la secte ? Combien se prostitueront ? Combien se suicideront ? Ou ira Pool ? Et lui ? Je ne vois pas

Sauvage retourner dans une secte ou se prostituer. Privé des siens, il se suicidera. Je le trouve torse nu allongé dans le canapé en bas de jogging pour la nuit, les genoux relevés avec mon MacBook rose sur les cuisses et rien qu'à son expression concentrée, je comprends ce qu'il est en train de lire.

Mon rapport de mission pour Brendt.

– Comment as-tu trouvé mon mot de passe ? tiqué-je un peu choquée.

Sans lever les yeux de l'écran, il soulève son iPhone, et je comprends qu'il s'est servi de ma ligne pour autoriser mon ordinateur.

– Tu peux te changer, dit-il sans me regarder. Maisie t'a apporté un jogging à ta taille et une camomille. C'est un anti-inflammatoire naturel.

Ça m'agace qu'il ait accès à mes affaires.

– Tu m'as entendue ? insisté-je avec autorité.

– Ton entrevue a duré longtemps, me reproche-t-il en guise de réponse.

J'ignore sa question sous-entendue, je ne suis pas prête à en parler.

– Pourquoi ne pas avoir demandé ma permission ? insisté-je à nouveau.

Ses yeux noirs immenses et attentifs se braquent alors sur moi.

– Je n'ai pas besoin de permission vu que je possède les deux : toi et ton téléphone. De plus, ce rapport très intéressant concerne les miens. Il est normal que j'en prenne connaissance. Je ne savais pas que tu avais bossé autant.

Un instant je suis désarçonnée.

– Chaque fois que tu m'imposes quelque chose, tu ne me respectes pas.

De son index, il fait avancer le document et poursuit sa lecture.

– Le véritable respect est la liberté que je te laisse d'envoyer ce rapport.

Mais pas sa confiance, visiblement.

Je fais mine de ne pas être offensée et attrape le jogging, profitant du coin aveugle pour me déshabiller et l'enfiler. Une fois fait, je replie mes affaires avec mon sac et m'assieds à l'autre bout du canapé. Comme il n'a toujours pas terminé sa lecture, je fixe ses pieds nus décontractés aux orteils sobres. Jamais vu des pieds d'homme aussi sexy. Ceux de Brendt sont moches et sentent mauvais. Papa ne montre jamais les siens par pudeur mais je sais qu'ils sont plats à peau claire. Ceux de Nil ont des extrémités maltraitées repoussantes. J'avais fini par croire qu'aucun mec ne pouvait montrer l'état de ses pieds. Lui, a des pieds de malade.

– De quoi avez-vous parlé avec Caitlin ? dit-il en refermant le capot.

– Nous nous sommes expliquées sur la façon dont elle m'a fait venir ici.

– Et ?

– Elle a un repreneur.

Je fais mine d'en avoir rien à fiche.

– C'est ça ou Liberty Media vous sort. Les fonds reversés pour l'an prochain ne suffiront pas à couvrir le développement des monoplaces et les salaires, et les sponsors vous boudent, tu sais pourquoi. Tu ne peux pas lui en vouloir…

Ses yeux noirs, immenses et attentifs, se déportent vers le hublot, emplis de la tristesse des vaincus, mais c'est sa voix qui m'ébranle le plus :

– Je n'avais donc pas le choix.

Le choix de quoi ?

Estimant que ces difficultés familiales ne me regardent pas, j'entreprends de déplier la couette blanche prévue pour la nuit sur moi. Je ne sais pas comment il fait pour ne pas avoir froid torse nu avec la climatisation polaire du jet. Malgré le jogging que j'ai enfilé, l'air climatisé sur ma peau me fait frissonner.

Sauvage m'attire entre ses jambes.

– Appuie-toi contre moi, dit-il seulement.

Triste pour lui et les siens, je me laisse aller. Il pose mon ordinateur ouvert sur mon ventre et le connecte au WiFi du jet afin que je puisse envoyer mon rapport à Brendt. J'attends que la connexion se fasse puis je tape son adresse dans la barre des destinataires avec une courte phrase d'introduction la plus professionnelle possible et j'envoie. Les deux mains de Sauvage passent alors devant moi pour taper sur le clavier l'adresse de la *Florida Drivers Association.* Toujours en silence, je reprends la main pour payer avec mon compte PayPal les trente dollars demandés et remplir le DATA test obligatoire. Quelques minutes plus tard, ma demande officielle de permis de conduire est faite, mon manuel d'apprentissage du code téléchargé sur mon ordinateur, et ça me paraît incroyable.

– Easy, easy, easy, je vous dis !

Je pouffe en songeant à la tête de Nil quand il verra que je sais conduire. Le menton de Sauvage appuie sur mon crâne en signe d'assentiment.

– Comment as-tu pensé à la *Winery ?* enchaîne-t-il avec curiosité.

Fiérote d'avoir retenue son attention par mon travail, je réponds :

– La première fois, c'est quand je suis arrivée. Je suis allée prendre un repas au Boucan et Baskin a mentionné la *Winery*. J'ai eu un frisson dans le cou.

– Un frisson ?

– Ça m'arrive parfois quand je sens que j'approche une solution. Une idée me traverse et c'est comme une fausse note qui te dit qu'il y a quelque chose que tu n'avais pas vu avant. Mais je n'ai pas pu la retenir. Je l'ai perdue tout de suite.

Ce frisson à la base du cou.

– D'accord. Ensuite ?

– Ensuite, c'est quand Pool a réclamé le droit de travailler. J'ai compris qu'il manquait une activité à tous ceux qui ne travaillaient pas à l'écurie, et bien sûr, j'ai repensé à la *Winery*. Ajouter une activité à ScrapMetal pourrait offrir du travail et plus de chance de s'intégrer.

– Il faudrait acheter des vignes, m'oppose-t-il préoccupé.

Étonnée qu'il se soucie encore de ça à présent, je lève le nez vers lui.

– Tu m'as dit que tu avais des économies.

– Oui, mais je n'ai pas les moyens d'ouvrir la *Winery*.

J'ai du mal à croire que ses parents ne lui ont rien laissé. Oxton était riche. Ses comptes devaient être bien garnis. Sans compter les assurances vie obligatoires qu'il devait avoir sur sa tête en tant que champion. Quelque chose ne tourne pas rond dans cette succession. Caitlin a le pouvoir de vendre sans lui et malgré le luxe évident dans lequel il vit, il n'a pas d'héritage.

– Tu n'es pas obligé de repartir de zéro, fais-je valoir. Tu pourrais commencer par nettoyer les terrains des végétaux existants et faire l'inventaire du matériel en état de marche. Ce qu'il faut, c'est définir un diagnostic d'exploitation.

Au-dessus de moi, Sauvage secoue la tête.

– La vitesse avec laquelle tu t'es approprié les mécanismes de notre communauté alors que tout le monde te rejetait est extraordinaire. Tu traces avec précision les besoins de chacun, mais tu oublies qu'il nous faudrait trouver un maître de chai compétent. Ça ne va pas être simple.

Cette fois je suis obligée de lui poser la question :

– Tu crois que tu as le moyen d'empêcher Caitlin de vendre ?

– Quelque chose comme ça, admet-il évasivement.

Je ne demande pas quoi, sa réponse me donne des ailes :

– Écoute, si tu acceptes, je peux demander à ma grand-mère de venir voir le domaine existant pour nous donner son avis.

– Euh… Tu as une grand-mère sectateur ? persifle Sauvage.

Je glousse. C'est peut-être la seule chose qu'elle n'est pas encore.

– Tu as un humour de merde, Sau.

Il me regarde, bouche bée, puis finit par hocher la tête.

– Sérieusement, les miens ne l'accepteront pas.

– Pourquoi ça ? Si je reste avec toi, je n'aurai pas le droit de recevoir ma famille ou ma meilleure amie *Wog* ?

S'il dit oui, ce serait l'intégration la plus facilement réussie de toute ma carrière. Sauvage me soulève afin de reposer mon ordinateur sur la table basse et me tend l'infusion de camomille dans le mug préparé par Maisie.

– Il faut attendre trois ans avant de pouvoir produire un vin de qualité, avancé-je découragée. Je doute que ScrapMetal survive autant de temps de toute façon.

– Pas sûr.

À nouveau sur son visage passe cette distraction qu'il a eue avant de monter dans le jet. Une pensée l'amène ailleurs et Sauvage l'archive. Impossible de savoir à quoi il pense, ni même s'il est avec moi. Je l'observe installer le canapé pour la nuit et m'attirer contre lui sous la couette, m'offrant un cocon de confort. Ses mains arrangent mes cheveux avec douceur avant de placer son casque sans fil sur mon crâne pour me faire découvrir le titre qu'il a choisi.

Too Lost in You.

Tandis que j'écoute les paroles, blottie contre lui, une drôle de peur gagne ma poitrine, un nœud obscur et collant. Elles évoquent un amour fort, si fort que la personne perd la tête et s'enfonce dans le sentiment qu'elle ne peut plus s'en sortir. La crainte qu'il n'y ait aucun salut pour moi me gagne à nouveau.

Je sais de quelle manière est fait le mal.

Je l'ai croisé jadis, et ensuite, je l'ai étudié.

Toutefois je l'ai toujours observé à distance, en tant que chercheur. Je ne me suis jamais laissée aller à l'idée qu'il pouvait me séduire.

Cependant aujourd'hui, j'y pense.

CHAPITRE 28

HOPE

Un soleil abondant est tombé sur le monde pendant le vol.

Se posant comme de la neige sur l'aéroport d'Abu Dhabi. Ralentissant tout. Le grondement des avions sur les pistes. Le lustre éclatant des arches de marbre blanc soutenant le toit ondulé des terminaux. La houle de la mer toute proche. Les pensées. Les gens. Le temps. Après un vol de douze mille kilomètres sans escale de ravitaillement, j'observe Sauvage ranger ses affaires dans son sac de sport pendant que le Gulfstream roule vers son point final. Quinze heures de vol. Onze heures de décalage horaire, malgré tout le confort du jet, c'était long.

Assise à la table de notre petit déjeuner sans aucun sucre ou encas gourmand, je contemple les quatre œufs coques vides de Sauvage, avec le reste de tofu, de noix émondées et de graines, sources de protéines indispensables aux sportifs de haut niveau. Impossible pour moi de manger un œuf le matin. Ça m'écœure.

Sans sucre, j'ai l'impression de ne pas être réveillée.

– Je garde mon jogging, tu crois ?

Lui s'est changé pour une chemise et un jean noir moulant aux cuisses.

– Il fait 30 °C dehors. Tu vas avoir chaud.

– Mais il n'est que quatre heures du matin, protesté-je, mal lunée.

– Tu n'as pas encore l'habitude du climat désertique, mon ange.

J'essaie de secouer mes neurones mais je me sens vide et sans énergie sans mes tartines au Nutella. Foutue pour foutue, je m'installe à quatre pattes sur la moquette pour faire le chat et la vache.

– Trouve-moi de la musique dans ma playlist « Yoga », s'il te plaît, lancé-je.

Puisqu'il a ma ligne dans son téléphone, autant qu'il s'en serve.

– Tu es obligée de faire ça maintenant ? proteste Sauvage.

– On roule. En quoi ça dérange ?

– Les autres pourraient te voir, admet-il, embarrassé.

– J'ai mon body, je ne suis pas nue.

D'ailleurs, ça me manque de faire mon yoga nue.

– Encore heureux ! Quand tu bouges comme ça, c'est… *bordel.* Mon sexe est tellement excité qu'une goutte se forme sur mon gland alors j'imagine celui des autres faisant la même chose, et ça ne me plaît pas.

Je pouffe et reprends ma position pendant que Sauvage s'arrête de ranger son sac pour attraper son portable. Il regarde l'écran d'accueil un moment.

– *Senõrita,* s'il te plaît.

– J'attends que la connexion se fasse avec le réseau local, dit-il.

Ce qui me fait penser…

– Tu peux désactiver mes données à l'étranger ?

Ma demande a l'air de le surprendre.

– Tu es sûre ? Je croyais que tu avais des instructions très claires de ton père : SMS. Mails. Internet. Réseaux sociaux. Tout doit rester ouvert, me rappelle-t-il.

Papa ne va pas aimer, c'est sûr.

– Oui, mais à l'étranger, mon salaire universitaire ne me le permet pas.

Sauvage fronce les sourcils avec perplexité.

– Je suis étonné que tu t'inquiètes de ça avec un père qui a de l'argent.

– Je ne lui en demande pas. Mon diplôme lui a déjà coûté deux cent mille dollars. J'en gagne quarante mille par an en moyenne. Je suis logée et nourrie à mon âge. J'estime que c'est à moi de m'organiser pour le reste.

Il faudra bien que papa s'y fasse. Je n'ai pas besoin d'une puce GPS.

– Je posterai quelques photos sur mon Instagram pour montrer que je suis en vie. Ça devrait aller. Ce n'est que quatre jours, après tout !

– Sept avec les voyages, corrige-t-il.

Je ne sais pas d'où me vient cette audace soudaine, mais auprès de Sauvage j'ai l'impression que rien ne peut m'atteindre. C'est lui qui fait ça. Il me donne envie d'en finir avec ce présent qui m'échappe continuellement parce que le passé me retient. Il a raison : la vraie vie ne se fuit pas.

Seulement la trouille, ça fait peur.

Mon émancipation aurait mérité un sourire, mais non.

– C'est fait, acte-t-il avec morosité.

Son hésitation se prolonge.

– Qu'est-ce qu'il y a ?

Je le dévisage, essayant de comprendre sa réaction. Il a une barbe virile parce qu'il ne s'est pas rasé depuis avant-hier et les cheveux courts ébouriffés de celui qui n'est pas passé par la douche, mais il est plus sombre qu'un sort.

Cela n'a pas de sens.

– Tu devrais te mettre au sport.

– Je fais du yoga, répliqué-je, agacée par l'impolitesse de sa remarque.

Je pousse mes fesses vers l'arrière tout en relevant la tête.

– Aaaah ça fait du bien… gémis-je en m'étirant.

– Avec tes sucreries, ta musculature est faible, insiste Sauvage.

À moins d'être un parfait goujat, personne ne dit ça à une femme sans vouloir s'en faire une ennemie. Sauf lui. Et le pire, c'est que c'est dit dans une bonne intention, donc on ne peut pas le lui reprocher. C'est juste… trop franc.

– Tu me trouves molle ?

– Oui.

Bon sang, mais pourquoi j'en redemande ?

– Ma musculature va bien, m'exhorté-je au calme.

Sauvage croise les bras sur sa poitrine, péremptoire.

– Ce n'est pas suffisant, relance-t-il. Il te faut une activité physique.

– Je n'aime pas le sport, dis-je aussi butée que lui, en continuant mon rituel.

– Tu sais à quel point c'est idiot de percevoir le sport de manière négative ?

Je secoue la tête tout en étirant ma jambe droite en fente contre ma tête.

– Pas dans mon cas. Mon larynx se bloque quand je ne respire pas bien.

Sauvage s'assied sur le canapé et réfléchit en silence.

– Il ne s'agit pas de forcer mais d'y aller progressivement.

– Ne me dis pas quoi faire.

Il pourrait continuer longtemps que je ne changerais pas d'avis.

Afin de clore ce débat inutile, je me remets debout et coupe la musique au moment où un message arrive sur son écran. [Georgetown]. Étrange de n'envoyer que le nom d'une ville. D'autant que plusieurs villes dans le monde portent ce nom. Le jet s'étant immobilisé, je me change rapidement pour ma jupe et mes cuisses nues sans aucun complexe. Le point positif, c'est que la température des Émirats remet la garde-robe de ma valise dans la norme.

– Georgetown est un nom de code ?

– Quoi ?

Devant son air ahuri, je pointe son téléphone.

– Tu sais, comme « Roger » dans l'aviation.

Il se lève et range son portable dans sa poche sans regarder son message.

– Je vais t'entraîner, décide-t-il avec autorité.

– Tu n'as rien écouté de ce que j'ai dit, râlé-je. Je ne PEUX pas !

– J'ai parfaitement entendu. On va s'entraîner tous les deux.

Oui bien sûr. M'entraîner avec un sportif de haut niveau est dans mes cordes !

Comprenant qu'il ne cédera pas plus que moi, je rassemble mes affaires sans plus faire attention à lui, mais en le voyant m'attendre pour retrouver les autres, je réalise que notre intimité est terminée. En dehors de Maisie, nous n'avons vu personne durant le vol. Personne ne dort quinze heures d'affilée dans un avion. Bien dormir, c'est important. Dormir assez, c'est essentiel. Trop dormir, en revanche, peut s'avérer contre-productif. Aussi, au lieu de fermer les yeux, nous nous sommes confié nos espoirs pour tuer le temps. Nous avons rêvé ensemble de rêves différents. C'était bizarre d'ailleurs. Lorsqu'on rêve seul, ce n'est qu'un rêve. Mais lorsqu'on rêve à deux, cela devient une sorte de réalité.

– Au moins, j'ai eu le temps de me familiariser avec le code, me félicité-je, songeant à mon aspiration de conduire ma propre voiture.

– Tu as fait un joli score aux tests d'évaluation. Encore quelques leçons de conduite et tu pourras te présenter au permis, confirme le pilote.

J'aimerais tant pouvoir lui dire qu'il pourra prendre part au championnat du monde, se faire tatouer d'autres étoiles sexy sur le flanc, et réparer son destin brisé. La douleur que je ressens pour lui est terrible. Mais belle aussi. Et tellement intense qu'on ne peut la comparer à aucune forme d'amour ou d'amitié.

Même d'amitié ancienne comme avec Abrielle.

– Après toi, s'écarte-t-il.

Je lance un regard à la porte de Caitlin par-dessus mon épaule.

– Caitlin ne vient pas avec nous ?

J'en profite pour mémoriser l'endroit devenu le théâtre de nos utopies, appréciant encore un peu la façon pudique qu'il avait de me toucher sous la couverture. Il y avait quelque chose de purement érotique à sentir nos mains caresser l'autre sans bruit pour ne pas alerter les autres. Chaque fois qu'il expirait, enflammé par mes caresses, j'inspirais l'air dans mes poumons, et toutes les émotions qu'il ne disait pas. Il n'était plus question de sexe sauvage, mais de douceur, de tâtonnements osés, de lenteur, d'apprentissage, lui donnant envie de faire toutes ces choses, et j'avais déjà envie de jouir. Jamais auparavant je n'avais imaginé une telle intimité avec un homme. Ce qui m'a fait comprendre que ce n'est pas le temps qui détermine le degré d'intimité entre deux êtres.

C'est notre disposition.

– Elle descendra en dernier, m'informe Sau comme si c'était habituel.

Là, ça n'a aucun sens.

– Caitlin est montée en premier. Elle n'est pas sortie de sa chambre durant tout le vol. Tu ne trouves pas que c'est un peu ridicule de vous éviter ainsi, alors que vous faites partie d'une même équipe sportive ?

Sauvage masse sa nuque et raisonne :

– Cette porte n'est pas fermée. Qui l'empêche de sortir ?

– C'est donc *sa* faute ?

– Elle ne nous apprécie pas plus que nous, affirme le sectateur.

Pas faux. Aussi je pivote vers l'avant de l'appareil.

– Salut vous deux ! nous lance nerveusement Aga en nous voyant arriver.

Ses yeux bleu-gris translucides striés de vaisseaux sanguins bien plus visibles en intérieur qu'à l'extérieur, où ils apparaissent rouges comme sur les mauvaises photos au flash, détaillent son poulain. Tandis que six visages à moitié endormis se retournent. Si les garçons et Liya nous saluent, Bo me toise comme si elle avait espéré que je ne sois plus là à l'arrivée. Je l'ignorerais bien moi aussi, mais une jalousie violente me parcourt l'échine quand je la vois babiller avec Sauvage sur les réglages et les stratégies qu'il a mis au point pour le week-end. Elle le flatte sur un sujet neutre, technique, auquel je ne comprends rien, et ça marche.

Sauvage m'a complètement oubliée.

Sachant que la plupart de ces sectateurs sont polygames, je devrais m'y résoudre. Jamais il ne sera qu'à moi. C'est le message que cette garce me fait passer : maintenant qu'il a rompu son vœu, rien ne l'empêche d'apprécier les femmes. À commencer par celles de sa communauté – ingénieurs et jolies –, mieux à même de partager avec lui sa passion et sa foi. La gêne me submerge devant ce spectacle que je devrais ignorer, mais…

Je suis incapable de détourner mon regard d'eux.

– En forme, fils ? s'inquiète Aga.

Fils ? Surprise, je scrute le directeur de course aux cheveux blancs irréels qu'ils appellent tous affectueusement « Flocon de neige » à cause d'un gorille albinos célèbre qui porte le même nom. Le regard qu'il porte à son ombrageux poulain ne trompe pas, et signe l'affection d'un père de substitution.

– J'ai dormi, lui répond Sauvage d'un air décontenancé.

Randi et les pilotes se regardent un à un, très sérieux.

– Que se passe-t-il ? je demande.

– Sau ne dort jamais en avion, répond Aga.

– Ah bon ?

– Chaque vol le met dans un état agressif qui lui réclame une vigilance constante, poursuit Aga à mon attention. On pense tous que ça a à voir avec le drame qui a coûté la vie à ses parents, mais on est impuissants.

– Sau n'était pas agressif du tout, fais-je remarquer.

Des regards s'échangent en silence entre les sectateurs.

– Tu lui fais du bien, Hope, conclut le Team principal. Sans toi, c'est le chaos.

Soufflée par l'importance qu'il me prête, je me mets à paniquer, alors que de son côté Sauvage m'adresse un regard inédit, que je n'ai encore jamais vu chez personne. Il est impossible de fixer quelqu'un comme ça sans avoir l'air menaçant. Sauf lui. Chez lui, c'est intime au possible. Le lien mystique qui nous unit est si évident à cet instant que nous ne pouvons plus l'ignorer. Sauf que nous ne voulons pas de ce lien. Tôt ou tard, il y aura un affrontement entre nous.

Nous nous fixons mutuellement.

– Bon ! Sau a dormi et l'autre *Wog* se croit bénie parce qu'il ne l'a pas baisée. On ne va pas en faire toute une histoire, s'énerve Bo en bousculant tout le monde.

– Rien ne dit qu'il ne l'a pas baisée, glousse Randi dans son dos.

Ce qui au moins a le mérite de détendre l'atmosphère entre Sau et moi.

– C'est peut-être pour *ça* qu'il a si bien dormi, bébé, sourit Matteo.

La Chinoise fait volte-face et fusille son copain de ses yeux bridés.

– Ah oui ? Moi je n'ai rien entendu, crétin !

Le sourire de Matteo disparaît sous l'insulte.

– Peut-être que Hope ne surjoue pas, elle ? la tâcle-t-il méchamment.

– C'est mon corps qui s'exprime, connard !

Je pouffe. Ce qui me vaut un regard de travers de l'intéressée.

– Moi je crois plutôt que c'est ta manière de reprendre le pouvoir sur ton pilote.

– Je te guide, abruti, s'enlise Bo, provoquant l'hilarité générale.

– Putain, mec. Ton In-G t'insulte, réagit Batiste à côté de Liya.

Sous les yeux de sa copine, la Chinoise le prend à partie :

– Quoi ? Tous les hommes n'ont pas besoin d'être félicités, peut-être ?

– Félicités ou encouragés ? se moque Randi, mort de rire.

– Ton comportement n'est pas professionnel, Bo. Tu es l'interlocuteur numéro un de ton pilote. Ce type de relation est unique et précieux. On se demande comment votre compréhension peut être totale sur la grille en vous écoutant vous écharper dans la vie, siffle Asmund avec un regard de reproche à Liya, sa propre In-G, dont la main est dans celle de Batiste.

Mise en minorité, la Chinoise bat en retraite avec Liya dans les toilettes.

– Matteo, tu devrais la sortir de ton lit, scande le Viking après son départ. J'ai besoin d'un équipier sur la piste et tu as besoin d'un ingénieur.

– Elle n'est qu'un plaisir comme un autre, mec, temporise l'Italien.

Cette réponse me rend triste pour elle. Et bien sûr pour toutes les autres femmes coincées dans le concept polygame. Je ne sais pas s'il y a de l'amour dans la polygamie. Si elles tombent amoureuses d'un homme, elles ne peuvent pas se dire qu'elles sont « la seule femme de sa vie ». *Moi je ne pourrais pas.* Resté en retrait, Sauvage me dévisage et lentement un sourire finaud étire ses lèvres, comme s'il savait exactement à quoi je pense. Nos mondes sont trop différents. Mais si je le reconnais – si je ne suis pas hypocrite et que je l'admets –, alors c'est la fin de l'intégration. Nous ne pouvons pas nous mélanger.

Il hoche la tête pour m'indiquer qu'il le sait.

– Le sol indique que les voitures du Grand Prix ont été autorisées à entrer dans le satellite d'accueil des jets privés, annonce la voix désincarnée de Roland depuis le poste de pilotage. Maisie va vous faire débarquer.

Dès l'ouverture de la porte latérale gauche, l'intérieur du jet est balayé par une brise chaude légère, singulière et déroutante. Ça sent le sable et les jardins. En descendant la rampe de débarquement, les membres de l'équipe sont pris d'une nouvelle frénésie, comme s'ils avaient une façon de remédier, même si ce n'est qu'en partie seulement, à toute cette incertitude qui entoure leur vie.

Premier en bas, Batiste se retourne vers nous :

– La presse a été mise au courant de notre arrivée ? s'étonne-t-il.

J'avise avec désarroi la foule de photographes et de fans, amassée malgré l'heure matinale derrière l'enceinte qui les empêche de nous rejoindre.

– La presse n'est pas pour nous, corrige Aga, lui désignant un autre jet.

Rouge, celui-là. Un homme robuste vêtu d'un costume de créateur avec inserts de crânes irisés en descend. Un grand Black, non dénué d'une certaine perfection physique : barbe royale, cheveux tressés courts sur la nuque, créole discrète dans le nez et diamant imposant à l'oreille gauche, sorti tout droit d'un magazine de mode.

Mais il n'est pas le seul à intéresser la presse.

L'homme est entouré de deux chanteuses des Chatterbox[45], ce groupe britannique emblématique de rock futuriste féminin, régulièrement classé dans

45. Dans l'argot britannique, « moulin à paroles », le terme désigne aussi les perruches.

les meilleures ventes. Malgré son âge qui le situe dans la trentaine et la compagnie féminine sulfureuse qui l'accompagne, sa beauté lui confère une innocence toute juvénile. Comme s'il n'était pas vraiment là.

– Une photo, Chilton, s'il te plaît ! Par ici, Chilton !

D'un geste gracieux, le dénommé Chilton ôte ses lunettes noires.

– Selene ? Val ? Vous avez bu le champagne avec lui ?

– Du Carbon, bien sûr, glousse l'une d'elles.

– Toute une douche, s'émoustille l'autre en caressant ses seins.

Les deux filles se trémoussent contre lui pour une séance photo improvisée.

– Est-ce qu'on vous verra au concert de Shawn Mendes, ce soir, les filles ?

Mon cœur bondit d'excitation, je m'accroche au bras de Sau.

– Oh mon Dieu, Shawn Mendes est ici ! Shawn Mendes est ici !

– Tu le connais ? demande le sectateur avec des yeux ronds.

Je glousse.

– Non voyons ! Abrielle et moi sommes des fans innnnnconditionnelles. On était vertes de l'avoir raté à l'Arena mais c'était complet. Tu crois qu'on pourrait y aller ? Je voudrais tellement l'entendre chanter *Senõrita* sur scène.

Sauvage lève les yeux au ciel pour dire ce qu'il pense de mon petit craquage, et je comprends qu'assister à un concert n'est pas dans ses priorités.

Oh Abbie, j'en pleurerais.

– Uniquement si Shawn vient chanter au nôtre ! glousse une Chatterbox.

– On veut voir ça ! scande la masse de fans.

Leur gloussement sexy contraste complètement avec l'air séraphique du grand Noir qui fixe Sauvage à ma droite d'un air étrange et ne s'occupe plus ni d'elles ni des journalistes qui continuent à l'interpeller comme ils peuvent :

– Félicitations pour ce cinquième titre, Chilton !

– Donne tout pour la dernière, mec !

– On sait déjà qui sera sur le podium, ricane un des paparazzi. Toi !

– TOI. TOI. TOI… Toujours TOI ! scandent les fans en chœur avec amour.

Chilton lève les pouces, appréciant sa popularité. Au moment où ses yeux se posent sur moi, j'avise son tatouage. Trois lettres. Au même endroit que les trois chiffres de Sauvage. Sauf que les deux symboles sont à l'opposé l'un de l'autre.

God et 666.

Dieu et Diable.

– C'est qui ? je demande à Sauvage.

– Le champion du monde en titre, grogne ce dernier sans le lâcher des yeux.

C'est dingue, mais je ne peux pas m'arrêter de les admirer en train de s'admirer mutuellement. Chacun d'eux se surveillant en rival reconnu, au point de ne plus se surveiller eux-mêmes. Considérant la tension qui s'est créée entre eux, je me tourne vers Aga.

– Mais, il reste une course ! Il est déjà champion ?

– Cole a trop d'avance pour être rattrapé par les autres, confirme l'albinos.

J'observe à nouveau l'attroupement de ses fans. On se croirait à Coachella.

– Qu'est-ce qu'il a de spécial pour avoir une telle popularité ?

J'ai du mal à croire qu'un sportif puisse être comparé à une rock star.

– Tout ce que Sau n'a pas. Prends ces deux garçons, aligne-les sur une grille, et la Formule 1 explosera toutes les audiences de son histoire. Je peux le jurer.

Je bats des cils pour contenir mon émotion.

– C'est-à-dire ? Je ne comprends pas.

– Sau est né d'une légende de la Formule 1 dans une famille aisée, ce qui l'a rendu populaire dès la naissance. Sau est *l'héritier*. Sir Chilton Cole est né d'origine modeste à Brixton. Ce quartier sud de Londres a été la scène de nombreux *race riots*[46] autrefois. Ce qui en fait aujourd'hui « l'âme des Noirs de Grande-Bretagne ». Né d'un père de couleur et d'une mère blanche, Chilton n'a pas eu une enfance facile, mais il s'en est sorti.

---

46. Émeutes racistes entraînant tension et affrontements violents entre les communautés.

– Il a été anobli par la reine ?

– Quelle revanche, hein ? Trente ans. Cinq titres de champion. Recordman du nombre de pole positions. Il est à la fois rapide, concentré, régulier *et* discipliné. Personne n'est meilleur que lui, regrette le directeur de course avec un œil furtif à Sau, toujours occupé à fixer Chilton.

Deux coqs s'admirant l'un l'autre.

Deux rivaux qui se surveillent.

Dieu et Diable, face à face.

Troublée, je contemple un instant le jet bling-bling du grand Noir et la Maybach Mercedes avec chauffeur qui l'attend.

– Ce n'est pas l'image que je me faisais d'un sportif, avoué-je à voix basse.

– Multiplie par dix et tu peux imaginer ce qu'a connu Oxton.

Ça n'a pas dû être facile à gérer pour un bipolaire.

– Comme Oxton, Cole a un goût immodéré pour le monde de la nuit et la « peopolisation », me confie Aga. Il aime ce qui brille et s'affiche volontiers avec des chanteuses. Il est devenu un homme d'affaires accompli dans le secteur de la mode en lançant sa propre marque de vêtements. Il est capable de traverser la moitié de la planète pour un défilé ou un concert entre deux courses.

– Comment a-t-il le temps de faire tout ça ?

– Cole est un homme libre. Le temps, il le prend.

– La FIA ne lui dit rien ?

– Rien du tout. Cole est tellement talentueux qu'on lui pardonne tout sur l'autel de la réussite sportive. Ce dimanche, il va s'offrir le cinquième titre mondial de sa carrière en Formule 1. Ce qui en fait l'égal d'Oxton, à deux couronnes du recordman, Michael Schumacher. Lui seul semble capable un jour de déloger le grand Nikki Lauda dans le cœur des gens.

– Ou Sau, rectifié-je, prise d'un profond sentiment d'injustice.

Je sais que je ne suis pas cohérente, mais pourquoi les gens ne l'aimeraient pas ? Pourquoi n'aurait-il pas droit à l'empathie lui aussi ? Chilton est noir. Sauvage est sectateur. Aucun des deux n'est conventionnel dans ce milieu d'élites. Ce serait un tel espoir pour tous les sectateurs de ce monde.

Aga me considère longuement.

– Aide-le, me somme-t-il plein d'espoir.

Si tu savais comme j'aimerais.

– Pas s'il a une conscience atrophiée de ses actes, dis-je en suivant Caitlin des yeux jusqu'aux voitures. La dernière chose que je veux, c'est l'aider à tuer d'au…

Je n'ai pas le temps de terminer qu'Aga m'entraîne à l'écart par le coude.

– Eh… Qu'est-ce qui vous prend de me toucher ?

Ce qui en soi est un exploit. Heureusement, Sauvage n'a rien vu, mais Bo, elle, si. Vu qu'elle n'arrête pas de m'espionner. Quelles sont ses chances d'avoir Sauvage, si je dérape ? C'est lui qu'elle veut, j'en suis persuadée.

– J'aurais attendu mieux de la fille d'Anne Le Page, me jette Aga en réponse.

Le coup au cœur que ça me met me fait oublier Bo.

– Comment savez-vous qui est ma mère ? éructé-je sur la défensive.

– J'ai cherché ton nom sur Google pour voir tes titres et j'ai trouvé le sien.

Et tu as lu ce qu'il lui était arrivé.

– Et ça vous donne l'impression de la connaître ? sifflé-je, d'humeur acide.

– Tout le monde la connaît chez nous. Ta mère a couvert le siège contre Waco avec son gros ventre de femme enceinte. On peut presque dire que tu y étais.

Émue, je porte ma main à ma bouche.

– Ses photos défendaient clairement les familles de sectateurs.

– Et vingt-cinq ans plus tard, tu te retrouves chez nous. Comme par magie. Tu ne trouves pas ça bizarre ?

Soudain ça me tombe dessus. Comme une évidence.

– Si.

Paralysée par ce qu'il vient d'aligner, je ne bouge pas. Jusqu'ici je n'avais pas fait le rapprochement. C'est arrivé si vite. Pourtant, depuis le départ, je ressens quelque chose pour Sauvage. Avant même notre rencontre. Mon esprit sillonne dans l'absurde. Comment savoir ce qui nous lie, Sau et moi ?

L'ennui, c'est que vu le contexte, je ne sais même pas si ce serait une bonne ou une mauvaise chose.

Et si tout ça nous ramenait à mon père ?

– Pourquoi me dites-vous ça, Aga ?

– Parce que je l'aime comme un fils et qu'il n'est pas prêt pour moi.

Une partie de moi veut mentir, nier qu'un lien nous unit.

– Qu'est-ce qui vous fait croire qu'il est prêt pour moi ?

Ma question le fait sourire, comme si elle était idiote.

– Il te fait venir. Il s'unit à toi. Il rompt son vœu pour toi. Et pour finir, il a dormi dans le jet, énumère-t-il sur ses doigts.

En tournant la tête, je m'aperçois que Chilton se dirige vers nous.

– Regarde-les, me glisse Aga avant de se retirer. La rivalité stimule les hommes. L'égalité les décourage. Seul ce qui est inaccessible intéresse les vrais champions. Ces deux-là se cherchent, Hope. Tu peux me croire.

– Salut Roy, l'interpelle Chilton.

– Cole, siffle Sau entre ses dents serrées.

Le champion du monde s'arrête devant le sectateur.

– Ça fait trois ans que je veux te parler, dit-il. Ton père était mon idole.

Sauvage croise les bras sur sa poitrine et garde le silence.

– Toi et moi ne pouvons pas vivre dans le même trou, pas vrai ? sourit Cole.

– Je crois bien que non.

– C'est ce que je pense aussi. Deux léopards ne se promènent pas dans la même forêt. Tu me présentes ton amie ? dit-il en me voyant approcher.

Sau tend la main vers la mienne et ses doigts glissent entre les miens.

– J'ai bien peur que non.

Chilton lève un sourcil.

– Pourquoi non ?

– Hope n'est pas une de tes Grid Girls[47], réfute Sau de dégoût.

Chilton fait mine de réfléchir.

– Je ne t'ai jamais vu avec une fille avant. C'est ta femme ?

Alors que j'aimerais entendre ce qu'il va répondre, Sauvage ne réagit pas.

Il est effrayant quand il est silencieux comme ça. On imagine tout et tout devient menaçant chez lui. Il n'y a rien de pire. On n'a pas de prise.

– Tu vois, Roy, reprend le Britannique avec flegme, comme si de rien n'était. J'ai peut-être un amour immodéré pour la jet-set et les belles femmes. Mais je sais reconnaître la classe quand je la vois, et je suis poli avec elle.

---

47. Au sens littéral : filles de la grille. Soit les traditionnelles hôtesses des circuits, très jolies et très peu vêtues. En passe d'être supprimées par Liberty Media car elles renvoient parfois une image plus que moyenne de la condition de la femme.

– Cole.

Surprenant tout le monde, le champion me tend la main.

– Je suis Chilton Cole. Ravi de vous connaître. Mademoiselle… ?

Mes bonnes manières prennent le dessus, ou alors ce sont mes nerfs, ou un acte de pure rébellion visant à indiquer à mon mari-céleste que je suis libre.

Je lâche la main de Sauvage et j'accepte celle de Cole.

– Je suis Hope Brenner, réponds-je poliment.

Après tout, ce sont *mes* règles, et elles comptent autant que les siennes.

– Ne la touche plus jamais comme ça.

Le sectateur n'a pas haussé le ton mais la menace dans sa voix est immanquable. Même moi, j'ai peur de lui quand il s'exprime ainsi. Chilton opine pour lui dire qu'il l'a entendu et s'adresse à moi :

– Brenner… Comme le nouveau maire de Miami ?

– C'est mon père, approuvé-je avec fierté.

J'en ai marre de marcher sur des œufs. Après la lettre de Melvin, cet instant de fierté me fait un bien fou. Mon père est un homme bien.

Alors tant pis si Sauvage fume de rage à côté de moi, j'en ai besoin.

– Que faites-vous dans la vie, Hope ?

– Je suis chercheur à l'université de Miami.

Les yeux du champion s'écarquillent.

– Belle, intelligente, et indépendante financièrement. Je suis impressionné, Roy.

Pendant un instant rien ne se passe. Tant l'embarras de chacun est grand, car il est évident que Chilton a compris que j'étais une *Wog*, et qu'il est trop poli pour le mentionner. Il doit se demander comment je me suis trouvée là.

– Est-ce que ça veut dire que tu vas enfin prendre part au championnat ?

– Je n'ai pas de Super-Licence. Tu devrais partir.

Le champion du monde en titre inspire profondément.

– Je veux t'affronter, Roy.

– Je ne te savais pas si idiot, réplique Sauvage avec mépris.

Les lèvres du champion frémissent d'amusement sous l'insulte.

– Je me fous de ce que la FIA a comme raisons pour t'empêcher de piloter, mec. Depuis que tu as refait surface, j'ai repensé à ces moments où, enfant, j'avais le nez en sang après avoir été frappé à l'école. Tu es le fils d'Oxton. Tu n'as aucune idée de ce que c'est d'avoir honte de son père.

Sauvage ne bouge pas et fouille son regard.

– Tu devrais partir avant que je te tue pour l'avoir touchée.

Chilton semble réfléchir prudemment à sa réponse et à sa stratégie.

– Je m'ennuie à chaque virage, dit-il, décidant d'ignorer la menace. Débrouille-toi comme tu veux.

J'ai besoin de toi pour donner la pleine mesure de mon talent.

– Je te battrai, lui jette froidement le sectateur.

Le champion ricane en tournant les talons.

– Ça, mon pote, je suis prêt à parier que non.

Sauvage tourne les talons et m'abandonne là. Mal à l'aise, je le regarde rejoindre les trois Audi où l'attend le reste de l'équipe, et je me demande ce qui m'a pris exactement à vouloir faire preuve de politesse. Peut-être me paraissait-il juste qu'il ressente à son tour la morsure féroce de la jalousie ? Dans l'absolu, j'ai raison, mais était-ce indispensable de lui donner une leçon juste *maintenant ?*

– Au fait, Hope ? me lance Chilton avant d'entrer dans sa Mercedes.

– Oui ?

– N'hésitez pas à venir me voir au paddock Mercedes si vous voulez admirer un vrai pilote en action. Je serai ravi de vous revoir. Vous êtes classe !

Merde. Je rajuste mon sac sur mon épaule et regagne les voitures en baissant les yeux sur mes joues rouges, ne souhaitant pas voir ceux de Sauvage, mais ses pieds rencontrent mon champ de vision. Il m'a attendue.

– Tu veux que je te respecte mais tu ne me respectes pas, argue-t-il durement.

Sur la défensive, je relève le menton.

– Tu n'as pas fait toute une histoire quand j'ai serré la main de Roland. En quoi est-ce un problème que je salue un *Wog* de cette manière ?

Sauvage regarde droit devant lui, indifférent à mes paroles.

– Si tu me rends jaloux, je vais être pire que ton pire cauchemar.

Ça n'a aucun sens.

– Je suis polie avec tout le monde, Sau, riposté-je, bien décidée à ne pas céder.

– Ne joue pas avec le feu, Hope ! Ne me provoque pas…

Là, je suis furax.

– Alors ne sois pas con, Roy !

Sur quoi, j'entre dans la voiture aussi dignement que possible et adresse un sourire à Caitlin, me plaçant d'emblée au milieu d'eux sur la banquette arrière, pendant que j'entends l'autre malpoli estomaqué répéter :

– Con ?

La vérité, c'est que je ressens exactement ce qu'il ressent. Je suis jalouse et lui aussi. Et ce lien intime entre nous me fout une trouille bleue.

La trouille, ça fait peur.

– Tu as tapé dans l'œil du champion du monde, déclare la femme d'affaires.

– Quoi ?

La portière claque à ma droite et le cuir ploie sous son poids, mais c'est surtout son énergie bouillante de fureur qui me fait sursauter.

– On peut y aller, lance Caitlin au chauffeur.

Elle attend qu'il démarre puis elle s'adresse à moi :

– Tu me fais penser à moi par moments.

– Ah oui ?

– Oui. On déteste toutes les deux être traitées comme de la merde. Cole a réussi dans la vie. C'est un homme d'affaires. Il sait apprécier la valeur des gens. Je sais ce qu'il a vu en toi : une fille intelligente qui sait ce qu'elle vaut et amènera un homme à se dépasser. C'est exactement ce qui lui manque, chérie.

Ça ne pourrait pas être pire.

Je ne commente pas, regardant le cortège des trois Audi A8 quitter le satellite des jets privés, puis l'aéroport. C'est déroutant de voir un aéroport ultra-moderne implanté dans une île constituée de villages de pêcheurs de perles.

– S'il t'invite à dîner sur son yacht, tu devrais y aller, insiste Caitlin.

– Son yacht ?

– Cole ne loge jamais à l'hôtel mais à bord de son propre yacht.

À quoi elle joue ?

– Pourquoi irais-je sur son yacht ?

– Liberty Media veut absolument faire plaisir à Miami en lui offrant son Grand Prix, mais les riverains posent souci pour un circuit de ville. Construire un nouveau circuit coûte cher. Chilton et toi feriez du très bon travail.

J'écarquille les yeux devant son audace.

Il y a un moment où elle n'est pas femme d'affaires ?

– Elle n'ira pas, tranche Sau en posant une main possessive sur ma cuisse.

Caitlin lui sourit, parfaitement consciente d'avoir ouvert la guerre.

– Quelles sont les chances qu'elle reste avec toi ?

Les mots semblent l'atteindre telle une douche froide.

– Aucune, reconnaît Sauvage.

– Au moins, tu es conscient ! Elle se ressaisira *bientôt*.

C'est une menace, mais je n'en saisis pas le sens. Nous avons un accord. Je couche avec lui volontairement. Sur quoi devrais-je me ressaisir ? Parce que c'est un sectateur qui n'est pas du goût de Caitlin ? Parce qu'il n'est pas de mon monde ? La tension palpable entre eux emplissant tout après ce dernier round, je me concentre sur les paysages qui changent à la vitesse d'une tempête de sable, pendant que chacun d'eux consulte son portable. Routes, hôpitaux, écoles, usines de dessalement de l'eau, centres commerciaux, hôtels à l'architecture démente.

On sent que la métamorphose a été fulgurante.

– Qui est-ce ? dis-je en pointant un portrait géant vêtu du qamis blanc.

– Sheikh Zayed, répond Caitlin sans s'arrêter de lire ses mails. Je te conseille de visiter sa mosquée. Elle est d'une époustouflante beauté. Zayed l'a voulue comme un lieu d'échange entre toutes les religions. Le but semble atteint puisque des millions de touristes de confessions différentes la visitent.

Je me tourne vers Sauvage.

– Tu crois que ce sera possible ?

– Tu n'es pas célibataire, acquiesce-t-il doucement. Je suis le seul qui peut t'accompagner en pays musulman.

– Qui plus est, tu parles arabe, décidé-je de ne pas me vexer.

Plus étonnant, la jeunesse de la population à cette heure matinale plus fraîche. On peut les voir pratiquer le paddle ou le kayak sur les bras de mer qui longent la route, sous le vol des oiseaux, au milieu des flamants roses, et même en compagnie des dauphins. Hallucinant. Le convoi des trois Audi traverse la ville d'Abu Dhabi, hérissée de gratte-ciel, sans s'arrêter.

– Le circuit n'est pas en ville ?

– C'est un circuit permanent sur l'île de Yas, convient Caitlin alors que, sur ma droite, Sauvage range son portable après un nouvel SMS.

[Panama]

Effectivement notre convoi prend la direction de la mer et s'engage sur un long pont d'acier. Partout des drapeaux à damier nous accompagnent. Pas un kilomètre n'en est dépourvu depuis l'aéroport, ce qui renseigne sur l'importance que revêt la Formule 1 ici, mais je ne m'attendais pas à ce que toute l'île lui soit dévolue. Devant nous, un immense parc à thème Ferrari. Des kakémonos géants annoncent les groupes qui se produiront pendant le week-end, dont les Chatterbox et Shawn Mendes. Ils y sont tous. Tous les plus grands. Du monde entier. Comment font-ils pour réunir autant de stars aux calendriers surchargés ? La réponse me saute aux yeux. Le spectacle est roi et le plateau se doit d'être exceptionnel.

C'est complètement dingue !

Aucun festival rock ne peut se permettre ça.

Et puis d'un coup je le vois.

Le circuit.

Je me penche devant Sauvage pour le voir, tant je ne m'attendais pas à ça. Des chicanes d'un bleu turquoise brillant, imbriquées dans la structure d'un hôtel de dingue, lumineux comme un mirage. Une gigantesque asymptote de verre et d'acier dynamique surplombant la piste et se lovant avec elle, répétitive comme un algorithme, et la mer tout autour. Des yachts. Une marina. Le soleil. Le vol des faucons. Le golfe persique en ligne d'horizon et la skyline de sable dans le dos.

Ce n'est pas un mirage, pourtant.

– On a du mal à imaginer que c'est réel, soufflé-je, admirative.

À peine les trois Audi de la FOCA à l'arrêt, des valets se précipitent pour nous ouvrir les portières et le bruit des jets d'eau du bassin nous souhaite le bonjour. Caitlin quitte le véhicule par la gauche tandis que Sauvage sort de son côté.

– Attends d'avoir goûté aux sensations de la course dimanche, profère-t-il satisfait par mon enthousiasme.

Les yeux émerveillés je lui souris :

– Oui, j'ai hâte.

L'intérieur sent les freesias. J'attends sagement debout que l'équipe récupère ses chambres, en regardant la piste en contre-bas à travers l'asymptote de verre. Il n'est que cinq heures du matin mais l'agitation dans les stands est déjà palpable, et même si je n'aurais pas eu de curiosité pour ce sport avant ça, je comprends la fascination qu'il exerce. On a parfois l'impression que le monde est fait de choses qu'on subit : de tremblements de terre, d'inondations, d'attentats, de guerres, de misère, de solitude ou de maladie. Mais ces gens-là ont décidé de relever un défi.

Celui de la fête autour des voitures, et c'est beau.

– Hope.

Je pivote pour le rejoindre.

– Quel est le programme ? lancé-je en déambulant dans le lobby avec lui. Est-ce que je serai avec toi tout le temps ?

Il s'arrête et me fixe de ses yeux noirs immenses et attentifs.

– Tu peux toujours essayer de t'enfuir mais n'oublie pas que si tu échoues, il y aura de sérieuses conséquences.

Je lève les yeux au ciel.

– Sans passeport ?

– Il y a une ambassade ici et plein de jets privés pour t'emmener.

Comprenant à qui il fait référence, je décide de me taire. Sauvage n'est pas du genre à bluffer. Même si tout se passe bien entre nous, il a des limites à ne pas franchir, et très sincèrement, j'ai envie de découvrir ce monde de la Formule 1 si loin du monde des sectes, pour savoir ce que je peux en tirer. Devant les ascenseurs, nous retrouvons le reste de l'équipe, qui se partage deux cabines.

J'entre derrière lui et le laisse appuyer sur notre étage.

– Le roof top est pour la piscine et les restos, m'informe Caitlin en me confiant une enveloppe. Nos chambres sont au premier avec vue sur la piste.

Du coup le *ping* arrive très vite.

Sans un regard pour la femme d'affaires, Sauvage sort de la cabine avec ma main dans la sienne et glisse sa carte dans la porte située au bout du couloir.

Il l'ouvre et me laisse découvrir l'endroit.

Mais alors que je pénètre dans un appartement d'angle panoramique à couper le souffle avec balcon de verre circulaire donnant directement sur le circuit et la marina remplie de yachts, il referme la porte et s'appuie contre le mur, prostré sur son portable sans que celui-ci ait sonné ou affiché d'autres messages.

J'abandonne mon exploration des lieux pour le rejoindre.

– Tout va bien ?

– Je vais prendre une douche, décrète-t-il en se décollant de la cloison.

Une minute plus tard, j'entends l'eau couler dans la suite mais je n'ai toujours pas bougé, fixant le téléphone qu'il a abandonné sur le bar au passage, à ma disposition. Son empreinte toujours active. Je pourrais appeler mon père et l'avertir de la lettre. Si je ne tente pas quelque chose pour sauver mon père, je m'en voudrai le restant de mes jours. Pourtant quelque chose me retient, et ce n'est pas la peur. Je ne peux juste pas me résoudre à le trahir.

C'est la sonnette de l'entrée qui m'oblige à bouger.

Je vais ouvrir au groom qui nous apporte nos valises, sors quelques dollars de mon sac à dos et le congédie sans accepter ses explications sur les fonctionnements de la suite. Je reprends son portable et cherche dans sa playlist.

Play with fire
Play with fire
Fire, fire
I've always liked to play with fire

Ensuite je me dirige vers la salle de bains.

Je le contemple à travers la vitre de la douche italienne. Jamais je n'aurais cru éprouver un jour une telle fascination pour le corps d'un homme. Il a un corps de rêve. Ses cils battent devant ses grands yeux sombres, qu'il garde tête baissée au milieu des jets d'eau qui le fouettent. Bras le long du corps, avec des veines bien visibles sous la peau, comme j'aime. Abdominaux de sportif et cuisses ciselées, soutenant la plus belle paire de fesses du monde. Il y a tant de son histoire dans ce corps dur que je ne peux pas lui en vouloir d'être ce qu'il est.

Play with fire
Play with fire
Fire, fire
I've always liked to play with fire

Totalement vidée par le vol, je me déshabille en regardant droit devant moi pour mieux repousser le sentiment de culpabilité qui m'assaille quand je pense que je trahis mon père, puis j'entre avec lui sous le jet d'eau chaude. C'est mal, mais cela semble si naturel. Sentant mon cœur battre plus vite, je me colle nue contre son dos, l'enlaçant de mes bras, suivant de mon index la ligne blanche de son abdomen où se rassemblent ses muscles obliques et transverses, depuis ses pectoraux. J'adore cette zone de séparation en dépression, bien marquée chez lui, qui se prolonge jusqu'à une partie bien précise de son corps, dans ma main.

Perdu dans ses émotions, il se retourne vers moi.

– Qu'est-ce que tu fais ?

– Je joue avec le feu.

– Et après ? J'ai beaucoup de rancune, beaucoup d'amertume.

C'est tellement honnête.

– Il y a aussi beaucoup de compassion que tu essaies de dissimuler.

Il ne me corrige pas.

– Ma compassion n'est pas pour toi, affirme-t-il.

J'encaisse le coup, oubliant la chair tendre dans ma main.

– Pour qui est-elle, alors ?

– Ce que je cache ne te regarde pas, me retourne-t-il.

Je ne le corrige pas parce que ce que je cache ne le regarde pas non plus. Je laisse l'eau chaude nous procurer la sensation délicieuse dont on a besoin, puis mes mains entament des mouvements de haut en bas sur sa queue en prenant bien soin de son frein quand je tire vers le bas. J'ai déjà branlé Brendt avec succès, mais là, c'est tellement différent que je laisse parler mon imagination.

Sauvage renverse la tête en arrière et semble s'adoucir.

– Je prends du plaisir, Hope. Je prends beaucoup de plaisir…

Notre lien est si fort, si brûlant, à cet instant que je le sens me roussir la peau. Je ne fais que le branler sous la douche mais cela semble tellement plus que ça. Je joue avec le feu, avec cette petite étincelle entre nous. Le feu est chaud, tordu, droit, ardent. J'apprends à aimer ce corps alors que je ne devrais pas l'aimer lui.

– Et merde, j'en ai marre de résister !

En une seconde, je me retrouve plaquée contre le mur de mosaïques, avec mes jambes autour de lui. Sa queue plonge au cœur de mon intimité et il entame de profonds déhanchements, encore, encore.

Play with fire
Play with fire
Fire, fire
I've always liked to play with fire.

Je renverse ma tête en arrière pour lui offrir ma gorge et plante mes talons dans son derrière tandis qu'il rue des hanches. L'eau ruisselle sur ses tatouages, invitant aux baisers, mais c'est sa langue qui me caresse l'épaule. Il me lèche comme un animal tout en me pilonnant et c'est le Graal. Rien ne pourrait étouffer la lumière dans ses yeux quand il prend du plaisir. Il y a toujours une âme quelque part, au fond, si profonde qu'elle est difficilement discernable. Sauf quand il couche avec moi. Il me baise comme j'en ai besoin, comme tous les hommes devraient baiser une femme. Mes jambes se mettent à trembler, je m'agrippe à lui, éperdument, le laissant me prendre avec autant de sauvagerie qu'il le souhaite, avant de m'effondrer avec lui dans un orgasme violent. Fulgurant.

Et là, au milieu des jets d'eau, je le laisse nous briser.

Play with fire
Play with fire
Fire, fire
I've always liked to play with fire.

– Tu sens ça ? halète-t-il en refaisant surface.

Ma chatte et sa queue pulsent comme un cœur. *Ensemble*. Un cœur léger. Un cœur net. Un cœur de vérité. Un cœur de tendresse, de générosité et de joie. Un cœur qui filtre les souvenirs pour ne garder que les beaux jours.

Pas un cœur lourd. Pas un cœur brisé.

– Je sais que ce que je ressens est bien réel, dit-il. Tu es ma femme. Je ferai tout pour toi. Je serai ton refuge et ton armure.

– Mais ? fais-je pleine d'espoir.

– Ne m'ouvre jamais ton cœur. J'ai trop de haine en moi.

Il ne bluffe pas et je ne recule pas. Je ne lui en veux même pas. Il est conscient de ses limites. Peut-être en franchira-t-il plusieurs *pour moi*. Mais la haine est une limite qu'il ne franchira pas *avec moi*. Une autre femme après moi, par contre, pourra la lui faire oublier. C'est injuste, douloureux, mais c'est comme ça.

Je suis la fille de mon père.

CHAPITRE 29
SAUVAGE

L'honnêteté, c'est pour les imbéciles !

Je ne me suis pas caché. J'ai été honnête en lui dévoilant ma haine pour la première fois. Je ne pourrai jamais dépasser ça. Ce sentiment violent qui me pousse à vouloir du mal à son père ou à me réjouir du mal qui va lui arriver. Je sais que, tôt ou tard, cette haine très forte me conduira à commettre un assassinat.

Je sais aussi qu'elle m'emportera.

J'accepte le destin, la mort pure et simple.

J'accepte le risque de la perdre.

Mais je n'accepte pas l'inacceptable.

Il ne peut pas s'en sortir impuni.

Ce n'est pas *juste.*

Pour autant, il n'y a pas un moment où Hope est oubliée. Il n'y a pas de distance à couvrir ou de ténèbres assez noires qui m'empêcheront de la sauver. Si elle s'enfuit, je n'arrêterai jamais de marcher pour la retrouver. J'ai entendu son SOS quand ce lien entre nous est devenu trop fort, trop dangereux pour elle.

Et pour une fois, j'ai choisi l'honnêteté.

Alors pourquoi ai-je le sentiment d'avoir tout perdu ?

Je vois bien que quelque chose s'est éteint en elle depuis. Elle ne me parle plus – plus un mot – et n'a plus ce regard franc quand elle me regarde. Ce regard qui dit que quelque part elle me fait confiance, même si elle sait qu'elle ne le peut pas. Elle marche près de moi pour rejoindre la piste que je dois impérativement reconnaître avec nos pilotes avant les premiers essais libres du vendredi, mais elle est ailleurs. Le regard dur et déterminé, mon casque Beats sur ses oreilles, elle s'isole avec un morceau qu'elle passe en boucle. *Rescue*.

Je n'ai pas de remords, c'est bien connu.

Alors qu'est-ce qui m'arrive à vouloir la consoler ?

Je me comporte comme si mon âme m'avait mis un coup de pied.

– C'est quoi ce délire ? La *Wog* va nous suivre partout ? me jette Asmund visiblement contrarié, devant notre paddock.

– Elle a un nom, sifflé-je de mauvais poil.

– Merde, Sau ! J'ai pas besoin d'elle au *track walk*, proteste le pilote.

– Moi si.

Asmund roule des yeux.

– Pourquoi elle ne va pas à la piscine se faire bronzer comme toutes les autres nanas de pilotes qu'il y a ici ? Je sais que je dois faire un effort parce que c'est ta femme, et vraiment je n'ai pas de problème avec ça, mec. C'est juste que je ne peux pas me concentrer avec une *Wog* dans les parages avant mes essais.

Je m'adresse à un stagiaire :

– On a un vélo pour elle ?

Asmund me lance un regard rempli de fureur, m'indiquant silencieusement à quel point je suis taré, et Hope ôte son casque.

– Je ne sais pas faire du vélo, de toute façon, annonce-t-elle.

– Quoi ? dis-je en la scrutant pour savoir si elle dit la vérité.

Hope détourne les yeux de moi.

– Et nager, elle sait ? persifle Asmund avec ironie.

– Même avec les petites roues ? se moque Matteo.

– T'as un problème d'équilibre ? l'interroge Batiste, plus curieux.

Dans ma tête, je la revois enchaîner les postures de yoga les plus incroyables.

– Elle n'en a aucun, réponds-je à sa place.

Elle n'a juste jamais appris à faire de vélo. Je croise les bras sur ma poitrine et brusquement je me demande quel genre d'existence elle a eu après le drame qui a coûté la vie à sa mère. Si personne ne lui a appris à faire du vélo, combien de temps a-t-il passé avec elle ? Est-ce qu'il l'a vue grandir, au moins ?

Mais quel con !

– Je ne peux pas faire le circuit en marchant ? propose-t-elle à Aga.

Pas à moi.

Le Team principal lui désigne nos *hoverboards* électriques connectés aux écrans des In-G assis dans la passerelle de commandement afin d'enregistrer toutes les données de la piste qui permettront d'affiner les stratégies.

– Tu n'arriveras pas à nous suivre, lui dit-il.

Je lève le bras pour rappeler le stagiaire.

– Mec, trouve-moi un gyropode.

– Sau, proteste Hope sur la défensive.

Enfin.

Sans réfléchir à ce que je fais, je la rejoins et prends son visage en coupe.

– Ton appréhension est normale si tu n'es jamais montée dessus. Je t'assure que c'est beaucoup plus stable qu'un vélo. Tout le monde arrive à avancer et reculer, et même à tourner sur soi-même, sans avoir besoin de chercher son équilibre. Tu vas voir, tu vas y arriver.

Je lui parle comme à une enfant. Je l'encourage. Mais je ne supporterais pas qu'elle m'oppose un refus parce qu'elle a peur. Je serais prêt à lui donner la fessée sur mes genoux pour ça. Comme seuls de vrais parents attentifs y sont autorisés. Plus personne ne la laissera se fuir elle-même. Ses yeux verts accrochés aux miens, partagée entre l'envie et la peur, elle hoche la tête.

– D'accord. Je vais essayer de ne pas vous ralentir, dit-elle.

Je devrais la lâcher à présent mais je pose mon front contre le sien.

– Je sais que tu es près du bord avec moi, je peux le sentir. C'est pour ton bien ce que j'ai dit. Je ne peux chasser la haine en moi.

Elle hausse les épaules, comme si ça n'avait rien d'intéressant.

– J'attendrai à la limite, alors.

Je recule un peu mon visage pour la regarder.

– Tu attendras quoi à la limite ?

– Que tu changes d'avis.

Je ne m'attends tellement pas à ça que je l'entraîne à l'écart des autres.

– Tu crois que je vais changer d'avis ?

Elle ne voit pas qu'elle m'insulte.

Elle hoche la tête, sûre d'elle.

– C'est une chose d'éprouver de la haine et de vouloir se venger en sauvage. C'en est une autre de se murer dans la haine pour éviter de voir l'enfant qu'on a été et tout le bon qu'on a en soi. Cet enfant a droit à un autre avenir que la haine. Quel est ton vrai prénom ?

J'en crois à peine mes oreilles. Je jette un œil aux quatre hommes qui m'attendent près de nos planches électriques et qui nous regardent en se demandant ce qui se passe et je baisse la voix :

– Qui te dit que je m'en souviens ?

– Le prénom est la première chose qu'on apprend de soi. Un enfant de quelques mois en reconnaît le son et sait qu'on se réfère à lui. On peut toujours s'en inventer un mais on ne peut pas oublier le vrai. Si je le prononçais pour t'appeler, je suis certaine que tu répondrais.

Je n'ai jamais rien vu de tel. Je lui montre ma haine et elle m'informe qu'elle est debout. L'air d'attendre que j'exauce sa requête. Que je lui livre la clef de mes ténèbres. Ce morceau de moi qui n'appartient plus à personne.

– Je ne suis plus cet enfant-là. C'est notre destin. Abandonne !

– Tu te trompes. Il n'y a pas rien de figé sans liberté d'essayer.

Quelle tête de mule ! Je la contemple en silence, sous les yeux des autres qui n'en perdent pas une, mais être le témoin avec eux de sa volonté à me sauver me semble remarquable. Elle est belle, et compliquée aussi. J'avais raison à Miami. Je n'ai jamais vu de femme aussi peu influençable qu'elle. Il n'y en a qu'une.

Hope Brenner danse dans la vie sur son propre air.

– Voilà, monsieur. Je l'ai emprunté au paddock Ferrari mais je dois vous prévenir qu'il a un Bluetooth. Il se peut que leurs In-G collectent nos données.

Je hoche la tête et récupère mon iPhone dans la poche de Hope.

– Connecte-le à ma playlist, dis-je en lui confiant mon téléphone. J'espère que Ferrari appréciera mes références musicales à Satan.

Le gamin me sourit et s'accroupit pour glisser mon iPhone dans le logement prévu à cet effet dans le gyropode. Il a pigé.

– C'est futé. S'ils veulent se connecter ils devront d'abord éteindre l'appareil et votre dame le saura. J'irai leur rendre quand vous reviendrez, dit-il avec malice.

Je prends la main de Hope pour l'aider à monter sur la plateforme.

– Ça a l'air stable mais il ne va pas démarrer tout seul ? s'inquiète-t-elle.

– Détends-toi. Quand il démarrera, la musique se mettra en marche aussi.

Je pose une main sur sa taille dès qu'elle est debout dessus avec les siennes sur le guidon. Je laisse ma main là pendant que je lui montre le fonctionnement.

– Pour avancer ou reculer, tu te penches vers l'avant ou vers l'arrière, sauf qu'au lieu de tomber, le gyropode se comporte comme si tu avais mis ton autre jambe en avant, et tu roules. Pour tourner à gauche ou à droite, idem. Simple, tu vois.

Elle place son Beats sur sa tête et apprend à maîtriser l'engin en mettant le poids de son corps vers l'avant ou vers l'arrière pour avancer ou s'arrêter.

– C'est bon ? Tu es stable ?

– Autant que toi, rétorque-t-elle avec humour.

Je lui montre la longue ligne droite en montée pour lui donner le sens.

– Allez push, ma belle ! Comporte-toi en championne !

I don't believe in Satan.
But he believes in me
He is ever so patiently waiting
To sharpen his teeth[48].

– Oh mon Dieu, c'est génial ! s'écrie Hope, les premiers mètres parcourus. Hé, 666 ! J'adore avoir ta musique sous les pieds !

Je ris en la voyant prendre de la vitesse et quitter la voie des stands. Un instant, j'ai l'impression d'être à une autre époque, celle où on pourrait être nous.

Un frisson passe dans ma colonne vertébrale.

– Sau, on y va, intervient Asmund, en montant sur ses planches.

Nos *hoverboards* s'allument de bleu et c'est parti. Free style !

Batiste fait le pitre et tente une figure sur les mains, façon skate parks, mais une fois sur la piste, on se concentre sur le job, et je laisse Hope faire ses propres expériences. Chaque plaque de béton, je la sens sous mes planches. Je la note avec eux. L'épaisseur des vibreurs, l'adhérence du sol, la pression qu'elle va coûter aux pneumatiques, les virages lents et les zones de freinage. Je sais qu'ils mémorisent ce que je leur dis. À la fin du tour, Aga vient *rider* à mon côté pour faire le point sur les pilotes, et les autres s'écartent pour qu'on ait un peu d'intimité.

---

48. Je ne crois pas en Satan. Mais il croit en moi.
Il attend toujours patiemment. D'aiguiser ses dents.

– Fils ? Dis-moi. Ça ne sortira pas de ma tête.

– Quoi donc, Flocon ?

Il pointe Hope et je souris en la voyant faire des rotations sur elle-même en se dandinant du cul sur ma playlist. Elle a pris confiance et ça me plaît.

– Il y avait quoi entre elle et toi avant qu'elle arrive ici ?

Je tourne mon visage vers lui, marqué par le mécontentement.

– Qu'est-ce que ça veut dire ?

– Sa mère était la reporter de guerre enceinte qui a couvert Waco. On a tous vu les photographies d'Anne Le Page. C'est grâce à elle qu'on a ému le monde entier et que plusieurs de nos communautés ont obtenu la paix.

– Anne est morte quand elle avait cinq ans, sifflé-je avec hostilité.

– Saskia aussi, riposte-t-il l'air d'attendre que je commente.

Ce que je ne fais pas. Je ne sais pas ce qui m'énerve le plus. Qu'il connaisse le nom de ma mère ou celui de la mère de Hope.

– Il y a un lien entre vos histoires, pas vrai ?

– Il se peut qu'il y en ait un, en effet.

Son père, voilà le lien.

– Dis-moi ce qui se passe, fils. Je ne veux pas que tu fasses de connerie.

Je décide de détourner son attention :

– Hope a appris dans le jet que Caitlin avait un repreneur. Inutile d'alerter les gars pour l'instant, mais je voudrais que tu surveilles les visites qu'elle aura au paddock ce week-end pour savoir qui c'est.

Et ça marche. L'albinos fronce les sourcils.

– Quelle salope ! J'étais sûre qu'elle allait nous virer quand Melvin est mort. J'ai surpris plusieurs fois des conversations entre eux, tu sais.

Moi aussi j'en ai entendues, mais Melvin n'y accordait pas d'importance.

– Hope dit que la décision est de Liberty Media pour défaut de résultats.

Je ne sais pas quoi dire alors je répète l'info tout bêtement.

– Il fallait s'y attendre, répète Aga. Ils ont déjà banni des écuries du championnat pour rendre la Formule 1 plus attractive.

– Bannir l'écurie d'Oxton ne sera pas sans risque pour eux, avancé-je. Les gens ne l'ont pas oublié. Je pense que Liberty Media encourage Caitlin à vendre pour cette raison. Le but est simplement de virer les sectateurs, qui ne font pas le show.

– Tu ne peux pas l'empêcher de vendre ?

– Repose-moi la question dans cinq jours.

Cherchant à voir Hope, je manque tomber de ma planche devant le spectacle qui s'offre à moi quelques mètres plus loin. En s'engageant dans la voie des stands, elle est passée devant le paddock Mercedes et discute à présent avec Chilton, debout en combinaison de pilote blanche rabattue sur ses hanches. Elle rit. Putain, il la fait rire et son rire joyeux me fait mal. Je vois rouge.

Je force ma planche à bondir en avant en criant.

– Putain d'enfoiré !

– Arrête tes conneries, Sau ! me crie Asmund.

– Oh bon Dieu de merde ! Arrête-toi ! lance Matteo.

– S'il la touche, je le tue, putain.

Je n'ai rien à répondre d'autre parce que c'est nos règles et qu'ils me comprennent, mais tout est en bordel dans ma tête. Je fonce sur eux. Tous les mécaniciens de la team Mercedes se contentent de me regarder, médusés. Cole a l'air amusé et même Hope semble figée sur place.

– Pas de baston avant la course, crie quelqu'un.

– Mon Dieu, c'est son père ! crie un autre.

– Asmund, Matteo, Batiste, tirez-vous de là, ordonne Aga qui doit penser aux pénalités qu'ils encourent en tant que pilotes s'il leur prenait l'envie d'intervenir.

– Va te faire foutre, Flocon de neige, il va le tuer ! hurle Matteo.

– Tirez-vous d'ici, bande de gnous ! hurle Aga.

Cole lève les mains en évidence et me fait un sourire narquois.

– Tu veux boire un coup, Roy ?

Je saute de ma planche et réponds à sa question en levant mon poing serré pour le flanquer dans sa figure. La tête de Cole part sur le côté tandis que mon poing s'arme derechef et entre de nouveau en contact avec son autre joue, le projetant sur le sol. Hope a écarquillé les yeux, choquée par cet aspect violent de ma nature, mais, Dieu merci, elle a trop peur pour essayer de m'arrêter.

– Sauvage ! s'écrie-t-elle en se tournant vers moi, abasourdie.

Ma poitrine monte et descend comme un animal sauvage qui veut tuer.

– Debout, connard ! Je ne tue pas un mec à terre.

Hope blêmit et appelle au secours :

– Arrêtez-le, je vous en supplie, dit-elle vers l'intérieur du paddock.

– Petit, fais pas ça, me supplie Aga la voix tremblante.

Les mécaniciens Mercedes s'interposent et leurs ingénieurs crient pour attirer l'attention des commissaires, des flashs crépitent autour de nous. Ça pue le scandale dans les journaux demain, mais j'en ai rien à foutre. On m'attrape par le tee-shirt et on me tire en arrière, à l'écart de Cole toujours allongé par terre.

Ne voulant pas les blesser, je me laisse ramener en arrière.

– Mais qu'est-ce qui va pas chez lui ? clame Walo, le eam principal de Mercedes, en se précipitant pour protéger son champion. Putain, les mecs, Cole va prendre le départ des essais dans moins d'une heure et sa mâchoire est en bouillie. Ça vous arrive de réfléchir à régler ça plus tard ?

Chilton se met debout et remonte une manche de sa combinaison pour essuyer son visage, crachant sang et salive en même temps. Des mécaniciens l’entourent pour le retenir au cas où, mais il n’essaie pas de me frapper.

Il se frotte la mâchoire avec la glace qu’on lui apporte.

– Ça fait un moment que ça devait arriver, hein Roy ?

– Laisse-la en dehors de ça ! ordonné-je.

Je détourne les yeux pour ne pas voir ceux de Hope qui me disent qu’elle a perdu un ami, tant je la déçois.

Tout le monde, sauf moi, a l’air de trouver mon comportement abject et inconvenant, mais si ce connard continue je suis sûr de le tuer avant son cinquième titre et là, pour le coup, ce sera inconvenant pour lui.

Cole me fait un petit signe de tête.

– Je la laisserai en dehors si tu ne repars pas dimanche soir.

– Quoi ?

Mes mains saignent et me pressent de le finir, mais ce con persiste :

– Attends seulement que la FIA quitte le circuit et viens courir contre moi lundi. Walo s’occupera de réserver le circuit. À titre privé, précise-t-il. Rien que nous deux. J’ai besoin de savoir.

Merde, il va croire que je me défile.

– Mais qu’est-ce qui va pas chez toi ?

– Je veux savoir ce que tu vaux. Voilà ce qui ne va pas !

La foule de photographes est maintenant amassée autour de nous, et leur excitation est palpable, mais contre toute attente ce n'est pas parce que je perds les pédales, cette fois. Je sais ce qu'ils veulent, je le vois dans leurs yeux.

– Nous aussi on veut vous voir courir, les gars, s'écrient les plus enthousiastes. Roy ! Qu'est-ce que tu attends ?

– Oui, ce serait fabuleux. On sent la rivalité entre vous. La vraie.

– Vous deux sur la grille, ce serait de la dynamite, les mecs !

– C'est des gars comme vous qu'on veut voir s'affronter. Perso, j'ai plus de plaisir à regarder les fleurs pousser qu'un Grand Prix en ce moment.

– C'est vrai. Pourquoi tu te dégonfles, Roy ?

Aga s'interpose. Il était temps.

– Roy est prêt, je peux vous l'assurer, mais il ne courra pas en privé. Sau a l'étoffe d'un très grand, il ne va pas s'abaisser à se cacher.

– Si vous le faites, les mecs, on reste, relance le gars de chez Motorsport.

– Et comment ! Nous aussi, décrète celui de *F1 Magazine*.

Walo m'interroge du regard.

– Roy, qu'en dis-tu ? Je réserve ?

Il est probable que je devrais relever le défi si je ne veux pas passer pour un dégonflé. J'en ai envie. Mais seul Zolder compte. Alors sans m'en rendre compte je secoue la tête et l'excitation retombe.

Je cherche le regard de Cole.

– Que dirais-tu si je te défiais dans une course de rue ?

– C'est illégal. Je ne fais pas ça, grince Cole avec logique.

Je sais à quel point il est en colère contre moi de me voir employer cette ruse, mais je n'ai pas d'autre moyen de m'en sortir.

– Eh bien, moi non plus. Il y a certaines choses que je ne ferai pas et d'autres que je ferai. Le jour où la FIA m'accordera ma Super-Licence, je monterai sur le podium avec toi sur la marche en dessous. Tu auras ta défaite, Cole.

Cole ne masque pas son irritation.

– Va te faire foutre, Roy ! dit-il en tournant les talons.

L'excitation retombe et tout le monde commence à rentrer dans son paddock.

– Je vais à la piscine ! annonce Hope.

Je comprends immédiatement que c'est à moi qu'elle s'adresse.

– Attends !

Elle a du mal à contenir sa colère :

– Non ! hurle-t-elle en me flanquant mon téléphone dans la main.

Machinalement j'abaisse mes yeux sur l'écran au moment où s'affiche un nouveau message, qu'elle n'a pas vu, fort heureusement.

[Costa Rica]

– Au moins je ne serai plus entre vous deux et tu pourras t'occuper d'Asmund et Matteo, s'époumone Hope comme une furie. J'en ai marre de toi, là !

Lorsque je relève la tête, elle passe la main sur son visage blême dans un geste de frustration, mais j'ai surtout l'impression qu'elle va vomir.

Un éclair de confusion traverse mon regard.

– Est-ce que ça va ? m'avancé-je. Dis-moi quelque chose.

Elle fait un petit bond en arrière.

– Crois-moi il vaut mieux pour toi que je ne te parle pas pour l'instant !

Pour une fois, je décide de l'écouter et de lui laisser de l'air. Elle a du mal à contenir sa colère contre moi, et je ne peux même pas lui en vouloir, vu que je viens d'en faire autant. J'ai lamentablement pété un câble alors qu'il ne la touchait même pas. J'incline la tête et la regarde s'éloigner vers l'hôtel en titubant. Elle a l'air malade. Je ne supporte pas son silence lourd de colère, alors j'imagine qu'elle ne doit pas plus supporter le mien, même s'il est dans ma nature. Je sens tous les regards sur moi, mais je m'en fiche. Mes narines fument encore. Je prends une profonde inspiration et je traverse la foule pour rejoindre mon paddock.

Aga me tape sur l'épaule.

– L'amour est un dieu jaloux qui ne souffre aucune rivalité, pas vrai, fils ?

Mon cœur s'emballe mais après mon petit numéro je ne discute pas.

Comment le pourrais-je ?

CHAPITRE 30

HOPE

J'entre en titubant dans notre suite.

Je suis trop énervée contre lui pour y voir clair. Aussi je décide de ne pas réfléchir tout de suite à ce qui vient de se passer. J'ai encore des sueurs froides et l'envie de vomir qui me vrillent l'estomac. J'ai cru que mon cœur allait s'arrêter lorsque j'ai vu mon père allongé sans vie sur le sol à la place de Chilton.

Sauvage est un monstre.

Si papa est coupable, il n'aura aucune pitié envers lui.

Je cours dans la salle de bains rendre le contenu de mon estomac dans la cuvette des toilettes et prendre une douche froide pour me débarrasser de la peur. Insensible à tout, je laisse l'eau fraîche me couler dessus sans réagir. Avec le recul j'essaie de poser mes pensées. Il avait du mal à contenir sa colère contre Cole, mais à aucun moment il ne s'en est pris à moi pour m'être arrêtée discuter avec lui. Je suis sûre qu'il ne me fera jamais de mal. Physiquement du moins.

Il va juste m'enlever mon père.

L'être humain que j'aime le plus sur cette terre.

Dans l'impulsion du moment, je décide de rompre ma parole et d'envoyer un message à papa depuis mon ordinateur. Je dois l'avertir des accusations horribles portées par cette lettre. Je sors de la douche en passant par la chambre pour mettre un maillot de bain, puis je me dirige vers le salon. Je m'installe dans le canapé et connecte mon MacBook au WiFi de l'hôtel en séchant mes cheveux à la serviette le temps que la connexion se fasse. Ensuite, j'ouvre l'application Facebook, vois qu'il est en ligne, et tente un contact via Messenger.

[Salut papa !]

Le message est lu tout de suite mais il ne répond pas. Je ne vois même pas les petits points sauter dans la bulle de gauche.

[Papa ? Tu es là ?]

De nouveau le message est lu sans réponse.

Un rapide calcul m'indique qu'il est forcément à la maison vu qu'il n'est pas encore six heures du matin à Miami. *Alors pourquoi tu ne réponds pas ?*

Mon doute l'accuse mais je ne peux plus m'abstenir.

[Ne m'en veux pas papa mais je dois te demander quelque chose. Il y a une lettre laissée par Melvin Roy à sa mort qui t'accuse d'avoir enlevé le fils de son frère et de l'avoir vendu à des trafiquants d'êtres humains. S'il te plaît, papa, dis-moi que ce n'est pas vrai. Son fils a reçu cette lettre et veut se venger. Je vais bien. Il ne me fera aucun mal, mais je t'en supplie, tu dois te mettre à l'abri.]

À peine envoyé, le message est lu, seulement il ne se passe rien.

Là ce n'est pas normal.

Je tente un appel FaceTime, il est refusé. Je m'attendais à ce qu'il me pourrisse de m'être mise dans une situation pareille, au lieu de quoi, il m'oppose un silence inquiétant, ce qui est encore pire. Je demande à nouveau un appel. Refusé. Je commence à paniquer, à manquer d'air.

C'est alors que je reçois :

[Tout va bien, bébé. Je t'aime.]

C'est tout ?

Est-ce sa façon de me dire qu'il ne m'en veut pas d'avoir douté de lui ? Ou bien que cette lettre ne lui cause aucun souci ? Alors pourquoi ai-je la sensation désagréable qu'il savait déjà ce dont on l'accusait ? Perplexe, je referme le capot de mon ordinateur. L'amour que je lui porte est sans conteste plus fort que mes doutes, même s'il suffira que Sauvage m'aligne d'autres évidences, pour que le doute demeure. J'ai fait ce qu'il fallait. Je suis tellement soulagée de l'avoir averti que je vais dans la chambre finir de m'habiller pour la piscine. Avant d'en sortir, je me ravise en voyant le bloc-notes de l'hôtel près du téléphone sur le chevet.

Furax contre lui, je fais marche arrière et laisse un mot à Sauvage.

Un mot bien senti.

Tant pis s'il le prend mal, j'en ai besoin.

Quelques minutes plus tard, j'attends l'ascenseur qui conduit au Rooftop où se trouve la piscine, avec l'appareil photo de maman en bandoulière. Les photos aériennes du circuit bleu turquoise depuis le Rooftop doivent être superbes. J'espère arriver à prendre nos voitures de là-haut. Je suis en train de vérifier que j'ai bien mon pass autour du cou quand les portes s'ouvrent sur un homme vêtu de la dishdasha blanche des Émiratis. L'Arabe est de toute beauté, avec des yeux dorés de panthère des sables maquillés de khôl. Mais ce n'est pas ce qui me cloue au sol. Ce qui me cloue au sol, c'est le faucon coiffé de cuir accroché à sa main gauche gantée. La coiffe est serrée sur les côtés par un jeu de lanières de cuir marron, lui donnant une allure bizarre. Une allure de gladiateur.

Ce volatile est un combattant, Hope.

– Vous montez ? demande l'Arabe en me voyant figée sur place.

Je saisis alors qu'il maintient les portes ouvertes de son autre main.

– Oui merci.

J'entre dans la cabine et me place le plus loin possible de l'animal.

– Pourquoi a-t-il cette coiffe sur la tête ?

– Cela s'appelle un chaperon, rectifie son propriétaire.

– Mais pourquoi l'aveugler ?

– Afin qu'il reste calme en présence des étrangers.

– Il sent ma présence ?

La panthère des sables me décoche un sourire sexy.

– Je crois plutôt que Millenium vous entend, corrige-t-il.

– Pardon. Je suis idiote.

Au lieu de me contredire, l'homme au turban hoche la tête. *Sympa*. Vexée je le dévisage plus ouvertement. L'Arabe a la dureté des hommes du désert, ce qui me fait comprendre qu'il est fauconnier, mais il y a autre chose en lui.

Quelque chose de plus américain.

– Vous vivez ici ? je demande avant de réfléchir.

– Je vous trouve bien entreprenante, mademoiselle.

C'est un cauchemar.

Plus je lui parle, plus je m'enlise, et plus il me prend pour une bimbo. Foutue pour foutue, je lui tends la main. Impossible que ce bonhomme soit un sectateur, donc je ne risque rien, pas vrai ? Sauf à rattraper ma bêtise.

– Je suis Hope Brenner. Je viens de Miami. Je me disais seulement que vous aviez l'air d'un Américain sous votre costume traditionnel.

Cette fois la panthère des sables éclate d'un rire rauque très sexy.

– Je peux l'enlever si vous voulez voir dessous.

Je vire au champ de coquelicots.

– Ce n'est pas ce que je voulais dire, bafouillé-je, morte de honte.

Il accepte ma main au moment où j'allais la lui retirer.

– Je suis Kar Kabbani Al Saoud[49].

Sa main ferme et douce me brûle l'estomac.

– Émirati ?

– Non, Saoudien. Mais vous avez vu juste, je vis à New York. Je suis publiciste dans West Village. Et vous ? Que faites-vous dans la vie, Hope Brenner ?

– Je suis chercheur à l'université de Miami.

– Félicitations. J'étais sûr que vous n'étiez pas idiote, sort-il avec ironie.

– C'est gentil de me rassurer ainsi.

– Vous avez un rapport avec le nouveau maire de Miami ?

Je hoche la tête avec fierté au moment où les portes s'ouvrent sur la terrasse.

– C'est mon père, dis-je en sortant la première.

Comme il ne commente pas, je le regarde rejoindre un groupe d'hommes en costume traditionnel installés dans des sofas près du bar autour d'un narguilé. Sans être aussi obscur et envoûtant que Sauvage, cet homme me semble tout aussi mystérieux. Bien trop mystérieux pour un simple publiciste.

– Puis-je avoir votre pass ? me demande une hôtesse en combi-short.

---

49. L'auteure fait ici un clin d'œil à sa série précédente : *Effet de vague*.

Pendant qu'elle vérifie sur son boîtier que je suis autorisée, je jette un regard circulaire à la gigantesque asymptote d'acier blanc qui nous surplombe, au jeu d'ombres et de lumière créé par les alvéoles blanches, et je me laisse imprégner par l'ambiance boîte de nuit en plein air qui va avec.

Waves de Dean Lewis fusant des enceintes du DJ.

– Venez avec moi, dit-elle en me rendant mon pass.

Je considère les transats pris d'assaut autour de la piscine, les corps enduits d'huile solaire et les buveurs de cocktails dans les sofas près du bar.

– Ce serait possible d'avoir un bain de soleil côté circuit ?

L'hôtesse esquisse un sourire niais comme si j'étais débile.

– Chaque écurie a sa zone ici, rétorque-t-elle avec suffisance.

– OK…

L'hôtesse s'arrête devant un gazébo blanc façon igloo intime pour six personnes donnant pile sur une chicane bleu turquoise impressionnante mais aussi sur une bonne partie du circuit et de la marina. « Réservé ScrapMetal Racing » est placé en évidence sur la table basse. Sauf qu'il est vide.

– Cela vous convient ? la ramène-t-elle.

– C'est génial. Merci beaucoup.

– Je reviens avec vos consommations.

Mes consommations ? Je n'ai pas le temps de lui dire que je n'ai rien commandé qu'elle est déjà partie. Satisfaite du moment qui m'attend dans ce petit nid en hauteur, j'enlève mon short, mes tongs, et la chemise blanche empruntée à Sauvage pour me mettre en tenue. Le bruit des moteurs monte, atténué, et ressemble plus à un bourdonnement d'insectes qu'à des bolides assourdissants. Je suis en train de m'allonger sur le matelas moelleux quand elle revient avec un seau à champagne givré de la marque partenaire Carbon contenant une variété d'eaux minérales et de protections solaires plantées dans la glace.

– Appelez-moi pour compléter, dit-elle en désignant un boîtier sur la table basse avant de pivoter sur ses talons de douze.

Je ravale mon merci. Vexée qu'elle me prenne pour une paysanne alors que je vis à Miami. Je fais quelques photos au zoom de nos voitures, puis d'autres du circuit à travers l'asymptote blanche qui m'inspire de belles compositions.

Je cadre des sujets ou des actions se déroulant en bas et d'autres en hauteur, jusqu'à être satisfaite de ce que j'ai dans mon Lumix, quand l'hôtesse revient avec un grand verre ballon rempli de champagne Carbon et de glaçons.

Déroutée, je la regarde le poser sur ma table.

– Qu'est-ce que c'est ?

– Une Piscine.

– Je sais ce qu'est une Piscine mais je n'ai pas commandé d'alcool.

Avec ce soleil écrasant, ce serait la meilleure façon de me saouler.

– De la part des Chatterbox, là-bas, dit-elle avec un sourire plus franc.

Je tourne la tête vers le gazébo qu'elle m'indique et je reconnais les deux chanteuses britanniques qui accompagnaient Chilton à l'aéroport. En bikini et chapeau de paille haute couture exagérément grand sous lequel disparaît leur visage, les deux filles allongées sur le ventre me saluent.

– Je vais aller les remercier, dis-je pour congédier l'hôtesse.

– Vous avez de la chance. En plus d'avoir du talent, Selene et Val sont des filles super ! Ça ne m'étonne pas que Cole vienne toujours avec elles. Contrairement aux autres stars qu'on voit ici, ces filles ne font pas d'histoires.

Me sentant obligée, je me dirige vers leur gazébo avec mon verre.

– Merci. Pour le verre, dis-je timidement, évitant de lorgner leurs fesses parfaites dénudées sous mon nez.

– Moi c'est Selene, se tortille la plus pulpeuse des deux pour trinquer.

– Et moi Val, déclare celle au bijou de corps serti de diamants.

Je m'en veux de les reluquer mais leur cul ferme parfaitement rebondi me fait envie. Elles sont hyper musclées et bien foutues. Elles peuvent oser tous les maillots et les bijoux de corps sans que ce soit ridicule sur elles. Pas comme moi avec mes fesses molles dont s'est plaint Sauvage.

– Enchantée. Moi, c'est Hope, dis-je en rentrant le ventre.

Elles hochent la tête pour dire qu'elles le savaient déjà.

– Alors c'est toi la copine du beau mec qui s'appelle Sauvage ? demande Selene. Val et moi lorgnons sur lui depuis deux ans, mais on ne l'a jamais vu avec personne. Ce mec est si chaud qu'on ne comprend pas !

– Sauvage est un sectateur. Comme Asmund, Matteo, et Batiste.

– Oui, on a lu ça dans la presse.

À leur tête, je comprends qu'elles n'en savent pas plus.

– Ils ne se mélangent pas, expliqué-je simplement.

– Mais avec toi, si. Est-ce qu'il mérite son nom au plumard ?

Je rougis et ça les fait rire.

– Laisse tomber, mignonne. À la couleur de tes joues on a la réponse.

– Il a l'air raide dingue de toi en tout cas ! commente Val avec envie.

Mes yeux cillent et courent d'une à l'autre.

– Vous croyez ? fais-je avec curiosité.

– Absolument, chérie. Sur ça, tu peux nous faire confiance.

– Quoi ? Ça te surprend ? Tu es devant nous en bikini et on voit bien que tout est naturel. Ton corps est doux. Tu as des cheveux magnifiques et des seins arrogants. Tu manques un peu de muscles, mais tu es hyper sexy, chérie. Beaucoup d'hommes préfèrent les femmes naturelles au toucher.

J'essaye de ne pas sourire tant ça me touche.

– On te l'a jamais dit ?

Brendt ne me l'a jamais dit comme ça en tout cas. Peu convaincue de ce que je fais, je m'assieds sur leur matelas et je porte mon verre à mes lèvres pour avaler une première gorgée de champagne glacé, en me laissant porter.

– Il faudrait que je mange, me ravisé-je. Je vais finir bourrée sinon.

Comme elles me regardent en silence, je précise :

– J'ai vomi avant de monter ici. J'ai l'estomac vide.

Sans poser de question gênante, Selene interpelle l'hôtesse :

– Tina, apporte-nous des frites françaises et des dibs de panisse bien grasses.

J'écarquille les yeux.

– Wouah. C'est plutôt calorique !

– On s'en fout. Viens à la salle pour éliminer demain matin.

Inutile de leur dire que ça ne risque pas d'arriver.

– Combien de temps durent les essais libres ?

– Trois séances sont au programme. Deux d'une heure et demie le vendredi. Et une d'une heure le samedi matin, m'informe Selene. Ensuite, c'est les qualifications pour obtenir la meilleure place sur la grille de départ.

– T'inquiète, on en a pour la journée, commente Val.

– D’accord.

– Alors tu vis à Miami ? Moi j’ai une maison à Los Angeles. J’ai longtemps hésité avec Miami, mais Hollywood, tu vois…

Au bout de quelques minutes de conversation people tuante et de bronzage en plein soleil, je ne tiens plus. J’éprouve le besoin de me baigner. Je rajuste mon bikini, abandonne mon verre vide sur le plateau laissé par Tina et prends congé.

– Je vais me baigner et rejoindre mon gazébo ensuite. Merci encore.

– Viens au concert demain, suggère Val. Ça nous ferait très plaisir.

– Je ne crois pas que Sauvage s’y rendra mais je peux toujours essayer, dis-je sans grande conviction d’y parvenir.

J’aurais tellement aimé aller à celui de Shawn Mendes, mais je ne me fais aucune illusion. Ce sera juste un raté de plus. Je me dirige vers la piscine avec la ferme intention de nager malgré les baigneurs qui font trempette un verre à la main en se croyant sur un *dance floor*. J’évite de me dandiner en attachant mes boucles plus serrées sur le haut de ma tête, même si j’en ai envie. Je chausse mes lunettes de soleil sur mon nez et j’entre dans l’eau.

Là où il y le moins de monde.

Dès les premières brasses, mon bonheur est total et finalement les gens sont assez sympa pour me laisser de la place. Je laisse l’eau détendre mon corps et le soleil dorer mes épaules en profitant de la qualité du DJ. Non sans apercevoir la panthère des sables me contempler depuis son sofa, ni l'Émirati plus âgé à son côté avec qui il semble converser, tout en me regardant. À chaque passage, je jette un œil au faucon coiffé de cuir sur leur table et ils sont toujours là, à me regarder.

Gênée, je finis par sortir de l'eau.

– Mademoiselle Brenner ? s'annonce l'Émirati plus âgé.

Je sursaute en récupérant ma serviette, ne les ayant pas entendus arriver. Gênée d'être à moitié nue et ruisselante dans mon bikini blanc, je me dépêche de me couvrir. Je n'ai aucune idée de la façon dont il faut se conduire face à eux.

– Bon sang ! Un avertissement aurait été sympa !

La panthère des sables rigole et s'adresse à son ami :

– Laisse-lui le temps de se sécher, Fadi. Sinon elle va te faire le coup de l'idiote et imaginer la vie que tu dois avoir selon elle. Encore que j'aimerais bien savoir ce qu'elle va te sortir, se ravise-t-il en se moquant de moi. Si ça se trouve tu es patron de night-club à Paris. Ou propriétaire d'un club de foot à Londres.

L'Émirati me considère un instant avec perplexité.

– Sheikh Fadhil bin Faisal bin Abdullah Al Nahyan, décline-t-il avec raideur. Ma spécialité sont les marchés financiers. J'aimerais vous parler.

Je me demande bien de quoi vu que je n'ai pas un sou à placer.

– Vous êtes Cheikh ? fais-je, songeant à la mosquée évoquée par Caitlin.

J'aimerais trop la visiter.

– Je suis croyant, pas religieux, corrige-t-il d'un air las. Les Sheikh sont une caste qui revendique une origine arabe prestigieuse. Je suis Sheikh. Tout comme mon ami saoudien ici présent, dont la famille est aussi prestigieuse que la mienne.

J'écarquille les yeux, offusquée par l'insulte cinglante.

– Je sais faire la différence, grincé-je.

– Tant mieux, réplique-t-il d'une voix morne.

Il n'essaie pas de sourire. Il n'est pas liant, à moins de bien le connaître, car visiblement son ami au faucon l'apprécie. On dirait un lion, intuitif, à l'écoute. L'Émirati me montre leur table au bar où l'oiseau est toujours chaperonné de cuir et je constate qu'il ne reste plus qu'eux. Les autres sont partis.

Mais je ne m'attends pas à ce qu'il m'invite.

– Pourriez-vous vous habiller et nous rejoindre ? J'apprécierais grandement votre compagnie en tenue correcte, exige-t-il dans un ordre silencieux.

Brusquement j'hésite. Ils ont l'air importants, c'est sûr, mais je ne connais pas ces hommes, ni ce qu'ils me veulent. Mon agression m'aura au moins servie à ça.

Je suis devenue paranoïaque quand on m'invite.

– Si vous voulez que je vienne, dites-moi que vos intentions sont convenables.

La panthère des sables jette un œil inquiet à son ami, l'air de se demander comment il va réagir, tant celui-ci semble peu habitué à la résistance féminine.

S'il ne répond pas, moi, je sais ce que je ferai.

– Je souhaite vous entretenir de la famille Roy, opine ce dernier. J'étais un très bon ami d'Oxton Roy. Son meilleur ami et le parrain de Sauvage, en fait.

Stupéfaite, j'examine sa tenue : son couvre-chef de tissu blanc maintenu par l'agal noir et sa robe ample immaculée qui lui descend aux chevilles.

– Désolé mais vous êtes musulman, lui fais-je remarquer. Je ne vous vois pas tenir un bébé sur les fonts baptismaux.

La panthère des sables pouffe de rire, tandis que son ami soupire.

– Encore une fois vous vous trompez de contexte, dit-il. Selon le *Corpus Juris Civilis*, le sens original du parrainage est un *service* qui doit être effectué par un *individuo* qui a une dette pour décharger le père d'un enfant en particulier, ou de plusieurs enfants du couple. Le parrainage de l'enfant est alors un type d'impôt bénévole accordé à sa famille, tout au long de leur vie, et au-delà.

Pendant une seconde, je ne peux pas parler, tant je suis surprise.

– Vous pouvez aussi appeler ça « tuteur », si ça vous chagrine. Oxton a fait les choses dans les règles et a officialisé sa volonté chez le notaire.

Là j'en reste coite. Et Melvin alors ?

– Est-ce que Sauvage le sait ?

– Bien sûr que non. Mais il est temps de le lui dire, vous ne croyez pas ?

Je hoche la tête, même si je ne vois pas bien pourquoi il a besoin de moi.

– Pourquoi ne l'en avez-vous pas informé plus tôt ?

– Je suis un homme de foi, mademoiselle Brenner. Quand j'ai su que le fils d'Oxton avait été retrouvé, on m'a aussi avisé de son vœu.

Il a respecté son choix.

Je suis toujours aussi surprise et je brûle de lui demander comment il a pu obtenir une information aussi confidentielle, mais, plus lentement, je commence aussi à comprendre comment il fonctionne, et ce qui me vaut d'être abordée aujourd'hui. Les nouvelles vont vite dans le milieu de la Formule 1. Le Sheikh a appris que Sauvage avait une copine *Wog,* ce qui l'autorise à lui parler sans lui faire l'affront de rompre son vœu, puisque c'est déjà fait.

C'est logique.

– Accordez-moi quelques minutes.

Impatiente d'entendre ce qu'il a à m'apprendre, je pivote vers mon gazébo. Je ramasse mes affaires, me rends dans les toilettes pour passer un maillot sec et me contente de revêtir la chemise blanche de Sauvage par-dessus, avec mes tongs. Je pourrais remettre mon short, mais j'ai déjà un léger coup de soleil sur le ventre et sa chemise est suffisamment longue sur moi pour couvrir mes cuisses. Ensuite je les rejoins, comprenant tout de suite où ils souhaitent que je m'asseye à la nouvelle Piscine sur la table devant un fauteuil vide. J'avise en silence les trois téléphones portables devant l'Émirati et dépose mon Lumix devant moi.

Sans manquer le regard de ce dernier à mon appareil.

– Comment avez-vous rencontré Oxton ? amorcé-je.

Je comprends à sa tête que je n'aurais pas dû commencer, mais c'est fait.

– Ma famille est la plus ancienne dynastie d'Arabie puisqu'elle règne depuis le dix-huitième siècle. Nous sommes puissants et riches.

– Tu veux dire ultra-riches, corrige le Saoudien. À côté de toi mon père est petit joueur, Fadi.

L'Émirati sourit, appréciant le compliment qui lui est fait.

– Ma famille a fondé Emirates Airlines en 1989. J'en ai fait la compagnie au développement le plus rapide du monde. Chacun de mes ancêtres avait une passion. Le polo. Les œuvres d'art. Les engagements muséaux. La mienne ce sont les voitures. Plus particulièrement la Formule 1. Il était donc logique que je contacte Oxton et lui offre un partenariat officiel avec notre compagnie.

J'incline la tête vers le circuit.

– C'est vous qui avez initié ce Grand Prix ?

Un oui de la tête pour confirmer.

– J'ai fait venir un architecte d'Allemagne pour construire le circuit et j'ai offert l'île de Yas, qui m'appartenait. C'est aussi moi qui lui ai donné le nom de « Grand Prix du soleil couchant » car il est le premier Grand Prix de l'histoire à commencer de jour et à se terminer de nuit. Ce projet, nous en avions parlé la première fois avec Oxton l'année avant sa mort. C'était *son* idée.

Ma gorge se serre sous le coup d'une émotion stupide pour ce champion bipolaire disparu trop vite que j'apprends à connaître peu à peu.

– Oxton devait être un homme très intéressant…

– Il l'était, acquiesce solennellement l'Émirati. Oxton avait plein d'idées pour dynamiser la Formule 1. Beaucoup disaient qu'il était fou. Moi, je trouvais qu'il était avant-gardiste. Très vite nous nous sommes très bien entendus.

– Normal, tu es fou, l'asticote amicalement la panthère des sables.

L'Émirati sourit à nouveau et m'explique :

– Depuis des années, les monarchies arabes de la région et celle de notre voisin saoudien ont compris qu'il était nécessaire de procéder à la diversification du golfe si on voulait être vus autrement. Mon idée était d'utiliser la stratégie sportive internationale pour développer notre économie tertiaire.

– Du pétrole aux Grands Prix, il n'y a qu'un pas.

– C'est ça, apprécie-t-il. Vous comprenez à présent pourquoi nos deux caractères se sont accordés. Oxton et moi voulions la même chose.

– Que préconisait-il pour la Formule 1 ? demandé-je, curieuse.

– Son idée la plus mal accueillie était de s'inspirer de la Fédération internationale de football pour les relégations. Il prônait de faire redescendre automatiquement en Formule 2 les deux dernières écuries du classement. Idem pour les pilotes. Cela aurait permis d'ouvrir la Formule 1 à des formations plus modestes, mais non moins méritantes.

Cet homme me plaît de plus en plus.

– Il n'a pas dû se faire que des amis, ironisé-je.

– C'est sûr, mais cela n'arrêtait pas Oxton. Il savait qu'il était le meilleur sur une piste. Ce qu'il voulait, c'était laisser une trace en donnant sa chance aux jeunes après lui. Créer une école Oxton, en quelque sorte.

Ma frustration m'échappe :

– C'est tellement dommage que son fils ne le voie pas comme ça !

Un instant le silence se fait, embarrassé.

– Comment le voit-il ? ose demander l'Émirati.

Je ne réponds pas, mal à l'aise à l'idée d'en parler dans son dos.

– Vous n'imaginez pas comment il se sent, dis-je à la place.

Ce qui semble suffisant si j'en crois leurs expressions et les regards préoccupés qu'ils échangent. C'est là que je comprends ce qui me gêne.

Je m'adresse à la panthère des sables :

– Attendez ! Quel est votre rapport à *vous* avec Oxton ?

– Avec Oxton, aucun, admet le Saoudien énigmatique.

Je le crois. Ce type doit avoir quatre ou cinq ans de plus que moi, pas plus. Il est bien trop jeune pour l'avoir connu.

J'insiste :

– Alors quel est votre lien avec tout ça ?

De nouveau les deux hommes échangent un regard. Si je ne regardais pas l'Émirati à cet instant, je raterais l'accord imperceptible qu'il lui donne.

Je fixe le Saoudien et la réponse tombe, avec mon estomac :

– Mon père a vendu des armes à Syrov. Il m'arrive de livrer. Parfois.

La force d'élite.

– Oh mon Dieu. Vous avez vu Sauvage.

Le Saoudien opine, comme s'il comprenait.

– C'était il y a trois ans. J'ai averti Fadi qu'un *street racer* courait pour un client russe et qu'il ressemblait énormément à Oxton. Les deux garçons auraient le même âge. On a fait des recherches et on a trouvé des vidéos sur YouTube. Peu de gens pilotent comme ça. Le doute n'était plus permis. C'était lui.

Brusquement tout s'aligne dans ma tête, ça va même trop vite. Mon cœur bat tellement vite que j'ai le sentiment qu'il va me sortir de la poitrine.

– C'est vous qui l'avez fait sortir ! m'écrié-je à l'attention de l'Émirati. Sinon comment auriez-vous été au courant pour son vœu ?

C'est logique. C'est plus que logique.

– J'ai appelé Poutine, confirme l'Émirati sans en dire plus.

En y pensant, je souris.

– Poutine vous a promis qu'il ne serait pas tué dans l'assaut. Mon Dieu, c'est énorme, vous l'avez sauvé !

Tellement énorme que j'éprouve le besoin de boire pour me remettre. Tant pis pour mes bonnes manières, je lève mon verre et descends ma Piscine comme si c'était du Champomy. J'ai trop d'émotions en moi.

– Peut-être que je peux encore faire quelque chose…

Ce n'est pas une question. Je repose mon verre et le regarde.

– Comme quoi, par exemple ?

– Venez dîner chez moi avec lui demain soir et vous le saurez. J'ai des choses à dire à Sauvage, et des choses à lui remettre aussi. Mais pour ça, Sauvage doit venir dîner dans ma maison. Vous êtes également la bienvenue.

Mon enthousiasme disparaît immédiatement.

– Il ne viendra pas.

J'en suis dégoûtée mais c'est la vérité.

– Pourquoi en êtes-vous si sûre ?

Je me refuse à dire à cet homme qui était le meilleur ami de son père et qui l'a sauvé, que Sauvage n'a aucun sentiment pour ses parents. Ce serait monstrueux de lui coller cette étiquette d'ingrat dans le dos.

– Je le sais, c'est tout.

L'Émirati me fixe un moment. Étrangement, il émane de ses yeux marron une vibrante déception et une confiance à la limite de l'arrogance.

– Dans ce cas, dites-lui que je suis le repreneur en pourparlers avec madame Roy. Ça devrait le convaincre de faire un effort.

Mes yeux s'écarquillent mais je n'ai pas le temps de l'interroger plus avant qu'une main féminine m'agrippe le poignet et me force à me lever.

– Tu as assez bavardé ! On va chanter.

– Quoi ?

– Tu sais chanter ! allonge Selene comme s'il ne pouvait pas en être autrement.

Sauf qu'en levant la tête, je distingue nettement l'endroit où elle nous dirige. La scène entourée de tabourets au milieu de la piscine où nous attend déjà Val.

Je tire sur sa main pour l'arrêter.

– Qu'est-ce qu'il te prend de me sortir de ma conversation ? C'est grossier !

– Tu devrais plutôt me remercier !

– Te remercier d'être grossière ?

– Non, de te sauver la mise. Pourquoi il y a autant d'Émiratis, d'après toi ? Ce n'est pas pour la piscine, ils sont en robe jusqu'aux chevilles. Aucun d'eux n'ira se baigner. Ni pour la course, sinon ils seraient en bas.

– Pour l'alcool ?

– Oui et pour les femmes. Dans les palaces, ils peuvent boire sans enfreindre la loi. Les Émiratis sont très protecteurs avec les femmes arabes qui sortent entre copines. Ils surveillent qu'aucun mâle ne les ennuie. Par contre… reste à leur table trop longtemps et tu passeras pour une pute occidentale. Si tu ne me crois pas, regarde autour de toi comment les autres Émiratis te regardent.

– Mais ça n'a rien à voir !

– Fadi Al Nahyan est comme les autres, chérie ! Ta conversation était peut-être privée mais les autres ne le savent pas ! Alors tu vas monter sur cette scène avec moi et Val, afin qu'ils voient tous que tu es avec un pilote, et pas leur pute !

Je fixe la scène où Val nous attend, comme si mon esprit grippait dessus. Comment ma vie a-t-elle pris un tour pareil en si peu de temps ? Tout ce que je fais est nouveau, excitant, ou terriblement flippant, me donnant l'impression de me libérer de l'esclavage. Tout revêt un sens différent, et surtout quasi vital. Je vis. Je souffre. Je pleure. Je ris. Je jouis. J'aime. Je conduis. Je désobéis. Et maintenant je vais chanter avec les Chatterbox.

Je ne veux pas que ça s'arrête, papa.

CHAPITRE 31

SAUVAGE

Combien de pain ?

Combien ? Combien de temps nous reste-t-il avant que tout soit fini ? Je ne peux pas les laisser tomber et laisser Caitlin vendre. Je me souviens de ce que disait Syrov : « Le temps est comme ton pain. Gardes-en encore pour demain. »

J’ai encore du pain.

Assis sur le banc des stagiaires au milieu du paddock, j’observe Liya revenir du parc fermé, cette zone close et sécurisée où les voitures sont examinées entre qualifications et course. Pas entre essais et qualifications. Sauf lorsqu’il y a suspicion d’irrégularité constructeur. Toute l’équipe est tendue autour de moi.

On risque la disqualification.

– Elle va pouvoir rentrer au paddock, annonce l’ingénieur éthiopienne, au grand soulagement de tous. Les commissaires ont déclaré l’aileron d’Azz conforme. Asmund est monté sur le vibreur au virage 10 et le *flap adjuster* de l’aileron avant s'est cassé. C'est la pièce que nous utilisons pour changer les angles. Quand la pièce s'est cassée, la monoplace est tombée de quelques degrés.

– Ça m'a créé des sous-virages, conclut Asmund.

– On va devoir en utiliser un autre, affirme Liya.

J'observe l'Éthiopienne de grande beauté aux cheveux crépus lissés jusqu'à la nuque qui fait craquer Asmund, dont la mère dissidente n'a pas supporté le brutal régime militaro-marxiste du Derg, se réfugiant auprès de l'Église de Scientologie.

Elle est la première femme noire à occuper le poste d'ingénieur en F1.

– On pourrait essayer de stabiliser la voiture autrement, propose Bo.

– On en utilise un autre, refuse Liya en secouant la tête.

– Merde, il nous faudrait Azz sous la main, là !

Aussi frustré que Bo, je m'adresse à Aga.

– Dis aux stagiaires de s'entraîner à changer d'aileron avant pour dimanche.

– Nous en faisons chaque jour, se plaint amèrement l'un d'eux.

Je fixe celui qui sous son casque intégral a osé me contredire. Il doit mourir de chaud sous son harnachement lourd et incommode.

– Je sais, mon gars. Mais il y a des choses difficiles à bien maîtriser. Ces ailerons sont compliqués à enlever et à remettre. Ils sont assez lourds et gros, maintenant. Vous devez coordonner le changement des roues *avec* le changement de l'aileron avant.

On ne peut pas se permettre de multiplier les arrêts aux stands dimanche. Compris ?

En espérant qu'on n'en grille pas un autre pendant les qualifications.

– Compris, monsieur.

Les stagiaires partent immédiatement se mettre à la tâche. Je ne sais pas pourquoi j'ai l'impression que ça va se reproduire avec Matteo, dont c'est la spécialité. La difficulté du circuit n'a rien d'extraordinaire, mais les vibreurs sont très hauts ici. Je regarde l'heure sur mon téléphone. Puis Aga.

– Je prends ma soirée. On se voit demain matin.

D'un signe de tête, il me donne son accord.

– Bonne soirée, Sau ! me lance l'équipe, et ça me fait tout drôle.

– Merci les gars.

Je quitte le paddock sans écouter leurs commentaires sur ma nouvelle vie et l'étonnement que je suscite à les abandonner dès les essais terminés, tant d'ordinaire j'y passe ma vie, et je rejoins l'hôtel, espérant trouver Hope dans notre suite, mais celle-ci est vide. À peine la porte refermée, mon portable sonne dans ma main. Contrarié, j'avise son ordinateur abandonné sur le canapé et son tapis de yoga étalé sur le balcon, sans regarder l'identité de l'appel entrant.

– Allô ? aboyé-je en refermant la baie qu'elle a laissé ouverte.

Exprès, j'en suis sûr. J'ai remarqué dans le jet à quel point Hope n'apprécie pas la climatisation.

Je suis certain que cette nuit on dormira fenêtre ouverte malgré la chaleur du désert. Son sac à dos encore sur le bar m'indique qu'elle est toujours à la piscine, et non quelque part dans les boutiques de l'hôtel.

Je ne sais pas ce que je préfère.

– Je viens de voir la télé, lance Azz à l'autre bout. C'est quoi le souci avec l'aileron avant, mon ami ?

– C'est bon, c'est réglé. Les commissaires pensaient que tu avais abaissé l'aileron en dessous des 75 mm réglementaires, mais c'est Asmund qui a flingué le *flap adjuster*. Cela dit, t'es quand même limite, mon pote.

– On aurait pu le remonter de manière fiable en changeant les appuis sans déséquilibrer la voiture, râle-t-il. Ça aurait au moins tenu pour les qualifs.

– C'est pas grave, Azz. Il nous en reste deux.

– S'il y a un accrochage pendant les qualifications, vous ne pourrez pas assurer les deux voitures pendant la course.

Il croit que je n'y ai pas pensé ? Tout en ôtant ma combinaison collante de sueur et les sneakers orange de notre sponsor soda, à l'entrée de la salle de bains, j'entends son silence frustré de ne pas être avec nous, et ça me déplaît souverainement.

Si l'écurie ferme, c'est pour lui que ce sera le pire.

– Je vais prendre une douche et rejoindre Hope, Azz. Je te laisse.

Tout ça est trop lourd. Après une atroce bouffée de spoliation pour Azz resté dans l'écurie, je prends une douche rapide. Ensuite je regagne la chambre pour m'habiller et comme j'ignore ce qu'elle a aux pieds, je récupère ses *babies* en tissu fleuri dans la penderie en prévision de ce que j'ai prévu pour la soirée, avec un ensemble de sous-vêtements de rechange.

C'est là que j'aperçois le mot qu'elle m'a laissé.

[Chéri, je vais noyer ma colère contre toi
à la piscine. J'espère qu'elle va passer.
Si je ne suis pas rentrée dans 20 minutes.
RELIS CE MESSAGE.]

Je fais mine de ne pas être amusé par son insolence mais je le suis.

À la vitesse de l'éclair, j'attrape mon portefeuille et mon téléphone et je quitte la suite en direction du Rooftop, où je n'ai encore jamais mis les pieds. J'ai beau imaginer un lieu de luxure spécifique aux *Wogs* friqués, je ne m'attends pas à ce que je découvre une fois là-haut. Ce que je vois au milieu du bassin en plein ciel manque me faire tomber à la renverse. Uniquement vêtue de ma chemise ouverte sur son bikini, Hope est assise derrière un magnifique piano à queue blanc, accompagnant les deux chanteuses de Chilton, et les clients assis sur les rebords du bassin les filment au portable. Ses boucles de princesse Disney bougeant en rythme sur ses épaules à chaque accord, ses pieds nus caressant les pédales avec sensualité et maîtrise. Je n'en reviens pas. Hope. Joue. Du. Piano.

C'est doux, sensuel, charnel, et joli comme un ange.

C'est beau comme un morceau de ciel.

– Je vous trouve une table ? s'empresse une hôtesse.

Debout au bord du bassin, je secoue la tête, trop fasciné par le sourire alangui et les paupières closes de Hope, pour répondre autrement. Elle joue sans regarder les touches, enfermée dans sa bulle, et c'est beau. C'est une expression d'abandon rare chez elle. Une expression de bien-être total et de confiance en elle que je ne lui avais jamais vue. Bien sûr les voix des Chatterbox sont plus travaillées, mais la sienne est douce, comme un nuage de pluie en plein désert. Une boule de coton me bloque soudain la gorge en l'écoutant, j'en ai des frissons.

Je jure que des choses se déplacent dans ma poitrine.

Fate don't know you like I do... Like I do
I'm gonna make you feel my love
Leave you no room for doubt.
I'm your destiny.
You're my fire[50].

---

50. Le destin ne te connaît pas comme je te connais. Je vais te faire sentir mon amour. Ne te laissant plus aucune place pour douter. Je suis ta destinée. Tu es mon feu.

– Elle assure, me souffle une voix à l'accent britannique sur ma droite.

Chilton.

Je suis tellement soufflé par Hope que je ne peux même pas lui en vouloir. Pourtant, je hais ce type, mais là, ça m'est complètement égal.

Mon cœur est tombé dans la neige. Il s'enlise. Il s'enfonce. Il s'étale partout dans ma poitrine. Tout est blanc autour de moi. Je ne vois qu'elle dans ma chemise noire contrastant avec sa peau délicate, et je cesse d'avoir peur du temps qui reste. Souffrir. Aimer. Je n'ai pas fini. Je veux vivre des montagnes de vie. Je veux aimer le temps qui reste. J'ai encore du pain. Hope a tout changé.

Hope est mon morceau de ciel.

– Je ne savais pas, dis-je totalement ahuri.

J'entends le sourire dans la voix de Chilton :

– Alors c'est une bonne surprise.

– Oui.

Dans chaque petite chose, il y a un ange. Le mien est dans cette femme.

– Val et Selene ont l'air de l'apprécier aussi.

Je tourne les yeux vers lui.

– Hope n'a rien à voir avec tes putes, Cole.

– Ces filles sont bien mieux que tu ne le crois, Roy, les défend-il aussi sec.

Tels deux mâles alpha qui ne peuvent pas s'affronter, nous nous mesurons de notre plus mauvais regard. Sauf qu'en considérant l'attitude des deux Chatterbox envers Hope qui les accompagne et l'harmonie de leur trio, je comprends qu'il dit vrai.

Ces filles ne chanteraient pas avec n'importe qui.

– Bon Dieu, elle fait un job de dingue ! s'écrie une voix féminine exaltée dans mon dos. Demain, ces vidéos deviendront virales sur les réseaux. Les hashtags ScrapMetal et Chatterbox, c'est un énorme coup de marketing.

Je tourne les yeux vers Caitlin, étonnée de la voir là, en maillot de bain et paréo. Même si je savais qu'elle était bien foutue sous ses tailleurs-pantalon business, je n'avais jamais vu son corps sculptural aussi dénudé. Je la regarde de la tête au pied. Elle doit passer son temps à la presse pour avoir un corps pareil.

– C'est tout ce qui t'intéresse ?

– Et toi ? En dehors de la vengeance, c'est quoi qui t'intéresse ?

Je pourrais l'étrangler pour oser en parler devant un étranger. Je suis sûr que Cole n'en perd pas une miette. Je ne sais pas d'où lui vient sa nouvelle assurance.

Mais ça ne me plaît pas.

– De toute façon, le concert est terminé, annonce ce dernier au moment où leur prestation s'achève par une série nourrie d'applaudissements.

En m'apercevant, Hope a jeté ses jambes dans le vide et a commencé à descendre lentement dans l'eau à l'endroit le moins profond afin de regagner le bord. L'eau lui arrivant à peine à la taille, elle a arrimé ma chemise sous sa magnifique poitrine pour ne pas la mouiller, dénudant ainsi son ventre sur un bikini riquiqui qui me fait immédiatement bander. Putain. Je me déplace vers les marches pour l'accueillir et lui tend la main.

– C'était époustouflant, Hope.

Elle frisonne de plaisir et ses joues virent au cramoisie.

– Ça t'a plu ?

– Énormément, mon ange. Depuis quand joues-tu du piano ?

– Papa a embauché une vieille dame qui enseignait le piano populaire quand j'étais muette pour me redonner confiance en moi, dit-elle sur la défensive.

Je décide de ne pas commenter.

– Je t'ai apporté de quoi te changer, dis-je à la place.

Ses yeux verts s'abaissent sur ses affaires que je lui tends discrètement.

– On quitte l'hôtel ? cille-t-elle.

J'abaisse mon nez devant le sien.

– Je peux aussi t'enfermer jusqu'à demain matin, si c'est ce que tu préfères.

Quelqu'un bouge derrière moi.

– Venez dîner sur le Yacht demain soir après le concert. Selene et Val m'envoient lancer l'invitation, propose Chilton. Rien que nous cinq, promis.

Je prends une profonde inspiration pour refuser sans m'énerver mais…

– Nous sommes pris ! annonce Hope.

– Quoi ?

Je suis tellement en déroute que j'oublie de vérifier si elle ment par politesse, faisant foirer de ce fait son excuse bidon, mais c'est trop débandé comme idée.

Jamais il va croire ça, chérie !

– C'est hyper gentil, mais nous avons déjà une invitation à dîner pour demain soir, et c'est important pour Sau d'y aller, explique Hope à Chilton.

Là je panique.

– Hein ?

Comme si j'avais une vie mondaine, putain !

– Je t'expliquerai, déglutit Hope.

Et sur cette explication qui n'en est pas une, elle se tire.

– Je vais récupérer mon Lumix et me changer dans les toilettes, me lance-t-elle en s'éloignant. Attends-moi devant l'ascenseur, champion !

Champion ?

– Vous allez où demain ? m'interroge Cole, flairant l'excuse bidon.

Nulle part.

– On va chasser le diable ! nous crie Hope qui a entendu depuis le bar.

C'est là que je vois où se trouve son Lumix. Deux hommes arabes en costumes traditionnels se lèvent pour l'accueillir dans une zone réservée aux VIP plutôt à l'écart et échanger quelques mots avec elle pendant qu'elle le récupère avec ses tongs en plastique doré. S'il est clair que le plus âgé a le pouvoir, l'argent et l'autorité, et ne me dit rien, le plus jeune cristallise toutes mes pensées. Je plisse les yeux pour étudier son visage sous son voile, alors que les siens, dorés comme ceux d'une panthère noire, se rivent aux miens. Il se souvient. Mon sang ne fait qu'un tour. C'est bien lui. Le marchand d'armes de Syrov.

D'un pas décidé, je marche vers eux.

– Non ! m'écrié-je, faisant immédiatement passer Hope derrière moi.

Deux gardes en planque se précipitent, mais je les repousse en levant la main.

– Rappelez vos gorilles ou je les tue avant qu'ils la touchent.

– Sau ! s'écrie Hope dont les yeux se sont écarquillés de terreur.

– Boucle-la, idiote !

Je ne supporte pas de la savoir près du monde de Syrov. Comprenant que je ne plaisante pas, l'Émirati leur demande en arabe de sécuriser la zone afin qu'on soit tranquilles pour discuter. Il ne se doute pas que je comprends tout ce qu'il dit.

– Elle ne risque rien, Sauvage, m'informe-t-il avec compassion.

– Non !

Hope m'agrippe le bras, plus fort que jamais.

– Sau ! Tout va bien, je t'assure. Je sais que tu es en droit de…

– Crois-moi, Hope, tu ne sais rien, putain !

Sa tentative pour me faire admettre que ces hommes ne représentent aucun danger pour elle me pousse à bout. Je pourrais la gifler. Je pourrais la charger sur mon dos et la fesser toute la nuit, jusqu'à me faire obéir, et décharger ma colère.

Je pourrais n'importe quoi !

– Si, écoute-moi.

Ma colère est palpable, terrifiante, je deviens dictateur :

– Va m'attendre dans la chambre !

– Non, écoute…

Il vaut mieux pour elle qu'elle se taise.

– Boucle-la, espèce d'idiote ! On a déjà tenté de te trancher la gorge et toi qu'est-ce que tu fous ? Tu fricotes avec un marchand d'armes de Syrov !

Les deux Arabes blêmissent mais j'en ai rien à fiche.

– Tu n'écoutes pas, râle Hope en se plantant devant moi. Comme d'habitude !

Je crois que je vais la gifler.

– Pourquoi, c'est si dur pour toi de faire ce que je dis ?

J'essaie de la remettre à l'écart, mais elle résiste :

– Parce que c'est grâce à eux que tu es dehors, entêté ! crache-t-elle à bout de patience, et ne me dis pas ce que je dois faire ! C'est chez eux qu'on va dîner demain et toi, tu vas refuser bien sûr ! Parce que ce sont des *Wogs* et que ce serait un effort trop important pour toi, pas vrai ?

– Qu'est-ce que tu racontes, putain !

Elle pointe du doigt le plus jeune.

– Kar Kabbani t'a reconnu lorsqu'il a livré les armes.

Son doigt montre ensuite l'Arabe plus âgé.

– Sheik Fadi bin bin bin machin… oh merde ! Désolée.

– Fadhil Al Nahyan. Fadi pour vous, corrige ce dernier.

– C'est lui qui a décidé les autorités russes à donner l'assaut, reprend Hope en soutenant mon regard noir. Il a aussi exigé que tu ne sois pas tué.

Ces mots me conduisent à la confusion. Je sais que je suis en désordre et que mon cerveau est grillé quelque part, mais brutalement, je me sens dans l'erreur.

– On nous observe, les enfants. Nous parlerons de tout ça demain.

Je ne réagis pas.

– Sauvage, votre père m'a appris la survie, déclare Fadi en s'adressant à moi. La survie, à présent est d'emmener Hope avec vous et de faire ce que vous aviez prévu ensemble en oubliant tout ça. Rien ne presse, venez demain.

Je ne dis pas un mot. Je n'en ai pas besoin. Mon regard est suffisamment cruel pour lui faire savoir que je n'apprécierais pas un piège. J'irai dîner chez lui demain soir. Aucune émotion ne transparaît dans mes gestes quand j'attrape la main de Hope dans la mienne pour sortir d'ici. Je ne sais pas ce qu'elle pense de tout ça, mais elle la serre aussi fort qu'elle peut. Je dois me raccrocher à ça.

Hope est mon morceau de ciel.

CHAPITRE 32

HOPE

Un symbole de tolérance universelle en marbre blanc.

Une preuve impérissable de l'ouverture sur le monde dont sont capables les religions quand elles ne sont pas fanatiques, sectaires, ou enfermées sur elles-mêmes. Être ici aide à comprendre que le meilleur aboutissement de la foi est sûrement la tolérance. J'en ai des frissons tellement c'est beau.

Au sens propre comme au figuré.

Je n'ai jamais été une amoureuse des couchers de soleil comme Abrielle qui nous a traînées en voir quelques-uns, mais celui-ci, sur la mosquée Zayed, je sais que jamais je l'oublierai. Caitlin avait raison.

Je ne sais pas encore ce que ça m'apporte, mais je devais le voir.

Au fur et à mesure que le soleil décline, le spectacle émouvant se transforme, d'abord de façon timide, puis, avec force, les rayons rasants illuminent le puissant monument en marbre de Carrare réputé le plus blanc, bâti au beau milieu du désert, découpant chaque arche, chaque colonne, chaque flèche, chaque dôme. Je relève un peu l'abaya qu'il m'a été demandé de passer sur mes vêtements et mes cheveux pour avancer. Pieds nus, je foule le jardin fleuri incrusté dans le sol, considéré comme la plus grande marqueterie de pierres au monde, de lapis-lazuli, d'améthyste, d'onyx, d'aventurine et de nacre, mais je ne sais plus où regarder.

En hauteur, droit devant moi, ou en bas.

– Quelle merveille !

– Oui.

– Tu n'étais jamais venu ?

– Non.

Ça m'attriste qu'il ne profite pas du spectacle autant que moi. Depuis que nous avons quitté l'hôtel, son hostilité prend toute la place entre nous. Je sais qu'il est en plein chaos émotionnel, mais je ne sais pas comment l'aider.

Je fais de mon mieux pour ne rien laisser paraître.

– Merci de m'avoir amenée.

Sauvage s'appuie contre une colonne de marbre tout en me regardant, ses yeux noirs, immenses et attentifs, balayant mon corps dans l'abaya bleue qui me descend aux chevilles. C'est troublant. Il me regarde comme je regarde la somptuosité des lieux autour de moi, comme si aucune autre ne méritait son attention, mais il ne dit rien. La tempête dans sa poitrine est trop forte pour qu'il s'exprime. Il est redevenu l'anachorète, dont la solitude est une prison.

– J'ai presque fini. Je veux voir la salle des prières. Le guide indique les plus gros lustres Swarovski du monde, tu te rends compte ?

Toute prison a sa fenêtre. J'essaie de trouver la sienne, mais Sauvage n'interagit pas. Il m'accompagne jusqu'aux portes barrées des cordons rouges de sécurité signalant la limite à ne pas franchir, et on peut distinguer le premier. Je me penche pour le voir, quand, à ma grande surprise, le vigile soulève le cordon.

– Pas d'appareil photo, *Sayeeda*[51], me prévient ce dernier en anglais.

– Bien sûr, opiné-je ravie.

J'obture l'objectif de mon Lumix pour lui montrer que je ne m'en servirai pas.

– Al Nahyan, peste Sauvage en me suivant à l'intérieur.

Tout en déambulant sur les tapis précieux sous les sept lustres de cristal d'au moins quinze mètres de hauteur chacun, je sens son regard posé sur ma nuque. Malgré la fraîcheur apaisante du lieu, son humeur particulièrement intense rend la salle des prières étouffante, un peu comme si un nuage noir chargé d'électricité le suivait partout. J'étais étonnée dans la voiture du Grand Prix qui nous a conduits ici lorsque je lui ai raconté qu'Al Nahyan était son parrain et le repreneur de Caitlin. Sau a absorbé l'information en gardant le silence.

---

51. « Madame », en arabe.

– As-tu rompu ta promesse ? questionne sa voix grave dans mon dos.

Je m'immobilise, fixant droit devant moi.

– Comment ça ? répliqué-je, sur la défensive.

Impossible de savoir ce qu'il pense quand il me rejoint.

À moins d'être ému ou en colère, il fait toujours la même tête.

– J'ai vu ton ordinateur sur le canapé à côté du mot de passe du WiFi quand je suis passé par la chambre, déclare-t-il platement.

Même si je ne devrais pas, je me sens coupable.

– J'ai averti papa de la lettre, admets-je stoïquement sans rien laisser paraître.

Pour y arriver, je me concentre sur le lustre monumental au-dessus de ma tête, incrusté de mosaïques en verre, pierres précieuses et cristaux miroirs imbriqués les uns dans les autres. Une splendeur que je n'arrive pas à apprécier, là tout de suite.

– Qu'a-t-il répondu ?

Je cligne des yeux.

– Que tout allait bien.

– Et tu le crois ?

Je fronce les sourcils sur les pampilles de cristal.

– Oui. Il n'a pas eu l'air inquiet par la lettre. Je trouve que c'est positif.

Pas sûr que lui soit prêt à l'accepter mais c'est ce que moi je pense. La réaction sereine de mon père après avoir appris pour la lettre m'a calmée.

– Tu as bien fait de le contacter.

Je quitte le lustre des yeux pour le fixer du regard.

– Ah oui ?

Il lève un sourcil, étonné.

– Tu croyais quoi ? Que j'allais faire couler ton sang sur ton cul pour te punir ? Il y a des hommes qui font ça chez nous. Je t'ai donné ma parole de ne jamais m'en prendre à toi, Hope Brenner. C'est mon engagement envers toi.

Je me trouve stupide de sentir une partie de moi se réchauffer à ces paroles. D'autant que je n'ai jamais tenté ce genre de choses. J'aime redécouvrir le sexe avec lui. Sauvage me donne toujours le sentiment de vivre une nouvelle expérience, comme si chaque fois était notre première fois. En fait, peu importe qu'il ait peu d'expérience, je n'ai jamais connu un homme aussi viril et aussi sûr de lui dans un lit. Le fait qu'il me désire tant me donne confiance en moi.

C'est bien plus vrai que tout ce que j'ai connu.

– Je croyais que ça ne te plairait pas, argué-je en reprenant ma visite.

– Je ne vais pas te punir pour quelque chose alors que j'ai fait la même chose.

Je fais volte-face.

– Attends ! Tu as *averti* mon père que tu m'avais attirée dans un piège pour te venger, et tu es toujours en vie ?

Sauvage reste imperturbable, comme si la réponse était évidente.

– Excuse-moi mais je n'arrive pas à y croire. Papa n'est pas du genre à laisser sa fille traitée en otage. Il est limite psychotique quand il s'agit de moi. Si en plus il sait que je couche avec toi pour réparer son crime, il va péter un câble et te tuer avant même de chercher à savoir si j'étais consentante.

– Tu couches avec moi pour ça ?

Sa déception est palpable mais je m'en fiche.

– C'est pas toi qui voulais que je sois ta « réparation » ?!

Les mots sont rarement honnêtes. Les siens semblaient quand même mûrement réfléchis dans sa cuisine lorsqu'il m'a imposé ça. J'ai accepté parce que je n'avais pas d'autre solution et qu'il m'avait assuré ne jamais me forcer. Mais depuis, je n'arrive toujours pas à savoir si ce terme est positif ou négatif. La professionnelle en moi dirait que oui – tout ce qui répare a du bon. L'autre moi sait que coucher avec une femme ne devrait pas être une justice réparatrice.

Sauf qu'à la vérité, ça m'a plu.

– Nous n'avons jamais été en désaccord, argue Sauvage.

C'est vrai et c'est ça le plus étrange. Si j'avais dit non, cet homme censé n'avoir aucun remords ni dégoût de lui-même ne m'aurait pas violée.

Je décide d'enfoncer le clou.

– Un vrai mec ne baise pas une femme *pour lui*. Il devrait être capable de la baiser *pour elle*. J'ai toujours pensé que Brendt était un gamin sur ce point. De toi, j'attendais mieux. Sauf que tes raisons sont mauvaises.

Sauvage ne relève pas, les mâchoires contractées sous l'insulte.

– Je ne suis pas un gamin, Hope Brenner. Je savais que tu finirais par passer à l'acte en te laissant ton ordinateur. Tu es loyale et je l'accepte. Parce que c'est toi et que tu me plais ainsi. Je suis un homme que tu ne peux pas vaincre. Parce que je n'ai aucun remords, alors que toi, si. Réfléchis. Je t'ai donné les moyens d'avoir un WiFi uniquement après avoir avisé Brenner moi-même. Tu ne lui as rien appris. Au moment où tu es montée dans le jet, il savait.

Je soutiens son regard malgré la puissance de sa colère.

– C'était ça les coups de fil sur le tarmac ?

– Oui.

Je dégouline d'amertume.

– Mais papa aurait pu appeler la tour de contrôle et stopper l'avion !

– Eh bien, il n'a rien fait de tel, répond insidieusement Sauvage.

Quelque chose m'échappe. Le Samuel Brenner que je connais aurait fait fermer l'espace aérien par le gouvernement canadien. Tout chez lui est dans l'excès quand il s'agit de ma sécurité. Pour preuve ma puce GPS, son interdiction formelle que je passe mon permis, mon implant contraceptif dès ma puberté, comme si j'étais une mineure sous protection. Je ne dois pas être logique. Quand mon père s'inquiète trop, ça me saoule. Quand il ne s'inquiète plus, ça me blesse.

– Il n'a pas posé de questions sur la puce ? m'étonné-je.

Peut-être m'en veut-il de l'avoir enlevée ?

– Je l'ai informé que je te l'avais retirée après l'agression.

Mes paupières battent frénétiquement.

– Oh mon Dieu. Tu lui as parlé des deux hommes qui m'ont agressée. Papa a dû faire une attaque et te harceler de questions sur ces criminels.

– Je lui ai dit que j'assurais ta sécurité.

Je dois avoir du fromage blanc dans la tête car rien ne me semble normal. Pourtant je vois bien dans ses yeux que Sauvage ne ment pas.

– OK.

Sa supériorité sur moi est évidente. Tant il m'apparaît clairement à présent qu'il a tout planifié. Je ne sais pas quoi penser. D'un côté, je suis soulagée. Mon père sait tout. Je n'ai plus à mentir. De l'autre, je suis peinée, frustrée de ne pas retrouver mon père dans ce détachement.

Je fais de mon mieux pour contenir ma réaction.

– Quelle est la prochaine étape ?

– Il sera à Vancouver lundi à notre retour.

Mon moral remonte au-dessus de mes sourcils. Abrielle et Caitlin ont raison. C'est à eux de régler cette affreuse méprise. Je fais confiance à mon père.

Papa est assez fort pour se défendre à présent qu'il sait de quoi on l'accuse.

– Super ! Je vais pouvoir rentrer avec lui, alors, dis-je d'un ton incrédule.

Sauvage fronce lentement les sourcils.

– Je t'ai dit que je ne te laisserai jamais partir, abat-il durement.

Il émane de lui une telle autorité en l'affirmant que je recule.

– Tu as accepté deux fois, me rappelle-t-il. La première, lors de notre deal pour sauver la peau de ton père. J'ai tenu ma parole, il est *vivant*. La seconde, de ton *plein gré*, en devenant mon épouse céleste devant les miens. Et je t'ai baisée.

Tout est vrai.

– Oui, mais…

Ses yeux noirs ne sont plus du tout séduisants.

– Nous n'avons jamais été en désaccord, martèle-t-il avec colère.

Il a du mal à contenir sa fureur, et je ne peux même pas lui en vouloir. C'est ma faute. Si je m'étais satisfaite d'être une *Wog,* au lieu de vouloir aider ces enfants privés de droits fondamentaux, rien de tout cela ne serait arrivé. Je ne sais même pas quoi objecter pour ma défense. Si ce n'est que pour moi cette union n'est pas légale. Il ne m'a pas demandée en mariage. Ce n'est pas un vrai mariage.

Je fais un pas vers lui.

– Tu n'as aucun droit sur moi, tu comprends ? dis-je avec douceur.

Sa main jaillit et m'attrape le cou.

– Non ! s'insurge-t-il, refusant même d'envisager ma version.

Sa main serre juste assez pour me faire peur, mais sous le choc de l'agression j'arrête de respirer. Sauvage cligne des yeux, blêmit et me relâche, inspirant profondément pour se calmer. La lutte profonde qu'il mène est évidente. C'est la première fois que je le vois traversé par un épisode borderline d'instabilité émotionnelle, avec une incapacité totale à gérer ses émotions.

Mieux vaut ne pas le provoquer.

– Tu ne veux pas me faire de mal, dis-je doucement en frottant mon cou.

Il n'accorde aucun regard à mon visage ému. Il se fiche complètement de mon point de vue. Je suis la femme qui lui a fait briser son vœu et qui veut s'en aller.

Comment pourrait-il le comprendre ?

– Essaye de me quitter et c'est le seul cas où mon engagement envers toi ne tiendra plus. Je t'ai donné ce que tu voulais, Boucle nuit. Tu ne peux pas gagner partout. Prends la bonne décision.

– Tu ne peux pas raisonner ainsi, Sau. Tu ne peux pas me forcer et décider de ma vie à ma place, persisté-je. Tu dois te faire une raison.

Sauvage secoue la tête avec conviction.

– Quand on risque de perdre *quelque chose,* on doit se faire une raison, corrige-t-il. Quand on risque de *tout* perdre, on n'a rien à perdre, crois-moi !

Je l'observe avec douceur. On dirait un enfant mal aimé, hyper émotif, envahissant, un peu puéril, et égoïste. Il était comme ça petit.

– Et moi je suis tout ? m'émeus-je malgré moi.

– Tu es ma famille, maintenant. Je ne laisserai personne t'arracher à moi.

Le visage éclairé par les lustres, il vient tout bonnement de m'annoncer mon exécution. Il ne peut pas le comprendre. Je serais peut-être restée avec lui. J'aurais même pu l'aimer et lui donner des enfants, malgré nos mondes différents.

Alors que là, j'ai envie de le fuir.

– J'ai besoin d'un moment pour moi, réclamé-je.

Son regard se déporte vers le mur de la qibla[52].

– Ici ?

– S'il te plaît.

Le regard du sectateur se radoucit.

– Prends tout ton temps, m'accorde-t-il, compréhensif.

J'avale la boule dans ma gorge pour faire passer le stress et je m'éloigne de lui en foulant les tapis précieux de mes pieds nus. Je reprends ma contemplation du lieu afin de gagner un peu de paix. J'ai besoin de trouver en moi la force intérieure, mais je ne sais pas comment. Contrairement aux sectateurs, je ne suis pas croyante. Depuis la mort de ma mère, c'est même une question que je ne me suis jamais

52. Mur des prières indiquant la direction vers laquelle le fidèle doit se tourner.

posée. Alors je ne sais pas. Mais dans cette salle des prières, dans ce lieu si plein de tolérance universelle, où le monde est autour de nous, je comprends que c'est la foi qui rend les hommes visibles. Parce que ceux qui agissent dans la vie ont foi. En Dieu. En eux. Aux autres. Peu importe.

C'est ce qu'ils réalisent avec leur foi qu'on voit.

Aussi, ne sachant pas quoi faire d'autre, je prie. N'ayant pas de Dieu à moi, je tends vers la lumière. Je me charge en tension. Je me projette dans le vide. Pas pour moi. Pour lui. Je ne l'avais pas remarqué avant, mais tout ce que cet homme promis au suicide veut, c'est une famille à lui. Ça me fait terriblement mal de sentir son besoin d'être aimé, et son sentiment de vide chronique. Personne n'a compris que si le diable s'est insinué en lui, si pendant toute sa terrible enfance Sau a nourri des ombres d'indifférence et de violence, c'est qu'il porte en lui le dangereux incubateur de l'abandon. Syrov l'a infecté, c'est sûr.

Mais celui qui l'a détruit, c'est son père.

Il lui reproche l'abandon. Normal. Je pense, moi, que c'est plutôt son absence qui l'a fait terriblement souffrir. Petit garçon, il devait profondément aimer et admirer son père. Peut-être même être fusionnel avec lui. Normal qu'il veuille tant le battre. Normal qu'il se soit fait tatouer les étoiles du champion. Sauvage est partagé entre amour et haine. Aujourd'hui, il est puissant, libre, et parfaitement capable de prendre soin de lui, mais il a besoin de plus que ça.

Il a besoin d'une famille.

Pourquoi ne l'ai-je pas compris plus tôt ? Cela m'aurait évité d'aggraver les choses en devenant son épouse céleste et de le faire souffrir en ne me sentant pas aussi impliquée que lui dans cette union. En agissant ainsi, pour lui, je ne vaux pas mieux que ce père qui l'a abandonné. Et comme à lui, il m'en veut d'avoir une telle emprise sur sa vie d'homme. Sauvage est fier, têtu, en colère aussi. J'ignore si c'est dû à la solennité du lieu ou si quelqu'un là-haut m'a entendue, mais à présent j'ai les idées claires. Tout est limpide, même.

Je reviens vers lui, et je hoche la tête.

– Merci. Je suis prête à y aller.

– Tu resteras avec moi quand tout sera fini ?

Ses yeux balayent mon visage pour y trouver la réponse.

– Oui.

Je ne sais même pas ce que je vais dire à mon père lundi, pour éviter que ça finisse en carnage. S'il apprend ma situation, mon père le tuera ou il tuera mon père. Il n'y a pas de solution. Seulement, cette fois, je sais ce que mon cœur me dicte. Je sais que ça n'a pas de sens, pas après notre histoire, mais je ne peux pas abandonner cet homme aux contours de son âme. Je le dois à l'enfant qu'il a été.

Plus que jamais je dois partir à la recherche de cet enfant.

– Viens. On sort d'ici, dit-il en se dirigeant vers les portes.

– On rentre dîner à l'hôtel ?

– Non, j'ai une autre surprise pour toi.

– Oh.

Après être repassée par les vestiaires pour rendre l'abaya et récupérer les babies plates que m'a prévues Sauvage, je le rejoins à la voiture. Une Alfa Romeo Giulia sponsorisée avec chauffeur, mise à disposition par les organisateurs du Grand Prix à chaque écurie dans le classement.

– Monte, m'ordonne Sauvage en m'ouvrant la portière arrière.

Je m'installe à l'arrière et le laisse prendre place.

– Merci de nous avoir attendus, Tariq, dit-il au chauffeur.

– C'est un plaisir de vous conduire, *Sayyed* Roy. Je vous emmène à la prochaine étape ?

– S'il vous plaît, acquiesce Sauvage en prenant ma main.

Le trajet s'effectue en silence, nos deux mains entremêlées entre nos deux cuisses. Peut-être suis-je folle. Peut-être suis-je aveuglée par la beauté des paysages désertiques que je vois défiler par la fenêtre tout au long de la route, mais l'amertume précédente a fait place à l'allégresse dans ma poitrine. Quelque part, il y a une consolation à tout ça. Les principes, les différences, les choix, la morale, le compromis, le savoir, tout cela est erroné quand on vit selon son cœur. Je sais qu'il est tordu de lui céder, mais ça ne signifie pas que ce ne soit pas vrai.

Cet homme me rend heureuse.

– Les Maverick vous attendent, *Sayyed*, annonce Tariq à l'avant en quittant la route goudronnée pour une piste de terre rocailleuse bordée d'herbe à chameaux.

Intriguée, je tourne mes yeux vers Sauvage.

– Qu'est-ce que c'est ?

– Le Maverick ne ressemble à aucun autre *Side by Side*[53]. Pour lui, le sable est son terrain de jeu. Il en raffole, me sourit le pilote avec gourmandise.

– Une sorte de buggy, alors, opiné-je, captant qu'il doit vouloir se faire plaisir.

– Mieux. Beauuuuucoup mieux.

Sauf que l'Alfa Romeo stoppe au milieu de nulle part. Partout où je regarde je ne vois que du sable et rien autour. Aucune piste balisée. Pas de plage. Rien.

– On va faire quoi, ici ? m'exclamé-je, un peu déçue.

Sérieux, même en quad, il n'y a rien à visiter.

– Régler ton problème d'allure.

– Tu parles de mon short ou de ma conduite ?

Sauvage m'ignore et descend de l'Alfa.

– Vous pouvez nous laisser là, Tariq.

– Je reviens vers minuit, *Sayyed*. C'est bien ça ?

---

53. Véhicule tout-terrain à mi-chemin entre le buggy et le quad utilisé par les quadistes.

Minuit ? On va rester jusqu'à minuit ici ?

– Je vous passerai un coup de fil.

Je ris, bêtement paniquée.

– Attendez, Tariq ! Il y a du réseau ici ? Je ne tiens pas à passer la nuit dans le désert ni à ce qu'on me retrouve morte de soif dans deux ou trois jours.

L'Arabe me montre son portable dans le rétroviseur.

– Oui, *Sayeeda.* Quatre barres.

– Ah d'accord, merci, Tariq. Je préférais demander.

Qu'est-ce qu'on va fiche dans le désert pendant cinq heures ?

En sortant de mon côté, c'est là que je remarque les deux tout-terrains noirs marqués can-am avec cage de protection ouverte surélevée sur quatre énormes roues noires, donnant aux deux engins une allure de fourmis géantes.

– Lequel choisis-tu ? m'interroge Sauvage alors que l'Alfa s'éloigne.

– Pourquoi ? Il ne nous en faut qu'un.

Vu la tête qu'il tire, ça ne doit pas être la bonne réponse.

– Très bien. Je prends celui de droite, tranche Sauvage en se dirigeant vers celui de gauche. Viens par là. Il faut que je te harnache et que je te montre le fonctionnement du casque Bluetooth.

Brusquement je percute. Ah non !

– Pas question que je conduise dans le sable !

– Le sable va t'aider à comprendre ce qui ne va pas, riposte le pilote.

– Non mais t'es malade ? J'ai pas le permis, je te rappelle !

Enfin merde. Il m'a donné une seule leçon. Abrielle en a pris trente-cinq avant d'être autorisée à sortir de Miami.

– Je t'assure que personne ne te le réclamera ici, ricane Sauvage.

D'un claquement de doigts autoritaire, il m'ordonne de monter.

– Range tes doigts. Je ne suis pas un chien, merde !

Il lève les yeux au ciel et reformule :

– Fourre ton cul là-dedans, Hope Alys Brenner !

J'obéis et m'installe derrière le volant, mais je proteste :

– Mais qu'est-ce qui va pas chez toi ? Ma première leçon était sur un circuit de course. La seconde va être dans le sable. Tu as prévu quoi pour les suivantes ? La conduite sur glace ? Un circuit de kart ? Ou carrément de me jeter d'une falaise en parachute avec une voiture ? C'est trop demander, une auto-école normale ?

Privé d'espace et de vitesse, il est peut-être malheureux, mais moi, non !

– Lors de ta première leçon, j'ai noté trois points à corriger, élude-t-il. Dans les courbes, ton moteur est trop souvent en surrégime et ta vitesse inadaptée, ce qui te conduit à adopter une mauvaise trajectoire. On va travailler ça ici.

Il est dingue.

– Tu me prends pour un pilote de rallye ?

– Rassure-toi, tu en es loin.

– Je t'ai dit que j'étais plan-plan.

Il me tend le casque.

– Mets ça sur ta tête et les écouteurs dans tes oreilles. On va communiquer pendant la course.

La course ? Je repousse sa main.

– Tu es taré ?

Il prend une grande inspiration, le regard chagriné. Et merde. Je m'empare du casque d'où pendouillent deux cordons reliés à des écouteurs ergonomiques et le place sur ma tête en faisant sortir mes cheveux impossibles à garder à l'intérieur pendant qu'il ajuste le sien sur son crâne.

– Team radio ouverte. Tu m'entends ?

On est à un mètre l'un de l'autre mais je fais oui de la tête.

– Parle dans le micro, me réprimande-t-il. Je vais te harnacher. Prête ?

– Prête.

Il détache la ceinture à cinq points d'ancrage et déroule les deux bandes verticales sur mes seins en prenant tout son temps pour être sûr qu'elles ne vont pas me blesser. Ses doigts effleurent mes tétons qui se dressent, durs comme des diamants sur son passage. Ensuite il passe aux sangles latérales sur mes cuisses nues, repoussant mon short du trajet, et serre fort. Je frémis en sentant la chair de poule couvrir ma peau au passage de ses doigts.

– Pourquoi as-tu besoin de serrer autant ?

Ses yeux noirs attentifs parcourent les sangles sur moi.

– Je ne veux pas que tu bouges dans le siège, déclare-t-il d'une voix rauque en verrouillant le tout sur mon ventre. Le Maverick va sauter et peut-être verser si tu t'y prends mal, mais toi, tu ne dois pas bouger de ta cage.

J'oriente son casque vers moi pour voir ses yeux.

– Avoue que ça te plaît de me voir en cage, l'aguiché-je.

Il déglutit et je sais que ça l'excite. N'importe quel homme, qu'il le reconnaisse ou non, est excité de faire ces choses coquines. N'importe lequel, sauf un anachorète qui se l'est toujours interdit, même en pensée. Maintenant, le voir découvrir ce qui l'excite grâce à moi me rend belle. Je me sens la femme la plus sexy de la planète avec lui. Comme si aucune autre ne méritait son attention.

– Tu me laisserais te faire un peu mal ? demande-t-il avec curiosité.

– Avec mon accord, oui, bien sûr.

Sauvage lève les yeux vers moi, étonné.

– La cage de protection est là pour te protéger en cas de dévers, reprend-il comme si cette conversation n'avait jamais eu lieu. En aucun cas tu ne dois déverrouiller seule ta ceinture. Le Maverick pourrait glisser et t'entraîner. Si tu te retrouves sur le toit, ce n'est pas grave. Mais c'est moi qui la déverrouillerai après m'être assuré que le Maverick est stable. Compris ?

– J'ai compris mais j'ai peur.

– Tu ne dois pas avoir peur avec moi. Je suis un risque-tout. Le danger m'aide à surmonter mon sentiment d'abandon et d'impuissance. J'en ai *besoin*. Mais je ne te ferai jamais faire quelque chose qui te met en danger. C'est du sable. Tu es protégée tant que tu es dans la voiture.

– C'est toi qui le dis !

– Tu n'as toujours pas confiance en moi ? dit-il dans la foulée.

– Non. Et toi ?

– Non plus, admet-il, refusant de croiser mon regard.

Notre punition à chacun nous impose le silence, sans toutefois démontrer notre erreur. Ça me tue qu'on ne puisse pas se faire confiance. Nous pourrions inventer l'aube dans notre nuit si on y parvenait, mais nous ne le faisons pas.

Sauvage contourne mon véhicule par l'avant et se dirige vers son Maverick.

– Les dunes sont faites de crêtes, de cuvettes, de vallées et de goulets, commence-t-il depuis son casque pendant qu'il se harnache à son siège. Tu dois connaître ces reliefs, parfois imprévisibles, et savoir les apprécier pour les parcourir. C'est exactement la même chose sur l'asphalte. Tu dois apprécier et adapter ta conduite à ce que tu ne vois pas.

– Tu veux que j'apprenne de mes erreurs au volant de la Diablo.

– Le sable va t'aider à modérer ton allure en fonction de ta trajectoire, et tu ne referas plus la même erreur. Regarde la couleur du sable. Que vois-tu ?

Je jette un regard circulaire autour de moi.

– Il y a deux zones. Foncée et claire.

– C'est le soir. La température a chuté à 26 °C. La zone foncée, c'est le sable humide qui a reçu l'humidité. La zone claire, c'est le sable sec qui a reçu la plus forte luminosité. Le sable sec glisse. Qu'en déduis-tu ?

– Je roule sur la zone foncée ?

– L'adhérence est meilleure, confirme-t-il d'un ton satisfait.

– D'accord.

– Bien, maintenant tu dois reconnaître ton terrain d'apprentissage. Regarde le paysage devant toi. Qu'est-ce que tu vois ?

– Du sable.

Le casque pivote aussi sec vers moi.

– Arrête tes conneries !

– D'accord. Il y a une énorme dune à douze heures.

– Le franchissement de la dune, c'est la base. Ta trajectoire doit toujours être perpendiculaire à la ligne de crête, sinon tu verses. Ne t'aventure pas dans le versant sec pour la monter prudemment. Tu t'ensablerais. Garde une vitesse constante pendant la montée et décélère juste avant le passage de la crête.

– J’ai compris.

– N’appuie pas comme une folle sur l’accélérateur pour passer, tu te retrouverais sur le toit. Sur la crête, tu peux virer tout en décélérant pour changer de direction, mais toujours en douceur et perpendiculaire. C’est clair ?

Je me remémore tout ce qu’il a dit et je hoche la tête sous mon casque. Puis je me rappelle que je dois parler dans le micro.

– Qu’est-ce qui se passe si je glisse quand même ?

– Tu *vas* glisser. Ce n’est pas grave. Garde une vitesse identique à celle de la coulée de sable et laisse-toi porter.

– Mais je ne peux rien faire pour l’empêcher ?

Je suis sûre que lui peut.

– Maintenant démarre ! Tu sais comment faire ?

– Avec ou sans la clef ? rigolé-je en observant sa réaction.

Depuis son siège, il dresse son majeur dans ma direction et démarre son moteur. Sa façon à lui de me dire qu’il a atteint les limites de sa patience avec moi.

Je démarre à mon tour.

– On roule en convoi, annonce-t-il dans le casque. Je passe devant et tu passes à gauche de mes traces. C’est là que tu auras la meilleure adhérence.

– Bien, champion !!

– J’aime quand tu obéis sans discuter, se moque-t-il. Ça change.

– Ton ego surdimensionné me remercie ?

– Mon ego surdimensionné est un être exceptionnel. Au fait ! Le départ est en deuxième, ici, petite Overbookée. En troisième sur le plat. Puis accélère.

Il met son engin en branle et j'en fais de même en passant la deuxième. Docile, je dirige ma fourmi dans ses traces, goûtant la sensation du roulage.

– Oh mon Dieu ! C'est agréable.

On dirait que je roule sur du velours.

– Comment tu te sens ?

– Comme un chat qui rentre ses griffes.

Ça le fait rigoler.

– Continue comme ça. On va passer la première dune. Garde une bonne distance avec moi. L'adhérence est bonne, mais si je m'ensable à la descente, tu pourrais me retomber dessus, et là c'est dangereux.

Je franchis la première dune sans problème, sans oublier d'analyser le relief de la suivante une fois en haut, et je reste dans ses traces pour la seconde, la luminosité des rayons rasants du soleil couchant rendant ma progression difficile.

– Tu t'en sors bien, mon ange. Je suis fier de toi.

– C'est génial, Sau. J'adore.

C'est sincère. Je me sens comme une reine derrière mon volant. Plus j'enchaîne les dunes, plus je me sens libre, prête à conquérir le monde entier. Mes roues patinent et le Maverick glisse sur le versant de la dernière dune, mais j'arrive à rattraper l'avant de ma trajectoire en contre-braquant sans freiner.

J'exulte de joie.

– Oh mon Dieu, je suis passée !

– Beau travail, mon ange ! me félicite Sau dans le casque.

– Tu m'as vue ?

– Je ne vois que toi, Boucle nuit. En fait, je n'ai jamais autant regardé mes arrières sur un circuit, mais ne répète pas ça à Asmund et Matteo. Ils seraient vexés de ne pas parvenir à m'inquiéter. Tu t'en sors hyper bien.

– Oui hein ? Je maîtrise la situation.

– Pas pour longtemps, glousse Sauvage devant moi.

Sa remarque me vexe.

– Méchant ! Pourquoi tu dis ça ?

En redescendant la dune, je comprends pourquoi. Un énorme animal de plus d'une tonne et haut sur pattes avec une tête à plus de trois mètres cinquante se met à courir à côté de mon Maverick avec grâce.

– Oh mon Dieu, qu'est-ce qu'il fait là ?

– C'est un chameau d'Arabie, mon ange.

– C'est pas un dromadaire ? Il a une bosse.

– Exact, mais son nom, c'est chameau d'Arabie.

– OK, je discute pas, mais qu'est-ce qu'il fait là ?

Tout tremble dans la voiture tant je suis obligée d'accélérer pour éviter qu'il me percute. J'ai du mal à tenir le volant. Le Maverick bondit projetant des gerbes de sable derrière moi. J'en ai partout. Dans la figure, mon soutien-gorge…

– Oh là là… Oh là là…

Les sangles me cisaillent les cuisses. Mon estomac fait des bonds qu'il n'a jamais effectués auparavant, et mon cœur se prend pour Speedy Gonzales.

– Reste dans les traces ! commande Sauvage.

– C'est à lui qu'il faut le dire !

Sérieux, je ne vois plus que ses longues pattes poilues qui galopent comme s'il courait depuis trois millions d'années et sa bave qui dégouline. Pitié, qu'il ne secoue pas la tête. Je ne supporterais pas d'avoir sa bave sur moi. Concentrée sur le mammifère, j'enchaîne les dunes à l'instinct, sans même m'en rendre compte.

Ça va mal finir.

Tête en avant, le cou tendu au maximum, les sabots de l'animal frappent le sable avec une régularité hallucinante, comme si une technologie cachée lui tenait les rênes. On est peut-être dans *Star Wars* ? J'ai lu qu'ils avaient tourné des scènes aux Émirats à cause de la couleur ocre du sable.

– Tu es sûr qu'il est normal ?

– C'est un coureur.

– Je vois bien qu'il court mais *pourquoi* il court ?

Je ne suis pas du genre à pleurnicher, mais cela me fait terriblement peur de le voir s'approcher du Maverick à cette vitesse. Comment fait Sauvage pour rouler à plus de trois cents kilomètres/heure en frôlant des voitures sur un circuit sans les toucher, et sans perdre ses nerfs. Ça m'épate !

– C'est un dromadaire de course, mon ange. Il fait la course.

– Quoi ? C'est autorisé, ça ? J'ai pas vu de panneau.

Sauvage éclate de rire dans le casque.

– Chérie, les courses de dromadaires sont une tradition séculaire à Abu Dhabi. Chacune de ces bêtes vaut un million de dollars.

Je donne un coup de volant pour ne pas lui rentrer dedans.

– Combiiiiiien ?!!!!

– Un million. Si c'est un champion, le double.

– Tu n'aurais pas dû me le dire. Maintenant j'ai peur de l'abîmer et de finir en taule pour le reste de mes jours.

– Je ne laisserai personne t'enfermer, mon ange.

Ça m'énerve qu'il soit si calme alors que moi je fais de l'huile.

– D'ailleurs comment tu sais ça, toi ?

– C'est un sport qui brasse beaucoup d'argent, réplique-t-il avec flegme.

– Ne me dis pas que Syrov faisait aussi courir des dromadaires !

– En Sibérie ? se moque-t-il.

Son Maverick bondit sur la dune et soulève le sable en retombant dans la vallée à quelques mètres devant moi. C'est clair qu'il prend son pied.

– Mais pourquoi il court après moi et pas après toi ?

– C'est un mâle. Ton odeur doit lui plaire.

L'animal blatère à répétition comme un ogre en rut pour dire qu'il est d'accord et je hoche la tête, même si c'est ridicule.

– On est sur le sec en bas, reste dans…

Trop tard. À force de me concentrer sur le mammifère amoureux, mes roues ont empiété sur le versant vierge de la dune et je glisse en travers. Oh non !

La peur de me renverser me cisaille les cordes vocales.

– Laisse-toi glisser ! crie Sauvage d'une voix tendue. Tu ne risques rien.

Effectivement le Maverick finit par se planter dans la cuvette, les quatre roues au sol. Ma gorge se détend de soulagement, mon estomac encore noué par ma peur précédente, mais je frappe le volant, en colère contre moi-même.

– Merde ! MERDE !

En levant le nez pour me calmer, j'aperçois le dromadaire à l'arrêt devant moi. L'air arrogant et hautain de l'animal me fait encore plus enrager.

– Qu'est-ce qu'il fout ? Il me nargue.

Sauvage rigole dans le casque.

– Il attend que tu te calmes pour te ramener.

– Me ramener où ?

– Ces coureurs sont si précieux qu'ils ont un GPS implanté sous le cuir doté d'un petit émetteur pour lui donner des ordres pendant la course. Son propriétaire nous attend pour un barbecue. J'imagine qu'il l'a envoyé nous chercher.

Brusquement je me repasse sa réaction quand il a ôté le mien.

– Et là tu ne dis rien ? L'animal vaut un million, alors c'est normal ! Peut-être que je vaux plus que ça pour mon père. Tu y as pensé ?

Son rire s'éteint dans le casque.

– Ces gens vivent dans le désert avec leur famille. J'avais pensé que ça te ferait plaisir de voir ça pour ton boulot, soupire-t-il. Effectue une marche arrière, roues droites, sans accélérer, pour retrouver une zone dense dans la cuvette.

– C'est une excellente idée. Merci.

Quelques minutes plus tard, le bivouac dont a parlé Sauvage est en vue et le chameau d'Arabie rejoint ses copains de course sans plus faire attention à nous. Estimant que je ne risque plus rien, je descends de ma voiture sans l'attendre pendant que Sauvage en fait autant de son côté et j'ôte mon casque pour saluer le bédouin en costume traditionnel qui s'avance vers nous.

– *Ahlan wa sahlan, Sayeeda.*

Je m'apprête à serrer la main qu'il me tend mais Sauvage me devance :

– *Salam alaykum, Amir. Masa al-khayr.*

– *Wa alaykum as-salam, Sauvage. Masa an-nu...*

Je les laisse converser en arabe puis notre hôte nous fait signe de le suivre.

– N’exprime pas de l’admiration pour une possession de notre hôte.

Tout en déambulant au milieu de ce qui ressemble plus à un Lodge de luxe climatisé avec piscine privée et tentes bédouines, je m’informe :

– Pourquoi je ne pourrais pas le complimenter sur sa maison ?

– La tradition impose qu’il nous l’offre.

– Oh alors, oui. Ça peut causer de l’embarras.

Sauvage hoche la tête.

– Qui plus est, la réponse correcte pour le destinataire est de donner un cadeau encore plus précieux en retour. Je ne tiens pas à ce qu’il te réclame.

Je glousse, flattée d’avoir plus de valeur à ses yeux.

– Pourquoi es-tu intervenu en arabe ? Je ne pouvais pas lui serrer la main ?

– Les Arabes fonctionnent comme les sectateurs. Une femme ne serre pas la main à des hommes non-arabes. Bien que certaines femmes éduquées puissent le faire. Je lui ai dit qui j’étais pour nous éviter de perdre la face. Il a compris et m’a remercié.

– Y compris avec des amis proches qu’on voit souvent ?

– À quoi penses-tu ?

– Demain soir nous allons dans la famille de ton parrain, alors je me renseigne.

– Je n’ai pas l’intention de nouer des relations avec cet homme.

– Alors pourquoi y vas-tu ?

Je ne m'attends pas à ce que la réponse qu'il me donne soit si honnête :

– Pour me convaincre que je n'ai pas été abandonné.

Notre hôte nous indique une table basse ancienne dressée sous les étoiles autour d'un feu de camp. Je considère avec plaisir l'arbre mort en guise de tente et l'atmosphère inédite du lieu. Il faut absolument que je trouve cet enfant perdu dans son pays imaginaire, et que je le ramène.

C'est cet enfant perdu qu'il faut réparer.

CHAPITRE 33

SAUVAGE

Cela semble si normal.

Il est six heures du matin et le soleil vient à peine de se lever derrière la baie vitrée ouverte de notre chambre d'hôtel donnant sur la Marina. Les yachts sont tranquilles à cette heure. Il y a peu d'occupants sur leur pont. On n'entend que le roulage de la mer et le cri des mouettes portés par la brise matinale.

J'avais raison. On a dormi sans climatisation.

Malgré quelques gémissements de petit chiot indiquant qu'elle rêve, Hope est encore endormie dans le lit, avec mon bras passé autour de ses épaules. Je la tiens plus pour la rassurer de ma présence qu'autre chose, car par bien des côtés ses petits bruits me plaisent. Elle me fait penser à *Fellatio* quand elle n'était qu'un chiot. Son bras en travers de mon torse nu s'élève doucement au rythme de ma respiration, comme un couple profitant d'une chambre d'hôtel ensemble.

Cela semble si normal.

Zzzt Zzzt.

Sans la réveiller, j'attrape mon portable qui vient de vibrer sur le chevet. [Ensenada] Mes yeux restent un instant rivés sur l'écran, visualisant la carte dans ma tête, puis j'efface et coupe l'alarme du pouce puisque je suis déjà réveillé.

Tout cela prendra fin bientôt.

– Selon toi, sur quoi ne peut-on revenir dans la vie ? s'étire-t-elle.

Surpris de la savoir si bien réveillée, j'incline la tête pour la regarder se frotter les yeux, et je réponds à sa question avec honnêteté :

– Le temps. Les mots. Les actes violents.

Son menton appuie contre mon torse pour acquiescer.

– Qu'est-ce qu'on ne doit jamais perdre ? enchaîne-t-elle en me serrant plus fort dans ses bras comme si j'allais m'échapper.

– C'est quoi ce jeu ?

– Tu ne connais pas le jeu des Incollables ? Genre. Quelle monnaie possèdent les poissons ? Qu'est-ce qu'un yaourt qui court dans la forêt ?

– Non.

Quelque chose me dit qu'elle a changé les questions mais je réponds :

– La patience. L'espoir.

– Pourquoi ça ne m'étonne pas que tu oublies la dignité ?! pouffe-t-elle de bonne humeur en déposant un baiser sexy sur mon téton.

– J'ai droit à un baiser si je réponds mal ?

– Oui.

Mes sourcils se soulèvent.

– C'est nul. Où as-tu vu qu'on récompense l'échec ?

– La récompense est ailleurs, nigaud, proclame Hope en agitant ses petits doigts gourmands sur mes pectoraux bombés. Réponds correctement et je t'accorde mon corps. Tu pourras me faire tout ce que tu voudras, et découvrir tes fantasmes les plus secrets. Je suis d'accord pour les trouver avec toi.

Je me redresse dans le lit, vivement intéressé.

– D'accord, je joue.

– Cool ! À ton tour de me poser une question.

Je n'ai pas très bien compris les règles de son jeu mais l'enjeu m'intéresse. J'ai envie de découvrir ce qui m'excite avec elle. J'ai une partie sombre en moi, que je n'ai jamais explorée de cette façon, et elle n'a visiblement pas peur de ce moi-là.

Je fouille dans ma tête puis j'abats ma question :

– Qu'est-ce que tu places au-dessus de tout le reste ?

– L'amour et la confiance, dit-elle sans hésitation.

– Pas les principes ?

– Non. Je suis chercheur. Les principes sont faits pour être brisés.

J'opine du chef, je suis d'accord.

– Cite-moi trois choses qui te définissent.

Je suis tout à fait conscient qu'elle me jauge, mais l'enjeu me pousse à continuer.

– L'honnêteté. La compétition. Ce que j'accomplis. On dit souvent qu'on est ce qu'on pense. Moi je crois qu'on est ce qu'on accomplit.

Elle est d'accord. Je reprends la main :

– Cite-moi trois choses qui détruisent une personne.

– Les regrets. La haine. La vengeance.

Je souris, amusé par son insolence en me l'envoyant à la figure.

– Touché !

Elle roule sur le ventre et aspire un de mes tétons dans sa bouche en le titillant avec sa petite langue rose. Je ferme les yeux pour savourer la sensation. Quand elle me donne du plaisir, d'une certaine manière, je ne réfléchis plus.

Je vis dans l'instant présent.

– *Putain.* Arrête ou je vais te prendre.

– Un partout, annonce-t-elle fièrement en se redressant et en me regardant, satisfaite de sentir mon érection contre sa cuisse. À toi.

Je fouille dans ma tête et je repense à son secret.

– Qu'est-ce qui est le plus difficile à dire pour toi ?

– Je t'aime.

Les mots m'atteignent en plein cœur. Ils me donnent l'impression de l'avoir conquise. Je ne m'attendais pas à réagir ainsi et un instant je suis perdu. Puis je réalise qu'elle ne les dit pas. Elle répond juste à ma question.

– Tu ne l'as jamais dit ? je lui demande, avide de connaître la réponse.

– Je crois que je ne le dirai jamais, regrette-elle. *À personne.*

À ces mots tous les muscles de mon corps se contractent, et je jure que je bande plus fort que jamais. Je n'ai jamais entendu une femme dire quelque chose d'aussi sexy. Cette fille n'a pas confiance en moi, mais elle se livre quand même.

– C'est triste, Hope.

Je sais que c'est son secret qui l'empêche de vivre.

– Dis-moi pourquoi, la prié-je.

Elle élude de la main et me retourne la question :

– Quel est le mot le plus difficile à dire pour toi ?

– Je te pardonne.

Silence de plomb. Je suis incapable de pardon. Si son père est coupable, je l'abattrai. Je pourrais même l'abattre sous ses yeux dès lundi soir sans que ça me dérange, selon comment ça tourne. Ce sera probablement la fin de nous. Parce que même si je ne la laisserai jamais me quitter, je ne la prendrai pas de force.

Hope mérite mon respect.

– Aide-moi, arrive en second, ajouté-je pour détendre l'atmosphère.

J'ai fait exprès de nous ouvrir une porte mais Hope reste figée dans sa torpeur, comme si elle ne m'avait pas entendu. Je ne suis pas un homme bon, mais je ne suis pas le plus cruel non plus. Je suis cupide et égoïste, comme beaucoup. J'aimerais lui rendre sa liberté ou épargner son père pour l'avoir, elle, mais je ne peux pas. Je ne possède pas la liberté de lui donner autre chose que ce que je suis.

Zolder est ma famille tout autant qu'elle.

– Qu'est-ce que tu apprécies chez moi ? relance-t-elle.

Je sais qu'elle se met en balance pour m'influencer, mais ça ne change rien.

– Ta loyauté. Ta cohérence. Et toi ?

– Ton engagement envers les tiens. Ta cohérence.

C'est sa façon de me dire qu'elle comprend ma vengeance, ma quête de la vérité, mon passé, mes ténèbres, sans mettre les mots dessus.

– Nous sommes tous les deux cohérents, alors.

Une partie de moi veut en rester là. Chacun de nous est logique. Mais mon physique à la fois musclé et sec bouge à la vitesse d'une balle. Je la retourne sur le dos, me propulsant au-dessus d'elle pour mieux la voir.

– Je vais détruire ce que tu as de plus cher, mais je t'en prie, ne me hais pas.

Ça me tuerait.

– Je n'ai plus le moindre doute. Il n'est pas coupable.

Elle y croit. Moi non. Je me demande ce qui se passera lundi soir si j'arrive à forcer son père à l'admettre devant elle. Est-ce qu'elle m'en voudra si j'ai raison ?

La vie nous offre plusieurs opportunités mais on est tellement occupés qu'on ne se rend pas compte. J'ai peur de ne pas saisir toutes celles que m'offre Hope. Depuis que je couche avec elle, j'aime trop la tendresse de son corps contre le mien pour réfléchir. Je plonge la main sous les draps, les doigts tout de suite imbibés par son excitation. Elle est trempée. Aussi excitée que moi. C'est ça le plus terrible dans notre situation. Rien n'arrive à endiguer notre désir l'un pour l'autre. Je la regarde fermer les yeux et la sens enfoncer ses ongles dans mes fesses pour lutter contre l'explosion de plaisir que mes doigts lui procurent.

Je me positionne devant sa fente.

– S'il te plaît, Sau…

L'entendre gémir mon nom attise mon désir.

Cela me donne envie de lui offrir quelque chose. Je rive mon regard au sien et je pousse paresseusement, savourant chaque centimètre gagné. C'est magique d'entrer en elle. Je n'ai jamais connu cette sensation d'honorer et de protéger un autre être humain avec mon corps. Loyale comme elle est, elle n'aurait pas dû succomber au désir pour moi. C'est ce qui me plaît en ne la forçant pas. L'alchimie entre nos deux corps seule nous dicte notre comportement. *La passion*. Pas la passion qui abaisse. La passion qui, comme la foi, élève. Vers quoi, je ne sais pas, mais le genre de passion qui tue la raison. Nous ne pouvons pas la combattre.

Nous sommes ses choses. En temps normal, je ne parlerais pas.

Mais j'ai trop peur de perdre ce que j'ai.

– Je ne veux vraiment pas te faire souffrir.

– Je sais, déglutit-elle en frottant ses seins contre moi.

Sa main droite se pose sur mon chiffre.

– La plus belle ruse du Diable est de te faire croire qu'il n'est pas humain.

J'acquiesce. C'est la phrase que je lui ai dite quand elle m'a demandé la raison de ma chair brûlée. Mais je ne m'attends pas à ce qu'elle poursuive :

– Ainsi on ne peut pas l'aimer. On ne peut même pas imaginer qu'il a des émotions, du chagrin, ou de la peine. On croit qu'il n'est que haine. C'est ce que Syrov voulait qu'on pense de toi. Pour mieux t'isoler.

Je la dévisage, abasourdi par la justesse de son raisonnement.

– Tu es humain, Sauvage Roy.

Je fixe ses lèvres pour apaiser le trouble dans ma poitrine qu'engendrent ces mots pleins d'espoir dans sa bouche. Elle est la seule personne de ma connaissance à voir en moi autre chose que la haine, à voir l'homme. Pas intimidée pour un sou, elle me traite comme si j'étais un homme ordinaire. Mon corps est engourdi d'effroi à l'idée que notre union soit fondée sur la tromperie.

– Tu ne sais pas qui je suis. Peut-être que je te trompe.

En ce moment même, je te trompe.

– Tu peux me mentir, c'est vrai, admet Hope. Mais c'est toi qui m'as dit que tu étais humain et je sais que tu ne m'as jamais menti sur toi.

– Moi j'ai dit ça ?

Sûre d'elle, elle acquiesce.

– Le jour où tu m'as dit que tu avais un cœur.

Grisé par cette femme, je me mets en mouvement. C'est instinctif. Je veux revendiquer mon territoire de la manière la plus sauvage qui soit parce que c'est ce que je suis. Je remonte ses jambes sur mes épaules pour que mes bourses frappent contre ses fesses. Tous les muscles de mon dos bandés dans l'effort, je fais claquer la tête de lit contre le mur. Je ne veux pas la perdre. Ses soupirs, ses gémissements et autres petits sons incongrus mêlés aux bruits que nous faisons résonnent comme des tambours dans ma tête.

– C'est si bon, Sau…

Je rue des hanches, frotte mon pubis contre son clitoris.

– Je n'ai plus les idées claires tellement c'est bon, haleté-je.

Je me démène et sens l'explosion naître dans mes couilles, un plaisir viscéral faisant fourmiller tous mes nerfs en la sentant se contracter autour de moi, tandis que la langue de feu me lèche la queue. Mes fesses contractées, ma semence explose, me donnant une extase à faire flageoler mes bras. Je me vide dans ses profondeurs et il n'y a plus rien d'autre.

Baiser au saut du lit une femme aussi sexy est un des cadeaux de la vie. Peut-être le premier qu'elle me fait.

Je reste au-dessus d'elle pendant que ma queue ramollit. Mes mains s'enfoncent dans ses boucles et la caressent pendant qu'elle émerge et je l'embrasse à pleine bouche pour lui témoigner ma gratitude.

Parce qu'entre nous le sexe compte vraiment.

– À quelle heure sont les qualifications ? bâille-t-elle un peu plus tard.

J'étais presque sur le point de me rendormir.

– Hum… Quinze heures. Pourquoi ?

– Tu pourrais recommencer ?

Un frisson de désir me parcourt.

– Mon ange, je te ferai jouir autant de fois que tu voudras.

Elle me décoche une petite tape.

– Arrogant, va !

– C'est ce qu'on va voir !

Il est presque midi quand je me réveille pour la seconde fois. Hope n'est plus dans le lit, les fenêtres sont fermées mais la chambre ne sent plus le sexe. Il fait même étrangement bon, ce qui me fait comprendre qu'elle a remis la clim.

Pour toi, connard.

J'enfile mon boxer et pars à sa recherche.

Confortablement installée dans le canapé du salon dans un de mes tee-shirts, elle lit un roman qu'elle a dû acheter dans l'hôtel, dévoilant ses longues jambes nues allongées devant elle et ses pieds aux ongles rouge sexy. Sur la table basse se trouvent les restes de son petit déjeuner qui, bien sûr, est composé de viennoiseries sucrées, de Nutella, et d'une tasse à café vide. Je m'abstiens de dire ce que j'en pense et m'assieds dans le fauteuil, tournant le dos au circuit.

J'ai trop mauvaise conscience pour le regarder.

– Salut, dit-elle en fermant son bouquin. Bien dormi ?

Groggy par le sommeil, je passe les mains dans mes cheveux en pétard pour remettre un peu d'ordre dans ma tête.

– Trop. Il faut vraiment que j'y aille, mon ange.

Les gars doivent être à la salle de sport pour s'échauffer et être actifs pendant les qualifs et je devrais être avec eux à revoir la stratégie. Je suis négligent.

– Détends-toi, j'ai averti Aga.

J'ouvre grand les yeux.

– Tu as quoi ?

Elle pointe mon iPhone près du plateau.

– Il a appelé tout à l'heure. Je n'en avais pas l'intention puis j'ai décroché pour savoir si je devais te réveiller. Tu dormais tellement bien…

C'est ça qui m'étonne le plus. Depuis qu'elle est avec moi, je n'ai pas passé une seule nuit sans dormir. Je me gratte la barbe.

– Aga m'a dit de te laisser dormir. Que tu prendrais le déjeuner de midi avec eux pour revoir les stratégies. Du coup, je me suis commandé un petit déjeuner.

– D'accord. Je vais prendre une douche et descendre.

En revenant de la salle de bains, je la trouve à nouveau plongée dans son livre.

– Les qualifications se jouent sur une petite heure. C'est plutôt barbant à regarder car il n'y a aucune bagarre. Que vas-tu faire ?

Elle me montre son livre. *La Nuit des temps* de Barjavel.

– J'irai lire à la piscine et me trouver une tenue pour ce soir, ensuite.

– On n'a même pas l'adresse où crèche ce type, grondé-je.

– Si. Al Nahyan nous a fait porter ce livre par son secrétaire avec une carte pendant que tu dormais. Il y a son adresse et l'heure du dîner. Dix-huit heures.

– Qu'est-ce que c'est comme livre ?

– Une histoire d'amour et d'intégration entre Gondas et Humains. J'aime bien. Regarde, il nous l'a dédicacé, précise-t-elle, et elle lit : « Nous sommes tous à égale distance de l'amour. Fadi ».

– D'accord. Je te retrouve ici en fin d'après-midi.

Il est peu probable que j'apprécie cet homme.

CHAPITRE 34

HOPE

Je n'ai plus le moindre doute.

Sauvage est humain. Que mon père soit mêlé de près ou de loin à son enlèvement, ou qu'en tant que juge fédéral il détienne des informations sur le véritable coupable, Sauvage et moi avons un lien. Il y a trop de passion entre nous pour qu'il me détruise. Lundi, il finira par écouter les explications de papa. J'en suis convaincue. Il est loyal envers moi en exposant son désir de vengeance ouvertement et je suis loyale envers lui en restant avec lui, mais nous sommes tous les deux loyaux envers d'autres. Moi, envers ma famille. Lui, envers sa communauté qu'il essaie de sauver.

Nous devons l'accepter.

C'est pour cela que je l'accompagne chez Al Nahyan. Je veux l'aider. L'homme d'affaires a affirmé être le repreneur de Caitlin et il est le parrain de Sauvage, j'estime donc qu'il y a de l'espoir à sortir tout le monde du chaos. L'Alfa Romeo conduite par Tariq quitte la route rapide qui conduit à Dubaï pour rejoindre un archipel artificiel privé sur le golfe Persique. La mer est partout mais le pont sur lequel nous roulons ressemble étrangement à… un tronc ?

– On dirait un palmier, balancé-je à voix haute.

– Il y a trois palmiers artificiels à Dubaï, atteste Tariq derrière son volant. Le plus célèbre est le « Palm Jumeirah », dessiné par Nakheel Properties, avec ses seize palmes et ses mille et une villas de luxe.

– Oui, je sais, il paraît qu'il est visible de la lune.

– Ce que les visiteurs ne savent pas, c'est que Sheik Al Nahyan leur a d'abord commandé le sien avant de les choisir pour le Palm Jumeirah. Le Palm Nahyan est tenu secret pour des raisons évidentes de sécurité.

Stressée, je serre ma pochette boîtier sur mes genoux.

– Détends-toi. Tu es éblouissante dans ta combi-pantalon, me rassure Sau.

Au contraire, je suis nerveuse.

– J'aurais dû choisir une robe classique.

Au lieu de quoi, j'ai craqué pour une combinaison de soirée sexy couleur ivoire de Lela Rose, hyper féminine, avec son dos nu, que je porte épurée avec un chignon flou retenu par des barrettes, et des sandales métallisées.

Sauvage presse ma main.

– C'est à moi que tu dois plaire, tranche-t-il avec autorité.

Je reluque son jean, sa chemise sombre et ses pieds nus dans ses mocassins.

– Tu aurais pu faire un effort et mettre une veste.

– C'est lui qui est intéressé par moi, dément le sectateur. Je ne vais pas tricher sur ce que je suis. Cela n'aurait aucun sens s'il espère se familiariser avec moi.

Pas faux. Il est clair que l'homme d'affaires émirati ne l'impressionne pas, aussi j'abandonne et m'adresse à Tariq derrière son volant.

– J'aurais pensé qu'Al Nahyan habitait un palais.

– Rien ne dit qu'il nous reçoit chez lui, ironise Sauvage sur ma gauche. Si ça se trouve, ce truc sur l'eau est son cabanon de pêche.

Tariq se racle la gorge, ennuyé.

– Excusez-moi, *Sayyed*, mais vous avez tort, corrige-t-il. J'ai déjà conduit du monde chez lui. C'est sa maison. Là où vivent ses femmes et ses enfants.

Mes yeux ronds accrochent ceux, amusés, de Sauvage.

– Il est polygame, chuchoté-je, brusquement mal à l'aise.

– J'adore te voir comme ça, ricane le sectateur à voix basse.

– Arrête d'être arrogant, le réprimandé-je, agacée qu'il se moque de moi.

– Alors arrête d'être une monogame jalouse, maintient Sauvage.

Je roule des yeux.

– Encore de l’arrogance.

– Non. Je suis juste fier de mériter ta jalousie.

Je secoue la tête et fais de mon mieux pour cacher mon opinion sur le sujet « polygamie ». Le chauffeur coupe le moteur sous le porche destiné aux véhicules.

Deux valets en dishdasha viennent aussitôt nous ouvrir les portes.

– *Ahlan wa sahlan, alsyd alsayida Roy,* nous saluent-ils.

– *Ahlan bik*, répond mon compagnon, tandis que je m’abstiens.

Peut-être devrais-je demander à Sauvage de m’apprendre un peu d’arabe ou du moins les formules de politesse ? C’est assez sexy comme langue dans sa bouche.

Une fois dehors, je regarde autour de moi. La villa blanche de style méditerranéen est sublime, et étrangement moderne par sa forme unique traitée comme un Penthouse avec de grandes baies vitrées et de multiples terrasses décrochées devant chacune d’elles. L’emplacement en avancée sur le front de mer offre une vue à 360° sur l’eau claire. Le rêve !

– Hope, m’appelle Sauvage, et je m’aperçois qu’il m’attend pour entrer.

– Oui, pardon.

– Ne t’extasie pas. Tu te souviens ?

Fadi Al Nahyan me semble très occidental comme Arabe mais j’obéis. Un homme européen que je pense être son secrétaire nous accueille :

– *Salam alaykum*, exprime-t-il encore une fois en arabe.

Me sentant à l'écart, je lève des yeux suppliants vers Sauvage.

– Et qu'avec vous soit la paix, répond mon compagnon en anglais.

L'attention fait mouche puisque le secrétaire reprend :

– Mon nom est John, madame. C'est moi qui ai livré votre livre ce matin.

– Ah oui. Merci. Je l'ai déjà commencé et je n'arrive plus à m'arrêter.

– Son excellence sera heureux de l'apprendre. Suivez-moi, je vous prie. Il vous attend pour dîner sur la terrasse.

Après avoir traversé un vestibule ovale doté d'un ascenseur en verre qui doit conduire à l'étage ainsi qu'un salon traversant rempli d'œuvres d'art contemporain et de photographies qui auraient fait le bonheur d'Abrielle, nous sortons sur la terrasse. L'emplacement de celle-ci offre une vue à couper le souffle sur la plage privée de sable fin et le coucher de soleil derrière. Je m'immobilise pour l'admirer et m'imprégner du bruit des vagues.

C'est si beau qu'il devient difficile de ne pas s'extasier.

– Hope, Sauvage, rejoignez-moi, je vous prie !

Notre hôte, habillé à l'occidentale d'un pantalon et d'une chemise de lin portée décontractée, est assis sur un tabouret de bar où lui a été servi un rafraîchissement.

Alcoolisé si j'en crois le verre à whisky qu'il tient dans la main.

– Sauvage, tu préfères la vodka ? lui lance-t-il en toute décontraction.

– Si tu as de la Tsarskaya, le tutoie le sectateur par provocation.

Al Nahyan esquisse un sourire entendu et je saisis qu'il s'était renseigné. Afin de laisser Sauvage passer en premier, compte tenu de leur lien familial, je m'avance vers les marches qui séparent la terrasse de marbre blanc de la plage privée. J'observe la table dressée pour le repas directement sur le sable fin, j'inspire avec plaisir l'odeur de l'iode tiède, puis je contourne l'immense jacuzzi circulaire où pourrait s'entasser une équipe de foot, pour les rejoindre.

– Bonsoir Hope, vous êtes très en beauté.

– Merci, fais-je soulagée avec un regard à Sauvage.

Comme je l'avais supposé, le sectateur a récupéré sa vodka et semble assez fier du compliment qu'on vient de me faire, ce qui me détend encore plus.

– Que voulez-vous boire ? Vous pouvez demander de l'alcool sans crainte. Nous sommes entre nous. Vous n'offenserez personne.

Du peu que j'ai vu, les Arabes sont toujours polis et attendent la même chose de ceux qu'ils rencontrent. Hier soir, j'ai aussi compris qu'ils pensent que le partage d'un repas avec une personne a un effet positif sur la relation.

Aussi, ne sachant quoi répondre, je regarde vers le bar.

– Une coupe de champagne, s'il vous plaît.

– Comme à la piscine ? Avec des glaçons ?

– Oui. Merci. Est-ce que Kar Kabbani doit se joindre à nous ?

Cela me paraît poli de demander. Al Nahyan adresse un ordre silencieux à son barman et je sens le sectateur se tendre à mon côté. Il n'a pas apprécié.

– J'ai bien peur que non. Kar est rentré à New York, dit-il en me tendant ma Piscine. Demain, c'est l'anniversaire de Cameron Kabbani, la fille de sa sœur Leila, qui fête ses trois ans. Kar est comme un père pour cet enfant.

– Qu'est-il arrivé au vrai père ?

– Il a été tué avant la naissance du bébé.

– Oh.

– Oui. C'est triste. Mes épouses et mes enfants ne seront pas non plus parmi nous mais vous les rencontrerez une autre fois, me rassure-t-il poliment. Je voulais que nous soyons seuls, ce soir, pour parler d'Oxton et de l'avenir.

Il avale une lampée de son whisky et s'adresse au sectateur :

– Hope a dû te dire que je m'intéresse à l'écurie.

Sauvage savoure sa vodka à son tour et acquiesce.

– Je ne comprends pas pourquoi. Vous n'avez clairement pas l'habitude de mal placer votre argent, à ce que je vois.

Debout, l'un en face de l'autre, les deux hommes se toisent.

– Oxton était mon ami, justifie l'Arabe.

– Oxton a abandonné son fils ! riposte Sauvage en le fixant froidement.

Al Nahyan plisse des yeux, comme s'il avait mal entendu, et étudie Sauvage d'un air concentré, ne sachant pas comment réagir.

– Que lui reproches-tu exactement ? demande prudemment l'homme d'affaires.

Je serre le pied de mon verre, instinctivement.

– Sais-tu ce qu'il a fait quand il a appris mon enlèvement ? lui jette Sauvage. Oxton a couru le Grand Prix de Silverstone. Il a gagné la course comme si rien n'avait pu le déconcentrer. Puis il est monté parader sur le podium. Quel père fait ça quand son enfant est terrifié entre les mains d'hommes mauvais prêts à lui faire subir les pires atrocités ? J'ai cru devenir fou lorsque Melvin me l'a raconté ! Oxton n'était pas un père. C'était un champion. C'est tout !

Le cœur douloureux, je porte une main à ma bouche. À ma décharge, je ne m'attendais pas à assister à cette conversation émouvante où Sauvage accepte de déballer sa rancune d'enfant à un inconnu. J'en suis même gênée.

Al Nahyan baisse les yeux, plein de déception.

– La bouteille est pleine, souffle-t-il.

– Quoi ?

Il ne peut se résoudre à laisser son ami insulté, ça se voit.

– Oxton n'a jamais ouvert la bouteille de champagne de cette course et personne n'a jamais osé y toucher, déclare Al Nahyan, visiblement ému. Je peux te dire que c'est la célèbre cuvée de la maison Mumm. Pas le Carbon d'aujourd'hui. Va à Silverstone si tu ne me crois pas. Elle est toujours là.

– Rien à foutre, Al Nahyan !

– Fadi, le corrige l'intéressé. Et tu as tort. Cette bouteille t'attend.

Tout chez Sauvage avertit notre hôte qu'il ne doit pas aller trop loin. Depuis son regard noir liquide, rivé sur lui, jusqu'aux muscles tendus qui roulent sous sa chemise. Ce que, heureusement, comprend ce dernier :

– Comment se sont passées les qualifications, mon garçon ?

– Je ne suis pas ton garçon !

Les yeux noirs de l'Émirati ne cillent pas.

– Pour moi, si. Je t'aime comme un fils.

Sauvage part d'un rire amer, cruel et sinistre.

– Tu ne me connais même pas ! dit-il, indifférent.

D'un geste inconscient, il dégage son col et lui montre son chiffre.

– Je connais l'enfant, ça me suffit, rétorque l'Arabe impassible.

Maintenant que j'y pense, la voix de l'homme d'affaires est différente quand il parle à Sauvage. Il s'adresse à lui comme à un adulte, certes, mais avec une affection enfantine qu'il n'utilisait pas avec Kar. Al Nahyan a instinctivement trouvé l'équilibre entre les deux Sauvage Roy, le traitant à la fois comme le petit garçon qu'il connaissait, et comme un adulte qu'il découvre. Ce qui me laisse penser qu'il est sincère en disant l'aimer. Sauvage doit tenir le même raisonnement que moi car il se calme et répond :

– Asmund est P11. Matteo est avant-dernier.

– Qu'est-il arrivé à Matteo ?

– Il est parti trop loin sur une bordure lors des qualifs. Sa voiture a touché le mur dans le virage. On a dû changer son aileron avant.

– C'est une erreur de pilotage ?

– Oui, et ça ne tombe pas bien, grimace le pilote sans dire pourquoi.

Suite à quoi Al Nahyan nous invite à nous asseoir autour d'une grande table basse en marbre sculptée dans la terrasse. Sauvage prend ma main pour que je m'asseye près de lui. Sa main n'est pas douce. Il ne veut pas que je sois avec lui. Il l'exige. Je devrais être furax qu'il se montre si dominant, mais ce n'est pas le cas. En agissant ainsi, Sauvage n'a pas peur de montrer son besoin.

Et ça me touche.

– Je n'ai pas jugé utile d'aviser madame Roy de notre rencontre.

Étrange, sa façon de parler de Caitlin.

– En fait, elle ne me connaît pas, établit-il, reprenant son personnage d'homme d'affaires. Ne sachant pas si Melvin lui a parlé de moi, j'ai utilisé un intermédiaire. Je sais que votre succession est compliquée. Malheureusement, c'est avec elle que je dois traiter si je veux racheter la totalité des parts.

Il veut la virer ?

– Je ne l'ai pas fait non plus, déclare Sauvage à son tour.

– Tu ne lui fais pas confiance ? se renseigne l'homme d'affaires.

– Caitlin veut virer les miens, répond le sectateur.

Le regard noir d'Al Nahyan s'adoucit, comme s'il comprenait.

– Il y a des erreurs auxquelles je ne peux pas remédier, dit-il d'un ton las. J'ai promis à Oxton d'être un père pour toi s'il venait à disparaître. Je t'ai cherché mais je ne t'ai pas trouvé, et si Kar Kabbani n'avait pas livré ces armes dans ta communauté, il est fort probable que tu y serais encore.

Sauvage hoche gravement la tête.

– Merci de m'avoir sorti de là.

– J'aurais voulu le faire plus tôt, apprécie l'Émirati.

Le regard de Sauvage s'attarde sur lui.

– Quelle dette aviez-vous envers Oxton pour prendre une telle charge ?

– Ça, mon garçon, je ne vais pas te le dire devant elle. Oxton a emporté son secret dans la tombe, j'emporterai le mien dans la mienne, et tu feras pareil.

Sur un ordre silencieux de sa part, son secrétaire revient avec une boîte ancienne en argent massif montée sur quatre pieds-griffes, qu'il dépose devant lui.

– Merci, John.

– Je vais attendre pour la remettre au coffre, votre excellence.

L'Émirati soulève le couvercle, sort le document relié de cuir qui y est rangé, le consulte et le tend à Sauvage, de sorte que je ne puisse pas le voir. Ce dossier pourrait tout aussi bien être la clef pour sortir du chaos ou accéder à l'enfer.

Aussi je me tiens en retrait, laissant Sauvage en faire seul la lecture.

– Comme tu peux le voir, ce document établit que je suis ton tuteur légal.

Au fil de la lecture, les yeux de Sauvage sursautent, écarquillés, et se figent sur la signature de son père, comme s'il n'arrivait pas à croire ce qu'il a lu.

– Sau ? demandé-je, inquiète devant le choc sur son visage.

Il secoue la tête pour me signifier de le laisser tranquille.

– C'est dément, exhale-t-il, stupéfait.

Inquiète de le voir dans cet état, mes yeux courent de l'un à l'autre, mais Al Nahyan détourne les siens et s'adresse à lui seul :

– Tu comprends à présent pourquoi tu ne peux rien dire. *À personne.*

Sauvage opine gravement.

– Je veux que ma famille vive librement sous le soleil, sans crainte du passé et des péchés que personne ne voudrait me pardonner. Ton père m'a aidé à survivre. Ce qui fait de toi mon fils pour l'éternité. Désormais les mots que tu viens de lire constituent une ligne de partage des eaux dans nos vies. Tu as une famille dans cette maison. Rien ne sera plus comme avant pour toi.

Visiblement soufflé, Sauvage baisse la tête.

– Rien n'a plus de sens, prononce-t-il.

Toujours aussi troublé, il rend le dossier relié de cuir à l'homme d'affaires qui le range précieusement dans sa boîte d'origine, ordonnant silencieusement à son secrétaire de venir la récupérer. Muette, je me contente d'observer la scène.

Tout ce qui peut suivre peut être n'importe quoi.

– Allons dîner, à présent, déclare notre hôte en se levant et en nous invitant à le suivre sur la plage. Mon chef nous a cuisiné des brochettes d'agneau et de poulet à toutes les sauces avec une excellente salade verte aillée.

J'abandonne mes sandales à côté de leurs chaussures avant de les rejoindre dans le sable, laissant Sauvage tirer une chaise pour moi face à la mer, tandis que des serviteurs remplissent nos verres d'eau fraîche infusée.

L'homme d'affaires déplie sa serviette et s'adresse à moi :

– Que faites-vous dans la vie, Hope ?

– Je suis chercheur à l'université de Miami.

– Quelle est votre spécialité ?

– Le social. Je m'occupe essentiellement d'intégration.

Le regard de l'Émirati passe de Sauvage à moi mais il ne commente pas.

– Comment vous êtes-vous rencontrés ? dit-il à la place.

Sauvage me grille la réponse :

– Je l'ai piégée.

De nouveau le regard de notre hôte fait des allers-retours entre nous.

– C'est vrai ? me demande-t-il.

– Sa première intention était de m'enlever, opiné-je. J'imagine donc que j'ai remporté ma première victoire sur lui ce soir-là. Car si on y réfléchit, l'intégration commence quand le sujet change son mode opératoire.

Sauvage esquisse un sourire appréciateur.

– Hope est une femme difficile, précise-t-il. Il lui faut un homme fort.

Décontenancé, Al Nahyan marque un temps d'arrêt en s'appuyant dans son dossier pour mieux nous observer, laissant son serviteur nous présenter les plats chargés de brochettes parfumées aux épices, mais je vois bien qu'il réfléchit.

Quand ce dernier s'éloigne, il reprend :

– Oxton vous aurait adorée, Hope. Vous êtes une femme somptueuse avec un caractère fort et rebelle. Tout ce qu'Oxton recherchait chez une femme. Dommage que Saskia n'ait pas eu votre force. Sa carrière de mannequin en a fait un être trop discipliné, sans doute. Elle n'était pas de taille contre lui. Vous, si.

Je suis tellement soufflée que je reste muette.

– Vous vivez ensemble ? pose-t-il à Sauvage.

– Hope est mon épouse céleste, le toise celui-ci.

– C'est bien ce que je pensais. C'est récent, non ?

– Quelques jours.

– Toutes mes félicitations à tous les deux, s'enthousiasme Al Nahyan.

– Merci, lâchons-nous tous les deux en même temps.

Chacun de nous se concentre ensuite sur la nourriture qui est délicieuse et fine. Encore une fois, je devrais être irritée par la tournure que prennent les choses alors que je n'ai consenti à aucun engagement nuptial avec échanges de vœux, alliances et consentement des familles, mais étrangement, je ne le suis pas.

C'est devant mon père que je vais l'être.

– C'est chez moi qu'Oxton conservait les preuves déshonorantes de ses échecs et qu'il corrigeait une partie de ses imperfections, reprend notre hôte après que les serviteurs ont desservi nos assiettes vides. En quelque sorte, ma maison contient une partie de sa vie. Quand vous repartirez, vous devrez emmener avec vous quelqu'un qui attend depuis vingt ans.

Sauvage se décompose et pâlit.

– Qui ? demande-t-il avec nervosité.

– Tu te souviens de Birdwood, le majordome d'Oxton, dont le grand-père lieutenant-général a failli tuer Churchill aux Dardanelles ? Il est ici.

Comme l'appréhension s'affiche sur le visage de Sauvage et le désarroi sur celui d'Al Nahyan, je prends la parole :

– Syrov a mené des expériences médicales sur Sauvage afin d'en faire un pilote dénué de dégoût et de remords, susceptible de remporter des courses de rue tout en se moquant des victimes qu'il pouvait faire. La conséquence de ce traitement est que Sau a perdu la mémoire de son enfance.

Loin de démontrer une certaine sensibilité, le regard pragmatique d'Al Nahyan se tourne vers moi.

– C'est pour cette raison que la FIA lui interdit de courir ?

J'opine du chef sous le contrôle de Sauvage qui garde le silence tant l'allusion d'Al Nahyan à ce majordome dont il ne se souvient pas l'a mis mal à l'aise.

– Leur raisonnement est logique, monsieur.

– Fadi, me reprend l'homme d'affaires. Permettez-moi d'être un critique constructif. Si nous voulons avancer, c'est ainsi que nous devons procéder. Nous ne sommes pas dans le cas de figure d'une course avec des civils, je me trompe ?

– Oui, c'est vrai.

– Alors quel serait le risque de faire courir Sauvage ?

Je pose mes mains à plat sur la table pour me stabiliser.

– Que faites-vous des autres pilotes ?

En voyant la détermination positive dans ses yeux, je comprends le chemin du succès qu'a rencontré cet homme. Son raisonnement est toujours en construction.

De sorte à avoir un coup d'avance :

– Hope, savez-vous qu'il existe des règles très strictes pour ce genre de comportement en course ? Un pilote qui se comporte mal envers un autre pilote se voit imposer une pénalité par les commissaires. Je ne connais aucun pilote qui se moque de perdre une course à cause d'une pénalité.

– Sauvage veut gagner, c'est une évidence, m'agité-je.

– Alors qu'est-ce qui vous retient ? demande Fadi.

À bout d'argument, je suis soudain submergée par la honte. Je me bute sur mes peurs et mon opposition peut apparaître malveillante, voire stupide. Alors que Fadi progresse sur des faits avec une critique sévère, mais constructive.

– C'est égoïste de ma part de penser aux autres pilotes et pas à lui. J'oublie que, par son talent, il a autant de droits d'être sur un circuit. À la vérité, j'ai peur que sans remords ni dégoût Sauvage ait une conscience atrophiée de ses actes.

Je serre mes bras autour de ma poitrine en fermant les yeux. C'est douloureux de dire ça devant lui, même s'il ne réagit pas et garde le silence. Son regard noir, immense et attentif, déçu, me fait mal. C'est injuste et puéril de ma part. Sauvage m'a sauvé la vie. S'il n'avait eu qu'une conscience atrophiée de ses actes, il les aurait laissés me trancher la gorge et aurait regardé ailleurs.

– Qu'en penses-tu, Sauvage ? le questionne Fadi.

Le sectateur tourne les yeux vers lui.

– Hope n'a pas peur de dire ce qu'elle veut et son appréhension est une agréable nouveauté pour moi. Elle est la seule personne de ma connaissance qui se fiche que je sois né d'une légende ou que j'en devienne une. Elle me traite comme si j'étais un homme ordinaire. Elle dit que je n'éprouve aucun remords. C'est vrai et ça l'effraie. J'ai juste un désir. Celui d'être heureux.

Mon regard s'adoucit, comme toujours quand le diable montre son âme, et les mots s'échappent d'eux-mêmes de mes lèvres :

– Je ne peux pas te perdre par ma faute, d'accord ? Je ne veux pas connaître encore une fois cette douleur de perdre quelqu'un par ma faute.

Al Nahyan braque son regard vif sur moi, se demandant sans doute qui j'ai perdu ou quelle faute j'ai pu commettre.

– Tu ne me perdras pas, me rassure Sauvage. C'est la première fois que j'ai quelqu'un qui m'attend à la maison. Je t'assure que je ferai tout pour rentrer.

En temps normal je devrais être gênée de dévoiler mes sentiments devant son parrain, mais étonnamment je m'en moque. Je me préoccupe de lui. Je tiens à lui.

Il n'y a aucune raison d'être embarrassée.

Je poursuis pour Fadi qui nous observe en silence :

– Vous ne devez pas comprendre notre relation. C'est vrai que c'est complexe. Sau m'a demandé de le rendre heureux avant de…

Je m'arrête car l'émotion me gagne et mes yeux s'embrouillent de larmes.

– Avant de quoi ? se préoccupe son parrain. Hope, dis-moi tout !

– Avant de se suicider.

Soudain on n'entend plus que le bruit des vagues autour de la table.

– Tu es suicidaire ? demande-t-il avec gravité au sectateur. Mon garçon, si tu l'es, ça change tout. Ton père était bipolaire. C'est de ça qu'il s'agit ?

Comme ce dernier garde le silence, je réponds à sa place.

– Sau n'est pas bipolaire mais anomique. Il souffre du mal des sectateurs. En proie à un grand désordre et à une perte de sens, ils n'ont que le suicide comme alternative. Cela n'a rien à voir avec Oxton.

Une fois encore la critique constructive de Fadi nous sert de levier :

– Reconstruire son destin ne pourrait-il pas redonner du sens à sa vie ?

Sans vraiment réfléchir, je serre la main de Sauvage parce que je ne peux pas donner la réponse à cette question. Je ne la connais pas. Le silence du sectateur nous faisant comprendre que lui non plus ne la connaît pas.

– Combien gagnez-vous à Miami, Hope ? poursuit alors l'Émirati.

– Je vous demande pardon ?

– À partir de maintenant, j'aimerais vous embaucher. Je souhaite que vous ne vous souciiez plus de personne d'autre que de mon filleul. Le montage juridique pour reprendre ScrapMetal est prêt. Je n'attendais plus que l'aval de Sauvage.

Prise au dépourvu, je réfléchis une seconde.

– Quelles sont vos intentions pour les sectateurs ?

Ma question a l'air de surprendre tout le monde mais je m'en moque.

– Je vais être honnête avec vous. Mon travail à Miami est déjà compromis depuis que j'ai accepté de rester avec Sauvage, expliqué-je. Cela ne veut pas dire que je l'abandonne. Je veux continuer à aider les sectateurs à s'intégrer.

– Elle ne cédera pas là-dessus, le prévient sournoisement Sauvage.

Je sais qu'il pense à notre union et à mon petit chantage.

– Vous voulez continuer à les intégrer par le biais de l'écurie ?

– Oui. Je veux aussi rouvrir le vignoble de Saskia pour offrir plus d'options d'intégration aux familles. J'aurais besoin de votre argent pour ça aussi. En échange, je me consacrerai à Sauvage, comme vous le demandez.

Al Nahyan se cale dans son fauteuil pour réfléchir à ma proposition.

– Je n'y vois pas de difficulté, mais j'ai une question.

Brusquement, mon cœur devient léger.

– Je vous en prie, fais-je pleine d'espoir.

– Qu'est-ce qui vous pousse à faire ça ? Vous êtes croyante ?

– Non.

– Pourquoi ?

– Pourquoi je ne crois pas en Dieu ?

– Oui. Vous me demandez d'avoir foi en vous. Je veux savoir. Je suis curieux.

Je ne comprends pas ce qu'il veut de moi mais je hoche la tête pour lui dire qu'il n'y a pas de problème, et je m'exprime :

– Les gens croient que Dieu a un pouvoir sur les choses et qu'il est responsable du but de leur vie. Je n'attribue pas ce pouvoir à Dieu.

Le regard de l'Émirati s'attarde sur moi avant de reprendre :

– Dieu est un besoin, Hope. Sans lui les croyants se sentent abandonnés et perdus. Les sectateurs sont croyants. Certains sont polygames. Comment pouvez-vous les comprendre si vous ne croyez pas ? Vous respecterez leur foi ?

Je n'ai pas besoin de tourner la tête pour sentir les yeux du sectateur sur moi, ils me brûlent comme un laser, mais je suis trop concentrée sur l'enjeu.

– Je respecterai leur foi et leur mode de vie, vous avez ma parole.

J'ignore comment mais j'apprendrai.

– Alors c'est d'accord, entérine l'Émirati. Je financerai vos recherches et vous me tiendrez informé. Quand tout cela sera terminé, si c'est un échec, je ne vous demanderai rien. Si c'est une réussite, je vous autoriserai à publier vos travaux afin qu'ils profitent à d'autres. Ainsi vous ne perdrez rien.

– C'est très généreux de votre part, Fadi. Merci.

Excité à l'idée de pouvoir enfin vivre sa passion, Sauvage prend la parole :

– Bien. Maintenant, il nous faut un moteur.

Ce dernier réagit au quart de tour :

– Porsche a construit un moteur avec la F1 en vue.

– Ils ne s'intéressaient pas à la formule électrique ? objecte le pilote.

Al Nahyan confirme de la tête.

– Trop coûteux. Ils se sont rabattus sur la Formule 1. Actuellement ce moteur tourne au banc d'essai. Son emploi est complètement ouvert.

– Il faudrait que je puisse le tester, décrète Sauvage.

– Je peux arranger ça. Je vais aussi appeler l'ingénieur qui travaillait avec ton père pour qu'il nous conseille quelqu'un.

– Inutile ! J'ai mon In-G.

– Un sectateur ? Il nous faut un gars compétent, mon garçon.

Sau le foudroie du regard.

– Azz a le niveau d'un docteur en génie mécanique. C'est lui qui préparait mes voitures dans ma communauté. Il a la rigueur intellectuelle, la curiosité scientifique, et la créativité d'un designer. Vous ne trouverez pas plus compétent que ce gars-là. Seulement il y a un problème de taille. Azz n'a aucun acte de naissance. Il est né dans la secte. Il n'a pas de passeport.

– D'où vient-il ? demande Fadi.

– Sa mère était une ingénieure atomique iranienne. C'est elle qui lui a tout appris avant de mourir. Son vrai nom était Zarrin Zadeh.

– Une mère chiite, relève l'Émirati, ennuyé.

– C'est un problème ? lance le sectateur.

– Ça va être compliqué de lui obtenir un passeport iranien compte tenu des relations actuelles entre nos deux pays, mais je devrais pouvoir faire quelque chose. Je connais une diplomate chiite en Iran.

Son portable vibre dans sa poche mais Sauvage le coupe et le remercie :

– Merci pour lui, Fadi.

– Puisque nous conservons les sectateurs, nous garderons le nom ScrapMetal Racing, poursuit Fadi. Mais je voudrais rajouter le Faucon des Émirats.

– C'est toi qui as offert la fresque du spa à Oxton ? lui demande Sauvage.

– Le faucon était son animal totem, sourit notre hôte. Celui qui reflétait le plus sa personnalité. Ton père le considérait comme son esprit protecteur.

Sauvage rabat un pan de sa chemise et lui montre son épaule tatouée.

– « Falcon flying[54] » sera notre devise, décide l'Émirati, faisant de toute évidence référence à son ami disparu.

Plus tard, Fadi nous raccompagne à l'intérieur car il est temps de rentrer à l'hôtel et nous convenons d'attendre son feu vert pour informer l'équipe du rachat de l'écurie. Nous traversons le salon en sens inverse quand je remarque l'expression concentrée de Sauvage sur l'une des photographies.

Il s'agit d'un nu féminin artistique dont on ne voit que les lignes de lumière habillant le corps. Aucun visage. Aucun organe sexuel n'est identifiable. De sorte que le tableau demeure abstrait. Fadi s'en rend compte lui aussi et va pour engager la conversation quand un raclement de gorge se fait entendre :

– Hum hum…

54. Faucon au vol.

L'Anglais hautain et glaçant en costume trois-pièces a du mal à contenir son émotion en regardant Sauvage, et je devine immédiatement de qui il s'agit.

Bien avant que Fadi fasse les présentations :

– Voici Birdwood. Il s'est consacré pendant vingt ans au service de ton père, faisant preuve de discrétion avant tout. Il n'a aucune famille.

Les yeux de Sauvage descendent vers la valise aux pieds du majordome.

– Birdy reste ici ! aboie le sectateur.

– Je ne suis pas un *zozio*, le réprimande sévèrement le majordome, comme si Sauvage avait cinq ans et ne l'impressionnait pas. Je vois que vous n'avez pas changé, Master Roy. Toujours aussi sauvage.

En temps normal ça m'aurait fait rire, mais je suis trop concentrée sur l'explosion sur le point de survenir chez le sectateur. Une conversation silencieuse passe entre les deux hommes si profondément différents, comme s'ils allaient tout deux se lancer dans une dispute historique. Sauvage jette un regard mauvais à Fadi mais il est clair qu'il est piégé. Sans un mot pour notre hôte, il pivote vers la sortie.

– Ça va pas bien se passer ! grommelle le sectateur en nous abandonnant.

J'étouffe un rire nerveux sur son passage. Trop contente d'accueillir un deuxième *Wog* à la maison. Qui plus est, quelqu'un qui a connu l'enfant en lui.

La voilà ma deuxième victoire, Sauvage !

CHAPITRE 35

SAUVAGE

Ce que je fais est juste.

Assis au bar de notre suite où je viens de prendre mon café, sans rien d'autre que mon bas de survêtement pour me couvrir, je surveille vaguement Hope, à travers la baie vitrée, qui fait l'arbre droit sur le balcon tout en écoutant le morceau qu'elle a choisi pour l'accompagner dans son yoga matinal : *I See You.* Je sais maintenant qu'elle se concentre sur ses douze *asanas*, répétés à chaque pratique.

Parfait !

À présent que je suis tranquille, je m'adresse au *Wog* en pantalon à pince, gilet assorti et nœud papillon rouge, qui a dormi dans la chambre d'amis et qui s'évertue à vouloir me nourrir, alors que je ne lui ai rien demandé.

À moins de tout foutre en l'air, je ne pouvais pas vexer mon hôte.

– Bon Birdy ! J'ai entendu quand Al Nahyan a mentionné que vous n'aviez personne parce que vous vous êtes sacrifié pour Oxton.

Ça part d'une bonne intention de ma part mais l'abruti s'empourpre comme si je lui avais mis un doigt au cul.

– Ogilvie Mark William Birdwood, monsieur. Birdy veut dire *zozio*. J'ai beau voler au-dessus de vos drames, totalement muet et apathique pour vous faire plaisir, je ne suis pas un *zozio*.

– Pour moi, si.

– Non, monsieur. Je suis diplômé de la prestigieuse *School for Butlers and Hospitality* où j'ai appris sang-froid, diplomatie, et psychologie. Mon service est essentiel au sein d'une grande famille comme la vôtre.

– Ça ne change rien. Je ne veux pas de vous chez moi. Point final.

– Que monsieur m'excuse, la *Winery* est aussi ma maison. Le testament de feu votre père spécifie que je peux y rester jusqu'à ma mort.

Putain je suis piégé !

Le poids des épreuves tombe sur mes épaules.

– Je ne me souviens pas de vous, Birdy.

Au lieu d'en prendre ombrage et de comprendre qu'il n'a rien à fiche avec moi, il me retire ma tasse vide et pose devant moi un jus d'oranges pressées par ses soins, alors que nous avons un foutu room service dans cette foutue suite.

C'est snob.

– La règle de ma charge est très claire, énonce-t-il. Le majordome doit tout connaître de son maître pendant que son maître ignore tout de son majordome.

Dès hier soir, j'ai lu dans ses yeux qu'il se souvenait parfaitement bien de Zolder et moi. Cet homme nous a peut-être punis, molestés, torché le cul, ou bien nous l'avons rendu chèvre et il nous a silencieusement détestés.

Je n'en ai aucune foutue idée.

– Écoutez, Birdy. J'ai grandi en anachorète. Je suis un sectateur. Je n'ai pas l'habitude d'être servi, pigé ? Je ne supporterai pas votre présence.

Voilà, c'est dit. Tant pis si c'est brutal.

– Le but d'un majordome en général est d'être invisible, m'objecte-t-il sans se départir de son flegme.

Ils y arrivent très bien !

Rien ne l'ébranle donc ?

– Je n'ai même pas de lit pour vous, dis-je en songeant à tout ce que j'ai rasé.

– Ce n'est pas grave, monsieur. Je peux dormir par terre.

OK, tu es fermement décidé à m'emmerder, connard.

– Vous n'avez pas mal au dos à votre âge ?

Pris d'une soudaine curiosité, je l'observe plus en détail. S'il était au service d'Oxton il ne doit pas être tout jeune. Difficile de se faire une idée, il est svelte avec peu de masse musculaire, mais ses cheveux sont encore blonds.

– Quel âge avez-vous, d'abord ?

– L'âge de vous botter encore le cul, s'il le faut, Master Roy, affirme-t-il en se retournant vers le bar pour préparer une assiette de protéines avec du jambon maigre, des œufs durs, des cornichons et des tranches de fromage.

Où a-t-il trouvé toute cette nourriture ?

– Plus que d'un lit nous avons besoin de revoir le plan de travail du personnel, dit-il en la positionnant méthodiquement devant moi avec ses pouces.

Un peu à gauche, un peu à droite, plus près du bord…

– Birdy ?

– Birdwood, monsieur.

Peu importe, je lève mon verre et le porte à ma bouche.

– Il n'y a que vous, abats-je en guise de dernière carte avant d'avaler. Tous les autres domestiques ont été tués. Ça ne vous dérange pas de revenir sur les lieux ?

Allez, renonce !

Ses yeux hautains croisent les miens pendant que je bois.

– Je parlais de Miss Hope, monsieur. J'ai cru comprendre que vous n'étiez pas notoirement mariés. Dois-je proposer ma cuisine à votre initiatrice ?

Je manque m'étouffer avec le jus d'orange qui me ressort par le nez.

– Bordel ! Birdy !!

– Birdwood, monsieur, corrige-t-il stoïquement en m'offrant son mouchoir.

Pas un vulgaire mouchoir en papier. Son propre mouchoir en fil blanc brodé d'une armoirie débile. Puis un deuxième identique pour m'essuyer la bouche, vu que le premier est taché de jus d'orange. Ce mec a deux mouchoirs sur lui.

Je n'ai jamais rien vu d'aussi snob.

– Hope est mon épouse céleste !

Tu vois pas qu'on a rien à faire ensemble, l'aristo ?

– D'accord, monsieur. Voulez-vous que je l'appelle « Lady Hope » ?

– Putain non !

– En ce cas, je tiens bienveillamment à avertir monsieur que seules les femmes mariées peuvent se faire servir le petit déjeuner au lit par leur majordome.

Je plonge mes mains dans mes cheveux encore mouillés de la douche.

– C'est ridicule, bordel !

– Permettez que j'insiste, monsieur. Que fait-on pour ma cuisine ?

C'est trop. Cette fois j'explose :

– Hope ne sait rien faire d'autre que des coquillettes-jambon, Birdy ! Croyez-moi, elle ne va pas se vexer si vous ne la servez pas après notre orgasme matinal. Elle a mieux à faire que de rougir devant vous parce qu'elle sent le sexe ou que vous voyez l'état de nos draps ! Quant à la préparation des repas, je crois que la cuisine est pour elle un calvaire, ou alors elle est feignante, ou alors elle m'en veut.

Ça fait vingt ans que je rêve d'une femme qui me nourrisse, putain !

Le majordome hoche la tête avec raideur et passe à autre chose :

– En ce cas, je suggérerais obligeamment à monsieur de me briefer sur Miss Hope afin de nous éviter des problèmes inutiles. Y a-t-il des sujets que je ne dois pas aborder ? La contraception que vous lui avez imposée si elle est mal acceptée, le désir d'enfants si vous n'y êtes pas disposé, son poids…

Ma main repart dans mes cheveux.

– Son poids ?

– En règle générale, les femmes sont plus mal à l'aise avec leur poids. J'essaie de nous éviter une situation désagréable, monsieur.

– Ça va, j'ai compris le principe.

Seulement, c'est si délicat d'en parler avec lui que je ferme les yeux. Avant de trahir son intimité, je revois ses yeux toujours pleins de désir et ses doigts glissant sur ma nuque quand nous couchons ensemble. La façon dont elle attire mes lèvres vers les siennes quand elle veut un baiser. La manière dont elle m'aguiche en frottant ses seins contre mon torse. Ses chevilles nouées sur mes reins au moment de jouir. Les orgasmes sont si bons avec elle que je n'oublierai jamais aucun d'entre eux. Hope me montre de l'affection. Cette Hope-là est à moi.

Seulement je ne peux pas oublier qui je suis.

– Hope a un implant contraceptif depuis qu'elle a ses règles. Il a été établi par les médecins à ma libération que je vais me suicider. Nous n'aurons pas d'enfants car je ne veux en aucun cas laisser un orphelin derrière moi que je ne pourrais pas protéger. Elle ne suit aucun régime alimentaire, mais vous pouvez m'aider à supprimer les sucreries qu'elle avale. Hope a assisté à la mort de sa mère quand elle était enfant. Il arrive depuis à ses cordes vocales de se paralyser. Elle serait incapable de crier au feu si la maison brûlait. Il faut veiller sur elle, Birdy. De la même manière qu'on veille sur un enfant. Par mesure de sécurité, Hope ne connaît ni mon véritable prénom, ni l'existence de mon jumeau et je tiens à ce que cela reste ainsi. J'ai tué le leader qui me retenait prisonnier. Certains clients de Syrov pourraient se servir de Zolder comme arme pour me punir.

Hope a beau me rendre heureux, elle n'apaise pas la terreur dans ma poitrine quand ça concerne Zolder.

– J'ai tout noté, monsieur.

C'est comme une frontière entre nous. Notre désir est mutuel, notre affection est mutuelle – ce qui est en soi un miracle compte tenu de la situation –, mais la haine est *ma* prison. Tôt ou tard, je me vengerai. Tôt ou tard, je détruirai son monde. Je lève les yeux vers le balcon. La regarder s'aligner sur les mains dans les rayons du soleil, avec grâce et équilibre, flatte mon ego et m'aide à oublier que, hélas, rien ne peut changer. Je dois tout à ma famille. Je ne suis pas libre.

Je reste son ennemi.

– Pardonnez ma question, monsieur, mais par le passé je me suis demandé : quelles sont les chances de retrouver Zolder ? Enfin, à cette époque, je me posais la question pour vous deux. Vous étiez si vifs, si j'ose dire.

Je pige tout de suite ce qu'il veut dire. J'ai plusieurs fois failli mourir à cause de mon caractère. Si je n'avais pas eu de valeur à ses yeux parce que j'étais le fils d'Oxton, Syrov m'aurait fait abattre, au moins pour donner l'exemple. Zolder n'a peut-être pas bénéficié de la même chance. Qui sait entre les mains de quel tortionnaire il est tombé, et ce qu'il est devenu ? J'ai cherché un rival parmi les pilotes dans l'espoir qu'il ait suivi le même chemin que moi. En vain. Je sors mon portable et consulte le message arrivé hier soir, pendant le repas avec Fadi.

[San Francisco]

– Elles deviennent de plus en plus grandes à chaque heure qui passe.

Une bouffée d'air âpre s'engouffre dans le salon climatisé.

– Ouf ! Il fait déjà chaud dehors, s'exclame Hope en refermant la baie vitrée derrière elle, son matelas roulé sous le bras.

Je repositionne immédiatement mon téléphone dans ma main pour lui cacher l'écran. Elle récupère mon tee-shirt resté sur le dossier d'un tabouret et l'enfile sur son maillot. Son sourire s'étire jusqu'aux oreilles en me voyant avec Birdy. Je sais que je vais la blesser bientôt, alors je lui laisse ses illusions de victoire.

J'espère juste qu'elle tiendra sa parole.

– À quelle heure est la course ? lance-t-elle en traversant le salon.

Sans pouvoir m'en empêcher, je mate ses longues jambes nues sous mon tee-shirt, gêné que Birdy les voie aussi. J'aime ses jambes.

– Seize heures dix, heure locale, fais-je d'une voix rauque.

– On repart tout de suite après ?

– On embarque le matériel d'abord dans le Boeing. Le jet décollera à l'aube. Je ne pars pas tant qu'on a pas récupéré les voitures et assuré le retour des stagiaires.

– Ça nous fera arriver à Vancouver à quelle heure ?

– Lundi matin vers sept heures.

Elle dépose son tapis et vient s'installer sur un tabouret.

– Ça vous ennuie si je reste avec vous ?

En guise de réponse, je me penche au-dessus du comptoir et l'embrasse à pleine bouche devant le majordome. Je vais peut-être accepter ce type parce que je n'ai pas le choix, mais je ne veux pas qu'il m'emmerde.

– Si tu as un doute, je peux aussi te prendre sur ce bar, ajouté-je en la relâchant.

Ses joues prennent la couleur d'un incendie de forêt et ça me plaît.

– Puis-je vous proposer votre petit déjeuner, Miss Hope ? enchaîne Birdy, comme si je n'avais rien dit.

Les yeux de Hope courent avec embarras de mon assiette aux sacs de victuailles posés sur le bar improvisé en kitchenette par le majordome.

– Volontiers, Birdwood. Je prendrai ma douche après.

– Qu'est-ce qui vous ferait plaisir, Miss Hope ?

– Vous auriez des tartines de Nutella ?

Peu surpris, j'attends soigneusement la réponse.

– Je vous prépare une assiette de fruits frais et un yaourt fermier, la réoriente Birdy, m'assurant du même coup que la discrétion fait partie intégrante de son métier. Vous prenez du thé ou du café le matin, Miss Hope ?

Hope rougit de sa faiblesse pour le sucre et se mordille la lèvre inférieure, et je me demande si elle va oser protester devant la perle des majordomes.

Eh oui, mon ange, le Wog est à mes ordres.

– J'ai droit au cappuccino ? hasarde-t-elle au bout d'une longue hésitation.

J'ouvre de grands yeux car je n'en reviens pas de la voir céder. Cette femme, plus butée qu'une mule, ne capitule jamais devant moi.

Ce qui est un exploit en soi.

– Avec un soupçon de cacao dessus, lui accorde diplomatiquement Birdy.

Mentalement, je félicite le majordome.

– Je peux assister à la course ? me demande Hope.

– Ça te ferait plaisir ? dis-je, agréablement surpris.

Depuis nos confidences dans le jet, je sais qu'elle n'a jamais regardé la moindre retransmission de Grand Prix à la télé. Elle m'a confié qu'elle trouvait ça barbant. Cependant depuis qu'elle est là, c'est complètement différent pour elle.

Elle fait partie de la grande famille de la F1 et vit l'ambiance.

Elle lève ses deux bras en l'air et mime une ola de groupie.

– Il faut que je me prépare puisque tu vas courir pour le titre !

Je ris de la voir si gamine.

– C'est vrai.

Même si j'ai encore du mal à y croire, je me sens fiévreux, neuf, enthousiaste. Je vais enfin montrer ce que je vaux et lâcher toute cette énergie que j'ai en moi, alors que je n'y croyais plus. Je vais pouvoir être *moi*. Pas son fils. Pas l'enfant enlevé. Pas le *street racer* de Syrov. Juste moi.

Celui que je ne connais pas encore.

C'est ce que j'ai le plus regretté lorsqu'on m'a libéré. Je ne pouvais plus courir nulle part et ça m'a manqué. Les courses illégales m'étaient interdites si je voulais reprendre l'écurie et la FIA ne voulait pas de moi.

Hier soir, j'étais tellement tendu après la lecture du document d'Al Nahyan que j'ai bêtement refusé de me réjouir. Je n'arrive toujours pas à croire ce que j'ai appris.

Comment ces deux hommes ont-il pu faire *ça* ?

Même toi, tu n'es pas aussi fou, putain !

Birdy dépose son assiette devant Hope et déclare en quittant le bar :

– Après tout voyage, les vêtements doivent être propres et prêts à porter. Je me suis procuré du papier de soie ce matin en prévision de notre retour. Je vais nettoyer vos vêtements et m'occuper des valises, monsieur.

Hope et moi nous dévisageons avec perplexité.

– Du papier de soie ? articule-t-elle en silence, aussi étonnée que moi.

Ne sachant trop quoi dire je hausse les épaules. Birdy a l'air d'avoir un don spécial pour disposer de nous, et pour l'instant, je ne vois pas comment l'en empêcher. La sonnette retentit à la porte de la suite.

Tout naturellement, Birdy va ouvrir.

– Qui dois-je annoncer ? lance le majordome, pince-sans-rire.

Si je n'étais pas tourné vers la porte pour le regarder faire, je manquerais la réaction choquée de la femme d'affaires. Caitlin cille et blêmit, et je me dis que ça doit lui faire tout drôle de retrouver un fantôme du passé.

– Caitlin Roy, lancé-je, amusé par sa tête.

Birdy recule contre le mur pour la laisser entrer.

– Tu as un majordome, maintenant ? grince la femme d'affaires dans un sarcasme évident adressé au sectateur mal embouché que je suis à ses yeux.

Je l'ignore et murmure à l'oreille de Hope :

– Prends ton petit déjeuner tranquille. J'ai besoin de lui parler.

– D'accord, je reste là. Sois gentil avec elle, me conseille Hope.

Je passe un tee-shirt en marchant jusqu'aux canapés pour lui cacher mes tatouages, préférant la recevoir au salon que la voir gâcher le repas de Hope.

Une fois confortablement assis, je lui ouvre la voie :

– Que veux-tu, Caitlin ?

Elle s'assied à son tour et fixe droit devant elle, ce qui traduit de la gêne.

– Je voulais t'informer que j'ai rencontré les repreneurs, dit-elle.

– Quand ça ?

Caitlin jette un regard nerveux au majordome qui s'avance vers elle.

– Puis-je vous servir un thé, madame Roy ? propose celui-ci en l'étudiant.

C'est bien la première fois que je vois la femme d'affaires aussi faible. Sa posture est gênée, vaincue. Elle pèse et soupèse sa réponse, comme s'il s'agissait d'un contrat juteux avec un sponsor, et non d'une simple tasse de thé.

Puis elle secoue la tête et s'adresse à moi :

– Je les quitte à l'instant, en fait.

Devant son impolitesse, les sourcils du majordome frémissent.

– Merci, Birdy, me sens-je obligé de répondre à sa place.

Un merci ne coûte rien ! Qu'est-ce qu'il lui prend ? Le majordome d'Oxton plisse le nez, mais ne me reprend pas sur son nom, et se retire.

– Et tu as couru m'avertir tout de suite, reprends-je pour Caitlin à son départ.

– Tu es un associé. Je fais mon travail, corrige-t-elle.

– D'accord. Alors je t'écoute.

– Je voulais t'informer qu'ils garderont le nom de l'écurie et les sectateurs.

Estimant qu'elle pourrait trouver louche que je ne réagisse pas, je joue le jeu :

– Je croyais qu'ils n'en voulaient pas.

– J'ai été étonnée moi aussi. Mais ils m'ont expliqué qu'ils ne voulaient pas de mauvaise publicité pour leur holding. Ce que je peux comprendre. Ce ne serait pas politiquement correct et la commission des normes du travail[55] condamne sévèrement les employeurs qui se livrent à la discrimination. Ils se chargent de t'obtenir une Super-Licence. Je ne sais pas comment mais c'est ce qu'ils ont dit. Je me suis dit que tu aimerais le savoir.

– C'est une bonne nouvelle.

55. Équivalent du conseil de prud'hommes en France.

– Puisqu'ils te gardent, tu n'auras pas à vendre la Winery. L'immobilier ne se vend pas facilement actuellement. Je n'ai aucune offre pour la maison de Melvin.

Pas mon problème, chérie.

– Quoi d'autre ?

– Nous avons rédigé ensemble un protocole d'accord que je vais proposer au juge afin qu'il autorise les démarches liées à la cession et qu'on puisse signer la vente au plus tôt dans l'intérêt de l'écurie. Comme il n'y a aucune condition suspensive de leur côté pour le financement, le juge pourra lui-même fixer la date de vente, et les fonds seront débloqués. Ce qui permettra à l'écurie de payer sa prime à Liberty Media et de courir l'an prochain.

Pas que je tienne à cette femme – elle me tape sur les nerfs depuis mon arrivée –, mais ça me fait bizarre de la voir quitter si facilement l'écurie familiale.

Que penserait Melvin de tout ça ?

– Tu vends aussi tes parts ?

– J'ai offert de rester pendant la phase de transition entre le repreneur et le cédant afin que le changement s'opère en douceur, et que le nouveau président de ScrapMetal Racing ait le temps de prendre ses marques.

– Tu ne sais pas qui c'est ?

– Non, mais c'est tout à fait courant dans ce genre de reprise. Les grosses boîtes se servent d'intermédiaires. J'imagine que nous le rencontrerons lors de la signature de la vente. Ou pas.

Je hoche la tête, pensif.

– Que vas-tu faire ensuite ?

Elle m'adresse un sourire hypocrite :

– Ça, je ne vais pas te le dire, mon beau ! Je resterai peut-être dans la F1.

Le ton est léger et provocateur, fait pour m'agacer ou m'appâter, mais je suis certain qu'elle a un plan en marche. La réalité de cette femme n'est pas comme ça. Caitlin est une personne autonome, responsable, et motivée. Elle a toujours fait des choix, et essentiellement les bons. Brusquement j'ai besoin de comprendre.

– Tu cherches une meilleure ambiance de travail ?

– On peut dire ça comme ça, admet-elle. Là où j'irai, les équipes travailleront avec plus de cohésion et leur organisation sera plus efficace. Les objectifs seront donc plus facilement atteints, et ce sera à mon crédit. Je perdais mon temps chez ScrapMetal Racing. L'écurie avec toi n'aurait jamais été ce que je voulais.

Le pire est que je veux la même chose.

– Je suis désolé d'avoir pourri ta vie.

– Si tu t'en rends compte c'est déjà une bonne chose, siffle-t-elle amère.

– Tu me détestes ?

La question enfin posée, ses yeux bleus me transpercent de haine.

– Ouais. J'ai grandi avec cette écurie. Elle est tout pour moi. J'ai toujours cru qu'elle me reviendrait en totalité à la mort de Melvin. J'ai travaillé dur pour ça. Alors je sais, c'est moche, mais j'aurais souhaité qu'on ne te retrouve pas.

Loin de me blesser, je ne l'en respecte que plus de me montrer sa haine.

– Tu n'aimes pas plus les miens, pas vrai ?

Un hochement de tête, net et sans ambiguïté.

– Même si on avait fait du bon boulot, je n'aurais jamais pu me faire aux sectateurs, reconnaît-elle avec honnêteté. Je ne les aime pas. En fait, ils me dégoûtent. Les femmes me dégoûtent parce qu'elles humilient toutes les femmes de la Terre en acceptant la polygamie. Les hommes me dégoûtent parce qu'ils traitent les femmes comme des putes sous les yeux de leurs enfants. Je ne comprends pas ce genre de vie.

C'est la première fois qu'elle se découvre autant. La première fois que je la sens aussi vraie, où elle ne joue pas à être sa propre relation publique. Étrangement, ça fait du bien. Dans une autre vie, peut-être aurions-nous pu nous entendre et nous apprécier. Seulement je suis sectateur, et elle, une *Wog*.

Moi non plus je ne la sens pas de ma famille.

– Nos chemins vont se séparer alors, dis-je sans regret.

– Oui. C'est mieux, ratifie-t-elle.

Elle jette un regard vers le bar où Hope nous tourne le dos.

– Elle a plus de cran que moi, dit-elle avec envie.

Il n'y a pas de meilleure façon de le dire. Elle au moins ne ferme pas la porte aux miens. Au lieu d'être dégoûtée, Hope a le courage de vouloir s'attaquer au problème que ça lui pose, et je la respecte pour ça.

– Tu te demandes comment elle fait pour me supporter ? raillé-je.

– Non je le sais, riposte Caitlin en revenant à moi.

J'essaye de ne pas sourire en l'apprenant, mais j'en doute.

– Ah oui ?

– Oui. Elle t'aime. Et ça me navre pour elle parce que tu vas la briser.

Les mots tombent comme une pierre dans mon estomac, parce que je sens bien qu'ils sont vrais. Même si je ne veux pas le voir, c'est évident que Hope m'aime. Son amour pour moi est la véritable raison de notre connexion malgré la situation. Son cœur seul lui donne la force de dépasser ça, parce qu'il est ouvert.

Je devrais être heureux d'avoir une telle chance.

– J'ai contacté son père, m'apprend Caitlin après une hésitation.

Le sang bat dans mes tempes mais je ne dis rien.

– Il m'a dit qu'il venait la chercher. C'est mieux, Sau. Tu dois la laisser partir. Il y a trop de haine en toi pour que tu puisses l'aimer.

Figé sur le canapé pendant qu'elle se lève pour la rejoindre au bar, je serre les dents. Sa dernière phrase me brûle de l'intérieur, pire que l'acide. Toutes les injustices que l'on peut imaginer quand on fait partie des exclus reviennent à une seule et unique injustice, finalement. Les monstres ne peuvent pas aimer.

Je suis tellement secoué que j'entends à peine leur échange :

– Tu as prévue de voir la course ?

– Absolument ! s'enthousiasme Hope en quittant son tabouret.

– Sau va être occupé à la passerelle de commandement avec les In-G et Aga. Ça te dit de venir avec moi ? On ira voir le départ depuis la passerelle des feux. Tu verras, c'est magique depuis là-haut !

Emballée par l'idée, Hope sautille partout.

– Oh mon Dieu, j'adorerais faire des photos de là-haut ! exulte-t-elle. Sau ? Ça ne t'ennuie pas si je vais avec Caitlin ?

Ses yeux vert malachite tournés vers moi m'achèvent sans le savoir.

Depuis qu'elle est ici, son teint doré par le soleil explose de joie de vivre, son sourire débarrassé de ses angoisses étincelle. Elle est heureuse. Elle joue du piano en public. Elle prend le volant dans les dunes. Elle agit. Elle vit. Peut-être pour la première fois depuis qu'elle a tatoué le mot « Vivre » à son poignet. Nous nous sommes tellement rapprochés en quelques jours, mais ça ne suffit pas. Mon imagination se déchaîne sur ce que je vais faire à ce beau visage, et je suis terrifié.

Je suis un monstre.

Par automatisme, je sors mon portable qui vient de vibrer dans ma poche et je consulte, en direct cette fois-ci, le message qui s'affiche à l'écran.

[Astoria]

– Sau ? m'interpelle Caitlin en me voyant perdu dans mes pensées.

Les yeux bleus de la femme d'affaires braqués sur moi indiquent clairement ce qu'elle attend de moi. Je dois la laisser partir. Seulement la peur de souffrir fait parfois plus de mal que la souffrance elle-même. Hope fait partie de moi, maintenant. Elle est en moi. Je ne peux pas !

– D'accord. On se retrouve au jet.

Les monstres ne peuvent pas aimer.

CHAPITRE 36

HOPE

Sauvage n'a pas desserré les dents de tout le vol.

Lui qui d'ordinaire affiche un masque d'indifférence agaçant semble souffrir en silence. Taiseux. Nerveux. Excité. Orageux. Explosif. Ce n'est plus le même homme. Je voudrais comprendre sa souffrance et aussi qu'il la comprenne lui-même. C'est une grande chose que de comprendre sa souffrance, car lorsqu'on en est libéré, il y a la compassion. Le pardon. Je le sais pour avoir fait ce chemin après la mort de ma mère. J'ai dû me pardonner. Mais ça m'a pris du temps.

Qu'est-ce qui lui prend autant de temps à lui ?

Après dix-sept heures de vol de nuit, le jet blanc de ScrapMetal Racing se pose sur la piste sous le ciel gris de Vancouver. Pendant ce voyage tant de choses ont changé, comme si le soleil et les dunes de sable avaient tout gommé. J'en étais presque arrivée à oublier qu'on était à trois semaines seulement de Noël.

Sauvage m'arrête lorsque je glisse mon ordinateur dans mon sac à dos.

– Laisse tes affaires ici. Birdy les apportera à la maison.

– Birdwood, monsieur, corrige le majordome tiré à quatre épingles.

J'hésite car je n'aime pas l'idée de ne pas avoir mon sac avec moi. Je récupère au moins mon passeport que Sauvage m'a rendu, pour passer l'immigration canadienne, la clef en argent de maman et ma carte de crédit.

– Nous n'allons pas avec eux ? je demande en regardant mon sac à dos.

Sauvage secoue la tête.

– Le rendez-vous est à Vancouver. On les rejoindra plus tard.

– D'accord, dis-je, à la fois agitée et intimidée à l'idée de revoir papa avec lui.

Le majordome s'avance pour s'occuper de nos affaires.

– Allez vous rafraîchir un peu pour votre père, Miss Hope, propose-t-il. Le vol a été long et vous n'avez pas beaucoup dormi. Je m'occupe de tout.

J'écoute Birdwood et me change rapidement dans les toilettes pour offrir à mon père une tenue plus soignée. Je suis en train de regagner le salon en robe charmeuse, collants et Perfecto quand, contrairement à la procédure de l'aller, la porte de la chambre de Caitlin s'ouvre sur la femme d'affaires en tailleur pro.

Eh bien elle est pressée de sortir...

– Dis à l'équipe de rentrer par la route, je prends l'hydravion pour régler un problème urgent au bureau, lance-t-elle à Sau en nous dépassant.

– Un souci avec le protocole d'accord ? se tend le sectateur.

Je sais qu'il n'arrive pas encore à y croire.

– Oui, j'avais prévu de le soumettre au juge aujourd'hui mais leur partenaire moteur rajoute des conditions suspensives sur ton contrat. Des clauses de sortie essentiellement : si tu gagnes avec leur moteur, tu ne pourras pas les quitter. Le mieux serait que tu viennes avec moi. Je ne peux pas les accepter pour toi.

Sauvage se gratte la nuque, embarrassé.

– Merde. Je vais être occupé dans le centre-ville un moment, là.

Caitlin me jette un coup d'œil et je sais qu'elle a compris à quoi. Nous en avons longuement discuté pendant la course et elle n'a pas caché sa désapprobation de me voir rester auprès de Sau. Pour elle, son désir de vengeance ne cessera que lorsqu'il nous aura tous détruits. Je pense autrement aujourd'hui, après que Sauvage m'a montré cette facette de lui, brute et dangereuse, mais tellement belle quand on pense au cœur loyal qu'elle cache.

– Tu rentres comment ? lui dit-elle.

– J'ai demandé à Azz de m'amener la Chevy.

– OK. Je vais voir ce que je peux faire. Avec toi comme pilote, ils ont un sacré atout. En revanche, rien ne dit que leur nouveau moteur en sera un.

– Merci de t'en occuper, acquiesce le pilote.

C'est étrange, la haine a disparu de leur expression, comme si s'être avoué qu'ils se détestent avait permis une meilleure compréhension entre eux.

Maintenant aucun d'eux ne triche.

Ils ne s'apprécient pas. C'est tout.

Dès l'ouverture des portes, je regrette la chaleur des Émirats. Le vent froid de décembre à Vancouver essaie de me rabattre les cheveux dans la figure et je dois progresser lentement pour descendre sur le tarmac. Je pense au plaisir incroyable que j'avais à déambuler en short et en tongs, à faire mon yoga en bikini sur le balcon, à me tremper dans l'eau sans me transformer obligatoirement en iceberg. Ça me paraît tellement invraisemblable que je rêvasse encore dans la Chevy en écoutant sa playlist. Tout à fait de circonstance, si on admet qu'un « zombie » est une personne qui a perdu toute forme de conscience et d'humanité. C'est une chose attendrissante que j'ai remarquée chez lui. Privé de musique dans sa communauté, il en met partout. Comme s'il affirmait sa liberté avec.

What's in your head, in your head?
Zombie, zombie, zombie-ie-ie.

Moi aussi, j'aimerais bien savoir ce qu'il a en tête.

– Comment sais-tu si mon père est arrivé ?

– Azz est avec lui et un type qui s'appelle Nil.

Sauvage m'observe, sans ciller, attendant ma réaction.

– C'est mon chauffeur, précisé-je avec timidité.

Aussitôt je me mords les joues pour faire taire les pensées les plus débiles, dignes d'une gamine de douze ans, qui fusent comme des météorites dans mon esprit de midinette. Sau va rencontrer mon père. Les deux hommes qui comptent le plus pour moi. Est-ce qu'ils vont se reconnaître en tant qu'hommes dont le désir est de me protéger ? C'est puéril mais je l'espère. Par bien des côtés, Sau me fait penser au portrait de l'homme-ouragan décrit par papa. Nerveuse, je récupère son portable en équilibre instable sur la console centrale et le glisse machinalement dans sa veste placée entre nos deux sièges. Mais avant je lis :

[Regatta. Centerm Berth. Vancouver.]

– Qu'est-ce que ça veut dire ?

Sauvage me décoche un regard de côté.

– Parfois les gens n'ont pas besoin de compréhension. Voir le Mal leur suffit.

Je détourne les yeux, il doit estimer que ça ne me regarde pas.

Quelques minutes plus tard, la Chevy se range sur le parking extérieur situé à l'arrière d'un bâtiment de briques rouges très Nouvelle-Angleterre, près d'un ange blanc visible de la rue, mais mon regard s'arrête sur la signalisation.

« Service des Urgences ».

– L'hôpital Saint-Paul ?

Je scrute son visage serein, y cherchant en vain le reflet de ma propre agitation.

– Sau ! Qu'est-ce qu'on vient faire ici ?

– Détends-toi. Ton père va bien. Je t'ai promis de ne pas le toucher avant de savoir la vérité, dit-il avec la même douceur qu'il met lorsqu'il me sent stressée.

Mais aujourd'hui je n'en finis pas de raisonner.

– Alors pourquoi lui avoir fixé rendez-vous dans un hôpital ?

S'il me dit qu'il prévoit de l'envoyer aux urgences après explication, je ne suis pas sûre de le laisser entrer dans ce bâtiment. Seulement je peux faire quoi ? Appeler à l'aide ? Je me rappelle à quel point tout ça doit rester une affaire privée.

Si le public connaît la vérité sur ton père, il le détruira.

Si le public connaît la vérité sur moi, il me détruira.

C'est dingue mais je ne peux rien faire d'autre qu'écouter son explication :

– Le « berceau de l'ange » est à l'intérieur de l'hôpital mais on y accède par l'extérieur, afin d'offrir à une mère un endroit sûr pour laisser son nouveau-né si elle a le sentiment qu'elle ne peut pas s'en occuper correctement. Ici, des religieuses de sainte Anne veillent à la sécurité des nouveau-nés. Elles encouragent aussi les familles à faire le bon choix. Cela m'a paru adapté.

Je suis encore plus perdue.

– C'est pour ça qu'il y a un ange ?

– L'ange indique l'emplacement du berceau aux familles, opine Sauvage.

– D'accord, mais quel rapport avec toi ? Tu n'as pas été abandonné.

Mes yeux ne lâchent pas les siens, me rappelant sans aucun doute son abandon émotionnel et la décharge que de ne pas avoir été recherché par les siens envoie à son cœur. Ce n'est quand même pas pareil.

– Viens, il faut y aller, maintenant, dit-il d'une voix dure, sourcils froncés.

Je tente de me retenir de poser encore une question et relève la tête afin de capturer un dernier cliché de ce moment où il ne s'est encore rien passé de grave, puis j'ouvre la portière. Prête à le suivre à l'intérieur.

– Par ici, dit-il en m'ouvrant une porte à l'écart surmontée d'une médaille pieuse taillée à même la pierre blanche du fronton.

J'ai beau marcher lentement derrière lui dans le couloir, je me sens précipitée vers quelque chose que je ne distingue pas du tout, et ça m'effraie. Une vieille femme en habit religieux et bottines vient à notre rencontre. Un chapelet accroché à gauche de sa robe, sa tête couverte d'un bandeau blanc pour cacher ses cheveux.

Son sourire doux me rassure un peu.

– Bonjour, Sauvage. Je suis sœur Carmen.

– Sœur Carmen… Ça me fait plaisir de connaître votre visage. Voici Hope, mon épouse céleste.

J'écarquille les yeux en l'entendant mentionner notre union devant un membre de l'église avec autant de naturel, tandis que la religieuse rosit de plaisir et prend mes mains dans les siennes, fines comme du papier à cigarette.

– Bienvenue, mon enfant. Votre époux et moi avons longuement parlé de vous et de vos familles. Je vous souhaite à tous les deux de trouver la paix.

Elle me considère comme mariée ?

– Merci, ma sœur, réponds-je dans la plus totale confusion.

Sœur Carmen me relâche et s'adresse au sectateur.

– Votre ami vous attend dans le salon du fond avec vos visiteurs. J'ai fait porter une bouteille de bourbon pour aider. Dites-moi si je peux aider, mon fils.

Du bourbon ?

Les nerfs se croisent sur mon estomac devant la porte. Alors qu'il est déjà en train de l'ouvrir de sa main droite, je tente d'attraper le bras gauche de Sauvage pour le retenir encore un peu, seulement je suis brusquement précipitée en avant par la masse du sectateur qui pénètre comme un fou dans la pièce.

– FILS DE PUTE !!! JE VAIS TE TUER, ESPÈCE D'ORDURE !!

– SAU ! NON !! l'agrippe Azz, tentant de le retenir par la chemise.

J'ai tellement peur que je trébuche sans personne pour me retenir. Je me récupère le plus vite possible, prête à stopper Sauvage à coups de poing, s'il le faut. Quand je m'aperçois qu'il ne s'est pas précipité vers mon père.

Mais vers Nil.

Sauvage le tient à la gorge dans le triangle formé par son bras, et je comprends en regardant mon chauffeur étouffer que la position de contrôle de tête est totale. Je sais ce que c'est. Nil me l'a expliqué. C'est une clef de cou. Le sectateur peut soit lui briser la nuque, soit le suffoquer lentement par étranglement sanguin.

Seulement entre l'explication et le voir de ses yeux…

– Lâche-le, tonne Azz. La pièce est clean. Vous pouvez vous expliquer. Tout ce qui se dira ou se fera dans cette pièce ne sortira pas de là. Ils sont d'accord.

– Putain ! Risque pas que je le lâche.

Au contraire. Son biceps derrière le cou de Nil et son avant-bras devant, le sectateur exécute une torsion pour plaquer sa proie au mur et augmenter la pression de l'étranglement. En le voyant faire, je comprends comment il m'aurait enlevée au

Fontainebleau. Il m'aurait étranglée jusqu'à ce que je m'endorme.

J'en ai la chair de poule tant manquer d'air me terrifie.

– Où est-il ? Parle ou bien je les tue !

Qui est où ? Qui veut-il tuer ?

Perplexe, je regarde mon père assis sur une chaise devant la table où est posée la bouteille de Jameson ainsi que quatre verres et son ordinateur portable, et je me rends compte qu'ils ont bu, alors qu'il n'est même pas huit heures du matin. Quelque chose cloche. Papa ne commence jamais à boire avant d'avoir terminé sa journée. Après avoir constaté de ses yeux que j'allais bien, ses iris gris polaire rivés sur Sauvage, il a l'air aussi agacé que possible, comme s'il avait envie de le tuer et devait trouver la force de se retenir.

– Papa ?

Je n'ai pas le temps d'en dire davantage. L'Iranien couvert de tatouages cyrilliques abat ses grandes mains sur les épaules de son binôme et le tire à lui si brutalement pour le décoller de Nil qu'il fait sauter un bouton de sa chemise.

Sauvage adresse à son ami un regard chargé de haine.

– Tu vas te calmer, mon ami ! lui ordonne Azz avant de prendre un coup. Ils sont armés ! J'ai pas envie que tu prennes une balle. Compris ?

Abasourdie, je fixe mon père.

– Tu es armé, papa ?

Tout ça est de plus en plus anormal. Mon père a horreur des armes. On n'en a aucune dans la maison. Mieux encore, papa milite contre les puissants lobbies qui les vendent à chaque nouvelle fusillade dans notre pays, mais il ne répond pas.

Son regard fait même tout pour m'éviter.

– C'est TOI qui nous a vendus, espèce de charognard ! poursuit Sau.

– Nous ? relevé-je complètement abêtie. Qui ça *nous* ?

Dans ma terreur, j'essaie de raisonner, mais je n'arrive à rien.

– Ne joue pas au lâche avec moi ! s'écrie Sauvage à bout de patience. C'était TOI le chef entre les deux vans ! J'ai reconnu tes cicatrices, enculé !

Il est dans la nature de Nil de répondre aux insultes, ce qu'il fait :

– Voilà ce que c'est de ne pas porter de cagoule ! Faut dire que je ne pensais pas te revoir… *vivant.*

Je fais de mon mieux pour empêcher mes mains de trembler. Je n'avais jamais autant voulu quelque chose depuis la mort de maman que cette fichue lettre laissée par Melvin soit une erreur, mais Nil vient d'avouer l'inverse. Le pire est arrivé.

– Je t'enterrerai *avec*, comme l'ordure que tu es ! promet Sau.

– Tu ne vas pas me tuer devant elle, siffle Nil avec suffisance.

– C'est là que tu te trompes ! J'ai torturé et tué Syrov devant les petits, ça m'a pas arrêté. Je me fiche qu'elle voit ma fureur. J'en payerai le prix.

Quelque chose de sombre passe dans l'expression de Nil alors que Sauvage lui écrase la mâchoire contre le mur, une aura de respect et de ténèbres.

– Alors oui. Ils avaient raison. Tu mérites bien ton nom ! suffoque-t-il.

– Qui c'était dans l'autre van ? À QUI tu l'as vendu ?

– Qu'as-tu fait des enfants ? contre mon chauffeur.

Je perds pied.

Prise d'une bouffée d'hystérie, je me rue sur Sauvage, au risque qu'il me frappe dans sa rage, et le pousse à deux mains jusqu'à ce qu'il lâche Nil, en criant à m'en cisailler les cordes vocales avant que la peur ne les paralyse :

– MAIS QUI, BORDEL ? DE QUI PARLEZ-VOUS ?

En m'entendant hurler, tous les visages se tournent vers moi comme si le temps avait suspendu son vol. Tout s'arrête. Silence. Haine. Menaces. J'ai du mal à respirer tant j'ai crié. Je sens déjà le lasso autour de ma gorge. Je n'ai plus crié comme ça depuis ma mère. Les larmes me montent aux yeux. Parce que bien sûr j'ai compris que c'était fini. Mon père n'aurait pas cette tête-là s'il n'était pas coupable. Et ça fait mal.

– Vous ne lui avez rien dit ?

Ce sont les premiers mots que prononce mon père et ils ne sont pas pour moi. Toute son attention depuis qu'on est entrés dans cette pièce est pour le sectateur.

Lequel répond froidement :

– Dis quoi ? Que vous êtes un fumier ? Si, mais elle vous est loyale.

Les yeux gris de mon père se posent alors sur moi, voulant me dire la vérité, préférant taire l'information, et je comprends que c'est difficile pour lui, comme s'il voulait s'ouvrir à moi mais avait peur de le faire.

Je secoue la tête. J'ai peur.

– Bébé…

Brusquement, je ne veux plus entendre ce qu'il va dire.

– Il a Tara et Billy, livre-t-il à la place. Je suis ici parce qu'il menace de les tuer.

Trop tard !

Mon cœur vole en éclats et tout l'amour que j'avais pour Sauvage s'envole avec lui. *Respire.* Il faut que je respire si je veux les sauver. Est-ce une coïncidence ? Les messages avec les villes, sa distraction chaque fois que son portable bipait. Il n'a pas touché à mon père, comme il l'avait promis, mais il *les* a enlevés. Il me ment depuis le début. Quelles étaient les chances qu'il renonce à sa vengeance ? Aucune. Le diable a juste changé de plan.

Comment ai-je pu être si stupide ?

Ma terreur de les perdre est si intense qu'elle me vide de toute mon énergie. Mes genoux flageolent. Tout mon corps se met à trembler comme si j'étais prise d'une terrible crise d'épilepsie, il n'y a que mes yeux qui restent fixes, braqués sur Sauvage. Le suppliant de m'expliquer.

– Qu'as-tu fait de Tara et Billy ?

Les siens parcourent les tremblements de mon corps.

– Ils sont dans un cargo, livre-t-il froidement.

Mon cœur me remonte dans la bouche. Je vais vomir.

– Putain, siffle mon père, fixant la bouteille comme s'il voulait l'engloutir.

J'ai la nausée à la simple idée de ce qu'il leur a fait vivre. Je suis terrifiée, anéantie, coupable d'avoir couché avec cet homme pendant que mon petit frère et ma petite sœur vivaient l'enfer par sa faute. Sauvage s'est ouvert à moi pendant nos conversations, mais rien de tout ça ne comptait.

Comment a-t-il pu faire une chose pareille et me montrer son cœur ?

– Tu n'es qu'un enfoiré, putain ! explosé-je. Ils n'ont que cinq et sept ans !

Sauvage contracte les mâchoires sous l'attaque.

– Attention, mon ange !

– Oh je me *fiche* de faire attention ! Tu sais pourquoi je m'en fiche ? Parce que je me fiche totalement que tu me tues si tu as fait du mal à mon petit frère et à ma petite sœur. C'est pour *eux* que je vis.

– J'avais cinq ans quand on m'a placé un traceur à la cheville et chargé dans un conteneur pour la Russie, riposte-t-il d'un ton âcre.

La loi du talion. Je comprends mieux ce qui a inspiré sa réaction quand il a découvert que j'avais moi aussi reçu un traceur au même âge, mais je m'en fiche.

La réciprocité du crime, c'est tout ce qu'il connaît.

Je suis sûre qu'il pense même que c'est juste.

– Et tu penses qu'*eux* vont survivre ? sifflé-je de colère.

– Contrairement à moi, on leur a donné de l'eau et à manger, récuse-t-il comme s'il n'en avait plus rien à battre de ma colère. Ils ont voyagé, *dignement*, dans une chambre avec hublot extérieur et des toilettes. Alors oui, ils vont bien !

Ça me fait mal pour lui, mais il les a terrorisés à un âge où les enfants sont le plus vulnérables. Je ne sais même pas comment ils vont pouvoir dépasser ça. Je voudrais lui hurler ma colère devant sa folie et sa cruauté à traiter ainsi des enfants, mais je me rappelle que cela n'aura aucun effet sur lui.

Il se fiche de leur sort.

– Tu vas les tuer ?

Je sais qu'il en est capable. Il n'a aucun dégoût de ses actes.

– Si je n'obtiens pas ce que je veux, oui.

Aucun remords.

Une partie de moi veut en rester là, passer la main à mon père et à Nil pour qu'ils abattent ce monstre sur-le-champ, mais je ne peux pas. J'ai un cœur et mon cœur ne comprend pas ce que lui dicte ma tête. Ou alors il voit ce que je ne vois pas. J'ignore comment il finira ses jours, suicidé, dans une secte, ou sur un podium, mais je ne veux plus rien avoir à faire avec lui. Maintenant je comprends mieux son indifférence. Le mépris est pire que la haine.

Il a réussi à avoir le mien.

– Tu n'as pas agi seul. À qui les as-tu confiés ?

– À un client de Syrov.

Mon hostilité envers lui s'amplifie, incendiant l'air entre nous.

– Le dark web, percuté-je.

C'est du trafic d'enfants. Quelque chose qui ne s'oublie jamais quand on l'a vécu et qui marque de honte ceux qui y ont recours. Sauvage ne fait confiance à personne après son passé. Il a raison. Ces gens-là ne sont pas de confiance. Mais il est prêt à renouer avec eux parce que quelque chose l'y pousse.

Je parle haut et fort pour mon père :

– Le Regatta, c'est le nom du cargo. Centerm, celui du terminal. Pas vrai ?

– Ils n'y sont plus, corrige Sauvage en fixant mon père.

Je peux voir fumer ses yeux, comme deux canons qui rêvent de tirer des balles. À cet instant, il a la folie des criminels passionnels que tout destine au meurtre. Le mobile. La passion. La peur de tout perdre. Quelque chose le pousse.

Sauf que je ne sais pas quoi.

– Où sont-ils alors ?

– On les a conduits au service des urgences pour être examinés. Je ne veux pas qu'on m'accuse de ce qu'on m'a fait. Je ne suis pas *eux*.

C'est ça le plus déroutant.

– Nil ! lance mon père, lui donnant l'ordre silencieux d'aller s'en assurer.

Je garde mon regard rivé au sien, noir, immense et attentif, si envoûtant quand il le veut, pendant qu'Azz empêche Nil de sortir en se plantant devant la porte.

– Pas avant d'avoir notre information, refuse l'Iranien.

– Dégage ou je te bute, réplique Nil avec arrogance.

– Essaie et les gosses retournent au cargo, siffle Sauvage sans me quitter des yeux. Je ne pense pas que ton patron veuille que ses enfants connaissent *mon sort*.

– Vous leur avez placé une puce ? demande papa à Sauvage.

– Je ne suis pas vous, Brenner ! S'ils retournent au cargo, ni vous ni moi ne sauront jamais où ces gamins atterriront. Je n'ai pas trop d'affinités avec les clients de Syrov mais je sais qu'ils se paieront sur la marchandise.

– Nil ! le rappelle mon père en blêmissant.

– Sage décision, ricane amèrement Sauvage.

Le choix du rendez-vous près du service des urgences n'était donc pas une coïncidence, mais je ne comprends pas la partie « enfant abandonné ». Il manque quelque chose, un sens. Je n'arrive pas à croire qu'il y a quelques heures à peine le même homme me montrait de l'affection. Pourtant les faits sont là.

Sauvage est un monstre.

– Je pensais que tu étais un homme bon, mais je me suis trompée. *Tellement trompée*. Tu m'as menti jour après jour. En réalité, j'ai été ton otage dès le départ. Tu te venges de mon père en t'en prenant à ce qui compte le plus pour lui. Tu ne t'en rends pas compte mais tu le punis parce qu'il est un père, justement. Il aurait pu fuir en réalisant qu'il risquait sa peau. Il ne l'a pas fait. J'ai de la peine pour toi. Tu ne sauras jamais ce que c'est de sacrifier sa vie pour son enfant.

Sauvage fronce les sourcils, sa colère perceptible.

– Tu peux me blâmer autant que tu veux. Ton père est le vrai coupable.

Je déverse tout mon écœurement sur lui :

– Alors châtie le coupable ! Là, tu t'en prends à des enfants *innocents* !

– Comme lui ! objecte Sauvage avec force.

– Même le monstre qui a agressé ma mère m'a laissée en vie.

Sauvage blêmit et je sais que je l'ai atteint, mais ça ne m'apporte rien.

– Quand quelqu'un fait du mal aux miens, je lui donne une bonne leçon, jette-t-il de colère. Ton père peut bien essayer d'y échapper, il n'y arrivera pas. Parce qu'il n'est pas prêt à sacrifier tout ce qu'il a. Moi si !

Je hoche la tête, perplexe. Je n'ai pas envie d'espérer quoi que ce soit à son sujet, mais je suis trop dégoûtée pour croire une seule seconde qu'il n'était pas sincère. Au moins quand il m'a sauvé la vie.

– Tu es prêt à me sacrifier aussi ?

– Oui.

Mon cœur dégringole dans ma poitrine. Je n'étais qu'un moyen d'atteindre mon père pour des raisons immorales. Tout ce que j'ai vécu avec lui était faux, calculé. Y compris quand il m'a sauvé la vie. Je n'arrive plus à admettre que ses caresses étaient sincères, ses baisers vérité. Un millier de couteaux me transpercent le cœur tant ça fait mal. J'ai du mal à respirer. Une part de moi veut hurler ma colère face à sa trahison, mais je me rappelle que cela n'aurait aucun effet sur lui.

Il se fiche de mon sort.

– Tu aurais pu me demander tout ce que tu voulais…

Je sens mon père s'agiter dans mon dos :

– Hope, proteste papa. Ne me dis pas qu'il t'a touchée…

Je l'ignore et m'adresse à Sauvage, parce que c'est important :

– Maintenant tu ne peux pas revenir sur ce que tu as fait. Tu vas devoir vivre avec. Cela s'appelle avoir conscience de ses actes. La tienne est atrophiée.

Il m'écoute mais n'accorde aucune importance à mes paroles. Je croyais avoir un homme torturé magnifique à réparer, mais cet homme n'a jamais existé.

– Pourquoi ? je lui demande encore, comme si je n'arrivais pas à l'admettre.

Une ombre d'instinct sadique passe dans ses yeux et je comprends, trop tard, hélas !, qu'il planifie l'exécution de mon père dans mon cœur.

– J'ai un frère jumeau, abat-il fièrement. Il s'appelle Zolder Roy. C'était le préféré de ma mère. Le plus fragile aussi. Je veux que ton père me dise où il est.

L'information me fait chanceler. La voilà la raison de notre présence ici. La raison de sa souffrance. Il ne veut pas abandonner son frère jumeau. Il a cherché des conseils auprès des sœurs. Tout fait sens à présent.

J'ouvre la bouche, la referme, puis finis par sortir :

– Pourquoi tu ne m'as rien dit ?

– Quand comprendras-tu ? Je ne fais pas partie des gentils. Tu t'inquiètes pour ton petit frère et ta petite sœur, mais ils sont *ensemble*. Pour une raison que j'ignore ton père nous a fait enlever et nous a vendu à deux clients *différents*, avant de faire crasher le jet de nos parents.

– Je n'ai rien à voir avec le crash du jet, réfute mon père depuis sa chaise. La presse a conclu au suicide du pilote. Cet homme n'a aucun rapport avec moi. Ni financier. Ni aucune accointance quelconque. Vous pouvez chercher.

Sauvage tourne les yeux vers lui, lentement, mais c'est à moi qu'il s'adresse :

– Il savait que sa fille serait une cible plus tard et il l'a quand même fait. C'est pourquoi il t'a tout de suite placé cette puce. C'est lui le monstre. Pas moi. Si j'avais un enfant, je peux te jurer que je ne jouerais pas avec sa vie.

Je n'arrive pas à me faire à l'idée.

– Tu as fait tout ça pour Zolder, alors ?

Il a fait tout ça pour trouver son frère.

– Que voulais-tu que je fasse d'autre ? La seule façon de faire parler un monstre est de faire quelque chose de monstrueux. Afin qu'il comprenne ce dont on est capable et ce qu'il doit être prêt à sacrifier. Désolé si tu es déçue. Mais je sais parler aux hommes comme ton père.

Pour le prouver, son regard se déporte vers mon père, cloué dans sa chaise à écouter notre échange, pour se faire une idée de notre relation, sûrement.

Sa voix d'ordinaire grave et mélodieuse est vibrante de menace :

– Elle mérite mieux, Brenner. Maintenant qu'elle sait. Expliquez-vous comme un homme.

Mon père ne réagit pas tout de suite. Il se met debout, attrape le dossier de sa chaise à deux mains et baisse les yeux, et lentement son visage se prépare, comme s'il avait besoin de temps pour digérer ce qu'il va dire.

– Jusqu'où est-on capable d'aller par amour ? L'homme est capable de faire ce qu'il est *incapable* d'imaginer. Je n'ai jamais imaginé être un trafiquant d'êtres humains. J'étais un mari amoureux. Je l'ai fait pour Anne.

Pas besoin d'avoir une boule de cristal pour savoir que mon père risque de ne pas sortir vivant de cette pièce, en voyant la veine qui enfle sur le front du sectateur. Il y a tant de fureur en lui que son comportement semble imprévisible.

– Et lui ? exige Sauvage en pointant Nil.

Papa hoche la tête.

– Nil venait de perdre sa fille de cinq ans lors d'un viol collectif, souvent observé sur les femmes du camp ennemi dans ce milieu. Quand il a retrouvé les coupables, j'ai fermé les yeux en échange de son aide. Ensuite, Nil s'est attaché à Hope. Comme il était grillé dans son réseau, il est resté.

Tout est silencieux dans la pièce, comme pour absorber les aveux de mon père. Sauvage marche en réfléchissant, comme une armée composée d'un seul homme. Maintenant que je le vois à côté de mon père, je réalise à quel point il est grand et terrifiant. Même quand il ne se tient pas droit, ses épaules larges sont impressionnantes. Nil s'est appuyé contre le mur en croisant les bras sur sa poitrine, surveillant tout le monde, et Azz en fait autant depuis la porte.

Prise d'un mauvais pressentiment, je prends la parole :

– Qu'est-ce que maman a à voir avec eux, papa ?

– L'ADN de son père a été retrouvé sur ta mère, abat mon père.

Sauvage tressaille comme s'il avait été électrocuté, pâle comme un spectre.

– C'est quoi ce bordel ? sort-il, respirant par saccades puissantes.

– Non ! crié-je, prise de vertiges.

Soudain le froid me statufie, le dégoût, l'écœurement. Je suis là, mais tellement absente, sécrétant les souvenirs tortueux de cette horrible nuit.

– *Bébé,* je sais ce que tu dois ressentir, regrette papa. Tu ne dois pas t'en vouloir d'avoir couché avec cette ordure. Tu ne savais pas.

Je secoue la tête. C'est pire.

– Non. Main de Mickey… L'affiche…

C'est trop grave.

Le sang tambourine dans mes oreilles en soutenant le regard gris de mon père. Je sais ce qu'il me dit. Le plus intelligent serait de mentir. Je peux encore m'en sortir indemne, cacher, dissimuler. Mais mentir est contraire à mes principes.

C'est trop grave.

– Bébé ne fais pas ça !

Il sait. Il a compris. J'ai trop peur que ça détruise ma vie pour en parler et c'est peut-être ça qui bloque les mots dans ma gorge. Mais je ne peux pas mentir sur *ça*.

C'est trop grave.

– Sur l'affiche… Oxton…

Je m'agite, je m'énerve, sentant mes cordes gonfler dans ma gorge.

– Main de Mickey, haleté-je, frustrée de ne pas y arriver.

– Qu'est-ce que tu racontes ? s'échauffe Sauvage.

Devant mon impossibilité à parler, Nil intervient :

– « Main de Mickey », c'est comme ça qu'elle a appelé celui qui a tué sa mère. Quand elle était petite, elle montrait le dessin animé à la télé. J'ai cherché sur le dark web quelqu'un avec ce pseudo. En vain.

En une seconde, Sauvage est devant moi, à me secouer :

– Qu'est-ce que ce fumier d'Oxton t'a fait, mon ange ?

Je secoue la tête pour lui dire que ce n'est pas ça et les mots s'échappent :

– C'est moi qui ai tué maman.

– Quoi ? balbutie le sectateur, les yeux écarquillés.

Mon père profite de la distraction pour dégainer son Beretta d'une bande ventre-plat élastique noire à sa ceinture et la pointe vers la tête de Sauvage.

– FERME. TA. GUEULE ! lui ordonne papa.

Tandis que Nil en fait de même avec Azz. Je recule, sous le choc.

– Papa, fais pas ça !

– C'est la seule façon de sortir de ce cauchemar, bébé !

Sauvage lève les mains, bien en évidence.

– Il faudra tirer sous ses yeux et m'abattre en une seule balle, énonce-t-il platement. Moi je peux. Mais vous ? Vous êtes prêt à faire ça, Brenner ?

Un instant le sang-froid du sectateur désarçonne mon père. J'ai à peine une seconde pour réagir. Je m'élance et m'interpose entre eux.

– Papa, donne-lui ce qu'il veut ! m'écrié-je en fixant le canon.

Mon père blêmit, tandis que, rapide comme l'éclair, le bras musclé de Sauvage m'entoure la taille pour me passer derrière lui au cas où le coup partirait seul.

– À votre âge, les réflexes sont émoussés, lui jette le sectateur.

Le pistolet se met à trembler dans la main de mon père.

– C'est ce que je vais faire, répond-il en baissant son arme.

Papa pivote vers la table où est posé son ordinateur portable et remet son pistolet en place à sa ceinture, pendant que Nil brandit toujours le sien vers Azz.

– Vous savez où il est ? demande Sauvage d'une voix sourde.

Mon père confirme de la tête.

– Lui n'a jamais bougé, déclare-t-il en entrant son mot de passe. Quand Hope m'a appris qu'elle partait faire une mission auprès d'une écurie de Formule 1 formée de sectateurs, je n'ai pas réagi tout de suite. Je connais ma fille. Elle est résolue et altruiste, comme l'était sa mère. Je n'ai pas pu empêcher Anne de couvrir *Waco* enceinte. Aussi, ça ne m'a pas étonné que Hope soit prête à tout pour y aller. Elles sont pareilles. Puis j'ai tourné et retourné cette histoire de sectateurs dans ma tête et j'ai demandé à Nil de chercher ce qu'était devenu l'autre jumeau. Vous, on vous croyait mort dans l'attaque puisqu'il n'y avait aucun adulte survivant. Donc, je ne me suis pas méfié. Pour moi, vous étiez mort.

– Pourquoi m'avoir vendu à une secte ? risque Sauvage.

– À cause de la façon dont a été tuée Anne.

L'information fait mouche. Sauvage fronce les sourcils et me scrute avec insistance, mais mon cerveau refuse de penser à l'horreur à laquelle il a assisté.

– Est-ce qu'il est vivant ? s'empresse-t-il avec nervosité.

– Oui.

Le soulagement marque les traits de Sauvage.

– J'en étais sûr. À qui l'avez-vous vendu ?

– Zolder a été adopté par un puissant baron de la drogue en mal d'enfant. Il ne veut pas être retrouvé. C'est son droit. Personne ne peut obliger une personne disparue à reprendre contact avec sa famille.

La déception s'inscrit immédiatement sur le visage du sectateur.

– Vous bluffez ! Nous sommes jumeaux. Ce que vous dites est impossible.

– Zolder savait que vous diriez ça. C'est un homme d'affaires avisé aujourd'hui. Il est marié, père de famille, et n'a aucune envie de voir resurgir un frère oublié dans ses affaires. Aussi a-t-il fait parvenir le double de cette vidéo au juge chargé de votre succession. Comme vous pourrez le voir, quand je vous l'aurai transférée, Zolder vous lègue ses parts de l'écurie familiale.

Le choc est si violent que Sauvage doit s'asseoir.

– Vous avez fait tout ça pour rien ! jubile mon père, en reprenant son pistolet pour contrer une éventuelle réaction. Hope, peux-tu transférer la vidéo ?

Je baisse les yeux sur l'écran, où la vidéo apparaît avec sa photo de couverture. Il n'y a plus aucun doute. L'homme assis derrière une luxueuse table de travail a les cheveux longs attachés bas sur la nuque, mais la ressemblance est frappante. Yeux noirs, immenses et attentifs. Un air de nature déchaînée. Tourmenté. Magnifique. Il me regarde. *Zolder.*

– Hope ? m'interroge Sauvage, complètement défait.

– C'est ton jumeau.

Le sectateur prend une seconde pour lui, comme anéanti par la tournure qu'ont prise les événements, pour absorber complètement la volonté de son jumeau.

Mon père a raison. Il a fait tout ça pour rien.

– Azz, dit Sauvage avec un signe du menton vers Nil. Conduis-le aux enfants.

Nil baisse son arme et Azz consulte son téléphone.

– On est en train de les examiner, Sau. J'y vais.

– Je veux un double du dossier médical pour prouver que je ne leur ai pas fait de mal, lui rappelle-t-il, l'air hagard.

– Tu l'auras, mon ami.

J'attends que Nil et Azz quittent la pièce et lui envoie la vidéo via WeTransfer.

– Bien. Maintenant que tout est réglé, nous partons, déclare mon père.

Sortant de sa torpeur, Sauvage secoue légèrement la tête.

– Hope est ma femme. Elle ne va nulle part. J'ai peut-être fait tout ça pour rien, mais vous, vous l'avez perdue.

– Qu'est-ce que vous racontez ? blêmit mon père.

Mon père me dévisage d'un air indéchiffrable, masquant la nature intime de ses pensées. À cause de mon silence, il m'avait toujours laissée lire ses émotions et tout ce qu'il refusait de montrer au reste du monde, y compris à Gisèle.

Maintenant il me les cache.

Comme si j'étais son ennemie.

– Hope ? Dis-moi que tu n'as pas épousé ce sale type.

Je clos les paupières mais je n'arrive pas à retenir les larmes qui dévalent mes joues. Ne voulant mentir ni à l'un ni à l'autre, je garde la bouche fermée. Comment mon père pourrait-il admettre ce que j'ai fait pour le sauver sans me voir comme une traînée ? Que j'y ai pris du plaisir ? Comment comprendrait-il ce que signifie ce genre d'union ? Personne ne m'a obligée. Personne ne m'a forcée. Du dos de la main je m'essuie les joues et renifle, m'apprêtant à lui avouer que c'est mon idée.

Mais Sauvage me grille la priorité.

– Vous êtes lent à la détente, Brenner. Vous l'avez perdue.

Un rictus dégoûté déforme les traits de mon père. Rien ne pourrait être pire pour lui que de voir son cauchemar arriver. Un autre père, plus sauvage, émerge derrière son regard. Un père que je n'ai jamais eu l'occasion d'entrevoir.

– Vous l'avez fait exprès ? accuse-t-il.

Sauvage soutient son regard mais ne répond pas.

– Je ne sais pas par quel moyen sournois vous avez pu convaincre ma fille de s'unir à vous, mais elle n'a rien à faire avec vous. Vous ne la méritez pas. Au lieu de mériter son amour, vous vous êtes servi d'elle comme appât.

– Le résultat est le même. Vous l'avez perdue.

Mon père lève son bras et pointe à nouveau son Beretta vers le visage de Sauvage, visant entre les deux yeux d'une main ferme.

– Répondez à ma putain de question ! jure mon père en le menaçant de son arme. L'avez-vous fait *exprès* ?

Comme s'il n'en avait plus rien à foutre, le sectateur baisse les yeux vers le canon et sourit, provoquant ouvertement mon père.

– Au début, c'était mon intention, reconnaît Sauvage d'une voix ferme. Admettez que c'est mieux qu'une mort rapide…

Il y a tant de fureur en lui que papa ne semble pas savoir qu'en faire.

– C'est terminé. Partez et je ne tirerai pas ! ordonne papa, les narines dilatées.

– Non, Brenner. Je ne partirai pas sans ma femme.

On dirait qu'il veut mourir.

– Je vais tirer ! siffle mon père, le doigt sur la détente.

Je ne peux pas le voir faire ça. Voir mon père abattre un homme me fait l'effet d'un trou béant dans ma poitrine, d'un vide à la place du cœur, d'une vieille blessure que l'on rouvre. Je me détourne et sors de la pièce. C'est moi qui pars, au risque qu'ils s'entretuent. Mais là tout de suite, je m'en moque ! J'ai besoin d'air, de voir Tara et Billy, de les serrer dans mes bras, et de mettre de l'ordre dans mon cœur, d'urgence. Ce n'est qu'en arrivant dehors que je comprends mon erreur.

Ce que je vois me flanque un méchant coup à l'estomac.

Toute la presse sportive est là, amassée sur le parking, perches armées de micros et de caméras tendues vers moi. La confusion. Le chaos. La bousculade. Je comprends tout de suite que je n'arriverai jamais à accéder aux urgences. Mieux, que je ne dois pas y aller. Ce serait exposer Tara et Billy.

Je veux qu'on leur fiche la paix !

Mes jambes flageolent quand j'entends leurs questions :

– Est-il vrai que votre père a vendu les enfants d'Oxton ?

Merde. Comment ont-ils su ?

– Votre père va-t-il renoncer à la Mairie de Miami ?

– Y a-t-il un rapport avec la mort de votre mère ?

Des mains s'agrippent à moi pour me ralentir. On me tend des micros sous le nez, je trébuche en essayant de les éviter. Toutes les caméras sont braquées vers moi. Il faut juste un courage de malade pour sortir de cette folie furieuse.

– Vous étiez présente. Qui a tué votre mère, Hope ?

– On dit que le meurtre était particulièrement sanglant. Dites-nous-en plus !

Combien de temps avant qu'ils apprennent ce que j'ai fait ?

– Ici, Hope ! me hèle une voix familière.

Je lève la tête et aperçois Caitlin. Comment a-t-elle su où on était ? Aspirée par la cohue, je ravale mes pensées, pendant qu'elle répond aux questions pour faire diversion. Caitlin sait toujours tout, de toute façon. C'est son job.

– Ce qui se passe à l'intérieur est une affaire privée mais nous sommes heureux d'annoncer le retour du fils d'Oxton sur la grille l'an pro…

Bang !

Bang. Bang. Bang. Pang. Pang. Pang. Pang.

Pan. Pan. Pan. Pam. Pam. Pam. Pam.

Quinze coups acharnés et le silence. Quand les coups de feu cessent, Caitlin, livide, me jette des clefs de voiture, que par réflexe j'attrape au vol. Je n'arrive pas à réagir. Comme si tout était mort en moi.

– Tire-toi d'ici ! Laisse-moi gérer ! me crie-t-elle, bouleversée.

– Appelez la police ! crie quelqu'un.

Je me retourne, prête à bondir me réfugier dans sa Dodge, mais je me rends compte que c'est la Diablo. Caitlin a raison. Je dois me tirer d'ici. Si je reste à l'arrivée de la police, je serai forcément un témoin à charge contre mon père.

Je ne veux pas mentir.

Sauf que tu n'as pas de permis.

CHAPITRE MANQUANT

Enfin le tangage s'arrête.

Après des jours et des jours de trajet à dormir dans mon urine et mes excréments, à affronter des écarts de température proches de la torture qui m'ont donné le sentiment que ma peau se craquelait, on a arrêté de me balancer au bout d'un filin. Je m'étais fait à l'odeur, au froid, à la nuit permanente, à la peur qui m'obligeait à rester en éveil le plus longtemps possible, et même aux gardes qui me jetaient de l'eau à travers la minuscule trappe située dans le toit, mais pas au tangage qu'on m'a imposé ces dernières minutes lorsqu'on a soulevé ma cage.

Mon estomac a rendu le peu qu'il avait.

Un bruit sourd révèle que ma prison de fer a touché le sol. J'écoute les bruits extérieurs à la recherche d'indices qui m'indiqueraient ce qui va suivre, car en vérité, je suis terrifié. Grâce aux jeux de maman, je sais grouper les informations dans un ensemble et résoudre des casse-tête simples. J'ai compté les dix doigts de ma main d'eau et autant de doigts sans rien. Mon corps épuisé par la faim n'en peut plus, alors que la peur garde mon esprit en éveil.

Je cligne des yeux à l'affût des bruits dehors.

Il y a des bruits de machines, des claquements métalliqucs, des sirènes, des cris de mouettes, des vrombissements de moteurs et de grands chocs comme si quelqu'un jouait à un jeu de massacre, et des odeurs de fioul. Où est-on ? Recroquevillé sur moi-même, je considère ma prison. C'est une boîte de métal aussi longue que ma chambre mais moins large. Je le sais parce que j'ai compté mes pas. Sauf qu'il n'y a rien dedans. Rien à part moi. C'est là que je me suis réveillé après mon enlèvement, pelotonné dans un sac de couchage à même le sol.

Ma cheville me fait mal.

Il y a un pansement dessus mais je n'ai pas osé l'enlever.

J'ai trop peur de voir ce qu'il y a dessous.

J'ai dû m'endormir dans le van car je n'ai aucun souvenir d'être entré là-dedans. Aux quatre tiges épaisses verticales sur la partie du fond, j'ai compris que là se situait la porte. Il s'écoule encore plusieurs heures avant qu'une conversation étouffée à l'extérieur me parvienne. On approche. Je me redresse, les jambes faibles et le cœur battant de plus en plus fort, à mesure qu'approche le moment où quelqu'un va ouvrir ma cage. J'ai besoin de voir papa. Je renifle, faisant de mon mieux pour respirer avec régularité, mais en vérité je suis tremblant de peur. Un bruit sourd contre la paroi métallique m'informe que le moment est venu.

Quelqu'un tire les verrous de la porte arrière.

Faites que ce soit papa.

Mon cœur se met à tambouriner si fort que j'ai peur qu'il ne me lâche. Puis une lumière aveuglante perce l'obscurité dans laquelle je vis depuis plusieurs semaines tandis qu'une odeur d'embruns salés agréable pénètre jusqu'à moi. J'inspire profondément et couvre mon visage de ma main pour me protéger les yeux.

Deux ombres à la démarche lourde montent à bord.

– *On zhiv ?*

Mon cœur se tend. Je comprends cette langue. C'est celle de maman. Le second arrivant demande au premier si je suis en vie. Je ne suis pas sûr de l'être. Je garde la tête baissée de peur de ne pas supporter ce qui m'attend si je la lève.

– *Da. Eto khrabryy.*

Une paire de bottes s'immobilise devant mes yeux.

– Debout ! me crie l'un d'eux en anglais.

Sans savoir pourquoi, je n'obéis pas. J'ai beau être faible et fatigué, je sens bouillonner en moi un sentiment de colère méchante et des tas de questions surgissent dans mon esprit. Mais je refuse de leur montrer que j'ai peur.

– *NE !* réponds-je dans la langue de maman.

Une gifle cuisante me cingle alors au visage.

– Les *dikiy* de ton espèce ne font pas long feu ici !

Je n'ai jamais été frappé si violemment. Du sang coule de mon nez mais je m'en moque. Je fixe avec colère celui qui vient de me traiter de « sauvage ».

Quelque chose dans ce mot me révulse. Je ne suis pas un animal, je suis un petit garçon et j'ai peur. La tension monte entre nous, il peut me faire du mal. Je suis prêt. On m'a pris Zold. Je ne ressens plus rien de lui. Je suis prêt à mourir.

C'est alors qu'un autre homme entre.

– Laissez-nous !

Je baisse les yeux.

– Mets-toi debout devant le prophète, exige celui qui m'a giflé avant de partir.

Surpris, je relève la tête pour découvrir celui qu'ils appellent ainsi car je ne sais pas ce que c'est. J'imagine déjà quelque chose d'extraordinaire comme un super-héros en cape noire mais je ne vois qu'un homme, petit, habillé d'un manteau en cachemire devant moi. Je me fige en apercevant son visage. L'homme m'examine avec des yeux cruels, mais tout son visage indique l'intérêt qu'il a à mon sujet.

Comme s'il avait l'air de me connaître.

– Bonjour Sauvage, je suis Syrov, commence-t-il doucement.

Je ne m'attarde pas à relever que ce n'est pas mon nom et garde mes yeux fixés sur les siens. Ils sont d'un bleu cristallin comme ceux de maman et sa peau est blanche, comme elle. *Mama*. Une douleur insoutenable me brûle les entrailles. Quand la maman ours a rôdé près de chez nous l'hiver passé, j'ai promis à maman de toujours protéger mon jumeau. Elle a ri et m'a gratifié de « courageux » dans sa langue « *Khrabryy* ». Je sens alors avec certitude que je ne pourrai pas le faire.

– NON !

Lorsqu'il voit la colère noire dans mes yeux, son visage s'illumine de joie.

– Je vois le diable en toi. J'en reconnais les griffes, petit. C'est bien. Garde-le bien au chaud. C'est un facteur essentiel à ce que j'ai prévu pour toi.

– Tu mens !

À ce moment-là, tout ce que je veux, c'est comprendre. Mon cerveau est bien trop occupé par d'autres questions pour qu'il me reste de la place pour ce qu'il veut lui. Pourquoi nous a-t-on fait ça, à Zolder et à moi ? Papa m'aime-t-il encore ? Est-il à notre recherche, oui ou non ? J'ai besoin de le voir.

– Déshabille-toi ! ordonne-t-il. On va t'apporter des vêtements propres.

L'odeur de la nourriture sur eux me torture. J'ai faim. Je baisse la tête et je me mets tout nu, même si ça me gêne. J'ai horreur de ça. Mais j'ai encore plus horreur d'avoir faim en permanence. Puis c'est vrai que, dans mon pyjama souillé, je pue. On me jette un jogging beaucoup trop grand pour moi que je me dépêche de passer. Je n'ai pas vraiment de plan précis, mais un espoir se forme dans mon esprit comme je m'habille. Quelqu'un dehors va peut-être me porter secours ?

J'ai faim. Je meurs de faim.

J'ai besoin de voir papa.

Une fois dehors, je comprends qu'on ne fera pas attention à moi. On est dans un port de la marine de guerre russe de la baie d'Olonia, avec des grues immenses et quantités de sous-marins nucléaires entiers ou démantelés, des navires de combat, de soutien. Trois gros véhicules noirs nous attendent sur le quai et personne n'y fait attention. Au contraire, chaque homme présent s'en tient éloigné. En me retournant en arrière, je mémorise ce qu'a été mon cauchemar. J'ai voyagé dans un conteneur destiné aux marchandises. Ça me fait mal.

Manger est humain. Nous mangeons.

Faire ses besoins aux toilettes est humain.

Je ne suis plus humain.

Le trajet prend plusieurs heures. Deux hommes m'encadrent solidement alors que Syrov, assis en face de moi, me fixe toujours. Le convoi s'arrête devant une grille hérissée de barbelés et je me fige en apercevant la clôture. On est au beau milieu d'une vallée entourée de montagnes enneigées dont il est impossible de s'évader sans voiture, mais il y a une clôture et des gardes armés qui patrouillent, le regard fixé sur l'extérieur, comme s'ils redoutaient qu'on ne les attaque. Lorsque le convoi s'immobilise à l'intérieur, je rampe hors de la voiture, obéissant à l'ordre qu'IL vient de me donner d'un claquement de doigts.

– À partir de maintenant, tu gardes le silence, même pour pleurer.

Plus jamais je n'ai parlé après ça.

CHAPITRE 38

ÉPILOGUE

Il n'est pas trop tard.

Il est encore temps de retourner affronter les questions qui m'attendent ou celui de refuser d'y répondre et de quitter cet endroit avec les moyens du bord. C'est mon choix, mon ultime liberté, et rien ni personne ne peut me l'enlever.

Pitié, qu'il ne l'ait pas tué.

Qu'est-ce que ça veut dire, quinze coups ?

Sauvage a beau m'avoir sacrifiée, je ne veux pas qu'il meure criblé de balles.

Pars siffle la petite voix dans ma tête. Elle se fait douce comme une caresse, sucrée comme une promesse, presque amicale. *Pars maintenant. Rentre chez toi. La police va arriver. C'est leur problème, à présent.* Tu retourneras à l'anonymat protégé des vignobles de Key West où j'ai connu la douceur après maman, sans aventure et sans douleur. S'il est mort, il vaut mieux que tu ne le voies pas.

Je peux conduire jusqu'à l'aéroport.

C'est possible. C'est carrément possible !

Le bip dans ma main déverrouille les portières papillon du diable rouge agressif ramassé sur lui-même. Le monstre a fière allure avec ses ailes déployées prêtes à me protéger des fossoyeurs. Je me glisse à l'intérieur et presse la commande pour exécuter le processus inverse, espérant qu'aucun paparazzi ne me voie prendre la fuite et me prenne en chasse, et je démarre le moteur. Un instant interdite quand la musique se met en marche sans son portable. C'est tellement touchant cette musique partout que je ne l'éteins pas. C'est lui. *Lui libre.*

In the dark
I'm right on the middle mark
We all are living in a dream
But life ain't what it seems
Everything's a mess[56].

Mon cœur se serre dans ma poitrine. C'est tellement vrai qu'il est au milieu. Juste sous la surface. Comme s'il avait une idée précise de ce qui se cache en dessous, dans les eaux noires de la dépression, là où les émotions s'embouteillent. Le Mal. Le Bien. La haine. L'amour. La culpabilité de laisser tomber ceux qui ont fixé des objectifs trop hauts pour ce petit garçon très fier, très en colère.

---

56. Dans l'obscurité. Je suis juste au milieu. Nous vivons tous dans un rêve. Mais la vie n'est pas ce qu'elle semble être. Tout ça, c'est du gâchis !

Le lyrique psychologique est tellement lourd.

Combien d'entre nous sont sûrs de n'être faits que de Bien ?

Combien de monstres ne sont pas nés enfant ?

Le voir en ruine quand il a appris le rejet de son jumeau et qu'il a provoqué ouvertement la balle mortelle de mon père m'a brisé le cœur, parce que je vois l'enfant. Peut-être cet enfant oublié s'est-il éloigné pour observer sa vie ?

666. Le chiffre de la bête.

L'enfant perdu, déraciné, mis à la casse.

Le monstre sans dégoût ni remords.

Le champion qui cherche son père.

Le Diable qui a une âme.

Où s'en va-t-il à l'avenir ?

Je roule lentement sans faire ronfler le moteur pour sortir du parking tout en pestant que ce modèle ne dispose pas de GPS. Je ne connais pas Vancouver et j'avoue ne pas avoir fait attention à la route empruntée par Sau à l'aller. Je sais qu'on est passé deux fois sur l'eau, c'est tout. J'enfile les rues en respectant bien le code, comme je l'ai appris, et je laisse le temps me donner confiance. L'appréhension de commettre un interdit me rend prudente. La circulation est dense à cette heure-ci, et personne ne semble s'apercevoir que je n'ai pas de permis. Je prends confiance en moi et bientôt le plaisir est là.

La Diablo n'est pas pour rien sa préférée.

I wanna dream
I wanna dream
Leave me to dream[57].

En m'engageant sur le premier pont, je jette un regard au rétroviseur intérieur et mes yeux bloquent sur un gros 4×4 noir aux vitres aveugles parce qu'il ressemble en tout point à celui de Sauvage. Un Tahoe Chevrolet identique à sa Chevy me suit comme quelques autres voitures qui filent tout naturellement dans la même direction. Un instant je me demande si c'est lui et je m'en veux de ne pas connaître sa plaque d'immatriculation par cœur.

Ça me rassurerait de le savoir là.

De savoir qu'il est en vie.

J'espère que mon père l'est aussi. Mais je n'ai pas le courage d'aller y regarder de plus près, car je ne suis pas sûre de pouvoir aimer encore le survivant. Ma distraction est suffisante pour me faire tourner du mauvais côté après le premier pont. Je le comprends en voyant que je m'engage sur une route sinueuse qui longe la baie Burrard, mais c'est tellement beau que je continue. J'ai besoin de beauté.

De toute façon je ne suis pas pressée d'atteindre l'aéroport.

Je verrai bien une fois sur place comment m'acheminer jusqu'à Key West. Je dépasse le muséum de Vancouver vers Kitsilano Beach, profitant du

57. Je veux rêver. Je veux rêver. Laissez-moi rêver.

paysage. Le gros 4×4 a disparu, ce qui indique que ce ne devait pas être Sauvage. J'abaisse les vitres latérales de la Diablo pour profiter de l'iode dans mes narines. C'est vraiment joli. La route est bordée de villas et de plages de sable sur lesquelles sont alignés de gros billots de bois naturels. C'est assez insolite, en fait. Les gens étendent leurs serviettes de plage contre les troncs d'arbres couchés et ils sont si gros que ça leur fait de l'ombre. Je ralentis, laissant mes pensées flotter avec cette belle journée, avant de quitter le Canada.

But I wanna dream
I wanna dream
Leave me to dream

J'arrive maintenant à Jericho Beach, puis à Spanish Banks Beach Park, située en bordure d'un immense parc régional occupant toute la pointe de la presqu'île. Sur un chemin de terre longeant la route, deux jeunes garçons d'environ dix ans font du vélo en criant pour se défier l'un l'autre.

Les voir faire la course comme si leur vie en dépendait me fait sourire. C'est tellement insouciant. J'ai hâte de serrer Billy et Tara dans mes bras. Je vais prendre soin d'eux depuis Key West. Surveiller les suites de leur traumatisme.

Je veux qu'ils retrouvent leur insouciance.

Sauf qu'en regardant faire ces deux garçons, un sentiment étrange s'empare de moi. Presque comme du déjà-vu, comme si cet instant était un souvenir. Non pas comme un rêve. Plutôt comme un sentiment rangé tout au fond de mon être.

Et soudain les images se forment devant moi.

La main de ma mère se pose sur la mienne.

J'ai à peine le temps de stopper la Diablo sur le bas-côté dans un crissement de graviers. Les deux mains sur le volant, fébrile, je ne vois pas où je suis. Tout est flou. La mer est là, toute proche. Je l'entends comme j'entends les voitures me dépasser. Je vois l'ombre d'un arbre. Je bats des paupières pour chasser les images qui apparaissent mais elles sont toujours là, comme un film surgi du passé. C'est comme un spectacle de nuit qui s'ouvre, séparé par une mince tenture de la réalité.

La main de ma mère se pose sur la mienne.

Je l'observe.

Elle est longue et fine, avec quelques veines délicates sur le dessus.

Mes doigts à moi sont courts et potelés sans aucune veine dessus. Ils sont fermement accrochés à mon joli panier rempli de grappes de raisins.

Je veux garder mon panier.

Je connais cette scène. C'est celle du rêve que j'ai fait dans le lit de Sauvage. Sauf que là c'est différent. Je suis précipitée dans une autre dimension de ma petite enfance, qui m'expulse en catastrophe de ma vie d'adulte, éveillée. Il n'y a que deux conduites face à un souvenir enfoui. Ou on rêve ou on se réveille.

Je choisis de rêver.

La main de ma mère se pose sur la mienne.

Je l'observe.

Elle est longue et fine, avec quelques veines délicates sur le dessus, mais la recouvre entièrement. Mes doigts à moi sont courts et potelés sans aucune veine dessus et restent accrochés à mon joli panier rempli de grappes de raisins. De beaux raisins vert glacé tout rebondis avec des tiges bien fixées aux fruits. Ça donne envie de croquer dedans pour les entendre craquer, mais Poppy veut pas.

Elle dit que ça donne mal au ventre.

– Il est temps de partir, Hopi.

Le ton de maman n'est pas aussi doux que d'habitude. Quelque chose la contrarie aujourd'hui. Elle n'a pas souri une seule fois.

Est-ce que c'est moi ?

– Maman, j'ai fait une bêtise ?

Moi je me sens infiniment coupable mais je sais pas pourquoi. Peinée, je regarde la vigne autour de moi et ses feuillages rouges chatoyants. La vigne, c'est Poppy, et Poppy me rassure toujours quand j'ai peur.

– Viens. Relève-toi, m'ordonne maman en venant me presser l'épaule.

Par son geste, elle me transmet sa force et me redonne confiance comme si nous savions mutuellement que j'ai besoin d'elle et qu'elle ne me laissera jamais toute seule. C'est normal, à quatre ans, on a besoin de sa maman. Je n'arrive même pas à lacer mes baskets roses sans elle.

De loin, maman m'appelle à elle, encore et encore.

– Allez Hope ! Secoue-toi, bon sang ! s'écrie-t-elle.

Je comprends qu'elle perd patience, mais c'est joli ici.

C'est la première fois que je viens. J'aimerais rester encore un peu. Seulement je ne veux pas faire de la peine à maman. Je voudrais revenir la prochaine fois qu'elle viendra dans cet endroit. À contrecœur, je remonte l'allée avec mon petit panier rempli des raisins que j'ai ramassés. À regret je les abandonne avec les autres, entassés dans des barriques déposées au bout de chaque rang.

Ça sent le pipi tous ces raisins entassés.

Je les regarde encore un peu avant que quelqu'un les recouvre. Personne ne saura que ce sont mes raisins. Comment je ferai moi pour savoir ce qu'ils sont devenus ? Je suis trop jeune pour boire leur vin.

– Hope, bouge, on a un avion à prendre ! râle maman depuis l'allée boisée.

Elle parle à une autre dame en robe longue noire élégante.

La plus jolie dame que j'ai vue après maman. Blonde avec de grands yeux bleus. Elle ressemble à ma poupée Barbie préférée. C'est plus fort que moi, je flanque un coup de pied dans les aigrettes d'une touffe de pissenlits dont les poils s'envolent sur mes chaussures roses, comme la neige de ma boule de cristal.

Quelqu'un crie :

– Fais pas ça !

La voix est celle d'un garçon plein de malice assis par terre près de son vélo. Il jouait avec un autre un peu plus tôt dans la journée et ils se ressemblaient beaucoup. Comme Tweedle Dee et Tweedle Dum dans Alice au pays des merveilles. Enfin, en plus mignons. Pendant les vendanges, il y a toujours des enfants qui traînent mais je pense que ces deux-là sont frères jumeaux. Il porte des culottes courtes et des chaussures Batman, et plein de bleus sur les jambes, mais je ne vois pas son visage à cause de son casque et du soleil que j'ai dans les yeux.

Je cligne des paupières.

– Qu'est-ce que ça peut faire ?

– C'est une fleur sauvage, proteste-t-il avec respect.

Je hausse les épaules sous ma jolie robe rouge.

– Regarde autour de toi, il y en a plein dans chaque rangée. Ma grand-mère dit que c'est le tracteur qui les ventile partout.

– N'importe quoi ! Les pissenlits sont très susceptibles. Si tu t'en prends à eux, ils ne réaliseront plus jamais tes rêves. Plus jamais ! insiste-t-il catastrophé.

Comme il a l'air d'admirer ma robe rouge, je ne lui en veux pas.

– C'est vrai ?

– Non mais d'où tu sors ? Tu sais pas qu'ils ont un pouvoir magique ?

J'aime pas la façon dont il me parle comme si j'étais débile. Il est arrogant.

– N'importe quoi toi-même ! La magie ça n'existe pas !

Il ôte son casque, le pose sur le sol, et en cueille un autre.

– Si !! Regarde, je fais un vœu sur celui-ci, si tu ne me crois pas !

Il le porte à sa figure, prêt à souffler dessus.

– Comment je saurai si ça se réalise ?

Quel imbécile ! Il n'y a pas pensé.

– Elle a raison, fait valoir son frère sur son vélo lorsqu'il nous dépasse.

– Casse pas les pieds, Zold ! le gronde le garçon mécontent.

L'autre détale comme une flèche sur son vélo en criant :

– Allez, c'est une fille ! Ramène-toi, on fait la course. On part du torrent et on roule jusqu'au lac. Le dernier à freiner avant le lac a gagné !

Mais le garçon s'en fiche, apparemment :

– Vas-y tout nu ! rigole-t-il sans se lever. Ça évitera à Birdwood de te disputer.

– Pic ! Pic ! Pic ! Woody le Pic fait des petits trous. Pic ! Pic ! Pic ! fanfaronne son frère en faisant des pirouettes debout sur son vélo.

– Tu sais qu'il aime pas qu'on l'appelle comme ça ! rigole le garçon.

Ils ont l'air heureux tous les deux. Une jalousie stupide me fait pivoter sur mes baskets roses. Je sais, ça fait chipie d'être jalouse parce que moi je ne sais pas faire du vélo et que j'ai pas de sœur pour m'amuser, mais je m'en fiche.

Le garçon devant moi poursuit :

– On va faire le même vœu.

– Pourquoi le même ?

– Comme ça toi et moi saurons si c'est de la magie ou des mensonges. Prête ?

– On demande quoi ?

Après un instant à m'observer, ce qui montre bien que lui non plus n'était pas prêt, son visage s'éclaire, comme s'il était frappé par une idée de génie. Il a des yeux immenses et attentifs, tellement noirs qu'on dirait le café brûlant de papa.

En tout cas, ils me font le même effet.

– Viens avec moi, me lance-t-il en abandonnant son vélo.

– Où ça ?

– J'ai un truc extraordinaire à te montrer dans la maison.

Bien embêtée, je jette un œil à maman qui discute encore avec la dame près de la voiture. Elle va me gronder si je la fais attendre. Mais je suis trop curieuse.

Alors je fonce le rejoindre.

Le garçon ouvre la porte de la grande maison à la volée et s'engouffre dedans comme un dératé. J'ai du mal à le suivre avec mes petites jambes. Mes baskets roses couinent sur le sol de marbre. Je dévale l'escalier derrière lui et m'arrête devant une chambre magnifiquement décorée, dont il a laissé la porte ouverte.

– Entre ! me lance-t-il.

Le garçon est allongé sur le lit avec la fleur de pissenlit tendue vers moi.

– C'est ça que tu voulais me monter ? La chambre de tes parents ?

Mais alors que je regarde le torrent qui gronde dehors, il me dit :

– Tu as déjà vu un lit avec autant d'oiseaux ?

– C'est des piverts ?

– Non des colibris. L'oiseau préféré de ma mère.

– C'est le préféré de maman aussi, confessé-je.

Je comprends ce qu'il veut dire en admirant le lit. On se croirait dans une forêt magique, peuplée d'oiseaux fabuleux sortant de leur cachette.

– On dirait un lit de conte de fées.

– Tant mieux. Comme ça tu te souviendras de notre vœu.

Sans trop savoir pourquoi, je hoche la tête.

– Alors on demande quoi ? m'impatienté-je en repensant à maman.

– Toi et moi, on dormira dans ce lit.

Mes joues deviennent aussi rouges que ma robe. Une poussée de chaleur inattendue me fait serrer les fesses dans ma culotte. Comme si j'avais envie de faire pipi. Ne sachant trop quoi en penser, je reste muette. Est-ce mal ?

Papa dit que je ne dois pas accorder ma confiance aux inconnus. Mais lui, c'est un petit garçon. Puis ce n'est pas un inconnu puisque maman vient dans sa maison. Alors tout à l'innocence de mon âge, je grimpe sur le lit à quatre pattes et souffle avec lui sur la fleur qu'il tend entre nous.

– Pffffffffff !

Mais au lieu de prendre leur envol dans la chambre, les aigrettes blanches vont se coller dans mes boucles. Toutes. Parce que lui a soufflé bien plus fort. Et aucun brin ne s'échappe car évidemment ma chevelure les retient, tous.

Ça le fait éclater de rire.

– Hi hi hi ! On dirait qu'une bête sauvage a pris refuge dans ta tête de princesse Disney comme ça. Ce sont tes vrais cheveux ?

Comment il m'a appelée ce gros débile ?

Je n'attends même pas qu'il reprenne son sérieux ni qu'il s'excuse. Agacée qu'il se moque ainsi de moi, je descends du lit en tirant sur ma robe pour lui cacher ma culotte. Ensuite, je pivote dignement sur mes baskets roses et m'élance dans l'escalier pour rejoindre le rond-point à la fontaine où est garée maman.

Non sans qu'il me lance du seuil de sa maison :

– Ce doit être un cauchemar de t'occuper de tes cheveux tous les jours !

– *Non, c'est génial de se réveiller avec, chaque matin. Crétin !*

Comment ai-je fait pour refouler ça ?

Princesse Disney.

Birdwood.

Le lit aux colibris.

Nos mères se connaissaient. Mais alors… Comment se fait-il que nos pères ne se connaissaient pas ? Pourquoi Melvin a-t-il attendu de mourir pour révéler le nom de mon père ? Je crois papa quand il affirme n'être pour rien dans le crash du jet d'Oxton et Saskia. Il avait déjà avoué le reste. Il n'aurait pas menti sur ça. Il y a trop de symétrie dans nos malheurs. Je dois retourner là-bas. Si par miracle Sauvage est encore en vie, je dois lui demander pour Main de Mickey. Ce n'est pas juste. Même si lui m'a sacrifiée. Je dois rétablir la vérité.

Accrochée au volant comme si je voulais l'arracher, je prends d'abord connaissance de l'endroit où je suis. Une chance. Il y a un panneau indicateur avec un plan de la côte accroché sous l'arbre où je me suis arrêtée. Je suis à la pointe de la presqu'île, face au belvédère rocailleux qui surplombe la baie.

Je dois aller vers le nord.

Je démarre le moteur et coupe la musique pour me consacrer à la conduite. Quelques voitures roulent en sens inverse, vers le sud, et bientôt il n'y a plus aucun véhicule sur la bande de bitume.

Je m'engage, prête à faire demi-tour.

Quand le rugissement d'un Klaxon désespéré engloutit la fin de ma manœuvre. Mon cœur remonte dans ma gorge sous l'effet de l'adrénaline, paralysant mes cordes vocales. J'accélère dans un réflexe insensé pour l'éviter. Les pneus de la nerveuse et puissante Diablo soulèvent un grand nuage ocre et je comprends avec soulagement que j'ai quitté la route, et donc évité le danger. Lorsque la poussière se dissipe autour de la Diablo, je vois que le Tahoe noir aux vitres aveuglées qui m'a klaxonné est déjà loin sur la route.

Pas de bol, la Diablo se dirige droit vers l'eau.

Un cri silencieux jaillit de ma gorge en franchissant l'à-pic.

C'est trop tard.

À plus d'impatience…

La playlist de *ScrapMetal*
est disponible sur Deezer

Wars of Faith (Audiomachine)
Sirens (Fleurie)
Body (SYML)
Borderline (Florrie)
So Cold (Ben Cocks)
Lost Boys (Ruth B)
Unstoppable (The Score)
When I look At You (Miley Cyrus)
Simply Falling (Iyeoka)
Bad Liar (Imagine Dragons)
Fight Like the Devil (Paul Otten)
Too Lost in You (Sugababes)
Senõrita (Shawn Mendes)
Play With Fire (Sam Tinnesz)
Rescue (Lauren Daigle)
I Don't Believe in Satan (Aron Wright)
Waves (Dean Lewis)
Fate Don't Know You (Desi Valentine)
I See You (Missio)
Zombie (Bad Wolves)
Dream (Imagine Dragons)

REMERCIEMENTS

Quelqu'un m'a dit un jour que tout ce qu'on fait dans la vie, on le fait pour être aimé.

C'est mon cas.

À l'âge où la plupart des femmes n'éprouvent plus d'incertitudes, j'en avais plein. Je cherchais à être utile, sans trop savoir comment m'y prendre, ou quoi apporter.

C'est vous qui m'avez donné la réponse.

Aujourd'hui, je sais que les seules limites sont celles que l'on se construit soi-même et qu'il suffit de volonté, de travail, et du soutien des autres, pour oser les dépasser. J'ignore encore le sort que vous réserverez à cette nouvelle trilogie, mais si vous jetez un regard différent sur le problème de l'intégration des sectateurs, alors déjà je serai contente.

En attendant, je remercie toutes les personnes qui m'ont accompagnée sur cette voie :

• Lorraine Derocher qui m'a fait la confiance de m'ouvrir ses propres recherches et a pris sur son temps pour me recevoir. Merci Lorraine ! Si le sujet des enfants en milieu sectaire vous intéresse, vous pouvez lire ses livres, car Lorraine est aussi auteur ;-)

• Sylvie Gand, ma nouvelle éditrice, qui d'emblée a compris mes ambitions à écrire quelque chose de différent et m'a entourée de ses précieux conseils. Sylvie, merci de t'être battue pour moi.

• Mes proches et tous ceux qui ont cru en moi. Parfois bien avant moi ;-)

• Et enfin VOUS, les lecteurs, pour la confiance en moi que vous m'avez apportée.

Chacun m'a aidée plus qu'il ne le croit.

Voili voilou, je vous confie mes nouveaux personnages.

Aimez-les.

Prenez soin d'eux.

Faites-moi participer à vos émotions en postant vos avis sincères après lecture sur vos plateformes d'achats. Venez à ma rencontre sur les réseaux sociaux, lors des salons, des dédicaces. Votre gentillesse de lecteurs orne et embellit ma maison à chaque rencontre.

Je vous Scrap.

Jana.

Si vous souhaitez contacter l'auteure.

Facebook
https://www.facebook.com/JanaRouzeofficiel/
Instagram
https://www.instagram.com/janarouze/?hl=fr
Twitter
https://twitter.com/janarouze?lang=fr
Website
https://www.janarouze.com

Composition et mise en pages
Nord Compo à Villeneuve-d'Ascq